TU NE M'OUBLIERAS JAMAIS

Du même auteur chez Pocket

Comme une tombe (2007)
La mort leur va si bien (2008)
Mort… ou presque (2009)

PETER JAMES

TU NE M'OUBLIERAS JAMAIS

*Traduit de l'anglais (Grande-Bretagne)
par Raphaëlle Dedourge*

Fleuve Noir

Titre original :
Dead Man's Footsteps

Le Code de la propriété intellectuelle n'autorisant, aux termes de l'article L. 122-5, 2e et 3e a, d'une part, que les « copies ou reproductions strictement réservées à l'usage privé du copiste et non destinées à une utilisation collective » et, d'autre part, que les analyses et les courtes citations dans un but d'exemple ou d'illustration, « toute représentation ou reproduction intégrale ou partielle faite sans le consentement de l'auteur ou de ses ayants droit ou ayants cause est illicite » (art. L. 122-4).
Cette représentation ou reproduction, par quelque procédé que ce soit, constituerait donc une contrefaçon sanctionnée par les articles L. 335-2 et suivants du Code de la propriété intellectuelle.

© 2008 by Really Scary Books/Peter James.
© 2010, Fleuve Noir, département d'Univers Poche, pour la traduction française.
ISBN : 978-2-265-08875-7

À Dave Gaylor

Certaines scènes de ce roman ont pour toile de fond les attentats du 11 septembre 2001. Mes hommages les plus sincères aux victimes et à tous ceux qui y ont perdu un être cher.

1

S'il avait su en se levant que, deux heures plus tard, il serait mort, Ronnie Wilson aurait organisé sa journée quelque peu différemment.

Pour commencer, il n'aurait sans doute pas pris la peine de se raser. Il n'aurait pas gâché de précieuses minutes à se mettre du gel dans les cheveux et à les chiffonner jusqu'à obtenir l'effet désiré. Il n'aurait pas passé tant de temps à astiquer ses chaussures, ni à faire et refaire le nœud de sa cravate en soie hors de prix jusqu'à ce qu'il soit parfait. Il n'aurait sûrement pas payé la somme exorbitante de dix-huit dollars – dépense qu'il ne pouvait pas vraiment se permettre – pour faire nettoyer son costume en une heure. Cette innocence ne faisait pas de lui un bienheureux pour autant, car la joie était absente de son spectre émotionnel depuis si longtemps qu'il avait presque oublié le sens du mot « bienheureux ». Et ce, même lors de ses furtives secondes d'orgasme, les rares fois où Lorraine et lui faisaient encore l'amour. Ses couilles étaient devenues aussi insensibles que tout le reste.

La situation était telle que, depuis peu, quand les gens lui demandaient comment il allait, il répondait « ma vie est pourrie » en haussant les épaules – et Lorraine ne savait plus où se mettre. Sa chambre d'hôtel aussi était pourrie. Si petite que, même s'il se laissait tomber, il ne toucherait pas le sol. C'était la chambre la moins chère du W, mais le fait de descendre au W lui permettait de sauver les apparences. Dire qu'on séjourne à l'hôtel W de Manhattan, ça en jette. Même si c'est dans le placard à balais.

Ronnie savait qu'il devait faire un effort. Passer en mode opérationnel. Dégager des ondes plus positives. Les gens sont sensibles à ce que l'on dégage, en particulier quand on vient leur demander de l'argent. Personne ne prête aux *losers*, pas même un vieil ami. Du moins, pas la somme dont il avait besoin en ce moment et pas le genre d'ami en question.

Pour voir le temps qu'il faisait, il s'approcha de la fenêtre et se dévissa le cou de manière à distinguer une bande de ciel, tout en haut de la façade grise du bâtiment d'en face, de l'autre côté de la 39ᵉ Rue. Il ne put s'empêcher de remarquer qu'il faisait beau, mais son humeur ne s'améliora pas pour autant. Il avait plutôt l'impression que les nuages avaient déserté l'azur infini pour se loger dans son cœur.

Sa fausse montre Bulgari lui indiqua qu'il était 7 h 43. Il l'avait achetée sur Internet pour quarante livres, et la contrefaçon était insoupçonnable. Il avait depuis longtemps compris que les montres de luxe communiquaient un message important aux gens qu'il essayait d'impressionner : s'il avait pris soin d'acquérir l'une des meilleures montres du monde, c'est qu'il prendrait le plus grand soin de l'argent qu'ils étaient sur le point de lui confier. Les apparences ne sont pas tout, mais il ne faut jamais les négliger. Donc 7 h 43. *Let's go.*

Il attrapa son attaché-case Louis Vuitton – faux, lui aussi –, le posa au-dessus de son sac à roulettes et sortit de la chambre en tirant son bagage derrière lui. En sortant de l'ascenseur, au rez-de-chaussée, il passa devant la réception tête baissée. Il vivait à crédit, n'avait pas assez pour régler son séjour, mais il s'en soucierait plus tard. Il n'arrivait plus à rembourser le prêt de sa BMW – la superbe décapotable bleue que Lorraine adorait conduire pour narguer ses copines – et était sur le point de devoir la rendre. Quant aux créanciers, ils étaient à deux doigts de saisir sa maison. Son rendez-vous d'aujourd'hui, se dit-il, désabusé, était sa dernière chance. Une promesse qu'il allait réactiver. Une promesse vieille de dix ans.

Il espérait juste qu'elle n'avait pas été oubliée.

*

Assis dans le métro, son sac entre les genoux, Ronnie était conscient que quelque chose, dans sa vie, avait mal tourné, mais il était incapable de dire quoi. La plupart de ses anciens camarades de classe avaient réussi dans leur domaine, tandis que lui, dans leur ombre, plongeait dans le désespoir. Ils étaient devenus conseillers financiers, promoteurs immobiliers, comptables ou avocats. Ils avaient une maison tape-à-l'œil, une femme trophée et des gosses trop mignons. Et lui, il avait quoi ?

Lorraine la névrosée qui dépensait l'argent qu'il n'avait pas dans d'interminables soins de beauté dont elle n'avait pas besoin, pour être tout à fait honnête, dans des fringues de créateur qu'ils ne pouvaient vraiment pas s'offrir et en réglant la note de déjeuners ridiculement chers à base de feuilles de laitue et d'eau minérale qu'elle prenait avec ses amies anorexiques, beaucoup plus riches qu'elle, dans « le restaurant hypissime de la semaine ». Et malgré un traitement hors de prix pour booster sa fécondité, elle n'était toujours pas capable de pondre l'enfant dont il rêvait jour et nuit. La seule dépense qu'il avait approuvée, c'était pour ses nouveaux seins.

Mais bien sûr, Ronnie était trop fier pour avouer à Lorraine dans quel pétrin il se trouvait. Et, indécrottable optimiste, il pensait toujours que la solution était à portée de main. Tel un caméléon, il se fondait dans le paysage. Il avait été concessionnaire de voitures d'occasion, antiquaire, puis agent immobilier et, à chaque fois, il s'était débrouillé à merveille et avait su embobiner les clients – sans avoir le sens des affaires, malheureusement. Quand son agence avait coulé, il s'était improvisé promoteur immobilier, des plus convaincants en jean et blazer. Puis, quand les urbanistes avaient refusé de valider son projet, les banques avaient saisi son lotissement de vingt maisons à peine sorties de terre, alors il s'était improvisé conseiller financier pour les riches. Et une nouvelle fois, cela s'était soldé par un échec.

Dans le cas présent, il espérait convaincre son vieil ami Donald Hatcook qu'il savait comment faire de l'argent avec la prochaine poule aux œufs d'or : le biocarburant. Selon la rumeur, Donald avait gagné plus d'un milliard en produits dérivés – quels qu'ils soient – et n'avait perdu que deux cent mille quand il avait investi dans l'agence immobilière de Ronnie qui avait fait faillite dix ans plus tôt. Il avait fait semblant de croire aux raisons que son ami lui avait données pour justifier le dépôt de bilan et lui avait promis de l'aider de nouveau, un jour.

Bien sûr, Bill Gates et consorts cherchaient des débouchés sur le marché du biocarburant, le nouveau carburant écologique, et disposaient des fonds pour se lancer, mais Ronnie avait la certitude d'avoir découvert une niche. Tout ce qu'il devait faire ce matin, c'était convaincre Donald. Son ami était futé, il verrait l'opportunité. Il comprendrait. Dans le jargon, c'était un plan béton.

Plus le métro approchait du sud de Manhattan, plus Ronnie sentait la confiance monter en lui. Plus il répétait dans sa tête la démonstration qu'il allait faire à Donald, plus il avait l'impression de devenir Gordon Gekko, le personnage incarné par Michael Douglas dans *Wall Street*. Physiquement, il était parfait pour le rôle. Tout comme la douzaine de traders tirés à quatre épingles qui étaient ballottés dans le même wagon que lui. S'ils avaient ne serait-ce que la moitié de ses soucis, ils cachaient bien leur jeu. Ils dégageaient une confiance inébranlable. Et s'ils avaient pris la peine de lever les yeux vers lui, ils auraient vu un homme élancé, bien bâti, cheveux gominés, tout aussi confiant qu'eux.

On dit que ceux qui n'ont pas réussi à quarante ans ne réussiront jamais. Dans trois semaines, il en aurait quarante-trois.

Et dans trois secondes, il serait à sa station. Chambers Street. Il avait envie de marcher un peu.

Une fois à l'air libre, il constata que la météo était clémente. Il se repéra à partir de la carte que le concierge de l'hôtel lui avait donnée la veille au soir. Puis il jeta un œil à sa montre : 8 h 10. Il avait appris par expérience qu'à New York il fallait compter quinze bonnes minutes entre l'entrée du bâtiment et le bureau de la personne. Et le réceptionniste lui avait expliqué qu'il y avait cinq minutes de marche entre Chambers Street et l'adresse de Donald – s'il ne se perdait pas.

Un panneau lui indiqua qu'il se trouvait désormais sur Wall Street ; il passa devant Jamha Juice, une échoppe qui vendait toutes sortes de jus, devant une boutique « tailleur et retouches », puis entra dans le café Downtown Deli, plein à craquer.

Ça sentait bon le café et les œufs au plat. Il prit place sur un tabouret de bar recouvert de cuir rouge et commanda une orange pressée, un café au lait, des œufs brouillés avec du bacon et du pain complet. En attendant d'être servi, il feuilleta une nouvelle fois le dossier qu'il avait préparé pour convaincre Donald, puis, consultant sa montre, il essaya de calculer le décalage horaire entre New York et Brighton.

En Angleterre, il était cinq heures de plus. Lorraine devait être en train de déjeuner. Il l'appela sur son portable pour lui dire qu'il l'aimait. Elle lui souhaita bonne chance pour son rendez-vous. Pas compliqué de plaire aux femmes : de la dentelle de temps en temps, quelques citations poétiques et un ou deux bijoux inabordables – mais pas trop souvent.

Vingt minutes plus tard, au moment où il réglait sa note, il entendit une forte détonation au loin. Un gars assis près de lui s'écria :

— Bordel, c'était quoi, ce truc ?

Ronnie ramassa la monnaie, laissa un généreux pourboire et sortit pour se rendre chez Donald Hatcook qui, selon l'adresse qu'il avait reçue par mail, travaillait au quatre-vingt-septième étage de la tour Sud du World Trade Center.

Il était 8 h 47, on était le mardi 11 septembre 2001.

2

OCTOBRE 2007

Abby Dawson avait choisi cet appartement, car elle s'y sentait en sécurité. Si tant est qu'elle se sente en sécurité quelque part ces temps-ci.

Il n'y avait qu'une seule entrée, sans compter l'escalier de secours derrière le bâtiment et la sortie de secours dans la cave. Du neuvième étage, elle jouissait d'une vue dégagée sur toute la rue.

Elle avait transformé le lieu en forteresse – porte blindée, charnières renforcées, trois verrous pour la porte d'entrée et pour la sortie de secours située dans la minuscule buanderie, sans oublier la double chaîne de sécurité. Un cambrioleur repartirait à coup sûr les mains vides. À moins d'avoir un char d'assaut, personne ne pouvait entrer chez elle sans y avoir été convié.

Mais, au cas où, en dernier recours, elle gardait à portée de main une bombe lacrymogène, un couteau de chasse et une batte de base-ball.

Pour la première fois de sa vie, elle pouvait s'offrir un espace suffisamment grand et luxueux pour recevoir des amis, mais elle devait y vivre seule, cachée. Ironique, n'est-ce pas ?

L'endroit était pourtant des plus accueillants : parquet en chêne, immenses canapés crème, coussins blancs et chocolat, œuvres d'art contemporain aux murs, home cinéma, cuisine high-tech, lits king size ultraconfortables, salle de bains chauffée par le sol et élégante salle de douche pour les amis, qui n'avait pas encore été utilisée – du moins, pas pour sa fonction originelle. Elle avait l'impression de vivre dans l'un de ces endroits, conçus par des architectes d'intérieur, photographiés dans les magazines, qu'elle convoitait tant. Par beau temps, le soleil l'inondait l'après-midi et, les jours de vent, comme aujourd'hui, elle pouvait goûter le sel et entendre le cri des mouettes en ouvrant la fenêtre. La plage se trouvait à quelques centaines de mètres du bout de la rue, à l'angle de Marine Parade, la promenade animée de Kemp Town. Elle adorait la parcourir. Elle aimait bien le quartier. Il grouillait de petites boutiques, plus rassurantes qu'un grand supermarché, car elle pouvait toujours vérifier qui s'y trouvait avant d'entrer. Il suffisait qu'une personne la reconnaisse...

Une seule.

L'unique point noir, c'était l'ascenseur. Claustrophobe dans ses meilleurs jours, sujette aux crises d'angoisse ces derniers temps, Abby ne prenait jamais l'ascenseur seule à moins d'y être obligée. Celui de son immeuble, ce cercueil vertical pour deux, était le pire qu'elle connaissait. Et il s'était immobilisé deux fois le mois dernier – Dieu soit loué elle ne se trouvait pas à l'intérieur.

Donc, en temps normal, elle prenait l'escalier. Sauf ces deux dernières semaines, depuis que les ouvriers qui rénovaient l'appartement d'en dessous les avait transformés en course d'obstacles. Monter à pied, c'est bon pour la santé. Quand elle avait des sacs lourds – pas compliqué –, elle les mettait dans l'ascenseur et grimpait à pied. Quand, très rarement, elle croisait un voisin, elle montait avec lui, épaule contre épaule. Mais ceux-ci ne sortaient guère. Certains semblaient aussi vieux que l'immeuble.

Les résidents plus jeunes, comme Hassan, le banquier iranien souriant qui habitait deux étages plus bas et organisait parfois des fêtes jusqu'au petit matin – pour lesquelles elle avait poliment décliné l'invitation –, semblaient tout le temps en déplacement. Et le week-end, quand Hassan n'était pas là, l'aile ouest de la résidence était tellement calme qu'elle semblait peuplée de fantômes. En un sens, elle en était un aussi, et elle le savait. Elle ne quittait sa tanière qu'à la nuit tombée, elle avait coupé très court ses longs cheveux blonds, les avait teints en noir, portait des lunettes de soleil, remontait son col, telle une étrangère dans cette ville où elle était née, avait grandi, suivi des études de commerce, où elle avait bossé dans des bars, dans des cabinets en tant que secrétaire, où elle était sortie avec des garçons et où, avant d'avoir la bougeotte, elle avait imaginé fonder une famille.

À présent, elle était de retour. Incognito. Dépossédée de sa propre vie.

Elle vivait dans la crainte d'être reconnue. Elle tournait la tête les rares fois où elle croisait une connaissance. Quand elle voyait un vieil ami dans un bar, elle s'empressait de partir. Dieu qu'elle se sentait seule !

Et terrifiée.

Même sa mère ignorait qu'elle était rentrée en Angleterre.

Elle avait fêté ses vingt-sept ans trois jours plus tôt. Sacrée fête d'anniversaire, se dit-elle, ironique – se saouler seule avec une bouteille de Moët et Chandon en matant un film érotique sur Sky avec un vibromasseur déchargé.

Avant, elle pouvait se vanter d'être très jolie. Sûre d'elle, elle pouvait sortir dans n'importe quel bar, n'importe quel club, n'importe quelle fête et repartir avec le plus beau mâle. Elle était douée pour bavarder, charmer, jouer la fille fragile, car elle avait depuis longtemps compris que les hommes aiment ça. Mais désormais, elle était vulnérable pour de vrai et cela lui déplaisait au plus haut point.

Elle n'appréciait pas d'être devenue une fugitive.

Même si cela ne durerait pas éternellement.

Les étagères, les tables et le sol étaient couverts de livres, de CD et de DVD qu'elle commandait sur Amazon et play.com. Ces deux derniers mois, elle avait lu plus de bouquins, vu plus de films et d'émissions télévisées que durant toute sa vie. Le reste du temps, elle s'occupait en apprenant l'espagnol sur Internet.

Elle était revenue, car elle s'était dit qu'elle serait en sécurité ici. Dave avait approuvé. Lui aussi pensait que ce serait le seul endroit où il n'oserait la suivre. Le seul endroit au monde. Mais elle n'en était pas sûre à cent pour cent.

Elle avait une autre raison de revenir à Brighton – très importante. La santé de sa mère se détériorait lentement et elle voulait lui trouver une maison de retraite privée, confortable et bien gérée, où elle passerait les années qui lui restaient. Abby refusait que sa mère finisse dans l'un de ces horribles mouroirs publics. Elle avait d'ores et déjà repéré un magnifique établissement dans l'arrière-pays. Il était cher, mais désormais, elle pouvait lui offrir des années de retraite dorée. Il fallait juste qu'elle fasse profil bas pendant quelque temps. Son téléphone lui annonça soudain l'arrivée d'un texto. Elle baissa les yeux vers l'écran et sourit en découvrant l'identité de l'expéditeur. La seule chose qui l'aidait à tenir, c'était ces messages.

L'absence affaiblit les relations fragiles et renforce les relations fortes, tout comme le vent éteint la chandelle, mais attise le feu de joie.

Elle réfléchit quelques instants. L'avantage, quand on a autant de temps libre, c'est qu'on peut surfer sur la Toile pendant des heures sans se sentir coupable. Elle adorait collectionner les citations et lui en envoya une qu'elle avait sélectionnée.

Aimer, ce n'est pas se regarder l'un l'autre, c'est regarder ensemble dans la même direction.

Pour la première fois de sa vie, elle avait rencontré un homme qui regardait dans la même direction qu'elle. Pour le moment, ce n'était qu'un nom sur une carte. Des images téléchargées sur Internet. Un endroit où elle allait dans ses rêves. Mais bientôt, ils y vivraient tous les deux pour de vrai. Il fallait juste qu'elle patiente encore un peu. Qu'ils patientent tous les deux.

Elle referma le magazine *The Latest*, qu'elle feuilletait à la recherche de maisons idéales, écrasa sa cigarette, termina son verre de sauvignon et se prépara à sortir en effectuant sa série de vérifications.

Elle commença par se diriger vers la fenêtre et observa, à travers les stores, la longue rue de demeures Régence en mitoyenneté. La lueur des lampadaires au sodium projetait un reflet orangé dans les recoins. Il faisait suffisamment sombre. Le vent et la pluie d'automne cognaient contre les fenêtres dans un bruit de mitraillette. Petite, elle avait peur du noir. Aujourd'hui, aussi étrange que cela puisse paraître, il la rassurait.

Elle connaissait toutes les voitures qui avaient l'habitude de se garer le long des deux trottoirs, celles qui possédaient un ticket annuel de stationnement résidentiel. Elle les parcourut du regard. Avant, elle aurait été incapable de distinguer les marques et les modèles, mais maintenant, elle maîtrisait le sujet. Il y avait une Golf GTI noire couverte de fiente ; le monospace Ford Galaxy qui appartenait à un couple domicilié de l'autre côté de la rue, parents d'horribles jumeaux, qui semblaient passer leur vie à monter et à descendre leurs courses et leurs poussettes pliables ; la petite Toyota Yaris à l'allure étrange ; une Porsche Boxster vintage appartenant à un jeune homme qui, selon elle, devait être médecin et travailler à l'hôpital royal du Sussex, tout proche, et la vieille camionnette Renault blanche rouillée, avec ses pneus dégonflés et son panneau À VENDRE écrit en rouge sur un bout de carton, collé contre la vitre passager. Plus une douzaine de véhicules dont elle connaissait de vue les propriétaires. Personne n'était tapi dans l'ombre.

Un couple se pressait, blotti sous un parapluie qui menaçait de se retourner à chaque instant.

Les fenêtres étaient bien fermées dans la chambre, la salle de bains, la chambre d'amis et le salon-salle à manger. Activation de l'allumage aléatoire des lumières, de la télévision et de la radio dans chaque pièce. Fil bleu maintenu par de la Patafix, à hauteur de genoux, dans le hall, juste devant la porte d'entrée.

Parano, moi ? Bien sûr !

Elle attrapa son long imperméable et son parapluie suspendus aux patères de l'étroit hall, enjamba le fil et regarda à travers le judas. Elle ne vit rien d'autre que le seuil jaunâtre, désert, déformé par la lentille.

Elle défit les chaînes de sécurité, ouvrit prudemment la porte et sortit. Elle perçut une odeur de sciure. Elle referma la porte et tourna la clé de chacun des trois verrous.

Puis elle tendit l'oreille. Un téléphone sonnait dans l'un des appartements, plus bas. Elle frissonna – toujours pas habituée au froid et à l'humidité après plusieurs années passées au soleil – et enfila son imperméable doublé en laine de mouton – toujours pas habituée à passer un vendredi soir seule.

Elle avait prévu d'aller au cinéma voir *Reviens-moi*, au multiplexe de la Marina, puis de manger un bout – peut-être des pâtes – et, si elle en avait le courage, d'aller boire un verre de vin ou deux dans un bar. Histoire de se mêler à la foule.

Habillée d'un jean de créateur, de low boots et d'un col roulé noir sous son imper, elle voulait être jolie, mais discrète, pour ne pas attirer l'attention si elle décidait d'aller dans un bar. Elle ouvrit la porte de l'escalier et constata, dépitée, que les ouvriers avaient laissé, pour le week-end, des plaques de plâtre et tout un tas de planches qui bloquaient le passage.

Les maudissant, elle hésita à se frayer un passage, mais décida d'appeler l'ascenseur, les yeux fixés sur la porte métallique éraflée. Quelques secondes plus tard, elle entendit la cabine monter dans un concert de cliquetis et de soubresauts, avant d'atteindre son étage avec une secousse bruyante. La porte coulissa telle une pelle étalant du gravier.

Abby monta, la porte se rabattit avec le même grincement, puis les deux portes intérieures se refermèrent sur elle. Elle respira, distingua un parfum et une odeur citronnée de détergent. L'ascenseur monta de quelques centimètres dans un mouvement si brusque qu'elle faillit tomber.

Et maintenant, il était trop tard pour changer d'avis et sortir. Oppressée par les murs en métal, elle entrevit, dans un petit miroir presque opaque, un début de panique se dessiner sur son visage et sentit la cabine dévisser.

Abby allait bientôt réaliser qu'elle venait de commettre une grave erreur.

3

OCTOBRE 2007

Assis derrière son bureau, le commissaire Roy Grace raccrocha le combiné et se pencha en arrière, les bras croisés, jusqu'à ce que le dos de son fauteuil repose contre le mur. Merde. Il était 16 h 45, un vendredi après-midi, et son week-end venait de tomber à l'eau. Plus ou moins littéralement, puisqu'il venait de tomber dans un collecteur d'eaux pluviales.

Sans oublier que la veille, il n'avait pas eu de jeu et avait perdu près de trois cents livres lors de la soirée poker hebdomadaire entre potes. Rien de tel qu'une virée dans un caniveau géant par un après-midi venté et pluvieux pour vous mettre d'une humeur exécrable, se dit-il. Il sentit un souffle glacial passer sous les joints des fenêtres mal isolées de son petit bureau et écouta le roulement de tambour de l'averse. Pas un jour à mettre le nez dehors.

Il pesta contre l'officier d'état-major qui venait de lui communiquer l'information. Cela ne servait à rien de tirer sur le pianiste, mais il avait tout prévu pour passer le samedi soir à Londres avec Cleo, et lui faire plaisir. Maintenant, il fallait qu'il annule, et ce pour une affaire qui ne lui disait rien de bon, tout ça parce qu'il avait accepté de remplacer le collègue de permanence, qui s'était fait porter pâle.

Les meurtres, c'était vraiment son trip. Entre quinze et vingt étaient commis chaque année dans la région du Sussex, la plupart dans l'agglomération de Brighton et Hove et ses environs – assez pour que tous les commissaires aient la possibilité d'exercer leurs talents. C'était un poil cruel de penser en ces termes, mais il était de notoriété publique que bien gérer une enquête pour meurtre avec violence constituait une avancée dans la carrière d'un policier. Cela vous permettait de vous faire remarquer par la presse, par l'opinion publique, par vos pairs et, surtout, par vos supérieurs. Il y avait une intense satisfaction à arrêter et faire condamner un criminel. Pas seulement celle du devoir accompli, mais aussi celle d'offrir à la famille de la victime la possibilité de tourner la page, de passer à autre chose. C'était l'aspect le plus important pour Grace.

Il aimait enquêter sur les meurtres qui venaient d'être commis, suivre une piste encore chaude, se lancer avec une poussée d'adrénaline, réfléchir dans le feu de l'action, motiver une équipe pour qu'elle bosse vingt-quatre heures sur vingt-quatre, sept jours sur sept, pour multiplier les chances d'appréhender le coupable.

Mais d'après l'état-major, il ne s'agissait pas d'un meurtre récent. C'est un squelette qui avait été retrouvé. Peut-être qu'il n'y avait même pas eu meurtre, peut-être était-ce un suicide, voire une mort naturelle. Peut-être que c'était un mannequin en plastique – le cas s'était déjà présenté. Des ossements se trouvaient dans un collecteur d'eaux pluviales depuis des décennies et ils auraient pu y rester encore un jour ou deux.

Honteux de s'être emporté, il baissa les yeux sur la vingtaine de cartons bleus, empilés, qui couvraient presque toute la surface du sol moquetté autour de la petite table de conférences ronde et des quatre chaises.

Chaque carton contenait les principaux dossiers d'une affaire classée, un *cold case*, dans le jargon. Les autres étaient stockés dans des placards, au siège de la PJ, ou moisissaient dans un garage de la police, dans la circonscription où le meurtre avait été commis, ou bien étaient archivés dans un sous-sol oublié, avec les pièces à conviction étiquetées, sous scellés.

Et, d'après ses vingt années d'expérience, tout laissait supposer que ce qu'il allait trouver dans le collecteur d'eaux pluviales allait atterrir dans un carton bleu, par terre, dans son bureau.

Son bureau croulait sous le poids des formulaires administratifs, tant et si bien qu'il ne restait plus un centimètre de libre. Roy devait préparer les preuves, la chronologie, les rapports et tout ce dont le parquet allait avoir besoin pour deux procès pour meurtres qui auraient lieu l'année suivante. Le premier serait celui de Carl Venner, une ordure corrompue qui vendait des films pornographiques sur Internet, le second celui d'un psychopathe nommé Norman Jecks. Survolant un document rédigé par Emily Gaylor, de l'unité liaison justice de Brighton, il décrocha son téléphone et composa un numéro en interne, en ressentant un peu de joie à l'idée de gâcher le week-end d'un collègue.

Le correspondant décrocha presque immédiatement.

— Commandant Branson.

— Tu fais quoi en ce moment ?

— Je me prépare à rentrer chez moi, mon vieux, c'est gentil de demander, l'informa Glenn Branson.

— Mauvaise réponse.

— Non, c'est la bonne réponse, insista le commandant. Ari a un cours de dressage et je dois garder les gosses.

— Un cours de dressage ? Kesako ?

— Un truc avec un cheval qui coûte trente livres de l'heure.

— Elle va devoir prendre les gosses avec elle. On se retrouve au parking dans cinq minutes. On a un rendez-vous avec un cadavre.

— Je préférerais vraiment rentrer chez moi.

— Moi aussi. Et je suppose que le cadavre aimerait bien être chez lui, lui aussi, répliqua Grace. Bien au chaud avec une tasse de thé, plutôt que dans les égouts à se décomposer.

4

OCTOBRE 2007

Quelques secondes plus tard, l'ascenseur s'arrêta brutalement et se balança de droite à gauche en cognant contre les murs avec un bruit de bidons d'essence qui s'entrechoquent. Puis il tangua vers l'avant, projetant Abby contre la porte. Au même moment, il plongea en chute libre. Elle laissa échapper un faible râle. Durant un dixième de seconde, le sol moquetté se déroba sous ses pieds et elle se retrouva en apesanteur. Puis, la cabine s'arrêta violemment et le choc fut tel qu'elle eut l'impression que ses jambes lui remontaient dans le buste, jusqu'aux épaules, et tout l'air de ses poumons s'échappa d'un coup.

L'ascenseur vrilla, la projetant comme une marionnette disloquée contre le miroir, sur le mur du fond. Il oscilla de nouveau avant de se stabiliser, fortement incliné.

— Oh, mon Dieu, murmura Abby.

Les lumières du plafonnier clignotèrent, s'éteignirent, puis se rallumèrent. Elle sentit une odeur âcre de court-circuit ; et une petite colonne de fumée s'éleva.

Elle retint sa respiration, pour s'empêcher de crier. Elle avait l'impression que cette foutue cabine était suspendue à un fil.

Soudain, elle entendit un crissement au-dessus de sa tête. Un crissement métallique. Elle leva les yeux, terrorisée. C'était comme si quelque chose était sur le point de céder.

Son imagination s'emballa et elle se persuada que c'était le câble qui retenait l'ascenseur.

La cabine chuta de quelques centimètres.

Elle poussa un cri aigu.

Quelques centimètres de plus et l'inclinaison s'accentua. L'ascenseur se balança vers la gauche, percuta bruyamment le mur, puis s'affaissa. Au craquement qui retentit, elle comprit que quelque chose était en train de casser. L'ascenseur dégringola de plusieurs centimètres.

Elle essaya de conserver son équilibre, mais tomba ; son épaule heurta un mur et sa tête cogna contre les portes. Elle resta à terre quelques instants, sans oser bouger, le nez dans la poussière, les yeux rivés au plafond. Il y avait un panneau en verre opaque et deux bandes de lumière de part et d'autre. Il fallait qu'elle sorte de ce truc, et vite. Dans les films, les ascenseurs ont une trappe au plafond. Pourquoi celui-ci n'en avait-il pas ?

Les boutons étaient hors d'atteinte. Elle essaya de se mettre à genoux, mais l'ascenseur commença à tanguer dangereusement, heurtant de nouveau les parois. Elle renonça, craignant que ce mouvement n'entraîne la rupture du câble.

Elle resta allongée un court instant, terrorisée, en hyperventilation, à l'affût d'un bruit annonçant l'arrivée de secours. Il n'y avait personne. Si Hassan, son voisin deux étages plus bas, était absent, et si les autres résidents l'étaient aussi ou regardaient la télévision à fond dans leur appartement, personne ne pouvait deviner ce qui se passait.

L'alarme. Il fallait qu'elle appuie sur l'alarme.

Elle inspira plusieurs fois. Elle avait la tête dans un étau, comme si sa boîte crânienne était devenue trop petite. Les murs se refermaient sur elle, s'éloignaient, puis se rapprochaient, tels des poumons en pleine respiration. Elle était en train d'avoir une crise d'angoisse.

— Bonjour, souffla-t-elle doucement, la voix cassée, répétant ce que son psy lui avait appris à dire quand elle sentait une crise approcher. Je m'appelle Abby Dawson. Je vais bien. C'est juste une réaction chimique anormale. Je vais bien, je suis dans mon corps, je ne suis pas morte, ça va passer.

Elle rampa en direction de l'alarme. Le sol bougea, tourna sur lui-même, comme si elle était allongée sur une planche posée au sommet d'un bâton pointu, susceptible de basculer à n'importe quel moment. Elle attendit que la cabine se stabilise et progressa de quelques centimètres. Un nuage de fumée bleue, âcre, passa à côté d'elle en silence, tel un génie. Elle tendit le bras aussi loin que possible et appuya fort sur le bouton en métal gris sur lequel était écrit, en rouge : alarme.

Rien ne se passa.

5

OCTOBRE 2007

Il ne faisait plus très jour quand Roy Grace, plongé dans ses pensées, au volant d'une Hyundai grise banalisée, tourna dans Trafalgar Street. La rue avait beau avoir été nommée ainsi d'après une célèbre victoire navale, cela ne l'empêchait pas d'être en partie sale et malfamée, composée de boutiques sinistres et d'immeubles mal entretenus, et squattée par des dealers jour et nuit. Cet après-midi, conséquence d'une météo déplorable, seuls les plus désespérés avaient mis le nez dehors. Vêtu d'un impeccable costume brun à rayures blanches et d'une cravate en soie, Glenn Branson, silencieux, occupait le siège passager.

Contrairement à la plupart des voitures de service, la Hyundai ne sentait pas encore le vieux carton McDo et le gel pour les cheveux ; récente, elle sentait bon le neuf. Grace tourna à droite et longea la haute palissade protégeant un chantier. Derrière, un quartier décrépit du centre de Brighton était en train d'être réhabilité : deux immenses terrains où étaient autrefois stockés de vieilles locomotives et autres bouts de rails allaient être convertis en une résidence chic, une parmi tant d'autres.

La simulation en couleurs, sur papier brillant, du futur quartier couvrait la palissade sur toute sa longueur. Résidence Nouvelle-Angleterre – un nouvel art de vivre chez soi et au bureau. Grace avait l'impression que ce projet allait ressembler aux constructions modernes que l'on voyait désormais partout : façades en verre, poutres en acier, courettes parsemées de jolis arbres et arbustes... et une sécurité absolue. Un jour, toutes les villes anglaises seront identiques et on ne saura plus dans laquelle on vit.

Mais qu'est-ce que ça peut me faire ? se demanda-t-il soudain. Serais-je un vieux schnock à trente-neuf ans ? Ai-je vraiment envie que cette ville que j'aime tant, malgré tous ses défauts, cesse de se moderniser ?

Au moment présent, il avait des choses plus importantes à considérer que les choix des urbanistes de Brighton et Hove. Plus importantes même que les ossements qu'il allait observer. Quelque chose qui le déprimait.

Cassian Pewe.

Lundi, après une longue période de convalescence à la suite d'un accident de voiture et plusieurs faux départs, Cassian Pewe allait enfin intégrer le siège de la PJ, au même poste que lui. Avec un avantage non négligeable : le commissaire Cassian Pewe était le chouchou d'Alison Vosper, la commissaire principale, alors que Grace était plutôt sa bête noire.

Il avait beau avoir remporté de francs succès ces derniers mois, Roy Grace se doutait qu'au moindre faux pas il serait transféré à l'autre bout du pays. Il n'avait aucune envie de quitter Brighton et Hove. Et surtout, il n'avait aucune envie de se retrouver loin de sa Cleo chérie.

De son point de vue, Cassian Pewe faisait partie de ces types arrogants, à la fois excessivement beaux et beaucoup trop conscients de l'être. Il avait des cheveux blond doré, des yeux d'un bleu angélique, une bonne mine en permanence et une voix perçante comme la fraise du dentiste. Il adorait se pavaner, avec une sorte d'autorité naturelle, en faisant comme s'il supervisait l'affaire, même quand ce n'était pas le cas.

Roy avait eu un différend avec lui à ce sujet. Deux ans plus tôt, la police de Londres avait fourni des renforts à celle de Brighton à l'occasion d'une convention de travaillistes. Faisant preuve d'outrecuidance, Pewe – simple commandant à l'époque – avait arrêté deux indics que Roy utilisait régulièrement depuis plusieurs années et avait refusé de retirer sa plainte. Et quand il avait présenté la situation à ses supérieurs, Roy avait été ulcéré de voir Alison Vosper défendre Cassian Pewe.

Il ne voyait pas ce qu'elle trouvait à ce gars, à moins que, comme il se le demandait parfois, et aussi improbable que cela puisse paraître, ils aient une liaison. La commissaire principale avait accéléré le transfert de Pewe de Londres à Brighton, puis l'avait directement promu, divisant par deux les responsabilités de Grace, alors que celui-ci arrivait très bien à tout gérer seul. Il y avait anguille sous roche.

Glenn Branson, qui était habituellement un moulin à paroles, n'avait pas pipé mot depuis le départ de la Sussex House. Peut-être était-il dégoûté de ne pas pouvoir passer son vendredi soir en famille, peut-être en voulait-il à Roy de ne pas lui avoir proposé de prendre le volant. Puis soudain, il rompit le silence :

— Tu as déjà vu le film *Dans la chaleur de la nuit* ? demanda-t-il.

— Je ne crois pas, répondit Grace. Pourquoi ?

— C'est l'histoire d'un flic raciste dans le sud des États-Unis.

— Et alors ? (Branson haussa les épaules.) Tu penses que je suis raciste ?

— Tu aurais pu gâcher le week-end de quelqu'un d'autre. Pourquoi moi ?

— Parce que je vise toujours les Blacks.

— Ari, c'est ce qu'elle pense.

— Tu plaisantes ?

Quelques mois plus tôt, Roy avait hébergé Glenn quand sa femme l'avait mis à la porte. Après quelques jours en vase clos, leur belle amitié avait failli imploser. Glenn avait ensuite regagné son foyer.

— Je suis sérieux.

— Je pense qu'Ari a un problème.

— La scène d'ouverture sur le pont est célèbre. C'est l'un des plus longs travellings de l'histoire du cinéma, ajouta Glenn.

— Super. Je le regarderai à l'occasion. Mais écoute-moi, mec. Il faut qu'Ari revienne sur terre.

Glenn lui offrit un chewing-gum. Grace l'accepta ; la menthe lui donna immédiatement un coup de fouet.

Puis Glenn reprit :

— Tu avais vraiment besoin de moi ce soir ? Tu aurais pu prendre quelqu'un d'autre.

Ils tournèrent à l'angle d'une rue et Grace vit un homme en survêtement discuter avec un jeune en sweat à capuche. Son œil exercé remarqua la nature clandestine de leur échange. Un dealer et un client.

— Je croyais que ça allait mieux entre Ari et toi.

— Moi aussi. Je lui ai acheté le cheval qu'elle voulait, et maintenant, il s'avère que c'était le mauvais canasson.

Derrière des essuie-glaces peu efficaces, Grace entrevit enfin un agglutinement de pelleteuses, une voiture de police, un ruban bleu et blanc interdisant l'accès au chantier et un officier détrempé, l'air maussade, vêtu d'un gilet jaune fluo, avec, à la main, un bloc-notes protégé par un sac en plastique. Ce tableau le ravit : les flics en uniforme avaient enfin compris comment préserver une scène de crime.

Grace se gara juste devant la voiture de police et se tourna vers Glenn.

— Tu vas bientôt passer ton oral pour devenir commissaire, non ?

— Ouais, marmonna le commandant en haussant les épaules.

— Ce genre d'enquête pourrait te donner plein de trucs à raconter aux examinateurs. En d'autres mots, ça pourrait éveiller leur intérêt.

— Va expliquer ça à Ari.

Grace passa un bras autour des épaules de son ami. Il adorait ce gars, c'était l'un des meilleurs détectives qu'il ait jamais rencontrés. Glenn avait toutes les qualités requises pour aller très loin, mais à un prix. Un prix que beaucoup n'acceptaient pas : les horaires déments, qui détruisent de nombreux mariages. En général, les couples survivaient quand les deux étaient dans la police. Ou quand l'épouse était infirmière, ou dans une autre profession aux horaires asociaux.

— Je t'ai choisi aujourd'hui parce tu es mon meilleur bras droit. Mais je ne te force pas. Tu peux m'accompagner ou rentrer chez toi. C'est toi qui décides.

— Ouais, c'est ça, je rentre chez moi et ensuite ? Demain, je suis de retour dans la police de proximité, à arrêter les gays dans les parcs pour atteinte aux bonnes mœurs, je me trompe ?

— Pas vraiment.

Grace sortit de la voiture. Branson le suivit.

Baissés pour lutter contre le vent et la pluie battante, ils enfilèrent leurs combinaisons blanches et leurs bottes, puis, tels deux spermatozoïdes, se dirigèrent vers l'agent qui gardait la scène de crime et signèrent la feuille de présence.

— Vous allez avoir besoin de vos torches, les prévint-il.

Grace testa celle qu'il tenait à la main. Branson l'imita. Un autre officier en gilet jaune fluo se proposa de leur montrer le chemin. Tandis que le jour tombait, ils entamèrent la traversée du vaste chantier en s'enfonçant dans une boue collante, sculptée par les traces de pneus des engins.

Ils passèrent à côté d'une grue, d'une pelle mécanique et de matériaux de construction empilés sous des bâches en plastique tendues. Une façade en briques rouges en ruine, de style victorien, s'élevait fièrement devant les fondations du parking de la gare de Brighton. Tout autour d'eux, les lumières de la ville teintaient l'obscurité d'une lueur orangée. Au loin, deux bouts de métal cognaient l'un contre l'autre.

Grace observa le chantier. Ils étaient en train de couler les fondations. De lourdes machines arpentaient sans doute cette zone depuis des mois. Il ne trouverait aucune pièce à conviction ici – s'il y en avait, ce serait à l'intérieur, dans le collecteur d'eaux pluviales.

L'agent s'arrêta et montra du doigt un égout, six mètres en contrebas. Grace observa ce qui ressemblait à un serpent préhistorique en partie enterré, avec un trou irrégulier creusé sur le dos. La mosaïque de briques, si vieilles qu'elles en étaient presque décolorées, formait un tunnel à moitié enfoui, n'émergeant de la boue que par endroits.

C'était le collecteur d'eaux pluviales de l'ancienne voie ferrée entre Brighton et Kemp Town.

— Personne ne connaissait son existence, précisa l'agent. Une pelleteuse l'a fracturé aujourd'hui.

Roy Grace recula pour dompter la peur du vide qui, malgré la faible hauteur, était en train de l'envahir. Puis il respira à fond et dévala la pente glissante, laissant échapper un soupir de soulagement quand il arriva en bas, sain et sauf. Et soudain, le serpent lui sembla beaucoup plus grand, beaucoup plus visible. Le tunnel voûté mesurait un peu plus de deux mètres de haut, à vue de nez. L'intérieur du trou était sombre comme une grotte.

Il s'en approcha, Branson et le policier sur ses talons, et alluma sa lampe torche. Quand il entra dans le collecteur, leurs ombres portées se mirent à danser sur les parois. Il baissa la tête et fronça les narines – ça sentait l'humidité et le renfermé. De l'intérieur, le diamètre était plus grand que de l'extérieur. On eût dit un ancien métro, mais sans les stations.

— *Le Troisième Homme*, lâcha Glenn Branson sans transition. Tu l'as vu. Tu as le DVD chez toi.

— Celui avec Orson Welles et Joseph Cotten ? demanda Grace.

— Ouais, joli effort de mémoire ! À chaque fois que je vois des égouts, je pense à ce film.

Grace dirigea son puissant faisceau de lumière vers la droite. Rien. Quelques flaques tremblotantes. De vieux murs en brique. Puis il le balança vers la gauche et sursauta.

— Merde ! laissa échapper Glenn Branson dans un cri qui résonna autour d'eux.

Grace avait beau savoir ce qui l'attendait, il ne fut pas moins impressionné par ce qu'il découvrit quelques mètres en amont. Un squelette reposait, incliné contre le mur, partiellement enfoncé dans la vase. Comme s'il se détendait en l'attendant. De longs cheveux étaient encore attachés au crâne par endroits, mais à part cela, il n'y avait que des os polis et quelques minuscules lambeaux de peau desséchée.

Il pataugea vers le cadavre en faisant attention à ne pas glisser sur le paillis. Deux points rouges apparurent un bref instant. Un rat. Il redirigea sa lampe vers le crâne, dont le rictus le glaça d'effroi.

Quelque chose d'autre l'ébranla.

Les cheveux. Même si la brillance avait disparu depuis longtemps, c'était la même longueur et le même blond (comme les blés) que Sandy, sa femme, qui avait disparu depuis longtemps.

Essayant de chasser cette pensée de son esprit, il se tourna vers l'officier.

— Vous avez fouillé tout le tunnel ?

— Non, monsieur. J'ai estimé que ce serait mieux d'attendre les techniciens de scènes de crime.

— Bien.

Grace était soulagé que le jeune homme n'ait pas pris le risque de détruire d'éventuelles pièces à conviction. Puis il se rendit compte que sa main tremblait. Il dirigea son faisceau vers le crâne.

Vers la mèche de cheveux.

Le jour de son trentième anniversaire, il y avait un peu plus de neuf ans maintenant, Sandy, son épouse adorée, avait disparu de la surface de la terre. Depuis, il n'avait eu de cesse de la chercher. Chaque jour, chaque nuit, il s'était demandé ce qui avait bien pu lui arriver. Avait-elle été kidnappée ou emprisonnée ? S'était-elle enfuie avec un amant caché ? Avait-elle été assassinée ? S'était-elle suicidée ? Était-elle morte ou vivante ? Il avait consulté toutes sortes de médiums et voyants.

Il y avait peu, il s'était rendu à Munich, où des amis affirmaient l'avoir aperçue. L'idée n'était pas incongrue, dans la mesure où elle avait de la famille dans la région, du côté de sa mère. Mais aucun parent n'avait eu de nouvelles d'elle et toutes ses enquêtes s'étaient soldées par un échec. À chaque fois qu'il tombait sur un cadavre de sexe féminin, de l'âge de Sandy, il se demandait si, cette fois, c'était elle.

Et le squelette qui se tenait devant lui à présent, enterré dans un collecteur d'eaux pluviales de la ville qui l'avait vu naître, grandir, et tomber amoureux, semblait lui dire, railleur : *Tu en as mis du temps à me trouver !*

6

OCTOBRE 2007

Recroquevillée par terre, Abby fixait la petite plaque accrochée contre la paroi grise, à côté des boutons. En rouge sur fond blanc, on pouvait lire :

Si en panne, appel 013 228 7828 ou 999

La formulation ne lui inspira pas confiance. Sous les boutons se trouvait un boîtier fermé par une petite vitre brisée. Centimètre par centimètre, elle rampa pour l'atteindre. Moins d'un mètre l'en séparait, mais, vu les balancements de la cabine, c'était le bout du monde.

Elle réussit à l'atteindre, l'ouvrit et attrapa le combiné attaché à un câble.

Aucune tonalité.

Elle tapa contre le support. La cabine se mit à tanguer dangereusement, mais toujours aucun résultat. Elle composa quand même le numéro au cas où. Rien.

Super, se dit-elle, *génial*. Elle sortit son portable de son sac et appela les urgences.

Le téléphone émit un bruit strident et annonça :

Absence de réseau.

— Mon Dieu, non, ne me fais pas ça.

Le souffle court, elle éteignit son téléphone et le ralluma quelques secondes plus tard. Pria pour qu'une barre, une seule, indiquant la présence d'un réseau, apparaisse... Aucune.

Elle composa de nouveau le 999, et de nouveau le même bruit et le même message.

Elle réessaya, en pressant toujours plus fort sur les touches.

— Allez, allez, par pitié.

Elle fixa l'écran. La première barre apparaissait et disparaissait. Peut-être que si elle essayait...

Puis elle eut l'idée de crier.

— Y a quelqu'un ? À l'aide ! fit-elle timidement.

Son cri sembla faiblard, étriqué.

Elle prit une longue respiration et cria de toutes ses forces :

— Y A QUELQU'UN ? À L'AIDE ! À L'AIDE ! JE SUIS COINCÉE DANS L'ASCENSEUR !

Puis elle tendit l'oreille. Silence radio.

Un silence de plomb. L'une des lampes au-dessus d'elle ronronnait. Son cœur battait à tout rompre. Son sang pulsait dans ses veines. Elle entendait sa propre respiration.

Les murs se rapprochaient d'elle.

Elle inspira à fond, puis expira. Elle regarda de nouveau l'écran de son téléphone. Elle tremblait tellement qu'elle avait du mal à lire. Les chiffres affichés étaient flous. Elle respira profondément plusieurs fois de suite. Puis appela de nouveau les urgences. Rien. Elle posa son portable par terre et cogna contre les cloisons.

Les bruits résonnèrent et la cabine se mit à heurter une paroi, puis l'autre, et dévissa de quelques centimètres.

— À L'AIDE ! hurla-t-elle.

L'ascenseur oscilla davantage. Elle s'effondra par terre, immobile. La cabine se stabilisa.

Puis, elle entra dans une colère noire contre ce qui lui arrivait. Elle se releva un peu et se mit à frapper les portes en métal tout en s'époumonant, rugissant jusqu'à ce qu'elle ne supporte plus son propre vacarme, jusqu'à ce que sa gorge soit sèche. Elle fut prise d'une quinte de toux, comme si elle avait respiré trop de poussière.

— SORTEZ-MOI DE LÀ !

Et soudain, elle eut l'impression que quelqu'un appuyait contre le toit. Elle leva les yeux. Retenant sa respiration, elle écouta.

Mais elle n'entendit rien d'autre que le silence.

7

11 SEPTEMBRE 2001

Allongée seins nus sur un transat dans son jardin, Lorraine Wilson profitait des derniers rayons de soleil, avant l'arrivée de l'automne, pour prolonger son bronzage. Derrière des maxi-lunettes de soleil ovales, elle regarda sa montre – la Rolex en or que Ronnie lui avait achetée pour son anniversaire, en juin, en insistant sur le fait que c'était une vraie. Mais elle n'y avait pas cru une seconde. Elle connaissait trop bien son mari. Il n'aurait pas dépensé dix mille livres pour quelque chose qu'il pouvait trouver à cinquante. Surtout en ce moment, avec ses soucis financiers.

Il ne lui en parlait pas, bien entendu, mais elle le devinait à la façon qu'il avait de serrer les cordons de la bourse, ces derniers mois, de vérifier combien elle dépensait pour les courses, de se plaindre du prix de ses nouvelles fringues, de son coiffeur, et même des déjeuners qu'elle payait à ses amies.

Certaines pièces de leur maison étaient affreusement démodées, mais Ronnie refusait qu'elle appelle les architectes d'intérieur sous prétexte qu'ils devaient faire des économies.

Elle l'aimait tendrement, mais il y avait une partie de lui qui lui était inaccessible. Un endroit secret où il combattait ses démons, seul. Et ses démons, elle les connaissait : il voulait montrer à la terre entière, et surtout à son entourage, qu'il avait réussi sa vie.

C'était l'une des raisons pour lesquelles il avait acheté cette maison, tout près de Shirley Street, alors qu'ils n'en avaient pas du tout les moyens. Elle n'était pas grande, mais elle se trouvait dans l'un des quartiers résidentiels les mieux cotés de Brighton et Hove, dans un coin tranquille, vallonné, où les maisons individuelles disposaient de vastes jardins et où les allées étaient plantées d'arbres. Parce qu'elle était moderne, leur villa, sur deux niveaux, ne ressemblait pas aux autres, de style faux Tudor. En réalité, elle était petite, mais le toit en teck et la minuscule piscine ajoutaient une touche glamour, à la Beverly Hills.

Il était 13 h 50. Elle était contente d'avoir reçu un coup de fil de lui. Elle ne comprenait pas très bien le décalage horaire ; bizarre qu'il soit en train de prendre son petit déjeuner alors qu'elle-même déjeunait d'un fromage blanc aux fruits rouges. Elle était heureuse qu'il rentre ce soir. Il lui manquait toujours quand il voyageait – et comme c'était un séducteur, elle se demandait tout le temps ce qu'il fabriquait quand il était seul. Mais cette fois, ce n'avait été qu'un bref séjour, trois jours.

Cette partie du jardin, à l'abri des regards, était protégée par un haut treillis couvert de lierre et un rhododendron qui semblait vouloir devenir aussi grand qu'un arbre. Ses yeux se posèrent sur le robot qui nettoyait l'eau bleue en faisant des clapotis. Alfie, leur chat tigré, avait, selon toute vraisemblance, trouvé quelque chose derrière le rhododendron. Il s'avança prudemment, s'arrêta, fit demi-tour, repassa devant à pas de loup, et observa encore.

On ne sait jamais ce qui se passe dans la tête d'un chat, se dit-elle tout à coup. Alfie était un peu comme Ronnie, en fait.

Elle posa son assiette par terre et attrapa le *Daily Mail*. Elle avait une heure et demie devant elle, avant d'aller chez le coiffeur. Elle avait prévu de se faire faire des mèches, puis de passer chez sa manucure. Elle veillait toujours à se faire belle pour lui.

Baignée de soleil, elle tournait les pages. Dans quelques minutes, elle irait repasser les chemises de Ronnie. Il achetait peut-être des contrefaçons pour ce qui était des montres, mais en matière de chemises, il ne plaisantait pas avec la qualité. Il ne se fournissait que sur Jermyn Street, à Londres. Et il mettait un point d'honneur à ce qu'elles soient parfaitement repassées. Maintenant que la femme de ménage avait été remerciée – par mesure d'économie – elle devait s'occuper de tout elle-même.

Elle sourit en se remémorant leurs premiers mois de vie commune, cette époque où elle prenait plaisir à laver le linge de Ronnie et à le repasser. Ils s'étaient rencontrés dix ans plus tôt, alors qu'elle travaillait comme démonstratrice dans une boutique de *duty free* à l'aéroport de Gatwick. Ronnie essayait de refaire sa vie après que sa femme, une magnifique idiote, était partie à Los Angeles avec un gars qu'elle avait rencontré lors d'une virée entre filles à Londres, un réalisateur qui allait faire d'elle une star.

Elle se remémora leurs premières vacances près de Marbella, dans un petit appartement donnant sur la marina de Puerto Banus. Ronnie avait passé son temps à boire des bières sur le balcon en admirant jalousement les yachts, lui promettant qu'un jour ils posséderaient le plus gros bateau du port. Il était doué pour enjôler les femmes, ça oui. Un véritable expert.

À l'époque, elle adorait laver ses vêtements. Sentir ses tee-shirts, maillots de bain, caleçons, chaussettes et mouchoirs entre ses mains. Respirer ses odeurs masculines. Elle ressentait une immense satisfaction à repasser ses magnifiques chemises et à le voir les porter, comme s'il détenait une partie d'elle-même. Maintenant, c'était une corvée, et elle lui en voulait d'être aussi radin.

Elle retourna à son article sur le THS. Le traitement hormonal substitutif pour réduire les symptômes de la ménopause – et garder une allure juvénile – augmentait-il les risques de cancer du sein et autres maladies ? Une guêpe bourdonnait près de son visage ; elle la chassa et posa les yeux sur sa poitrine. Dans deux ans, elle en aurait quarante. Tout commençait à pendouiller, sauf ses seins, qui avaient coûté les yeux de la tête.

Lorraine n'était pas une beauté classique, aux traits réguliers, mais, comme disait Ronnie, elle était canon. Elle tenait sa blondeur de sa grand-mère norvégienne. Quelques années auparavant, comme des milliards de femmes sur la planète, elle avait adopté la coupe désormais célèbre de Lady Di, la princesse de Galles ; à différentes occasions, on lui avait d'ailleurs demandé si ce n'était pas elle. *Mais à présent*, se dit-elle, la mort dans l'âme, *je vais devoir m'occuper sérieusement du reste de mon corps.*

Allongée dans le transat, elle trouvait que son ventre ressemblait à celui d'un kangourou. Sa peau était flasque comme si elle avait été tendue en permanence ou qu'elle avait eu plusieurs enfants. Et elle avait de la cellulite sur le haut des cuisses.

La situation était désastreuse *malgré* (et au grand désespoir de Ronnie, vu le prix que cela coûtait) ses trois cours par semaine avec un coach personnel.

La guêpe revint bourdonner autour de sa tête.

— Dégage, glapit-elle en la chassant d'un revers de main. Casse-toi.

Puis son téléphone sonna. Elle se pencha pour le ramasser. C'était sa sœur, Mo. Elle qui était d'habitude calme et enjouée semblait très agitée.

— Tu es devant la télé ?

— Non, je suis dans le jardin, lui répondit Lorraine.

— Ronnie, il est à New York, n'est-ce pas ?

— Oui. Je viens tout juste de lui parler. Pourquoi ?

— Il s'est passé un truc horrible. C'est sur toutes les chaînes. Un avion vient de percuter le World Trade Center.

8

OCTOBRE 2007

Redoublant d'intensité, la pluie cognait fort contre le toit du camion de la police scientifique. Les vitres opaques laissaient passer la lumière, mais empêchaient tout regard intrusif. Dehors, il ne faisait plus très jour ; les dix mille réverbères de la ville teintaient le crépuscule pluvieux de reflets rouille.

Le Ford Transit avait beau être spacieux, il y avait tant de monde à l'intérieur que Roy Grace s'y sentait à l'étroit. Il termina un appel sur son portable et présida la réunion, après avoir posé devant lui le carnet qu'il avait sorti de son sac d'intervention.

Serrés autour de la table se trouvaient, outre Glenn Branson, le chef de l'équipe médico-légale, un enquêteur spécialisé, un technicien de scènes de crime senior, l'un des deux policiers chargés de surveiller la scène et Joan Major, l'anthropologue judiciaire de la police du Sussex, à laquelle ils faisaient habituellement appel pour aider à l'identification des squelettes – et déterminer si les ossements trouvés lors de chantiers, par des enfants dans les bois, par des jardiniers, étaient d'origine humaine ou animale.

Il faisait froid et humide à l'intérieur de la camionnette et ça sentait le synthétique : sur les étagères métalliques sur mesure étaient entreposés des rouleaux de ruban servant à interdire l'accès aux scènes de crime, des housses mortuaires, du matériel pour planter une tente, des tapis de sol, des cordes, du câblage, des marteaux, des scies, des haches et des bouteilles en plastique de produits chimiques. Grace avait toujours trouvé ces véhicules sinistres. Ils ressemblaient à des caravanes, sauf qu'ils n'allaient jamais sur des campings, mais sur des lieux morbides.

Il était 18 h 30.

— Nadiuska n'est pas disponible, expliqua-t-il à sa nouvelle équipe après avoir raccroché.

— Ça veut dire qu'ils vont nous envoyer Frazer ? demanda Glenn sans enthousiasme.

— Oui.

Tous les visages se décomposèrent. Nadiuska De Sancha était le médecin légiste avec laquelle tout le monde, à la police du Sussex, aimait travailler. Elle était rapide, intéressante et marrante – et belle, pour ne rien gâcher. *A contrario*, Frazer Theobald était lent et austère, mais très méticuleux.

— Le vrai problème c'est que Frazer est en train de terminer une autopsie à Esher. Il ne sera pas là avant 21 heures.

Son regard croisa celui de Glenn. Ils savaient ce que cela impliquait : ils allaient y passer la nuit.

Grace nota sur son carnet d'enquête : PRÉ-BRIEFING. Vendredi 19 octobre. 18 h 30. *In situ*. Chantier de la Nouvelle-Angleterre.

— Je peux faire une suggestion ? demanda Joan Major.

L'anthropologue judiciaire était une jolie femme d'une quarantaine d'années, longs cheveux bruns, lunettes rectangulaires à la mode, col roulé noir, pantalon marron et grosses bottes.

Grace lui donna la parole d'un geste de la main.

— Je suggère qu'on fasse un premier compte rendu maintenant, mais je pense que ce n'est pas nécessaire de commencer le boulot ce soir – surtout qu'il fait nuit. Ce genre de travail est beaucoup plus facile de jour. Le squelette est là depuis un certain temps, un jour de plus ou de moins, cela ne fera pas une grande différence.

— C'est une bonne idée, approuva Grace. Il faut quand même qu'on prenne en compte le chantier.

Il se tourna vers Ned Morgan, l'enquêteur spécialisé, un homme grand, barbu, à la peau tannée par le soleil.

— Il faudra que tu discutes avec le contremaître, Ned. On va devoir stopper tous travaux à proximité immédiate du collecteur.

— Je lui en ai parlé en arrivant. Il est inquiet parce qu'ils sont déjà en retard. Il a failli péter un plomb quand je l'ai informé qu'on serait là pendant une semaine.

— Le chantier est grand, fit Grace. Inutile de tout arrêter. Définis la zone où tu veux enquêter.

Puis il se tourna vers Joan.

— Tu as raison, ce sera mieux demain, de jour.

Il passa un coup de fil à Steve Curry, le commandant chargé de la coordination avec les policiers du secteur et lui annonça qu'il voulait qu'un policier continue à monter la garde jusqu'à nouvel ordre, ce qui ne ravit pas son interlocuteur. Les agents de garde pesaient lourd dans le budget.

Grace se tourna vers Joe Tindall, qui avait été promu chef de l'équipe médico-légale un peu plus tôt dans l'année. Tindall le gratifia d'un sourire d'autosatisfaction.

— Ça m'est égal, Roy, le devança-t-il avec son accent des Midlands. C'est fini le temps où toi et tes collègues pouvaient pourrir mes week-ends. Dorénavant, je dérange quelqu'un d'autre pour vous.

Grace l'enviait en secret. Le squelette pouvait bien attendre lundi. Mais maintenant qu'il avait été découvert et signalé, ce n'était plus possible.

★

Dix minutes plus tard, après avoir revêtu leur tenue de protection, ils pénétrèrent dans le collecteur. Grace ouvrait la marche, suivi de Joan Major et de Ned Morgan. L'enquêteur spécialisé avait demandé aux autres membres de l'équipe de rester dans le véhicule pour limiter la contamination de la scène de crime.

Tous trois s'arrêtèrent à quelques mètres du squelette et l'éclairèrent de leurs torches. Joan Major balaya son faisceau de haut en bas, puis s'approcha du cadavre au point de pouvoir le toucher.

La gorge nouée, Roy Grace ne quittait pas des yeux le visage. Selon les statistiques, il était très peu probable que ce soit Sandy, mais quand même... Les dents étaient intactes. Impeccablement alignées. Sandy avait de très belles dents – c'était d'ailleurs l'une des nombreuses choses qui l'avaient attiré. Des dents superbes, blanches, régulières, et un sourire qui le faisait fondre à chaque fois.

— C'est un homme ou une femme, Joan ?

Sa propre voix lui sembla étrangère.

Joan observait le crâne.

— Le front est plutôt droit – les hommes ont un front plus bombé, précisa-t-elle.

Ses paroles se propagèrent avec un drôle d'écho. Elle passa sa torche dans sa main gauche et montra de son index droit, ganté, l'arrière du crâne.

— La crête nucale est très arrondie.

Elle posa le doigt dessus.

— Roy, si tu touches l'arrière de ton crâne, elle sera beaucoup plus saillante – c'est ainsi chez les hommes.

Puis elle s'approcha de la cavité de l'oreille gauche.

— L'apophyse mastoïde évoque celle d'une femme – pas assez prononcée pour être celle d'un homme.

Puis elle passa son doigt à hauteur des yeux.

— Tu vois les arcades sourcilières ? Elles seraient plus marquées si c'était un homme.

— Donc tu es quasiment sûre que c'est une femme ?

— Oui. Quand on découvrira le pelvis, je serai certaine à cent pour cent, mais je suis assez sûre de moi. Je pratiquerai aussi quelques mesures – le squelette masculin est en général plus robuste, les proportions sont différentes.

Elle hésita un instant.

— Il y a quelque chose d'intéressant. Je demanderai à Frazer ce qu'il en pense.

— Quoi ?

Elle montra du doigt le bas du crâne.
— L'os hyoïde est cassé.
— Hyoïde ?
Elle désigna un os suspendu à un minuscule bout de peau séchée.
— Tu vois l'os en forme de fer à cheval ? C'est lui qui garde la langue en place. Il se pourrait qu'il nous informe sur la cause de la mort : l'hyoïde se brise le plus souvent dans les cas de strangulation.

Grace enregistra l'information. Il regarda l'os quelques secondes, puis revint à ces dents parfaitement alignées, en essayant de se souvenir de ce qu'il avait appris, au moins deux ans auparavant, quand il avait assisté à l'examen d'un squelette.

— Et à propos de son âge ?
— J'en saurai davantage demain. À première vue, je dirais entre vingt-cinq et quarante ans.

Sandy avait vingt-huit ans quand elle avait disparu, se souvint-il, les yeux rivés au crâne. Aux dents. Du coin de l'œil, il vit Ned Morgan éclairer le collecteur d'un côté, puis de l'autre.

— Roy, il faudra faire venir un urbaniste de la mairie. Qu'il nous dise avec quels autres réseaux d'évacuation celui-ci est connecté. Peut-être que des habits ou autres effets personnels ont été emportés par le courant.

— Tu penses que ce collecteur est opérationnel ? lui demanda Grace.

Morgan balança son faisceau, pensif.

— Il pleut fort, il a plu toute la journée, et pourtant, il n'y a guère d'eau ici, mais ce n'est pas impossible. Cet ouvrage a été construit pour empêcher les voies ferrées d'être inondées. Mais...

Il hésita.

Joan intervint :

— Le squelette se trouve ici depuis plusieurs années. Si le collecteur fonctionnait, il aurait été emporté et se serait brisé. Il est intact. Et la présence de peau desséchée semble indiquer que l'atmosphère est sèche depuis quelque temps. Mais on ne peut pas exclure la possibilité de courants, de temps en temps.

Grace était assailli par des émotions violentes. Soudain, il n'avait plus envie d'attendre le lendemain. Il voulait que son équipe commence les recherches sur-le-champ.

C'est à contrecœur qu'il demanda à l'officier de garde de sceller l'entrée et de sécuriser l'ensemble du chantier.

9

OCTOBRE 2007

Abby n'y croyait pas – elle avait envie de faire pipi. Elle regarda sa montre. Une heure et dix minutes s'étaient écoulées depuis qu'elle était montée dans ce foutu ascenseur. Pourquoi ? Mais pourquoi ? Pourquoi avait-elle été aussi bête ?

À cause des enfoirés d'ouvriers, voilà pourquoi.

Bon sang. Il ne fallait pas trente secondes pour descendre par l'escalier et c'était bon pour sa ligne. *Pourquoi, pourquoi, pourquoi ?*

Et maintenant, cette pression atroce contre sa vessie. Elle était passée aux toilettes juste avant de quitter l'appartement, mais c'était comme si elle avait bu cinq litres de café et autant d'eau depuis.

Pas question. Je ne vais pas me faire dessus. Je ne baignerai pas dans une flaque d'urine quand les pompiers arriveront. Je ne m'infligerai pas cette humiliation, merci bien.

Elle serra ses abdominaux et ses genoux en tremblant, attendant que ça passe, puis regarda de nouveau le toit de l'ascenseur, le panneau grillagé, lumineux, opaque. Tendit l'oreille en direction de ces pas qu'elle était persuadée d'entendre.

Ou peut-être était-ce son imagination.

Dans les films, les gens arrivent à ouvrir les portes ou sortent par une trappe, au plafond. Mais dans les films, la cabine ne se balance pas comme ça.

Le besoin d'uriner s'estompa. Il reviendrait, mais pour le moment, ça allait mieux. Elle essaya de se lever, aussitôt l'ascenseur se remit à osciller en cognant contre les parois. Elle retint sa respiration en attendant que le mouvement cesse et en priant pour que le câble ne lâche pas. Puis elle se mit à genoux, ramassa son portable et composa le même numéro. Toujours le même son strident, toujours pas de réseau.

Elle plaça ses mains contre les portes et essaya d'enfoncer ses doigts dans l'interstice, mais les portes résistaient. Elle ouvrit son sac et fouilla à la recherche d'un objet qu'elle pourrait glisser dans la minuscule fente. Elle n'avait rien d'autre qu'une lime à ongles métallique. Elle l'enfonça, mais, quelques centimètres plus loin, heurta une surface dure. Elle essaya de la bouger vers la droite, après quoi elle donna un coup sec vers la gauche. La lame se tordit. Elle appuya sur tous les boutons de l'ascenseur puis, désespérée, frappa du plat de la main contre les parois.

Génial.

Combien de temps allait-elle devoir rester là-dedans ?

Il y eut un nouveau craquement inquiétant au-dessus de sa tête. Elle imagina le câble de fils tressés se défaire peu à peu, devenir de plus en plus fin, les boulons vissés au toit se détacher lentement mais sûrement. Elle se souvint d'une conversation dans une soirée, quelques années auparavant, sur les choses à faire si le câble lâchait et l'ascenseur dévissait d'un coup d'un seul. Plusieurs personnes étaient d'avis qu'il fallait sauter juste avant que la cabine touche le sol. Mais comment deviner le moment où l'ascenseur allait s'écraser ? Et s'il chutait – disons – à cent kilomètres-heure, la victime tombait à la même vitesse... D'autres suggéraient de s'allonger au sol tandis qu'un petit plaisantin affirmait que le mieux était encore de ne pas se trouver dans cet ascenseur.

Et dans le contexte actuel, elle était de son avis.

Dieu que c'était ironique. Tout ce qu'elle avait traversé pour être ici, à Brighton. Les risques qu'elle avait pris, les précautions pour ne pas laisser de traces...

Et maintenant, cet accident.

Elle songea aux titres des journaux. *Une femme non identifiée meurt dans un étrange accident d'ascenseur.*

Non. Pas question.

Elle leva les yeux vers le plafond en verre, se mit sur la pointe des pieds, le toucha du doigt. Impossible de le déplacer.

Elle poussa plus fort.

Rien.

C'était inconcevable qu'il ne bouge pas. Elle s'étira au maximum et, du bout des doigts des deux mains, poussa de toutes ses forces. Mais ses efforts ne firent qu'accentuer les oscillations de l'ascenseur, qui cogna une nouvelle fois contre la paroi avec le même *boum* retentissant.

Puis elle entendit un grincement au-dessus d'elle. Une longue plainte, comme si quelqu'un, là-haut, venait la secourir.

Elle tendit de nouveau l'oreille, en essayant de faire abstraction de sa propre respiration et des battements assourdissants de son cœur. Elle écouta pendant deux minutes environ et ses oreilles se débouchèrent sous la pression, comme cela arrive dans un avion, sauf que ce n'était pas l'altitude, mais la peur.

Tout ce qu'elle discernait, c'était les craquements réguliers du câble et, de temps en temps, le bruit d'un objet métallique qui se détache.

10

11 SEPTEMBRE 2001

Agrippée à son téléphone sans fil, habitée par un horrible pressentiment, Lorraine bondit de son transat. Elle traversa la terrasse en courant, faillit trébucher sur Alfie, passa les portes du patio et sentit ses pieds s'enfoncer dans l'épaisse moquette blanche, tandis que sa chaîne en or et ses seins tressautaient.

— C'est là-bas qu'il est, souffla-t-elle. C'est là que se trouve Ronnie en ce moment.

Elle attrapa la télécommande et appuya sur un bouton. BBC One. Un Caméscope filmait d'une main tremblante les tours jumelles, immenses, argentées, bien connues, du World Trade Center.

Une petite colonne de fumée noire s'élevait du sommet de l'une d'elles, la cachant en partie ; l'antenne plantée au sommet s'élançait dans un ciel immaculé bleu cobalt.

Mon Dieu, mon Dieu, Ronnie se trouvait là. Dans quelle tour avait-il rendez-vous ? À quel étage ?

Elle entendait à peine le journaliste dire d'une voix agitée :

— Il ne s'agit pas d'un petit appareil, mais d'un avion de ligne. Mon Dieu, mon Dieu !

— Mo, je te rappelle. Je te rappelle tout de suite.

Elle composa le numéro de Ronnie en enfonçant férocement les touches. Quelques secondes plus tard, ça sonna occupé. Elle retenta une deuxième, troisième et quatrième fois.

Mon Dieu, Ronnie, je t'en prie, dis-moi que tu n'as rien, mon chéri, dis-moi que tu n'as rien.

Elle entendit les hurlements des sirènes à la télévision. Vit des gens regarder vers le ciel. Tous, hommes et femmes habillés chic pour aller travailler, s'étaient immobilisés, formant un étrange tableau. Certains tenaient des appareils photo, d'autres levaient leur main en visière. Puis la caméra montra de nouveau les tours jumelles, dont l'une crachait cette fumée noire, salissant ce magnifique ciel bleu.

Un frisson la parcourut. Elle s'immobilisa.

Les sirènes s'accentuèrent.

Quasiment personne ne bougeait. Quelques rares individus fonçaient vers les bâtiments. Elle vit un camion de pompiers avec sa grande échelle ; les sirènes de la police se mêlaient à celles des pompiers.

Elle composa une nouvelle fois le numéro de Ronnie. Occupé. Encore occupé. Toujours occupé.

Elle rappela sa sœur.

— Je n'arrive pas à le joindre, gémit-elle.

— Il n'a rien, Lori. Ronnie est un survivant, il va s'en sortir.

— Comment... comment cela peut-il arriver ? demanda Lorraine. Comment un avion peut-il...

— Je suis sûre qu'il va bien. C'est horrible, incroyable. C'est comme dans ces catastrophes... Ces films catastrophe.

— Je vais raccrocher. Il essaie peut-être de me joindre. Je vais réessayer.

— Tu me rappelles après lui avoir parlé ?

— Oui.

— Promis ?

— Oui.

— Il n'a rien, ma chérie, je te le promets.

Lorraine raccrocha, bouleversée par les images à l'écran. Elle composa avec fébrilité le numéro de Ronnie, mais fut interrompue au milieu de sa tentative.

11

OCTOBRE 2007

— Je suis l'amour de ta vie ? lui demanda-t-elle. Grace ? Je suis l'amour de ta vie ?
— Oui.
Elle sourit.
— Tu ne me mens pas, hein, Grace ?
Ils avaient pris un déjeuner arrosé à La Coupole, à Saint-Germain, puis s'étaient promenés le long de la Seine, en cette superbe journée de juin, avant de retourner à leur hôtel.
Il faisait toujours beau quand ils étaient ensemble. Comme en ce moment même. Sandy était au-dessus de lui, dans leur jolie chambre, bloquant les rayons du soleil qui passaient à travers les volets clos. Ses tresses blondes se balançaient de part et d'autre de son visage parsemé de taches de rousseur, caressant les joues de Roy. Puis elle frotta son visage de ses cheveux, comme pour le dépoussiérer.
— Hé ! Je dois lire ce rapport du ministère public. Je...
— Tu es d'un ennui... Toujours un truc à lire ! On est à Paris ! C'est un week-end romantique ! Je ne te plais plus ?
Elle l'embrassa sur le front.
— Lire, lire, lire. Travailler, travailler, travailler.
Elle lui posa un deuxième baiser.
— Tu es d'un ennui mortel !
Elle s'éloigna de lui en dansant, le narguant, tandis qu'il lui ouvrait ses bras. Elle portait une minirobe d'été, dont ses

seins débordaient presque. Celle-ci remonta jusqu'à hauteur de cuisses, il entrevit ses longues jambes bronzées et eut soudain très envie d'elle.

Toujours penchée sur lui, elle s'approcha et prit son sexe dans sa main.

— C'est tout pour moi ? J'adore ! C'est une vraie matraque !

Il eut soudain du mal à distinguer son visage dans la lumière du soleil. Ses traits disparurent tout à fait. Il ne voyait plus qu'un ovale vierge, noir, encadré de cheveux dorés, comme lors d'une éclipse. Pendant un dixième de seconde, pris de panique, il fut incapable de se souvenir de son visage.

Puis elle réapparut clairement.

Il sourit.

— Je t'aime plus que tout au...

Puis le soleil disparut derrière un nuage. La température chuta. Elle devint pâle, comme si elle était malade, mourante.

Il passa ses bras autour de son cou en la serrant fort.

— Sandy, cria-t-il, alarmé. Sandy, ma chérie !

Elle sentait bizarre. Sa peau devenait dure, rien à voir avec la peau douce qu'il connaissait. Elle sentait le rance, la matière en décomposition, le terreau, l'orange amère. Puis la lumière disparut, comme si quelqu'un avait appuyé sur un interrupteur.

Roy entendit l'écho de sa voix dans l'air froid.

— Sandy ! cria-t-il, mais le son resta bloqué dans sa gorge.

Puis la lumière revint. La lumière crue de la salle d'autopsie. Il la regarda dans les yeux et hurla.

Il fixait les orbites vides d'un squelette. Tenait un squelette entre ses bras. Un crâne aux dents parfaites lui souriait.

— SANDY ! hurla-t-il, SANDY !

Puis la lumière changea. Elle devint jaune, tamisée. Un lit craqua. Une voix s'éleva :

— Roy ?

La voix de Cleo.

— Roy ? Tu es réveillé ?

Fixant le plafond, il clignait des yeux, confus, en nage.

— Roy ?

Il tremblait.

— Je... je...

— Tu as crié si fort...

— Excuse-moi. Je suis désolé.

Cleo s'assit. Son visage, encadré de ses longs cheveux blonds en désordre, était pâle de sommeil et sous le choc. Appuyée sur son coude, elle le considéra avec une expression étrange, comme s'il l'avait blessée. Il devina ce qu'elle allait dire avant même qu'elle n'ouvre la bouche.

— Sandy. (Sa voix était lourde de reproches.) Encore elle.

Il la dévisagea. Ses cheveux étaient de la même couleur que ceux de Sandy, ses yeux aussi, peut-être un peu plus gris-bleu, quand ceux de Sandy étaient d'un bleu profond. Légèrement plus durs. Il avait lu quelque part que les veufs et les divorcés tombaient souvent amoureux d'une femme ressemblant à leur ex-épouse. Il n'y avait jamais pensé avant. Mais elles ne se ressemblaient pas, pas du tout. Sandy était jolie, mais avec des traits moins fins que ceux de Cleo, qui était d'une beauté classique.

Il contempla le plafond et les murs blancs de la chambre de Cleo. S'attarda sur la coiffeuse noire laquée abîmée. Elle n'aimait pas aller chez lui, elle y sentait trop la présence de Sandy. Elle préférait qu'ils se voient chez elle.

— Je suis désolé, s'excusa-t-il. C'était juste un cauchemar.

Elle lui caressa tendrement la joue.

— Peut-être que tu devrais retourner chez le psy que tu voyais...

Il acquiesça et finit par se rendormir, mais à moitié, de peur de refaire le même cauchemar.

12

OCTOBRE 2007

Les contractions empiraient – elles se rapprochaient et devenaient de plus en plus douloureuses. Une par minute, maintenant. Peut-être était-ce la même chose lors d'un accouchement...
Sa montre indiquait 3 h 08. Abby se trouvait dans cet ascenseur depuis près de neuf heures à présent. Y resterait-elle jusqu'à lundi, s'il ne lâchait pas et n'atterrissait pas au rez-de-chaussée ?
Cool. Tu as fait quoi, ce week-end ? Je l'ai passé dans un ascenseur. C'était chouette. Il y avait un miroir, des boutons, un panneau lumineux crado, un graffiti sur l'un des murs, comme si quelqu'un avait commencé à dessiner une croix gammée, puis avait changé d'avis, et un écriteau rédigé par une personne qui ne parlait pas anglais – et ne savait pas non plus entretenir un ascenseur.

Si en panne, appel 013 228 7828 ou 999

Elle tremblait de colère et sa gorge était sèche, irritée par les cris. Elle n'avait presque plus de voix. Après avoir repris des forces, elle se leva une nouvelle fois. Elle s'en fichait que le truc balance et tombe : elle *voulait* sortir, plutôt qu'attendre que le câble ou les chaînes cèdent et qu'elle fasse le saut de l'ange.

— J'essaie, bande d'imbéciles, croassa-t-elle en levant les yeux vers l'écriteau.

Elle sentit les parois se rapprocher – une autre crise d'angoisse la guettait.

Le téléphone de la cabine n'avait pas de tonalité. Elle approcha son portable de son visage, en respirant profondément pour essayer de se calmer, en priant pour qu'une barre apparaisse, en maudissant son opérateur et la terre entière. Son cuir chevelu formait un étau autour de son crâne. Sa vision était brouillée et l'envie d'uriner lui déchirait les entrailles.

Les genoux serrés, elle avait du mal à respirer. Ses cuisses, écrasées l'une contre l'autre, tremblaient. Elle ressentit une douleur insupportable dans son abdomen, comme si on enfonçait, puis remuait, une lame de couteau brûlante. Elle geignit, essayant de reprendre son souffle. Fiévreuse, elle s'appuya contre le mur en position fœtale. Elle n'allait pas pouvoir tenir beaucoup plus longtemps.

Mais elle résistait, serrait les dents, luttait – *la volonté est plus forte que le corps* –, déterminée à ne pas le laisser faire quelque chose que son esprit refusait. Elle eut une pensée pour sa mère, qui, à cause de multiples scléroses, était devenue incontinente peu avant soixante ans.

— Je ne suis pas incontinente, non mais. Sortez-moi de là, sortez-moi de là, sortez-moi de là, répéta-t-elle dans un murmure, tel un mantra, jusqu'à ce que l'envie atteigne son paroxysme, puis diminue progressivement, avec une lenteur insupportable.

Le besoin finit par passer. Épuisée, mais libérée, elle se laissa glisser par terre en se demandant combien de temps on pouvait se retenir avant que la vessie n'éclate.

Dans le désert, les gens survivent parfois en buvant leur propre urine. Elle pouvait peut-être faire dans l'une de ses bottes, se dit-elle, prête à tout. L'utiliser comme récipient. Et garder son urine comme liquide en cas d'urgence. Combien de temps peut-on survivre sans eau ? Elle se souvenait avoir lu quelque part qu'un humain peut passer plusieurs jours sans manger, mais pas sans boire.

Elle ôta l'une de ses bottes en essayant de ne pas perdre l'équilibre malgré le mouvement de balancier, puis sauta aussi haut qu'elle put, en frappant de son talon cubain contre le plexiglas au plafond. Mais les conséquences furent désastreuses. L'ascenseur se remit à osciller violemment en cognant et en rebondissant contre les murs, la projetant contre les parois.

Elle retint sa respiration. Cette fois, c'est sûr, le câble allait rompre.

Elle arrivait même à espérer que ce soit le cas. Tomber en chute libre, ce serait la solution à tout. Pas très élégante, bien sûr, mais une solution quand même.

En réponse à ses réflexions, les lumières s'éteignirent.

13

11 SEPTEMBRE 2001

Une nuit, une maison avait brûlé dans la rue où il avait grandi, dans le quartier de Coldean, à Brighton. Ronnie Wilson se souvenait du bruit, de l'agitation, des camions de pompiers. Il avait observé la scène en robe de chambre et pantoufles, dans l'obscurité. Il avait le souvenir d'un sentiment d'effroi mêlé de fascination. Mais surtout, il se souvenait de l'odeur.

Une horrible odeur de destruction et de désespoir.

Pareille à celle qui flottait dans l'air en ce moment. Pas les arômes agréables de bois, ni ceux, réconfortants, du poêle à charbon, mais les relents acides de peinture brûlée, de papier cramé, de caoutchouc roussi et les vapeurs toxiques du vinyle et du plastique fondus. La puanteur prenait à la gorge, piquait les yeux, donnait envie de se couvrir le nez et de faire marche arrière, de s'éloigner, de retourner au café qu'il venait tout juste de quitter.

Mais au lieu de cela, il resta figé.

Comme tout le monde.

De façon surréaliste, Manhattan fut plongée dans le silence et tous les gens dans la rue s'immobilisèrent, comme si quelqu'un avait appuyé sur « pause ». Seules les voitures se déplaçaient encore, avant qu'un feu rouge ne les arrête

Les gens fixaient quelque chose. Il lui fallut un peu de temps pour comprendre quoi. Il observa tout d'abord la rue :

une borne d'incendie, des tables à tréteaux devant une boutique de magazines et de guides touristiques, l'auvent d'une épicerie avec, en vitrine, un écriteau « beurre et œufs »... Il leva les yeux vers un signal lumineux en forme de main rouge interdisant aux piétons de traverser, puis vers les feux de signalisation suspendus au-dessus du croisement avec Warren Street ; les voitures se suivaient de près, phares arrière allumés.

Suivant leurs regards vers le ciel, il distingua tout d'abord une épaisse fumée noire, dense comme celle qui s'échappe des usines pétrochimiques, s'élevant au-dessus des gratte-ciel qui se trouvaient devant lui.

Il réalisa qu'un immeuble était en feu. Mais il fut bouleversé et choqué quand il se rendit compte, avec horreur, qu'il s'agissait du World Trade Center.

Merde, merde, merde.

Pétrifié et désorienté, comme tout le monde autour de lui, il était incapable de bouger, d'interpréter ce qu'il voyait. Il n'en croyait pas ses yeux.

Le feu passa au vert et les voitures, les camionnettes et un camion redémarrèrent. Ronnie se demanda si les conducteurs avaient remarqué la fumée. Peut-être ne voyaient-ils pas plus haut que le sommet de leur pare-brise.

Le nuage s'estompa pendant quelques instants. L'antenne radio rayée noir et blanc réapparut, haute et fière, dans un ciel d'un bleu éclatant. Il s'agissait donc de la tour Nord, se souvint-il d'un voyage antérieur. Il poussa un soupir de soulagement. Le bureau de Donald Hatcook se trouvait dans la tour Sud. Bon. OK. Il allait pouvoir le faire, ce rendez-vous.

Il entendit une sirène. Puis une autre, de plus en plus forte, assourdissante, brisant le silence. Il se retourna et vit une voiture de police portant les lettres NYPD avec trois occupants ; le gars assis derrière se tordait le cou pour voir le ciel. Elle s'engagea sur la voie en sens inverse. Les gyrophares rouges projetèrent leur lumière contre les portières jaunes de trois taxis. Le véhicule freina brusquement, piqua du nez, les freins crissèrent. Il se fraya un chemin entre un camion de livraison d'une boulangerie, une Porsche à l'arrêt et un autre taxi.

— Mon Dieu, oh, mon Dieu ! Mon Dieu ! répéta une femme derrière lui. Mon Dieu, il a percuté la tour ! Oh, mon Dieu !

Les policiers s'éloignèrent et la sirène s'amenuisa. De nouveau, un long silence s'imposa. Chambers Street semblait inanimée – elle s'était tout d'un coup vidée. Ronnie vit un homme traverser. Il portait une casquette de base-ball, un parka léger, de grosses bottes et un sac plastique dans lequel se trouvait sans doute son déjeuner.

Ronnie distingua le bruit de ses pas. L'homme considéra la rue d'un air inquiet, comme s'il craignait qu'un deuxième véhicule de police ne surgisse à toute allure et ne le renverse.

Mais il n'y en eut pas de second. Juste le silence. Comme si trois personnes allaient pouvoir gérer cet incident.

— Vous l'avez vu ? lui demanda la femme derrière lui.

Ronnie se retourna.

— Qu'est-ce qui s'est passé ?

Elle avait de longs cheveux bruns, les yeux exorbités. Ses deux sacs remplis de provisions étaient posés à côté d'elle, sur le trottoir.

Elle avait la voix qui tremblait.

— Un avion ! Mon Dieu, c'était un avion ! Il est rentré dans cette tour, bon sang. Je n'arrive pas à y croire. C'était un avion. Il est rentré dans la tour !

— Un avion ?

— Il a percuté la tour. Il a percuté la tour.

Elle était de toute évidence en état de choc.

Une autre sirène s'éleva. Différente de celle des flics. Plus grave. Les pompiers.

J'hallucine. Merde, j'hallucine ! Le matin où je dois rencontrer Donald, un imbécile plante son avion dans ce putain de World Trade Center !

Il regarda sa montre. Merde ! Il était presque 8 h 55 ! Il avait quitté le café à moins le quart pour se laisser une marge. Il était planté là depuis dix minutes ! La secrétaire arrogante de Donald Hatcook lui avait dit d'être ponctuel, car Donald n'avait qu'une heure avant de devoir se rendre à l'aéroport pour prendre un avion à destination de Wichita. Ou Washington. Une petite heure pour convaincre son ami et sauver sa boîte !

Il entendit une troisième sirène. Merde, ç'allait être un bordel sans nom. Les services de sécurité allaient peut-être même interdire l'accès à la zone. Il fallait qu'il passe avant. Il fallait à tout prix qu'il fasse ce rendez-vous.

À tout prix. Il n'allait pas laisser un allumé incapable de piloter un avion gâcher son rendez-vous !

Tirant derrière lui son sac à roulettes, Ronnie piqua un sprint.

14

OCTOBRE 2007

Une odeur désagréable, qui n'était pas présente la veille, flottait dans l'air du collecteur d'eaux pluviales. Un animal en voie de putréfaction, sans doute un rongeur. Roy l'avait remarquée quand il était arrivé, peu avant 9 heures, ce matin, et à présent, une heure plus tard, alors qu'il revenait avec deux sacs pleins à craquer de boissons chaudes qu'un jeune agent de la police dévoué était allé acheter au Starbucks, elle lui chatouilla de nouveau les narines.

La pluie tombait sans discontinuer. Le chantier ressemblait de plus en plus à une zone marécageuse, mais, à l'intérieur, le niveau d'eau n'avait pas augmenté, remarqua Grace. Il se demanda quelle pluviosité il fallait atteindre pour que le collecteur commence à être inondé. Le corps d'un jeune homme avait été découvert dans les égouts de Brighton quelques années auparavant, et il avait appris à cette occasion que les collecteurs se déversaient tous dans une énorme canalisation qui se jetait dans la mer à Portobello, près de Peacehaven. Si ce collecteur avait été inondé, les pièces à conviction, dont les vêtements, auraient certainement été emportés depuis longtemps.

Déjà sur les nerfs à cause de sa nuit mouvementée et de ses doutes à propos du squelette, Roy ignora les remarques ironiques à propos de son rôle de stagiaire et distribua thé et café à son équipe comme pour se faire pardonner – dans le sens biblique du terme – de leur gâcher leur week-end.

Tout le monde s'activait. L'enquêteur spécialisé Ned Morgan et plusieurs officiers et techniciens experts dans la recherche d'éléments, tous en combinaison blanche, étaient dispersés dans le tunnel. Centimètre par centimètre, ils ratissaient le sol en quête de chaussures, habits, bijoux, et autres bouts de tissu ayant pu se trouver sur la victime quand elle avait été déposée là. Le cuir et les matières synthétiques étaient celles qui résistaient le mieux à l'humidité.

À quatre pattes dans cet endroit fantomatique, où se bousculaient les ombres et les lumières de lampes installées à intervalles réguliers, l'équipe formait un tableau surréaliste. Joan Major, engoncée elle aussi de pied en cap dans une combinaison blanche, travaillait en silence, concentrée. En cas de procès, elle aurait à présenter au tribunal un modèle en 3D du squelette *in situ*. Malgré la mauvaise connexion, elle réussit à transmettre les abscisses et ordonnées du squelette par GPS. Elle était à présent en train de déterminer la position des ossements dans le collecteur et l'épaisseur de la vase. Le flash d'un technicien photographe éclairait de temps en temps la scène.

— Merci, Roy, murmura-t-elle d'un air absent.

Elle prit le grand gobelet de café au lait qu'il lui tendait et le posa sur une caisse en bois contenant son matériel, qu'elle avait placée en hauteur pour éviter de la mouiller.

Grace avait décidé de passer le week-end avec une équipe allégée et de passer à la vitesse supérieure lundi matin. À son grand soulagement, Glenn Branson avait été dispensé. Il n'y avait pas de caractère d'urgence. La mort n'était pas récente – elle remontait à plusieurs années. La première conférence de presse aurait lieu lundi, ce qui était bien assez tôt à son goût.

Peut-être même qu'il pourrait sauver ce qui restait du week-end et dîner avec Cleo dans ce restaurant londonien où il avait réservé une table pour la soirée romantique qu'il avait planifiée, si – et seulement si – Joan s'empressait de terminer la localisation et la schématisation du squelette. Et si le médecin légiste se dépêchait lui aussi. Ce qui n'était guère probable vu qu'il s'agissait de Frazer Theobald qui... Où était-il, d'ailleurs ? Il avait une heure de retard.

Comme si c'était écrit dans le scénario, le docteur Frazer Theobald, tout de blanc vêtu, fit une entrée discrète, telle une souris craintive attirée par du fromage. Un petit mètre soixante, trapu, les cheveux rêches et une moustache haute à la Hitler sous un nez semblable à celui du Concorde, il ne lui manquait plus, selon Glenn Branson, qu'un gros cigare pour être le sosie de Groucho Marx.

Marmonnant des excuses à propos de la voiture de sa femme qui n'avait pas voulu démarrer et de sa fille qu'il avait dû conduire à son cours de clarinette, le légiste tournait autour du squelette avec des petits pas rapides, sans trop s'en approcher, en lui jetant un regard suspect, comme s'il n'avait pas décidé s'il avait affaire à un ami ou à un ennemi.

— Bon... Ah, d'accord, laissa-t-il échapper sans s'adresser à quelqu'un en particulier.

Puis il se tourna vers Roy en montrant du doigt les ossements.

— C'est le corps ?

Grace avait toujours trouvé Theobald un peu spécial, mais jamais à ce point.

— Oui, répondit-il, sidéré par la question.

— Tu as l'air bronzé, Roy, nota le médecin.

Puis il s'approcha du squelette et poursuivit, comme s'il s'adressait à lui.

— Tu étais en voyage ?

— À La Nouvelle-Orléans, répondit Grace en se disant qu'il aimerait bien y être encore aujourd'hui.

Il ôta le couvercle de son café au lait.

— J'ai participé à un congrès de l'Association internationale des enquêteurs criminels.

— Comment se passe la reconstruction là-bas ?

— Lentement.

— Encore beaucoup de dégâts dus aux inondations ?

— Beaucoup.

— Beaucoup de gens qui jouent de la clarinette ?

— De la clarinette ? Oui. On a vu quelques concerts. Dont Ellis Marsalis.

Theobald rayonna soudain, ce qui était rare.

— Le père ! s'écria-t-il. Impressionnant. Tu as eu de la chance de l'entendre.

Puis il se tourna vers le squelette.

— OK, qu'est-ce qu'on sait ?

Grace lui fit un récapitulatif. Puis Theobald et Joan Major se lancèrent dans un débat pour décider si le corps devait être déplacé en l'état – un procédé long et complexe – ou s'il pouvait être transporté par fragments. Dans la mesure où il avait été découvert intact, ils conclurent que c'était mieux de le garder ainsi.

Pendant quelques instants, Grace regarda la pluie tomber dans le tunnel par le trou creusé par la pelleteuse, pas très loin. À contre-jour, les gouttes ressemblaient à de longs grains de poussière. *La Nouvelle-Orléans*, songea-t-il en soufflant sur son café et en approchant les lèvres, pour ne pas se brûler la langue. Cleo l'avait accompagné et ils avaient pris une semaine de vacances après le congrès, pour profiter de la ville et l'un de l'autre.

Tout semblait plus simple entre eux loin de Brighton, loin de Sandy. Ils s'étaient reposés, avaient apprécié la chaleur, avaient visité les quartiers dévastés par les inondations qui n'avaient pas encore été restaurés. Ils avaient mangé du *gumbo*, du riz créole jambalaya, des gâteaux de crabe, des huîtres Rockefeller, avaient bu des margaritas, des mojitos, des vins de Californie et de l'Oregon, et avaient écouté du jazz au Snug Harbor et dans d'autres clubs, tous les soirs. Et Grace était tombé encore plus amoureux d'elle.

Il avait été fier de la façon dont Cleo s'en était sortie au congrès. En tant que femme d'une grande beauté exerçant un métier peu glamour, elle avait été la cible de plaisanteries pas toujours bien placées, de remarques curieuses et de commentaires salaces de la part de cinq cents gradés, durs à cuire, machos, d'humeur festive. Elle avait su faire preuve de repartie et avait fait tourner les têtes avec ses tenues excentriques et sexy, du haut de son mètre quatre-vingts.

— Hier soir, tu m'as demandé son âge, Roy, l'interpella Joan en l'interrompant dans ses pensées.

— Oui, alors ? lui répondit-il en se concentrant instantanément sur le crâne.

Montrant du doigt la mâchoire, elle expliqua :

— La présence de dents de sagesse nous apprend qu'elle avait plus de dix-sept ans. Elle est allée chez le dentiste, elle s'est fait poser des composites blancs, un pansement communément utilisé ces deux dernières décennies – plus onéreux que de simples plombages. Elle est peut-être allée chez un dentiste renommé, ce qui faciliterait l'identification. Et l'une des incisives est couronnée, poursuivit-elle en montrant une dent de la mâchoire supérieure, à gauche.

Le cœur de Grace se mit à palpiter. Sandy s'était cassé une dent, devant, à gauche, lors d'un de leurs premiers rendez-vous, en tombant sur un bout d'os dans un steak tartare et, plus tard, elle l'avait remplacée par une couronne.

— Quoi d'autre ? demanda-t-il.

— La couleur et la condition de sa dentition confirment mon estimation d'hier : entre vingt-cinq et quarante ans.

Elle tourna son regard vers Frazer Theobald, qui acquiesça, impassible, comme s'il était d'accord avec elle, mais pas à cent pour cent.

Elle montra le bras de la victime.

— L'os grandit en trois parties – les deux épiphyses et la diaphyse. La jonction entre ces parties n'est complète que vers trente-cinq ans. Ce qui n'est pas le cas ici.

Elle pointa la clavicule.

— Même chose ici : on peut voir la ligne de jonction, qui ne se forme qu'à l'âge de trente ans environ. Je serai en mesure de produire une estimation plus précise dans la salle d'autopsie.

— Elle avait donc une trentaine d'années, tu en es sûre ? lui demanda Grace.

— Oui. Et à mon avis, guère plus. Peut-être même moins.

Roy ne fit pas de remarque. Sandy avait deux ans de moins que lui.

Elle avait disparu le jour où il fêtait ses trente ans, à vingt-huit ans. Même cheveux. Une couronne.

— Ça va, Roy ? lui demanda soudain Joan Major.

Perdu dans ses pensées, il n'entendit sa voix que dans un faible écho.

— Roy, ça va ?

Il reprit ses esprits.

— Oui, oui, tout va bien, merci.

— On dirait que tu viens de voir un fantôme.

15

11 SEPTEMBRE 2001

Ronnie descendait West Broadway en courant, croisa Murray Street, Park Place, puis Barclay Street. Le World Trade Center – deux monolithes argentés dressés vers le ciel – s'élevait désormais juste devant lui, au bout de Vesey Street. L'odeur de brûlé était beaucoup plus prononcée et des feuilles de papier en combustion flottaient dans l'air, tandis que des débris tombaient et s'écrasaient au sol. À travers l'épaisse fumée noire, il distingua du pourpre, comme si la tour saignait. Puis des flashes orange. Des flammes. *Mon Dieu*, songea-t-il en sentant la peur lui nouer le ventre, *c'est pas possible*.

Des gens sortaient de la tour en titubant, sonnés, le visage tourné vers le haut ; des hommes en chemise et cravate, sans leur veste, certains suspendus à leur téléphone portable. Pendant une seconde, il suivit des yeux une jeune brune très jolie, dans un tailleur, qui avançait en boitant, avec une seule chaussure. Soudain, elle porta les mains à la tête avec une expression de douleur, comme si un objet venait de lui tomber dessus, puis il vit un filet de sang couler sur sa joue.

Il hésita. Avancer semblait dangereux. Mais il fallait à tout prix qu'il ait cette discussion. *Je tente le tout pour le tout*, se dit-il. *Je pique un sprint*. Il toussa, la fumée le prit à la gorge, il descendit du trottoir, mais, celui-ci étant plus haut que

prévu, les roues de son sac rebondirent, la poignée dans sa main se retourna et son attaché-case tomba.
Merde ! Ne me fais pas ce coup-là.
Il se baissa, saisit la poignée de sa mallette et entendit le hurlement d'un avion à réaction.
Il leva les yeux. Il n'en croyait pas ses yeux. Une fraction de seconde plus tard, avant qu'il n'ait eu le temps de comprendre ce qu'il avait vu, il entendit une explosion. Un coup de tonnerre métallique, comme deux poubelles cosmiques qui entrent en collision. Le son se démultiplia dans sa tête, de façon incontrôlable ; il avait envie de se boucher les oreilles pour le faire taire, l'étouffer. Il sentit l'onde de choc. Elle s'immisça dans chacune de ses cellules.
Une énorme boule de feu orange, projetant des étincelles argentées et de la fumée noire, émergea du haut de la tour Sud. Pendant un instant, il fut émerveillé par la beauté du tableau, le contraste entre les couleurs – orange et noir sur bleu cobalt...
On eût dit que des milliards de plumes flottaient autour des flammes, descendant au ralenti, sans se presser.
Puis la réalité le frappa de plein fouet.
Des morceaux de bois, de vitres, de bureaux, de téléphones et de meubles rebondissaient et éclataient autour de lui. Une voiture de police le frôla et les portières s'ouvrirent avant même que le véhicule ne s'immobilise.
À une centaine de mètres à sa droite, un objet qu'il prit d'abord pour une soucoupe volante en feu atterrit sur Vesey Street dans un vacarme assourdissant, créant un large cratère, puis rebondit en se disloquant et en lançant des flammes. Une fois stabilisé, il brûlait toujours ardemment.
Ronnie réalisa avec effroi qu'il s'agissait d'un réacteur d'avion.
Et cette fois, c'était la tour Sud.
Le bureau de Donald Hatcook se trouvait au quatre-vingt-septième étage. Il compta les étages.
Deux avions.
Le bureau de Donald. À vue de nez, il se trouvait là où l'avion avait percuté la tour.

Qu'est-ce qui se passe, nom de Dieu ? Qu'est-ce qui se passe ?
Il regarda le moteur brûler. Sentit la chaleur. Vit les flics abandonner leur voiture en courant.

Une partie de son cerveau lui disait que le rendez-vous n'aurait pas lieu. Mais il tenta de l'ignorer. Son cerveau se trompait. Il arriverait à rencontrer Donald.

Il fallait qu'il continue à s'approcher. *Avance. Tu peux y arriver. Tu peux te rendre à ce rendez-vous.* *TU DOIS TE RENDRE À CE RENDEZ-VOUS !*

Et une autre partie de son cerveau lui disait : un avion qui percute les tours jumelles, c'est peut-être un accident, mais deux, c'est autre chose. Deux, c'était vraiment pas normal.

Propulsé par le désespoir, il agrippa la poignée de son sac et s'élança avec détermination.

Quelques secondes plus tard, il entendit un bruit sourd, comme celui d'un sac à patates qui tombe. Quelque chose gicla sur son visage. Un objet blanc, de forme irrégulière, roula vers lui et s'arrêta à quelques centimètres de ses pieds. C'était un bras. Le truc humide coulait sur sa joue. Il toucha et regarda ses doigts : c'était du sang.

Son estomac se souleva, comme du ciment dans une bétonneuse. Il se retourna et vomit son petit déjeuner, sans prêter attention à ce qui venait de s'écraser à quelques mètres de lui. Des sirènes hurlaient partout, infernales. Encore un membre arraché, encore des éclaboussures sur son visage et sur ses mains.

Il leva les yeux. Des flammes, de la fumée, des silhouettes petites comme des fourmis, des panneaux en verre, et un homme, en pantalon et chemise, tombaient du ciel. Des gens, grands comme des soldats de plomb, et des débris, indissociables les uns des autres à première vue. Une chaussure rebondit sans fin, ricochant sur le parapet.

Immobile, il ne pouvait s'empêcher de fixer le tableau. Il lui fit penser à une planche de timbres en l'honneur du peintre flamand Jérôme Bosch, et sa vision de la mort et de l'enfer Voilà ce que c'était : l'enfer.

L'air était étouffant, l'odeur insupportable, et le bruit tout autant. Des cris, des sirènes, des pleurs, des hélicoptères...

Des policiers et des pompiers couraient vers les tours. Un camion sur lequel était écrit « Brigade 12 » se gara devant lui, lui bloquant la vue. Il le contourna et vit des pompiers en sortir en courant.

Il y eut un nouveau bruit sourd. Ronnie vit un homme obèse en costume atterrir sur le dos et exploser.

Il vomit une nouvelle fois, tituba, posa un genou au sol, couvrit son visage de ses mains et resta dans cette position quelques instants. Il tremblait. Il ferma les yeux, espérant ainsi mettre un terme à ce qui se passait. Puis, il eut peur que quelqu'un ne lui ait pris son sac et sa mallette. Mais tous deux se trouvaient juste derrière lui. Son faux attaché-case Louis Vuitton. Personne ne se demandait, à cet instant précis, qui l'avait fabriqué, si c'était un vrai ou pas.

Après quelques minutes, Ronnie retrouva ses esprits et se leva. Il cracha à plusieurs reprises pour chasser le goût de vomi dans sa bouche. Puis il entra dans une colère noire, qui se transforma en rage. *Pourquoi aujourd'hui ? Pourquoi pas n'importe quel autre jour ? Pourquoi fallait-il que ce soit aujourd'hui ?*

Il vit un flot de personnes, certaines couvertes de poussière blanche, d'autres en sang, sortir au ralenti, comme en transe, de la tour Nord. Puis il perçut, au loin, le rugissement d'un camion de pompiers. Puis un autre. Et encore un autre. Quelqu'un, devant lui, tenait une caméra.

Les infos, se dit-il. *La télé*. Cette imbécile de Lorraine allait paniquer si elle voyait ça. Elle paniquait pour rien. S'il y avait un carambolage sur l'autoroute, elle l'appelait dans la seconde pour vérifier qu'il n'avait rien, même si elle aurait pu se douter, en réfléchissant deux secondes, qu'il était impossible qu'il se trouve dans un rayon de cent kilomètres de l'accident.

Il sortit son portable de sa poche et composa son numéro. Il y eut un bruit strident et sur l'écran apparut : *réseau occupé*.

Il essaya une deuxième et une troisième fois, puis enfonça le téléphone dans sa poche.

Il réaliserait un peu plus tard, après réflexion, combien il avait eu de la chance que cet appel n'ait pas abouti.

16

OCTOBRE 2007

Tu es censée t'allumer ! Dans l'obscurité totale, Abby approcha sa montre de son visage, jusqu'à ce qu'elle sente l'acier et le verre froids contre son nez, mais elle ne voyait toujours rien.

J'ai acheté une montre qui brille dans le noir, zut !

En boule sur le sol dur, elle avait l'impression d'avoir dormi, mais combien de temps ? Était-ce le jour ou la nuit ?

Ses muscles étaient endoloris et elle ne sentait plus l'un de ses bras.

Elle le balança pour essayer de réactiver la circulation sanguine. C'était un poids mort. Elle rampa de quelques centimètres et le lança une seconde fois, puis grimaça de douleur quand il heurta la paroi de l'ascenseur.

— Y a quelqu'un ? demanda-t-elle d'une voix cassée.

Elle cogna contre les portes, sans discontinuer. Elle sentit l'ascenseur osciller sous ses coups, mais ne s'interrompit pas pour autant.

Et à nouveau, elle avait envie de faire pipi. L'une de ses bottes était déjà pleine. L'odeur d'urine empirait. Elle avait la bouche sèche. Elle ferma les yeux et les rouvrit, approcha la montre de son nez, mais ne vit toujours rien.

Dans un accès de panique, elle se demanda si elle n'était pas devenue aveugle.

Quelle heure pouvait-il bien être ? La dernière fois qu'elle avait regardé, il était 3 h 08. Peu après, elle avait fait pipi dans sa botte. Du moins, en visant le mieux possible, dans l'obscurité.

Elle s'était sentie mieux et ses pensées s'étaient clarifiées. À présent, le besoin parasitait de nouveau son esprit. Elle essaya de le reléguer au fond de son cerveau. Il y avait quelques années de cela, elle avait regardé un documentaire sur les survivants de catastrophes. Une jeune femme de son âge avait été l'un des seuls rescapés d'un crash aérien. Elle s'en était tirée parce qu'elle était restée calme malgré la panique générale, et qu'elle avait compris de quel côté se trouvait la sortie, malgré la fumée et l'obscurité.

Tous les survivants avaient apporté un témoignage dans ce sens. Garder son calme, réfléchir. C'était l'attitude qu'elle devait adopter. Plus facile à dire qu'à faire.

Il y a des issues de secours dans les avions. Et des hôtesses de l'air qui, avec des mimiques d'adorables idiotes, indiquaient les sorties de secours vêtues de gilets de sauvetage, en tirant sur un masque à oxygène, comme si elles s'adressaient à une assemblée de débiles légers, sourds et muets.

L'Angleterre était désormais un pays d'assistés, pourquoi n'y avait-il pas de loi imposant la présence d'une hôtesse à bord de chaque ascenseur ? Pourquoi n'y avait-il pas une stupide blonde à l'entrée, vous tendant une notice plastifiée signalant les issues de secours ? Un gilet de sauvetage orange au cas où la cabine serait inondée ? Des masques à oxygène ?

Soudain, elle entendit un *bip-bip* retentissant.

Son téléphone !

Elle fouilla dans son sac. Son téléphone émettait de la lumière. Il fonctionnait ! Il captait un réseau ! Et, bien sûr, il indiquait l'heure – elle l'avait oublié, dans sa panique.

Elle le sortit et le fixa. L'écran annonçait l'arrivée d'un nouveau message.

Elle l'ouvrit, surexcitée.

Il n'y avait pas le nom de l'émetteur, mais les mots parlaient d'eux-mêmes.

Je sais où tu es.

17

OCTOBRE 2007

Roy Grace frissonna. Il avait beau porter un jean épais, un pull en laine et des bottes fourrées sous sa combinaison en cellulose, l'humidité dans le tunnel et la pluie à l'extérieur lui glaçaient les os.

Les techniciens de scènes de crime et les policiers spécialisés qui avaient la tâche ingrate de passer la zone au peigne fin, la plupart du temps à quatre pattes, n'avaient pour le moment trouvé que quelques squelettes de rongeurs – rien d'intéressant. Soit la victime avait été déposée là nue, soit ses vêtements avaient été emportés par le courant. À moins qu'ils n'aient pourri ou qu'ils n'aient été utilisés par des animaux pour construire leur terrier. Joan Major et Frazer Theobald nettoyaient les os à l'aide de petites truelles – avec une lenteur inénarrable. Ils étaient en train de gratter le limon autour du pelvis. Ils prélevaient chacune des couches de sédiment et les glissaient dans des petits sachets en cellophane qu'ils scellaient et étiquetaient. À ce rythme-là, ils en avaient pour deux voire trois heures, estima Grace.

Et son attention était sans cesse attirée par le crâne souriant. Il avait la sensation que l'esprit de Sandy était là, avec lui. *Est-ce toi ?* se demandait-il en fixant le cadavre. Tous les médiums qu'il avait consultés ces neuf dernières années lui avaient affirmé que son épouse ne faisait pas partie du monde des morts, ce qui signifiait qu'elle était encore vivante

– à les croire. Mais aucun n'avait su lui dire où elle se trouvait.

Un frisson le parcourut de nouveau. Et cette fois, ce n'était pas le froid. Peu de temps auparavant, il avait décidé de tourner la page. Mais à chaque fois qu'il essayait, quelque chose le plongeait dans le doute, comme en ce moment même.

Son talkie-walkie le tira de sa rêverie. Il le porta à son oreille et se présenta d'un ton sec :

— Roy Grace, j'écoute.

— Salut, Roy. Ta carrière prend l'eau ?

Il reconnut le rire gras de Norman Potting.

— Très drôle, Norman. Tu es où ?

— Avec le policier de garde. Tu veux que je me fringue et que je descende ?

— Non, je te rejoins. Attends-moi dans la camionnette des techniciens.

Grace était content d'avoir une excuse pour prendre l'air quelques instants. Il n'était pas indispensable ici et aurait pu sans problème retourner dans son bureau, mais il préférait que son équipe le sache aux avant-postes. Vu qu'ils devaient passer leur samedi dans un tunnel humide, autant qu'ils constatent que sa journée était aussi pénible que la leur.

Il apprécia l'instant où il ferma la portière derrière lui et s'assit sur la banquette du van, devant la table de travail. Même s'il se trouvait désormais confiné avec Norman Potting, et que ce n'était pas une expérience des plus ragoûtantes. Ses vêtements puaient le tabac froid et son haleine empestait l'ail.

Le commandant Norman Potting avait un visage étroit, caoutchouteux, avec des veines saillantes, des lèvres charnues et une mèche qu'il rabattait d'habitude en avant pour cacher sa calvitie, mais qui, soufflée par les éléments, se dressait à la verticale. Il avait cinquante-trois ans. Ceux qui ne l'aimaient pas insinuaient qu'il avait trafiqué son âge pour pouvoir rester plus longtemps dans la police, terrifié qu'il était par la retraite.

Grace n'avait jamais vu Potting sans cravate et ce matin ne faisait pas exception. L'homme portait un long duffle-coat détrempé sur une veste en tweed, une chemise Viyella et une cravate verte en maille usée, un pantalon en flanelle gris et de gros derbys. Il s'installa confortablement derrière la table, sur le banc en face de Grace, en soufflant comme un bœuf. Puis, d'un air triomphant, il posa sur la table un dossier ruisselant, protégé par une chemise en plastique.

— Pourquoi les gens choisissent-ils toujours des endroits horribles pour se faire assassiner ou se faire larguer ? dit-il en se penchant vers Grace, lui soufflant son haleine en pleine face.

Roy fit des efforts pour ne pas grimacer malgré les émanations moites et rances qui l'enveloppèrent ; sans doute ressentait-on la même chose, quand on se retrouvait devant la gueule d'un dragon, songea-t-il.

— Peut-être devrais-tu rédiger le guide des cinquante règles à l'usage des victimes de meurtre, lui lança-t-il, irrité.

Norman Potting n'était pas connu pour sa subtilité et il lui fallut plusieurs secondes pour comprendre que le commissaire plaisantait. Alors, il se fendit d'un sourire, dévoilant des dents jaunies, tordues, comme autant de pierres tombales dans un cimetière de sables mouvants.

Il leva l'index.

— Je suis un peu long à la détente, ce matin. J'ai eu une nuit agitée. Li était déchaînée !

Potting avait récemment « fait l'acquisition » d'une épouse thaïlandaise et il régalait ceux qui voulaient bien l'écouter de détails sur ses nouvelles prouesses sexuelles.

Changeant de sujet, Grace montra du doigt le dossier emballé.

— Tu as les plans ?

— Quatre fois cette nuit, Roy ! Et c'est une sacrée coquine – elle est partante pour tout ! Oh là là... Elle me rend très heureux.

— Tant mieux.

L'espace d'un instant, Grace fut sincèrement content pour lui. Potting n'avait pas eu beaucoup de chance dans sa vie sentimentale. Il avait survécu à trois mariages et avait eu de nombreux enfants qu'il ne voyait presque jamais, à regret, avait-il un jour avoué. La plus jeune était trisomique. Il avait demandé sa garde, mais ne l'avait pas obtenue. Il n'était ni mauvais, ni stupide, et c'était un enquêteur compétent – Roy le savait bien –, mais il aurait été incapable de monter en grade, même s'il l'avait voulu, en raison de ses sérieux problèmes relationnels. Cela ne l'empêchait pas d'être un cheval de trait solide et fiable, qui prenait parfois des initiatives surprenantes. Pour Grace, ces qualités primaient.

— Tu devrais y penser pour toi, Roy.

— Penser à quoi ?

— À épouser une Thaïlandaise. Elles sont des centaines à mourir d'envie de se marier avec un Anglais. Je te donnerai le site Internet. Elles sont merveilleuses, je te le promets. Elles font la cuisine, le ménage, le repassage, et ce sont de vraies bêtes de sexe – avec d'adorables petits corps...

— Les plans ? répéta Grace en ignorant sa dernière remarque.

— Ah oui.

Potting sortit de son dossier des photocopies grand format de rues, de vues aériennes et de plans de coupe ; il les étala sur la table. Certaines dataient du XIXe siècle.

Le vent secoua la camionnette. Une sirène de police ou de pompier s'éleva au loin. La pluie cognait sans discontinuer contre le toit du véhicule.

Les plans, ça n'avait jamais été son fort, il laissa donc Potting lui révéler les subtilités des réseaux d'assainissement de Brighton et Hove en s'aidant des documents et des explications que lui avait fournis un ingénieur des Ponts et Chaussées un peu plus tôt dans la matinée. Le commandant promenait un index sale sur toutes les cartes, en lui montrant dans quel sens coulait l'eau – systématiquement vers le bas, pour finir dans la mer.

Roy fit tout son possible pour suivre, mais une demi-heure plus tard, il n'avait pas plus d'éléments qu'au début. Selon lui, le corps s'était enfoncé dans le limon à cause de son poids, et tout le reste avait été emporté dans l'océan.

Potting confirma cette impression.

Le téléphone de Grace sonna. Il s'excusa et décrocha, mais c'est avec regret qu'il reconnut la voix perçante de Cassian Pewe, le tout nouveau commissaire, le petit vicieux de la police de Londres que sa boss avait fait transférer pour qu'il lui pique son boulot.

— Salut, Roy, lança Pewe.

Malgré la distance, Grace eut l'impression que le visage de ce beau gosse imbu de sa personne était collé au sien.

— Alison Vosper m'a suggéré de t'appeler pour voir si tu avais besoin d'un coup de main.

— Eh bien, c'est très aimable de ta part, Cassian, répondit-il, mais le cadavre est intact. Je n'ai besoin ni de cou, ni de main.

Silence. Puis Pewe éclata d'un rire forcé, proche du cri strident, comme si on lui avait pincé les parties.

— Oh, très spirituel, Roy, le félicita-t-il d'un ton supérieur. (Après un silence gêné, il ajouta :) Tu as tous les officiers spécialisés dont tu as besoin ?

Grace se raidit. Il lutta contre l'envie de l'envoyer paître et de lui dire de chercher quelqu'un d'autre à harceler.

— Merci, se contenta-t-il de répondre.

— Bien. Alison va être heureuse. Je lui dirai.

— Non, je lui dirai moi-même, fit Grace. Si j'ai besoin de ton aide, je la lui demanderai, mais pour le moment, on s'en sort très bien. Et... Je pensais que tu ne commençais que lundi.

— Absolument, Roy. Alison a pensé que t'aider ce week-end me permettrait de me faire la main.

— J'apprécie ta démarche, réussit-il à répondre avant de raccrocher, fou de rage.

— C'était le commissaire Pewe ? lui demanda Potting en haussant les sourcils.

— Tu l'as rencontré ?

— Oui, je connais le genre. Tu lui donnes une corde, il sera assez couillon pour se pendre. Garanti sur facture.

— Tu as une corde ? lui demanda Grace.

18

11 SEPTEMBRE 2001

Ronnie Wilson avait perdu la notion du temps. Immobile, paralysé, il s'appuyait contre la poignée de son sac, telle une béquille, en regardant devant lui sans bien comprendre ce qui se passait.

Des trucs tombaient du ciel et atterrissaient sur le parvis et les rues adjacentes. Il pleuvait des pans de mur, des cloisons, des bureaux, des fauteuils, des morceaux de verre, des photos, des cadres, des canapés, des écrans et des claviers d'ordinateur, des meubles de rangement, des corbeilles, des sièges de toilette, des lavabos, des feuilles de papier qui ressemblaient à des confettis. Et des corps. Des corps tombaient. Des hommes et des femmes, encore vivants dans les airs, explosaient et se désintégraient en atterrissant. Il voulait faire demi-tour, hurler, courir, mais un énorme poids l'obligeait à rester sans bouger et à observer, silencieux, engourdi.

Il avait l'impression d'assister à la fin du monde. L'impression que tous les pompiers et tous les policiers de New York se précipitaient vers les tours jumelles. Un flot continu y entrait en bousculant les centaines d'hommes et de femmes qui en sortaient, chancelants, effarés, décoiffés, couverts de poussière, certains avec les bras ou le visage en sang, désorientés comme s'ils venaient d'une autre planète. Nombre d'entre eux avaient leur téléphone rivé à l'oreille.

Puis la terre se mit à trembler. Il sentit d'abord une légère vibration sous ses pieds qui bientôt, s'accentua, l'obligeant à prendre appui sur la poignée de son sac. Et tous les zombies qui sortaient de la tour Sud se réveillèrent et pressèrent le pas.

Ils se mirent à courir.

Ronnie leva les yeux et comprit. Mais pendant un court instant, il fut persuadé que c'était impossible, que c'était une illusion d'optique. *Impossible.*

Le bâtiment s'effondrait sur lui-même, comme un château de cartes sauf que...

Tout près de lui, une voiture de police fut soudain écrasée comme une crêpe.

Puis un camion de pompiers connut le même sort.

Telle une tempête de sable dans le désert, un nuage de poussière s'approchait de lui. Il entendit un roulement de tonnerre. Un roulement menaçant, en stéréo.

Une foule disparut sous des gravats.

Le nuage gris enflait comme un orage d'insectes en colère.

Le tonnerre était assourdissant.

Ce n'était pas possible.

Cette foutue tour était en train de s'écrouler.

Les gens détalaient comme si leur vie en dépendait. Une femme perdit une chaussure, continua sa course à cloche-pied, puis ôta la seconde. Un bruit terrifiant s'éleva, noyant celui des sirènes, comme si un monstre géant déchirait la terre de ses griffes.

Elles passaient devant lui à toute allure. Une personne, une autre, et encore une autre... Leurs visages étaient déformés par la panique. Certaines étaient blanches comme un linge, d'autres trempées par les lances à incendie des pompiers, certaines saignaient, d'autres avaient été atteintes par des éclats de verre. Un défilé de figurants d'un étrange carnaval...

À quelques mètres de lui, une BMW fut soudain projetée en l'air avant de retomber sur le toit. L'avant du véhicule avait été pulvérisé. Puis il vit le nuage noir foncer vers lui, tel un raz-de-marée. Il saisit la poignée de son sac, tourna les talons et suivit la foule.

Sans savoir où il allait, se contentant de mettre un pied devant l'autre, il courut, pas vraiment certain que sa mallette se trouve toujours au-dessus de son sac. Mais c'était bien le cadet de ses soucis. Il devait échapper au nuage sombre, à la tour qui s'effondrait dans un vacarme assourdissant pour ses oreilles, son cœur et son âme.

C'était une question de vie ou de mort.

19

OCTOBRE 2007

L'ascenseur semblait désormais vivant, telle une créature surnaturelle. Quand Abby respirait, il soupirait, grinçait, grognait. Quand elle bougeait, il oscillait, se tordait, se balançait. Elle avait la bouche et la gorge sèches ; sa langue, tel du papier buvard, absorbait instantanément la moindre goutte de salive qu'elle produisait.

Un courant d'air froid soufflait en permanence sur son visage. Elle tâtonna dans l'obscurité pour trouver une touche de son téléphone et allumer l'écran. Elle la pressait à intervalles réguliers pour voir s'il y avait un réseau et apporter une lumière plus que bienvenue dans sa prison en équilibre instable.

Pas de réseau.

L'horloge indiquait 13 h 32.

Elle composa une nouvelle fois le numéro d'urgence, mais la moindre barre avait disparu.

Dans un frisson, elle relut le message qu'elle avait reçu :

Je sais où tu es.

C'était un numéro masqué, pourtant elle n'avait aucun doute sur l'identité de l'expéditeur. Mais comment s'était-il procuré son numéro ? C'est ce qui la travaillait en ce moment. *Comment connais-tu mon numéro ?*

Elle utilisait un téléphone à carte qu'elle avait payé en liquide. Elle avait vu assez de séries policières pour savoir que c'était ce que faisaient les truands, et notamment les dealers, pour ne pas se faire pister. Elle l'avait acheté pour rester en contact avec sa mère, qui habitait désormais près d'Eastbourne, pour vérifier qu'elle allait bien, en lui faisant croire qu'elle était toujours à l'étranger et en pleine forme. Et surtout, ce téléphone lui permettait de communiquer avec Dave – et de lui envoyer des photos de temps en temps. C'est dur d'être si longtemps séparé de celui qu'on aime.

L'idée la foudroya : s'était-il rendu chez sa mère ? Même dans ce cas, il n'aurait pas pu obtenir son numéro, il n'apparaissait pas quand elle l'appelait. Et quand elle lui avait téléphoné hier, sa mère n'avait rien mentionné et semblait on ne peut plus normale.

Avait-il pu la suivre, voir où elle l'avait acheté et obtenir le numéro par ce biais ? Non. Aucune chance. Elle l'avait acheté dans une petite rue près de Preston Circus et avait vérifié à deux reprises que personne ne l'observait. Enfin, autant que faire se peut.

Était-il dans l'immeuble en ce moment ? Et si c'était lui qui était à l'origine de ce piège ? Et s'il en profitait pour entrer par effraction dans son appartement ? Et s'il y était à l'instant même, en train de fouiller ?

Et s'il trouvait...

Peu probable.

Elle regarda de nouveau l'écran.

Les mots l'effrayaient de plus en plus. Des tourbillons de terreur l'envahirent. Elle se leva, appuya sur la touche quand la lumière s'éteignit, essaya de glisser ses doigts entre les portes pour la centième fois, gémissant de frustration.

Elles ne bougeaient pas d'un iota.

Ouvrez-vous, je vous en prie, ouvrez-vous. Mon Dieu, par pitié, ouvrez-les.

L'ascenseur se balança de nouveau. Une image passa devant ses yeux – celle de plongeurs dans une cage, avec un grand requin blanc pointant son museau entre les barreaux.

C'est à cela qu'il ressemblait. Un grand requin blanc. Un prédateur froid, impitoyable. Elle avait été folle d'accepter cette mission. S'il devait y avoir un moment dans sa vie où, oubliant sa soif de réussite, elle aurait volontiers donné tout ce qu'elle possédait pour remonter le temps, c'était bien maintenant.

20

OCTOBRE 2007

Les mouches à viande, ou mouches bleues – voire « mouches à cul bleu », comme disent les Australiens – sont capables de repérer un cadavre à dix-huit kilomètres à la ronde. Ce qui leur fait un point commun avec les journalistes des pages faits divers, comme aimait à le dire Roy Grace à son équipe. Elles se nourrissent des excrétions protéinées du corps en décomposition. Ce qui leur fait un deuxième point commun, aimait-il à ajouter.

C'est donc sans grande surprise que Grace en découvrit un, planté devant la porte de la camionnette : Kevin Spinella, le chroniqueur judiciaire de l'*Argus*, le plus obstiné, et le mieux informé, il fallait l'avouer. Parfois trop bien informé.

Grace avait répondu à l'officier de garde qui lui avait annoncé la présence de Spinella par talkie-walkie qu'il acceptait de parler au journaliste. Il sortit de la camionnette, soulagé de s'éloigner des odeurs rances de Norman Potting. En se dirigeant vers Spinella, il remarqua que deux photographes traînaient par là.

Le journaliste l'attendait les mains dans les poches, sous la pluie, sans parapluie, vêtu d'un imperméable ceinturé, avec épaulettes, col remonté. Il était mince, visage fin, la vingtaine, des yeux vifs. Il était occupé à mâcher un chewing-gum. Ses cheveux bruns fins, coiffés vers l'avant, étaient plaqués par la pluie.

Sous son manteau, il portait un costume sombre et une chemise trop grande d'une taille, comme s'il n'avait pas complètement terminé sa croissance, pensa Grace. Son col n'était pas serré, malgré le gros nœud qu'il avait fait à sa cravate en polyester rouge sang. Ses chaussures noires tape-à-l'œil étaient couvertes de boue.

— T'es à la bourre, petit, lui lança Grace en guise de bonjour.

— À la bourre ?

Le chroniqueur fronça les sourcils.

— Les mouches à viande sont là depuis des siècles.

Spinella esquissa un semblant de sourire, pas certain de bien savoir à quel point le policier plaisantait.

— Je voulais vous poser quelques questions, commissaire.

— Je donnerai une conférence de presse lundi.

— Vous n'avez rien à me dire d'ici là ?

— Je me disais que vous pourriez m'apprendre quelque chose. En règle générale, vous êtes mieux informé que moi.

Spinella ne sut trop comment prendre cette pique. En approuvant d'un très vague sourire, il reprit :

— J'ai entendu dire que vous avez trouvé le squelette d'une femme dans un collecteur, là-bas, sur le chantier. Vous confirmez ?

Grace n'aimait pas sa façon détachée de poser des questions, comme si ce qu'il disait n'avait pas d'importance. Mais il devait garder son calme. Il n'avait rien à gagner à se mettre Spinella à dos. Par expérience, il savait qu'il valait mieux collaborer avec la presse.

— Ce sont des ossements humains, répondit-il. Mais pour l'instant, le sexe n'a pas été déterminé à cent pour cent.

— J'ai entendu dire que vous étiez sûr que c'est une femme.

Grace sourit.

— Vous voyez. Vous êtes mieux informé que moi.

— Alors... c'est vrai ?

— À qui faites-vous confiance ? À vos sources ou à moi ?

Le journaliste fixa Grace pendant quelques secondes comme pour lire dans ses pensées. Une goutte apparut au bout de son nez, mais il ne l'essuya pas.

— Je peux vous demander autre chose ?
— Si c'est rapide.
— J'ai aussi entendu dire que vous aurez un nouveau collègue à la Sussex House lundi. Un gradé de la police de Londres, Pewe ?

Grace se raidit. Une remarque désagréable de plus et il allait faire valser, de son poing nu, la goutte qui lui pendait au nez.

— Vous avez bien entendu.
— Et si j'ai bien compris, la police de Londres est la première, au Royaume-Uni, à éliminer la paperasse.
— Ah bon ?

Le sourire sur les lèvres du journaliste était à peine tolérable. Il donnait l'impression de connaître toutes sortes de secrets qu'il n'avait pas l'intention de révéler. Pendant un moment d'égarement, Grace redouta qu'Alison Vosper en personne lui ait fait des confidences.

— Ils ont embauché des civils pour s'occuper des papiers de garde à vue de manière à ce que les policiers puissent retourner tout de suite sur le terrain, au lieu de passer des heures à remplir des formulaires, détailla Spinella. Vous pensez que la PJ du Sussex va apprendre des choses grâce au commissaire Pewe ?

S'efforçant de rester calme, Grace formula une réponse prudente :

— Je suis sûr que le commissaire Pewe sera une valeur ajoutée à la PJ du Sussex.

— Je peux vous citer sur ce point, n'est-ce pas ?

Son sourire s'était encore élargi.

Qu'est-ce que tu sais, espèce de petit fouille-merde ?

Le talkie-walkie de Roy croassa. Il le porta à son oreille.

— Roy Grace, j'écoute...

C'était Tony Monnington, l'un des techniciens de scènes de crime.

— J'ai pensé que tu serais content de le savoir, Roy, on a peut-être trouvé notre première pièce à conviction.

Grace s'excusa poliment auprès du chroniqueur et se dirigea vers le collecteur d'eaux pluviales. Il appela Norman

Potting pour lui dire qu'il serait de retour dans quelques minutes. *C'est étonnant, comme les circonstances changent en permanence,* songea-t-il. Un peu plus tôt, il aurait fait n'importe quoi pour sortir du tunnel. À présent, n'ayant le choix qu'entre une discussion sous la pluie avec Spinella ou être enfermé dans la camionnette avec Norman Potting, il était heureux d'y retourner.

21

OCTOBRE 2007

C'était Sue, la colocataire d'Abby, qui avait, sans le vouloir, changé le cours de sa vie. Elles s'étaient rencontrées dans le bar où elles travaillaient, sur les berges du Yarra, à Melbourne, et s'étaient tout de suite liées d'amitié. Elles avaient le même âge et étaient toutes les deux allées en Australie pour chercher l'aventure.

Un soir, il y avait de cela presque un an, Sue avait raconté à Abby que deux beaux mecs, un peu plus vieux qu'elles, mais très séduisants, étaient venus au bar et avaient discuté avec elle. Ils organisaient un barbecue le dimanche suivant avec des copains et l'avaient invitée à passer avec une amie, si elle le souhaitait.

N'ayant pas de proposition plus alléchante, elles avaient accepté. La fête était organisée dans un luxueux appartement avec terrasse, au dernier étage, une sorte de garçonnière très chouette, dans l'un des quartiers les plus tendance de Melbourne, avec de jolies vues sur la baie. Mais Abby avait à peine remarqué le paysage, tant elle avait été éblouie par leur hôte, Dave Nelson, dont elle s'était éprise dès la première seconde.

Il y avait une vingtaine de personnes à la fête. Les hommes, tous plus âgés qu'elles – entre trente-cinq et soixante ans –, ressemblaient à des figurants de films de gangsters. Les femmes, plus bling-bling les unes que les autres, semblaient tout droit sorties d'un salon de beauté. Mais Abby ne remarqua pas grand monde. À vrai dire, la porte passée, elle ne parla à personne d'autre que lui.

Dave était un diamant brut, quarante-cinq ans environ, grand, mince, bronzé, des cheveux courts domptés par du gel, un visage marqué, qui avait dû être d'une beauté impressionnante dans sa jeunesse, mais qui portait désormais les traces du temps. Et du temps, elle avait eu envie d'en passer avec lui, tant elle se sentait bien à ses côtés.

Tout l'après-midi, il passa d'un groupe à l'autre avec une grâce féline, vidant généreusement des magnums de champagne dans les verres de ses invités. Il était fatigué, lui confiat-il, car, pendant trois jours et trois nuits, il avait participé au tournoi international de poker baptisé « Les Millions australiens », qui s'était tenu au casino du Crown Plaza. Il avait payé mille dollars l'inscription, avait tenu quatre manches, et avait accumulé plus de cent mille dollars, avant de devoir quitter la partie. Brelan d'as, confia-t-il à Abby. Comment aurait-il pu deviner que le gars avait deux as en main ? Tandis que lui avait trois rois, dont deux cachés, bon sang !

Abby n'avait jamais joué au poker. Mais ce soir-là, après le départ des invités, il lui avait appris. Elle avait aimé l'attention qu'il lui portait, sa façon de ne jamais la quitter des yeux, de lui dire qu'elle était jolie, puis belle, à quel point il se sentait bien à ses côtés. Ses yeux étaient rivés à son visage, comme si plus rien d'autre ne comptait. Des yeux bienveillants, marron, avec une touche de vert, vifs, mais empreints de tristesse, comme s'il avait perdu quelqu'un ou quelque chose. Un regard qui donnait envie à Abby de le protéger, de le materner.

Ses récits de voyages la fascinèrent ; elle aima le fait qu'il avait fait fortune en achetant et vendant des timbres rares et en jouant au poker, principalement sur Internet. Il avait mis au point un système astucieux, et pourtant d'une simplicité enfantine.

Sur Internet, on peut jouer vingt-quatre heures sur vingt-quatre, dans le monde entier. En fonction des fuseaux horaires, Dave se connectait aux parties qui se déroulaient au petit matin – les joueurs étaient fatigués et souvent un peu saouls. Il observait quelques minutes, puis entrait dans le jeu. Facile pour un homme parfaitement réveillé, sobre et attentif.

Abby avait toujours été attirée par les hommes plus âgés. Celui-ci, avec son air de dur, et en même temps cette passion pour les timbres délicats, minuscules, magnifiques, qui parlait avec tant de ferveur de leur place dans l'Histoire, la subjuguait purement et simplement. Pour une jeune Anglaise issue d'une famille sans histoire, il ne ressemblait à personne qu'elle connaissait. Il semblait tout à la fois fort et vulnérable, masculin et protecteur. Pour la première fois de sa vie, elle faillit à sa propre règle et coucha avec lui le soir même.

Puis s'installa chez lui deux semaines plus tard. Il l'emmenait faire du shopping, l'encourageait à acheter des vêtements hors de prix, et lui rapportait souvent des bijoux, ou une nouvelle montre, ou d'énormes bouquets de fleurs, quand il gagnait au poker.

Sue avait fait de son mieux pour dissuader Abby en insistant sur le fait qu'il était bien plus vieux qu'elle, que son passé était très vague et qu'il avait la réputation d'être un homme à femmes – pour ne pas dire un chaud lapin.

Mais Abby avait ignoré toutes ces mises en garde, avait renoncé à son amitié avec Sue d'abord, puis avec toutes les autres personnes qu'elle avait rencontrées depuis son arrivée à Melbourne pour mieux rencontrer les amis de Dave, plus âgés, et, à ses yeux, plus intéressants et plus glamour. Elle avait toujours été impressionnée par les gens riches, et, autour de lui, tout le monde dépensait sans compter.

Enfant, elle avait parfois accompagné son père, qui possédait une petite entreprise de carrelage, pendant les vacances scolaires. Elle adorait l'aider, mais surtout, elle était irrésistiblement attirée par les demeures, parfois somptueuses, dans lesquelles certains clients aisés vivaient. Sa mère travaillait à la bibliothèque municipale de Hove et leur petite maison en mitoyenneté d'Hollingbury, avec son gentil jardin, dont ses parents s'occupaient avec amour, les satisfaisait pleinement.

En grandissant, Abby s'était sentie de plus en plus à l'étroit, comme prisonnière de son éducation modeste. Adolescente, elle avait adoré les livres de Danielle Steel, Jackie Collins et Barbara Taylor Bradford, entre autres écrivains qui racontaient la vie des stars. Chaque semaine, elle dévorait les magazines *people*. Elle rêvait en secret de fortune, d'immenses villas et de yachts. Elle avait hâte de voyager et savait, en son for intérieur, que son jour viendrait. Elle s'était promis d'être riche avant trente ans.

Quand un ami de Dave avait été accusé de trois meurtres, elle avait été abasourdie, mais n'avait pu s'empêcher de ressentir un frisson d'excitation. Puis un autre avait été abattu d'une balle, dans sa voiture, sous les yeux de ses jumeaux, alors qu'il regardait un entraînement de football. Elle avait alors compris qu'elle faisait désormais partie d'une culture totalement différente de celle dans laquelle elle avait grandi.

Mais passé le choc, elle avait aimé, lors de l'enterrement, se sentir en communion avec ces gens, être adoptée par eux. Elle n'avait jamais été aussi émoustillée. Dans le même temps, elle se demandait ce que Dave trafiquait vraiment. Elle avait remarqué qu'il rampait devant les gars qu'il lui avait présenté comme les plus gros joueurs et essayait de faire des affaires avec eux. Un matin, elle l'avait entendu dire au téléphone que les timbres étaient un super moyen de blanchir de l'argent et de faire transiter de grosses sommes, comme s'il essayait de vendre le concept.

Cela ne lui plaisait guère. Elle ne voyait pas d'inconvénient à côtoyer ces gens, traîner dans des bars et passer des soirées en leur compagnie, mais bosser avec eux, en les suppliant presque... Dave baissait dans son estime. Au fond de son cœur, elle sentait qu'elle pouvait l'aider, si elle arrivait à percer sa carapace. Car après plusieurs mois de vie commune, elle n'en savait pas plus sur son passé qu'au premier jour. Elle avait simplement appris qu'il avait eu deux femmes et que ces mariages s'étaient soldés par deux divorces douloureux.

Puis un jour, il lui fit une proposition indécente.

22

SEPTEMBRE 2007

Le pick-up Holden bleu métallisé roulait vers l'ouest, laissant Melbourne derrière lui. MJ, grand jeune homme de vingt-huit ans, taillé comme un surfeur, cheveux de jais, tee-shirt jaune et bermuda, conduisait d'une main, entourant les épaules de Lisa de son autre bras.

Court sur pattes, avec ses amortisseurs souples et ses larges jantes équipées de pneus XL, le pick-up adhérait à la route sinueuse. Ce véhicule était la prunelle de ses yeux et il prenait son pied à écouter le bruit du pot d'échappement de son moteur V8 5,7 litres. À leur droite s'étendait, à perte de vue, une plaine couverte de végétation carbonisée par le soleil. À leur gauche, derrière une clôture en fil de fer barbelé affaissée sous le poids des années, s'élevaient de douces collines brunes arides – il n'avait quasiment pas plu depuis six ans. Quelques arbres étaient disséminés çà et là, tels des poils de barbe ayant échappé au rasoir.

C'était samedi matin et pendant deux longues journées, MJ allait pouvoir oublier ses études. Dans un mois, il passerait ses examens de courtier, diplôme qu'il devait obtenir pour que son employeur, la banque Macquarie, lui offre enfin un CDI. Cette année, le printemps avait mis du temps à s'installer, malgré la sécheresse. Après un rude hiver, ce week-end se présentait sous les meilleurs auspices. Et il était déterminé à en profiter au maximum.

Ils roulaient tranquillement. N'ayant plus que six points sur son permis de conduire, il respectait scrupuleusement les limitations de vitesse. Qui plus est, il n'était pas pressé. Il était heureux – aux anges –, d'être aux côtés de la fille qu'il aimait, de traverser un tel paysage un samedi matin, avec un week-end entier devant lui.

Il avait en tête cette phrase :

Le bonheur, ce n'est pas obtenir ce qu'on veut, c'est vouloir ce qu'on a.

Il la partagea avec Lisa, qui approuva. Totalement. Elle l'embrassa.

— Tu dis des choses tellement belles, MJ.

Il rougit.

Elle appuya sur un bouton et une chanson des Whitlams sortit des enceintes hors de prix qu'il avait installées. Leur matériel de camping et une palette de bière Victoria Bitter tressautaient à l'arrière, sous la bâche tendue. Son cœur aussi battait la chamade. Il était heureux d'être là, de sentir un courant d'air chaud souffler sur son visage par la fenêtre ouverte, de respirer le parfum de Lisa, et de sentir ses boucles blondes caresser son poignet. Il était incroyablement vivant.

— On est où ? demanda-t-elle, sans vraiment se soucier de la réponse. Elle aussi appréciait ce moment, cette pause dans sa routine hebdomadaire de représentante en pharmacie chargée de vendre les médicaments contre l'hémophilie du géant pharmaceutique Wyeth. Elle était contente de ne porter qu'un petit haut blanc ample sur un short rose, et non sa tenue de travail. Mais surtout, elle était heureuse de passer du temps avec MJ.

— On y est presque, fit-il.

Ils passèrent un panneau hexagonal jaune avec un vélo noir et s'arrêtèrent à une intersection en T, à côté du tronc squelettique d'un pin de Monterey surmonté d'une touffe d'aiguilles, telle une moumoute mal ajustée. Ils se trouvaient au pied d'une colline désertique, où émergeaient çà et là quelques bosquets, qui paraissaient collés au sol par du Velcro.

Lisa, qui était anglaise, ne vivait en Australie que depuis deux ans. Elle avait quitté Perth pour s'installer à Melbourne quelques mois plus tôt et ne connaissait pas du tout la région.

— Ça remonte à quand, la dernière fois que tu es allé là-bas ? lui demanda-t-elle.

— Des années. Dix ans, peut-être. On y campait avec mes parents, quand j'étais petit. C'était notre endroit préféré. Tu vas adorer. Yiha !

Tout excité, il écrasa la pédale d'accélérateur. Le pick-up tourna à gauche sur la double voie ; les pneus crissèrent et le pot d'échappement émit un grondement.

Quelques minutes plus tard, ils passèrent un panneau indiquant BARWON RIVER, puis MJ ralentit et commença à observer attentivement le paysage à droite quand ils virent le panneau STONEHAVEN AND POLLOCKS FORD.

Puis il freina fort et tourna à droite sur un chemin de sable.

— Je suis quasi sûr que c'est ici ! s'écria-t-il.

Ils suivirent le chemin, cahin-caha, sur cinq cents mètres. A leur droite s'étendait la plaine, à leur gauche s'élevaient des buissons qui cachaient un accès à une rivière. Ils passèrent un pont en acier reposant sur de vieux contreforts en briques, puis d'épais taillis leur bloquèrent la vue. La piste piqua soudain du nez, avant de remonter, de s'élargir sur quelques mètres, de s'arrêter, se transformant en massif de broussailles.

MJ coupa le contact et tira sur le frein à main. Un nuage de poussière les enveloppa.

— Bienvenue au paradis, lança-t-il.

Ils s'embrassèrent.

Ils descendirent du véhicule. Un lourd silence les accueillit. Seul le moteur cliquetait. Une odeur d'herbe sèche flottait dans l'air. Un passereau siffla deux notes, comme pour dire *hou-hou* ! Puis le silence se fit. Un cours d'eau coulait paresseusement non loin, en contrebas, réfléchissant les rayons d'un soleil de fin de matinée ; des collines désertiques, parsemées de rares acacias ou eucalyptus, se profilaient à l'arrière-plan. Le silence était tellement dense qu'ils eurent l'impression d'être seuls au monde.

— Mon Dieu, c'est magnifique ! s'extasia Lisa.

Une mouche tournait autour de sa tête ; elle la chassa d'un revers de main. Une autre s'approcha, qu'elle chassa également.

— Ces bonnes vieilles mouches, c'est donc bien ici, fit MJ.

— J'ai l'impression qu'elles se souviennent de toi ! répliqua-t-elle tandis qu'une troisième se posait sur son front.

Il mima un petit coup de poing, pour rire, puis agita sa main devant son visage pour se débarrasser des mouches qui le harcelaient.

Il passa un bras autour de ses épaules et accompagna Lisa vers un passage dans la végétation.

— C'est d'ici qu'on embarquait en canoë, dit-il.

Trente mètres plus bas, elle découvrit une cale de lancement naturelle, sablonneuse, jonchée de fougères. La rivière, large d'une bonne vingtaine de mètres, était calme comme un étang. Des libellules, posées à la surface de l'eau, se nourrissaient de larves et d'œufs de moustique, tandis que d'autres voletaient en rase-mottes. Le reflet des arbustes de l'autre rive était d'une netteté absolue.

— Whaouh, whaouuuuuh ! C'est sublime ! s'exclama-t-elle.

Puis elle remarqua une série de bâtons blancs plantés le long de la cale sèche. Sur chacun d'eux se trouvaient des marques noires.

— Quand j'étais gosse, dit MJ, l'eau montait jusque-là. Il montra du doigt le repère le plus haut.

Lisa constata que huit traits le séparaient du niveau actuel.

— Elle a baissé tant que ça ?

— La faute au réchauffement climatique...

Elle vit un nœud coulant accroché à la branche d'un arbre au tronc large comme une patte d'éléphant.

— On sautait de là ! C'était pas très haut.

Maintenant, il y avait presque cinq mètres entre la branche et l'eau.

Il retira son tee-shirt.

— Tu viens ?

— Montons la tente d'abord !

— Lisa, on a toute la journée pour monter la tente ! Je crève de chaud ! (Il continua à se déshabiller.) Et les mouches détestent l'eau.

— Tu me diras comment elle est. Je vais réfléchir...

— Poule mouillée !

Lisa éclata de rire. Nu comme un ver, MJ disparut dans les buissons. Quelques instants plus tard, elle le vit réapparaître, rampant sur la branche qui s'élevait au-dessus de la rivière. Il arriva au niveau de la corde, qui avait l'air extrêmement fragile, bascula et s'y suspendit.

— Sois prudent ! lui cria-t-elle, soudain inquiète.

Accroché par un bras, il se frappa la poitrine de sa main libre et imita le cri de Tarzan. Puis il se balança, ses pieds touchant presque la surface ; il revint vers la rive, répéta le mouvement plusieurs fois, puis lâcha la corde et heurta l'eau dans un gros *splash*.

Lisa surveillait la scène avec anxiété. Après quelques secondes sous l'eau, il refit surface et secoua ses cheveux.

— C'est génial, viens, petite nature !

Il fit quelques mouvements de crawl puis releva soudain la tête avec une expression de douleur.

— Aïe ! J'ai tapé dans un truc avec mon orteil.

Lisa rit.

MJ plongea sous l'eau, puis resurgit, paniqué.

— Lisa, il y a une voiture au fond de la rivière ! Une voiture, bordel !

23

11 SEPTEMBRE 2001

Scotchée au téléviseur, Lorraine était tellement abasourdie qu'elle en avait oublié d'allumer sa cigarette. Tournée vers la caméra, une jeune journaliste faisait le point sur la catastrophe sans se rendre compte qu'à cent mètres à peine, la tour Sud était en train de s'effondrer sur son axe, avec une précision insupportable. Pendant un bref instant, Lorraine se demanda si ce n'était pas une prodigieuse illusion d'optique. La journaliste continuait à parler. En arrière-plan, des voitures et des gens disparaissaient sous les décombres, dans des tourbillons de poussière. D'autres couraient droit vers la caméra, comme si leur vie en dépendait.

Mon Dieu, elle ne sait donc pas ce qui se passe dans son dos ?

Inconsciente du danger, elle continuait à lire le prompteur ou à commenter ce qu'on lui transmettait dans l'oreillette.

DERRIÈRE TOI ! avait envie de lui crier Lorraine.

La journaliste finit par se retourner et perdit complètement le fil. Choquée, elle vacilla et fit plusieurs pas de côté pour ne pas perdre l'équilibre.

Les gens arrivaient de toutes parts, manquant la faire tomber. Un nuage en forme de champignon roulait vers elle. Affolée, elle articula quelques mots, mais le son avait été coupé, comme si le câble s'était rompu. L'écran se remplit de fumée grise et de silhouettes indistinctes, puis la caméra fut engloutie.

Toujours vêtue de son bas de maillot de bain, Lorraine entendit plusieurs bruits. Puis une image tremblante, caméra à l'épaule, réapparut, et elle vit d'énormes blocs d'acier, de verre et de murs s'écraser sur un camion de pompiers. L'échelle, puis la moitié du véhicule, se brisèrent, comme un jouet sous le pied d'un enfant. Une voix de femme répétait : Oh mon Dieu, oh mon Dieu, oh mon Dieu.

Puis il y eut des cris. Un écran noir pendant une seconde, et de nouveau, incertaine, l'image d'un jeune homme titubant. Il tenait une serviette imbibée de sang contre le visage d'une femme, l'aidait à avancer, l'invitait à accélérer pour échapper au nuage qui se rapprochait.

Et on revint à un plateau de télévision. Lorraine vit apparaître un présentateur, la quarantaine, veste et cravate. Les images qu'elle venait de voir défilaient sur des écrans, derrière lui. Il semblait également sous le choc.

— On nous informe que la tour Sud du World Trade Center s'est effondrée. Nous allons vous communiquer les dernières nouvelles sur la situation au Pentagone dans quelques instants.

Lorraine essaya d'allumer sa cigarette, mais elle tremblait trop ; le briquet lui tomba des mains. Elle était incapable de détacher ses yeux de l'écran. Elle attendait le moment où elle apercevrait Ronnie. À présent, une femme criait sans qu'on comprenne ce qu'elle disait. Une jolie journaliste était agrippée à son micro. Derrière elle, dans un épais nuage de fumée noire zébré de flammes orange, on devinait la silhouette du Pentagone.

Elle composa le numéro de téléphone de Ronnie : occupé.

Elle s'acharna sur son clavier. Son cœur battait à tout rompre, elle tremblait et aurait fait n'importe quoi pour entendre sa voix, savoir qu'il allait bien. Et en même temps, elle était consciente que Ronnie avait rendez-vous dans la tour Sud. Celle qui s'était effondrée.

Elle voulait des images de Manhattan, pas du foutu Pentagone, Ronnie était à Manhattan, pas au foutu Pentagone.

Elle zappa sur Sky News, tomba de nouveau sur des images, tournées caméra au poing, de trois pompiers casqués, couverts de poussière, portant un homme âgé qui avait l'air mal en point ; les bandes jaune fluo de leurs bras décrivaient des motifs étranges, tandis qu'ils marchaient à grandes enjambées.

Puis elle vit une voiture en feu. Et une ambulance. Des silhouettes jaillissaient du chaos en arrière-plan. Ronnie ?

Elle se pencha vers l'énorme écran. Ronnie ? Des visages apparaissaient comme lorsque l'on développe des photos.

Pas de Ronnie.

Elle composa son numéro. Pendant quelques secondes, elle fut persuadée qu'il allait sonner ! Mais la ligne était toujours occupée.

Sky News montra des images de Washington. Elle attrapa la télécommande et changea de chaîne. Toutes diffusaient désormais les mêmes images, décrivaient les mêmes événements. Elle regarda une rediffusion du premier avion percutant la tour, puis du second. En boucle.

Son téléphone sonna. Elle décrocha avec joie, presque trop émue pour pouvoir parler.

— Allô ?

C'était le réparateur de la machine à laver qui confirmait leur rendez-vous du lendemain.

24

OCTOBRE 2007

La proie s'appelait Ricky. Abby l'avait croisé de temps en temps dans des soirées ; il lui avait tourné autour et avait engagé la conversation. Elle le trouvait attirant et ce petit jeu de séduction ne lui déplaisait pas.

C'était un bel homme, la quarantaine, mystérieux et très sûr de lui, le genre de surfeur cool sur le retour. Comme Dave, il savait parler aux femmes ; il lui posait beaucoup de questions, mais ne répondait guère aux siennes. Il était impliqué dans le commerce philatélique, assez sérieusement, d'ailleurs.

Tous les timbres ne lui appartenaient pas. Pour être plus précis, Dave et Ricky se disputaient la possession de cette collection qui s'élevait à quatre millions de livres. Dave avait dit à Abby qu'il avait passé un deal avec Ricky pour partager la vente à cinquante-cinquante, mais qu'à présent, Ricky ne tenait pas sa promesse et exigeait quatre-vingt-dix pour cent. Quand elle lui avait demandé pourquoi il ne se contentait pas de porter plainte, il avait souri. Pour des gens comme eux, la police n'était pas une option. Et de toute façon, il avait un bien meilleur plan.

25

OCTOBRE 2007

La lampe halogène avait beau être braquée dessus, Roy Grace avait du mal à distinguer ce que Frazer Theobald tenait dans sa pince à épiler. Un truc bleu... et flou.

Il plissa les yeux, refusant de s'avouer qu'il avait besoin de lunettes. Il fallut que le légiste passe une feuille de papier blanc derrière et lui tende une loupe pour que Roy voie de quoi il s'agissait. C'était une fibre, plus petite qu'un cheveu, fine comme une toile d'araignée. C'était transparent par endroits, bleu pâle à d'autres et les extrémités bougeaient très légèrement, en partie parce que la main de Theobald tremblait, en partie à cause du courant d'air glacial qui soufflait dans le collecteur.

— Celui ou celle qui a tué cette femme a tout fait pour ne pas laisser de traces, déclara le médecin. À mon avis, il l'a déposée ici en espérant qu'elle serait emportée par le courant jusqu'à la mer, mais pas trop rapidement non plus.

Grace fixa de nouveau le squelette, conscient que ce corps pouvait être celui de Sandy.

— L'assassin ignorait sans doute que le collecteur ne serait pas convenablement irrigué, poursuivit Theobald. Il n'avait pas prévu qu'elle s'enfoncerait dans le limon et que le niveau de l'eau ne monterait pas assez pour entraîner le corps. À moins que ce secteur n'ait cessé d'être opérationnel.

Grace hocha la tête et observa de nouveau le fil tremblotant.

— Je pense que c'est de la moquette. Le labo nous le dira. Trop dur pour provenir d'un pull, d'une jupe ou même d'un coussin. C'est une fibre de moquette.

Joan Major acquiesça.

— Où l'as-tu trouvée ? s'enquit Grace.

Le médecin légiste désigna la main droite du squelette, en partie enfoncée dans la vase. Il désigna le majeur.

— Tu vois ? C'est un ongle artificiel, de ceux qu'on pose chez la manucure.

Grace sentit un frisson le parcourir. Sandy se rongeait les ongles. Quand ils regardaient la télévision, elle les mordillait en faisant des petits bruits de hamster. Ça le rendait fou. Parfois, elle le faisait au lit. Il était sur le point de s'endormir et elle se mettait à se ronger les ongles, comme si quelque chose l'inquiétait, quelque chose qu'elle ne pouvait ou ne voulait pas partager avec lui. Et ensuite, elle s'en voulait, lui en voulait de la laisser faire, lui faisait promettre de l'aider à arrêter. Du coup, elle se faisait poser de faux ongles hors de prix.

— Pour une raison ou une autre, ce composé en plastique collé sur les ongles n'a pas été emporté quand la peau s'est décomposée, précisa Frazer Theobald.

— La fibre était coincée sous celui-là. L'agresseur a dû tirer la victime, tandis qu'elle enfonçait ses ongles. C'est l'explication la plus rationnelle. Un coup de chance qu'elle n'ait pas été emportée.

— Un coup de chance, répéta Grace d'une voix éteinte. Son cerveau tournait à cent à l'heure. Tirée sur une moquette bleue. Une fibre de moquette bleue. Bleu clair. Bleu ciel. Il y avait de la moquette bleue chez eux. Dans la chambre. La chambre qu'il avait partagée avec Sandy jusqu'à ce qu'elle disparaisse, sans laisser de traces.

26

11 SEPTEMBRE 2001

Ronnie courait depuis une minute environ quand le jour se transforma en nuit, comme lors d'une éclipse de soleil. Il se mit alors à foncer vers un trou noir étouffant, puant, dans un bruit de tonnerre provenant du sol.

Il avait l'impression que quelqu'un déversait des milliards de tonnes de poudre noire et grise à l'odeur insupportable juste au-dessus de lui. Cette poussière lui piquait les yeux et la gorge. Il en avala une bouffée, toussa, et en avala davantage, malgré lui.

Des formes grises, fantomatiques, dansaient autour de lui. Il heurta quelque chose – une borne à incendie, comprit-il après coup –, perdit l'équilibre et s'écrasa par terre. Le sol tremblait, vibrait, palpitait comme si un monstre s'était réveillé et émergeait des entrailles de la terre.

Il faut que je m'éloigne, que je parte loin d'ici.

Quelqu'un trébucha sur sa jambe et lui tomba dessus. Il entendit une voix féminine jurer, puis s'excuser, et sentit un effluve de parfum raffiné. Il se tortilla pour s'extraire de cette situation, mais quelqu'un le poussa dans le dos et il se retrouva de nouveau à plat ventre.

Paniqué, en hyperventilation, il s'accroupit et vit une femme, tel un bonhomme de neige gris, se relever en tenant ses escarpins à la main. Un obèse avec les cheveux ébouriffés lui rentra dedans en l'insultant, le poussa sur le côté et poursuivit sa course, absorbé par le brouillard.

De nouveau, il se retrouva au sol. *Il faut que je me lève. Lève-toi, lève-toi !*

Il se souvint avoir lu des histoires de gens morts écrasés par une foule déchaînée. Il se débrouilla pour se remettre sur pied et vit de nouvelles silhouettes nébuleuses sortir du chaos en titubant. L'une d'elles le poussa. À travers les jambes, les chaussures et les pieds nus, il chercha son sac et sa mallette, les repéra, plongea, les saisit, mais se fit de nouveau renverser et se retrouva sur le dos.

— Putain, merde ! hurla-t-il.

Un talon aiguille passa au-dessus de sa tête, telle l'ombre d'une épée.

Puis soudain, le silence se fit. Le roulement de tonnerre cessa. Le sol ne vibrait plus.

Les sirènes s'arrêtèrent.

Pendant un instant, il se crut sauvé. Il était vivant, il n'avait rien !

Les gens passaient plus lentement, plus calmement. Certains boitaient. D'autres se soutenaient mutuellement. Certains avaient des morceaux de verre dans les cheveux, comme des cristaux. Le monde était noir et gris, avec des taches rouge sang.

— J'y crois pas, fit une voix masculine derrière lui. C'est carrément impossible.

Ronnie entrevit la tour Nord et, à sa droite, une montagne d'objets tordus, renversés, des gravats, des encadrements de fenêtres, des voitures accidentées, des véhicules en feu, des corps brisés, inanimés. Puis, en lieu et place de la tour Sud, il vit le ciel.

Elle avait disparu.

Elle était là trois minutes plus tôt et, à présent, plus rien. Il cligna des yeux pour vérifier que ce n'était pas un tour de magie. Des particules sèches le brûlèrent aux larmes.

Il tremblait de tout son corps, de toute son âme.

Quelque chose attira son attention. Un bout de tissu voltigeait, descendait, puis, pris dans un courant ascendant, remontait, puis redescendait... On aurait dit le chiffon en feutrine que le fabricant donne quand on achète un nouvel ordinateur, pour protéger l'écran et le clavier quand le portable est fermé.

Il le regarda atterrir délicatement, tel un papillon mort, à quelques mètres de lui. Pendant un court instant, il se demanda si, malgré tout ce qui l'agitait, cela ne valait pas le coup de le récupérer, car il avait perdu le sien depuis longtemps.

Des gens marchaient toujours, à perte de vue, en noir, blanc et gris, semblables aux exilés dans les films de guerre ou les documentaires. Il crut entendre une sonnerie de téléphone. Le sien ? Il chercha fébrilement dans sa poche. Il ne l'avait pas perdu, Dieu soit loué ! Il le sortit, mais constata qu'il n'avait aucun appel en absence. Il essaya une nouvelle fois de joindre Lorraine, mais il n'y avait pas de réseau, juste un *bip-bip-bip* qui disparut dans le vacarme d'un hélicoptère passant juste au-dessus de sa tête.

Il ne savait pas quoi faire.

Des gens étaient blessés et lui n'avait rien. Peut-être devait-il venir en aide aux autres. Peut-être trouverait-il Donald. Ils devaient avoir évacué l'immeuble. C'est sûr. Tout le monde devait être sorti avant l'effondrement. Donald devait être quelque part, peut-être le cherchait-il. Et s'ils se trouvaient, ils pourraient aller dans un café ou un hôtel et le faire, ce rendez-vous...

Un camion de pompiers arriva à toute allure, manquant l'écraser, puis s'éloigna dans un bruit de sirène et de klaxon, et dans une nuée de lumières rouges clignotantes.

— Enfoirés ! Vous avez failli me tuer !

Un groupe de femmes noires couvertes de poussière s'approcha de lui. L'une portait un cartable, l'autre se massait la nuque, sous ses dreadlocks.

— Excusez-moi ? fit Ronnie pour les aborder.

— Marchez droit devant, lui répondit l'une d'elles.

— Ouais, n'allez pas par là, ajouta une autre.

Des véhicules d'urgence fonçaient tous azimuts. Le sol crissait. Ronnie se rendit compte qu'il marchait sur un tapis de documents. *Et on appelle ça l'administration zéro papier*, pensa-t-il avec cynisme. La rue était couverte de pages grises, le ciel rempli de feuilles qui virevoltaient, de toutes les formes, de toutes les tailles, déchirées, dactylographiées, vierges... Comme si des milliards de meubles de rangement et de corbeilles se déversaient.

Il s'arrêta pour essayer de réfléchir. Mais la seule chose qui lui venait à l'esprit, c'était : *Pourquoi aujourd'hui, bordel ?*

Pourquoi est-ce que ce merdier devait avoir lieu aujourd'hui ?

New York était la cible d'un attentat terroriste, ça, c'était évident. Une voix intérieure lui disait qu'il aurait dû être effrayé, mais il ne l'était pas. Il était très en colère.

Il se mit en route, croisant des dizaines de personnes paniquées courant dans toutes les directions. Puis, non loin du parvis, il fut arrêté par deux policiers du NYPD. Le premier, trapu, les cheveux en brosse, avait un talkie-walkie collé à l'oreille gauche ; sa main droite reposait sur la crosse de son revolver. Il criait des directives et en recevait d'autres. Son collègue, beaucoup plus grand, taillé comme un joueur de football américain, visage vérolé, semblait dire : « Désolé, mec », mais aussi : « Ne m'emmerde pas, c'est assez le bordel comme ça. »

— Excusez-moi, monsieur, l'interpella le plus grand, vous ne pouvez pas aller plus loin. Nous intervenons sur cette zone.

— J'ai un rendez-vous. Je..., bafouilla Ronnie en montrant les gravats du doigt... Il faut que je voie...

— Je pense qu'il faudra le remettre à plus tard. Personne n'organise de rendez-vous en ce moment.

— Le problème, c'est que je dois retourner en Angleterre ce soir. C'est vraiment...

— Monsieur, je pense que vous allez bientôt vous rendre compte que votre réunion et votre vol sont annulés.

Puis le sol se mit à trembler. Un terrible craquement retentit. Les deux flics se retournèrent en même temps et levèrent les yeux vers les murs argentés de la tour Nord. Ils bougeaient.

27

OCTOBRE 2007

L'ascenseur bougeait. Abby sentait le sol exercer une pression dans ses chevilles. Il montait de guingois, comme si quelqu'un tirait sur un câble. Puis il s'arrêta net. Elle entendit un bruit sourd, suivi d'un écoulement.

Merde.

Sa botte s'était renversée. Celle dans laquelle elle avait uriné.

La cabine se balança soudain, comme si on l'avait lancée, et cogna contre les parois, la projetant contre le mur, puis par terre. Sur le sol humide.

Mon Dieu.

Ensuite, elle entendit un coup contre le toit de la cabine. Si fort qu'on eût dit un coup de masse. Le bruit se répéta en écho, assourdissant. Quand elle essaya de se lever, l'ascenseur oscilla dangereusement et heurta si fort les murs en acier qu'ils se mirent à trembler. Puis il s'inclina, la projetant contre le mur opposé.

Nouveau coup au plafond.

Mon Dieu, pas ça...

Ricky se trouvait-il là-haut ? Essayait-il de saboter la cabine, pour lui régler son compte ?

L'ascenseur monta de quelques centimètres, puis se balança violemment. Abby gémit, sortit son téléphone et l'alluma. Grâce à la lumière, elle distingua une fente dans le plafond. Un nouveau coup retentit et la fente s'élargit. De la poussière volait partout.

Un autre coup. Et de la poussière, encore.

Puis plus rien. Le silence. Et un bruit différent, à présent. Plus sourd. C'était son cœur. Il battait à tout rompre. *Boum. Boum. Boum.* Son sang pulsait dans ses oreilles. Un fleuve sauvage coulait en elle.

La lumière de son portable s'éteignit. Abby appuya sur une touche et l'écran se ralluma. Son cerveau tournait à cent à l'heure. Avec quoi pourrait-elle se défendre quand il l'attaquerait ? Elle avait une bombe lacrymogène dans son sac, mais cela ne le paralyserait que quelques instants – quelques minutes peut-être, si elle parvenait à viser les yeux. Il lui fallait quelque chose pour l'assommer. Elle n'avait que sa botte. Elle l'attrapa, sentit le cuir mouillé, souple, et le talon, dur, en bois, ce qui la rassura un peu. Elle pouvait la cacher dans son dos et ne la sortir qu'au moment où elle verrait son visage. Le frapper par surprise.

Elle se posait toutes sortes de questions. Était-il certain qu'elle était coincée là-dedans ? L'attendait-il dans l'escalier et avait-il trouvé un moyen de bloquer l'ascenseur en constatant qu'elle l'avait pris ?

Le silence s'était installé. Elle n'entendait plus que le battement rapide de son cœur. Comme des coups de poing dans un punching-ball.

Puis, au-delà de la peur, elle connut un accès de colère.

Si proche, elle était si proche de réaliser tous ses rêves !

Il faut que tu sortes de là. Débrouille-toi !

Soudain, la cabine s'éleva à nouveau, avant de s'immobiliser brutalement.

Les coups métalliques reprirent.

Et le bout d'un pied-de-biche apparut dans la fente, entre les deux portes.

28

SEPTEMBRE 2007

Lisa chassa un nuage de mouches.
— Dégagez, allez-vous-en, non mais !

Le treuil gémissait ; le diesel de la dépanneuse de la société R & K 24/24 bourdonnait. Ce bruit se transforma en vrombissement quand le câble se tendit ; le gars au volant appuya sur l'accélérateur pour tirer la carcasse.

Lisa était curieuse de voir ce qui allait se passer, de comprendre comment une voiture avait bien pu arriver là. « Personne ne se tape trois bornes de chemin de terre pour tomber dans la rivière par accident, avait déclaré MJ. Pas même une bonne femme », avait-il ajouté, ce qui lui avait valu un coup de pied dans le tibia de la part de Lisa.

L'un des deux policiers de Geelong qui avaient débarqué, le petit, le plus calme, leur avait expliqué que c'était sans doute une voiture volée utilisée dans le cadre d'un délit, puis abandonnée. Celui ou celle qui l'avait planquée là n'avait pas prévu que le niveau de l'eau baisserait autant.

Une mouche se posa sur la joue de Lisa. Elle se donna une gifle, mais cette dernière anticipa son geste. MJ lui avait un jour expliqué que la notion de temps était différente pour les humains et pour les mouches. Une seconde pour les humains équivalait à dix secondes pour les mouches. Elles voyaient tout au ralenti et avaient donc tout le temps de nous échapper.

MJ savait tout sur les mouches. *Pas étonnant,* se dit-elle. *Quand on vit à Melbourne et qu'on aime sillonner la brousse australienne, on devient un expert sans même s'en rendre compte.* Elles se nourrissent d'excréments, lui avait-il appris la dernière fois qu'ils étaient allés camper ensemble. Lisa s'était juré de ne plus jamais manger un aliment sur lequel une mouche s'était posée.

Elle observa la voiture de police blanche, avec son motif quadrillé bleu et blanc, et la camionnette aux mêmes couleurs, avec leurs gyrophares rouges et bleus sur le toit. Deux hommes-grenouilles de la police en combinaison, palmes et masque, se tenaient au bord de l'eau et regardaient le câble en sortir lentement.

Mais les mouches n'étaient pas inutiles, bien au contraire. Elles contribuaient à la disparition des cadavres : ceux d'oiseaux, de lapins, de kangourous, d'êtres humains aussi. C'étaient les petites mains de Mère nature, en quelque sorte. Le problème, c'est qu'elles avaient des habitudes alimentaires détestables, comme par exemple vomir sur leur nourriture avant de l'ingurgiter. De bien piètres invitées, en avait conclu Lisa.

Des gouttes de sueur coulaient le long du visage de la jeune femme. MJ avait passé un bras derrière ses épaules. De son autre main, il tenait la bouteille d'eau qu'ils partageaient. Lisa avait glissé une main autour de sa taille, entre son tee-shirt humide et son pantalon.

Les mouches aiment boire la sueur humaine, lui avait-il confié un jour. Elle ne contenait pas beaucoup de protéines, mais était riche en sels minéraux. Pour elles, c'était l'équivalent du Perrier, de la Badoit, enfin, de votre eau minérale de prédilection.

La rivière se transforma en bain bouillonnant. Des bulles éclataient à la surface, créant de la mousse. Le plus grand des policiers, le plus anxieux, aboyait mes instructions, ce qui semblait inutile aux yeux de Lisa, puisque tout le monde faisait son boulot. Coupe en brosse et nez aquilin, il devait avoir une petite quarantaine. Lui et son jeune collègue portaient l'uniforme : une chemise ouverte avec des épaulettes et un écusson de la police de Victoria brodé sur une manche, un pantalon bleu marine et des godillots. Les mouches les aimaient bien eux aussi.

Lisa vit émerger l'arrière d'une berline vert foncé et entendit l'eau dévaler en cascade, couvrant le crissement du treuil et le ronflement du moteur. Elle put lire la plaque d'immatriculation, OPH 010, et le dicton inscrit dessous : « Victoria, il fait bon y vivre. »

Depuis combien de temps ce véhicule se trouvait-il dans la rivière ?

Elle n'était pas experte en voitures, mais en savait suffisamment pour voir qu'il s'agissait d'un ancien modèle de Ford Falcon, vieux de cinq, dix ans peut-être. Le pare-brise arrière finit par apparaître, puis le toit. La peinture semblait brillante, car mouillée, mais tous les chromes étaient rouillés. Les pneus, presque à plat, s'écrasèrent sur la berge sablonneuse, aride, quand la voiture fut hissée jusqu'à la terre ferme. De l'eau s'échappa des portières fermées et des roues.

Quelle vision irréelle, songea-t-elle.

Après plusieurs minutes, la Falcon se retrouva sur la rive, immobile, reposant sur ses essieux. Le câble était désormais souple, et le chauffeur de la dépanneuse détachait le crochet, à genoux. Le grincement avait cessé et le moteur avait été coupé. On n'entendait plus que l'eau qui dégoulinait de l'habitacle.

Les deux flics firent le tour du véhicule en jetant des regards méfiants à l'intérieur. Le grand, qui paniquait pour un rien, avait posé la main sur la crosse de son revolver, comme s'il s'attendait à ce que quelqu'un surgisse et le menace. Le plus jeune faisait de petits gestes pour éloigner les mouches.

Le passereau poussa son *hou-hou*, rompant le silence.

Le plus gradé appuya sur le bouton pour ouvrir le coffre. Rien. Il essaya une nouvelle fois, en tirant en même temps sur le capot, et réussit à le soulever de quelques centimètres, avec un grincement de protestation de la rouille, avant qu'il finisse par céder.

Il recula d'un pas, terrassé par l'odeur, avant même de voir ce qu'il y avait à l'intérieur.

— Nom de Dieu, fit-il avant de se retourner, nauséeux.

29

OCTOBRE 2007

Le gris est la couleur de la mort, se dit Roy Grace. *Les os sont gris. Les cendres de la crémation sont grises. Les tombes sont grises. Les radiographies dentaires sont grises. Les murs de la morgue sont gris. Que l'on pourrisse dans un cercueil ou dans un collecteur d'eaux pluviales, ce qui reste de nous tournera, tôt ou tard, au gris.*

Des ossements gris étaient étalés sur une table d'autopsie en métal gris. Disséqués par des instruments gris. Les grandes fenêtres opaques diffusaient une lumière irréelle, étrange, grise. *Les fantômes, hommes ou femmes, sont gris.* Ils étaient nombreux, dans la salle d'autopsie de la morgue municipale de Brighton et Hove. Les fantômes de milliers de malheureux dont le corps avait atterri ici, dans ce bâtiment aux murs en crépi gris, derrière une porte de frigo grise, avant de finir leur ultime voyage dans un établissement de pompes funèbres et d'être enterré ou incinéré.

Il frissonna. Il ne pouvait pas s'en empêcher. La femme qu'il aimait avait beau y travailler, ce lieu lui fichait quand même la trouille.

Le squelette aux faux ongles, avec sa mèche de cheveux blonds comme les blés encore attachée au crâne, lui filait les jetons.

Et toutes ces silhouettes vêtues de tabliers verts, aussi, lui fichaient la trouille. Il y avait Frazer Theobald, Joan Major et Barry Heath, le dernier arrivé des légistes, un petit homme bien habillé, au visage impénétrable, qui avait récemment cessé ses activités de policier pour se spécialiser dans les scènes de crime et morts violentes – accidents de la route, suicides – ainsi que le suivi des autopsies. Un photographe était également présent pour immortaliser chaque étape du processus, sans oublier Darren, l'assistant de Cleo, un beau jeune homme élégant, sympa, d'une vingtaine d'années, brun, coupe en brosse à la mode, qui avait commencé sa carrière en tant qu'apprenti boucher. Christopher Ghent, le dentiste légiste, un homme élancé, était penché sur le cadavre et relevait avec application les empreintes dentaires à l'aide d'alginate.

Cleo aussi était là. Elle n'était pas de service, mais comme Grace travaillait, elle avait décidé qu'elle pouvait en faire autant.

Roy avait parfois du mal à croire qu'il sortait avec cette déesse.

Malgré son tablier vert et ses bottes en plastique blanches, elle était d'une beauté sidérante, avec ses jambes interminables, ses longs cheveux blonds relevés, et la grâce, l'aisance, avec laquelle elle se déplaçait dans cette salle, son domaine, à la fois sensible et indifférente aux horreurs qui l'entouraient.

Mais dans le même temps, il se demandait si, par un coup du sort, il n'était pas en train de regarder la femme qu'il aimait étaler les restes de la femme qu'il avait aimée.

La pièce sentait fort le désinfectant. Elle comprenait deux tables en acier, l'une fixe, l'autre sur roulettes, sur laquelle gisaient les ossements de la victime. Il y avait un monte-charge hydraulique bleu et une rangée de portes de frigo, du sol au plafond.

Les murs étaient carrelés de gris, et tout autour de la pièce courait une rigole. L'un d'eux, couvert d'éviers, avait à son bout un tuyau d'arrosage jaune. En face se trouvaient d'immenses plans de travail en métal et une armoire aux portes en verre remplie d'instruments chirurgicaux, de quelques piles Duracell et de souvenirs sinistres dont personne ne voulait – principalement des pacemakers –, retrouvés sur les victimes.

Un tableau recensait le nom des personnes décédées, ainsi que le poids de leur cerveau, de leurs poumons, de leur cœur, de leur foie, de leurs reins et de leur rate. La seule indication pour le moment était *femme anonyme*.

La pièce était grande, mais cet après-midi-là elle donnait l'impression d'être bondée, comme toujours lors d'une autopsie pratiquée par un légiste maison.

— Il y a trois plombages, déclara Christopher Ghent sans s'adresser à personne en particulier. Un inlay en or. Un bridge en haut à droite, sur la cinq et la six. Deux composites et un amalgame.

Grace essaya de se rappeler si Sandy avait fait soigner ces dents-là, mais c'était trop technique pour lui.

Joan Major sortait d'une grande mallette une série de moulages en plâtre de Paris, qui étaient rangés sur des socles en plastique noir, carrés, tels des fragments retrouvés lors d'une importante fouille archéologique. Ce n'était pas la première fois qu'il les voyait, mais il était toujours incapable de les différencier.

Quand Christopher Ghent eut terminé son analyse de la dentition, Joan expliqua en quoi chaque fragment pouvait déterminer l'âge des os. Elle conclut qu'il s'agissait d'une femme de trente ans, à trois ans près.

Ce qui correspondait toujours à Sandy.

Grace savait que c'était peu professionnel de sa part de laisser une affaire personnelle interférer avec cette enquête, mais pouvait-il vraiment lutter ?

30

11 SEPTEMBRE 2001

La terre tremblait. Des douzaines de clés sans empreintes, pendues les unes à côté des autres, s'entrechoquaient. Plusieurs pots de peinture tombèrent d'une étagère. L'un des couvercles s'ouvrit et une émulsion magnolia se répandit par terre. Un carton bascula et des vis en laiton se mirent à ramper sur le linoléum, tels des asticots.

Il faisait sombre dans la petite quincaillerie située à quelques centaines de mètres du World Trade Center dans laquelle Ronnie avait trouvé refuge en suivant le grand flic. Quelques minutes plus tôt, le courant avait été coupé. Seul le panneau lumineux « issue de secours », alimenté par piles, fonctionnait. Un tourbillon de poussière lécha la vitrine, les plongeant dans le noir.

Une femme sans chaussures, vêtue d'un tailleur très chic, pleurait dans un coin. Elle n'était sans doute jamais entrée dans une quincaillerie de sa vie. Derrière le comptoir, qui courait sur toute la longueur de la pièce, une silhouette squelettique en salopette marron, cheveux gris ramassés en catogan, semblait présider la scène dans un silence menaçant.

Ronnie tenait fermement la poignée de sa valise. Par miracle, son attaché-case se trouvait toujours dessus.

Dehors, une voiture de police passa à toute allure, sur le toit, tournant comme une toupie, avant de s'immobiliser.

Les portières étaient ouvertes, la veilleuse de l'habitacle allumée. Il n'y avait personne à l'intérieur. Une CB se balançait au bout de son câble. Une fissure apparut soudain dans le mur de gauche et tout une étagère de boîtes et de pinceaux s'effondra. La femme qui pleurnichait poussa un cri.

Ronnie fit un pas en arrière et s'appuya contre le comptoir pour mieux réfléchir. Un jour, alors qu'il était au restaurant, à Los Angeles, la terre s'était mise à trembler. Un collègue lui avait alors confié que, le meilleur moyen de se protéger quand un bâtiment s'écroule, c'était de se réfugier dans l'encadrement de la porte. Il se dirigea vers ce dernier.

— Hé mec, à ta place, je ne sortirais pas, lui fit le flic.

Une avalanche de plâtre, de panneaux de verre et autres débris vint enterrer la voiture de police, juste devant la vitrine. L'alarme du magasin se déclencha, stridente, assourdissante. Le gars à la queue-de-cheval s'éclipsa et le hurlement cessa, tout comme le cliquetis des clés.

Puis la terre arrêta de trembler.

Il y eut un long silence. Dehors, les tourbillons se calmèrent et s'éclaircirent, comme si le jour allait se lever.

Ronnie ouvrit la porte.

— À ta place, je ne sortirais pas, tu vois ce que je veux dire ? répéta le flic.

Ronnie se tourna vers lui, hésitant. Puis il passa la porte, tirant son sac derrière lui.

Il progressa dans le silence le plus total. Le silence d'un matin sous la neige. Une neige grise qui recouvrait tout.

Même le silence était gris.

Puis il commença à entendre des sons. Alarmes à incendie. Alarmes d'appartements. Alarmes de voitures. Hurlements. Sirènes. Hélicoptères.

Des silhouettes pâles passaient en marchant, en titubant, en courant à côté de lui, sans faire de bruit. Un défilé sans fin d'hommes et de femmes aux visages inexpressifs. Certains composaient un numéro sur leur téléphone. Il les rejoignit et s'enfonça, à l'aveugle, dans l'épais brouillard qui piquait les yeux, la gorge et le nez.

Il les suivit sans se poser de question. Son sac à la traîne. Garder le rythme. Marcher ensemble.

Il distingua la structure d'un pont. *Le pont de Brooklyn*, se dit-il en puisant dans le peu de connaissances qu'il avait de New York. Traverser la rivière sur ce pont interminable, quitter cet enfer étouffant.

Ronnie avait perdu toute notion de temps et le sens de l'orientation. Il se contenta de suivre des fantômes gris. Soudain, pendant un millième de seconde, il devina une odeur de sel. Puis fut de nouveau assailli par les relents de peinture et de caoutchouc brûlés, de kérosène. Il savait qu'à n'importe quel moment, un autre avion était susceptible de s'écraser.

La réalité commençait à le rattraper. Pourvu que Donald Hatcook n'ait rien. Et s'il était blessé ? Le plan qu'il avait élaboré était génial. Ils allaient se faire des millions dans les cinq prochaines années. Des millions, putain ! Mais si Donald était mort, comment faire ?

Des bâtiments se dessinaient au loin. Une ligne d'horizon irrégulière, composée de tours. Brooklyn. Il n'y était jamais allé, l'avait juste vu de Manhattan. Il s'en rapprochait chaque seconde. Et chaque seconde, l'air devenait plus respirable. Les relents salés commençaient à l'emporter sur le brouillard.

Arrivé au milieu du pont, il s'arrêta. Une image biblique lui vint à l'esprit : la femme de Loth se retournant et se transformant en statue de sel. La foule qui traversait le pont lui évoqua la même chose : des statues de sel.

Il agrippa la rampe en métal et regarda derrière lui.

Le soleil se réfléchissait dans des millions de vaguelettes, créant des petites taches de lumière dansantes. À l'arrière-plan, Manhattan semblait en feu. Les gratte-ciel avaient la tête dans des nuages gris, marron, noirs et blancs qui tournoyaient dans le ciel bleu cobalt.

Il tremblait de tout son corps. Il était grand temps qu'il reprenne ses esprits. Il fouilla ses poches à la recherche de ses Marlboro et en alluma une. Il tira quatre fois dessus, mais le goût était désagréable à cause des particules qu'il avait inhalées. Il la jeta dans l'eau. Il se sentit nauséeux, la gorge encore plus sèche.

Il rejoignit les fantômes et les suivit jusqu'à une route où ils semblaient prendre différentes directions. Il eut une idée. Il s'arrêta de nouveau. Pris d'une soudaine envie de tranquillité, il fit demi-tour et s'engagea dans une rue calme. Il longea quelques immeubles de bureaux, les roulettes de son sac tressautant derrière lui.

Plongé dans ses pensées, il marcha longtemps dans un paysage urbain quasi désert avant de se retrouver sur une bretelle d'accès à une voie rapide. Devant lui s'élevait un grand panneau publicitaire avec le mot KENTILE écrit en rouge.

Puis il entendit le bruit d'un moteur et en moins de temps qu'il ne faut pour le dire, un pick-up bleu s'arrêta à sa hauteur.

La vitre s'ouvrit et un homme avec une chemise à carreaux et une casquette des Yankees apparut.

— J'vous dépose quelque part ?

Ronnie le dévisagea, surpris par la question. Il transpirait comme un bœuf. Est-ce qu'il voulait qu'on le « dépose » ? Où ça ?

Il ne savait pas trop. Voulait-il aller quelque part ?

À l'intérieur, il distingua des silhouettes pressées les unes contre les autres.

— Il me reste une seule place.

— Vous allez où ? lui demanda-t-il sans conviction, comme s'il avait plusieurs options.

L'homme avait une voix nasale, les fréquences basses de ses cordes vocales semblaient poussées au maximum.

— Il va y avoir d'autres avions. D'une minute à l'autre. Faut partir. Dix avions, peut-être plus. Eh mec, ça fait que commencer !

— Je... J'ai... J'avais rendez-vous.

Ronnie fit une pause. Il fixa la portière ouverte, les sièges bleus, la salopette du conducteur. C'était un homme âgé avec une pomme d'Adam saillante et un cou maigre, démesuré. Son visage ratatiné était avenant.

— Monte, je te déposerai.

Ronnie fit le tour du véhicule et se hissa sur le siège passager. La radio était allumée, les infos passaient à plein volume. Une femme disait que la zone de Wall Street et Battery Park était impraticable.

Tandis qu'il cherchait sa ceinture de sécurité, le chauffeur lui proposa une bouteille d'eau. Réalisant tout à coup à quel point il avait soif, Ronnie l'accepta volontiers.

— Je nettoie les vitres du World Trade Center, tu sais ?

— Ah bon, répondit Ronnie distraitement.

— Tout mon matos est dans la tour Sud, tu vois ce que je veux dire ?

Ronnie ne voyait pas vraiment, parce qu'il n'écoutait que d'une oreille.

— Ouais, fit-il.

— Il faudra que j'aille le récupérer plus tard.

— Plus tard, répéta Ronnie sans indiquer s'il approuvait ou non.

— Ça va, toi ?

— Moi ?

La camionnette démarra. L'habitacle sentait le chien et le café.

— Faut partir. Ils ont attaqué le Pentagone. Il y a dix avions qui nous foncent dessus. C'est énorme. Énorme !

Ronnie tourna la tête et découvrit quatre personnes blotties sur la banquette arrière. Aucune ne leva les yeux.

— Les Arabes, poursuivit le conducteur. C'est les Arabes qu'ont fait ça.

Ronnie fixait un gobelet Starbucks entouré d'une serviette en papier tachée de café dans le porte-bouteilles. De l'eau minérale se trouvait juste à côté.

— C'est juste le début, poursuivit-il. Heureusement qu'on a un président fort. Heureusement qu'on a W.

Ronnie ne répondit pas.

— T'as rien, t'es pas blessé ?

Ils se dirigeaient vers une voie rapide. De rares véhicules se trouvaient sur la voie surélevée, en sens inverse.

Un grand panneau vert au-dessus de leur tête indiquait deux directions : à gauche SORTIE 24 EAST 27 PROSPECT EXPR. WAY ; à droite 278 WEST VERRAZANO BR., STATEN ISL.

Ronnie ne répondit pas parce qu'il n'avait pas entendu. Il était plongé dans ses pensées.

Il élaborait un projet. Une idée folle, due à son état de choc. Mais qui tournait en boucle dans sa tête. Plus il y réfléchissait, plus il se demandait si ce projet était susceptible de marcher. Un plan B, pour remplacer celui avec Donald Hatcook.

Un plan peut-être meilleur.

Il éteignit son téléphone.

31

OCTOBRE 2007

Terrorisée, Abby fixait le bout du pied-de-biche qui s'enfonçait, en force, entre les portes, en oscillant de gauche à droite. Plusieurs fois de suite, celles-ci s'ouvrirent de quelques centimètres avant de se refermer.

Il y eut un énorme bruit au-dessus d'elle, comme si, cette fois, quelqu'un avait sauté sur la cabine. L'ascenseur cogna contre la cloison, Abby perdit l'équilibre et dut lâcher sa petite bombe lacrymogène pour amortir sa chute contre le mur.

Les portes s'ouvrirent dans un grincement de protestation. Elle sentit un frisson de terreur la parcourir.

L'écart n'était plus que de quelques centimètres...

Elle plongea à la recherche du vaporisateur. De la lumière apparut. Elle le trouva et l'empoigna, dans un mouvement de panique. Puis, sans lever les yeux, elle se jeta en avant en appuyant sur la gâchette, visant entre les portes.

Et elle atterrit dans des bras musclés qui la sortirent de l'ascenseur et la déposèrent sur le palier.

Elle hurla, gigotant pour se libérer. Elle appuya de nouveau sur la bombe lacrymogène, mais rien ne sortit.

— Casse-toi, cria-t-elle, dégage !

— Tout va bien, ma petite dame, tout va bien.

Une voix inconnue. Pas *la sienne* en tout cas.

— Lâche-moi ! hurla-t-elle en lui donnant des coups de pied.

Il la tenait fermement.

— Mademoiselle ? Calmez-vous. Vous ne risquez plus rien. Tout va bien. Vous ne risquez rien.

Un visage lui souriait. Un visage avec un casque de pompier. Une combinaison verte avec des bandes fluo. Elle entendit les interférences d'un talkie-walkie.

Deux pompiers se trouvaient dans l'escalier, plus haut. Un autre attendait quelques marches plus bas.

L'homme qui la tenait lui souriait, rassurant.

— Tout va bien, ma belle. Vous êtes en sécurité.

Elle tremblait. C'était bien vrai ? Ce n'était pas un piège ?

Ils ressemblaient à de véritables pompiers, mais elle ne lâcha pas son arme pour autant. On n'est jamais trop prudent avec Ricky.

Puis elle remarqua le visage bourru du vieux concierge polonais, sweat-shirt sale et pantalon marron, qui montait l'escalier en haletant.

— Je suis pas payé pour travail le week-end, grommela-t-il. C'est le syndic. Je leur parle depuis des mois à propos de l'ascenseur. Des mois. (Il regarda Abby, fronça les sourcils, puis leva un index avec un ongle noir.) Appartement 82, hein ?

— C'est bien ça, répondit-elle.

— Le syndic, répéta-t-il avec un accent guttural. Mauvais. Tous les jours, je leur dis.

— Combien de temps êtes-vous restée enfermée, mademoiselle ? lui demanda son sauveur.

Il devait avoir une trentaine d'années, beau comme un chanteur de boys band. Elle le considéra d'un air méfiant, comme s'il était trop mignon pour être pompier, comme si tout cela n'était qu'un piège tendu par Ricky. Puis elle se rendit compte qu'elle tremblait trop pour parler.

— Vous auriez de l'eau ?

Quelques secondes plus tard, on plaça une bouteille entre ses mains. Elle but goulûment, en en renversant sur son menton et dans son cou. Elle la termina.

— Merci.

Elle tendit la bouteille vide ; une main la récupéra.

— Hier soir, dit-elle. Je suis... depuis hier... Je suis coincée dans ce truc. Enfin, je crois. On est bien samedi ?

— Oui. Il est 17 h 20, samedi après-midi.

— Donc depuis hier, 18 h 30 environ.

Elle se tourna vers le concierge.

— Vous ne vérifiez jamais si l'alarme et le téléphone fonctionnent, nom de Dieu ?

— Le syndic, répondit-il en haussant les épaules, comme s'il était responsable de tous les fléaux du monde.

— Vous devriez aller aux urgences pour vérifier que vous n'avez rien, déclara le beau gosse.

Elle paniqua à cette idée.

— Non, non ! Je vais bien, merci. J'ai juste...

— On peut appeler une ambulance.

— Non, répéta-t-elle fermement. Je n'ai pas besoin d'aller à l'hôpital.

Elle regarda ses bottes renversées, qui se trouvaient toujours dans l'ascenseur, couchées sur le sol humide. Elle ne sentait rien, mais elle se doutait que l'odeur devait être très désagréable.

Le talkie-walkie émit un signal.

— J'ai cru que l'ascenseur allait lâcher... Je me disais que j'allais faire le grand saut à n'importe quel moment.

— Nan, aucun danger. Il y a un système de freinage automatique, en cas de chute. Mais il n'aurait pas lâché de toute façon.

Il sembla pensif quelques instants, puis leva les yeux au plafond.

— Vous vivez là ?

Elle hocha la tête.

Il lâcha prise.

— Vous devriez vérifier combien vous payez pour l'entretien de cet ascenseur.

Le concierge fit un nouveau commentaire sur le syndic, qu'elle entendit à peine. Le soulagement n'était que provisoire. OK, elle était libre, mais elle n'était en aucun cas sortie d'affaire.

Elle se mit à genoux pour essayer de récupérer ses bottes sans retourner à l'intérieur. Elles étaient hors d'atteinte. Le pompier se pencha et les attrapa avec le bout de son pied-de-biche. Il était suffisamment intelligent pour ne pas s'aventurer dans la cabine.

— Qui vous a prévenus ? s'enquit-elle.

— Une dame au... (Il marqua un temps d'arrêt pour lire son carnet.) Appartement 47. Elle a essayé d'appeler l'ascenseur plusieurs fois cet après-midi et a entendu des appels au secours.

Abby se promit de la remercier à l'occasion. Puis elle leva des yeux inquiets vers l'escalier encombré par les plaques de plâtre et autres matériaux de construction laissés par les ouvriers.

— Vous devriez manger quelque chose, lui conseilla-t-il. Quelque chose de léger, une soupe, par exemple. Je vais vous accompagner chez vous pour être sûr que vous allez bien.

Elle le remercia et contempla sa bombe lacrymogène en se demandant pourquoi elle n'avait pas fonctionné. Le loquet de sécurité n'avait pas été débloqué.

Elle la rangea dans son sac et, bottes à la main, commença à monter les marches en évitant les obstacles. Elle réfléchit. Était-ce Ricky qui avait saboté l'ascenseur, le téléphone et l'alarme ? Était-ce exagéré de le penser capable de cela ?

Quand elle arriva devant sa porte, elle fut soulagée de constater que tous les verrous étaient fermés. Elle remercia le pompier une dernière fois, mais vérifia quand même que le fil tiré à travers le hall d'entrée était intact avant de refermer la porte derrière elle et de mettre les chaînes de sécurité. Puis, pour être sûre qu'il n'y avait aucun risque, elle se rendit dans chaque pièce.

Personne n'était entré chez elle. Tout était en ordre.

Elle alla dans la cuisine se préparer un thé et prit un Kit-Kat dans le frigo. Elle venait de croquer dedans quand quelqu'un sonna, puis tapa à sa porte.

Nerveuse à l'idée que ce puisse être Ricky, elle se précipita et regarda à travers le judas. Un jeune homme d'une vingtaine d'années, visage mince, cheveux bruns, courts, coiffés en avant, en costume, se trouvait sur le palier.

C'était qui, lui ? Un démarcheur ? Un témoin de Jehova – ne se déplaçaient-ils toujours pas par deux ? Peut-être avait-il un lien avec les pompiers. Épuisée, toute retournée et affamée, elle n'avait qu'une envie : boire une tasse de thé, manger un bout, descendre plusieurs verres de vin rouge et s'affaler.

Consciente que l'homme avait dû se présenter au concierge et aux pompiers pour arriver jusqu'à elle, elle se calma un peu. Elle vérifia que les deux chaînes de sécurité étaient bloquées et tourna les verrous, avant d'entrouvrir la porte de quelques centimètres.

— Katherine Jennings ? demanda-t-il d'une voix claire et autoritaire.

Elle sentit son haleine mentholée. Katherine Jennings était le nom sous lequel elle louait cet appartement.

— Oui ?

— Kevin Spinella de l'*Argus*. Je me demandais si vous auriez quelques minutes à m'accorder.

— Désolée, fit-elle en essayant de refermer la porte.

Il avait glissé son pied dans l'entrebâillement.

— Juste une phrase que je pourrais citer.

— Je suis désolée, je n'ai rien à dire.

— Vous n'êtes pas reconnaissante envers les pompiers de vous avoir libérée ?

— Non, je n'ai pas dit ça...

Merde. Il était en train de prendre des notes.

— Madame... ou mademoiselle Jennings ?

Elle ne cilla pas.

— Je comprends que vous venez de vivre un calvaire. Vous ne voyez pas d'inconvénient à ce que je vous envoie un photographe ?

— Non, je n'en ai pas du tout envie. Je suis très fatiguée.

— Demain matin, peut-être ? Quelle heure vous conviendrait ?

— Non, merci. Et veuillez retirer votre pied.

— Avez-vous eu peur de mourir ?

— Je suis très fatiguée, merci.

— Bien sûr, je comprends, vous avez eu une rude journée. Voilà ce qu'on va faire. Je repasserai demain avec un photographe. Vers 10 heures, c'est bien pour vous ? Pas trop tôt pour un dimanche matin ?

— Je suis désolée, mais je n'ai pas envie qu'on parle de moi.

— Parfait, alors je vous dis à demain.

Et il enleva son pied.

— Non, merci bien, conclut-elle fermement en poussant la porte et en la verrouillant.

Non mais, il ne manquait plus que ça – son nom dans le journal...

Tremblante, perdue dans des pensées plus que confuses, elle sortit ses cigarettes de son sac et s'en alluma une. Puis elle retourna dans la cuisine.

★

Assis à l'arrière du vieux van blanc garé dans la rue, un homme alluma lui aussi une cigarette. Puis il ouvrit une cannette de Foster en prenant garde à ne pas éclabousser le précieux système électronique qui l'entourait, et avala une gorgée. À travers la lentille insérée par un petit trou dans le toit du véhicule, il avait une vue dégagée sur son appartement, sauf qu'un camion de pompiers garé à côté lui bloquait partiellement l'horizon à ce moment précis. Mais bon, cet incident rompait la monotonie de ses longues journées de surveillance.

Voyant l'ombre qui passait devant sa fenêtre, il était heureux de constater qu'elle était de retour chez elle.

Qu'il est bon d'être chez soi, pensa-t-il avec un sourire narquois. La situation était presque amusante.

32

11 SEPTEMBRE 2001

Assise sur un tabouret dans sa cuisine, Lorraine, qui ne portait toujours rien d'autre que le bas de son maillot de bain et une chaîne en or à la cheville, regardait la petite télévision suspendue au-dessus du plan de travail en attendant que l'eau boue. Six mégots gisaient dans le cendrier posé devant elle. Elle venait d'allumer une nouvelle cigarette et inspirait profondément, tout en parlant au téléphone avec Sue Klinger, sa meilleure amie.

Sue et son mari, Stephen, habitaient une maison que Lorraine avait toujours convoitée, une magnifique demeure sur Tongdean Avenue – considérée par beaucoup comme le fin du fin à Brighton et Hove – avec vue sur toute la ville, jusqu'à la mer. Les Klinger possédaient également une villa au Portugal. Ils avaient quatre adorables enfants et, contrairement à Ronnie, Stephen transformait tout ce qu'il touchait en or. Ronnie avait promis à Lorraine que si Sue et Stephen vendaient un jour leur maison, il se débrouillerait pour la racheter. Mais oui, bien sûr... *Dans tes rêves, chéri.*

Ils passaient en boucle les images des deux avions percutant les tours. Comme si le producteur du programme ou le patron de la chaîne n'en croyait pas ses yeux lui non plus, comme s'il devait les revoir pour se convaincre que c'était bien réel. Ou peut-être une personne en état de choc les repassait-elle en espérant que les avions finiraient par rater leur cible et que ce serait un mardi comme les autres, à Manhattan. Elle revit la boule de feu orange, les nuages noirs, et sa nausée empira. À présent, ils remontraient l'effondrement des tours. La tour Sud d'abord, bientôt suivie par la tour Nord.

L'eau bouillait, mais Lorraine ne parvenait pas à détacher ses yeux de l'écran, de peur de rater Ronnie. Alfie se frottait contre ses jambes, mais elle l'ignorait. Sue essayait de lui dire quelque chose, mais elle ne l'entendait pas, car elle étudiait attentivement chaque visage.

— Lorraine ? Allô ? Tu es toujours là ?
— Oui.
— Ronnie est un survivant. Il va s'en sortir.

La bouilloire s'éteignit. Un survivant. Sa sœur avait utilisé le même terme.

Ronnie, t'as intérêt à l'être.

Un signal lui indiqua qu'elle avait un double appel. Surexcitée, elle cria :

— Sue, c'est peut-être lui ! Je te rappelle !

Mon Dieu, faites que ce soit Ronnie, je vous en supplie.

Mais c'était sa sœur.

— Lori, je viens d'apprendre que tous les vols vers les États-Unis étaient annulés.

Mo était hôtesse de l'air sur les longs courriers de British Airways.

— Quoi ? Qu'est-ce que ça veut dire ?
— Ils n'autorisent aucun avion à atterrir ni à décoller. Je devais travailler sur un vol pour Washington demain, il est annulé.

Lorraine fut prise de panique.

— Jusqu'à quand ?
— Je ne sais pas. Jusqu'à nouvel ordre.
— Est-ce que ça veut dire que Ronnie ne rentrera peut-être pas demain ?
— J'en ai bien peur. J'en saurai plus dans la journée. Ils demandent à tous les avions en route vers les États-Unis de faire demi-tour. Les appareils vont tous atterrir un peu n'importe où. Ça va être le bazar.

— Génial, fit Lorraine, dépitée. Tu penses qu'il rentrera quand ?

— Je ne sais pas. Je me renseigne et je te tiens au courant.

Lorraine entendit une voix d'enfant et Mo lui répondre :

— Une minute, ma puce, maman est au téléphone.

Lorraine écrasa sa cigarette. Puis elle sauta du tabouret sans quitter l'écran des yeux, sortit un sachet de thé et une tasse, et versa l'eau. Sans relâcher son attention, elle recula et cogna sa hanche contre un coin de la table de la cuisine.

— Merde !

Elle regarda sa cuisse. Vit la marque rouge, toute fraîche, qui se distinguait parmi une rangée irrégulière de bleus, certains noirs, récents, d'autres jaunes, presque effacés. Ronnie était malin, il la frappait au corps, jamais au visage. Toujours à des endroits qu'elle pouvait facilement dissimuler. Et puis il pleurait, implorant son pardon, après chacun de ses accès de rage en état d'ébriété – de plus en plus fréquents.

Et à chaque fois, elle pardonnait.

Parce qu'elle se sentait profondément inutile. Elle savait à quel point il voulait ce qu'elle n'avait pas réussi à lui donner pour le moment : un enfant.

Et parce qu'elle avait une peur bleue de le perdre.

Et parce qu'elle l'aimait.

33

OCTOBRE 2007

En matière de week-end, il avait connu mieux, se dit Grace lundi matin, à 8 heures, tandis qu'il patientait, en feuilletant le magazine *Sussex Life*, dans la minuscule salle d'attente de son dentiste. En fait, il avait l'impression que la semaine précédente n'était pas vraiment terminée.

L'autopsie du docteur Frazer Theobald s'était éternisée jusqu'à 21 heures, samedi. Et Cleo, qui ne s'était pas plainte le jour même, avait été de caractère grognon toute la journée du dimanche, ce qui n'était pas son habitude.

Ils savaient aussi bien l'un que l'autre qu'ils n'y pouvaient rien si leurs projets pour le week-end étaient tombés à l'eau. Et pourtant, il avait l'impression qu'elle lui en voulait, comme Sandy lui en voulait quand il rentrait en retard de plusieurs heures, ou qu'il devait annuler des plans prévus depuis longtemps à cause d'une urgence. Comme si c'était de sa faute si un gars découvrait un cadavre dans un fossé en faisant son jogging un vendredi soir, et non à un moment plus approprié.

Cleo connaissait la chanson. Elle savait mieux que quiconque que les policiers avaient des horaires extravagants. Les siens n'étaient guère différents. Elle pouvait être appelée à n'importe quelle heure du jour et de la nuit, et l'était d'ailleurs régulièrement. Alors, qu'est-ce qui la tracassait ?

Elle lui en avait voulu d'être rentré chez lui, pendant deux heures, tondre sa pelouse.

— Tu n'aurais pas pu le faire si on était allés à Londres, alors pourquoi la tondre maintenant ?

Le problème, c'était sa maison, il en était conscient. La maison où il avait vécu avec Sandy la mettait dans tous ses états. Il avait beau avoir rangé la plupart de ses effets personnels, Cleo n'y venait que rarement et semblait toujours mal à l'aise. Ils n'y avaient fait l'amour qu'une seule fois et ils en gardaient tous les deux un mauvais souvenir.

Depuis, quand ils dormaient ensemble, c'était systématiquement chez Cleo. Et cela arrivait si souvent qu'il gardait un double de son kit de toilette et de rasage chez elle, ainsi qu'une veste sombre, une chemise blanche, un pantalon uni et une paire de chaussures noires – sa tenue de travail.

Quand elle lui avait demandé pourquoi il avait besoin de tondre la pelouse – bonne question –, il n'avait pas voulu lui dire la vérité, parce que cela n'aurait fait qu'empirer la situation. La vérité, c'est que le squelette l'avait bouleversé et qu'il voulait passer quelques heures seul pour réfléchir. Pour se demander ce qu'il ressentirait si c'était Sandy.

Sa relation avec Cleo était allée beaucoup plus loin que toutes celles qu'il avait eues jusqu'alors, mais il était conscient que, malgré tous ses efforts pour tourner la page, Sandy représentait toujours un obstacle entre eux. Quelques semaines plus tôt, lors d'un dîner bien arrosé, Cleo avait mentionné son inquiétude à propos de son horloge biologique. Il savait qu'elle allait commencer à vouloir qu'il s'engage et sentait aussi qu'elle avait l'impression qu'il ne le ferait jamais.

Elle se trompait. Roy l'adorait. L'aimait. Et commençait sérieusement à envisager de vivre avec elle.

C'est pourquoi il avait été terriblement blessé la veille au soir quand, en retournant chez elle avec une bouteille de son Rioja préféré, il avait été accueilli par un minuscule chiot noir qui avait foncé sur lui, posé ses pattes sur ses tibias et uriné sur ses baskets.

— Humphrey, je te présente Roy ! Roy, je te présente Humphrey.

— C'est... Il est à qui ? avait-il demandé, un peu perdu.

— À moi. Je l'ai récupéré cet après-midi. Il a cinq mois, il a été sauvé. C'est un croisement entre un labrador et un border collie.

Roy sentit son pied droit devenir chaud et humide. Une vague d'émotions contradictoires l'envahit quand il se pencha vers le chien, qui lui passa sa langue râpeuse sur la main. Il rougit. Il n'en croyait ni ses yeux, ni ses oreilles.

— Tu... tu ne m'as jamais dit que tu voulais adopter un chien !

— Il y a des tas de choses que tu ne me dis pas, Roy, susurra-t-elle, l'air de rien.

★

Une dame d'un certain âge entra dans la salle d'attente et lui lança un regard suspicieux, comme pour annoncer la couleur : « C'est moi qui ai le premier rendez-vous, mon petit. »

Roy avait un agenda chargé. À 9 heures, il avait rendez-vous avec Alison Vosper pour discuter du cas Cassian Pewe. À 9 h 45, un peu plus tard que d'habitude, il devait présider la première réunion de l'opération Dingo – du nom qu'avait attribué, de façon aléatoire, l'ordinateur de la Sussex House à l'enquête concernant la femme anonyme, dont le squelette avait été retrouvé dans le collecteur d'eaux pluviales. À 10 h 30, il était attendu pour la *prière matinale*, comme il appelait ironiquement la réunion hebdomadaire des gradés, qui venait d'être réinstaurée.

À midi, il devait tenir une conférence de presse sur la découverte du squelette. Il n'y avait pas des tonnes de choses à raconter à ce stade de l'enquête, mais peut-être qu'en révélant l'âge de la victime et l'année approximative de sa mort, quelqu'un se souviendrait d'une disparition. À supposer, bien sûr, que ce ne soit pas Sandy.

— Roy ! Je suis content de te voir !

Steve Cowling se trouvait dans l'encadrement de la porte en blouse blanche, droit comme un *i*, affichant un sourire aux dents parfaites, d'un blanc éclatant. Élancé, la cinquantaine bien entamée, des cheveux impeccables, un peu plus gris à chaque fois qu'ils se voyaient, il débordait de charme et de confiance en lui, et affichait un enthousiasme presque enfantin, comme si la dentisterie était le truc le plus passionnant du monde.

— Entre, mon vieux !

Grace adressa un hochement de tête compatissant à la vieille dame, qui avait l'air passablement outrée, et suivit le dentiste dans sa salle de torture claire et aérée.

Tandis que Steve vieillissait chaque jour un peu plus – tout comme Roy, d'ailleurs –, ses assistantes successives paraissaient quant à elles de plus en plus jeunes et de plus en plus jolies. La dernière, une brune tout en jambes d'une petite vingtaine d'années, lui sourit. Elle tenait dans sa main une enveloppe en papier kraft dont elle sortit des négatifs qu'elle tendit à Cowling avec un air coquin.

Il saisit les moulages dentaires que Roy lui avait remis vingt minutes plus tôt.

— OK, Roy, tout ceci est très intéressant. D'abord, je peux t'affirmer que ce n'est pas Sandy.

— Ah bon ? demanda-t-il d'une voix éteinte.

— J'en suis sûr et certain.

Cowling montra les négatifs.

— Voici les dents de Sandy. Rien à voir. Mais les moulages contiennent des informations qui pourront t'être utiles.

Il lui adressa un grand sourire.

— Bien.

— Cette femme s'est fait poser des implants qui coûtaient cher à l'époque. Des modèles en titane à vis fabriqués par une société suisse, Straumann. Pour faire court, il s'agit de cylindres creux fixés de façon permanente dans les racines.

Agité par des émotions contradictoires, Grace eut soudain du mal à se concentrer.

— Ce qui est intéressant, mon vieux, c'est qu'on peut plus ou moins les dater – donc définir quand la victime est morte.

Ils sont tombés en désuétude il y a quinze ans environ. La victime a également subi quelques interventions coûteuses, des restaurations et un bridge. Si elle est du coin, il n'y a que cinq ou six dentistes susceptibles d'avoir réalisé ces travaux. À ta place, je commencerais par Chris Gebbie, qui a un cabinet à Lewes et un à Eastbourne. Je vais te noter les autres noms. Cette femme devait être relativement riche.

Grace écoutait, mais il était ailleurs. Si le squelette avait été celui de Sandy, ç'aurait été un dénouement. Sinistre, certes, mais un dénouement quand même. À présent, il savait que le tourment et les incertitudes allaient continuer.

Il oscillait entre déception et soulagement.

34

SEPTEMBRE 2007

La puanteur qui s'était échappée du coffre leur souleva le cœur, à tous. Des odeurs de décomposition retenues depuis des mois – voire des années – jaillissaient d'un coup d'un seul.

Ébranlée, Lisa se pinça le nez, recula, et ferma les yeux. Le soleil, au zénith, et les mouches ne faisaient qu'empirer les choses. Elle les rouvrit, respira par la bouche, mais l'odeur n'en était pas moins insupportable. Elle luttait pour ne pas vomir.

MJ avait l'air aussi mal en point, mais les deux jeunes gens s'en sortaient mieux que le policier flippé qui, lui, régurgitait à genoux. Lisa bloqua sa respiration et, ignorant la main de MJ qui la retenait, fit quelques pas vers la voiture pour distinguer ce qu'il y avait à l'intérieur.

Elle le regretta aussitôt. Le sol se déroba sous ses jambes ; elle serra fort la main de son copain.

Ce qu'elle vit lui fit penser à un mannequin de vitrine qui aurait fondu, puis elle comprit qu'il s'agissait d'un corps de femme, qui remplissait quasiment tout le coffre. Il était en partie immergé dans une eau noire, visqueuse, qui continuait à s'écouler lentement. Ses cheveux blonds étaient étalés comme des algues sèches. Sa poitrine avait pris la couleur et la texture du savon. Sa peau était couverte de grandes taches noires.

— Elle a brûlé ? demanda MJ, de nature curieuse.

— Non, mon gars. C'est la peau qui a glissé, lui expliqua le plus petit.

Lisa regarda le visage du cadavre, mais il était bouffi et informe, comme la tête d'un bonhomme de neige qui aurait passé plusieurs heures au soleil. Ses poils pubiens formaient un triangle brun épais, tellement intact qu'il semblait irréel, comme si quelqu'un l'avait placé là pour faire une mauvaise blague. Elle se sentit coupable de fixer ce corps, comme si la mort était quelque chose d'intime, qui ne la regardait pas.

Mais elle était incapable de détacher le regard. Elle n'arrêtait pas de se demander : « Qu'est-ce qui t'est arrivé, ma pauvre ? Qui t'a fait ça ? »

Le gradé finit par retrouver ses esprits ; il écarta brutalement les jeunes gens, déclarant que c'était une scène de crime et qu'il avait un périmètre à délimiter.

Ils reculèrent de plusieurs mètres sans réussir à quitter le coffre des yeux, comme s'ils regardaient un épisode des *Experts* en temps réel. MJ alla chercher de l'eau et des casquettes de base-ball dans la voiture. Lisa le remercia, s'hydrata avidement, puis protégea sa tête du soleil de plomb.

Le van blanc de la brigade d'intervention arriva en premier. Deux hommes en pantalon et tee-shirt en sortirent et enfilèrent une combinaison de protection.

Puis ce fut au tour d'une camionnette, plus petite, bleue. Le photographe de scènes de crime. Juste après, suivit une Golf bleue, conduite par une jeune femme. La vingtaine, jean et chemisier blanc, cheveux blonds frisés, carnet et dictaphone à la main, elle observa la scène quelques instants puis se dirigea vers MJ et Lisa.

— C'est vous qui avez découvert la voiture ? Elle avait une voix agréable, mais un peu sèche.

Lisa désigna MJ.

— C'est lui.

— Je suis Angela Parks, du journal *The Age*. Vous pourriez me raconter ce qui s'est passé ?

Une Holden dorée, poussiéreuse, était en train de se garer. MJ lui raconta l'histoire, tandis que Lisa observait deux hommes en chemise blanche et cravate sortir du véhicule. L'un d'eux était costaud, avec un visage sérieux, quoique poupon. L'autre avait tout d'un cogneur : grand, musclé, légèrement enrobé, crâne rasé et petite moustache rousse. Ses yeux lançaient des éclairs – sans doute était-il furieux d'avoir été appelé un week-end, se dit Lisa, avant de comprendre la raison véritable de sa colère.

— Espèce de crétin ! hurla-t-il au flic flippé en guise de salut, tout en restant à distance de la rubalise. Quel merdier ! Tu n'as jamais suivi la formation de base ? T'as fait quoi à ma scène de crime ? Tu ne l'as pas contaminée, tu l'as profanée, bordel ! Qui t'a dit de sortir la voiture de l'eau ?

Le gars était dans ses petits souliers.

— Je suis désolé, chef. Je pense que j'ai merdé.

— Et tu restes là, les deux pieds dans ta merde, en plus !

Le plus costaud s'avança vers Lisa et MJ et fit un signe de tête à l'intention de la journaliste.

— Comment ça va, Angela ?

— On fait aller. Contente de vous voir, commandant Burg, répondit-elle.

Puis son collègue, le cogneur, parcourut la zone à grandes enjambées, comme si le terrain lui appartenait. Il salua furtivement la journaliste, puis s'adressa à Lisa et MJ sur un ton professionnel, étonnamment doux.

— Vous êtes le couple qui avez trouvé le véhicule ?

MJ hocha la tête.

— Ouais.

— Il faudra que je recueille vos deux témoignages. Vous pourriez passer au poste de police de Geelong ?

MJ se tourna vers Lisa, puis vers l'enquêteur.

— Vous voulez dire : maintenant ?

— Dans la journée.

— Bien sûr, mais nous n'avons pas grand-chose à raconter.

— Ce sera à moi de juger. Mon collègue va prendre vos noms, adresse et numéro de téléphone.

La journaliste tendit son appareil vers le policier.

— Commandant en chef Fletcher, pensez-vous qu'il puisse y avoir un lien entre les gangs de Melbourne et cette femme morte ?

— Mademoiselle Parks, vous êtes sur les lieux depuis plus longtemps que moi. Je n'ai aucun commentaire à faire à ce stade de l'enquête. Déterminons d'abord qui est cette femme.

— Vous voulez dire : qui *était* cette femme ? se hasarda la journaliste.

— Si vous cherchez la petite bête, attendons le verdict du légiste pour être sûr qu'elle est bien morte.

Il afficha un sourire conquérant, mais personne n'apprécia vraiment son trait d'esprit.

35

11 SEPTEMBRE 2001

Personne n'avait ouvert la bouche, sauf le chauffeur, qui était intarissable. On aurait dit un poste de télé allumé dans un bar, bien trop fort – impossible de l'éteindre, impossible de changer de chaîne. Ronnie essayait d'écouter les infos à la radio et de reprendre ses esprits, mais le gars l'en empêchait.

Qui plus est, il avait un accent de Brooklyn si prononcé que Ronnie avait du mal à suivre. Mais c'était sympa de sa part de l'avoir pris à bord, difficile de lui dire de la boucler. Donc Ronnie se contentait de hocher la tête régulièrement en ponctuant d'un « ouais », « sans blague » ou d'un « non, c'est pas possible ! » selon ce qu'il supposait être le contexte.

Le mec avait dénigré quasiment toutes les minorités ethniques de « ce grand pays » et il parlait à présent de ses échelles, dans la tour Sud. Il semblait très inquiet à leur sujet. Inquiet aussi à propos de sa déclaration fiscale, et il se mit à descendre en flèche le système de prélèvement américain.

Puis il se tut pendant quelques merveilleuses minutes et la radio se chargea de prendre le relais. Les fantômes derrière Ronnie ne pipaient mot. Peut-être écoutaient-ils la radio, peut-être étaient-ils trop traumatisés pour comprendre ce qui se disait.

Toujours cette litanie d'événements qu'il connaissait par cœur. George Bush allait intervenir d'un instant à l'autre.

Giuliani, le maire de New York, était en route vers le sud de Manhattan. L'Amérique venait d'être attaquée. Davantage de précisions dans les minutes à venir.

Ronnie peaufinait son plan au fur et à mesure. Ils roulaient à présent dans une rue large, calme. À leur droite se trouvait un espace vert mal entretenu, ponctué d'arbres et de réverbères.

Au-delà de la pelouse défraîchie se trouvait une piste cyclable, ou une voie piétonne, puis une glissière de sécurité et une autre rue, parallèle, avec des voitures et des vans garés et des immeubles en briques rouges de taille moyenne – rien à voir avec les monolithes de Manhattan. Quelques centaines de mètres plus loin apparurent des demeures carrées, imposantes, maisons individuelles ou petits blocs d'appartements. Le quartier semblait prospère, calme et agréable.

Ils passèrent un panneau sur lequel était indiqué : « Ocean Parkway ».

Ronnie regarda un couple de personnes âgées marcher lentement sur le trottoir et se demanda si elles étaient au courant du drame qui se déroulait à quelques kilomètres de là. Elles n'en avaient pas l'air quoi qu'il en soit. Si elles l'étaient, elles seraient sûrement devant leur poste de télévision. À part elles, il n'y avait âme qui vive. Bon, à cette heure de la journée, les gens étaient au bureau, mais les mères et leur poussette, les personnes promenant leur chien, les bandes de jeunes... Il n'y avait personne. La circulation était fluide, bien trop fluide.

— On est où ? demanda-t-il au conducteur.
— À Brooklyn.
— Ah, OK. Toujours Brooklyn.

Il vit un panneau sur un bâtiment indiquant « Yeshiva Center ». Il avait l'impression qu'ils roulaient depuis des siècles. Il ne savait pas que Brooklyn était aussi étendu. Suffisamment en tout cas pour s'y perdre, ou pour disparaître.

Une phrase lui vint à l'esprit. Un passage de la pièce *Le Juif de Malte*, de Marlowe, qu'ils étaient allés voir au théâtre royal de Brighton, récemment, avec Lorraine et les Klinger.

Mais c'était dans un autre pays
Et qui plus est, la jeune fille est morte.

La rue continuait tout droit. Ils traversèrent un carrefour. Aux élégantes briques rouges succédèrent des préfabriqués en béton plus modernes, puis ils passèrent sous la passerelle piétonne en acier vert foncé de la ligne L.
Le chauffeur déclara :
— *Rousse,* tout le quartier ici, il est *rousse.*
— *Rousse* ? répéta Ronnie sans trop comprendre de quoi il parlait.
Le gars montrait du doigt des vitrines tape-à-l'œil. Un institut de beauté, l'école d'art, de musique et de sport Chostakovitch... Tout était écrit en russe. Ronnie vit l'enseigne d'une pharmacie en cyrillique. Il fallait parler la langue pour comprendre ce que vendaient ces boutiques. Ce qui n'était pas son cas.
Rousse. Il percuta.
— Little Odessa, il s'appelle, ce quartier. Une vraie colonie. C'était pas comme ça quand j'étais gosse. Perestroïka, glasnost, tout ça... Tu les laisses voyager et hop, ils débarquent tous ici. Le monde change. Tu vois ce que je veux dire ?
Ronnie était tenté de le remettre à sa place en lui disant que, pour les Indiens d'Amérique, le monde avait radicalement changé, un jour, mais il n'avait guère envie de se faire jeter du pick-up, donc il se contenta d'un « ouais ».
Ils tournèrent à droite dans un quartier résidentiel. Tout au bout du cul-de-sac se trouvait une rangée de bollards noirs, puis, derrière, une promenade en planches, et encore plus loin, l'océan.
— Brighton Beach. Bon endroit. Tu seras à l'abri ici. À l'abri des avions, déclara le chauffeur à Ronnie en lui faisant comprendre que leurs chemins se séparaient là.
Puis il se tourna vers les fantômes à l'arrière et leur annonça :
— Coney Island, Brighton Beach. Je dois aller chercher mes échelles, mes harnais, toutes mes affaires. C'est des trucs chers, vous savez.

Ronnie détacha sa ceinture de sécurité, remercia chaleureusement le gars et serra sa grosse main calleuse.
— Prends soin de toi, mec.
— Toi aussi.
— Ça, c'est sûr.
Ronnie ouvrit la portière et sauta sur le macadam.
L'air était salé. Empreint d'une légère odeur de brûlé et de kérosène. Assez peu pour qu'il se sente en sécurité, mais suffisamment pour qu'il n'oublie pas ce qu'il venait de vivre. Sans se retourner, il se dirigea vers la promenade d'un pas presque sautillant. Il sortit son portable de sa poche pour vérifier qu'il était bien éteint, puis il s'arrêta, regarda la plage de sable fin et l'océan bleu vert, qui ondulait, et vit la terre ferme, au loin.
Il respira deux fois à fond. Son projet était encore flou, mais Ronnie était confiant. Voire ravi.
Rares sont ceux qui, le matin du 11 septembre 2001, à New York, levèrent les bras au ciel de jubilation. Ronnie Wilson fut l'un d'eux.

36

OCTOBRE 2007

Assise à côté des stores vénitiens, une tasse de thé entre ses mains tremblantes, Abby fixait, à travers un interstice, la rue en contrebas. Elle avait les yeux secs de trois nuits sans sommeil. La peur la dévorait.

Je sais où tu es.

Sa valise, bouclée, se trouvait devant la porte. Elle regarda sa montre : 8 h 55. Dans cinq minutes, à l'heure d'ouverture des bureaux, elle passerait ce coup de fil qu'elle mourait d'envie de passer depuis hier. Toute sa vie, elle avait détesté les lundis matin, mais cette fois, elle avait été particulièrement pressée qu'il arrive.

Elle n'avait jamais eu aussi peur de sa vie.

À moins qu'elle ne se trompe du tout au tout, qu'elle panique sans raison, il était tapi quelque part dans l'ombre, la surveillait, l'attendait. Les dés étaient pipés. Il la guettait, et il n'était pas content.

Était-ce lui qui avait saboté l'ascenseur et l'alarme ? Aurait-il su comment s'y prendre ? Ces questions la tortureraient.

Oui, il avait été réparateur. Il s'y connaissait en mécanique et en électricité. Mais pourquoi aurait-il endommagé l'ascenseur ?

Elle retournait le problème dans tous les sens. S'il savait vraiment où elle se trouvait, pourquoi ne s'était-il pas caché pour l'attendre ? Qu'avait-il à gagner en la coinçant ? S'il avait besoin de temps pour la cambrioler, pourquoi n'avait-il pas simplement attendu qu'elle sorte ?

Ou bien était-elle tellement traumatisée qu'elle se faisait des films ?

Peut-être. Peut-être pas. Elle ne savait plus. La veille, elle n'était pas sortie acheter les journaux du dimanche, comme elle le faisait d'habitude, n'avait pas traîné devant la télévision, mais avait passé sa journée à scruter la rue en écoutant des leçons d'espagnol au casque, répétant les mots et les phrases à haute voix pour passer le temps.

La météo avait été désastreuse. Un vent de sud-ouest remontant de la Manche, il avait plu sur les trottoirs, les voitures, les passants... Les voitures et les passants qu'elle regardait, d'un œil perçant, déambuler sous la pluie. Dès son lever, elle avait passé en revue les véhicules garés. Peu d'entre eux avaient changé par rapport à la veille. C'était un quartier où les places de stationnement étaient rares et précieuses. Quand les gens en trouvaient une, ils avaient tendance à y rester. Quand une place se libérait, elle ne restait pas libre plus d'une minute. Certains résidents devaient se garer à plusieurs rues de là.

Elle avait eu des visites la veille : un photographe de l'*Argus*, qu'elle avait prié, à l'interphone, de ne pas monter, et Tomasz, le concierge, qui était venu s'excuser, peut-être parce qu'il avait peur de se faire renvoyer et espérait qu'elle ne se plaindrait pas à son sujet s'il était gentil avec elle. Il lui avait expliqué que des vandales avaient dû réussir à entrer dans le local technique et avaient dû endommager les mécanismes de freinage et l'installation électrique. Des voyous, avait-il dit. Il avait d'ailleurs trouvé des seringues dans cette pièce. Mais il n'avait pas su lui dire pourquoi l'alarme, qui aurait dû sonner dans son appartement, ne s'était pas déclenchée. Il lui avait assuré que le fabricant étudiait ce point, mais étant donné que les pompiers avaient sérieusement abîmé la cabine, l'ascenseur ne fonctionnerait pas pendant plusieurs jours.

Elle se débarrassa de lui aussi vite que possible pour retourner monter la garde.

Elle avait appelé sa mère, mais celle-ci n'avait fait allusion à aucun coup de fil en particulier. Abby lui mentait, lui faisait croire qu'elle était toujours en Australie et qu'elle s'amusait beaucoup.

Il arrive que des messages soient, par erreur, envoyés à un mauvais destinataire. Était-ce le cas ?

Je sais où tu es.

Possible.

Ce message et l'accident d'ascenseur... Était-ce la paranoïa qui lui faisait tirer des conclusions hâtives ? Cette idée était réconfortante. Mais le réconfort était un luxe qu'elle ne pouvait s'offrir. Elle s'était engagée dans cette histoire en connaissance de cause. Elle savait qu'elle serait terrorisée en permanence.

La veille, elle n'avait souri qu'une fois : en recevant l'un de ses adorables textos. Celui-ci disait :

On n'aime pas une femme parce qu'elle est belle
Elle est belle parce qu'on l'aime.

Ce à quoi elle avait répondu :

C'est la beauté qui attire l'attention
Mais c'est la personnalité qui s'empare du cœur.

Elle n'avait rien remarqué d'anormal dans la rue de toute la journée. Personne ne l'observait. Pas de Ricky. Juste la pluie. Les gens. La vie qui continuait. La vie dans toute sa normalité.

Cette normalité dont elle était exclue. Plus pour longtemps, s'était-elle promis. La situation ne tarderait pas à changer.

37

OCTOBRE 2007

La pluie cognait contre le toit de la camionnette ; le vent secouait violemment le véhicule. Il avait beau être bien couvert, il avait froid, là-dedans, et n'osait pas trop allumer le moteur, histoire de ne pas attirer l'attention. Pour compenser ce désagrément, il avait un matelas confortable, des livres, un café Starbucks à proximité et son iPod. Pas très loin, près de la promenade, des toilettes publiques disposaient d'un coin pour se laver, sans aucune caméra de surveillance municipale – un vrai service public.

Il avait lu dans un livre qu'on lui avait donné : « Les relations sexuelles sont le meilleur moyen de prendre son pied, sans forcément rire. » Il n'était pas d'accord. Parfois, la vengeance est un excellent moyen d'éprouver un plaisir intense.

Le panneau « à vendre » écrit en rouge sur un bout de carton était toujours coincé contre la vitre côté passager, alors même qu'il avait acheté le van pour trois cent cinquante livres, en liquide, deux semaines plus tôt. Il savait qu'Abby était intelligente et il l'avait vue observer quotidiennement les véhicules garés dans sa rue. Il n'enlevait pas le panneau pour ne pas attirer son attention. Et tant pis si des gens continuaient à appeler l'ancien propriétaire. Il n'avait pas choisi ce véhicule pour se déplacer, mais pour son emplacement. De là où il était, il avait vue sur chacune de ses fenêtres.

C'était la place de parking parfaite. Le van disposait, outre de la vignette de l'année en cours, du certificat du contrôle technique et d'une carte de stationnement valable encore trois mois.

Mais d'ici là, il serait parti depuis longtemps.

38

OCTOBRE 2007

C'était la même chose à chaque fois. Il avait beau être plein d'assurance en partant, il ne lui en restait plus une once quand il arrivait dans cet endroit impressionnant.

La Malling House, quartier général de la police du Sussex, se trouvait à quinze minutes en voiture de son bureau, mais au niveau de l'ambiance, c'était une autre planète. Ou plutôt : un autre *univers*, songea-t-il en passant la barrière. Ce complexe de bâtiments disparates situé dans la banlieue de Lewes, la préfecture de l'East Sussex, regroupait les services administratifs et les cinq mille officiers et employés de la police du Sussex les plus haut gradés.

Deux bâtiments sortaient du lot. Le premier, futuriste, en verre et en brique, à deux étages, abritait le centre de commandement, la brigade criminelle, le standard et l'état-major, ainsi que la majeure partie du parc informatique. Le second, le pavillon Queen Anne, autrefois inscrit au National Trust, l'association de défense du patrimoine britannique, aujourd'hui classé monument historique, représentait le QG.

Bien qu'entouré de parkings, de préfabriqués à un étage, de structures modernes, plates, et d'un immeuble noir, aveugle, flanqué d'une cheminée qui, selon Grace, ressemblait à une usine textile du Yorkshire, il tirait fièrement son épingle du jeu. C'est là que se trouvaient le directeur de la police, son adjoint, les chefs des différents services – parmi lesquels Alison Vosper – ainsi que leurs assistants et un certain nombre de supérieurs, de façon temporaire ou définitive.

Grace trouva une place pour son Alfa Romeo et se dirigea vers le bureau d'Alison Vosper, qui se trouvait au rez-de-chaussée. Une fenêtre de belle taille donnait sur l'allée en gravier et une pelouse circulaire.

Ce ne doit pas être désagréable de travailler dans une pièce comme celle-ci, dans cette oasis de calme, loin des espaces caverneux, étroits de la Sussex House, songea-t-il. Parfois, il se disait que les responsabilités et l'ivresse du pouvoir ne lui déplairaient pas, mais il n'était pas sûr de supporter les intrigues et rapports de force qui vont avec. D'autant que les supérieurs hiérarchiques devaient être encore plus « politiquement corrects » que les autres.

La commissaire principale pouvait être votre meilleure amie un jour et votre pire ennemie le lendemain. Grace avait l'impression de ne pas l'avoir vue bien lunée depuis une éternité. Il était debout devant son bureau et s'attendait à le rester, vu qu'elle n'avait pas pour habitude de faire asseoir ses visiteurs, afin d'abréger les entrevues.

À vrai dire, il espérait ne pas être invité à s'asseoir. Il voulait lui transmettre son message debout, pour pouvoir la surplomber.

Il ne fut pas déçu. Elle lui jeta un regard glacial.

— Oui, Roy ?

Et il se surprit à trembler, comme s'il avait été convoqué dans le bureau de la directrice de l'école.

La petite quarantaine, coupe courte, sévère, cheveux blonds, un visage dur, mais agréable, Alison Vosper était assise derrière son bureau en bois de rose immaculé. Vêtue de sa tenue de combat – tailleur bleu marine et chemisier blanc, parfaitement repassé – elle n'était pas contente, ce matin, et ça se voyait.

Grace s'était toujours demandé comment ses supérieurs faisaient pour garder leur bureau impeccable. Depuis toujours, son propre espace de travail était proche du chaos : dossiers étalés partout, lettres restées sans réponse, stylos introuvables, notes de frais éparpillées, courrier sortant dissimulé par le courrier entrant... Il en avait conclu, une fois pour toutes, que pour accéder au sommet de la hiérarchie il fallait disposer d'un don pour l'administratif qui ne faisait pas partie de son patrimoine génétique.

Une rumeur courait selon laquelle Alison Vosper s'était fait opérer d'un cancer du sein trois ans auparavant. Mais Grace savait que ce ne serait jamais qu'une rumeur : la commissaire principale avait dressé un mur autour d'elle. Cependant, derrière sa carapace, il y avait une certaine vulnérabilité que Roy percevait parfois. À la vérité, il lui arrivait de la trouver séduisante. Et quand ses yeux sombres, menaçants, pétillaient d'humour, elle paraissait presque flirter avec lui. Ce matin, c'était loin d'être le cas.

— Merci de me recevoir.

— J'ai cinq minutes, pas une de plus.

— OK. (Merde. Sa belle assurance était partie en fumée.) Je voulais vous parler de Cassian Pewe.

— Du commissaire Pewe ? répéta-t-elle en glissant subrepticement son grade.

Il hocha la tête.

Elle ouvrit grands les bras.

— Et alors ?

Elle avait des poignets fins et une manucure parfaite. Ses mains semblaient toutefois plus vieilles que le reste de son corps. Et comme pour confirmer que, même si les femmes y avaient désormais leur place, la police était encore un univers masculin, elle portait une grosse montre d'homme, bien voyante.

— En fait...

Il hésita. Les mots se bousculaient dans sa tête.

— En fait ? répéta-t-elle, impatiente.

— En fait, c'est un gars intelligent.

— Très intelligent.

— Exactement.

Déstabilisé par son regard, Roy avait du mal à s'exprimer.

— Donc... Il m'a appelé samedi à propos de l'opération Dingo en disant que vous lui aviez conseillé de me proposer un coup de main.

— Je confirme.

Elle but une petite gorgée d'eau d'un verre en cristal posé sur son bureau.

Toujours déstabilisé, il poursuivit :

— Je ne suis pas sûr que ce soit le meilleur moyen de tirer profit de ses compétences.

— C'est à moi d'en juger, répliqua-t-elle.

— Bien sûr, mais...

— Mais quoi ?

— Le cadavre est là depuis dix ou quinze ans. Ce n'est pas une affaire brûlante d'actualité.

— Et vous l'avez identifié ?

— Pas encore, mais j'ai quelques pistes. Je pense avancer aujourd'hui grâce au relevé dentaire.

Elle reboucha la bouteille d'eau et la posa par terre. Puis elle posa les coudes sur son bureau en bois de rose et croisa les doigts. Il sentit son parfum. Ce n'était pas le même que celui qu'elle portait la dernière fois qu'il était venu la voir, quelques semaines auparavant. Celui-ci était musqué, sexy. Dans ses fantasmes les plus fous, il se demandait comment ce serait de lui faire l'amour. Il se disait qu'elle contrôlerait l'action de A à Z et pouvait aussi facilement faire bander un homme que le faire débander.

— Roy, tu sais que la police de Londres a été la première à se débarrasser de la paperasse inhérente aux arrestations. Tu sais que des civils s'occupent désormais de la bureaucratie pour que les officiers n'aient pas à passer deux voire quatre heures à remplir des formulaires.

— Oui, j'en ai entendu parler.

— C'est la police la plus importante et la plus innovante du Royaume. Tu ne penses pas qu'on a des choses à apprendre de Cassian ?

Il ne put s'empêcher de remarquer qu'elle l'appelait par son prénom.

— Bien sûr qu'on a des choses à apprendre de lui, aucun doute là dessus.

— As-tu réfléchi à tes résultats de cette année, Roy ?

— Mes résultats ?

— Oui. Que penses-tu de ce que tu as accompli ?

Il haussa les épaules.

— Sans vouloir me vanter, je pense avoir obtenu de bons résultats. Suresh Hossain est condamné à perpétuité, trois affaires ont été résolues, deux dangereux criminels vont être traduits en justice, et j'ai bien avancé sur plusieurs *cold cases*.

Elle le considéra quelques instants sans rien dire, puis lui demanda :

— Comment définirais-tu la notion de succès ?

Il choisit soigneusement ses mots, car il pressentait ce qui allait suivre.

— Arrêter des criminels, obtenir une inculpation auprès du procureur et faire en sorte qu'ils soient jugés coupables.

— Arrêter des suspects à n'importe quel prix, en mettant en danger la vie de citoyens ou de policiers ?

— Tous les risques doivent être évalués à l'avance. Autant que faire se peut. Dans le feu de l'action, on ne fait pas toujours ce qu'on veut. Vous le savez bien. Vous avez dû vous retrouver dans des situations qui exigent une prise de décision rapide.

Elle acquiesça et garda le silence quelques instants.

— Parfait, Roy, si c'est ainsi que tu vois les choses et si ça ne t'empêche pas de dormir...

Puis elle se tut et secoua la tête d'une façon qui lui déplut profondément.

Il entendit un téléphone sonner au loin, dans un autre bureau. Puis le portable d'Alison Vosper signala l'arrivée d'un SMS. Elle y jeta un œil, puis le reposa sur son bureau.

— Je conçois les choses un peu différemment, Roy, et l'Inspection générale des services aussi, si tu vois ce que je veux dire.

Grace haussa les épaules.

— C'est-à-dire ?

Il connaissait quelques éléments de réponse.

— Prenons les trois opérations de ces derniers mois. Opération Salsa. Pendant une course-poursuite, une personne âgée a été enlevée et blessée. Deux suspects sont morts dans un accident de voiture – et tu te trouvais dans le véhicule qui les coursait. Opération Rossignol. L'un de tes officiers a été touché par balles, une autre a été gravement blessée dans une course-poursuite qui a d'ailleurs provoqué un accident dans lequel un policier – qui n'était pas en service – a, lui aussi, été grièvement blessé.

Il s'agissait de Cassian Pewe, qui avait dû retarder sa prise de service de quelques mois.

Elle poursuivit :

— Un hélicoptère s'est écrasé et un entrepôt entier a brûlé – trois corps ont été retrouvés, impossibles à identifier. Dans le cadre de l'opération Caméléon, tu as laissé ton suspect s'enfuir sur les rails et il a été mutilé. Tu es fier de ces résultats ? Tu ne crois pas que tes méthodes pourraient être améliorées ?

Roy Grace était en effet fier de lui. Extrêmement fier de tout, sauf d'avoir mis en danger la vie de deux de ses officiers, accidents pour lesquels il s'en voulait terriblement. Peut-être ne savait-elle pas dans quel contexte ces blessures avaient eu lieu, peut-être préférait-elle faire comme si elle l'ignorait.

Il choisit soigneusement ses mots.

— Quand on considère une opération après coup, on trouve toujours des choses à améliorer.

— Tout à fait. Et c'est pour cela que le commissaire Pewe est parmi nous. Pour nous faire profiter de son expérience au sein de la meilleure police du Royaume.

Il aurait aimé répondre : *Tu te trompes. Ce gars est nul.* Mais il se demandait depuis quelque temps si Alison Vosper n'entretenait pas une relation personnelle avec Pewe et, après cette conversation, il en était de plus en plus convaincu. Peut-être qu'elle se le tapait. C'était peu probable, mais Pewe avait indéniablement une forme d'ascendant sur elle. Bref, à l'instant précis, ce n'était pas lui le chouchou.

Une fois n'est pas coutume, Grace joua le jeu.

— Très bien, dit-il. Merci pour tous ces détails, je comprends mieux maintenant.

— Parfait, trancha-t-elle.

Grace quitta la pièce plongé dans ses pensées. Depuis cinq ans, il y avait quatre commissaires à la Sussex House et ils s'en sortaient très bien ainsi. Personne ne ressentait le besoin d'embaucher. Mais à présent, à un moment où ils manquaient cruellement d'officiers moins gradés, ils se retrouvaient à cinq. Et dans le même temps, il fallait faire des coupes budgétaires. Vosper et ses collègues n'allaient pas tarder à repasser à quatre. Et ce n'était pas difficile de deviner qui était sur la sellette, qui serait transféré au trou du cul du monde.

Il lui fallait élaborer un plan pour que Cassian Pewe se tire une balle dans le pied.

Rien ne lui venait à l'esprit.

39

OCTOBRE 2007

Il se serait damné pour un *latte* de chez Starbucks. Ou n'importe quel café fraîchement moulu, d'ailleurs. Mais il n'osait pas quitter son poste d'observation. Il n'y avait qu'une seule issue, qu'elle emprunte l'ascenseur ou l'escalier de secours, et c'était cette porte, qu'il surveillait. Il ne voulait prendre aucun risque. Elle n'était pas sortie depuis trop longtemps, il sentait qu'elle préparait un coup.

Il avait eu suffisamment de mal à la localiser – et ça lui avait coûté bonbon. Il avait tout misé sur un vieil ami, qui se trouvait au bon endroit.

Enfin, au mauvais endroit, car Donny Winters purgeait une peine de prison pour usurpation d'identité et fraude à Ford Open, mais le pénitencier avait l'avantage de ne se trouver qu'à une heure de route et les horaires de visite y étaient tout à fait décents. Il avait pris un risque en allant là-bas et il avait dû mettre la main à la poche pour filer tous les pots-de-vin que Donny lui avait réclamés.

Mais il ne s'était pas trompé. Toutes les femmes téléphonent à leur mère. Celle d'Abby était malade. Elle s'était dit qu'en utilisant un téléphone à carte et en masquant son numéro, personne ne la trouverait.

Quelle idiote.

Idiote et vénale, en plus de ça.

Il sourit en baissant les yeux sur le matériel d'écoute qui se trouvait devant lui, dans une boîte en bois. Il suffisait de se trouver dans la zone couverte, non loin de l'émetteur ou du récepteur, pour capter la conversation et voir apparaître le numéro de téléphone des deux interlocuteurs, qu'il s'agisse d'un fixe ou d'un portable. Mais ça, bien sûr, Abby l'ignorait.

Il avait élu domicile dans une voiture de location non loin de l'appartement de sa mère et attendu qu'Abby l'appelle. Et cela n'avait pas été long. Donny avait alors passé un coup de fil à un copain corrompu, installateur d'antennes. Deux jours plus tard, il savait laquelle avait relayé l'appel d'Abby.

Il avait au passage appris que, dans les zones densément peuplées, les antennes n'étaient espacées que d'une centaine de mètres, souvent moins. Et Donny lui avait expliqué qu'elles pouvaient aussi faire office de balise, car même quand on ne téléphone pas, l'appareil envoie et reçoit en permanence des signaux de l'antenne la plus proche.

Ceux émis par le téléphone d'Abby indiquaient qu'elle s'éloignait rarement d'une antenne Vodaphone située à l'angle d'Eastern Road et de Boundary Road, dans Kemp Town.

Ce quartier se trouvait tout près de la Marine Parade, qui allait du Palace Pier à la Marina ; d'un côté, il était bordé par certaines des plus belles façades Régence de la ville, de l'autre par une avenue qui donnait sur la plage et la Manche. En rentrant dans les terres, les rues se transformaient en un écheveau urbain. La plupart étaient résidentielles – appartements, hôtels bon marché et Bed & Breakfast s'y succédaient.

Se souvenant qu'elle adorait l'océan, il s'était dit qu'elle avait dû choisir un immeuble avec vue sur mer. Il lui avait suffi de quelques mesures sur une carte pour identifier les rues dans lesquelles elle devait résider. Il avait rôdé dans le quartier, déguisé, pour qu'elle ne le reconnaisse pas, et ce qui devait arriver arriva : trois jours plus tard, il l'avait vue acheter un journal dans un kiosque sur Eastern Road et l'avait suivie jusqu'à la porte de son immeuble.

Il avait eu envie de lui sauter dessus immédiatement, mais ç'aurait été trop risqué. Ils n'étaient pas seuls. Elle aurait crié et la partie aurait été terminée. C'était ça, le problème.

C'était aussi cela, l'avantage qu'elle avait sur lui. Et elle le savait.

La pluie tombait de plus en plus fort ; le bruit des gouttes sur le toit résonnait dans l'habitacle. Un jour comme celui-là, il aurait adoré abuser d'un *room service*. Mais bon, on ne peut pas tout avoir, hein ! En tout cas, pas sans un minimum de patience. Quand il était petit, il allait pêcher avec son père. Comme lui, son père aimait les gadgets. Il avait acheté l'un des premiers modèles de flotteur électronique. Quand un poisson tirait sur la ligne, le bouchon s'enfonçait et l'appareil posé à côté de leurs chaises pliantes émettait un *bip* aigu.

Similaire à celui qu'émettait à présent son système d'écoute, alors qu'il feuilletait le *Daily Mail*. *Bip, bip.*

La garce était en train de passer un coup de fil.

40

OCTOBRE 2007

La voix enregistrée dit :

— Nous vous remercions de faire appel à Global Express. Appuyez sur n'importe quelle touche pour continuer. Merci. Pour suivre une commande, appuyez sur 1. Pour passer une commande, appuyez sur 2. Si vous avez déjà un compte, appuyez sur 3. Si vous passez une commande pour la première fois, appuyez sur 4. Pour toutes autres demandes, appuyez sur 5.

Abby appuya sur 4.

— Pour un envoi au Royaume-Uni, appuyez sur 1. Pour un envoi à l'étranger, appuyez sur 2.

Elle appuya sur 1.

Il y eut un bref silence. Elle détestait ces systèmes automatisés. Elle entendit quelques clics, puis une voix masculine :

— Global Express, bonjour, mon nom est Jonathan. Que puis-je pour vous ?

Jonathan parlait comme une hôtesse de l'air.

— Bonjour Jonathan. J'aimerais envoyer un pli par coursier.

— Aucun souci. Quelle est sa taille ? Est-ce un colis ? Un pli volumineux ?

— C'est une enveloppe A4, de deux ou trois centimètres d'épaisseur, répondit-elle.

— Aucun souci, répéta-t-il. Et où voulez-vous l'envoyer ?

— Pas loin de Brighton, dit-elle.
— Aucun souci. Quel est le lieu d'enlèvement ?
— Brighton. Ou plutôt, Kemp Town.
— Aucun souci.
— Vous pouvez venir à partir de quand ? demanda-t-elle.
— Dans votre quartier... Attendez... Nous pouvons passer entre 16 et 19 heures.
— Pas avant ?
— Aucun souci, mais il y aura un supplément.

Elle réfléchit. À cause du mauvais temps, il ferait pratiquement nuit vers 17 heures. Serait-ce un avantage ou un inconvénient ?

— Vous viendrez en vélo ou en camionnette ?
— Si vous voulez que l'on livre demain, ce sera une camionnette.

Elle imagina un plan B.

— Pourriez-vous leur dire de ne passer qu'après 17 h 30 ?

Il y eut un silence. Elle essayait de prendre en compte tous les paramètres. Il y en avait tellement... Elle entendit un clic et Jonathan reprit la ligne :

— Aucun souci.

41

SEPTEMBRE 2007

Ah, quel merveilleux endroit pour un lundi matin, se dit le commandant en chef George Fletcher. Comme si cela ne suffisait pas d'avoir une gueule de bois, il se trouvait actuellement dans le service de thanatologie de l'institut médico-légal de Victoria. Et il détestait cette nouvelle nomenclature à la mords-moi-le-nœud. C'était la morgue municipale, nom d'une pipe. L'endroit où les cadavres meurent un peu plus. La dernière étape avant le cimetière, le dernier endroit où l'on figure dans un livre d'or.

Et à l'instant présent, debout dans la salle d'autopsie exiguë, il était agressé par le bruit strident du scanner dans lequel passait le corps de la *femme non identifiée*.

Personne ne l'avait touchée depuis qu'elle avait été sortie du coffre de la voiture, la veille. Elle avait été emballée, transportée jusqu'ici, puis avait passé la nuit en chambre froide. Les odeurs étaient désagréables. Ça sentait les égouts et l'eau croupie. George identifia même des relents d'algues. Il luttait non seulement contre la migraine, mais aussi contre la nausée. La peau de la femme était bouffie, cireuse, marbrée de noir. Ses cheveux, qui avaient sans doute été blonds, étaient emmêlés, pleins d'insectes et de bouts de papier, et emprisonnaient ce qui ressemblait à un morceau de feutrine. Difficile de deviner les traits de son visage, car la peau, à moitié pourrie, avait été grignotée. Le légiste estima son âge à trente-cinq ans environ.

Comme son collègue le commandant Troy Burg, qui se tenait à ses côtés, George portait une blouse verte sur sa chemise blanche, un pantalon de costume, une cravate et des bottes en plastique blanches. Barry Manx, le chef des techniciens du service, manipulait le scanner. Mince, les cheveux rêches, il semblait irritable. Le légiste, quant à lui, parcourait des yeux le corps de la victime comme s'il lisait un livre. Tous les cadavres qui arrivaient ici étaient scannés avant d'être autopsiés, afin de détecter toute maladie infectieuse.

La *femme non identifiée* n'avait plus de peau à de nombreux endroits. Ses lèvres avaient partiellement disparu, elle n'avait plus qu'une oreille et on voyait les os des doigts de sa main gauche. Le coffre n'étant pas étanche, des tas d'animaux aquatiques s'étaient régalés.

George aussi s'était régalé hier soir, en dégustant le succulent dîner qu'il avait concocté pour sa femme, Janet. Depuis quelques mois, il prenait des cours de cuisine à l'université technique de Geelong. Il avait préparé des homards australiens sautés, suivis d'une noix d'entrecôte de bœuf marinée à l'ail et de la *panacotta* au kiwi. Le tout accompagné de...

Il grogna silencieusement à ce souvenir.

Beaucoup trop de zinfandel.

Et à présent, cet abus se faisait sentir.

Il lui fallait un verre d'eau et un café bien serré, se dit-il en passant derrière Burg, pour rejoindre un couloir étroit, aveugle, brillant, immaculé.

Il n'avait aucune affection pour les salles d'autopsie, à aucune heure du jour ou de la nuit, encore moins avec une gueule de bois. Cet endroit ressemblait à une salle d'opération et à une usine. Le plafond en aluminium, avec ses spots encastrés, était parcouru de gros tuyaux d'évacuation ; des murs sortaient des dizaines de bras articulés, auxquels étaient branchées des lampes et des prises électriques pouvant être dirigées vers n'importe quelle partie du corps autopsié. Le sol était d'un bleu profond, comme pour apporter un peu de gaieté à la pièce. Le long des murs se trouvaient des plans de travail, des chariots sur lesquels étaient posés des instruments chirurgicaux, des poubelles rouges avec des sacs jaunes et des tuyaux.

Cinq mille cadavres étaient autopsiés ici chaque année.

George s'envoya deux cachets de paracétamol dans le gosier et les avala tant bien que mal sans eau. Un photographe spécialisé prenait des clichés et un policier à la retraite, officiant désormais dans le médico-légal, en charge de cette enquête, se tenait dans un coin de la pièce, près d'un plan de travail. George le connaissait depuis des années. Il feuilletait un petit dossier qui contenait notamment les photos prises la veille au bord de la rivière.

Le légiste travaillait à un rythme soutenu ; il s'arrêtait de temps en temps pour s'adresser à son dictaphone. George savait que sa présence et celle de Troy n'étaient pas indispensables. Il avait utilisé la majeure partie de la matinée – qui touchait à sa fin – à passer des coups de fil, former son équipe et répartir les tâches. Il avait également réfléchi à la conférence de presse qu'il retardait le plus possible en espérant recevoir du médecin des informations susceptibles d'être révélées aux journalistes.

Ses deux priorités étaient de découvrir l'identité de la femme et la cause de la mort. Troy avait lancé, en plaisantant, que c'était peut-être un tour de magie raté, mais ce genre de blague, qui d'habitude faisait sourire tout le monde, n'avait déridé personne ce matin.

Le légiste expliqua à George que l'os hyoïde était brisé, ce qui laissait penser qu'on était en présence d'un cas de strangulation. Mais les yeux étaient en trop mauvais état pour que l'on puisse y déceler, ou pas, de petites taches de sang. Et les poumons étaient trop décomposés pour que l'on puisse déterminer si la femme était morte avant que la voiture fasse le grand plongeon.

La peau n'était pas bien conservée non plus. Une immersion prolongée entraîne une dégradation de tous les tissus, mais aussi des cheveux, et surtout de l'ADN. Peut-être seraient-ils contraints de faire leurs prélèvements à partir des os, ce qui était moins fiable.

Quand il n'était pas au téléphone, George s'adossait discrètement contre un mur en luttant pour ne pas s'asseoir et fermer les paupières quelques instants. Il avait l'âge de ses artères, et il en était conscient. Flic, c'est un boulot de jeune, se disait-il souvent ces jours-ci. Il avait encore trois ans à tirer avant de pouvoir prendre sa retraite. Même si, la plupart du temps, son métier lui plaisait, il trouvait cela pénible d'être joignable jour et nuit et parfois même d'être réveillé en pleine grasse matinée dominicale pour se rendre sur une scène de crime sordide.

— George !

Troy l'appelait.

Il s'approcha. Le légiste tenait quelque chose dans ses forceps. Une sorte de méduse translucide, ridée, sans tentacules.

— Implant mammaire, déclara le médecin. Elle s'est fait refaire les seins.

— À la suite d'un cancer ? demanda George, qui en savait un peu sur le sujet, car une amie de Janet avait eu recours à une mastectomie.

— Non, elle voulait juste de plus gros lolos. Ce qui est une bonne nouvelle pour nous. (George fronça les sourcils.) Tous les implants mammaires en silicone portent un numéro de série déterminé par le fabricant. Chaque numéro est conservé à l'hôpital où a eu lieu l'opération, en face du nom du patient. (Il approcha l'implant de George, qui distingua plusieurs minuscules chiffres gravés dans la silicone.) Nous allons pouvoir retrouver le fabricant, et, en un coup de baguette magique, nous aurons l'identité de la victime.

George retourna à sa place et reprit sa série de coups de fil. Il appela rapidement Janet pour lui dire qu'il l'aimait. Il l'appelait une fois par jour, au moins, depuis le moment où ils s'étaient rencontrés. Et quand il disait qu'il l'aimait, c'était sincère. Son amour pour elle n'avait pas faibli au cours de toutes ces années. Il était de meilleure humeur depuis la découverte des implants. Et le paracétamol commençait à faire effet. Il envisageait de déjeuner.

Soudain, le légiste l'interpella :

— George, ça, ça va vraiment nous aider !

Il se pressa vers la table d'autopsie.

— La paroi de l'utérus est épaisse. Même en immersion, l'utérus est l'un des organes qui se dégradent le plus lentement. Et on a beaucoup de chance !

— Ah bon ? s'enquit George.

Le légiste hocha la tête.

— On va connaître son ADN !

Il montra du doigt le plateau de dissection qui reposait, sur des pieds en acier, au-dessus de la dépouille. George ne distingua d'abord qu'un mélange de fluides corporels. Au milieu se trouvait un organe beige, comme une saucisse en forme de U, qui avait été sectionné. Il ne l'identifia pas tout de suite, mais un élément attira son attention. Pendant quelques instants, il pensa qu'il s'agissait d'une crevette mal digérée. Puis, en y regardant de plus près, il comprit.

Et il perdit aussitôt l'appétit.

42

OCTOBRE 2007

Le premier signe de changement – positif – à la Sussex House était l'attribution de places de parking nominatives aux gradés de la PJ, et ce, juste devant l'entrée du bâtiment. Roy Grace n'avait désormais plus à tourner pendant des heures, pour finir par se garer dans la rue ou, incognito, sur le parking du supermarché Asda – ce que faisaient la plupart de ses collègues, alors obligés de rejoindre le bureau à pied, le plus souvent sous la pluie, en prenant un raccourci boueux à travers les buissons et en sautant un mur en brique, à leurs risques et périls.

Situé sur une colline anciennement couverte de champs, non loin de Brighton et Hove, le bâtiment bas, d'inspiration Arts déco, avait été construit pour accueillir un hôpital dédié aux maladies contagieuses. L'endroit avait été reconverti plusieurs fois avant que la PJ ne s'y installe, et avant que le tissu urbain s'étende jusqu'à lui. À présent, il se trouvait au cœur d'une zone industrielle, ce qui était relativement incongru, juste en face d'un supermarché Asda qui servait de cantine *bis* et de parking de secours.

Ayant été promu directeur de la police des Midlands, le commissaire divisionnaire Gary Weston, un homme aimable, mais laxiste, avait quitté la Sussex House et Jack Skerritt l'avait remplacé. C'était un homme dur et franc, fumeur de pipe. Son arrivée avait été remarquée à bien des niveaux.

Cinquante-deux ans, ancien chef de la police de Brighton et Hove, Skerritt était à la fois un homme coriace, à l'ancienne, et un libre-penseur moderne. C'était le supérieur le plus universellement apprécié et respecté de la police. Sa principale initiative, pour le moment, avait été de remettre en place la réunion hebdomadaire.

En passant la porte d'entrée, et en échangeant un chaleureux salut avec les deux personnes de la sécurité, Grace remarqua que Skerritt avait également modernisé le hall. La collection de matraques avait été offerte à un musée. Les murs crème venaient d'être repeints et un tableau en feutrine bleu présentant les photos de tous les gradés du QG de la PJ d'être accroché. La photo la plus imposante était celle de Skerritt.

C'était un homme mince, à la mâchoire carrée, d'une beauté hollywoodienne légèrement démodée, l'air sévère. Il avait d'épais cheveux bruns, toujours bien coiffés. Il portait une veste de costume sombre et une cravate sobre, à damier. Homme charismatique, ses yeux semblaient dire : « Si tu ne me cherches pas, je saurai être juste avec toi. » Ce qui résumait bien le personnage.

Grace le respectait et l'admirait. C'était le genre de personne qu'il aimerait être. Il n'avait plus que trois ans à tirer et se moquait pas mal du politiquement correct et des directives de la hiérarchie. Il considérait que son rôle consistait à faire régner un climat de sécurité dans les rues, les habitations et les commerces du Sussex pour les honnêtes citoyens ; les méthodes pour y parvenir ne regardaient que lui. Avant d'être transféré à la police judiciaire, il avait passé deux ans à la tête de la police de Brighton et Hove et avait contribué à une forte baisse de la criminalité.

En haut des marches, sur un vaste palier moquetté, se trouvaient une plante verte luxuriante, qui semblait nourrie aux hormones, et un palmier en pot qui aurait parfaitement trouvé sa place dans une maison de retraite.

Grace passa sa carte devant le lecteur et la porte sécurisée s'ouvrit. Il pénétra dans l'espace de commandement, mal aéré. La première section était composée, au centre, d'un *open space* dont le sol était orange foncé, avec les bureaux des assistants sur les côtés.

Les supérieurs hiérarchiques disposaient de bureaux individuels. L'un d'eux était ouvert : Grace échangea un hochement de tête avec son ami Brian Cook, de la police scientifique, qui était debout, sur le point de raccrocher son téléphone. Puis il passa rapidement devant l'espace vitré réservé à Jack Skerritt, car il voulait s'entretenir brièvement avec Eleanor Hodgson, sa secrétaire, ou plutôt son « assistante personnelle », comme on devait dire dans ce monde de fous où l'on n'avait plus le droit d'appeler un chat un chat.

Les murs étaient couverts d'affiches. Un grand poster, rouge et orange, sortait du lot. Dessus, on pouvait lire :

Balancez-les !
Les trafiquants de drogue détruisent des vies.
Donnez leur signalement à la police.

Il passa à grandes enjambées devant son bureau, puis devant celui de Gaynor Allen, des renseignements généraux, avant de s'approcher d'Eleanor.

Dans ce coin de la pièce, les bureaux étaient couverts de bannettes à courrier rouges et noires, de claviers, de téléphones, de dossiers, de bloc-notes et de Post-it. Un autocollant rond « A », que les jeunes conducteurs mettent habituellement à l'arrière de leur voiture, avait été collé au dos d'un écran plat, pour plaisanter.

Le bureau d'Eleanor était le seul à être toujours impeccable. Cette femme nerveuse, discrète mais efficace, entre deux âges, avec un visage sans originalité, légèrement suranné, et des cheveux noirs soignés, tenait l'agenda de Roy Grace. Elle s'inquiéta en le voyant arriver, comme si elle craignait qu'il ne lui reproche d'avoir fait quelque chose de travers, alors qu'il n'avait jamais élevé la voix sur elle en dix-huit mois de collaboration. Elle n'y pouvait rien, elle était comme ça.

Il lui demanda d'appeler le Thistle Hotel pour connaître la taille des tables, pour le dîner annuel du club de rugby qui aurait lieu en décembre, puis parcourut rapidement les mails sur lesquels elle attira son attention ; voyant alors qu'il était 10 h 32, il entra dans le domaine spacieux, impressionnant, de Skerritt.

Tout comme le sien – Grace avait récemment été transféré à l'autre bout du bâtiment –, le bureau du chef donnait sur la route qui menait au supermarché. Mais les ressemblances s'arrêtaient là. Alors que lui n'avait de la place que pour son bureau et une petite table ronde, Skerritt disposait, en plus, d'une grande table de conférence rectangulaire.

Il y avait eu des changements ici aussi. Les photos de chevaux de course et de lévriers qui couvraient les murs du temps de Gary Weston – et qui montraient bien quelles étaient ses priorités – avaient été remplacées par une seule photo montrant deux adolescents entourés de labradors et de chiots. La femme de Skerritt était éleveuse et lui aussi adorait passer du temps avec leurs chiens – quand il en avait, du temps...

Skerritt sentait légèrement la pipe, comme Norman Potting. Autant Grace trouvait l'odeur répugnante sur Potting, autant elle ne le dérangeait pas venant de Skerritt. Elle lui allait même plutôt bien, elle renforçait sa virilité.

Roy fut dépité de découvrir que Cassian Pewe était assis à la table, avec tous les autres chefs de la PJ et de l'état-major. Cassian Pewe n'avait sans doute jamais fumé de sa vie, se dit-il.

Le nouveau venu le gratifia d'un sourire reptilien et d'un sirupeux : « Bonjour Roy, content de te voir » en lui tendant une main moite. Roy la lui serra très brièvement, puis s'assit sur la seule chaise libre en balbutiant des excuses à Skerritt, qui était à cheval sur les horaires.

— Je suis content que tu aies réussi à te libérer, Roy, lui lança le commissaire divisionnaire.

Il avait une voix forte, sans accent, et un ton toujours sarcastique, comme si le fait d'avoir passé sa vie à interroger des menteurs avait déteint sur sa façon de parler. Roy ignorait si, dans le cas présent, il était ironique ou pas.

— Bon, reprit Skerritt, passons à l'ordre du jour.

Il s'assit le dos droit, dans une posture pleine d'assurance. Il semblait indestructible, taillé dans le granit. Il lisait un document posé devant lui. Quelqu'un fit passer une copie à Roy, qui la parcourut rapidement. Rien d'exceptionnel.

Compte rendu de la réunion précédente
Rapport annuel sur les accidents de la route
Programme « Objectif 2010 » – combler le déficit (8 à 10 millions de livres)
Fusion des polices du Sussex et du Surrey – *update*

Skerritt passa d'un point à l'autre à un rythme soutenu. Quand ils arrivèrent aux opérations en cours, Roy les informa des dernières avancées de l'opération Dingo. Il n'avait pas grand-chose à leur dire : il espérait que les relevés dentaires permettraient d'identifier la victime dans les plus brefs délais. Quand ils atteignirent le point « Autres », Skerritt se tourna brusquement vers Grace.

— Roy, je vais effectuer quelques changements dans l'équipe.

L'espace d'un instant, le moral de Grace tomba au plus bas. La conspiration Vosper-Pewe avait-elle finalement abouti ?

— Je te nomme chef de la brigade criminelle, déclara Skerritt.

Grace n'en croyait pas ses oreilles. Il pensait avoir mal entendu ou mal compris.

— Chef de la brigade criminelle ?

— Oui, Roy, j'ai bien réfléchi. Tu garderas tes fonctions de commissaire et tu dirigeras la brigade criminelle. Tu seras mon adjoint. En mon absence, c'est toi qui seras chef de la PJ.

Il était promu !

Du coin de l'œil, il vit l'expression sur le visage de Cassian Pewe : la pilule avait du mal à passer.

Grace savait qu'il ne montait pas en grade, mais le simple fait de devenir l'adjoint de Jack et de diriger la PJ en son absence constituait un grand pas en avant.

— Merci Jack, je... je suis ravi. (Puis il hésita.) Alison Vosper a donné son aval ?

— Je m'occupe d'Alison, lui répondit-il, évasif.

Puis il se tourna vers Pewe.

— Cassian, bienvenue dans notre équipe. Roy va se retrouver avec un supplément de travail, donc j'aimerais que tu te consacres aux *cold cases* – ce qui signifie que tu travailleras sous sa houlette.

Grace eut du mal à réprimer un sourire. Cassian Pewe faisait une de ces têtes ! On aurait dit une carte météo couverte de nuages, d'éclairs et de pluie, et pas un seul rayon de soleil à l'horizon. Même son bronzage permanent semblait décoloré.

La réunion se termina à l'heure, à 11 h 30 très exactement. Grace allait partir quand Cassian Pewe l'intercepta.

— Roy, Alison m'a conseillé de m'asseoir à tes côtés pendant la conférence de presse et la réunion de ce soir. Histoire que je prenne mes repères, que je voie comment vous procédez ici. C'est OK pour toi – à la lumière de ce que Jack m'a demandé de faire ?

C'est pas du tout OK pour moi, eut-il envie de répondre, mais il se ravisa.

— À mon avis, ce serait plus judicieux de te familiariser avec les affaires classées, je vais te montrer où se trouvent les cartons.

Puis il passa quelques secondes à imaginer le plaisir qu'il aurait à enfoncer des aiguilles chaudes dans les testicules de Pewe.

Mais vu sa tête de six pieds de long, il se dit que Jack venait de le faire à sa place.

43

OCTOBRE 2007

Grace fit en sorte que la conférence de presse ne s'éternise pas. Comme c'était la saison des universités d'automne des partis, beaucoup de journalistes, même s'ils n'étaient pas chroniqueurs politiques, étaient montés à Blackpool pour assister aux meetings des conservateurs, qui promettaient des révélations plus croustillantes que la découverte d'un cadavre dans un collecteur d'eaux pluviales – pour la presse nationale tout du moins.

Mais l'histoire de la *femme anonyme* pouvait donner lieu à un bon papier, surtout qu'on l'avait trouvée sur le plus grand chantier de la ville. Certains osaient des rapprochements avec deux affaires distinctes de tueurs qui, en 1934, avaient défrayé la chronique : des corps démembrés retrouvés dans des malles, qui avaient valu à Brighton le regrettable sobriquet de « capitale anglaise du crime ».

S'étaient déplacés : l'équipe régionale de la *BBC*, la radio *Southern Counties*, un jeune cameraman d'*Absolute Television*, une jeune WebTV basée à Brighton, deux correspondants de journaux londoniens que Grace connaissait, un gars du *Sussex Express* et, bien sûr, Kevin Spinella, de l'*Argus*.

Spinella avait beau l'énerver, Grace ressentait, malgré lui, de plus en plus de respect pour ce jeune journaliste. Spinella était un bosseur, comme lui, et, dans le cadre d'une affaire précédente, il avait tenu sa parole et avait gardé secrète une information confidentielle. C'était quelqu'un avec qui la police pouvait travailler. Certains flics considéraient la presse comme de la vermine, mais Grace n'était pas de cet avis. Presque toutes les enquêtes reposent sur des témoins, des citoyens qui, se remémorant un souvenir enfui, contactent spontanément la police. Si vous vous y prenez bien, vous pouvez faire en sorte que les journalistes vous mâchent le travail.

Comme il n'avait guère d'informations à communiquer ce matin-là, Grace s'était appliqué à transmettre les messages importants : l'âge de la femme, son apparence physique et le nombre d'années qu'elle avait passées dans le collecteur. Peut-être qu'un membre de sa famille, ou un ami, se souviendrait d'une disparition remontant à cette époque.

Grace avait ajouté qu'ils ignoraient encore la cause de la mort, qu'il pouvait s'agir d'une strangulation, et que le meurtrier devait bien connaître Brighton et Hove.

Quittant la salle de conférences, peu avant 12 h 30, il entendit son nom.

Kevin Spinella avait pris la désagréable habitude de l'intercepter après les conférences de presse et de le coincer dans le couloir, loin des oreilles importunes.

— Commissaire Grace, puis-je échanger quelques mots avec vous ?

Roy se demanda soudain s'il avait eu vent de sa promotion. C'était impossible, mais depuis quelque temps, il soupçonnait Spinella – qui savait tout avant tout le monde – d'avoir un indic au sein même de la police. Il était déterminé à approfondir cette question, mais c'était délicat. Il risquait de se mettre de nombreux collègues à dos en cherchant la petite bête.

Le jeune journaliste portait, comme d'habitude, costume, chemise et cravate, mais il était plus présentable que le samedi précédent, quand il l'avait croisé, détrempé, sur le chantier.

— Rien à voir avec cette affaire, l'informa Spinella en mâchant son chewing-gum, mais je me suis dit qu'il fallait que je vous parle d'un truc. Samedi soir, j'ai reçu un appel des pompiers – ils s'apprêtaient à sauver une personne coincée dans un ascenseur à Kemp Town.

— Vous avez une vie palpitante, dites-moi ! plaisanta Grace.

— Ouais, passionnante, répondit sérieusement Spinella qui avait, soit raté la blague, soit choisi de l'ignorer. Cette femme... (Il hésita et tapota le bout de son nez.) Vous avez du flair, n'est-ce pas ?

Grace haussa les épaules. Il choisissait toujours soigneusement ses répliques en présence de Spinella.

— On prétend que les policiers ont du flair... Eh bien, moi aussi, j'en ai. Je repère les bonnes histoires, vous voyez ce que je veux dire ?

— Oui. (Grace regarda sa montre.) Je suis pressé et...

— OK, je ne vais pas vous retenir plus longtemps. Je voulais juste vous en parler, c'est tout. La femme qu'ils ont libérée – un peu moins de trente ans, très jolie – j'ai senti qu'il y avait quelque chose qui clochait.

— Dans quel sens ?

— Elle était très agitée.

— Rien d'étonnant si elle était restée coincée dans un ascenseur.

Spinella secoua la tête.

— Pas ce genre d'agitation.

Grace le considéra quelques secondes. Il savait que les journalistes locaux couvraient toutes sortes d'affaires : morts violentes, accidents de voiture, agressions, cambriolages, disparitions... Des gens agités, Spinella en rencontrait tous les jours. Mais il avait beau être encore jeune, il savait faire la distinction entre les gens nerveux et les gens qui ont quelque chose à cacher.

— OK, agitée comment ?

— Elle avait peur de quelque chose. Elle a refusé d'ouvrir la porte au photographe que le journal a envoyé le lendemain. À mon avis, elle se planque.

Grace hocha la tête. Quelques pistes lui traversèrent l'esprit.

— Quelle nationalité ?

— Anglaise. Blanche – si je puis m'exprimer ainsi, dit-il en gloussant.

Ignorant son attitude, Grace élimina l'hypothèse de la victime d'esclavage sexuel : le plus souvent des filles d'Europe de l'Est ou d'Afrique. On peut être agité pour mille et une raisons, et rien n'indique qu'il faille envoyer un policier sur les lieux.

— Vous avez son nom et son adresse ? lui demanda Grace.

Il inscrivit soigneusement Katherine Jennings, le numéro de l'appartement et l'adresse sur son bloc-notes. Il demanderait à ce qu'on fasse une recherche *via* le système de traitement des infractions constatées. Si son nom n'apparaissait pas, il n'y aurait qu'à attendre. Puis Grace passa sa carte devant le lecteur optique et entra dans le bureau du groupe d'enquête. Spinella l'interpella une nouvelle fois :

— Commissaire ? J'oubliais...

— Quoi, répondit-il d'un ton irrité, cette fois.

— Félicitations pour votre promotion !

44

11 SEPTEMBRE 2001

Debout en plein soleil, sur la promenade déserte du bord de mer, Ronnie vérifia une fois de plus que son portable était bel et bien éteint. Il regardait droit devant lui, au-delà de la rangée de bancs et de la balustrade, au-delà du sable doré de la plage, l'océan qui ondulait et le voile de fumée noire, grise et orange qui continuait à teinter le ciel de reflets rouille.

Il avait la tête ailleurs. Il se rendit compte qu'il avait oublié son passeport dans le coffre-fort de sa chambre d'hôtel. Peut-être était-ce une bonne chose. Il réfléchissait. Son cerveau était en ébullition. Il fallait qu'il se vide la tête. Peut-être qu'en faisant du sport... Un alcool fort ferait l'affaire.

À sa gauche, la promenade s'étendait à perte de vue. À sa droite, au loin, il distingua le parc d'attractions de Coney Island. Plus près, il y avait un immeuble en piteux état, couvert d'échafaudages, sur cinq étages environ. Un Black en veste en cuir discutait avec un gars d'origine asiatique en bombers. Ils n'arrêtaient pas de tourner la tête de toutes parts, comme pour vérifier que personne ne les surveillait. Peut-être que c'était un dealer et son client et qu'ils le prenaient pour un flic. Peut-être qu'ils parlaient de foot, de base-ball, ou bien de la pluie et du beau temps. Peut-être que c'était les deux seuls individus au monde qui ignoraient ce qui était arrivé un peu plus tôt ce jour-là.

Ronnie n'en avait rien à carrer. Du moment qu'ils ne le passaient pas à tabac, il ne voyait pas d'inconvénient à ce qu'ils restent là toute la journée à discuter, jusqu'à ce que le ciel leur tombe sur la tête, ce qui ne saurait tarder, au vu des événements de la matinée.

Putain de merde. Quelle journée... Mais pourquoi avait-il choisi d'aller à New York précisément aujourd'hui ? Il n'avait même pas le numéro de portable de Donald Hatcook.

Et, et, et... Il essayait de refouler cette pensée, mais cette dernière ne cessait de le tarauder. Il la laissa s'exprimer : peut-être que Donald Hatcook était mort.

Peut-être que des tas de gens étaient morts.

À sa droite, le long de la promenade, il y avait une enfilade de magasins avec des inscriptions en russe. Il marcha dans leur direction en tirant son sac, puis s'arrêta devant un grand panneau en métal vert, surmonté d'une tôle arrondie, abritant un plan du quartier. On pouvait y lire :

Promenade Riegelmann. Brighton Beach.
Brighton 2nd Street.

Il ne put s'empêcher de sourire. Chez soi loin de chez soi. Enfin, tout comme ! Ç'aurait été rigolo de demander à quelqu'un de le prendre en photo à côté de cette pancarte. Lorraine aurait aimé.

Enfin, en d'autres circonstances.

Il s'assit sur un banc, s'appuya contre le dossier, défit sa cravate, la roula et la fourra dans sa poche. Puis il ouvrit un bouton de sa chemise et apprécia la sensation de frais. Il avait besoin d'air. Il tremblait, son cœur battait à tout rompre.

Il regarda sa montre : presque midi. Il chassa la poussière de ses cheveux et de ses vêtements. Il lui fallait un verre. Il ne buvait jamais dans la journée, enfin, jamais avant l'heure du déjeuner, enfin... rarement. Mais là, un whisky sec lui ferait le plus grand bien. Ou bien un cognac. Ou alors une vodka, pensa-t-il, inspiré par tous ces mots en cyrillique.

Il se leva, attrapa la poignée de son sac et le tira derrière lui en écoutant le bruit des roulettes sur les planches. Il se dirigea vers la première échoppe qui annonçait, en lettres bleues, rouges et blanches : MOSCOW BAR. En dessous, il y avait un auvent vert avec l'inscription TATIANA en lettres jaunes.

Il entra. L'endroit était presque vide, plutôt glauque. Il y avait un long comptoir en bois à droite, des tabourets ronds, et des sièges en cuir rouge à pieds chromés et, à gauche, des banquettes, elles aussi en cuir rouge, et des tables en métal. Deux gaillards qui ressemblaient aux brutes des James Bond étaient assis au bar. Ils avaient le crâne rasé, portaient des tee-shirts noirs à manches courtes et ils étaient scotchés à l'immense écran de télévision accroché au mur. Envoûtés.

Devant eux, des petits verres à shot, une bouteille de vodka, inclinée dans un seau à glace, et un cendrier plein. Ils avaient chacun une clope au bec. Les autres clients, deux beaux gosses qui portaient des vestes en cuir visiblement hors de prix et des grosses bagues, étaient assis sur une banquette. Ils buvaient du café et l'un d'eux fumait.

Ronnie apprécia l'odeur de café et de tabac. Ça sentait surtout le tabac russe, corsé. Tout autour du bar, il y avait des affiches en cyrillique, des bannières et des drapeaux de clubs de foot, anglais pour la plupart. Il reconnut Newcastle, Manchester United et Chelsea.

À l'écran, c'était l'enfer sur terre. Dans le bar, personne ne faisait le moindre commentaire.

Ronnie fixa aussitôt la télévision – incapable de faire autrement. Deux avions percutaient successivement les tours jumelles. Qui s'effondraient, l'une après l'autre. À chaque fois qu'il voyait ces images, le scénario semblait différent. De plus en plus insupportable.

— Monsieur, oui ?

Le barman ne parlait pas très bien anglais. Il était taillé comme une crevette ; ses cheveux noirs, épais, coupés court, étaient coiffés en avant. Il portait un tablier crasseux et une chemise en jean qui avait besoin d'un coup de repassage.

— Vous avez de la vodka Kalashnikov ?

Il n'eut pas l'air de comprendre.

— Krashakov ?

— Laisse tomber, n'importe quelle vodka, sans glaçon, et un expresso. Vous faites des expressos ?

— Café russe.

— Très bien.

La crevette hocha la tête.

— Un café russe. Une vodka.

Il marchait voûté, comme s'il avait mal au dos.

L'homme à l'écran semblait souffrir lui aussi. C'était un grand Black au crâne rasé couvert de poussière, avec un masque transparent sur le visage, relié à une poche à air. Un homme avec un casque rouge à visière, un masque rouge et un tee-shirt noir l'aidait à s'éloigner de la zone, en courant dans la neige grise.

— Tellement le bordel ! lança la crevette dans un anglais approximatif. Manhattan. Incroyable. Tu as entendu ? Tu sais ce qui se passe ?

— J'y étais, répondit Ronnie.

— Ah oui, toi là-bas ?

— Sers-moi à boire. J'en ai besoin, le coupa-t-il.

— Je te sers à boire, t'inquiète pas. Toi là-bas ?

— Il faut que je te le dise en quelle langue ?

Le barman se retourna, vexé, et sortit une bouteille de vodka.

L'un des ennemis de James Bond se tourna vers Ronnie et leva son verre. Il était saoul et avait du mal à articuler.

— Tu sais quoi ? Il y a trente ans, je t'aurais appelé camarade, mais aujourd'hui, je t'appelle mon pote. Tu vois ce que je veux dire ?

Ronnie leva son verre quelques secondes après que le barman le lui eut servi.

— Non, pas vraiment.

— Tu es gay ? lui demanda le gars.

— Non, je ne suis pas gay.

Le Russe reposa son verre et fit des moulinets avec ses bras.

— Non pas que problème avec les gays. Pas du tout.

— Parfait, répondit Ronnie. Moi non plus, je n'ai pas de problème avec les gays.

Le gars se fendit d'un sourire. Il avait des dents absolument horribles. On eut dit une bouche remplie de pierres tombales. Il leva son verre et trinqua avec Ronnie.

— Santé.

George Bush était à l'écran. Il portait un costume sombre et une cravate orange. Il se trouvait au fond d'une salle de classe, devant un petit tableau noir ; des dessins d'enfants étaient accrochés au mur derrière lui. Sur l'un d'eux, un ours faisait de la bicyclette avec une écharpe rayée. L'homme en costume qui se trouvait à côté du président lui chuchotait quelque chose à l'oreille. L'instant d'après, on vit les restes d'un avion au sol.

— Toi, tu es OK, déclara le Russe à Ronnie. Je t'aime bien.

Il se resservit une vodka et inclina la bouteille au-dessus du verre de Ronnie.

En plissant les yeux, il réussit à voir que le verre était plein et reposa la bouteille dans le seau.

— Tu devrais boire. (Il vida son verre d'un trait.) Aujourd'hui, nous devons boire. (Il se retourna vers l'écran.) Pas réel, ça. Pas possible.

Ronnie trempa les lèvres dans son verre. La vodka lui brûla la gorge. Puis, quelques secondes plus tard, il le but cul sec. L'effet fut presque immédiat – la chaleur l'envahit. Il remplit son verre et celui de son nouveau meilleur ami.

Ils gardèrent le silence, les yeux rivés au téléviseur.

Après plusieurs verres, Ronnie se sentit passablement ivre. Il se leva de son tabouret en titubant, chancela jusqu'à une banquette et s'endormit.

Quand il se réveilla, déshydraté, avec un mal de tête carabiné, il fut pris d'un instant de panique.

Mes sacs.

Merde, merde, merde.

Il constata avec soulagement qu'ils étaient toujours là où il les avait laissés, près de son tabouret.

Il était 14 heures.

Il y avait les mêmes personnes dans le bar. Et les mêmes images à la télévision. Il se traîna jusqu'au comptoir et fit un signe de tête à son ami.

— Et le père, alors ? beugla la brute du James Bond.

— Ouais, c'est vrai ça, pourquoi ils n'en parlent pas ? reprit son acolyte en écho.

— Le père de qui ? demanda le barman.

— Ils ne parlent que du fils de Ben Laden. Et le père, alors ?

Giuliani se trouvait à présent à l'écran. Il avait l'air calme, sérieux, ému, en homme qui maîtrise parfaitement la situation.

Le nouvel ami de Ronnie se tourna vers lui.

— Tu connais Sam Colt ?

Ronnie, qui essayait d'écouter ce que disait Giuliani, secoua la tête.

— Non.

— Le gars qui invente le revolver, OK ?

— Ah, lui, d'accord.

— Tu sais ce qu'il dit ?

— Non.

— *J'ai fait tous les hommes égaux !* (Le Russe sourit en révélant ses dents monstrueuses.) OK ? Compris ?

Ronnie hocha la tête et commanda une eau minérale pétillante et un café. Il n'avait rien avalé depuis le petit déjeuner, mais il n'avait pas faim.

Giuliani fut remplacé par des fantômes titubants. Ceux-là même qu'il avait croisés quelques heures auparavant. Un poème qu'il avait appris à l'école lui revint en mémoire. L'un de ses auteurs préférés, Rudyard Kipling. Le meilleur écrivain du monde. Kipling s'y entendait en matière de pouvoir, de contrôle et d'empire à bâtir.

Si tu peux conserver ton courage et ta tête
Quand tous les autres les perdront,
Si tu peux rencontrer Triomphe après Défaite
Et recevoir ces deux menteurs d'un même front

À la télévision, un pompier était en train de pleurer. Son casque était couvert d'une neige grise. Assis, visière relevée, il cachait son visage entre ses mains.

Ronnie se pencha et tapa l'épaule du barman. Celui-ci quitta des yeux l'écran.

— Hum ?

— Vous avez des chambres ? Je cherche une chambre.

Son nouveau meilleur ami se tourna vers lui.

— Pas d'avion, c'est ça ?

— C'est ça.

— Tu viens d'où, au fait ?

Ronnie hésita.

— Canada. Toronto.

— Toronto, répéta le Russe. Canada. OK. C'est bien. (Il réfléchit quelques instants.) Une chambre pas chère ?

Ronnie se rendit compte qu'il ne pouvait utiliser aucune de ses cartes – même s'il avait eu de l'argent sur ses comptes. Il avait un peu moins de quatre cents dollars dans son portefeuille. Il allait devoir faire avec jusqu'à ce qu'il arrive à convertir les autres objets de valeur qu'il avait dans son sac – s'il trouvait un acheteur prêt à les lui racheter à un prix convenable... et sans poser de questions.

— Oui, répondit-il, la moins chère possible.

— J'ai ce qu'il te faut. Ce que tu veux, c'est *single*.

— *Single* ?

— Une chambre pour une personne. Tu paies cash, il pose pas de questions à toi. Mon cousin loue *singles*. Dix minutes à pied. Tu veux que je te donne l'adresse ?

— C'est un bon plan, répliqua Ronnie.

Le Russe montra de nouveau ses dents.

— Un plan ? Tu as un plan ? Un bon plan ?

— *Carpe Diem* !

— Quoi ?

— C'est une expression.

— *Carpe Diem* ? répéta le Russe lentement, de façon approximative.

Ronnie sourit et lui paya un verre.

45

OCTOBRE 2007

Le CO1, centre opérationnel numéro un, était la plus grande des deux pièces de la Sussex House réservées aux enquêtes. C'est là que travaillait la brigade criminelle. Roy Grace y arriva un peu avant 18 h 30, une tasse de café à la main.

Cet *open space* moderne, en forme de L, comprenait trois postes de travail, trois bureaux en bois clair en forme de virgule pouvant accueillir jusqu'à huit personnes. Parmi les tableaux blancs accrochés au mur, seuls deux étaient utilisés. Sur le premier figurait simplement : « Opération Dingo », et sur l'autre, on avait aimanté des gros plans de la *femme anonyme* dans le collecteur d'eaux pluviales et quelques photos du chantier. Sur l'une d'elles, un cercle au feutre rouge indiquait l'endroit où le cadavre avait été retrouvé.

L'équipe de Grace n'occupait qu'un seul des trois postes. Si l'enquête avait eu un caractère d'urgence, tous les postes auraient été pris d'assaut. Pour celle-ci, il avait pour consigne de ne pas embaucher trop de monde pour limiter les frais. Mais la situation pouvait évoluer à n'importe quel moment.

Contrairement à la plupart des autres services, il n'y avait aucun effet personnel sur les bureaux, pas de photo de famille, pas de calendrier de football, pas de planches de BD humoristique aux murs. Tout, sauf les meubles et les fournitures, avait un lien avec l'enquête. Pour respecter la concentration de chacun, il n'y avait presque aucun bruit, à part des sonneries de portables, au loin, et le ronron des imprimantes.

Le groupe que Grace avait rassemblé pour l'opération Dingo s'était installé autour de la table. Fervent défenseur de la théorie selon laquelle on ne change pas une équipe qui gagne, il travaillait avec les mêmes personnes depuis quelques mois. Il avait simplement hésité à reprendre Norman Potting, qui était un bon enquêteur, mais qui avait la manie d'énerver ses collègues.

Comme bras droit, il avait choisi la commandante Lizzie Mantle. Grace l'aimait beaucoup et, pour tout dire, il avait longtemps eu, en secret, le béguin pour elle. Pas encore quarante ans, des cheveux blonds, lisses, aux épaules, elle dégageait une féminité qui cachait un caractère bien trempé. Elle portait plus souvent le tailleur-pantalon que le tailleur jupe. Celui d'aujourd'hui, gris à rayures avec une chemise d'homme blanche, aurait été parfait pour un courtier.

Lizzie n'était pas la seule jolie femme de la Sussex House. La commandante Kim Murphy avait elle aussi un physique plus qu'agréable. Les mauvaises langues avaient d'ailleurs un jour déclaré que le meilleur moyen de monter en grade était d'être une bimbo. C'était complètement faux, bien sûr, car les deux femmes méritaient leur promotion, et ce malgré leur jeune âge.

En raison de ses nouvelles responsabilités, qui l'accapareraient sans doute, Roy allait devoir se reposer sur Lizzie pour cette enquête.

À ses côtés, il avait retenu les commandants Glenn Branson, Norman Potting et Bella Moy.

Trente-cinq ans, enjouée, tignasse brune colorée au henné, Bella disposait, comme toujours, d'une boîte de Maltesers ouverte à portée de main. Roy traversa la pièce en l'observant. Tandis qu'elle s'affairait sur son ordinateur, très concentrée, sa main droite quittait régulièrement le clavier, telle une créature dotée d'une vie propre, piochait et remontait jusqu'à sa bouche, puis retournait au clavier. Grace n'avait jamais vu personne manger autant de chocolat, ce qui n'empêchait pas Bella d'être mince.

À côté d'elle se trouvait le lieutenant Nick Nicholl, un grand échalas de vingt-sept ans, les cheveux en bataille. Enquêteur zélé, autrefois avant-centre efficace, il avait été encouragé par Grace à se mettre au rugby. Il n'était pas aussi performant qu'à l'ordinaire car, en tant que jeune papa, il souffrait en permanence d'un manque de sommeil. Face à lui, le lieutenant Emma-Jane Boutwood, une jeune battante, parcourait des yeux une liasse de documents imprimés.

Quelques mois auparavant, elle avait été grièvement blessée au cours d'une course-poursuite – elle s'était accrochée à une camionnette volée et avait été écrasée contre un mur. Officiellement, elle était encore en convalescence, mais elle avait supplié Grace de la laisser reprendre et de lui confier des tâches faciles.

L'équipe comprenait en outre un analyste, son assistant et une dactylo.

Vêtu d'un costume noir, d'une chemise bleu électrique et d'une cravate écarlate, Glenn Branson lança son traditionnel : « Salut vieux », quand Grace entra, mais avec moins d'entrain que d'habitude.

— Tu aurais un peu de temps ce soir ?

— Bien sûr, répondit Grace à son ami.

L'intervention de Branson fit lever quelques têtes.

— Voilà Dieu en personne ! s'exclama Potting en lui tirant un chapeau imaginaire. Permets-moi d'être le premier à te féliciter pour ton accession au statut d'huile.

— Merci, Norman, mais les huiles n'ont rien de particulier.

— C'est là que tu te trompes, Roy. Il existe des huiles animales, végétales, minérales, essentielles, c'est un sujet passionnant.

Il était fier comme Artaban.

Bella, qui n'aimait pas Potting, se tourna vers lui, menaçante, la main au-dessus de la boîte de Maltesers, comme un rapace prêt à fondre sur sa proie.

— Peut-être que tu aurais dû devenir professeur ès graisses, au lieu de rentrer dans la police, lâcha-t-elle avant de lancer un bonbon au chocolat dans sa bouche.

Grace s'installa sur la chaise libre, en bout de table, entre Potting et Bella, et sentit immédiatement les relents désagréables de pipe.

Bella se tourna vers Grace.

— Félicitations Roy, tu le mérites.

Le reste de l'équipe le félicita à tour de rôle, puis le commissaire posa devant lui l'ordre du jour.

— Bon. Ceci est la deuxième réunion consacrée à l'opération Dingo, enquête sur le meurtre potentiel d'une femme non identifiée dont le cadavre a été découvert il y a maintenant trois jours.

Il résuma le rapport de l'anthropologue judiciaire, puis celui, particulièrement long, de Theobald. Vu que l'os hyoïde était brisé, il suspectait un décès par strangulation. Le labo était en train d'analyser les cheveux, à la recherche de traces de toxines. Le cadavre ne montrait pas d'autres blessures, aucune fracture ni coup de couteau.

Grace marqua une pause pour boire une gorgée d'eau et nota au passage que Norman Potting avait l'air très content de lui.

— OK. *Ressources humaines*. Cette affaire ne présentant aucun caractère d'urgence, je ne vais pas embaucher de nouveau collaborateur pour le moment.

Il parcourut les points successifs. *Fréquence des réunions* : comme d'habitude, il y en aurait deux par jour, à 8 h 30 et à 18 h 30. Il signala que l'équipe du logiciel HOLMES était sur le pied de guerre depuis vendredi soir. Concernant les *stratégies*, point *médias et communication*, Grace insista sur le besoin d'être présent dans la presse, et annonça qu'ils essayaient de convaincre l'émission *Crimewatch* de parler de l'affaire la semaine prochaine, même si les journalistes trouvaient que le sujet n'était pas assez « télégénique ». Puis il passa la parole à son équipe, proposant à Emma-Jane Boutwood de commencer.

Le jeune lieutenant avait dressé une liste des personnes portées disparues dans le comté du Sussex à l'époque estimée, mais sans résultat. Grace lui conseilla d'élargir ses recherches au niveau national.

Nick Nicholl les informa que des échantillons d'ADN des cheveux de la femme avaient été envoyés au labo, à Huntingdon, ainsi qu'un os de la hanche.

Bella Moy raconta son rendez-vous avec l'ingénieur des travaux publics de la ville.

— Il m'a expliqué la circulation de l'eau dans les égouts et je suis en train de localiser les différentes entrées possibles, en amont du collecteur. J'aurai terminé demain.

— Bien, l'encouragea Grace.

— Il y a un point important, poursuivit Bella. Les égouts se déversent suffisamment loin dans l'océan pour que les déchets soient emportés au large, et non vers la côte.

Grace devinait où elle voulait en venir. Le meurtrier devait être au courant. Peut-être était-il ingénieur ou quelque chose comme ça.

Grace la remercia et se tourna vers Norman Potting, curieux de savoir pourquoi il avait l'air si satisfait.

Potting sortit un jeu de radios d'une enveloppe kraft et les leva, triomphant.

— J'ai un nom associé aux relevés dentaires ! (Silence général, tout le monde était pendu à ses lèvres.) Je l'ai trouvé grâce à la liste de dentistes que tu m'as donnée, Roy. La victime avait fait refaire pas mal de choses. Elle s'appelle – ou plutôt s'appelait – Joanna Wilson.

— Pas mal, déclara Grace. Était-elle célibataire ou mariée ?

— Hum, j'ai une bonne et une mauvaise nouvelle, dit Potting avant de marquer une longue pause, en souriant comme un imbécile.

— On t'écoute, le relança Grace.

— Elle avait un mari. Une relation tumultueuse, si j'ai bien compris. Le dentiste, M. Gebbie, était un peu au courant. J'en saurai davantage demain. Elle était actrice. Je ne connais pas encore toute l'histoire, mais ils se sont séparés et elle s'est volatilisée. Le mari a dit à tout le monde qu'elle était partie tenter sa chance à Hollywood.

— J'ai l'impression qu'on devrait avoir une petite conversation avec le mari, alors, fit Grace.

— C'est là que le bât blesse, répliqua Norman Potting. (Il hocha la tête quelques instants, les lèvres retroussées, comme s'il portait le poids du monde sur ses épaules.) Il est mort dans les attentats du 11-Septembre.

46

OCTOBRE 2007

À 18 h 45, Abby commença à se demander si le coursier ne l'avait pas oubliée. Elle l'attendait depuis 17 h 30. Sa valise était toujours près de la porte, son manteau posé au-dessus, et l'enveloppe matelassée, bien fermée, portait l'adresse du destinataire.

Il faisait nuit désormais et, avec la pluie qui tombait toujours à verse, elle ne distinguait pas grand-chose dehors. Elle attendait l'arrivée d'une camionnette Global Express. Pour la énième fois, elle sortit la bombe lacrymogène de la poche de son jean et l'examina.

Le petit cylindre rouge, étudié pour une parfaite prise en main, équipé d'un clip ceinture et d'un porte-clés, pesait suffisamment lourd pour lui inspirer confiance. Elle s'entraîna à soulever le couvercle de sécurité et à viser un agresseur imaginaire. Le gars qui la lui avait vendue, à Los Angeles, alors qu'elle était en transit vers l'Angleterre, lui avait expliqué que la bombe avait une capacité de dix pressions d'une seconde et que chacune pouvait aveugler un homme pendant dix secondes. Elle l'avait passée en douce à la douane en la planquant dans sa trousse de maquillage, au fond de sa valise.

Elle l'enfonça dans sa poche et sortit son portable de son sac. Elle était sur le point d'appeler Global Express quand l'interphone grésilla enfin.

Elle se précipita vers la porte d'entrée. Sur le petit écran noir et blanc, elle vit un casque de moto. Oh non ! Cette andouille de Jonathan lui avait dit que ce serait une camionnette. Elle avait tout prévu.

Merde.

Elle appuya sur le bouton.

— Montez, huitième étage. Je suis désolée, mais l'ascenseur est en panne.

Elle réfléchissait à toute allure, histoire de trouver un plan B. Elle saisit l'enveloppe. Revenir au projet d'origine, se dit-elle en se concentrant pendant les deux longues minutes que le coursier mit avant de sonner. Toujours aussi vigilante, elle regarda à travers le judas et vit un motard en cuir, avec un casque sombre, une visière teintée baissée, et une sorte de bloc-notes à la main.

Elle déverrouilla la porte, ôta la chaîne de sécurité et ouvrit.

— Je... je pensais que vous viendriez en camionnette, bredouilla-t-elle.

Il laissa tomber son carnet, qui percuta le sol avec un bruit sourd, puis il lui asséna un coup de poing dans le ventre. Elle se plia en deux, le souffle coupé, et heurta le mur.

— Content de te revoir, Abby. Je ne suis pas fan de ton nouveau look, dit-il en lui assénant un deuxième coup.

47

OCTOBRE 2007

Au volant de son Opel Astra verte, Cassian Pewe luttait contre le vent, dans la faible lumière des réverbères qui bordaient la route côtière. Peu avant 19 heures, il contourna deux minuscules ronds-points à l'entrée de Peacehaven, puis parcourut un bon kilomètre flanqué pour moitié d'agences immobilières, et pour moitié de fast-foods aux couleurs criardes. Il avait l'impression de se trouver dans une petite ville américaine, comme on en voit dans les films.

Peu familier de cette banlieue située à quelques kilomètres à l'est de Brighton, il se laissait guider par la voix féminine autoritaire du GPS. À la sortie de Peacehaven, il se retrouva derrière un camping-car qui avançait à la vitesse d'un escargot. Le GPS lui indiqua de continuer tout droit pendant deux kilomètres. Puis son téléphone sonna.

Il regarda l'écran, vit que l'appel était de Lucy, sa petite amie, et décrocha.

— Bonsoir trésor, roucoula-t-il. Comment va ma petite chérie ?

— Tu utilises le kit mains-libres ? Tu as une voix de robot.

— Pardonne-moi, mon ange, je suis au volant.

— Tu ne m'as pas appelée, lâcha-t-elle, un peu irritée. Tu devais me téléphoner ce matin à propos de ce soir.

Lucy, qui habitait et travaillait à Londres en tant qu'assistante chez un gérant de fonds spéculatifs, n'avait pas particulièrement apprécié son récent emménagement à Brighton. Sans doute parce qu'il ne lui avait pas proposé de le suivre. Il gardait toujours les femmes à distance, ne les rappelait que rarement et annulait souvent les rendez-vous à la dernière minute. Il avait appris par expérience que c'était le meilleur moyen pour qu'elles restent à leur place.

— Mon poussin, j'ai été atrocement occupé. Je n'ai pas eu une seconde à moi. Je suis passé d'une réunion à l'autre toute la sainte journée, se justifia-t-il d'une voix mielleuse.

— Dans cent cinquante mètres, tournez à gauche, lui ordonna le GPS.

— C'était qui ? demanda Lucy, suspicieuse.

— Le GPS, ma douce.

— Bon, alors, on se voit ce soir ?

— Je crains que ce soit impossible. J'ai été missionné sur une affaire urgente. Peut-être le début d'une enquête pour homicide susceptible d'entacher la réputation de la police locale. Ils ont estimé qu'avec mon expérience londonienne, j'étais le mieux placé pour m'occuper du dossier.

— On peut se voir après ?

— Eh bien, si tu avais envie de sauter dans un train, on pourrait dîner à Brighton, profiter du second service. Qu'en dis-tu ?

— Hors de question, Cassian ! Je dois être au bureau à 6 h 45 demain matin.

— Bon, d'accord, c'était juste une idée.

Il traversa le pont de Newhaven. Une forêt de panneaux apparut à l'horizon : l'un indiquait la direction pour le ferry, l'autre pour Lewes. Puis, à son grand soulagement, il aperçut un panneau indiquant Seaford, sa destination.

— Prenez la deuxième à gauche.

Pewe fronça les sourcils. Le panneau indiquait tout droit.

— C'était qui ? demanda Lucy.

— Toujours le GPS. Tu ne veux pas savoir comment s'est passée ma première journée à la PJ du Sussex ?

— Comment s'est passée ta journée ? répéta-t-elle à contrecœur.

— Eh bien, pour ne rien te cacher, j'ai été légèrement promu !

— Déjà ? Je croyais qu'être muté de Londres à Brighton, et passer de commandant à commissaire, c'était déjà une promotion.

— C'est encore mieux maintenant. Je suis dorénavant en charge de toutes les affaires classées – ce qui inclut les personnes portées disparues.

Elle garda le silence.

Il tourna à gauche. Le GPS n'affichait plus la route. La voix ordonna : « Faites demi-tour. »

— Merde.

— Que se passe-t-il ? lui demanda Lucy.

— Mon GPS ne sait plus où je suis.

— Je *la* comprends.

— Je vais devoir te rappeler, mon ange.

— C'était toi ou ton GPS ?

— Oh, très spirituel.

— Je te suggère de passer un dîner en tête à tête avec *elle*. Et elle raccrocha.

*

Dix minutes plus tard, le GPS ayant repris ses esprits, Cassian se retrouva à Seaford, charmante bourgade résidentielle, à quelques kilomètres de Newhaven. Dans l'obscurité, il distingua à grand-peine le numéro et se gara devant une petite maison en mitoyenneté couverte d'un crépi d'une couleur indéfinissable. Une Nissan Micra stationnait dans l'allée.

Il alluma la veilleuse de l'habitacle, vérifia son nœud de cravate, se lissa les cheveux, sortit du véhicule et le verrouilla. Une rafale le décoiffa instantanément. Il traversa à grands pas un jardin bien entretenu et sonna, regrettant l'absence de porche. Un carillon se balançait, lugubre.

Quelques secondes plus tard, la porte s'ouvrit de quelques centimètres et une femme, la petite soixantaine, le dévisagea derrière d'épaisses lunettes, pas rassurée. Avec vingt ans de moins, une belle coupe de cheveux et sans les profondes rides qui trahissaient son anxiété, elle aurait été plutôt jolie, se dit-il. À présent, avec des cheveux courts gris foncé, un pull orange dans lequel elle nageait, un pantalon en polyester marron et des tennis, elle ressemblait plutôt à une de ces mamies anglaises qui vendent des gâteaux faits maison à la fête de l'église.

— Madame Margot Balkwill ? demanda Pewe.

— Oui ? répondit-elle, hésitante.

Il sortit sa carte de police.

— Je suis le commissaire Pewe de la PJ du Sussex. Je suis désolé de vous déranger, mais j'aimerais m'entretenir brièvement avec vous et votre mari à propos de votre fille, Sandy.

Sa petite bouche ronde s'ouvrit sous le coup de la surprise, révélant de jolies dents jaunies par le temps.

— Sandy ? répéta-t-elle, sous le choc.

— Votre mari est-il là ?

Elle réfléchit quelques instants, comme une maîtresse d'école surprise par la question d'un élève.

— Oui, il est là.

Elle mit quelques secondes avant de lui proposer d'entrer.

Pewe enjamba un paillasson sur lequel était imprimé le mot BIENVENUE et entra dans un minuscule hall très peu meublé qui sentait le rôti, mais surtout le chat. Il entendit le générique d'une série télévisée. Elle ferma la porte derrière lui et appela timidement :

— Derek, nous avons de la visite. Un policier. Un enquêteur.

Pewe passa une nouvelle fois la main dans ses cheveux et la suivit dans un petit salon d'une propreté éblouissante. Il y avait un canapé, deux fauteuils en velours marron et une table basse en verre, le tout orienté vers un vieux téléviseur carré ; à l'écran, deux acteurs qui lui étaient vaguement familiers se disputaient dans un pub. Au-dessus du poste se trouvait une photo encadrée d'une jolie fille d'environ dix-sept ans – Sandy, d'après le dossier qu'avait étudié Pewe dans l'après-midi.

Au bout du salon, à côté de ce que Pewe considéra comme un buffet victorien plutôt moche, rempli d'assiettes bleu et blanc avec des motifs de saules pleureurs, un homme, assis à une table couverte de feuilles de journal soigneusement pliées, assemblait une maquette d'avion. Des bouts de balsa, des roues, un train d'atterrissage, une tourelle et d'autres petites pièces difficiles à identifier se trouvaient disséminés un peu partout autour de l'avion, qui reposait, incliné, sur une base surélevée, en position de décollage. La pièce sentait la colle et la peinture.

Avec ses yeux de lynx, Pewe passa tout en revue. Un faux poêle à charbon était allumé. La chaîne hi-fi semblait plus indiquée pour passer des vinyles que des CD. Il y avait des photos de Sandy dans tous les coins, à des âges différents, de sa naissance à vingt ans. Sur l'une d'elles, placée en évidence sur le manteau de la fausse cheminée, on pouvait la voir dans une longue robe de mariée blanche, tenant un bouquet, accompagnée de Roy Grace, plus jeune, avec les cheveux beaucoup plus longs, vêtu d'un costume gris foncé et d'une cravate argentée.

M. Balkwill était grand, avec de larges épaules. Il avait dû être musclé dans le temps, mais ne s'occupait plus de son corps. Ses cheveux gris étaient coiffés en arrière de part et d'autre de son crâne chauve. Son double menton disparaissait dans les plis de son col roulé multicolore qui ressemblait à s'y méprendre à celui de sa femme – à croire qu'elle avait tricoté les deux. Il se leva, les épaules voûtées, comme si la vie avait été plus forte que lui, et contourna la table sans se presser. Sous le pull, qui lui arrivait presque aux genoux, il portait un pantalon gris informe et des sandales noires.

Un chat tigré obèse, qui semblait aussi vieux que ses maîtres, sortit de sous la table, jeta un coup d'œil à Pewe, fit le gros dos et quitta majestueusement la pièce.

— Derek Balkwill, dit-il d'une voix douce, presque timide, beaucoup plus frêle que sa carrure.

Il tendit une grosse main à Pewe et écrasa celle du policier.

— Commissaire Pewe, répondit-il en grimaçant de douleur. Votre femme et vous auriez un peu de temps à m'accorder au sujet de Sandy ?

L'homme se figea. Le peu de sang qui colorait son visage disparut et Pewe vit ses mains trembler. Il se demanda, paniqué, si l'homme n'était pas en train de faire une crise cardiaque.

— Je vais baisser le four, dit simplement Margot Balkwill. Puis-je vous servir une tasse de thé ?

— Volontiers. Avec du citron, si vous avez.

— Vous travaillez avec Roy, n'est-ce pas ?

— Absolument.

Toujours inquiet, il ne quittait pas des yeux le mari.

— Comment va-t-il ?

— Bien. Très occupé par une enquête pour meurtre.

— Il est toujours très occupé, intervint Derek Balkwill, qui était un peu moins fébrile. C'est un bosseur.

Margot Balkwill sortit de la pièce à petits pas rapides.

Derek montra du doigt sa maquette.

— Lancaster.

— Seconde Guerre mondiale, se hasarda Pewe pour étaler sa science.

— J'en ai d'autres à l'étage.

— Ah oui ?

Il esquissa un sourire.

— Un P45. Un Spit. Un Hurricane. Un Mosquito. Un Wellington.

Il y eut un silence gêné. À la télévision, deux femmes discutaient robes de mariée. Derek montra le Lancaster.

— Mon père pilotait des avions comme celui-là. Soixante-quinze sorties. Vous avez entendu parler des Dambuster ? Vous avez vu le film *Les Briseurs de barrages* ? (Pewe hocha la tête.) Il faisait partie de l'escadron. Il a survécu. L'un des rares survivants...

— Était-il pilote ?

— Mitrailleur de queue. Charlie Queue, qu'ils l'appelaient.

— Un courageux, tenta Pewe poliment.

— Pas vraiment. Il ne faisait que son devoir. Il est revenu de la guerre plein d'amertume. (Il se tut puis reprit :) La guerre, ça vous pourrit la vie, vous savez ?

— Je peux l'imaginer.

Derek Balkwill secoua la tête.

— Non, personne ne peut imaginer. Vous êtes dans la police depuis longtemps ?

— Dix-neuf ans en janvier prochain.

— Comme Roy.

*

Sa femme revint avec un plateau sur lequel se trouvaient le thé et une assiette de biscuits, Derek Balkwill chercha à tâtons la télécommande et coupa le son. Tous trois s'installèrent au salon – Pewe sur un fauteuil, le couple sur le canapé.

Pewe saisit sa tasse par la délicate anse, de ses doigts manucurés, souffla à la surface, but une gorgée et la reposa.

— Je viens d'être muté du Met de Londres à la PJ de Brighton, commença-t-il. On m'a fait venir pour que je m'occupe des affaires classées. Je ne sais pas trop comment le formuler, mais j'ai parcouru les dossiers des personnes portées disparues et je suis d'avis que la disparition de votre fille n'a pas fait l'objet d'une enquête adéquate.

Il se cala dans son siège et ouvrit grands les bras.

— Je veux dire que, sans remettre en cause Roy, bien sûr... (Il marqua un temps, jusqu'à ce que le couple hoche la tête, en guise d'encouragement.) En tant que personne étrangère à l'affaire, j'ai l'impression que Roy Grace est trop impliqué, d'un point de vue émotionnel, pour mener une enquête impartiale sur la disparition de sa femme. (Il fit une pause et but une gorgée de thé.) Je me demandais si l'un de vous avait un point de vue sur la question.

— Roy sait-il que vous êtes ici ? lui demanda Derek Balkwill.

— Je mène une enquête indépendante, répondit Pewe, évasif.

La mère de Sandy fronça les sourcils, mais garda le silence.

— Ça ne peut pas faire de mal, finit par dire le mari.

48

11 SEPTEMBRE 2001

Ronnie était ivre. Il marchait d'un pas incertain, tirant son bagage derrière lui ; le trottoir tanguait comme le pont d'un bateau. Il avait la bouche sèche et la tête dans un étau. Il savait qu'il aurait dû manger un bout, mais il voulait d'abord louer sa chambre et déposer son sac.

Dans sa main gauche, il serrait le reçu du bar au verso duquel son nouveau meilleur ami – dont il avait déjà oublié le nom – avait noté une adresse et dessiné un plan. Il était 17 heures. Un hélicoptère passa au-dessus de sa tête. Il sentit une désagréable odeur de brûlé. Y avait-il un incendie quelque part ?

Puis il se souvint que c'était la même odeur que lorsqu'il était à Manhattan, plus tôt dans la journée. Intense, persistante, elle traversait ses vêtements, s'immisçait par tous les pores de sa peau et remplissait ses poumons.

Au bout de la rue, il jeta un œil à son plan. Celui-ci semblait lui indiquer de tourner à droite au prochain croisement. Il passa devant plusieurs boutiques avec des panneaux en cyrillique, puis une banque, qui disposait d'un distributeur de billets. Il s'arrêta, eut envie de retirer ce que ses cartes de crédit lui permettraient, puis se ravisa en réalisant que la machine enregistrerait l'heure de la transaction. Il se remit en route. Longea d'autres vitrines. Au bout de la rue flottait une bannière sur laquelle on pouvait lire : RESPECTEZ LA PROPRETÉ DE BRIGHTON BEACH.

Enfin, il remarqua que la rue était étrangement déserte. Il y avait des voitures garées des deux côtés, mais aucun piéton. Les magasins étaient quasiment vides. C'était comme si tout le quartier se trouvait à une fête à laquelle il n'avait pas été invité.

Mais il savait que les gens étaient tous chez eux, scotchés à leur poste de télévision. Résignés. La deuxième mi-temps ne faisait que commencer, avait dit quelqu'un au bar.

Il passa devant un magasin peu éclairé dont l'enseigne, « Mail Box City », laissait supposer qu'il s'agissait d'un service postal ou d'une sorte de consigne. Il s'arrêta.

À l'intérieur, à gauche, se trouvait un long comptoir ; à droite, des rangées de boîtes en métal. Tout au bout, un jeune homme avec de longs cheveux bruns était penché sur une borne Internet. Derrière le comptoir, un homme âgé, grisonnant, mal fagoté, semblait effectuer une transaction.

Ronnie était en train de dessaouler. Ses pensées s'éclaircissaient. Il nota que cet endroit lui serait sans doute utile dans un futur proche. Il se remit en route en comptant les rues à gauche. Puis il tourna dans une allée résidentielle décrépie. Les maisons à un ou deux étages, collées deux par deux, donnaient l'impression d'avoir été construites à partir de Lego dépareillés.

Les portes d'entrée se trouvaient en haut d'une volée de marches et les garages avaient été remplacés par des portes avec auvent. Tuiles plates, briques irrégulières, crépis usés jusqu'à la corde, fenêtres hétéroclites, sans doute achetées dans des fins de séries : la plus grande anarchie architecturale régnait dans ce quartier.

D'après le plan, il devait tourner à gauche au croisement et se retrouver dans une rue étroite baptisée Brighton Path 2. Il passa devant deux Chevrolet Suburban blanches stationnées devant un garage double dont les portes étaient couvertes de graffitis, plusieurs maisons, puis bifurqua à droite dans une rue encore plus délabrée. Il marcha jusqu'au numéro 29. Les deux moitiés du bâtiment étaient couleur béton préfabriqué. Une affiche arrachée s'était enroulée autour d'un poteau électrique, mais Ronnie la remarqua à peine. En haut de l'escalier, il vit, cloué au linteau, une planche blanche sur laquelle était inscrit « Single Rooms » en lettres rouges.

Il grimpa les marches en tirant péniblement son sac et sonna. Quelques instants plus tard, une silhouette floue apparut derrière le verre opaque et la porte s'ouvrit. Une gamine sans poitrine, qui avait l'air d'une orpheline, en robe froncée et tongs, le fixa. Elle avait des cheveux blonds sales qui évoquaient un enchevêtrement d'algues et un visage de poupée, avec de grands yeux ronds, cernés. Elle ne parla pas.

— Je cherche une chambre, l'informa Ronnie. On m'a dit que vous en aviez.

Il remarqua un téléphone à pièces accroché au mur derrière elle et sentit une forte odeur d'humidité et de vieille moquette. Une télévision était allumée quelque part. Toujours les mêmes informations.

Elle lui répondit quelque chose qu'il ne comprit pas. Sûrement du russe, mais il ne pouvait pas en être sûr.

— Tu parles anglais ?

Elle leva la main pour lui faire signe d'attendre et disparut à l'intérieur. Un peu plus tard, un homme immense, la cinquantaine, crâne rasé, apparut. Il portait une chemise blanche sans col, un pantalon noir crasseux, des bretelles et des baskets. Il considéra Ronnie comme s'il s'agissait d'une merde obstruant ses toilettes.

— Chambre ? dit-il avec un accent guttural.

— Boris m'a conseillé de venir ici, précisa Ronnie en se souvenant tout à coup du nom de son nouveau meilleur ami.

— Combien de temps ?

Ronnie haussa les épaules.

— Quelques jours.

L'homme le dévisagea. Peut-être essayait-il de déterminer s'il n'était pas un terroriste.

— Trente dollars par jour, OK ?

— OK. Terrible journée, n'est-ce pas ?

— Mauvaise journée. La plus mauvaise. Le monde devenu fou. De midi à midi, OK ? Compris ? Tu paies chaque jour en avance. Tu restes après midi, tu paies la journée d'après

— Compris.
— Cash ?
— Ouais, ça me va.

La maison était plus grande qu'il ne l'aurait imaginé.

Ronnie suivit l'homme dans un couloir couleur nicotine ; aux murs étaient accrochés des tableaux de paysages austères. L'homme s'arrêta, disparut dans une pièce puis en ressortit avec une clé dans un porte-clés en bois. Il ouvrit la porte d'en face.

Ronnie découvrit une petite chambre qui sentait le tabac froid, avec une minuscule fenêtre donnant sur le mur de la maison voisine. Il y avait un lit double de taille modeste recouvert d'un dessus-de-lit rose brodé, taché, avec deux trous de cigarette. Dans un coin se trouvaient un lavabo et une douche grande comme un mouchoir de poche avec un rideau en plastique jaune craquelé. Pour le reste, le mobilier était composé d'un fauteuil défoncé, d'une commode, de deux tables en bois bon marché, d'un vieux poste de télévision, d'une télécommande qui avait l'air plus vieille encore, et d'une moquette couleur pois cassés.

— Parfait, lâcha Ronnie.

Et à l'instant T, c'était très exactement ce qu'il lui fallait. L'homme croisa les bras et le regarda comme s'il attendait quelque chose. Ronnie sortit son portefeuille et lui régla trois jours d'avance. Il prit la clé qu'il lui tendait, puis le tenancier sortit en fermant la porte derrière lui.

Ronnie fit le tour du propriétaire. Dans la douche, il trouva un savon déjà utilisé avec, selon toute vraisemblance, un poil pubien niché au milieu. Le téléviseur diffusait des images pas nettes. Il alluma toutes les lumières, tira le rideau et s'assit sur le lit, qui s'affaissa en grinçant. Puis il esquissa un sourire. Il se contenterait de ce taudis pendant quelques jours, aucun souci.

C'était le premier jour du reste de sa vie, quoi !

Il se pencha et souleva sa mallette, qui se trouvait toujours au-dessus de son sac. Il sortit tous les dossiers contenant la proposition et les données chiffrées qu'il avait mis des semaines à préparer pour convaincre Donald Hatcook. Tout au fond, il sentit une chemise plastifiée transparente, fermée par une pression en plastique. Il en sortit le dossier rouge qu'il n'avait pas souhaité laisser dans sa chambre du W, même dans le coffre-fort, et l'ouvrit.

Ses yeux se mirent à briller.

— Salut mes jolis, fit-il.

49

OCTOBRE 2007

— J'ai pas le droit d'aimer la Guinness ? lui lança Glenn Branson.
— Qui a dit ça ?
Roy Grace posa la pinte de Glenn et son Glenfiddich *on the rocks* sur leur table, ainsi que deux petits sachets de chips goût bacon, puis prit place en face de son ami. Il était 20 heures, un lundi soir, et le Black Lion était presque vide. Ils avaient quand même choisi de s'isoler tout au fond du pub, pour que personne ne les entende. Et la musique en fond sonore couvrait leurs voix.
— À chaque fois que je commande de la Guinness, tu me regardes de travers, comme si c'était un crime.
Ta femme est en train de te rendre parano, pensa Grace, mais il garda cette réflexion pour lui. Il préféra une citation :
— Tout est bruit pour qui a peur.
Branson fit la grimace.
— C'est de qui ?
— Sophocle.
— Il a joué dans quoi ?
Grace secoua la tête en souriant.
— Qu'est-ce que tu peux être inculte, parfois ! À part le cinéma, tu connais autre chose ?
— Merci, Einstein, c'est classe de frapper un homme déjà à terre.

Grace leva son verre.

— Santé.

Branson l'imita sans enthousiasme et trinqua

Ils burent une gorgée et Grace poursuivit :

— Sophocle était un dramaturge.

— Mort ?

— Oui, en 406 avant J.-C.

— J'étais pas né. Je suppose que tu es allé à son enterrement ?

— Très drôle.

— Quand je squattais chez toi, j'ai vu plein de livres de philo partout.

Grace but une nouvelle gorgée de whisky et lui sourit.

— Ça te dérange, les gens qui continuent à se cultiver ?

— Ceux qui essayent d'être aussi calés que leur nana, tu veux dire ?

Grace rougit. Branson n'avait pas tort. Cleo suivait des cours de philosophie par correspondance et il bossait dur, pendant son temps libre, pour ne pas être complètement largué sur le sujet.

— J'ai vu juste, pas vrai ?

Branson sourit tristement.

Grace garda le silence.

La chanson *Rhinstone Cowboy* était en train de passer. Ils l'écoutèrent et Grace murmura les paroles sans les chanter vraiment, en balançant la tête en rythme.

— Oh non, mec, ne me dis pas que tu aimes Glen Campbell ?

— Si.

— Plus je te connais, plus je me rends compte à quel point tu es désespéré.

— C'est un véritable musicien. Meilleur que tous ces rappeurs à la noix que tu écoutes.

Branson se frappa le torse.

— C'est ma musique, mec. Mon peuple qui s'adresse à moi.

— Ari aime cette musique, elle aussi ?

Branson perdit soudain tout entrain. Il plongea son regard dans sa bière.

— Avant, oui. Aujourd'hui, je ne sais plus ce qu'elle aime.

Grace se rinça le gosier. Le whisky le stimulait agréablement.

— Bon, alors, dis-moi. C'est d'elle que tu veux me parler ?

Il déchira son paquet de chips, attrapa une grosse poignée et l'enfourna dans sa bouche. Il poursuivit, tout en mâchant.

— Tu as l'air d'une loque, tu le sais, ça ? Tu marches complètement à côté de tes pompes depuis deux mois, depuis que tu es retourné vivre chez toi. Je pensais que tout s'était arrangé, que tu lui avais acheté un cheval et qu'elle était contente, c'est pas le cas ?

Il dévora une nouvelle poignée de chips.

Branson but une gorgée de Guinness.

Le pub sentait le détergent pour moquette et la cire. L'odeur des cigarettes, des cigares et des pipes lui manquait. Grace trouvait qu'il n'y avait plus la même atmosphère dans les pubs depuis l'interdiction de fumer. Et là, il aurait bien aimé s'en griller une, d'ailleurs.

Cleo ne lui avait pas proposé de dîner chez elle, car elle avait une dissertation à rédiger. Il allait devoir se contenter d'un truc au pub, ou fouiller dans son congélateur, une fois chez lui.

Il n'avait jamais été particulièrement porté sur la cuisine et il prenait l'habitude de manger chez Cleo. Ces deux derniers mois, elle lui avait préparé des bons petits plats quasiment tous les soirs, une nourriture saine, le plus souvent du poisson à la vapeur ou grillé avec des légumes. Elle était effarée par son régime à base de *junk food*, qui était celui de la plupart des policiers.

La chanson *Rhinestone Cowboy* était terminée. Ils gardèrent le silence quelque temps.

Glenn le rompit.

— Tu sais que je ne fais plus l'amour, n'est-ce pas ?
— Plus depuis que tu es retourné vivre chez toi ?
— Non.
— Pas une seule fois ?

— Pas une seule. On dirait qu'elle essaie de me punir.
— De quoi ?

Branson termina sa pinte, fixa son verre vide et se leva.
— Un autre ?
— Un whisky simple, précisa Grace, qui devait rentrer chez lui en voiture.
— Comme d'hab ? Glenfiddich *on the rocks* avec une goutte d'eau ?
— Tu n'as donc pas encore Alzheimer ?
— Va te faire foutre, l'ancêtre.

Grace repensa à la réunion de 18 h 30. Joanna Wilson. Ronnie Wilson. Il connaissait Ronnie depuis longtemps. C'était l'un des malfrats de Brighton. Il était donc mort dans les attentats du 11-Septembre... La vie vous joue parfois des tours. Ronnie avait-il assassiné sa femme ? L'équipe menait l'enquête. Demain, ils examineraient son passé et celui de son épouse.

Branson revint s'asseoir.
— Qu'est-ce que tu entends par : Ari essaie de me punir ?
— Au début, avec Ari, on baisait toute la journée, tu vois ce que je veux dire ? On se réveillait, on baisait. On sortait manger une glace ou un truc comme ça, on batifolait, et on remettait le couvert le soir. Comme dans un rêve. (Il but une gorgée, ou plutôt, siffla la moitié de son verre.) OK, je sais que ça ne dure pas éternellement.
— Ce n'était pas un rêve, lui dit Roy. Mais dans la vraie vie, les choses évoluent. Ma mère avait l'habitude de dire que la vie est une série de chapitres. Elle change en permanence. Tu veux connaître l'une des règles d'or pour être heureux en ménage ?
— Je t'écoute...
— Ne pas être flic.
— Marrant. Et ironique, non ? C'est Ari qui a voulu que je rentre dans la police. (Il secoua la tête.) Je ne comprends pas pourquoi elle est tout le temps en colère contre moi. Tu sais ce qu'elle m'a dit ce matin ?
— Vas-y.

— Elle m'a accusé de faire exprès de la réveiller. Par exemple, quand je me lève la nuit pour aller aux toilettes, elle pense que je vise l'eau pour faire un max de bruit. Que si je l'aimais vraiment, je viserais les parois des chiottes.

Grace versa son nouveau verre dans l'ancien.

— Tu déconnes ?

— Pas du tout. Je ne fais rien comme il faut. Elle a besoin d'air pour respirer et, ma carrière, elle s'en fout. Quand elle sort le soir, elle ne veut pas avoir à gérer les gosses, c'est moi qui dois m'en occuper. Et si je suis obligé de rester au boulot, je dois me débrouiller pour trouver des baby-sitters.

Grace trempa les lèvres dans son whisky en se demandant si Ari n'était pas en train de tromper son ami. Mais comme il ne voulait pas l'irriter davantage, il garda cette réflexion pour lui.

— Mais tu ne peux pas continuer à vivre comme ça, dit-il.

Branson attrapa son paquet de chips et joua avec.

— J'adore mes enfants. Je n'ai pas envie de passer par un divorce à la con et de ne les voir que quelques heures par mois.

— Depuis combien de temps est-ce que ça bat de l'aile ?

— Depuis qu'elle se passionne pour les cours de développement personnel. Le lundi, c'est littérature anglaise, le jeudi, architecture, ce genre de conneries. Je ne la reconnais plus. (Ils se turent jusqu'à ce que Branson esquisse un grand sourire.) De toute façon, c'est mon problème, pas vrai ?

— Non, répondit Roy qui savait que, si Ari mettait une nouvelle fois Glenn à la porte, c'est lui qui aurait à héberger cette tornade.

Il s'était dévoué il y avait quelques mois de cela et il s'était rendu compte qu'il aurait mieux fait d'inviter un éléphant shooté à l'acide – la maison serait restée mieux rangée.

— J'ai le sentiment qu'on est dans le même bateau.

Glenn sourit. Puis il ouvrit enfin son paquet de chips, regarda à l'intérieur et parut légèrement déçu, comme s'il s'attendait à y trouver autre chose.

— Bon, alors, qu'est-ce qui se passe avec Cassian Pewe – pardon, le commissaire Cassian Pewe ? (Grace haussa les épaules.) Il bouffe dans ton assiette ?

Grace sourit.

— Je pense que c'est ce qui était prévu, mais on a remis les pendules à l'heure.

50

OCTOBRE 2007

Cassian trempa de nouveau ses lèvres dans son thé et fit la grimace quand ses dents entrèrent en contact avec le liquide bouillant. La veille, il avait dormi avec du gel blanchissant et aujourd'hui l'émail était ultrasensible aux températures extrêmes.

Il reposa sa tasse sur sa soucoupe et s'adressa aux parents de Sandy :

— Je veux être clair sur ce point : le commissaire Grace est un officier respecté. Tout ce qui m'intéresse, c'est découvrir la vérité sur la disparition de votre fille.

— On a besoin de savoir, acquiesça, aussitôt imité par sa femme, Derek Balkwill. C'est la seule chose qui compte pour nous.

— Bien, dit-il. Je suis rassuré de savoir que nous sommes sur la même longueur d'onde. (Il leur sourit.) Mais, poursuivit-il, sans vouloir semer le doute, un certain nombre de gradés de la PJ du Sussex estiment qu'une véritable enquête n'a jamais été menée. C'est l'une des raisons pour lesquelles ils m'ont transféré ici.

Il marqua un temps d'arrêt et se sentit enhardi par leurs hochements de tête.

— J'ai étudié le dossier toute la journée et j'ai découvert qu'il y a de nombreuses questions demeurées sans réponse. À votre place, je ne me satisferais pas du travail effectué par la police à ce jour. (Ils acquiescèrent une nouvelle fois.) Je ne comprends pas pourquoi Roy a été autorisé à superviser l'enquête alors qu'il était personnellement impliqué.

— On nous a assuré qu'une équipe indépendante avait été constituée quelques jours après la disparition de notre fille, déclara Margot Balkwill.

— Mais qui vous livrait les conclusions de cette équipe ? demanda Cassian Pewe.

— Eh bien... Roy.

Pewe ouvrit grands les bras.

— C'est là qu'est le problème. En règle générale, quand une femme mariée disparaît, le mari est le premier suspect, jusqu'à ce qu'il soit mis hors de cause. D'après ce que j'ai lu et entendu, votre beau-fils n'a jamais été officiellement considéré comme un suspect.

— Vous voulez dire que vous le considérez comme tel aujourd'hui ? demanda Derek.

Il saisit l'anse de sa tasse et Pewe remarqua qu'il tremblait. Il se demanda si c'était l'émotion ou les prémices de Parkinson.

— Pour l'instant, je n'irais pas jusque-là. (Il sourit sournoisement). Mais je vais prendre des mesures concrètes pour éliminer tout soupçon. Ce qui n'a de toute évidence pas été fait jusqu'à présent.

Margot Balkwill hochait la tête.

— Ce serait bien.

Son mari était du même avis.

— Puis-je vous poser une question très personnelle ? L'un de vous a-t-il, à un moment donné, pensé que Roy Grace vous cachait quelque chose ?

Silence. Margot prit un air soucieux, retroussa ses lèvres et ouvrit ses mains plusieurs fois de suite. Elle avait des mains rugueuses, remarqua Pewe, des mains de jardinière. Son mari n'avait pas bougé. Il était toujours assis, les épaules baissées, comme s'il ployait petit à petit sous une charge invisible.

— Ce que vous devez bien comprendre, se lança Margot Balkwill, c'est que nous n'avons aucune animosité à l'égard de Roy.

Elle s'exprimait comme une maîtresse faisant un rapport à des parents.

— Aucune, répéta Pewe avec emphase.

— Mais, reprit-elle, une petite partie de nous ne peut s'empêcher... C'est la nature humaine. Connaît-on jamais véritablement les gens, commissaire ?

— Je suis bien d'accord avec vous, répondit Pewe d'une voix de velours.

Pour meubler le silence qui suivit, Margot Balkwill prit sa petite cuillère et mélangea son thé. Pewe nota que c'était la troisième fois qu'elle faisait ce geste, alors même qu'elle ne l'avait pas sucré.

— Avez-vous jamais remarqué quelque chose de spécial dans la façon dont Roy traitait votre fille ? Quelque chose qui vous aurait dérangés. Je veux dire, étaient-ils heureux en ménage ?

— Je pense que ce n'est jamais simple d'être mariée à un policier. Surtout s'il est ambitieux, comme l'est Roy. (Elle regarda son mari, qui haussa les épaules en signe d'assentiment.) Elle se retrouvait souvent seule. Et elle était parfois déçue quand il était appelé à la dernière minute sur une affaire.

— Avait-elle sa propre carrière ?

— Elle a travaillé pour une agence de voyages de Brighton pendant plusieurs années. Mais ils essayaient d'avoir un enfant et n'y arrivaient pas. Le docteur lui avait conseillé de prendre un emploi moins stressant. Du coup, elle avait démissionné et trouvé un mi-temps comme réceptionniste dans un centre médical. Elle était en train de changer de voie quand elle...

Sa voix s'évanouit.

— A disparu ? compléta Pewe.

Elle acquiesça, les larmes aux yeux.

— Ça a été très dur pour nous, lui confia Derek. Surtout pour Margot. Sandy et elle étaient très proches.

— Bien sûr.

Pewe sortit son carnet et y jeta quelques notes.

— Depuis combien de temps essayaient-ils d'avoir un enfant ?

— Plusieurs années, répondit Margot d'une voix étouffée.

— Je crois savoir que ça peut mettre à mal un mariage, dit Pewe.

— Tout est susceptible de mettre à mal un mariage, répondit Derek.

Il y eut un long silence.

Margot trempa les lèvres dans son thé et ajouta :

— Vous laissez sous-entendre qu'on ne nous a pas tout dit ?

— Non, je ne voudrais pas spéculer à ce niveau de l'enquête. Tout ce que je peux affirmer, fort de mes dix-neuf ans d'expérience au sein de la meilleure force de police du Royaume-Uni, c'est que la méthode employée dans le cadre de l'enquête sur la disparition de votre fille est équivoque. C'est tout.

— Nous ne soupçonnons pas Roy, dit Margot Balkwill. Ne tirez pas de conclusions hâtives.

— Je sais bien que vous ne le soupçonnez pas. Je vais clarifier une chose : mon enquête n'est pas une chasse aux sorcières. Il s'agit avant tout de vous permettre, à vous et à votre mari, de tourner la page.

— Cela dépendra de la conclusion, si notre fille est vivante ou morte, n'est-ce pas ?

— Absolument, conclut Pewe.

Il but une gorgée de thé, puis passa sa langue sur ses dents pour les nettoyer. Il sortit une carte de visite de sa poche et la posa sur la table.

— Si quelque chose vous revient, appelez-moi à n'importe quel moment.

— Merci, dit Margot Balkwill. Vous êtes un homme bon, je le sens.

Pewe sourit.

51

OCTOBRE 2007

Abby cligna des yeux. Elle venait de faire un rêve étrange et entendit un bruit aigu. Elle avait mal au ventre. Son visage était endolori. Elle était gelée. Tremblait. Ses yeux fixaient des carreaux couleur crème. Pendant quelques instants, elle se demanda si elle était dans un avion ou dans la cabine d'un bateau.

Petit à petit, elle comprit que quelque chose clochait. Elle ne parvenait pas à bouger. Ça sentait le plastique, l'enduit, le ciment et le désinfectant.

Et soudain, elle se souvint. Tout lui revint dans une explosion angoissante.

La peur l'envahit. Elle essaya de lever son bras droit pour toucher son visage et prit conscience que, non seulement, il lui était impossible de bouger, mais qu'elle ne pouvait pas non plus ouvrir la bouche.

Sa tête était tellement renversée en arrière qu'elle avait le cou endolori. Quelque chose de dur lui rentrait dans le dos. Le réservoir de la chasse d'eau. Elle était assise sur la cuvette. Elle n'arrivait pas vraiment à voir droit devant et devait faire des efforts pour regarder vers le bas. Quand elle y parvint, elle découvrit qu'elle était nue, bardée de gros Scotch gris au niveau du ventre, des seins, des poignets, des chevilles, de la bouche et vraisemblablement du front.

Elle se trouvait dans la salle d'eau de la chambre d'amis, entourée d'une douche à l'italienne – dans laquelle se trouvaient un pain de savon de luxe jamais ouvert et un porte-savon – d'un lavabo et de porte-serviettes ; la pièce était couverte d'un magnifique carrelage crème, romanesque à souhait, et de lambris.

À sa droite il y avait une porte qui menait à une minuscule buanderie, dans laquelle s'entassaient une machine à laver et un sèche-linge. La porte donnant sur l'escalier de secours se trouvait dans cette petite pièce.

À sa gauche, la porte donnant sur le couloir était entrouverte. Elle se mit à trembler et faillit vomir. Elle n'arrivait pas à se souvenir depuis combien de temps elle était détenue dans cette salle de douche sans fenêtre. Elle essaya de changer de position, mais les liens étaient trop serrés.

Était-il parti ? Avait-il volé ce qu'il pouvait et l'avait-il laissée comme cela ?

Son ventre lui faisait mal. Le Scotch était tellement tendu qu'elle ne sentait plus certaines parties de son corps. Elle avait des fourmis dans la main droite. Le siège lui entaillait les fesses et les cuisses. Elle essaya de se rappeler ce qui se trouvait derrière les toilettes, pour comprendre à quoi le ruban adhésif était attaché, en vain.

La lumière étant allumée, la ventilation fonctionnait, et c'est de là que provenait le bruit aigu, sinistre.

Sa peur se changea en désespoir. Il était parti. Après tout ce qu'elle avait enduré, finir comme ça... Comment avait-elle pu se mettre dans une telle situation ? Comment avait-elle pu être aussi stupide ? Comment ? Comment ? Comment ?

Son désespoir se mua en colère.

Puis en peur, quand elle vit une ombre bouger.

52

11 SEPTEMBRE 2001

Assise au bord du canapé en L, dans son salon, Lorraine déboucha une mignonnette de vodka et la versa sur des glaçons et une rondelle de citron vert. Sa sœur en avait apporté un sac plein. Mo devait les piquer pendant les vols, pour en avoir autant, songea-t-elle.

Il était 21 heures. Il faisait presque nuit. La télévision était toujours allumée. Lorraine avait suivi les infos toute la journée, en pleurs. Elle avait regardé en boucle les images de l'horreur et les déclarations des hommes politiques. À présent, on pouvait voir un groupe de personnes réunies dans un studio, au Pakistan : un docteur, un consultant en informatique, un avocat, une réalisatrice de documentaires déchaînée et un P-DG. Lorraine n'en croyait pas ses oreilles. Ils disaient que ce qui était arrivé aux États-unis était une bonne chose.

Elle se pencha en avant et écrasa sa cigarette dans un cendrier déjà plein de mégots. Mo était dans la cuisine en train de préparer une salade et de faire réchauffer des pâtes. Lorraine écoutait et regardait ces gens, abasourdie. Ils étaient intelligents. L'un d'eux riait.

— Il est temps que les États-unis comprennent qu'ils doivent arrêter d'écraser le reste du monde. Nous ne voulons pas de leurs valeurs. Ce qui s'est passé aujourd'hui, c'est une bonne leçon.

La réalisatrice de documentaires acquiesça et développa cette théorie avec ferveur.

Lorraine posa les yeux sur le téléphone à côté d'elle. Ronnie n'avait toujours pas appelé. Des milliers de personnes étaient mortes et ces gens étaient heureux ? Une bonne leçon, cette pluie humaine tombant des gratte-ciel ?

Elle saisit le téléphone, puis le pressa contre sa joue humide. *Appelle, Ronnie chéri, je t'en prie, appelle-moi.*

Depuis toujours, Mo protégeait Lorraine. Elles avaient beau n'avoir que trois ans d'écart, elle se comportait avec elle comme si une génération les séparait.

Elles étaient très différentes, et pas seulement au niveau de leur look et de la couleur de leurs cheveux – Lorraine était aussi blonde que Mo était brune. Elles n'attendaient pas les mêmes choses de la vie et n'avaient pas la même conception du bonheur. Mo était ronde, voluptueuse et douce. La vie lui souriait. Pendant cinq ans, Lorraine avait enduré des tentatives de fécondation *in vitro* qui lui avaient coûté les yeux de la tête, l'avaient humiliée et, au final, n'avaient rien donné. Mo tombait enceinte rien qu'en pensant à la bite de son mari.

Elle avait eu trois bébés d'affilée, aujourd'hui des enfants bien élevés. Elle était heureuse avec son mari, un dessinateur calme, sans prétention, dans leur gentille petite maison.

Parfois, Lorraine souhaitait être comme elle. Satisfaite. Au lieu de désirer – à en crever – une vie de riche.

— Lori ! cria Mo, tout excitée, depuis la cuisine.

Lorraine courut vers sa sœur et, pendant quelques secondes, songea, pleine d'espoir, qu'elle avait peut-être aperçu Ronnie à la télévision.

Mais quand elle arriva, Mo était bouleversée.

— Dépêche-toi, quelqu'un est en train de voler ta voiture !

Lorraine bondit du canapé, enfila ses pantoufles, courut vers la porte d'entrée et l'ouvrit. Une dépanneuse avec des gyrophares jaunes était garée juste devant la petite allée. Deux hommes costauds treuillaient sa BMW décapotable sur les rails métalliques du camion.

— Hé ! cria-t-elle en courant vers eux, livide. Où vous vous croyez ?

Ils n'interrompirent pas la manœuvre pour autant et la voiture continua à monter, par à-coups, le long de la rampe. Le plus grand enfonça une main sale dans sa poche et en sortit une liasse de papiers.

— Vous êtes madame Wilson ?

Mal à l'aise, déstabilisée, elle répondit un « oui ? » mal assuré.

— Votre mari s'appelle bien Ronald Wilson ?

— Oui.

Elle reprenait confiance.

Il lui montra les documents. Puis, d'une voix plus douce, presque désolé, il ajouta :

— Autofinance Inter-Alliance. Je m'excuse, mais nous reprenons possession de ce véhicule.

— Comment ça ?

— Nous n'avons reçu aucun remboursement depuis six mois. M. Wilson n'a pas respecté les termes du contrat.

— Ce doit être une erreur.

— Je regrette, mais votre mari a délibérément ignoré les trois lettres de rappel que nous lui avons envoyées. En ce sens, la société est habilitée à saisir le véhicule.

Lorraine fondit en larmes quand elle constata que la BMW bleue était désormais sur le camion.

— Je vous en prie. Vous avez vu les infos. Mon mari est là-bas. Il est... à New York. J'essaie de le joindre. Je suis sûre que nous pouvons trouver un arrangement.

— Il faudra qu'il appelle la société demain, madame.

La voix était sympathique, mais ferme.

— Bon, mais... laissez la voiture pour ce soir, d'accord ?

— Je vais vous donner le numéro que vous pourrez appeler.

— Mais... je n'aurai pas de voiture. Comment est-ce que je vais me débrouiller ? Et je... J'ai des objets personnels à l'intérieur. Des CD. Des cartes de parking prépayées. Mes lunettes de soleil.

Il lui fit un geste pour l'inviter à les récupérer.

— Allez-y. Vous pouvez les prendre.

— Merci, dit-elle. Merci mille fois.

53

OCTOBRE 2007

Abby tremblait de peur, les yeux fixés sur l'ombre. Elle entendit un bruit de baskets foulant le parquet du hall d'entrée, suivi d'un froissement de papier.

Puis Ricky apparut.

Debout dans l'embrasure de la porte, il s'appuya négligemment contre le montant. Sa veste de motard en cuir était ouverte, il portait un tee-shirt blanc sale en dessous. Il ne s'était pas rasé depuis plusieurs jours. Ses cheveux gras avaient été aplatis par le casque. Il avait changé, depuis la dernière fois. Il ne ressemblait plus à un surfeur à la cool, mais à un homme hanté par ses démons. Amaigri, l'air hagard, les yeux gonflés et cernés, il avait pris un sacré coup de vieux en deux mois. Et il sentait mauvais.

Mon Dieu, comment ai-je pu le désirer ?

Il sourit, comme s'il lisait dans ses pensées.

Mais ce n'était pas le sourire qu'elle connaissait. Pas un sourire à la Ricky. C'était comme s'il avait mis un masque. Elle jeta un coup d'œil à sa montre : 22 h 50. Avait-elle perdu connaissance pendant près de quatre heures ?

Puis elle vit l'enveloppe matelassée. Il la leva, hocha la tête et renversa son contenu, à savoir le *Times* et le *Guardian* de vendredi.

— Ravi de te revoir, Abby, dit-il.

Sa voix n'était pas engageante.

Elle essaya de lui demander de la détacher, mais ne réussit qu'à émettre un son de gorge étouffé.

— Content que tu ressentes la même chose ! Ce que je ne comprends pas, c'est pourquoi tu voulais envoyer, par coursier, des vieux journaux, dans une enveloppe matelassée.

Il regarda l'adresse. *Laura Jackson. 6 Stable Cottages, Rodmell.*

— Une vieille amie à toi ? Mais pourquoi lui envoyer des journaux ? Je passe peut-être à côté de quelque chose. Il y a un truc que je ne sais pas ? Peut-être qu'ils ne sont pas livrés à Rodmell ?

Elle le regardait fixement.

Il déchira l'enveloppe en deux. Des particules tombèrent. Puis il la lacéra en minuscules bandelettes. Quand il eut terminé, il secoua la tête et lâcha le dernier bout.

— J'ai lu les deux journaux, aucun indice à l'intérieur. Mais bon, on s'en fout un peu, maintenant, pas vrai ?

Il la fixait toujours en souriant. Il s'amusait.

Abby réfléchissait à toute allure. Elle savait ce qu'il voulait. Elle savait aussi qu'il allait devoir la laisser parler pour l'obtenir. Elle fit désespérément appel à son cerveau pétrifié.

Il disparut quelques instants et revint avec sa grande valise bleue, la posa à plat, bien en vue. Il se mit à genoux et ouvrit la fermeture Éclair.

— Joli, dit-il en regardant son contenu. Super bien rangée. Tu sembles très à l'aise dans l'art de faire des bagages et prendre la fuite.

Il plongea de nouveau ses yeux gris dans les siens. Et elle vit quelque chose qu'elle n'y avait jamais vu auparavant. De la noirceur. Une vraie noirceur. Comme si son âme était morte.

Il se mit à déballer ses vêtements l'un après l'autre. Il sortit d'abord le pull en laine plié au-dessus de son sac à linge sale et sa trousse de maquillage. Il le déplia sans se presser, en l'observant sous toutes ses coutures, le retourna, et quand il fut satisfait, le jeta par-dessus son épaule.

Elle avait très envie de faire pipi, mais elle était farouchement déterminée à ne pas s'humilier devant lui. Et elle refusait de lui montrer sa peur. Elle tenait bon et ne le lâchait pas des yeux.

Il prenait son temps, procédait avec une lenteur insupportable, comme s'il sentait qu'elle ne pouvait presque plus se retenir.

Elle constata à sa montre qu'il avait mis près de vingt minutes à tout sortir, le dernier objet étant son sèche-cheveux de voyage, qui glissa dans le couloir, puis heurta la plinthe.

Elle essayait de bouger. Impossible. Rien à faire. Ses poignets et ses chevilles lui faisaient souffrir le martyre. Son derrière était ankylosé et elle devait serrer les genoux pour s'empêcher d'uriner.

Sans un mot, il poussa la valise et s'éloigna. Elle était assoiffée, mais c'était le cadet de ses soucis. Elle devait se libérer, mais comment ?

Elle se soulagea. Au moins, elle n'avait pas été scotchée à cet endroit-là. Elle se sentit mieux. Épuisée, la tête en feu, elle put enfin mettre de l'ordre dans ses pensées.

Si elle arrivait à le convaincre d'enlever le Scotch de sa bouche, elle pourrait lui parler, essayer de le raisonner.

Peut-être même négocier.

Ricky était un homme d'affaires.

Mais tout cela dépendrait jusqu'à quel point fouillerait-il son appartement ?

Elle l'entendit approcher. Il apparut avec un verre de whisky dans une main et une cigarette dans l'autre. La douce odeur de tabac lui fit terriblement envie. Elle aurait tout donné pour tirer dessus ne serait-ce qu'une fois. Et pour une gorgée de whisky, d'eau, de n'importe quoi.

Il fit tourner les glaçons et sentit une odeur bizarre. Il s'approcha d'elle et fit un geste dans son dos. Elle entendit un bruit sec et la chasse d'eau se mit en marche, lui éclaboussant les fesses.

— Espèce de cochonne. Tu ne sais pas qu'il faut toujours tirer la chasse ? (Il fit tomber la cendre par terre.) Chouette appart. Il ne paye pas de mine, de l'extérieur, déclara-t-il avant de faire une pause. Cela dit, j'imagine que mon van ne paye pas de mine non plus, vu d'ici.

Elle reçut cette phrase comme une gifle. La vieille camionnette blanche ? Celle qui n'avait pas bougé ? Comment avait-elle pu être bête au point de ne pas envisager cette possibilité ?

Elle le supplia du regard, mais il se contenta de le soutenir, de boire son whisky et de fumer sa cigarette jusqu'au mégot, avant de l'écraser par terre.

— OK, Abby, toi et moi, on va devoir discuter. C'est très simple. Je te pose des questions et tu bouges les yeux vers la droite si c'est oui, vers la gauche si c'est non. Tu as bien saisi ?

Elle essaya de secouer la tête, en vain. Elle ne pouvait la tourner que d'un millimètre.

— Non, Abby, tu ne m'as pas bien compris. J'ai dit les yeux, pas la tête. Tu as pigé, là ?

Après quelques secondes d'hésitation, elle regarda vers la droite.

— Gentille, dit-il comme s'il félicitait un chiot. *Très* gentille.

Il posa son verre, sortit une autre cigarette et la glissa entre ses lèvres. Il reprit son whisky et fit tourner les glaçons.

— Pas mal, ce whisky. Single malt. Pas donné. Mais j'imagine que l'argent n'est pas un problème pour toi, hein ?

Il se baissa de manière à avoir les yeux au niveau des siens et s'approcha à quelques centimètres de son visage.

— Eh ! L'argent ? C'est pas un problème pour toi ?

Elle fixait droit devant elle, tremblant de froid.

Il tira sur la cigarette et lui souffla la fumée au visage. Ses yeux la piquèrent.

— L'argent, répéta-t-il. C'est pas un problème pour toi, n'est-ce pas ? (Il se leva.) Le problème, Abby, c'est que pas grand monde sait que tu vis ici. Pas grand monde du tout. Ce qui veut dire que tu ne manqueras à personne. Que personne ne viendra te chercher. (Il but une gorgée.) Jolie salle de douche. Tu n'as pas lésiné sur les moyens. Je me suis dit que tu te plairais ici. Je suis un mec sympa.

Il secoua brutalement son verre en le fixant et, pendant un moment, Abby pensa qu'il allait lui proposer un deal.

— Voici mon offre. Soit je te torture jusqu'à ce que tu me rendes ce qui m'appartient, soit tu me le rends directement, lui annonça-t-il en souriant. J'ai l'impression que le choix n'est pas cornélien.

Il tira lentement sur sa cigarette, comme s'il jouissait de l'attention qu'elle lui portait, sachant pertinemment qu'elle mourait d'envie de fumer. Il pencha la tête et laissa la fumée bleue s'échapper de sa bouche vers le plafond.

— Tu sais quoi ? Je vais te laisser réfléchir.

Et il claqua la porte derrière lui.

54

OCTOBRE 2007

Roy Grace prit place autour de la table du CO1. Il avait la bouche sèche comme la paillasse d'un perroquet en cage – la gueule de bois du siècle. Une meule lui limait les dents et un pieu lui perforait le crâne. Sa seule consolation, c'était que Glenn Branson, assis près de lui, avait l'air de souffrir tout autant. Que leur était-il arrivé la nuit précédente ?

Ils étaient allés au Black Lion boire un petit verre sur le pouce, car Glenn voulait lui parler de son couple ; ils en étaient partis vers minuit après avoir descendu Dieu sait combien de whiskies, bières et autres bouteilles de rioja. Grace préférait ne pas y penser. Il se souvenait vaguement avoir pris un taxi pour rentrer chez lui, et Glenn l'avait accompagné, car sa femme ne l'aurait jamais laissé entrer dans cet état.

Puis ils s'étaient remis au whisky et Glenn avait passé en revue ses CD en critiquant ses goûts musicaux, comme d'habitude.

Au matin, Glenn était toujours chez lui, dans la chambre d'amis, à se plaindre de son atroce mal de tête et à lui dire qu'il envisageait sérieusement d'en finir.

— Mardi 23 octobre, il est 8 h 30, lut-il.

Son carnet d'enquête et les notes que son assistante personnelle avait dactylographiées une demi-heure plus tôt se trouvaient à côté de sa grande tasse de café. Il avait pris un maximum de paracétamol – qui ne lui faisait aucun effet – et mâchait un chewing-gum pour masquer son haleine qui devait puer l'alcool. Il avait laissé sa voiture au pub et s'était dit qu'il la récupérerait dans la matinée. Une promenade lui ferait le plus grand bien.

Son incapacité à contrôler sa consommation d'alcool commençait à l'inquiéter. Et on ne pouvait pas dire que Cleo l'aidait beaucoup, car elle-même avait une sacrée descente, ça l'aidait sans doute à oublier les horreurs auxquelles elle était confrontée dans le cadre de son travail.

Sandy appréciait un verre de vin ou deux le week-end, éventuellement une bière les soirs où il faisait chaud, mais c'était tout. Cleo, elle, buvait tous les soirs, et le plus souvent, ne se contentait pas d'un verre, sauf quand elle était de garde. En général, ils finissaient une bouteille à deux, après un whisky ou deux, et attaquaient parfois une seconde bouteille.

Lors d'une récente visite médicale, le médecin lui avait demandé combien d'unités d'alcool il consommait par semaine. Il avait répondu dix-sept – un mensonge – en se disant que, moins de vingt, ce devait être raisonnable pour un homme. Le médecin avait fait la grimace et lui avait conseillé de passer en dessous de la barre des quinze. Un peu plus tard, il avait trouvé un site Internet lui permettant de calculer le nombre exact et avait découvert que sa moyenne hebdomadaire était de quarante-deux verres. Grâce à la nuit précédente, il allait sans doute doubler ce score cette semaine. Il se jura de ne plus jamais boire une goutte d'alcool.

Assise en face de lui, Bella Moy avalait déjà des Maltesers, à cette heure matinale. Elle qui n'avait pas pour habitude d'en offrir à ses collègues poussa sa boîte vers Grace.

— Je pense que tu souffres d'une petite hypoglycémie, Roy !

— Ça se voit tant que ça ?

— La fête était réussie ?

Grace jeta un coup d'œil à Glenn.

— Si seulement.

Il sortit son chewing-gum de sa bouche, avala un bonbon au chocolat, puis trois autres dans la foulée. Il descendit une gorgée de café et remit le chewing-gum dans sa bouche.

— Le Coca, dit Bella. Le vrai. Pas le *light*. C'est bon contre la gueule de bois. Et un petit déjeuner anglais.

— C'est l'expérience qui parle, intervint Norman Potting.

— C'est faux, je n'ai jamais de gueule de bois, lui répondit-elle avec dédain.

— La Vierge Marie, marmonna Potting.

— Norman, ça suffit, dit Grace en souriant à Bella pour éviter qu'elle saisisse la balle au bond.

Puis il se concentra sur son travail, qui consistait à lire les informations que Norman Potting avait révélées lors de la réunion précédente. En gros le mari de Joanna Wilson, Ronnie, était mort dans les attentats du 11-Septembre. Quand il eut fini, il se tourna vers lui.

— Bon boulot, Norman.

Le commandant émit un grognement évasif, mais avait l'air content de lui.

— Que sait-on au sujet de Joanna Wilson ? Avait-elle des proches auxquels on pourrait parler ? demanda Grace.

— Je suis sur le dossier, dit Potting. Ses parents sont morts. Pas de frère et sœur. Je cherche s'il y a d'autres membres de la famille.

Grace se tourna vers Lizzie Mantle, son adjointe.

— OK, en l'absence de parents proches, concentrons-nous sur les amis et les connaissances des Wilson. Norman et Glenn, vous vous en occuperez. Bella, j'aimerais que tu contactes le FBI par le biais de l'ambassade américaine à Londres, pour voir si Joanna Wilson est entrée sur le territoire américain dans les années 1990. Si elle avait prévu d'y travailler, elle a dû déposer un dossier pour l'obtention d'un visa. Demande au FBI de vérifier dans toutes leurs bases de données.

— On connaît quelqu'un à l'ambassade ? s'enquit-elle.

— Oui, Brad Garrett, du département juridique. Il t'aidera. Si tu as un problème, j'ai deux amis policiers qui travaillent pour le bureau du procureur, à New York. D'ailleurs, c'est peut-être mieux de leur demander directement, pour éviter la paperasse. Si on a besoin de preuves formelles, on passera par la filière officielle, bien sûr. (Il réfléchit.) En fait, je vais m'en occuper. Je vais appeler Brad.

Il se tourna vers le lieutenant Nicholl.

— Nick, j'aimerais que tu élargisses les recherches sur Ronnie Wilson au niveau national. Et vois s'il est fiché dans d'autres pays.

Le jeune lieutenant hocha la tête. Il avait l'air aussi épuisé et pâle que d'habitude. Encore une nuit blanche, les joies de la paternité, se dit Grace.

Il se tourna vers Lizzie Mantle.

— Tu aimerais ajouter quelque chose ?

— Je pense au profil de Ronnie Wilson, répondit-elle. C'est pour le moment notre suspect numéro un.

Grace sortit le chewing-gum de sa bouche et le jeta dans la corbeille à ses pieds.

— Je suis d'accord, dit-il. Mais il faut qu'on en sache davantage sur sa femme et lui, leur vie commune. Voyons si l'on trouve un mobile. La trompait-il ? Le trompait-elle ? Éliminons des pistes.

— Une fois qu'on a éliminé l'impossible, il doit rester la vérité, aussi improbable soit-elle, intervint Norman Potting.

Il y eut une seconde de silence. Il rayonnait.

Bella Moy se tourna vers lui et lui lança, perfide :

— *Sherlock Holmes*. Remarquable, Norman. Vous devez d'ailleurs être de la même génération.

Grace lui lança un regard d'avertissement, mais elle l'ignora et avala un Maltesers. Il se tourna vers Emma-Jane.

— EJ, j'aimerais que tu te concentres sur l'arbre généalogique des Wilson.

— À vrai dire, j'ai quelque chose à ajouter, reprit Norman Potting. Grâce au système de traitement des infractions constatées, j'ai appris que Ronnie Wilson avait un casier.

— Ah bon ?

— Oui. C'était un abonné de la PJ. Première apparition en 1987. Il bossait pour un concessionnaire douteux qui réparait des voitures accidentées, les assemblait, puis les revendait.

— Il a pris combien ?

— Douze mois à crédit. Et puis il a remontré le bout de son nez.

Bella Moy l'interrompit :

— Excuse-moi... Tu viens de dire : à crédit ?

— Oui ma belle. Ça veut dire : avec sursis.

— Tu pourrais parler une langue qu'on comprend tous ?

Potting feignit la surprise.

— Je pensais que tout le monde comprenait l'argot. C'est pourtant ce que parlent les truands...

— Dans les films des années 1950, dit-elle. Ta génération de délinquants.

— Bella, l'avisa gentiment Grace.

Elle haussa les épaules et se tut.

Norman Potting reprit :

— En 1991, Terry Biglow a pris pour quatre ans. Une petite frappe, il dépouillait les vieilles. (Il fit une pause et regarda Bella.) Petite frappe, tu comprends ? Je ne parle pas de *frapuccino*.

— Je sais ce que c'est qu'une petite frappe.

— Bien, poursuivit-il. Ronnie Wilson travaillait pour lui. Il a été accusé de complicité, mais un avocat malin lui a évité la prison grâce à un vice de procédure. J'ai discuté avec Dave Gaylor, qui était en charge du dossier.

— Ronnie Wilson bossait avec Terry Biglow ? s'étonna Grace.

Tout le monde, dans la pièce, avait déjà entendu ce nom. C'était l'une des familles les plus connues dans la ville en matière de criminalité. Depuis trois générations, ils donnaient dans tout et n'importe quoi, depuis le trafic de drogue, le recel d'antiquités, les *call-girls*, jusqu'à l'intimidation de témoins. Ils transpiraient l'arnaque.

Grace s'adressa à la commandante Mantle.

— On dirait que tu as raison, Lizzie. On a suffisamment d'éléments pour annoncer qu'on tient un suspect.

Alison Vosper allait adorer, se dit-il. Elle aimait cette phrase : on a un suspect. Elle allait pouvoir impressionner son supérieur. Quand son supérieur était content, elle était contente. Et quand elle était contente, elle ne lui cherchait pas des poux dans la tête.

55

11 SEPTEMBRE 2001

Après une douche qui l'avait débarrassé de toute cette poussière, Ronnie se sentit plus frais, légèrement moins saoul. Il s'allongea sur le dessus-de-lit en chenille rose troué. Sa chambre à trente dollars ne comportant pas de tête de lit, il posa sa nuque contre le mur, et regarda, en fumant, les infos qui passaient toujours sur le vieux téléviseur.

Il revit, en boucle, les deux avions s'écraser contre les tours jumelles. Le Pentagone en feu. Le visage solennel de Rudolph Giuliani, le maire de New York, vantant les mérites des policiers et des pompiers. Le visage solennel de George Bush déclarant la guerre au terrorisme. Les visages solennels de tous ces fantômes gris.

Les ampoules de faible intensité rendaient la pièce encore plus lugubre. Il avait tiré les rideaux. Le monde entier semblait solennel et lugubre. Mais malgré sa migraine due à l'excès de vodka, lui n'était pas déprimé. Choqué par ce dont il avait été le témoin et ce qui était arrivé à ses projets, ça oui. Mais dans cette chambre, au creux de ses pensées, il se sentait en sécurité. L'opportunité du siècle venait de se présenter à lui.

Il se rendit compte qu'il avait laissé pas mal de choses dans sa chambre, au W. Son billet d'avion, son passeport, ainsi que quelques sous-vêtements. Mais loin d'être contrarié, il jubilait.

Pour la énième fois, il jeta un œil à son portable pour être certain qu'il était bien éteint. De peur qu'il ne se soit rallumé tout seul. De peur qu'au bout du fil, il n'entende soudain Lorraine crier de joie, ou, plus vraisemblablement, l'engueuler de ne pas l'avoir appelée.

Il vit quelque chose ramper sur la moquette. Un gros cafard noir d'un centimètre de long. Il savait que ces bêtes seraient parmi les rares à survivre en cas de guerre nucléaire. Leur évolution touchait à la perfection. Seuls les plus forts survivent.

Et, lui aussi, il était plutôt fort. Son projet prenait forme dans sa tête, il connaissait la première étape.

Il se dirigea vers la poubelle et en sortit le sac en plastique. Puis il prit le dossier rouge qui se trouvait dans sa mallette et le glissa à l'intérieur. Il risquait moins de se faire agresser avec un sachet à la main. Il était conscient du danger qu'il avait couru à trimbaler sa valise et son attaché-case toute la journée. Il s'arrêta et tendit l'oreille. L'information qui l'intéressait passait de nouveau au journal télévisé : tous les vols non militaires vers et à partir des États-unis étaient annulés. Jusqu'à nouvel ordre.

Parfait.

Il enfila sa veste et quitta sa chambre.

Il était 18 h 45. Le soir commençait à tomber quand il se mit en route, sachet à la main, vers la rue principale où se trouvait le passage aérien de la ligne L.

Il n'avait toujours rien mangé depuis le petit déjeuner, mais il n'avait pas faim. Et il voulait régler un truc d'abord.

Il constata avec soulagement que la boutique Mail Box City était encore ouverte. Il traversa la rue et y entra. À droite se trouvait un mur de coffres-forts en métal. Au fond du magasin, le gars aux cheveux longs qu'il avait aperçu en passant était assis devant l'un des nombreux ordinateurs connectés à Internet. Tout au fond se trouvaient deux cabines téléphoniques libres. À gauche, le long du comptoir, trois personnes faisaient la queue. La première, un homme en salopette et casque de chantier blanc, tendait un étrange livret d'épargne et recevait des liasses de billets de banque.

Derrière lui se tenaient une vieille femme sévère en jupe en jean et une junkie avec de longs cheveux orange qui n'arrêtait pas de regarder autour d'elle avec un regard vitreux en se tordant les mains.

Ronnie se plaça derrière elles. Cinq minutes plus tard, l'homme aux cheveux grisonnants derrière le comptoir lui remit une clé fine comme une lame de rasoir et un reçu, le tout contre cinquante dollars.

— Trente et un, dit-il dans un anglais guttural en tendant un doigt d'un geste brusque. Une semaine. Tu reviens, sinon, boîte ouverte et je prends tout. Comprendre ?

Ronnie hocha la tête et observa le ticket. Il comportait la date et l'heure, à la minute près, ainsi que la date d'expiration.

— Pas de drogues.
— Compris.

L'homme le regarda longuement, tristement, et tout à coup, il s'adoucit.

— Toi OK ?
— Ouais, tout va bien.

L'homme secoua la tête.

— Journée folie. Folie. Pourquoi ils nous font ça ? C'est de la folie, non ?
— De la folie.

Ronnie trouva son coffre-fort et l'ouvrit. Il était plus profond qu'il ne l'aurait cru. Il glissa son paquet à l'intérieur en veillant à ce que personne ne l'observe, ferma la porte et tourna la clé. Il eut soudain une idée et se dirigea vers le comptoir. Il acheta trente minutes de connexion Internet, prit place devant un ordinateur et ouvrit la page Hotmail.

Cinq minutes plus tard, il avait terminé. Il avait un nouveau nom et une nouvelle adresse mail. C'était le début de sa nouvelle vie.

Se rendant compte qu'il mourait de faim, il sortit de la boutique et se mit en quête d'un hamburger frites. Avec cornichons. Sans raison, il avait envie de cornichons. Et d'oignons frits. La totale. Et un Coca.

Le champagne viendrait plus tard.

56

OCTOBRE 2007

— Entrez, dit Alison Vosper en entendant quelqu'un frapper à sa porte.

Cassian Pewe avait choisi avec soin ses vêtements pour ce rendez-vous, à savoir son costume bleu le mieux taillé, sa plus belle chemise blanche et sa cravate préférée, à motifs géométriques bleu clair et blanc. Et il s'était vidé son flacon d'Eternity, de Calvin Klein. Quand on a des atomes crochus avec une personne, on le sent tout de suite. Pewe savait qu'il y avait quelque chose de spécial entre la commissaire principale et lui, depuis leur première rencontre, lors d'une conférence sur la lutte antiterrorisme et la menace islamiste dans les villes britanniques, à Londres, en janvier dernier. Il avait senti que le courant était passé entre eux. Sexuellement. Il avait la quasi-certitude que, si elle avait défendu avec tant d'enthousiasme et d'énergie son transfert à la PJ du Sussex – et soutenu sa promotion au rang de commissaire –, c'était parce qu'elle prévoyait certaines activités avec lui.

Ce qui était tout à fait compréhensible, bien sûr. Il savait l'effet qu'il faisait aux femmes. Et, dans sa carrière, il avait su s'appuyer sur celles qui avaient du pouvoir. Toutes ne furent pas malléables. À vrai dire, certaines se montrèrent aussi rigides que leurs collègues masculins, voire plus. Mais un honnête pourcentage d'entre elles était normalement constitué, intelligentes et fortes, avec leurs faiblesses émotionnelles. Il suffisait d'appuyer sur les bons boutons.

Il fut surpris par la froideur dont la commissaire principale fit preuve quand il entra.

— Assieds-toi, dit-elle sans lever les yeux des journaux du matin étalés devant elle en éventail, comme une main de poker. Ou peut-être devrais-je dire : *Cassieds*-toi, Cassian.

— Oh, très spirituel, roucoula Pewe.

Elle ne sourit pas. Assise derrière son immense bureau en bois de rose, elle poursuivit sa lecture d'un article du *Guardian* en lui imposant le silence d'une main manucurée. Il s'installa confortablement dans le gros fauteuil en cuir noir.

Cela faisait maintenant quatre mois que le taxi dans lequel il se trouvait avait été percuté de plein fouet par une camionnette volée et qu'il s'était fracturé la jambe gauche à quatre endroits, et il avait toujours du mal à rester debout longtemps. Il n'en parlait à personne pour ne pas mettre en danger sa carrière et risquer de se faire ficher « semi-invalide ».

Alison Vosper lisait toujours. Pewe observa les photos encadrées de son mari, un policier baraqué, crâne rasé, plus âgé qu'elle, et de ses deux enfants, des garçons en uniforme d'écolier portant des lunettes loufoques.

Aux murs étaient accrochés plusieurs diplômes à son nom, ainsi que deux reproductions du vieux Brighton, l'une de l'hippodrome, l'autre du pont suspendu, démoli depuis longtemps.

Son téléphone sonna. Elle se pencha, regarda l'écran et décrocha.

Elle glapit :

— Je suis en rendez-vous, je te rappelle plus tard, raccrocha et reprit sa lecture. Alors, comment ça se passe pour toi ? lui demanda-t-elle soudain, sans lever les yeux.

— Pour le moment, très bien.

Elle redressa la tête ; il essaya de capter son regard, mais elle le dirigea immédiatement vers un autre endroit de son bureau. Elle tendit le bras, saisit un tas de documents imprimés – un rapport quelconque – et le feuilleta comme si elle cherchait quelque chose.

— On t'a confié les affaires classées, si j'ai bien compris ?
— Oui.

Elle portait une veste noire, courte, cintrée, sur un chemisier col Mao fermé au cou par une broche opale et argent. Ses seins, sur lesquels il lui était arrivé de fantasmer, étaient comprimés à l'intérieur. Puis elle le regarda et lui sourit longuement, presque comme si elle l'invitait à...

Il fondit sur-le-champ, mais elle baissa de nouveau les yeux pour parcourir les documents.

Elle dégageait quelque chose. Elle n'était pas belle à proprement parler, mais elle l'attirait irrésistiblement. Elle avait une peau de porcelaine et même son gros grain de beauté, dans le cou, unique imperfection, l'intriguait. Elle portait un parfum acidulé qui l'excitait au plus au point. Elle avait l'air pure, forte, et transpirait l'autorité. Il avait envie de contourner son bureau, d'arracher ses vêtements et de rouler avec elle sur la moquette.

Il commençait à avoir une érection.

Mais elle avait toujours les yeux baissés sur son foutu tas de papiers !

— Je suis content de te revoir, dit-il gentiment, pour briser la glace.

Il laissa planer un silence engageant. Peut-être ressentait-elle la même chose et simulait-elle la timidité. Peut-être allait-elle lui proposer de prendre un verre après le travail, tous les deux, dans un endroit tranquille.

Il l'inviterait dans son appartement, sur la Marina. La vue sur les yachts était très plaisante.

Elle se remit à lire le *Guardian*.

— Tu cherches quelque chose ? La police du Sussex est-elle mentionnée ?

— Non, non, dit-elle, évasive. Je me tiens au courant, c'est tout.

Puis, sans le regarder, elle ajouta :

— J'imagine que tu as identifié les affaires dignes d'intérêt, n'est-ce pas ?

— Eh bien... Oui, tout à fait.

— Les meurtres, les morts suspectes ? Les personnes portées disparues depuis longtemps ? Des crimes potentiels ?

— Tout cela, oui.

Elle passa au *Telegraph* et détailla la une. Il la dévisageait, en proie à l'incertitude. Une barrière invisible s'élevait entre eux et il se sentait complètement rejeté.

— Je... J'aimerais te confier quelque chose en *off*.

— Vas-y.

Elle tourna plusieurs pages rapidement.

— Je sais que je suis censé en référer à Roy Grace, mais j'ai quelques réserves à son sujet.

Il avait désormais toute son attention.

— Précise.

— Tu es au courant que sa femme est portée disparue, bien sûr.

— Toute la police compose avec cet aspect de sa personnalité depuis neuf ans, répondit-elle.

— Eh bien, je suis allé chez les parents de Sandy hier soir. Ils sont très embêtés. Ils pensent que personne, au sein de la police du Sussex, n'a mené d'enquête impartiale.

— Pourrais-tu développer ?

— Oui. Le problème, c'est que pendant tout ce temps, le seul policier ayant supervisé l'enquête sur cette disparition est Roy. Je ne trouve pas cela normal. Je veux dire que ce ne se serait jamais passé ainsi à Londres.

— Où veux-tu en venir ?

— Eh bien, poursuivit Pewe d'une voix mielleuse, les parents de la victime sont mal à l'aise avec cet état de fait. Je pense que ce qu'ils essaient de me faire comprendre, c'est qu'ils suspectent Roy de cacher quelque chose.

Elle le considéra quelques instants.

— Et que suggères-tu ?

— J'aimerais que tu m'autorises à faire de cette enquête une priorité. À creuser. À prendre les mesures que je jugerai nécessaires.

— Accordé, lui répondit-elle.

Puis elle se replongea dans ses papiers et lui fit signe de partir d'un simple geste de la main. Celle avec le solitaire et l'alliance.

Quand il se leva, son érection avait disparu, mais il ressentait une tout autre forme d'excitation.

57

OCTOBRE 2007

La lumière et la ventilation étaient allumées depuis des lustres. Dans la minuscule pièce sans fenêtre, Abby avait perdu la notion du temps. Elle ne savait pas si c'était encore la nuit ou le matin. Elle avait la bouche et la gorge sèches, elle mourait de faim et toutes les parties de son corps étaient ankylosées et endolories à cause des liens.

Le courant d'air permanent la faisait frissonner de froid. Elle avait le nez presque bouché, il fallait absolument qu'elle se mouche, car elle avait de plus en plus de mal à respirer et sa bouche était occultée. Son pouls s'accéléra ; une crise d'angoisse approchait.

Elle tenta de se calmer, de ralentir sa respiration. Elle commençait à avoir la sensation de ne plus être à l'intérieur de son corps, d'être morte et de flotter. Comme si la personne nue, attachée, était une étrangère.

Elle était morte.

Son cœur battait à tout rompre. Elle essaya de se parler et perçut un murmure étouffé à l'intérieur de sa bouche. *Je suis vivante. Je sens mon cœur battre.*

Elle avait l'impression que son cerveau était cerclé. Elle se sentait moite et avait du mal à voir net. Elle fut prise de longs frissons. La panique la submergea.

Et s'il était parti. S'il l'avait laissée ici. S'il l'avait laissée... mourir.

Au début, elle avait pensé que, comme Dave, il était incapable d'être vraiment violent, qu'il bombait le torse pour faire comme ses copains gangsters. Puis un soir où elle était avec lui, il avait attrapé une araignée dans sa baignoire, lui avait brûlé chaque patte avec un briquet et l'avait mise dans un bocal jusqu'à ce qu'elle meure de faim ou de soif.

Réalisant qu'il était capable de lui infliger le même sort, elle tenta de nouveau de se détacher, avec un sentiment d'urgence. La panique la submergeait.

Concentre-toi.

Fais le point.

Rappelle-toi que c'est juste une crise. Tu n'es pas en train de mourir. Tu ne flottes pas au-dessus de ton corps. Dis-le.

Elle inspira, expira, inspira, expira. *Bonjour,* se dit-elle en pensées. *Je suis Abby Dawson. Je vais bien. C'est juste une réaction chimique anormale. Je vais bien, je suis dans mon corps, je ne suis pas morte, ça va passer.*

Elle essaya de se concentrer sur chaque attache, en commençant par le Scotch autour de son front. Son cou lui faisait de plus en plus mal. Elle tira, mais rien.

Puis elle tenta de bouger ses mains, qui étaient scotchées sur ses cuisses. Ses doigts étaient attachés individuellement, elle ne pouvait rien attraper. Elle avait les jambes serrées comme dans un plâtre. Rien ne cédait. Aucune marge de manœuvre.

Où avait-il appris à attacher les gens de la sorte ? Avait-il improvisé, le sourire aux lèvres ?

Sans doute.

Et elle ne pouvait guère lui en vouloir

Elle regrettait amèrement d'avoir accepté cette mission. Elle n'était pas assez forte, pas assez intelligente, elle le savait désormais. Comment avait-elle pu imaginer qu'elle réussirait ?

Comment avait-elle pu être aussi stupide ?

Un bruit métallique interrompit ses pensées. Elle entendit un grincement de semelles en caoutchouc et une ombre passa la porte. Ricky la regardait, un grand sachet Asda dans une main, un mug de café blanc dans l'autre. Elle sentit les arômes. Dieu que c'était bon.

— J'espère que tu as passé une bonne nuit, Abby. Il faudra que tu sois fraîche aujourd'hui. Bien dormi ?

Elle mugit.

— Ah oui, désolé pour le Scotch, mais les murs ne sont pas bien épais et je ne peux prendre aucun risque, je suis sûr que tu comprends... Bon. Le lit était peut-être un peu dur ? Le fait est que c'est une très bonne posture. C'est très bon de se tenir le dos droit. On ne t'a jamais expliqué l'importance d'une bonne posture ?

Elle garda le silence.

— Hum. J'imagine que le mot droiture ne fait guère partie de ton vocabulaire.

Il posa le sachet par terre. Divers objets métalliques s'entrechoquèrent à l'intérieur.

— J'ai apporté quelques trucs. Pour tout te dire, je n'ai encore jamais torturé personne. J'ai vu des films et lu des livres sur le sujet, bien sûr. (Elle sentit sa gorge se nouer.) Ce qu'il faut que tu comprennes, Abby, c'est que je ne suis pas obligé de te faire mal. Il suffit que tu me dises où c'est. Tu sais, ce que tu m'as pris. Tout ce que je possédais.

Elle n'émit aucun bruit. Elle tremblait.

Il souleva le sac et secoua son contenu.

— Il y a de tout, je ne me suis pas cassé la tête. J'ai pris une perceuse que je pourrais t'enfoncer dans les rotules. Un marteau et des clous que je pourrais te planter sous les ongles. Des tenailles pour tes dents. Ou alors, on pourrait faire plus civilisé. (Il plongea sa main dans sa poche, en sortit un iPod noir, qu'il approcha de son visage.) De la musique. Écoute.

Il poussa les écouteurs dans ses oreilles, vérifia l'écran et monta le volume.

Abby entendit une chanson qu'elle connaissait, mais le titre lui échappait.

— *Fool for Love*, lui souffla Ricky. C'est moi tout craché, non ?

Elle leva les yeux, terrifiée, sans vraiment savoir ce qu'il attendait d'elle. Tout en essayant de ne pas lui montrer à quel point il lui faisait peur.

— J'aime ce disque, dit-il. Et toi ? Souviens-toi, à droite pour oui, à gauche pour non. (Elle regarda vers la droite.) Cool, tout baigne, alors ! Donc. La planque est ici ou ailleurs ? Je vais simplifier. C'est dans cet appartement ?

Elle bougea les yeux vers la gauche.

— OK, ailleurs. À Brighton ?

Elle regarda vers la droite.

— Dans un coffre-fort ?

Droite.

Il plongea la main dans la poche de son jean et en sortit une petite clé fine.

— C'est cette clé ?

Regard à droite.

Il sourit.

— Bien. Plus qu'à identifier la banque et l'adresse. À la NatWest ?

Regard à gauche.

— Lloyds TSB ?

Négatif.

— HSBC ?

Non. Même réponse pour Barclays.

— OK, je crois que je vois, dit-il en s'éloignant.

Il revint un peu plus tard et ouvrit l'annuaire. Il interrogea Abby pour chaque banque et obtint systématiquement une réponse négative jusqu'à Southern Deposit Security – ses yeux partirent vers la droite.

Il mémorisa le nom et l'adresse et ferma le bottin.

— OK, encore quelques détails. Le coffre-fort sera-t-il au nom d'Abby Dawson ?

Regard à gauche.

— De Katherine Jennings ?

Regard à droite.

Il sourit, bien plus heureux maintenant.

Elle le fixa pour attirer son attention, mais il n'était plus intéressé.

— *Hasta la vista, baby !* dit-il joyeusement. C'est tiré d'un de mes films préférés, tu te souviens ?

Il plongea ses yeux dans les siens.

Elle regarda vers la droite. Elle se souvenait. Elle connaissait ce film, cette réplique. C'était Schwarzenegger dans *Terminator*. Elle savait ce que ça voulait dire : au revoir.

58

OCTOBRE 2007

Après la réunion, Roy Grace se retira, au calme, dans son bureau. Il passa plusieurs minutes à regarder par la fenêtre, au-delà de la route, le parking du supermarché Asda et l'affreux bâtiment massif qui l'empêchait d'avoir une vue dégagée sur Brighton et Hove, cette ville qu'il aimait tant. Mais bon. Aujourd'hui, pour la première fois depuis plusieurs jours, le soleil dardait ses rayons à travers les nuages et il y avait des pans de ciel bleu.

Serrant entre ses mains la tasse de café qu'Eleanor venait de lui apporter, il contempla ses collections chéries – trois douzaines de briquets vintage qu'il n'avait pas encore déballés et une jolie sélection de casquettes de policier du monde entier.

Allongée à côté de sa bonne vieille truite allemande empaillée se trouvait un cadeau de Cleo : une carpe, dans une vitrine, sous laquelle était gravé – humour noir – *carpe diem*.

Sa mallette ouverte, son portable, son dictaphone et les minutes du procès en préparation auquel il contribuait encombraient son bureau. La lecture d'un de ces comptes rendus était programmée pour ce matin – il avait l'avocat du parquet sur le dos.

Qui plus est, ayant été promu, il commençait à recevoir de nouveaux dossiers qu'Eleanor lui apportait et posait là où elle trouvait de la place. Ceux-ci contenaient, résumées, les enquêtes en cours à la PJ du Sussex. Son rôle était désormais de les lire et de les annoter.

Il dressa la liste des priorités de l'opération Dingo. Puis il lut la transcription, ce qui lui prit une heure. Quand il eut terminé, il sortit son carnet et parcourut ses dernières notes. Il écrivait tellement mal qu'il lui fallut un certain temps pour déchiffrer et se souvenir...

Katherine Jennings, appartement 82, Arundel Mansions, 29 Lower Arundel Terrace.

Il fixa la page quelques instants, le temps que ses synapses se connectent et lui disent à quoi correspondait cette adresse. Puis il se rappela que Kevin Spinella l'avait coincé après la conférence de presse, la veille, et lui avait raconté cette histoire de femme, prisonnière d'un ascenseur, qui lui avait semblé anxieuse.

Tout le monde sort terrifié d'un séjour prolongé dans un ascenseur. Étant lui-même légèrement claustrophobe et sujet au vertige, il aurait eu une peur bleue. Mais bon, sait-on jamais. Il décida d'être scrupuleux et transmit l'information au poste d'East Brighton. Il composa le numéro du commandant Stephen Curry, le policier le plus compétent du secteur, et lui dicta le nom et l'adresse de la jeune femme, en lui expliquant le contexte.

— Ce n'est pas prioritaire, Steve, mais ce serait bien que tu demandes à l'un de tes gars d'aller y faire un tour pour vérifier que tout est OK.

— Tout à fait d'accord, lui répondit Stephen Curry, qui semblait pressé. Je m'en charge.

— Tu m'en vois ravi !

Il raccrocha, considéra les piles de dossiers sur son bureau et décida qu'il irait chercher sa voiture en fin de matinée, pendant la pause déjeuner. L'air frais lui ferait le plus grand bien et un rayon de soleil l'aiderait à y voir plus clair. Et puis il irait en ville rencontrer une ou deux vieilles connaissances de Ronnie Wilson. Il savait où les trouver.

59

12 SEPTEMBRE 2001

Ronnie passa une nuit agitée, dans des draps synthétiques sales, à se battre contre un oreiller en mousse trop dur et des ressorts qui lui perforaient le dos. Il avait dû choisir entre garder la fenêtre fermée et endurer le cliquetis de l'air conditionné – évoquant des squelettes se battant en duel –, ou l'ouvrir et subir les sirènes et les hélicoptères au loin, en continu.

Il se réveilla un peu avant 6 heures et se mit à gratter l'un des petits boutons rouges sur sa jambe. Il constata que son ventre et sa poitrine le démangeaient terriblement.

Il attrapa la télécommande et alluma le téléviseur. Le chaos du monde fit irruption dans sa chambre. Des images de New York. Des hommes et des femmes en détresse, brandissant des pancartes improvisées, des photos, parfois juste des noms, écrits en rouge, noir ou bleu : AVEZ-VOUS VU UNTEL ?

Un journaliste apparut à l'écran et communiqua une estimation du nombre de morts. En bas de l'image, un numéro d'urgence défilait, ainsi que d'autres mauvaises nouvelles.

Des images traumatisantes, et autres soucis personnels, l'avaient obsédé toute la nuit – des pensées, des idées, des listes, Lorraine, Donald Hatcook, des flammes, des cris, des corps qui tombent...

Son projet.

Donald avait-il survécu ? Même si c'était le cas, rien ne garantissait qu'il allait l'aider à investir dans le biocarburant. Ronnie était, depuis toujours, un joueur, et il pariait que son nouveau projet était encore meilleur que le dernier.

Donald Hatcook, mort ou vivant, c'était de l'histoire ancienne.

Lorraine souffrirait, mais elle réaliserait, en temps et en heure, qu'on n'a rien sans rien.

Le jour, pas si éloigné que cela, où il l'inonderait de billets de cinquante et lui achèterait tout ce qu'elle voudrait, et plus encore, cette idiote comprendrait.

Ils allaient être riches !

Il fallait juste accepter certains sacrifices maintenant.

Et être extrêmement prudent.

Il regarda sa montre : 6 h 02. Son cerveau fatigué, victime du décalage horaire, mit plusieurs secondes avant de se rappeler s'il était plus tôt ou plus tard en Angleterre. Plus tard. Il devait être 11 heures à Brighton. Il essaya de deviner ce que Lorraine faisait. Elle avait dû l'appeler sur son portable, puis vérifier auprès de l'hôtel et du secrétariat de Donald Hatcook. Elle était peut-être chez sa sœur, ou, plus vraisemblablement, sa sœur était-elle chez eux.

Un policier s'adressa aux téléspectateurs. Il expliqua qu'ils avaient besoin de volontaires sur le terrain, pour déblayer et assurer le ravitaillement en bouteilles d'eau. Il avait l'air épuisé, comme s'il avait travaillé toute la nuit. Il semblait au bord des larmes sous l'effet conjugué de la fatigue, des émotions et de la charge de travail.

Des volontaires... Ronnie réfléchit quelques secondes.

Des volontaires.

Il sortit du lit et entra dans la minuscule cabine de douche. Il se sentait libéré, mais nerveux. Il y avait mille et une manières de merder. Mais aussi tout un tas de trucs intelligents à faire. Il allait devoir jouer serré. Volontaires. C'était une piste. Une piste qui valait son pesant d'or !

Tout en se séchant, il se concentra sur les infos. Il avait choisi une chaîne consacrée à New York pour savoir comment la journée se présentait à Manhattan. La deuxième mi-temps, dont les gens parlaient, aurait-elle lieu ? Y aurait-il d'autres attentats ? Ou est-ce que les affaires reprendraient normalement ? Si oui, dans quels quartiers ?

Il voulait savoir, car il avait des transactions à faire.

Il avait besoin de fric pour sa nouvelle vie. Il faut spéculer pour accumuler. Quel que soit l'endroit où il se le procurerait, ce qu'il convoitait coûterait cher, et il aurait à payer comptant.

Le sujet abordé à présent – quelles sociétés de New York seraient fermées, lesquelles seraient ouvertes – l'intéressait au plus haut point. Apparemment, la plupart des transports en commun fonctionneraient. La présentatrice venait de déclarer solennellement que le monde avait changé du jour au lendemain.

Ronnie était d'accord avec elle, mais pour beaucoup, aujourd'hui allait être un jour de travail comme les autres, ce qui, pour lui, était rassurant. Avec ce qu'il avait bu au bar, son repas et l'avance pour sa chambre, il ne lui restait guère plus de trois cent deux dollars.

Il prenait conscience de la réalité de la situation. Trois cent deux dollars jusqu'à ce qu'il réussisse une transaction. Il pouvait toujours mettre son ordinateur au clou, mais c'était trop risqué. Il avait compris, à ses dépens, quand il bossait chez le concessionnaire, qu'il est quasiment impossible d'effacer complètement une bécane. Il reste toujours quelque chose permettant de remonter jusqu'au propriétaire.

À la télévision, ils répétaient qu'ils avaient besoin de volontaires sur le terrain. L'idée faisait son chemin ; il était tout excité.

À présent, grâce aux infos du matin, une autre pièce de son puzzle venait de trouver sa place.

60

OCTOBRE 2007

À l'origine, la Sussex House avait été conçue pour accueillir le QG de la PJ du Sussex. Mais récemment, alors même que le bâtiment était plein à craquer, les policiers en uniforme du district d'East Brighton y avaient été mutés. Cette police de proximité, spécialisée dans les problèmes de voisinage, s'était vu allouer un minuscule espace contre les baies vitrées de la réception.

L'inconvénient, pour le commandant Stephen Curry, c'est que, chaque matin, il devait être à deux endroits en même temps. À la Sussex House pour une réunion quotidienne avec le chef de la police de proximité, qui se terminait peu après 9 heures, puis au poste de police de John Street à 9 h 30 pour la réunion présidée par le chef de l'identité judiciaire de Brighton et Hove. Et chaque jour, il se coltinait les embouteillages à une heure de pointe.

Trente-neuf ans, costaud, bel homme d'un enthousiasme juvénile, Curry était encore plus en retard que d'habitude aujourd'hui. Il regarda nerveusement sa montre : 10 h 45. Il avait dû retourner à la Sussex House après sa réunion sur John Street, car il avait deux affaires urgentes à régler. Il s'apprêtait à quitter son bureau quand Roy Grace l'appela.

Il nota soigneusement le nom de Katherine Jennings et son adresse dans son carnet, puis assura Grace qu'il demanderait à l'un de ses gars de passer chez elle.

Mais cela ne semblait pas urgent, il décida que cela pouvait attendre. Il bondit de son siège, attrapa sa casquette et sortit en trombe de son bureau.

61

12 SEPTEMBRE 2001

Attablée dans sa cuisine, vêtue d'un peignoir en éponge blanc, cigarette au bec, tasse de thé devant elle, Lorraine avait la tête lourde, le cœur gros et les yeux vitreux d'une nuit presque sans sommeil.

Elle fit tomber quelques millimètres de cendres dans le cendrier, qui contenait déjà quatre mégots. Le *Daily Mirror* se trouvait à côté d'elle ; la télévision allumée diffusait les infos, mais, pour la première fois depuis hier après-midi, elle avait l'esprit ailleurs.

Le courrier du jour, de la veille et de lundi était étalé devant elle. Plus quelques lettres déjà ouvertes qu'elle avait trouvées dans la petite pièce, à l'étage, qui servait de bureau à Ronnie.

La lettre qu'elle lisait provenait d'un bureau de recouvrement de créances. Elle faisait référence à un contrat que Ronnie avait signé dans lequel il s'engageait à rembourser leur téléviseur géant, acheté à crédit. Une lettre similaire, d'un autre bureau, l'informait que, vu qu'il leur devait six cent deux livres, l'opérateur téléphonique couperait la ligne s'il ne recevait pas le règlement sous huitaine.

Et un courrier de l'administration des impôts et douanes de Sa Majesté exigeait le paiement de près de onze mille cinq cents livres, dans les trois prochaines semaines, sans quoi une saisie serait effectuée à leur domicile.

Lorraine secouait la tête, interdite. Une lettre sur deux concernait une dette. Pour couronner le tout, la banque rejetait sa dernière demande de prêt.

Le pire, c'était un courrier de la société d'investissement et de crédit immobilier l'informant qu'une action en justice était engagée pour reprendre possession de la maison.

Lorraine écrasa sa cigarette, cacha son visage entre ses mains et se mit à sangloter. *Pourquoi est-ce que tu ne m'as rien dit, Ronnie chéri ? Pourquoi est-ce que tu ne m'as pas dit dans quel pétrin on était ?* se répétait-elle. *J'aurais pu faire quelque chose, chercher un boulot. Je n'aurais pas gagné beaucoup, mais ç'aurait été mieux que rien.*

Elle secoua son paquet, sortit une cigarette et fixa l'écran. À New York, des gens montraient des photos de proches disparus. Elle allait devoir y aller, elle aussi, elle le savait. C'était sa seule chance de le retrouver. Peut-être était-il blessé, hospitalisé.

Elle avait l'intime conviction qu'il n'était pas mort. C'était un survivant. S'il revenait, il réglerait les dettes. S'il avait été là hier soir, il ne les aurait jamais laissé emporter leur voiture. Il aurait négocié, aurait trouvé du liquide quelque part, ou bien il se serait interposé physiquement.

Pour la millième fois, elle composa son numéro et tomba directement sur sa boîte vocale. Une voix qui n'était pas celle de Ronnie lui indiqua que le correspondant n'était pas joignable et l'invita à laisser un message.

Elle raccrocha, trempa ses lèvres dans son thé, alluma sa cigarette et fut prise d'une quinte de toux. Les larmes lui montèrent aux yeux. À l'écran, on pouvait voir des gravats encore fumants et des carcasses de bâtiments. Le World Trade Center avait laissé place à un décor d'apocalypse. Elle essaya de déterminer où se trouvait la tour Sud et ce qu'il en restait, quand Ronnie en était sorti et comment. Mais tout ce qu'elle vit, c'est un gros plan sur un pompier portant un masque, gravissant un amoncellement de blocs de béton qui glissaient sous ses pas, un plan plus large sur une dalle verticale de trente mètres, puis sur une voiture de police aplatie.

On sonna à la porte. Elle s'immobilisa. On frappa.

Merde, merde, merde.

Elle grimpa au premier, dans le bureau, et regarda par la fenêtre. Un van bleu, garé dans la rue, bloquait l'allée ; deux malabars se trouvaient devant sa porte. Le premier, en jean et parka, avait le crâne rasé ; le second, coupe en brosse et boucle d'oreille, tenait un document.

Elle retint son souffle. Ils frappèrent une nouvelle fois, sonnèrent à deux reprises, puis elle entendit le van s'éloigner.

62

OCTOBRE 2007

Branleur !

Trois minutes avaient suffi à Tony Case, le responsable administratif, pour cerner la personnalité de Cassian Pewe, qui avait intégré la Sussex House depuis deux jours.

Ex-flic, Case gérait ce centre et ceux de Littlehampton, Horsham et Eastbourne, les trois autres CO du comté. Il était chargé, entre autres, de mesurer les risques en cas d'intervention musclée, de budgéter les besoins en termes de nouveaux équipements et de matériel médico-légal, de la maintenance en général, et de veiller à ce que personne ne manque de rien.

Surtout pas de crochets pour suspendre des photos encadrées...

— Écoute, lui dit Pewe comme s'il s'adressait au larbin de service, je veux que ce crochet soit déplacé de sept centimètres vers la droite et quatorze vers le haut, OK ? Et je veux celui-ci très exactement vingt centimètres au-dessus. Compris ? Tu ne prends pas de note ?

— Tu me demandes d'aller te chercher des crochets, un marteau et une règle, pour que tu le fasses ? suggéra Case.

Tout le monde se débrouillait seul, y compris le commissaire divisionnaire.

Pewe enleva sa veste et la posa sur le dos de sa chaise. Il portait des bretelles rouges sur une chemise blanche. Il arpenta la pièce en tirant dessus.

— Je ne fais pas de bricolage. Je n'ai pas le temps. Il doit bien y avoir quelqu'un pour faire les menus travaux.

— Oui, moi, répondit Tony Case.

Pewe regarda par la fenêtre. La vue était bloquée par le sinistre bloc de détention.

Il ne pleuvait presque plus.

— Pas terrible, le paysage, grogna-t-il.

— Le commissaire Grace ne s'en est jamais plaint.

Pewe changea de couleur, comme s'il avait avalé un truc auquel il était allergique.

— C'était son bureau ?

— Oui.

— La vue est vraiment atroce.

— Peut-être pourrais-tu demander à la commissaire principale Alison Vosper de le faire démolir pour toi.

— Ce n'est pas drôle, trancha Pewe.

— Drôle ? Je ne faisais pas d'humour. On ne plaisante jamais pendant le service, ici. Je vais te chercher le marteau. Si personne ne l'a piqué...

— Et mes assistants, au fait ? J'ai demandé deux lieutenants. Où vont-ils s'asseoir ?

— Personne ne m'a parlé de deux assistants.

— Il me faut de l'espace pour eux. Je ne les veux pas trop loin de moi.

— Je peux te trouver une table plus petite et les caser tous les deux.

Il sortit.

Pewe n'arrivait pas à déterminer si le gars était un petit plaisantin ou non. Il fut interrompu dans ses pensées par le téléphone.

— Commissaire Pewe, dit-il d'une voix sévère.

C'était l'état-major.

— J'ai quelqu'un d'Interpol en ligne. Il a été contacté par la police de Victoria, en Australie. Il aimerait parler à l'officier en charge des *cold cases*.

— OK, passez-le-moi.

Il s'assit en prenant son temps et mit ses pieds sur son bureau, entre deux piles de documents. Puis il porta le combiné à son oreille.

— Commissaire Cassian Pewe, j'écoute.

— Ah, bonjour, euh, Cashon, ici le commandant James Franks, Interpol Londres.

James Franks avait un débit saccadé, l'accent de ceux qui ont fait toutes leurs études dans le privé. Pewe n'aimait pas la façon qu'avaient les gratte-papier d'Interpol de s'adresser aux autres policiers, ce ton supérieur et méprisant...

— Donnez-moi votre numéro, je vous rappelle, lui dit Pewe.

— C'est gentil, mais ce n'est pas la peine.

— C'est la procédure au sein de la police du Sussex, répliqua Pewe, hautain, heureux d'exercer le peu de pouvoir qu'il avait sur son interlocuteur. Franks le remercia en le faisant patienter pendant quatre bonnes minutes avec, en boucle, *Nessun dorma*. Il aurait été encore plus heureux s'il avait su combien Pewe, un puriste en matière de musique classique et d'opéra, haïssait ce morceau.

— OK, Cashon, notre bureau a été contacté par la police de Melbourne, en Australie. Si j'ai bien compris, ils ont retrouvé le corps d'une femme enceinte, dans le coffre d'une voiture restée immergée au fond d'une rivière pendant deux ans et demi. Ils ont prélevé son ADN et celui du fœtus, mais n'ont pas réussi à l'identifier à partir des bases de données australiennes. Le truc c'est que...

Franks fit une pause. Pewe entendit un bruit de déglutition, comme s'il buvait une gorgée de café. L'officier reprit.

— La femme avait des implants mammaires en silicone. Si j'ai bien compris, ils portent le numéro de lot du fabricant et chaque numéro est conservé dans le registre de l'hôpital associé au nom du receveur. Ceux-ci ont été posés par l'hôpital Nuffield, à Woodingdean, Brighton et Hove, en 1997.

Pewe enleva ses pieds du bureau et chercha désespérément un carnet. Il utilisa le dos d'une enveloppe pour griffonner des notes. Puis il demanda à Franks de lui faxer les informations dont il disposait sur les implants, l'ADN de la mère et du fœtus, en lui promettant de se consacrer sans tarder à cette enquête. Il lui signala d'un ton cassant qu'il ne s'appelait pas Cashon, mais Cassian, et raccrocha.

Il avait vraiment besoin d'un assistant. Il avait d'autres choses à faire que de secourir une noyée dans une rivière australienne. Quelque chose de beaucoup plus important.

63

OCTOBRE 2007

Abby riait. Son père aussi.
— Coquine, tu l'as fait exprès, n'est-ce pas ?
— Non, papa !
Tous deux reculèrent d'un pas pour contempler le mur de la salle de bains inachevé. Des carreaux bleu marine étaient disséminés parmi les carreaux blancs pour créer du relief et, près de la moulure bleue, Abby venait de poser un carreau à l'envers, si bien qu'il y avait désormais un carreau gris ciment rugueux, au beau milieu de la frise.
— Vous êtes censée m'aider, pas me ralentir, mademoiselle ! la réprimanda son père.
Elle gloussa.
— Je n'ai pas fait exprès, papa, promis.
En guise de réponse, il déposa un petit tas de ciment sur son front, du bout de sa truelle.
— Hé, cria-t-elle, je ne suis pas un carreau, tu ne peux pas me coller au mur !
— Oh que si.
Le visage de son père s'assombrit et son sourire s'effaça. Et soudain, ce n'était plus lui, mais Ricky.
Il tenait une perceuse à la main. Il l'alluma en souriant. L'outil se mit à hurler.
— Le genou droit ou le gauche d'abord, Abby ?

Elle tremblait, incapable de bouger. Elle avait le ventre noué et gémissait de l'intérieur.

La mèche tournait à quelques centimètres de sa jambe. Elle criait, les joues gonflées, mais aucun son ne sortait, juste une plainte infinie, emprisonnée dans sa gorge et sa bouche.

Il se pencha vers elle.

Elle poussa un cri et la lumière changea. Elle sentit l'odeur poussiéreuse du ciment frais et vit un mur couleur crème. Elle était en hyperventilation. Ricky n'était pas là. Elle vit le sachet qu'il avait laissé près de la porte en partant, sans même l'avoir déballé.

Elle transpirait. Elle remarqua le bruit régulier de la ventilation et le courant d'air froid. Sa bouche était tellement sèche que les parois étaient collées. Une goutte d'eau, juste un verre, par pitié.

Elle fixa les carreaux.

Mon Dieu, quelle ironie du sort, se retrouver enfermée dans cette pièce. Face à ces carreaux. Si proche ! Ses réflexions partaient dans tous les sens.

Il fallait qu'elle voie Ricky. Qu'il lui retire le Scotch qui l'empêchait de parler. S'il était rationnel, c'est ce qu'il ferait à son retour.

Mais il n'était pas rationnel.

Et rien que d'y penser, elle sentit tout son corps se glacer.

64

12 SEPTEMBRE 2001

Frais et dispos, malgré ses yeux rougis, Ronnie sortit de l'immeuble vers 7 h 30 et remarqua immédiatement l'odeur. Le ciel était d'un bleu métallique, l'air aurait dû être pur, empreint de rosée, mais des relents âcres et piquants agressèrent ses narines.

Il pensa d'abord que c'étaient les poubelles, mais l'odeur persista lorsqu'il s'en éloigna. L'atmosphère était humide, collante, lourde de particules aigres, chimiques. Une fumée abrasive lui irritait les yeux.

Il y avait une ambiance bizarre sur l'artère principale. On était mercredi matin, mais il n'y avait presque pas de voitures. Épuisés, hagards, les gens marchaient lentement, comme s'ils n'avaient pas bien dormi, eux non plus. Toute la ville semblait en état de choc. Les événements de la veille avaient fait leur chemin dans l'esprit de chacun, et, ce matin, l'horrible réalité les frappait de plein fouet.

Parmi toutes les enseignes en russe, il trouva un restaurant qui annonçait, en anglais, « PETIT DÉJEUNER SERVI À TOUTE HEURE », en lettres rouges, dessinées au pochoir sur un caisson lumineux en plastique. Les clients, dont deux flics, mangeaient en silence en regardant les infos à la télé, accrochée en hauteur.

Ronnie s'installa sur une banquette au fond. Une serveuse encore traumatisée lui apporta un café et un verre d'eau glacée. Il tenta de déchiffrer le menu en russe avant de réaliser que la version en anglais se trouvait au verso. Il commanda une orange pressée, des pancakes avec du bacon, puis fixa l'écran en attendant que son assiette arrive. Il avait du mal à croire que vingt-quatre heures seulement s'étaient écoulées depuis son dernier petit déjeuner. Il aurait plutôt tablé sur vingt-quatre ans.

En quittant le restaurant, il retourna à la petite boutique Mail Box City. Le même jeune homme était assis devant l'un des ordinateurs. Une brunette, élancée, fixait un autre écran, les larmes aux yeux. Un chauve en salopette sortait d'un sac de sport des objets qu'il déposait dans un coffre-fort. Tremblant, il regardait nerveusement par-dessus son épaule à intervalles réguliers. Ronnie aurait bien aimé connaître le contenu du sac, mais il eut la sagesse de ne pas céder à la tentation.

Il appartenait désormais à la grande famille des fugitifs, des marginaux, des démunis, des pauvres. Ces gens dont la vie tourne autour d'endroits comme Mail Box City, où ils stockent leurs petits trésors et reçoivent leur courrier. On ne venait pas ici pour se faire des amis, mais pour rester anonyme. Et c'est exactement ce qu'il voulait.

Il regarda sa montre : 8 h 30. Dans une demi-heure, ses acheteurs potentiels seraient joignables – si tant est qu'ils travaillent aujourd'hui. Il s'offrit une heure de connexion et s'installa devant un ordinateur.

★

A 9 h 30, Ronnie entra dans l'une des cabines téléphoniques installées le long du mur, mit une pièce de vingt-cinq cents dans la fente et composa le premier des numéros de la liste qu'il avait dressée grâce à Internet. Il fixa les perforations de l'isolant acoustique. On eût dit l'une de ces cabines que l'on trouve dans les prisons.

La voix au bout du fil le tira de sa rêverie.

— Abe Miller Associés, Abe Miller à l'appareil.

L'homme n'était pas impoli, mais Ronnie sentit qu'il n'était pas à l'affût de la bonne affaire. Comme s'il considérait que la fin du monde était proche – à quoi bon s'enrichir, à quoi bon travailler, d'ailleurs ?

— Un Edward, une livre, jamais utilisé, en parfait état, gomme intacte, sans charnière, dit Ronnie après s'être présenté.

— OK, vous en voulez combien ?

— J'en ai quatre. Je partais sur quatre mille chacun.

— Oh là là, ça me semble beaucoup.

— Ils sont en excellent état. Dans le catalogue, ils sont cotés deux fois plus.

— Le problème, c'est que je ne sais pas comment va évoluer le marché. La Bourse est au plus bas, si vous voyez ce que je veux dire...

— Ouais, mais c'est mieux que des actions. Moins volatile.

— Je ne sais pas si je vais acheter quoi que ce soit dans l'immédiat. Je préférerais attendre quelques jours, voir comment le vent tourne. S'ils sont dans un état aussi parfait que vous le dites, je pourrais les prendre pour deux mille. Pas plus.

— Deux mille ?

— Je ne peux pas vous dire mieux. Dans une semaine, je serai peut-être en mesure de monter un peu, mais je ne vous garantis rien.

Ronnie comprenait la réticence de son interlocuteur. Il était conscient d'avoir choisi le pire jour depuis le crash de 1929 et le pire endroit – New York. Mais il n'avait pas le choix. Pas le temps. Comme d'habitude. À chaque fois, il achetait au son des violons et revendait au son des canons. Pourquoi avait-il autant la poisse ?

— Je vous rappelle, conclut Ronnie.

— Aucun souci. Vous avez dit que vous vous appeliez comment, déjà ?

Ronnie fit des efforts pour se souvenir du nom qu'il avait donné à sa nouvelle adresse mail.

— Nelson.

L'homme sembla intéressé.

— Un lien de parenté avec Mike Nelson, de Birmingham ? Vous êtes anglais, n'est-ce pas ?

— Mike Nelson ?

Ronnie se mordit les doigts. Ce n'était pas idéal d'avoir le même nom qu'un autre collectionneur. Les gens allaient s'en souvenir. Et tout ce qu'il voulait, en ce moment, c'est que les gens l'oublient.

— Non, aucun.

Il remercia Abe Miller et raccrocha. Puis il réfléchit et décida de garder ce nom. Cela lui permettrait d'être respecté plus rapidement. La réputation jouait un rôle important dans ce métier.

Il appela six autres revendeurs. Aucun ne lui fit une offre supérieure ; deux l'informèrent qu'ils n'achetaient plus rien, ce qui le fit paniquer. Le marché était susceptible de chuter encore plus bas, autant accepter la proposition d'Abe Miller. Si, vingt-cinq minutes plus tard, dans ce monde incertain, elle était toujours valable...

Huit mille dollars, alors qu'ils en valaient au moins vingt. Il avait d'autres timbres, dont deux Penny Black de la planche 11, jamais utilisés, gomme intacte. En temps normal, il aurait pu en tirer vingt-cinq mille dollars pièce, mais Dieu sait ce qu'ils valaient à présent. Ce n'était même pas la peine de songer à les vendre. Il n'avait qu'eux au monde. Ils allaient devoir le faire manger pendant un moment.

Peut-être même un long moment.

65

OCTOBRE 2007

Roy Grace avait commencé sa carrière comme flic en uniforme dans Brighton Centre, puis avait brièvement rejoint l'unité de surveillance des stupéfiants à la PJ. Il connaissait la plupart des visages et des noms des trafiquants et des principaux consommateurs. Il les avait tous coincés à une ou deux reprises.

En général, c'étaient les petits dealers, les petits poissons, qui se prenaient dans les filets. Et le plus souvent, la police se contentait de les observer, de faire ami-ami, en espérant qu'ils les conduiraient aux gros poissons – intermédiaires, fournisseurs, exceptionnellement, au cerveau de la bande. Mais à chaque fois que la police réussissait à démanteler un réseau, un autre le remplaçait.

Il gara son Alfa Romeo dans le parking de Church Street et coupa le moteur. Le CD de Marla Glenn s'arrêta aussitôt. Dans la situation actuelle, les petits poissons lui fourniraient les informations dont il avait besoin.

C'était l'heure du déjeuner. Vêtu d'un imperméable et d'un costume, il descendit la rue jusqu'à la salle de concert du Corn Exchange, passant devant des cafés et boutiques de sandwichs, et tourna à gauche sur Marlborough Place. Il s'arrêta et fit semblant de passer un coup de fil. C'était ici, de part et d'autre de London Road, qu'opéraient les petits trafiquants de Brighton.

Il lui fallut moins de cinq minutes pour repérer deux hommes mal habillés, pressés, qui marchaient plus vite que les autres. Des cibles faciles. Il les suivit à une distance raisonnable. Le premier, grand, mince, les épaules voûtées, portait un pantalon gris, des baskets et un coupe-vent. L'autre, plus baraqué, plus tassé, portait un survêtement et des chaussures noires. Il marchait bizarrement, les bras arqués, comme s'il se pavanait, et jetait un œil inquiet par-dessus son épaule de temps en temps, pour vérifier qu'il n'était pas suivi.

Le grand tenait à la main un sachet dans lequel se trouvait vraisemblablement une cannette de bière. Comme c'était interdit de boire de l'alcool sur la voie publique, ceux qui le faisaient cachaient l'objet du délit dans un sac. Ils se déplaçaient vite, trop vite. Soit ils étaient pressés de se faire de l'argent, auquel cas ils s'apprêtaient à commettre une infraction – vol à l'arraché ou à l'étalage –, soit ils avaient rendez-vous avec un dealer pour leur dose quotidienne. Ou peut-être avaient-ils rendez-vous avec un client.

Deux bus rouge et jaune passèrent à toute allure, suivis par un taxi, puis plusieurs voitures. Une sirène retentit et les deux hommes tournèrent la tête au même moment. Ayant remarqué que le baraqué regardait systématiquement au-dessus de son épaule droite, Grace longeait les vitrines, à gauche, en essayant de se cacher derrière les passants.

Ils tournèrent sur Trafalgar Street, ce qui confirma le pressentiment de Grace. Dans une centaine de mètres, ils tourneraient à gauche et arriveraient à destination.

Pelham Square était un joli petit parc entouré de demeures Régence, avec un espace vert clôturé en son centre Les bancs situés près de Trafalgar Street étaient prisés des employés du quartier les jours de beau temps ; ils aimaient y manger un sandwich ou fumer une cigarette, maintenant que c'était interdit dans les entreprises. Rares étaient ceux qui remarquaient la racaille agglutinée autour d'un banc, à l'autre bout du parc.

Grace s'appuya contre un réverbère et observa la scène quelques instants. Niall Foster était l'une des trois personnes assises. Tout comme ses deux comparses, il buvait une cannette de bière enveloppée dans un sachet. La petite quarantaine, l'air mauvais, il était affublé d'une coupe étrange qui ressemblait à une tonsure de moine ratée. Malgré la brise fraîche, il portait un cardigan sans manches, une salopette bleue et des chaussures de chantier.

Grace le connaissait bien. Il était spécialisé dans les cambriolages et le trafic de drogue à la petite semaine. À coup sûr, c'était lui qui fournissait les tristes sires attroupés autour de lui. Sa voisine, une brune aux cheveux gras et emmêlés, semblait en manque. À côté d'elle, un homme d'une trentaine d'années, tout aussi crasseux, n'arrêtait pas de mettre sa tête entre ses genoux.

Les deux gars qu'il suivait se dirigèrent vers Foster. Classique. Foster avait dû dire à ses clients de le retrouver dans ce parc, à telle heure. S'il avait l'impression d'être observé, il lèverait le camp, choisirait un autre spot et appellerait chacun d'entre eux. Les dealers changent souvent d'endroit avant de se sentir en sécurité. Et en général, un jeune fait la distribution à leur place. Mais Foster ne roulait pas sur l'or et n'avait sans doute pas envie de rémunérer un larbin. Et puis, il connaissait le système. Il savait qu'il lui suffirait d'avaler les petits sachets de drogue, en cas de problème, et de les récupérer un peu plus tard aux toilettes.

Niall Foster regarda dans sa direction. Grace hâta le pas pour ne pas se faire repérer. Les yeux baissés, il rentra littéralement dans Terry Biglow, l'homme qu'il cherchait. Même s'il ne l'avait pas vu depuis des années, il ne put s'empêcher de noter combien il avait pris un coup de vieux. Terry était l'un des rejetons d'une des plus anciennes mafias de Brighton. Leur histoire remontait aux années 1940-1950, quand les gangs aux rasoirs se battaient pour des territoires à racketter et à protéger. À l'époque, les honnêtes citoyens de Brighton et Hove tremblaient à l'évocation de ce patronyme. Mais aujourd'hui, les patriarches étaient morts et les jeunes purgeaient de longues peines ou s'étaient exilés en Espagne. Les rares survivants encore en action, tel Terry, étaient des *losers*.

Terry Biglow avait commencé sa carrière en arnaquant les petits vieux, puis il était devenu revendeur de marchandises volées et dealer occasionnel. À l'époque, il avait un look d'enfer : une banane rockabilly et des pompes incroyables, dégottées pour pas cher. Aujourd'hui, il devait avoir soixante-cinq ou soixante-huit ans, et en faisait dix de plus.

Il était bien coiffé, comme dans le temps, mais ses cheveux épars avaient l'air gras, et ils avaient tourné au gris terne. Il avait un visage de rongeur – cireux, mince, voire émacié. Ses petites dents pointues avaient des reflets rouille. Il portait un complet d'un gris sale. Son pantalon était maintenu bien trop haut par une ceinture bon marché. Il donnait l'impression d'avoir rétréci de quelques centimètres et il sentait le renfermé. Les seuls témoins de sa splendeur passée étaient sa grosse montre en or et une énorme bague émeraude.

— Monsieur Grace, commandant Grace, quel plaisir de vous revoir ! Et quelle surprise !

Ce n'est pas une surprise pour moi, faillit lui répondre Roy. Mais il était heureux de constater que tout se goupillait à merveille.

— Je suis commissaire, maintenant, rectifia-t-il.

— Mais ouais, bien bien, j'oubliais. Promu. J'ai su que vous avez été promu. C'est mérité, monsieur Grace. Pardon, commissaire. Je suis *clean* maintenant. J'ai rencontré Dieu en prison.

— Il purgeait une peine en même temps que toi ? s'enquit Grace.

— Je ne fais plus rien de mal, monsieur, répondit Biglow avec un sérieux implacable, sans remarquer – du moins sans relever – la blague de Grace.

— C'est donc une coïncidence si tu te trouves devant le parc en même temps que Niall Foster, n'est-ce pas, Terry ?

— Simple coïncidence, dit Biglow, plus fuyant que jamais. Mon ami et moi, on allait déjeuner, on passait par là par hasard.

Biglow se tourna vers son compagnon, tout aussi mal fagoté que lui. Grace le connaissait. Il s'agissait de Jimmy

Bardolph, qui était autrefois l'homme de main des Biglow. Mais plus maintenant, comme de bien entendu... Le gars puait l'alcool. Il avait le visage couvert de croûtes et les cheveux en bataille. Il n'avait pas dû prendre de bain depuis sa toute première toilette.

— Jimmy, je te présente mon ami le commissaire Grace. C'est un homme honnête, qui a toujours été juste avec moi. Un flic en qui tu peux avoir confiance, ce M. Grace.

L'homme lui tendit une main crasseuse, aux veines saillantes, qu'il sortit d'une manche trop longue de son imperméable.

— Ravi de vous rencontrer, monsieur l'officier. Peut-être pourriez-vous m'aider ?

Grace l'ignora et se tourna de nouveau vers Biglow.

— Il faudrait qu'on parle d'un de tes vieux amis, Ronnie Wilson.

— Ronnie ! s'exclama-t-il.

Du coin de l'œil, Grace constata que Foster l'avait repéré et qu'il quittait le square. Il lui jeta un regard méfiant, puis se hâta vers la sortie – il courait plus qu'il ne marchait. Rejoignant la rue, il porta un téléphone à son oreille.

— Ronnie ! répéta Biglow en esquissant un sourire mélancolique et en secouant la tête. Ce bon vieux Ronnie est mort, vous le savez, n'est-ce pas ? Paix à son âme.

L'air frais n'améliorant guère son état, Grace décida de suivre le conseil de Bella et de s'offrir un repas bien gras.

— Tu as déjeuné ? demanda-t-il à Biglow.

— Nan, on était en route, justement, improvisa Terry, fier de s'être forgé un alibi. C'est pour ça qu'on se trouvait dans le quartier, avec Jimmy. On allait au café, comme il fait beau et tout ça...

— Bien. Dans ce cas, passe devant. C'est moi qui régale.

Il les suivit jusqu'à leur cantine. Jimmy marchait bizarrement, comme un automate ayant besoin d'être remonté.

66

OCTOBRE 2007

Abby entendit une porte claquer. La porte d'entrée. L'espace d'un instant, elle se dit, pleine d'espoir, que c'était peut-être le concierge.

Puis elle entendit le grincement de ses semelles et vit son ombre. Ricky entra en trombe dans la salle de bains et la gifla. Elle sursauta.

— Petite pute !

Il la frappa une nouvelle fois, plus fort. Elle avait du mal à le reconnaître. Il s'était déguisé. Il portait une casquette de base-ball qui dissimulait la moitié de son visage, des lunettes noires, une grosse barbe et une moustache. Il sortit de la pièce. De ses yeux endoloris, elle le vit ramasser le sachet et le vider dans le couloir.

Une perceuse en tomba. Une paire de tenailles. Un marteau. Un sachet de seringues. Une scie circulaire.

— Je commence avec quoi, connasse ?

Un cri de terreur se coinça dans sa gorge. Elle perdit toute contenance, le suppliant du regard.

Il colla son visage contre le sien.

— Tu m'entends ?

Elle ne se souvenait pas de quel côté elle devait bouger les yeux pour dire non. À gauche. Elle regarda vers la gauche.

Il se mit à genoux et attrapa la scie circulaire, approcha la lame de son œil gauche, puis la posa contre sa paupière. Elle sentit l'acier froid contre son sourcil et entra en hyperventilation.

— Et si je t'arrachais l'œil ? Si je le prenais avec moi ? Tu crois que ça marcherait ? Tu te retrouverais dans le noir, toi, pas vrai ?

Elle lui fit signe : non, non, non.

— Je pourrais essayer. Je pourrais l'emporter avec moi et voir.

Non, non, non !

— Très bonne idée, la biométrie. Un coffre-fort accessible sur reconnaissance de l'iris seulement. Tu te trouves intelligente, n'est-ce pas ? Je te propose donc de t'arracher un œil et de le montrer au détecteur. Si ça ne marche pas, je viendrai chercher l'autre.

Elle refit : non, non, non.

— Et bien sûr, si ça foire, on est tous les deux grillés. Toi, tu seras aveugle, et moi, je n'aurai rien récupéré. Et tu le sais très bien, ça, pas vrai ?

Soudain, il éloigna la scie et, d'un geste brusque, arracha le Scotch de sa bouche.

Elle hurla de douleur. Elle avait l'impression qu'il lui avait arraché la moitié du visage. Elle avala une bouffée d'air. Elle avait la gorge desséchée et le visage en feu.

— Parle-moi, salope.

— Je pourrais avoir de l'eau, Ricky ? le supplia-t-elle d'une voix cassée.

— Oh, c'est merveilleux. Fantastique ! Tu me voles tout ce que je possède, tu m'obliges à te suivre aux quatre coins du monde et la première chose que tu me dis, c'est quoi ? (Il l'imita :) Je t'en prie, Ricky, tu pourrais m'apporter un verre d'eau ? Qu'est-ce qui te ferait plaisir ? Pétillante ou plate ? De l'eau du robinet ou de l'eau minérale ? Pourquoi pas l'eau des chiottes où t'arrêtes pas de pisser ? Ça t'irait ? Avec des glaçons et une rondelle de citron ?

— Peu importe, gémit-elle.

— Je vais t'en chercher dans une minute. Mais tu aurais dû indiquer ce que tu voulais au petit déjeuner et accrocher l'ardoise à ta porte, hier soir. Tous tes désirs auraient été exaucés. Mais j'imagine que tu étais trop occupée à plumer ton ancien chéri Ricky. (Il sourit.) Trop *attachée* à le plumer, devrais-je dire. C'est drôle, non ?

Elle ne répondit pas. Elle réfléchissait aux mots qu'elle allait employer pour éviter de le contrarier. L'essentiel, c'est qu'il s'était enfin décidé à l'écouter. Et elle savait à quel point il souhaitait récupérer ce qu'elle lui avait pris.

Et il n'était pas dupe. Il avait besoin d'elle. Il était conscient que c'était le seul moyen. Qu'il le veuille ou non, il allait devoir passer un marché avec elle.

Il approcha son portable de l'oreille d'Abby et appuya sur un bouton. Un enregistrement se déclencha. Il ne dura que quelques secondes, mais cela suffit.

C'était une discussion entre elle et sa mère. Une conversation téléphonique qu'elles avaient eue dimanche, elle s'en souvenait très bien. Elle entendit sa propre voix.

— Écoute, maman, ce ne sera pas long. Je suis en contact avec la maison de retraite Cuckmere House. Ils ont une très jolie chambre avec vue sur la rivière qui se libère dans quelques semaines. Je l'ai réservée. J'ai regardé sur Internet, ça a l'air très beau. Et bien sûr, j'irai vérifier et je t'aiderai à t'y installer.

Puis Abby entendit la réponse de sa mère qui, malgré la maladie, avait encore toute sa tête.

— Et où tu vas trouver l'argent, Abs ? J'ai entendu dire que ces endroits coûtent une fortune. Deux cents livres par jour, parfois plus.

— Ne te fais pas de souci pour l'argent, maman, je m'en occupe. Je...

L'enregistrement s'arrêta brusquement.

— C'est ça que j'aime chez toi, Abby, dit Ricky en collant son visage au sien. Tu as le cœur sur la main.

67

OCTOBRE 2007

À l'intérieur du café flottait un nuage saturé de graisse. En s'asseyant face aux deux lascars, Grace se dit qu'il suffisait de respirer cet air pour faire grimper son taux de cholestérol jusqu'à l'infarctus. Mais c'est sans remords qu'il commanda des œufs, du bacon, des saucisses et des frites, ainsi que du pain frit et un Coca, soulagé que ni Glenn Branson ni Cleo ne soient dans les parages pour critiquer son régime alimentaire.

Terry Biglow commanda des œufs et des frites, son ami simple d'esprit se contenta d'une tasse de thé. Jimmy n'arrêtait pas de jeter à Grace des regards suppliants, comme si le commissaire était le seul homme sur la planète susceptible de le sauver ; de quoi, il l'ignorait. *De lui-même, sans doute*, songea Roy en le regardant sortir une flasque de la poche de son manteau et descendre une longue gorgée. Il avait un point tatoué au sommet de chaque phalange, un pour chaque année passée à l'ombre – Grace en compta sept.

— Je file droit, maintenant, monsieur Grace, lança Terry Biglow sans transition.

Lui aussi arborait des tatouages de prison, dont une queue de serpent sur le dos de la main, le reste du reptile disparaissant dans sa manche.

— C'est ce que tu m'as dit. Tant mieux.

— Mon frère est malade. Cancer du pancréas. Vous vous rappelez mon oncle, Eddie, monsieur Grace ? Je veux dire, commissaire Grace ?

Grace se souvenait de lui, mieux qu'il l'aurait souhaité, d'ailleurs. Il n'avait jamais oublié le visage d'une des victimes d'Eddie Biglow, qui avait eu le visage lacéré par des bouts de verre – deux lignes irrégulières du front au menton –, pour avoir râlé quand Biglow l'avait bousculé au comptoir d'un pub.

— Oui, je me souviens de lui.

— Pour tout dire, moi aussi, j'ai un peu le cancer.

— Je suis désolé, répondit Grace.

— Le ventre, vous voyez ce que je veux dire ?

— C'est grave ?

Biglow haussa les épaules comme si ça ne l'était pas, mais Grace vit la peur au fond de ses yeux.

Jimmy hocha la tête, absorbé, et but une autre gorgée de sa flasque.

— Je ne sais pas qui s'occupera de moi quand il ne sera plus là, pleurnicha-t-il en s'adressant à Grace. J'ai besoin d'être protégé, moi.

Grace acquiesça d'un mouvement furtif des sourcils, puis trempa ses lèvres dans le Coca que la serveuse venait de lui apporter.

— Toi et Ronnie Wilson, vous étiez potes, pas vrai, Terry ?

— Ouais, à l'époque.

— Avant que tu fasses de la prison, c'est ça ?

— Ouais. C'est moi qui ai pris pour lui, vous savez, balança-t-il en touillant son thé pour faire fondre le sucre, pensif. Moi qui ai purgé la peine.

— Tu connaissais sa femme ?

— Ses deux femmes.

— Deux ? répéta Grace, surpris.

— Ouais. Joanna, et puis Lorraine.

— Quand s'est-il remarié ?

Il se gratta la nuque.

— Mon Dieu... Quelques années après s'être fait larguer par Joanna. C'était une bombe, Joanna, un canon ! Mais je l'aimais pas trop. C'était une sangsue. Elle avait sauté sur Ronnie parce qu'il se la pétait, mais elle n'avait pas saisi qu'il n'était pas si riche que ça. (Il se tapota le nez.) C'était pas un homme d'affaires, Ronnie. Il faisait toujours de beaux discours, des plans sur la comète, mais au final, il n'avait pas de flair, c'était pas Midas. Et quand elle a compris ça, elle s'est fait la malle.

— Elle est allée où ?

— À Los Angeles. Sa mère venait de mourir, elle avait hérité d'une partie de sa maison. Un jour, Ronnie s'est levé et elle n'était plus là. Elle avait laissé un mot disant qu'elle voulait devenir actrice.

Leur commande arriva. Terry arrosa ses frites de vinaigre, puis renversa la moitié de la salière. Grace se servit en *brown sauce* et attrapa le pot de ketchup en forme de tomate.

— Qui est resté en contact avec elle, quand elle était à L.A. ?

Biglow haussa les épaules et piqua une frite.

— À mon avis, personne. On l'appréciait pas beaucoup, dans la bande. Mon épouse ne pouvait pas la sentir. Et elle avait pas fait d'efforts pour se faire des amis.

— Elle était du coin ?

— Nan, de Londres. Je crois qu'il l'avait rencontrée dans un bar à hôtesses.

Une deuxième frite connut le même sort.

— Et sa seconde femme ?

— Lorraine. Elle était OK. Canon, elle aussi. Il lui en avait fallu, du temps, avant de pouvoir l'épouser. Deux ans. Il n'arrivait pas à obtenir la procédure de divorce, vu que Joanna avait déserté le domicile conjugal.

Pas facile de faire signer quelqu'un qui pourrit dans un collecteur d'eaux pluviales, se dit Grace.

— Où je peux la trouver, Lorraine ?

Biglow le regarda bizarrement.

— J'ai besoin de quelqu'un pour me protéger, moi, gémit de nouveau Jimmy.

Biglow se tourna vers son ami et pointa du doigt ses lèvres.

— Tu les vois bouger ? C'est que je suis en train de parler, alors laisse-nous tranquilles, OK ?

Il se tourna vers Grace.

— Lorraine. Si vous voulez la trouver, il vous faudra un bateau et une combinaison de plongée. Elle s'est jetée du ferry, lors d'une traversée nocturne Newhaven-Dieppe.

Grace perdit soudain tout intérêt pour son assiette

— Raconte-moi.

— Elle était déprimée, désespérée après la mort de Ronnie. Il lui avait laissé des dettes en veux-tu en voilà. Les créanciers avaient repris leur maison et quasiment tout le reste, sauf quelques timbres.

— Des timbres ?

— Ouais, Ronnie, c'était son truc. Il n'arrêtait pas d'en vendre et d'en acheter. Il disait que c'était mieux que le cash, plus facile à transporter.

Grace réfléchit.

— J'ai lu quelque part que les familles des victimes du 11-Septembre ont reçu des indemnités financières conséquentes. Ce n'était pas son cas ?

— Elle n'en a jamais parlé. Elle vivait recluse. Elle gardait ses distances. Elle a déménagé dans un petit appartement sur Montpellier Road, quand la maison a été saisie.

— Elle est morte quand ?

Il fit le calcul.

— Novembre. Le 11-Septembre, c'était en 2001, donc novembre 2002. Juste avant Noël, vous voyez ce que je veux dire ? Certains ont du mal avec les fêtes. Elle a sauté par-dessus bord.

— Son corps a été retrouvé ?

— J'en sais rien.

Grace prit des notes tandis que Biglow mangeait. Il picora, mais son esprit était ailleurs. La première femme s'envole pour les États-unis et finit dans les égouts de Brighton. La seconde saute dans la Manche. Beaucoup de questions se pressaient dans sa tête.

— Ils avaient des enfants ?

— La dernière fois que j'ai vu Ronnie, il disait qu'ils essayaient. Mais ils avaient des problèmes de fertilité.

Grace décida d'explorer une autre piste.

— À part toi, qui était proche de Ronnie Wilson ?

— On n'était pas si proches que ça. Amis, mais pas proches. Il y avait ce bon vieux Donald Hatcook. Apparemment, Ronnie était dans son bureau le 11 septembre, dans l'une des tours du World Trade Center. Donald avait réussi – paix à son âme. (Il se creusa la tête.) Et Chad Skeggs. Mais il a émigré, il est parti en Australie.

— Chad Skeggs ?

— Ouais.

Ce nom lui disait quelque chose. Le gars avait eu des démêlés avec la police, il y avait quelques années de cela, mais Grace ne se souvenait plus pourquoi.

— Vous voyez, ils sont tous partis. Ici, il y a bien les Klinger, je suppose. Ouais, Steve et Sue Klinger, vous les connaissez ? Ils vivent sur Tongdean.

Grace hocha la tête. Les Klinger possédaient une demeure tape-à-l'œil sur Tongdean Avenue. Grace se souvenait que la police avait Stephen dans le collimateur – et c'était un euphémisme. Il était admis qu'il avait commencé comme concessionnaire de voitures, qu'il avait généré de l'argent illégalement et que ses boîtes de nuits, bars, cafés, appartements qu'il louait à des étudiants et autres organismes de prêt n'étaient qu'une façade pour sa véritable activité : le trafic de drogue.

Mais jusqu'à présent, il menait si bien sa barque que rien n'avait permis de remonter jusqu'à lui.

— Ronnie et lui bossaient ensemble, reprit Biglow. Puis ils ont eu des gros ennuis avec des bagnoles dont ils avaient trafiqué le compteur. Je ne sais plus exactement ce qui s'est passé. Le fait est qu'une nuit le garage a brûlé, et toute la comptabilité avec. Plutôt pratique. Aucune plainte n'a été déposée contre eux.

Grace ajouta Steve et Sue Klinger à la liste des gens à faire interroger par son équipe. Puis il déchira un angle de sa tranche de pain frit et le trempa dans un œuf.

— Dis-moi Terry, qu'est-ce que tu pensais de Ronnie ?
— Que voulez-vous dire, monsieur Grace ?
— C'était quel genre de mec ?
— Un taré de première, s'exclama Jimmy sans crier gare.
— La ferme ! l'intima Biglow en se tournant vers le commissaire. Ronnie n'était pas un taré. Mais il avait un sacré tempérament, je peux vous le dire.
— Il était complètement taré, insista Jimmy.
Biglow sourit.
— Il lui arrivait de péter un câble, c'était son pire ennemi. Il en voulait à la terre entière parce qu'il ne réussissait pas dans la vie, pas comme ses amis...
Pas comme toi ? se demanda Grace.
— Je vois ce que tu veux dire.
— Vous savez ce que mon père a dit de lui, un jour ?
Grace secoua la tête, tout en mâchant un bout de saucisse bien grasse.
— Il a dit : Ronnie, c'est le genre de mec qui se colle derrière toi au tourniquet pour ne pas payer et qui en ressort devant toi. (Biglow gloussa.) C'était exactement ça, bon vieux Ronnie. Paix à son âme.

68

12 SEPTEMBRE 2001

Ronnie se sentait beaucoup mieux depuis qu'il avait de l'argent sur lui. Dans la poche gauche de sa veste, pour être tout à fait précis. De sa main gauche, il serrait les billets de cent dollars neufs, pliés en deux – du biffeton frais, comme il disait – et ne la retira pas de tout le trajet retour, de Midtown à Brighton Beach, sur la ligne L.

Il ne la retira pas non plus pour se rendre à Mail Box City, à quelques mètres de la station de métro, où il déposa cinq mille six cents dollars dans son coffre-fort. Puis il descendit la rue jusqu'à ce qu'il trouve un magasin de vêtements. Il acheta deux tee-shirts blancs, une paire de chaussettes et un caleçon de rechange, un jean et un blouson léger. Un peu plus loin, il entra dans une boutique de souvenirs et s'offrit une casquette de base-ball avec le logo Brighton Beach. Puis il trouva un magasin de sport et fit l'acquisition d'une paire de baskets pas chères.

Il s'arrêta devant un marchand ambulant pour acheter, en guise de déjeuner, un sandwich au *corned-beef* avec un cornichon gros comme un petit melon et un Coca, puis il retourna dans sa chambre. Il alluma la télévision, se changea et fourra ses anciens habits dans l'un des sacs en plastique qu'on lui avait donnés avec ses courses.

Il avala son sandwich en regardant l'écran. Il n'y avait pas grand-chose de nouveau, juste des résumés, des images de

George Bush déclarant la guerre au terrorisme et les commentaires de dirigeants d'autres pays. Et, au Pakistan, des gens qui sautaient de joie, riaient et arboraient fièrement des bannières anti-américaines.

Ronnie était assez content de lui. Sa fatigue avait disparu, il était chargé à bloc. Il avait fait quelque chose de courageux : il était allé dans la zone de guerre. Il avait le vent en poupe !

Il termina son repas, attrapa le sac contenant ses vieux habits et sortit. Quelques mètres plus loin, il le jeta dans une poubelle presque pleine, dans laquelle pourrissait de la nourriture, puis se rendit au Moscow Bar d'un pas léger.

Le rade était aussi désert que la veille. Ronnie constata avec plaisir que Boris, son nouveau meilleur ami, était fidèle au poste, sur le même tabouret, cigarette à la main, portable à l'oreille, une bouteille de vodka à moitié vide devant lui. La seule différence, c'était son tee-shirt. Celui d'aujourd'hui était rose, avec GENESIS WORLD TOUR écrit en lettres dorées.

La crevette qui faisait office de barman essuyait des verres avec un torchon. D'un hochement de la tête, il indiqua à Ronnie qu'il le reconnaissait.

— Toi de retour ? lui dit-il dans un anglais approximatif. Je pensais que tu étais allé aider. (Il désigna le téléviseur.) Besoin de volontaires aider déterrer les corps. Je pensais que toi parti faire ça.

— J'irai peut-être, répondit Ronnie.

Il se hissa sur un tabouret à côté de son ami et attendit qu'il ait fini sa conversation, qui avait un caractère professionnel.

— Hé, Boris, comment tu vas ? dit-il en lui tapant dans le dos.

Le Russe lui colla à son tour une véritable claque. Ronnie eut l'impression qu'il lui avait fait sauter plusieurs plombages.

— Mon ami ! Comment tu vas ? Tu as trouvé la chambre hier soir ? C'est OK ?

— C'est bien. Super. Merci.

Ronnie se pencha pour atteindre un bouton qui le grattait tout particulièrement au niveau de la cheville.

— Bon. Je ferais n'importe quoi pour mon ami du Canada.

Sans que personne ne lui demande rien, le barman sortit un verre à shot que Boris remplit aussitôt à ras bord.

Ronnie le saisit avec délicatesse entre son pouce et son index et le leva.

— *Carpe diem* !

La vodka passa toute seule. Elle était aromatisée au citron, une vraie drogue. La deuxième descendit encore mieux.

Le Russe agita la main pour le gronder, puis il leva son verre, regarda Ronnie dans les yeux, et la réprimande se transforma en sourire.

— Tu te souviens hier, ce que je t'ai dit, mon ami ?

— Qu'est-ce que tu m'as dit ?

— En Russie, quand on porte un toast, on boit tout. Cul sec. Comme ça.

Boris descendit son verre d'une traite.

*

Deux heures plus tard, après qu'ils se furent raconté les histoires les plus extravagantes qu'ils avaient vécues, Ronnie chancelait et avait du mal à ne pas tomber de son tabouret. Boris semblait impliqué dans toute une gamme d'activités frauduleuses, depuis l'importation de faux parfums de marque, jusqu'à la contrefaçon de *green cards* pour des immigrés russes, en passant par des coups de main aux prostituées cherchant à travailler aux États-Unis. Mais il n'était pas un mac, ça non, avait-il juré à Ronnie. Il était tout sauf un mac.

Et soudain, il passa un bras autour des épaules de Ronnie.

— Je sais que tu as des problèmes, mon ami. Je t'aide ! Je peux t'aider avec tout !

Ronnie constata, avec effroi, que Boris remplissait de nouveau leurs verres. L'écran de télévision n'était plus net du tout. Pouvait-il avoir confiance en ce type ? Il allait devoir faire confiance à quelqu'un et, d'après son esprit embrumé, Boris n'était pas du genre à le juger.

— Pour ne rien te cacher, j'ai besoin que tu me rendes un autre service.

Le Russe ne détacha pas ses yeux de l'écran. Giuliani, le maire de New York, était en plein discours.

— Pour mon ami canadien, n'importe quel service. Qu'est-ce que je peux faire ?

Ronnie ôta sa casquette de base-ball et se pencha vers lui.

— Tu connaîtrais quelqu'un qui pourrait me faire un nouveau passeport ? Et un visa ?

Le Russe lui jeta un regard sévère.

— Tu te crois où ? Dans une ambassade ? C'est juste un bar, ici, OK ?

Ronnie fut décontenancé par sa véhémence, mais le gars enchaîna avec un grand sourire.

— Passeport et visa. Bien sûr. Pas de problème. Ce que tu veux, je te le trouve. Tu veux passeport et visa, pas de problème. J'ai un ami qui peut faire ça. Si tu as l'argent.

— Combien ?

— Ça dépend si c'est un visa difficile ou pas. Je te donne son nom. Moi, je demande rien, OK ?

— C'est très aimable.

Le Russe leva son verre.

— *Carpe diem* !

— *Carpe diem*, répéta Ronnie.

Le reste de l'après-midi passa dans un flou artistique.

69

OCTOBRE 2007

Abby regardait droit devant elle, à travers le pare-brise de la Ford Focus grise de location. Elle avait pensé que le cauchemar ne pouvait pas empirer, et pourtant, c'était le cas.

Ils se dirigeaient vers la bretelle de l'A27 – Patcham à leur droite, des champs vallonnés à leur gauche. Le ciel était bleu par endroits. Elle se sentait libre, même si elle était encore prisonnière. Il l'avait détachée. Elle avait enfilé un jean, un pull, une veste polaire et des baskets.

L'herbe était grasse, d'un vert éclatant, tellement il avait plu ces dernières heures. Le ciel était bleu, on aurait pu se croire en été s'il n'y avait pas eu le chauffage plus que bienvenu dans l'habitacle. Dans son cœur, en revanche, régnait un hiver glacial.

Pour obtenir cet enregistrement, il avait dû mettre le téléphone de sa mère sur écoute, se dit-elle.

Assis à côté d'elle, Ricky conduisait les dents serrées, muet, prudent. Il ne voulait pas risquer de se faire arrêter. Il nourrissait sa colère depuis deux longs mois.

La sortie approchait. Il mit le clignotant. Il connaissait le chemin, l'ayant parcouru ce matin même. Elle écouta le bruit et regarda le témoin lumineux sur le tableau de bord.

Maintenant qu'elle avait bu un peu d'eau et mangé un bout de pain et une banane, elle se sentait mieux et parvenait à réfléchir plus clairement, même si elle était morte de peur pour sa mère – et pour elle-même. Comment Ricky avait-il localisé sa mère ? Sans doute comme il l'avait localisée, elle. Elle se demandait si elle avait eu la négligence de laisser des indices, à l'époque où elle vivait à Melbourne. Comment avait-il bien pu se procurer son adresse ? Ce ne devait pas être si compliqué. Il connaissait son nom de famille et elle avait dû mentionner à un moment ou à un autre que sa mère, veuve, vivait désormais à Eastbourne. Combien de Dawson vivant à Eastbourne y avait-il dans l'annuaire ? Pas tant que cela. Surtout pour un homme déterminé.

Il refusait de répondre à ses questions.

Sa mère était sans défense. Elle souffrait d'une sclérose en plaques qui la paralysait peu à peu. Elle arrivait encore à se lever, mais plus pour longtemps. Elle était farouchement indépendante, mais n'avait plus aucune force physique. Un enfant serait capable de la renverser, ce qui la rendait vulnérable à la moindre agression. Et malgré tout, elle refusait la télé-alarme. Une voisine lui rendait visite à l'occasion, une amie venait jouer au bingo le samedi soir, mais le reste du temps, elle était seule.

Et maintenant, Ricky savait où elle habitait. Abby était terrifiée, surtout qu'il lui avait prouvé à quel point il pouvait être sadique. Elle avait le sentiment que récupérer son dû ne lui suffirait pas – il se ferait un plaisir de se venger en maltraitant sa mère. D'après les conversations qu'ils avaient eues en Australie, au cours desquelles elle s'était épanchée pour gagner sa confiance, il avait appris qu'elle adorait sa mère, qu'elle culpabilisait de l'avoir abandonnée, de s'être installée à l'autre bout du monde à un moment où elle avait le plus besoin d'elle. Il torturerait sa mère pour la faire souffrir, elle.

Ils arrivèrent à un petit rond-point. Il prit la deuxième à droite et s'engagea dans la descente. À leur droite, plusieurs kilomètres de champs et de lotissements. À leur gauche, la zone industrielle de Hollingbury composée d'hypermarchés, d'usines et d'entrepôts des années 1950 transformés en bureaux et en unités ultramodernes. Dans l'un de ces bâtiments, en partie caché par le supermarché Asda, se trouvait le QG de la PJ du Sussex, mais Abby l'ignorait. Qui plus est, elle ne pouvait pas prendre le risque de s'y rendre. Quoi qu'on en pense, elle avait commis un vol. Ce n'est pas parce qu'on plume un criminel que la fin justifie les moyens.

S'ils se dénonçaient mutuellement, ils seraient tous les deux perdants. Mais elle savait aussi que si elle lui rendait ce qu'il voulait, il ne verrait pas l'intérêt de lui laisser la vie sauve.

Ils arrivèrent au niveau d'un imposant édifice, le siège de la chaîne de papeterie British Bookshops, passèrent devant les locaux de l'*Argus*, un magasin Matalan, puis un concessionnaire Renault. Ricky faillit rater le virage. Il freina brutalement, jura, et donna un coup de volant. Les pneus crissèrent. Il s'engagea à trop grande vitesse dans la descente et dut piler à quelques centimètres d'une énorme Volvo avec une minuscule bonne femme à l'intérieur, qui quittait sa place de parking.

— Espèce de demeurée, lui lança-t-il.

Elle répondit d'un geste de la main lui indiquant qu'il était dérangé. Pendant quelques secondes, Abby pensa – ou plutôt espéra – qu'il allait sortir de la voiture et en venir aux mains.

La Volvo s'éloigna, tandis qu'ils poursuivaient leur route, longeant l'arrière d'un entrepôt. Ils passèrent un portail avec de lourdes portes en acier. Un panneau fixé sur chacun des poteaux indiquait que le site était sous vidéosurveillance. Ils entrèrent dans une cour où étaient garés plusieurs camions et camionnettes blindés de transport de fonds. Tous étaient peints aux couleurs de la banque : on pouvait y lire SOUTHERN DEPOSIT SECURITY en lettres dorées sur fond noir, avec le logo, un bouclier entouré d'une chaîne.

Ils se dirigèrent vers un bâtiment moderne plat, avec des fenêtres fines comme des meurtrières, qui lui donnaient un air de forteresse – et c'en était une.

Ricky se gara sur une place réservée aux visiteurs, éteignit le moteur et se tourna vers Abby.

— Si tu fais ta maligne, je tue ta mère. Pigé ?

— Oui, réussit-elle à dire, terrifiée.

Dans le même temps, elle essayait de mettre de l'ordre dans ses pensées. Déterminait comment elle allait s'y prendre. Visualisait les prochaines minutes. Anticipait, en se remémorant ses propres points forts.

Tant qu'il n'avait pas ce qu'il voulait, il lui faudrait négocier. Il entrerait dans une colère noire, mais cela ne changerait rien à cette réalité. C'était pour cela qu'elle était encore en vie. Avec un peu de chance, cela pourrait sauver sa mère également. Elle l'espérait.

Elle avait bel et bien un plan, mais n'avait pas eu le temps de le mûrir. Tandis qu'elle sortait de la voiture, il commença à s'effilocher. Elle sentit ses jambes se dérober, eut soudain l'impression d'être devenue une boule de nerfs, et dut s'accrocher au toit. Elle faillit vomir.

Quelques minutes plus tard, quand elle se sentit un peu mieux, Ricky lui prit le bras et ils se dirigèrent vers l'entrée, comme n'importe quel couple venant déposer des objets précieux, en récupérer, ou simplement admirer leur argenterie. Elle lui jeta un coup d'œil glacial et se demanda, dégoûtée, comment elle avait pu faire toutes ces choses avec lui.

Elle pressa la sonnette, sous le regard impérieux de deux caméras de vidéosurveillance et donna son nom. Quelques instants plus tard, la porte s'ouvrit, ils passèrent deux portes blindées et entrèrent dans un hall austère qui semblait avoir été taillé dans le granite.

Deux agents de sécurité, costauds, sérieux, se trouvaient de part et d'autre de la porte et deux autres derrière le comptoir, derrière une vitre blindée. Elle s'avança vers l'un d'eux et parla dans l'Hygiaphone, envisageant brièvement de lui faire comprendre du regard qu'elle était en danger. Mais elle se ravisa.

— Katherine Jennings, dit-elle d'une voix mal assurée. J'aimerais accéder à mon coffre-fort.

Il glissa un registre sous la vitre.

— Veuillez remplir ceci. Vous souhaitez y accéder tous les deux ?

— Oui.

— Alors il faudrait que vous remplissiez tous les deux le formulaire.

Abby écrivit son nom, la date et l'heure, puis tendit le registre à Ricky. Quand il eut terminé, il le glissa sous la vitre et l'agent entra les informations dans son ordinateur. Quelques minutes plus tard, il leur donna des étiquettes plastifiées à leur nom, qu'ils accrochèrent comme une broche.

— Vous connaissez la procédure ? demanda-t-il à Abby.

Elle hocha la tête et se dirigea vers la porte blindée à droite du comptoir. Elle plaça son œil droit devant le scanner rétinien et appuya sur le bouton vert.

La lourde porte se déverrouilla. Elle la poussa, la tint pour Ricky et tous deux s'engagèrent dans l'escalier en béton. Il la suivait de près. En bas se trouvaient une nouvelle porte et un second scanner biométrique. Elle approcha son œil droit et appuya sur le bouton vert. Elle entendit un déclic et poussa.

Ils se retrouvèrent dans une salle voûtée, étroite, tout en longueur, où régnait un froid polaire. Avec ses trente mètres de long et ses six mètres de large, elle comprenait des coffres-forts en acier numérotés, du sol au plafond, d'un bout à l'autre.

Ceux à droite mesuraient quinze centimètres de profondeur, ceux à gauche soixante, et ceux tout au fond un mètre quatre-vingts de haut. Comme la dernière fois où elle s'était rendue dans cet endroit, elle se demanda quels trésors, acquis plus ou moins légalement, se cachaient derrière ces portes. Ricky, qui détenait la clé, déchiffra avec avidité les numéros.

— 426 ? demanda-t-il.

Elle lui indiqua le bout du couloir, à gauche, et il se mit à courir sur les derniers mètres.

Il glissa la clé plate, fine, dans la serrure verticale et tourna. Le verrou bien huilé obéit gentiment. Il fit un tour complet en écoutant les clics du barillet. Il avait toujours aimé les verrous et savait comment la plupart fonctionnaient. Il essaya de retirer la clé, mais elle resta coincée. Le mécanisme était plus complexe qu'il ne l'imaginait. Il fit un deuxième tour complet et sentit de nouveau le cylindre bouger à l'intérieur du barillet. Il tira.

La lourde porte en métal s'ouvrit. Il regarda à l'intérieur. À son immense surprise, il n'y avait rien.

Il fit volte-face et insulta Abby. Et constata qu'il hurlait dans une pièce vide.

70

OCTOBRE 2007

Abby piqua un sprint. Quand elle vivait à Melbourne, elle faisait son jogging presque tous les matins. Elle n'avait pas fait beaucoup de sport ces deux derniers mois, mais elle était encore en bonne forme.

Sans se retourner, elle traversa le parking de la banque, slalomant entre les camions et les camionnettes, passa le portail et entama la montée. Juste avant de tourner à droite à travers les arbustes des parkings des magasins, elle jeta un coup d'œil par-dessus son épaule.

Pas encore de Ricky à l'horizon.

Elle se fraya un chemin entre les taillis et faillit se faire renverser par une femme qui avait l'air exténuée, au volant d'un break ; elle fonça vers un magasin de meubles MFI. Elle s'arrêta devant le bâtiment et se retourna.

Toujours pas de Ricky.

Elle entra, remarqua au passage l'odeur de meubles neufs et se précipita vers le fond du bâtiment en évitant les clients. Elle traversa l'espace meubles de bureau, salon et chambre, et se retrouva dans la section salle de bains, entourée de bacs à douche. Un très joli modèle à l'italienne se trouvait à sa droite. Elle surveilla l'allée : pas de Ricky en vue.

Son cœur semblait s'être détaché et flotter dans sa cage thoracique. Elle tenait toujours le badge de la banque à la main. Ricky lui avait interdit de prendre son sac à main, mais elle avait réussi à cacher son téléphone, du liquide, sa carte de crédit et la clé de l'appartement de sa mère dans son soutien-gorge. Elle avait éteint son portable au cas – très improbable – où quelqu'un l'aurait appelée. Elle le sortit, l'alluma et composa le numéro de sa mère.

Pas de réponse. Depuis des mois, elle la suppliait d'acheter un répondeur, en vain. Après plusieurs sonneries, elle entendit une tonalité monocorde. Elle réessaya. Un banc à lattes de bois était replié contre le mur, dans la cabine de douche à l'italienne. Elle entra, l'abaissa et s'assit, le combiné à l'oreille. Toujours personne. Elle cherchait une solution. Désespérément.

Elle était paniquée. Elle avait épuisé toutes ses stratégies. Elle n'avait pas assez réfléchi à l'avance, n'arrivait plus à anticiper. Elle était en mode automatique et improvisait.

Ricky avait menacé de s'en prendre à sa mère, une vieille dame malade. Abby savait qu'elle était en position de négocier, car elle possédait encore ce qu'il désirait plus que tout au monde. Elle ne devait pas oublier que la balle était dans son camp.

Il avait beau se mettre dans tous ses états, c'est elle qui détenait le butin. Sauf que...

Elle cacha son visage entre ses mains. Elle n'avait pas affaire à quelqu'un de normal. Le cas Ricky relevait davantage de la machine que de l'être humain.

Une voix la fit sursauter.

— Tout va bien ? Je peux vous aider, madame ?

Un jeune vendeur en costume-cravate, dont le badge accroché sur le revers de sa veste indiquait qu'il s'appelait Jason, se trouvait à l'entrée de la douche. Elle leva les yeux.

— Je... je...

Il avait un air avenant. Elle eut soudain envie de pleurer.

Elle mit au point un plan. D'une voix la plus faible possible, elle murmura :

— Je ne me sens pas très bien. Pourriez-vous m'appeler un taxi ?

— Bien sûr, répondit-il, inquiet. Vous ne préférez pas une ambulance ?

Elle secoua la tête.

— Non, juste un taxi, merci. Tout ira bien quand je serai chez moi. J'ai juste besoin de m'allonger.

— Nous avons une salle de repos pour le personnel, proposa-t-il gentiment. Voudriez-vous vous y allonger en attendant ?

— Oui, merci, merci beaucoup.

Elle regarda autour d'elle pour s'assurer que Ricky ne l'avait pas retrouvée et le suivit, par une porte latérale, dans une kitchenette. Il y avait une rangée de chaises le long du mur, de quoi faire du thé et du café, un petit frigo et une boîte à biscuits.

— Voulez-vous boire quelque chose ? De l'eau ?

— De l'eau, répéta-t-elle en hochant la tête.

— J'appelle un taxi et je vous apporte de l'eau.

— Existe-t-il une deuxième entrée ? Je ne sais pas si j'aurai la force de traverser tout le magasin.

Il montra du doigt une porte qu'elle n'avait pas remarquée, au-dessus de laquelle brillait le panneau « sortie ».

— C'est l'entrée du personnel. Je peux dire au taxi de vous attendre là.

— Vous êtes très aimable.

★

Dix minutes plus tard, Jason vint lui annoncer que le taxi l'attendait. Elle termina son verre et, reprenant son rôle de jeune femme malade, elle se dirigea lentement vers la sortie et monta à l'arrière d'un taxi blanc et bleu de la compagnie Streamline, remerciant une dernière fois le jeune vendeur pour son dévouement.

Le chauffeur, crinière blanche, entre deux âges, ferma la portière derrière elle.

Elle lui indiqua l'adresse de sa mère, à Eastbourne, puis s'enfonça dans son siège de manière à voir sans être vue – du moins l'espérait-elle –, se cachant en partie sous sa veste.

— Vous voulez que je monte le chauffage ? lui demanda le conducteur.

— Non, merci, ça ira.

Elle chercha des yeux la Ford de location de Ricky tandis qu'ils quittaient le parking. Rien à signaler. Mais en haut de la côte, au carrefour avec la route principale, elle la vit. La portière du conducteur était ouverte et Ricky se trouvait juste à côté. Il était hors de lui.

Elle s'affaissa et se couvrit la tête de sa veste. Elle attendit qu'ils soient suffisamment loin et que le taxi ait tourné à droite en haut de la colline avant de se relever pour regarder à travers le pare-brise arrière. Ricky inspectait toujours le parking.

— Dépêchez-vous, lui dit-elle, je vous donnerai un bon pourboire.

— Je vais faire au mieux, répondit-il.

À la radio passait un air qu'elle reconnut : *le Chœur des esclaves*, de Verdi. C'était l'un des morceaux préférés de sa mère. Simple coïncidence ou signe du destin ?

Depuis toujours, elle croyait aux présages. Elle n'avait jamais épousé la foi religieuse de ses parents, mais avait toujours été superstitieuse. Elle trouvait vraiment étrange d'entendre cet air à ce moment précis.

— La musique est agréable, dit-elle.

— Je peux baisser.

— Non, au contraire, montez le son.

Le chauffeur obéit.

Elle composa une nouvelle fois le numéro de sa mère. Pendant que cela sonnait, elle entendit un bip indiquant un appel entrant. *Identité refusée*. Ce ne pouvait être que deux personnes. Elle hésita. Et si c'était sa mère ?

Peu vraisemblable, mais...

Mais...

Elle décrocha.

— OK, connasse, très drôle ! Où tu es ?

Elle raccrocha. Elle se mit à trembler et eut un haut-le-cœur.

Son téléphone sonna. *Identité refusée*. Elle rejeta l'appel la deuxième, et la troisième fois.

Puis elle réalisa qu'elle pouvait la jouer plus finement et attendit.

Mais son portable resta silencieux.

71

13 SEPTEMBRE 2001

Rien ni personne ne l'avait préparé à ce qu'il était en train de vivre, se dit Ronnie en s'approchant du World Trade Center. Ayant assisté en direct aux attentats mardi et ayant vu des milliers d'images à la télévision, il pensait savoir ce qui l'attendait, mais ce qu'il ressentait à présent le bouleversait au plus haut point.

Midi venait de sonner. Il avait la gueule de bois, ce qui n'avait rien d'étonnant vu la quantité ingurgitée la veille avec Boris. Les odeurs qui flottaient dans l'air lui donnaient la nausée. C'était les mêmes qu'à Brooklyn, depuis quarante-huit heures, en beaucoup plus prononcées.

Une file de véhicules d'urgence progressait lentement. Une sirène retentit au loin. À quelques mètres du sommet des tours, des hélicoptères faisaient des rondes. Le bruit des moteurs et des pales était assourdissant.

Le temps qu'il avait investi avec son nouveau meilleur ami avait été rentable. Il commençait à le considérer comme M. J'ai-La-Solution. Le faussaire qu'il lui avait recommandé vivait à une dizaine de minutes à pied de sa chambre. Ronnie s'était attendu à entrer dans un local miteux, planqué, et à trouver un vieil homme ratatiné avec un monocle et des doigts pleins d'encre, mais il s'était retrouvé dans un bureau élégant, décoré avec sobriété, dans un immeuble moderne, face à un jeune Russe de moins de trente ans, bel homme, costume de marque, très avenant, qui aurait pu passer pour un banquier ou un avocat.

Pour cinq mille dollars, dont la moitié payable tout de suite – Ronnie lui avait remis la somme en liquide –, il fabriquerait le passeport et le visa demandés. Au final, Ronnie n'aurait plus que trois mille dollars environ, ce qui devait suffire, s'il était prudent. Il priait pour que le marché du timbre se remette plus rapidement que la Bourse, dont les cours étaient toujours en chute libre.

Et ce n'était rien comparé aux sommes qui l'attendaient, si son plan fonctionnait.

Un peu plus loin devant lui, une barrière avait été installée en travers de la rue, et levée pour laisser passer les convois. Deux jeunes soldats la surveillaient. Ils portaient un treillis, un casque de GI et une mitrailleuse, et avaient une attitude agressive, comme s'ils cherchaient un truc à dégommer, dans leur nouvelle guerre contre le terrorisme.

Une foule composée vraisemblablement de touristes, parmi lesquels un groupe de jeunes Japonais, prenaient tout en photo : les vitrines des magasins couvertes de poussière, les feuilles de papier disséminées un peu partout, la couche de cendres qui arrivait par endroits aux chevilles... Il y avait encore plus de poussière que mardi, mais les fantômes semblaient moins gris. Ils ressemblaient davantage à des êtres humains. Des gens en état de choc.

Une femme d'une petite quarantaine d'années, avec des cheveux bruns emmêlés, en blouse et tongs, le visage baigné de larmes, agitait au-dessus de la foule la photo d'un bel homme élancé, en costume-cravate. Elle regardait chaque personne à tour de rôle sans rien dire, les implorant de venir à sa rencontre et de lui lancer, sans crier gare : « Je me souviens de ce gars, je l'ai vu, il n'avait rien, il se dirigeait vers... »

Juste avant d'arriver au niveau des soldats, Ronnie vit, sur sa gauche, une palissade avec une douzaine de photos. La plupart étaient des gros plans de visages, certains sur fond de bannière étoilée. Elles avaient été emballées dans du cellophane, pour les protéger de la pluie. Elles comportaient le nom de la personne et un message. Le plus souvent : « Avez-vous vu Untel ? »

— Je suis désolé, monsieur, mais vous ne pouvez pas aller plus loin.

La voix était polie, mais ferme.

— Je suis venu aider à fouiller les décombres, dit Ronnie avec un faux accent américain. J'ai entendu dire que vous aviez besoin de volontaires.

Il considéra les soldats d'un air interrogateur, en jetant un regard inquiet à leurs armes. Puis, d'une voix étouffée, il ajouta :

— J'avais de la famille dans la tour Sud, mardi.

— Comme tout le monde à New York, dit le plus âgé en lui adressant un sourire désespéré, du style : « On est tous dans le même merdier. »

Une pelleteuse passa la barrière, suivie d'un bulldozer.

L'autre soldat montra du doigt le bout de la rue.

— Tourne à gauche, première à gauche, tu verras une série de tentes. Ils te donneront l'équipement et te diront quoi faire. Bonne chance.

— Ouais, bonne chance aussi, répondit Ronnie.

Il passa sous la barrière et, à quelques mètres de là, découvrit véritablement l'étendue du désastre. Le paysage lui évoqua des photos d'Hiroshima après l'explosion atomique.

Quelque peu désorienté, il tourna à gauche et suivit la rue. Et soudain, l'Hudson apparut dans son champ de vision. Au bord du fleuve, il découvrit un campement de fortune composé de stands et de tentes et une immense zone de gravats. Il contourna un 4 × 4 retourné. Une veste de pompier en lambeaux gisait au sol, bandes jaunes sur fond gris, uniforme informe, terreux. L'une des manches, arrachée, se trouvait quelques mètres plus loin. Un pompier en tee-shirt bleu couvert de poussière était assis sur un petit monticule ; tenant sa tête d'une main et une bouteille d'eau de l'autre, il donnait l'impression d'être à bout.

Quand les hélicoptères s'éloignèrent provisoirement, Ronnie perçut d'autres bruits : une grue, des marteaux-piqueurs, des bulldozers, etc., et, par intermittence, les sonneries et vibreurs de téléphones portables. À l'entrée du village de tentes, des gens patientaient en file indienne, certains en uniforme et casque, tandis que d'autres faisaient la queue devant des tables sur tréteaux. Il y avait des odeurs nouvelles : poulet rôti et hamburger.

Sans vraiment s'en rendre compte, il se retrouva dans la file et passa devant un stand où on lui remit une bouteille d'eau. À celui d'après, on lui tendit un masque. Il entra dans une tente où un hippie souriant, cheveux longs, plus vrai que nature, lui donna un casque bleu, une torche et des piles de rechange.

Ronnie enfonça sa casquette dans sa poche et enfila le masque, puis le casque. Il passa devant un nouveau stand où on lui proposa des chaussettes, un slip et des bottes, qu'il refusa poliment. Il progressa à pas lents jusqu'à la sortie, puis se retrouva devant une carcasse de bâtiment noircie par les flammes. Un flic du NYPD vêtu d'un gilet pare-balles bleu sale et d'un casque passa devant lui, juché sur un tracteur vert, remorquant ce qui ressemblait à des housses mortuaires.

Derrière un arbre calciné, Ronnie vit un oiseau planer au-dessus d'un mur en ruine. Une façade était dangereusement inclinée, un peu comme la tour de Pise ; les encadrements de fenêtres étaient intacts, alors que toutes les vitres avaient volé en éclats quand les quarante ou cinquante étages de bureaux s'étaient effondrés.

Ronnie avança sur les toits de voitures de police aplaties et marcha sur un camion de pompiers retourné, à moitié calciné. De temps en temps, il entendait une sonnerie de téléphone s'élever des décombres. Des petites équipes creusaient frénétiquement en se criant des consignes. Des maîtres-chiens s'affairaient ; des bergers allemands, des labradors, des rottweilers et d'autres races qu'il ne connaissait pas tiraient sur leur laisse, le nez dans les gravats.

Il passa à côté d'une chaise de bureau couverte de poussière, au dos de laquelle se trouvait une veste de femme, tout aussi poussiéreuse. Un cordon téléphonique s'était enroulé autour du fauteuil et le combiné pendait du siège.

Il vit un objet briller. En se penchant, il réalisa que c'était une alliance. À côté se trouvait une montre écrasée. Les gens formaient des chaînes, ramassaient des objets dans les décombres et se les passaient. Il recula pour observer le tableau, comprendre la logique de leurs mouvements. Au final, il se rendit compte qu'il n'y en avait pas : des policiers placés en périphérie tenaient de grands sacs-poubelles noirs dans lesquels les volontaires mettaient ce qu'ils trouvaient.

Juste devant lui, il remarqua un objet qu'il prit d'abord pour un moulage en cire avant de comprendre, avec horreur, qu'il s'agissait d'une main. Il sentit son petit déjeuner remonter. Il se détourna et avala une gorgée d'eau pour dissoudre la poussière qui était entrée dans sa gorge.

Au bout de la zone, il remarqua un panneau sur une barricade marron qui disait, en lettres rouges : « Dieu bénisse la police et les pompiers de NY. » Toutes sortes de personnes visiblement épuisées arpentaient le site en montrant des photos. Des hommes, des femmes, des enfants, parfois en bas âge, se mêlaient aux sauveteurs en uniforme, casque, masque chirurgical ou masque à gaz.

Il enjamba une croix brûlée. Il devait se concentrer pour garder l'équilibre sur ce sol mouvant. Il vit une grue pliée comme un tyrannosaure mort ; deux hommes en tenue verte de médecin ; un policier portant un casque bleu à frontale, des cordes et des mousquetons à sa ceinture, qui découpait les débris avec une meuleuse d'angle.

Un drapeau américain avait été planté en biais, comme si ce territoire venait d'être conquis. C'était le chaos le plus total, aucune coordination. *Parfait*, se dit Ronnie.

Il jeta un œil derrière lui : la file indienne se prolongeait à perte de vue. Il fit un pas de côté, se laissa doubler et s'éloigna. Puis, sans se faire remarquer, avec un pincement au cœur, il fit tomber son portable, l'enfonça, le piétina et s'éloigna de quelques mètres. Il sortit son portefeuille de sa veste, passa en revue son contenu, sortit les quelques billets et les enfonça dans la poche arrière de son jean. Il laissa ses cinq cartes de crédit, sa carte de membre du Royal Automobile Club, celle du club automobile de Brighton et Hove, et, après quelques secondes de réflexion, son permis de conduire.

Sans trop savoir s'il avait le droit de fumer ou pas, il glissa discrètement une cigarette entre ses lèvres, sortit son briquet et protégea la flamme de ses mains. Mais au lieu d'allumer sa cigarette, il brûla les bords de son portefeuille. Puis il le fit tomber et le piétina autant qu'il put.

Il alluma sa cigarette et tira dessus avec délectation. Quand il l'eut finie, il se pencha et ramassa son portefeuille. Puis il recula de quelques pas, récupéra son portable et les apporta à l'un des responsables.

— J'ai trouvé ça, dit-il.

— Mettez-les dans le sac. Tout sera trié, lui répondit la femme policier.

— On pourra peut-être identifier quelqu'un grâce à ces objets, précisa-t-il.

— C'est ce qui est prévu, le rassura-t-elle. Beaucoup de personnes sont portées disparues depuis mardi.

Ronnie acquiesça.

— Quelqu'un va noter tout ce qui aura été retrouvé ? demanda-t-il, pour en avoir le cœur net.

— Oui. On va tout répertorier. La moindre chaussure, la moindre boucle de ceinture... On a tous un membre de notre famille quelque part ici, dit-elle en parcourant, d'un geste du bras, le paysage de désolation. Tous les New-Yorkais ont perdu un être cher.

Ronnie hocha la tête et s'éloigna. Ç'avait été encore plus simple que prévu.

72

OCTOBRE 2007

— C'est ici, dit Abby, juste après le lampadaire, à gauche.

Elle jeta de nouveau un coup d'œil par le pare-brise arrière. Nulle trace de Ricky, ni de sa voiture. Mais il n'était pas exclu qu'il soit arrivé avant elle.

— Pourriez-vous continuer, tourner à gauche et faire le tour du pâté de maisons ?

Le taxi obtempéra. Le quartier résidentiel, situé pas loin de l'université de Eastbourne, était calme. Abby observa les voitures garées dans les rues adjacentes. Elle fut soulagée de constater que Ricky n'était pas là.

Le chauffeur revint dans la rue principale bordée de maisons en briques rouges au bout de laquelle, de façon complètement incongrue, se trouvait un petit immeuble bâti dans les années 1960. C'était là que vivait sa mère. Le bâtiment avait été construit à la va-vite, ce qui expliquait qu'après quarante ans d'embruns iodés, il était dans un piteux état.

Le taxi se gara en double file contre un vieux break Volvo. Le compteur indiquait trente-quatre livres. Elle lui tendit deux billets de vingt.

— Je vais avoir besoin de votre aide. Je vous paye maintenant pour que vous soyez sûr que ce n'est pas une arnaque. Gardez la monnaie et laissez le compteur tourner.

Il acquiesça, pas rassuré. Elle regarda une nouvelle fois par-dessus son épaule.

— Je vais entrer dans cet immeuble. Si je ne suis pas revenue dans cinq minutes, appelez la police et dites que je me suis fait attaquer.

— Vous voulez que je vous accompagne ?

— Non, ça va aller, merci.

— Des soucis avec votre mari ou votre petit ami ?

— Exactement, fit-elle en ouvrant sa portière, tout en observant la rue. Je vais vous donner mon numéro de portable. Si vous voyez une Ford Focus grise – cinq portes, relativement neuve, avec un gars portant une casquette de base-ball, appelez-moi sans attendre.

Il lui fallut un temps fou pour trouver un stylo, puis il nota le numéro avec une lenteur exaspérante.

Quand il eut terminé, elle courut vers l'entrée de l'immeuble, ouvrit la porte et pénétra dans le hall décrépi. C'était bizarre de revenir dans cet endroit. Apparemment, rien n'avait changé. Le sol en linoléum, qui semblait d'origine, était immaculé, comme d'habitude, et des menus de pizzas à emporter et autres traiteurs chinois, thaïlandais ou indien débordaient de nombreuses boîtes aux lettres.

Ça sentait fort la cire et les légumes bouillis. Elle jeta un œil à la boîte aux lettres de sa mère pour vérifier qu'elle était bien vide. Elle constata, abattue, qu'elle était pleine et que plusieurs enveloppes dépassaient. L'une des lettres était un rappel de paiement de la taxe audiovisuelle.

Jusqu'à présent, sa mère se faisait une joie d'aller chercher son courrier. Elle était abonnée à des tas de magazines et participait à tous les jeux concours possibles et imaginables. Le plus drôle, c'est qu'elle gagnait souvent. Petite, Abby avait reçu de nombreux cadeaux gagnés par sa mère ; elle avait même remporté des séjours au soleil, et la moitié des meubles de l'appartement.

Pourquoi n'avait-elle pas ramassé son courrier ?

Terrorisée, Abby parcourut le couloir à grandes enjambées, jusqu'à l'appartement de sa mère, qui se trouvait côté cour. Une télévision était allumée à l'étage au-dessus. Elle frappa à la porte, puis, sans attendre de réponse, l'ouvrit avec sa clé.

— Maman ?

Elle entendit une voix. La présentatrice météo. Elle répéta, plus fort.

— Maman !

Dieu que c'était étrange de se retrouver là... Deux ans qu'elle n'était pas venue. Elle savait que ce serait un choc pour elle de la revoir, mais c'était le cadet de ses soucis.

— Abby ? fit sa mère avec étonnement.

Abby traversa le petit hall d'entrée et pénétra dans le salon, sans prêter attention aux relents humides et aux odeurs corporelles. Sa mère était assise sur le canapé, maigre comme un clou. Ses cheveux gris étaient plus ternes que jamais. Elle portait une robe de chambre à fleurs et des pantoufles à pompons. Sur ses genoux était posé un plateau avec des motifs de roses, dont Abby se souvenait, sur lequel se trouvait une boîte de riz au lait.

Des magazines déchirés et des formulaires de concours jonchaient le tapis. Un immense téléviseur Sony, gagné à l'un de ces jeux, trônait sur une table roulante en métal – un autre lot. C'était la fin du journal télévisé.

Sa mère sursauta ; le plateau tomba par terre. Elle avait vu un fantôme.

Abby se précipita vers elle et l'enlaça.

— Je t'aime, maman, je t'aime tant.

Mary Dawson avait toujours été menue, mais Abby ne l'avait jamais vue aussi frêle, comme si elle s'était ratatinée au cours des deux dernières années. Elle avait gardé un joli visage, de magnifiques yeux bleu clair, mais elle n'avait jamais été aussi ridée. Abby la serra fort. Elle pleurait tellement qu'elle mouillait les cheveux de sa mère, qui, même sales, diffusaient une odeur familière.

Quand son père était mort d'un cancer de la prostate, dix ans plus tôt – trop vite, mais peut-être était-ce mieux ainsi – Abby avait espéré que sa mère rencontrerait quelqu'un. Mais quand elle était tombée malade, tout espoir s'était envolé.

— Que se passe-t-il, Abby ? Tu es là pour *Avis de recherche* ? lui demanda-t-elle, des étoiles dans les yeux.

Abby éclata de rire. S'accrochant à sa mère, elle se rendit compte qu'elle n'avait pas ri depuis très longtemps.

— Je pense que l'émission n'existe plus.

— De toute façon, il n'y avait rien à gagner, ma petite chérie.

Abby rit de nouveau.

— Tu m'as manqué, maman !

— Toi aussi, ma puce, tout le temps. Pourquoi tu ne m'as pas dit que tu étais rentrée d'Australie ? Quand es-tu arrivée ? Si j'avais su, j'aurais été plus présentable !

Abby se souvint soudain du chauffeur et jeta un œil à sa montre. Trois minutes s'étaient écoulées. Elle se remit sur pied.

— Je reviens dans une seconde !

Elle sortit précipitamment, vérifiant à droite et à gauche, puis fonça vers le taxi et ouvrit la portière avant côté passager.

— J'en ai encore pour quelques minutes. Mêmes consignes. Appelez-moi si vous le voyez.

— S'il se montre, je lui fais la peau !

— Un coup de fil suffira.

Elle retourna auprès de sa mère.

— Maman, je ne peux pas tout t'expliquer maintenant. Je vais appeler un serrurier et lui demander de passer aujourd'hui pour poser un nouveau verrou, une chaîne de sécurité et un judas.

— Qu'est-ce qui se passe, Abby ? Dis-moi.

Abby se dirigea vers le téléphone, le souleva et le retourna. Elle ne savait pas comment on pouvait mettre un appareil sur écoute ; ce qui était sûr, c'est qu'il n'y avait pas de puce sous ce téléphone. Elle étudia le combiné et ne vit rien de suspect non plus. Mais bon, elle n'y connaissait rien.

— Tu as d'autres téléphones ?

— Tu t'es mise dans de beaux draps, c'est ça ? Qu'est-ce qui se passe ? Je suis ta mère, dis-moi !

Abby s'agenouilla, prit le plateau, puis se rendit dans la cuisine pour chercher une éponge et nettoyer le riz au lait renversé.

— Je vais t'acheter un nouveau téléphone, un portable. N'utilise plus celui-ci, s'il te plaît.

En nettoyant le vieux tapis, Abby remarqua que c'était le même que dans leur ancienne maison, à Hollingbury. Rouge foncé, avec, au bord, des roses entremêlées sur fond vert, ocre et marron, usé jusqu'à la corde. Elle était heureuse de le revoir, il lui rappelait son enfance.

— Qu'est-ce qui se passe, Abby ?

— Tout va bien.

Sa mère secoua la tête.

— Je suis peut-être malade, mais je ne suis pas idiote. Tu as peur de quelque chose. Si tu ne peux pas en parler à ta maman, à qui peux-tu te confier ?

— Contente-toi de faire ce que je te demande, je t'en prie. Tu as un annuaire ?

— Dans le tiroir du bas, répondit-elle en désignant une commode en noyer.

— Je t'expliquerai tout plus tard, là, je n'ai pas le temps. D'accord ?

Elle alla chercher l'annuaire. Il n'était plus tout jeune, mais ce n'était sans doute pas grave. Elle l'ouvrit et le feuilleta.

Elle passa un coup de fil, puis informa sa mère qu'un employé de la société Eastbourne Lockworks passerait en fin d'après-midi.

— Tu es en danger, Abby ?

Elle secoua la tête. Elle ne voulait pas inquiéter sa mère outre mesure.

— Un homme me harcèle. Il voulait sortir avec moi. Il va tenter de parvenir à ses fins en se servant de toi, c'est tout.

Sa mère la regarda longuement, comme si elle doutait de ses dires.

— Tu es toujours avec ce gars, Dave ?

Abby alla poser l'éponge dans l'évier de la cuisine, puis revint embrasser sa mère.

— Oui.

— J'ai l'impression que ce n'est pas un homme bien.

— Il est gentil avec moi.

— Ton père était un homme bien. Il n'était pas ambitieux, mais c'était un homme honnête. Et plein de sagesse.

— Je le sais.

— Tu te souviens de ce qu'il disait ? Il se moquait de moi quand je faisais des jeux concours et il déclarait : dans la vie, le but ce n'est pas d'obtenir ce que l'on veut, mais de désirer ce que l'on a. (Elle dévisagea sa fille.) Tu aimes ce que tu as ?

Abby rougit. Puis elle embrassa sa mère sur les deux joues.

— Ce sera bientôt le cas. Je reviens dans moins d'une heure avec un nouveau téléphone. Tu penses avoir de la visite aujourd'hui ?

Sa mère réfléchit.

— Non.

— Ton amie du dessus qui vient de temps en temps ?

— Doris ?

— Elle pourrait rester avec toi jusqu'à ce que je revienne ?

— Je suis peut-être malade, mais je ne suis pas invalide.

— Au cas où il viendrait.

Sa mère la considéra de nouveau longuement.

— Tu ne penses pas que tu devrais me raconter toute l'histoire ?

— Plus tard, promis. Elle habite quel appartement ?

— Numéro quatre, premier étage.

Abby grimpa l'escalier à toute allure, trouva l'appartement et sonna.

Quelques instants plus tard, Abby entendit le cliquetis d'une chaîne de sécurité qu'on enclenche d'une main tremblante ; elle aurait tant aimé que sa mère en ait une elle aussi. Puis la porte s'ouvrit de quelques centimètres et une femme immense, aux cheveux blancs, un visage aristocratique en partie dévoré par des lunettes de soleil larges comme un masque de plongée, apparut dans l'embrasure. Elle portait un élégant tailleur en maille.

— Bonjour, dit-elle avec un accent très distingué.

— Je suis Abby Dawson, la fille de Mary.

— La fille de Mary ! J'ai tellement entendu parler de vous. Je pensais que vous étiez en Australie, dit-elle en ouvrant plus grand la porte et en approchant son visage. Pardonnez-moi, je souffre de dégénérescence maculaire. Je ne vois que du coin de l'œil.

— Je suis désolée, fit Abby. (Elle savait que la situation exigeait davantage de compassion, mais elle était pressée d'en venir aux faits.) J'ai un service à vous demander. Je dois m'absenter une heure et... c'est une longue histoire. Un ex-petit ami s'acharne après moi et j'ai peur qu'il s'en prenne à maman. Pourriez-vous rester à ses côtés le temps que je revienne ?

— Bien sûr. Vous ne préférez pas qu'elle monte chez moi ?

— Ce serait mieux, mais elle attend un serrurier.

— OK, pas de souci, je prends ma canne et je descends dans quelques minutes. (Puis, elle ajouta, non sans humour, d'une voix menaçante :) Si le gars ose se montrer, il va le regretter.

Abby se pressa de retourner dans l'appartement de sa mère. Elle lui résuma la situation et conclut :

— N'ouvre à personne avant mon retour.

Puis elle sauta à l'arrière du taxi garé en bas.

— Conduisez-moi dans un magasin de téléphonie mobile, dit-elle au chauffeur.

Elle vérifia sa poche. Il lui restait quatre-vingts livres en liquide. Cela devrait suffire.

*

Garé à l'abri des regards derrière un camping-car blanc, dans la rue adjacente à droite, Ricky attendit que le taxi démarre pour allumer le contact et le suivre à bonne distance. Il était curieux de savoir où Abby comptait se rendre.

Dans le même temps, sans lâcher le système d'écoute – un GSM 3060 Intercept – qu'il avait posé sur le siège passager, il rappela le serrurier, Eastbourne Lockworks, et enregistra le numéro. Il avait bien fait de prendre l'appareil, c'eût été dommage de laisser ce précieux allié dans la camionnette.

Il annula poliment le rendez-vous en expliquant que la vieille dame, sa mère, avait oublié qu'elle devait se rendre à l'hôpital cet après-midi. Il rappellerait plus tard pour fixer un autre rendez-vous pour le lendemain.

Puis il appela la mère d'Abby en se faisant passer pour le responsable d'Eastbourne Lockworks et s'excusa platement pour le retard. Ses employés avaient été réquisitionnés pour une urgence. L'un d'eux passerait chez elle dans les meilleurs délais, mais sans doute pas avant le début de soirée, sinon très tôt demain matin. Il espérait que cela ne poserait pas de problème. Elle lui répondit qu'elle n'y voyait aucun inconvénient.

Le taxi conduisait comme une tortue, ce qui rendait la filature d'autant plus simple. Qui plus est, le véhicule était peint en turquoise et blanc et avait une lumière sur le toit. Dix minutes plus tard, il se mit à ralentir dans une rue commerçante et freina plusieurs fois avant de se garer devant une boutique de téléphonie. Ricky repéra une place, donna un grand coup de volant, et vit Abby courir vers le magasin.

Il éteignit le moteur, sortit un Mars de sa poche, mordit dedans, affamé, et attendit patiemment.

73

OCTOBRE 2007

Quelque chose turlupinait le commandant Stephen Curry, qui rentrait juste de sa réunion avec la police de proximité – réunion qui avait d'ailleurs duré beaucoup plus longtemps que prévu.

Tellement longtemps qu'ils avaient fini par commander des sandwichs pour le déjeuner. De nombreux points avaient été abordés, dont l'existence de deux campements de gens du voyage qui posaient problème à Hollingbury et Woodingdean, ou encore la création d'une commission spéciale sur les nouveaux gangs de jeunes s'adonnant au *happy slapping*.

Ces attaques devenaient problématiques, car les ados les filmaient et postaient les vidéos sur des sites tels que Bebo et MySpace. Certaines, très violentes, s'étaient déroulées dans l'enceinte d'écoles ; relayées par l'*Argus*, elles avaient eu un réel impact sur les parents et leurs enfants.

Il était presque 14 h 30, il avait des tonnes de trucs à régler dans la journée et il fallait qu'il parte plus tôt que d'habitude car, avec Tracy, c'était leur anniversaire de mariage et il lui avait promis – du fond du cœur – qu'il ne rentrerait pas tard.

Il s'assit à son bureau et survola le fil d'informations relatif aux incidents ayant eu lieu dans sa circonscription ces dernières heures. Il ne s'agissait que de délits mineurs ne nécessitant pas son intervention. Tous les appels d'urgence avaient été traités sans délai et aucun accident n'était suffisamment grave pour exiger des renforts.

Il se souvint soudain du coup de fil que Roy Grace lui avait passé dans la matinée, ouvrit son carnet et retrouva le nom de Katherine Jennings et son adresse. Il avait remarqué que John Morley, le chef d'une brigade d'agents de proximité, venait d'arriver. Il l'appela et lui demanda d'envoyer un membre de son équipe sur les lieux pour voir si tout allait bien. Morley coinça le combiné entre son épaule et sa joue et sortit un stylo tout en retenant, avec sa main gauche, la page d'un dossier qu'il était en train de lire concernant le transfert d'un prisonnier arrêté par l'équipe de nuit. Il retourna un bout de papier qui traînait sur son bureau, sur lequel il avait noté un numéro de plaque d'immatriculation, et griffonna le nom et l'adresse que son supérieur lui dictait.

Il était jeune et intelligent. Sa coupe très courte et son gilet pare-balles lui donnaient l'air plus dur qu'il ne l'était en réalité. Comme tous ses collègues, il était débordé et stressé, à cause de la pénurie de main-d'œuvre.

— Elle avait mille raisons d'être agitée par ce guignol de Spinella. Personnellement, j'aurais été agité.

— M'en parle pas, approuva Curry.

Quelques minutes plus tard, au moment où il allait recopier les informations sur son carnet, son téléphone sonna. C'était l'état-major qui lui demandait de prendre en charge une urgence. Une fillette de huit ans était portée disparue. Elle avait quitté l'école cet après-midi et n'était toujours pas rentrée chez elle.

Branle-bas de combat. Morley commença par prévenir son supérieur par talkie-walkie, puis aboya des instructions à l'équipe d'agents de proximité qui patrouillait en ville. Il se précipita au bout de la pièce encombrée, où se trouvaient une demi-douzaine de bureaux métalliques, des boîtes de fournitures et des rangées de portemanteaux et de crochets pour les vestes, les casques et les couvre-chefs, et attrapa sa casquette.

Happant au passage deux officiers arrivés en avance, il courut vers la porte sans interrompre sa conversation téléphonique.

Quand tous trois passèrent devant son bureau, un courant d'air souleva le bout de papier comportant le nom et l'adresse de Katherine Jennings, qui atterrit par terre.

Dix minutes plus tard, une assistante personnelle déposa les copies de la dernière directive relative à la diversité culturelle dans la police sur le bureau du commandant Morley, afin qu'il les distribue aux membres de son équipe. En partant, elle remarqua le bout de papier, se baissa, le ramassa et le jeta consciencieusement dans la corbeille.

74

OCTOBRE 2007

Grace avait repris des couleurs. L'air frais et le déjeuner bien gras s'avéraient efficaces contre la gueule de bois, constata-t-il en retournant vers son parking, en haut de Church Street.

Il mit le ticket dans la machine et hallucina, comme à chaque fois qu'il se garait là, quand il vit le montant s'afficher. Puis il emprunta l'escalier pour rejoindre sa voiture, à l'étage, et repensa à Terry Biglow.

Il ressentait de l'empathie, ou plutôt de la pitié, pour le gars, mais pas pour son complice. Biglow avait eu du style, dans le temps, et c'était sans doute le dernier de la vieille école à respecter la police – à défaut d'autre chose.

Le pauvre bougre n'en avait plus pour longtemps. À quoi pense-t-on, à l'approche de la mort, quand on a mené une vie de criminel ? Regrettait-il d'avoir gâché sa vie ? De n'avoir rien construit ? D'avoir brisé des existences et de finir sans rien, même pas la santé ?

Il déverrouilla ses portières, s'assit au volant et parcourut les notes qu'il avait prises pendant le déjeuner. Au milieu de sa lecture, il téléphona à Glenn Branson pour lui annoncer que Ronnie s'était remarié et que sa deuxième femme s'appelait Lorraine. Il lui demanda d'embarquer Bella Moy et d'aller interroger les Klinger qui, selon Terry Biglow, étaient les meilleurs amis de Ronnie Wilson. Stephen Klinger possédait plusieurs boutiques d'antiquités à Brighton, il ne serait pas difficile à trouver.

Au moment où il raccrocha, son téléphone sonna. C'était Cleo.

— Comment va votre gueule de bois, commissaire Grace ? lui demanda-t-elle.

Étrange, se dit-il. Sandy l'appelait tout le temps Grace, et maintenant, Cleo le faisait de temps en temps. C'était plutôt bon signe.

— Ma gueule de bois ? Comment tu sais ?

— Tu m'as appelée hier soir d'un pub à 23 h 30 pour me bafouiller ta flamme.

— J'ai fait ça ?

— Oh, oh, joli trou de mémoire. Ce devait être une cuite mémorable.

— Horrible, oui. Cinq heures à écouter Glenn Branson se lamenter à propos de son couple. N'importe qui se serait saoulé pour endurer ça.

— J'ai l'impression que son mariage est en phase terminale.

— Ouais, c'est la tournure qu'il prend.

— Euh... J'ai un service à te demander, dit-elle de sa voix la plus suave.

— Quel genre de service ?

— J'aurais besoin d'une heure de ton temps, de 17 à 18 heures.

— Que veux-tu que je fasse ?

— Je dois m'occuper d'un cas de suicide un peu pénible – un gars retrouvé dans son abri de jardin, un coup d'un fusil de calibre douze dans la bouche. La coroner a des doutes sur les circonstances de la mort. Elle veut l'avis d'un légiste maison, donc notre cher ami Theobald va venir faire l'autopsie cet après-midi. Ce qui veut dire que je ne peux pas amener Humphrey à son entraînement.

— Son entraînement ?

— Oui. Ce sera une bonne occasion pour vous de faire connaissance.

— Cleo, je suis en plein milieu d'une..

Elle l'interrompit :

— Enquête pour meurtre, je suis au courant. La victime est morte depuis dix ans. Une heure ne changera pas grand-chose. C'est tout ce que je te demande. C'est le début d'un cycle et j'aimerais vraiment qu'Humphrey y assiste. Et parce que tu es un amour, tu vas accepter, et je t'offrirai une récompense digne de ce nom !

— Une récompense ?

— OK. Le cours a lieu de 17 à 18 heures. Voici ce que je te propose. Tu accompagnes Humphrey et, en échange, je te ferai des crevettes tigrées et des coquilles Saint Jacques sautées, façon thaï.

Elle toucha une corde sensible. Ses crevettes tigrées et coquilles Saint-Jacques sautées étaient l'un des meilleurs plats de son magnifique répertoire.

Avant qu'il n'ait pu faire un commentaire, elle ajouta :

— J'ai également prévu une très belle bouteille de sauvignon blanc Cloudy Bay que je viens de mettre au frais. (Elle marqua une pause et reprit, d'une voix ultra sexy :) Et...

— Et ?

Elle laissa planer un long silence. On entendit les mouches voler.

— Et quoi ? répéta-t-il.

— Laisse libre cours à ton imagination, lui susurra-t-elle d'une voix encore plus sensuelle.

— Tu avais quelque chose de particulier à l'esprit ?

— Plein de choses, oui. Il faut qu'on compense ton absence d'hier. Tu penses pouvoir sauter sur l'occasion, malgré ta gueule de bois et tout le reste ?

— C'est envisageable.

— Parfait. Tu fais plaisir à Humphrey, je te ferai plaisir. Marché conclu ?

— Je dois prévoir des biscuits ?

— Pour Humphrey ?

— Non, pour toi.

— Va te faire... (Il sourit.) Oh, et une dernière chose. Ne t'emballe pas trop non plus, Humphrey a tendance à mordre les trucs durs.

75

OCTOBRE 2007

Ricky était tellement affamé qu'il aurait volontiers englouti un deuxième Mars, mais il ne voulait pas risquer de s'éloigner de sa voiture pour aller en acheter un, et de la louper. Nom de Dieu, cela faisait plus d'une demi-heure qu'elle était entrée dans cette boutique. Qu'est-ce qu'elle foutait, la garce ? À coup sûr elle hésitait sur la couleur.

Son taxi allait lui coûter une fortune ! Et avec quel argent allait-elle le payer ?

Le sien, évidemment.

Le faisait-elle exprès pour le mettre hors de lui, consciente qu'il l'épiait ?

Il lui revaudrait ça. Au centuple.

Elle se confondrait en excuses. Le supplierait pendant des heures. Jusqu'à ce qu'il en ait fini avec elle.

Une ombre s'approcha côté conducteur. Un contractuel regardait par la fenêtre. Il baissa la vitre.

— J'attends ma mère, lui dit Ricky. Elle est handicapée... Je n'en ai pas pour longtemps.

Le jeune flic dégingandé, visage renfrogné, casquette de travers, ne fut pas impressionné par son excuse.

— Vous êtes là depuis une demi-heure.

— Elle me rend dingue, répondit Ricky. Elle perd la tête. La maladie s'est déclarée récemment. (Il tapota le verre de sa montre.) Je dois l'accompagner à l'hôpital. Accordez-moi encore quelques minutes.

— Cinq, répliqua le contractuel, en s'éloignant, l'air important.

Il s'arrêta au niveau de la voiture de devant et dressa un procès-verbal. Une dispute éclata quand la propriétaire du véhicule revint, très en colère. Ricky observa l'altercation, puis suivit des yeux l'agent qui progressait pas à pas, de voiture en voiture. Il se rendit compte, abasourdi, que vingt minutes de plus s'étaient écoulées. *Bordel, il te faut combien de temps pour acheter un téléphone ?* Cinq minutes, puis cinq autres... Et soudain, le taxi démarra et fut aussitôt englouti par la circulation.

Ricky n'en croyait pas ses yeux. L'avait-il manquée ? Le contractuel avait-il demandé au taxi de dégager ?

Il mit le contact et reprit sa filature, laissant plusieurs véhicules s'intercaler. Le taxi se dirigea vers la mer, puis tourna à droite. Gardant ses distances, il suivit ce chauffeur complètement demeuré, qui conduisait comme un grabataire. Ils longèrent le bord de mer, grimpèrent vers l'arrière-pays et traversèrent le parc national composé de champs et de fermes, jusqu'à Beachy Head, superbe promontoire, lieu de prédilection pour les aspirants au suicide.

Un bus à deux étages, qui se trouvait juste derrière le taxi, le collait pour l'obliger à accélérer.

— Avance Ducon ! cria-t-il au chauffeur, à travers le pare-brise. Appuie sur le champignon !

Toujours à la même vitesse, ils passèrent devant le pub Beachy Head, s'engagèrent sur la route sinueuse qui menait à Birling Gap, puis traversèrent le village d'East Dean. L'agonie se poursuivit à travers la campagne, au-delà de Seven Sisters, jusqu'à Seaford.

Ils passèrent le port of Newhaven, d'où partaient les ferries, et montèrent en direction de Peacehaven. Un jeune homme aux cheveux longs et une jeune fille se trouvaient à un carrefour, au loin. Ils firent signe au taxi qui, à la stupeur de Ricky, alluma son lumineux et s'arrêta à leur niveau.

Il s'arrêta à son tour et la file qui s'était formée derrière eux les doubla à toute allure.
Il regarda le couple s'installer.
Le taxi était bien libre.
Il avait suivi un taxi vide.
Merde, merde, merde.
Oh, petite connasse, tu as dépassé les bornes, là.

76

OCTOBRE 2007

Une bimbo aux cheveux rouges, court vêtue, avec des jambes interminables et d'énormes seins débordant de son soutien-gorge, lui fit un clin d'œil.

Grace saisit la carte, l'inclina, et la pin-up cligna de l'autre œil. Il sourit et l'ouvrit. Une drôle de voix, une mauvaise imitation d'une chanteuse dont il avait oublié le nom, se mit à chanter « Joyeux anniversaire ».

— Excellent, c'est pour qui, déjà ?

— Pour le commandant Willis, répondit le lieutenant Esther Mitchell avec enthousiasme. Pour ses quarante ans.

Tout en jambes, très mignonne, elle faisait partie des plus jolies femmes flics de la Sussex House. Et elle était toujours de bonne humeur.

Grace sourit. Baz Willis, une grosse limace qui, de l'avis de tous, n'aurait jamais dû être promu commandant, avait une réputation d'obsédé sexuel. Cette carte lui allait comme un gant. Grace trouva un peu de place parmi la douzaine de signatures, griffonna son nom et tendit la carte à Esther.

— Il organise une fête au Black Lion ce soir. *Open bar* toute la nuit, lui dit-elle.

Grace fit la grimace. Le Black Lion, à Patcham, était le QG *bis* de la police. Il n'aimait pas particulièrement cet endroit et ne se sentait pas capable d'affronter deux nuits consécutives de beuverie. Qui plus est, il avait une invitation autrement plus alléchante.

— Merci, je passerai si je peux, répondit-il.
— Une navette est prévue, tu veux t'inscrire ?
— Non, merci, ça ira.

Il jeta un œil à sa montre. Dans cinq minutes, il fallait qu'il lève le camp pour accompagner Humphrey à son foutu cours de dressage.

Il lui sourit. Elle dégageait quelque chose d'agréable et elle était déjà appréciée – et pas seulement parce qu'elle était jolie – alors qu'elle n'était pas là depuis longtemps.

— J'oubliais ! Le commissaire Pewe m'a demandé de voir avec vous pour son billet pour l'Australie.
— Son quoi ?
— Désolée. On m'a demandé de l'assister sur les *cold cases*, avec le lieutenant Robinson.
— Un billet pour l'Australie ?
— Oui, il voulait savoir avec quelle compagnie la police du Sussex avait des accords pour voyager en classe affaires.
— Des accords pour voyager en classe affaires ? Il se croit où ? Dans un cabinet d'avocats ?

Elle sourit, gênée.

— Euh... Je pensais que vous étiez au courant.
— Je dois filer, mais je vais faire un crochet par son bureau.
— Je le lui dirai.
— Merci, Esther.

En sortant, elle lui jeta un regard qui voulait dire : « Moi non plus je ne l'aime pas. »

*

Cinq minutes plus tard, Grace entrait dans son ancien bureau, qui donnait sur les locaux de garde à vue – pas terrible, comme paysage. En bras de chemise dans son fauteuil, Cassian Pewe passait un coup de téléphone de toute évidence personnel. Grace n'en avait rien à secouer de son intimité. Il tira l'une des quatre chaises qui se trouvaient autour de la minuscule table de conférence, la positionna juste devant lui et s'assit.

— Je vais devoir te rappeler, mon ange, dit-il en jetant un regard méfiant à Grace, qui bouillonnait. (Il raccrocha et s'exclama :) Roy, quel plaisir de te voir !

Grace alla droit au but :

— C'est quoi cette histoire de voyage en Australie ?

— Ah, j'allais justement t'en parler. La police de Melbourne, ou plutôt des environs de Melbourne, dans la région de Victoria, m'a demandé de faire des recherches sur une affaire qui, je viens de l'apprendre, est liée à l'opération Dingo. Drôle de coïncidence, ce nom... Dingo, c'est une race de chien sauvage australien, non ?

— Quelle sorte de lien ? Et pourquoi as-tu demandé à un lieutenant de se renseigner sur les conditions de voyage ? C'est le boulot des assistantes.

— Je pense que quelqu'un va devoir aller en Australie, Roy. Et je me suis dit, pourquoi pas moi...

— Je ne sais pas comment cela se passe à Londres, mais, pour ta gouverne, sache que dans le Sussex l'argent sert à enquêter, pas à se rincer sur le dos des contribuables. Ici, on voyage en classe économique, OK ?

— Bien entendu, Roy, lui répondit Pewe en le gratifiant d'un sourire dégoulinant d'hypocrisie. C'est juste un long voyage pour quelqu'un qui devra se mettre au boulot dès l'atterrissage.

— C'est pas toujours facile. Mais notre job, c'est pas agent de voyages.

Et si ça ne tenait qu'à moi, commissaire Pewe, tu irais en Australie à la rame ! songea Grace.

— Tu veux bien me dire en quoi ton affaire est liée à la mienne ?

— Je dispose d'informations sur Lorraine Wilson, la deuxième épouse de Ronnie Wilson. Je pense qu'elles vont t'intéresser, elles pourraient nous mener jusqu'à lui.

— Ouais, sauf que, de toute évidence, tu n'es pas à la page. Ronnie Wilson est mort dans les attentats du 11-Septembre, au World Trade Center.

— Pour tout dire, répliqua Cassian Pewe, je dispose de preuves suggérant le contraire.

77

OCTOBRE 2007

Ricky suivit le taxi qui traversait Peacehaven en empruntant la rue principale. Il avait envie de l'attraper à la gorge au prochain feu rouge et de l'obliger à répondre à ses questions.

Mais que saurait-il ? La petite garce lui avait sans doute laissé un gros pourboire pour qu'il poireaute une heure, avant de reprendre son activité. Et Ricky n'avait pas envie que tous les flics de Brighton le recherchent pour agression. Il avait autre chose en tête en ce moment. Plusieurs choses, même.

Pour commencer, Abby savait désormais qu'il enregistrait ses conversations téléphoniques. Mais elle ne pouvait pas savoir comment. Elle se disait sûrement qu'il avait mis le téléphone de sa mère sur écoute.

Il tilta.

C'était donc pour cela qu'elle s'était rendue dans cette boutique : pour donner à sa mère un nouveau portable !

Il savait depuis un certain temps à quel point Abby était maligne, dangereusement futée même. Qu'avait-elle fait de son propre portable ? Il composa son numéro.

On décrocha après deux sonneries.

— Ouais ? fit un jeune homme d'une voix hésitante.

— T'es qui, toi, bordel ? hurla Ricky.

On lui raccrocha au nez. Il réessaya. Après une sonnerie, il tomba sur la boîte vocale. Comme il s'en doutait, la salope

s'était débarrassée de son portable. Ce qui voulait dire qu'elle en avait désormais un autre.
Tu fais vraiment tout pour me pousser à bout.
Et tu es où, maintenant ?
Il se fit flasher par un radar, mais c'était le cadet de ses soucis. Comment avait-elle utilisé cette dernière heure ?
Quelques kilomètres plus loin, le taxi tourna, mais peu lui importait désormais. Il longeait la Marine Parade et les élégantes façades Régence du Sussex Square. Dans une minute, il attendrait la rue où elle habitait. Il s'arrêta sur le bas-côté et éteignit le contact. Il fallait qu'il réfléchisse.
Où planquait-elle le butin ? La cachette n'avait pas besoin d'être grande, juste assez pour accueillir une enveloppe A4. Le paquet qu'elle voulait envoyer était un leurre. Pourquoi ? Pour qu'il suive le coursier ? Pour qu'elle en profite pour filer à l'anglaise ?
Il avait fait une grossière erreur en lui envoyant ce texto. Il s'en rendait compte à présent. Il avait voulu la terroriser, mais il n'avait pas prévu qu'elle se révélerait aussi coriace.
Une fausse piste... Un coffre-fort vide... Ces deux éléments étaient lourds de sens. Avait-elle prévu qu'il suive le coursier pour pouvoir foncer déposer l'enveloppe dans le coffre-fort de Southern Deposit Security ? Sinon, pourquoi était-il vide ? À première vue, elle n'avait pas encore eu l'occasion d'y déposer son paquet. Ou alors, elle venait de le récupérer. À moins d'en avoir loué un deuxième, dans une autre banque, elle avait planqué le magot dans son appartement.
Il avait passé la nuit à fouiller ses affaires personnelles, à vider ses placards. Il lui avait aussi confisqué son passeport, afin de l'empêcher de quitter le pays à la hâte.
S'il y avait un autre coffre, il devait y avoir une clé ou un reçu, non ? Il avait passé l'appartement au peigne fin, déplacé chaque meuble, soulevé chaque planche mal fixée. Il avait démonté les téléviseurs, déchiré les tissus d'ameublement, dévissé les grilles de ventilation, démantelé les lampes et interrupteurs. Ayant trempé dans le trafic de drogue, il

savait comment les flics s'y prenaient – et il connaissait toutes les planques des dealers prévoyants.

Peut-être l'avait-elle confiée à un ami.

Mais le nom et l'adresse indiqués n'existaient pas, il avait vérifié. Il la soupçonnait d'éviter tout contact à Brighton. Elle n'avait pas dit à sa mère qu'elle était rentrée, ce qui laissait supposer qu'elle n'avait pas prévenu ses amis non plus.

Plus il réfléchissait, plus il se confortait dans l'idée qu'elle avait caché l'enveloppe dans son appartement.

Elle avait beau imaginer d'ingénieux stratagèmes, elle avait un talon d'Achille, comme tout le monde. Et Ricky le savait bien. La force d'une chaîne n'est jamais que celle de son maillon le plus faible, la vitesse d'une armée celle de son soldat le plus lent.

Sa mère était à la fois son maillon faible et son soldat le plus lent.

Il savait ce qui lui restait à faire.

*

N'ayant pas roulé depuis quelque temps, la camionnette Renault garée devant l'appartement d'Abby eut du mal à démarrer. La batterie était de plus en plus faible, Ricky finissait par croire qu'il n'y arriverait pas, quand le moteur éructa. Une fumée épaisse, grasse, sortit du pot d'échappement.

Il libéra la place de parking et y gara la Ford de location. Quand Abby reviendrait dans le quartier, elle la remarquerait et le croirait tapi à l'intérieur. Il sourit. Elle n'oserait pas rentrer chez elle pendant quelques jours. La voiture de location n'avait pas de permis de stationnement dans ce quartier, elle serait verbalisée tôt ou tard, peut-être même que les contractuels placeraient un sabot, mais il s'en tamponnait.

Il sortit son matériel d'écoute de la Ford et l'installa dans le van. Puis il se remit en route pour Eastbourne. Il s'arrêta acheter un hamburger et un Coca. Il était de bien meilleure humeur. Car conscient de reprendre le contrôle de la situation.

78

OCTOBRE 2007

À 18 h 30, Roy Grace déclara ouverte la quatrième réunion de l'opération Dingo. Mais tandis qu'il résumait la situation à ses collaborateurs, il remarqua que Glenn Branson le considérait bizarrement, en reniflant, comme s'il voulait lui signaler quelque chose.

— Il y a un problème ? lui demanda Grace.

Il se rendit compte que tout le monde lui jetait des regards circonspects.

— Tu dégages une odeur corsée, chef, lui confia Glenn. Je ne voudrais pas paraître indiscret, mais ce n'est pas ton parfum habituel. J'ai l'impression que tu as marché dans... ou que tu t'es assis sur...

Grace comprit, horrifié, où le commandant voulait en venir.

— Oh, je vois, toutes mes excuses. Je... J'ai accompagné un chien à une leçon de dressage et le petit salopiot m'a vomi dessus dans la voiture. Je pensais avoir réussi à enlever les taches.

Bella Moy fouilla dans son sac à main et sortit un flacon de parfum qu'elle lui tendit.

— Ça masquera l'odeur, dit-elle.

Grace hésita, puis vaporisa son pantalon, sa chemise et sa veste.

— Et maintenant, tu sens la pute, commenta Norman Potting.

— Merci beaucoup, s'indigna Bella.

— Enfin, façon de parler étant donné que je ne suis jamais entré dans un bordel, mais…, bafouilla Potting, pour tenter de rectifier le tir. J'ai lu quelque part que les Coréens mangent du chien, lança-t-il sans transition.

— Norman, ça suffit, l'interrompit Grace avec sévérité, en retournant à l'ordre du jour que lui avait préparé son assistante. OK. Bella, tu as réussi à déterminer si Joanna Wilson est allée aux États-unis ou pas ? Mon contact n'a rien trouvé.

— J'ai demandé au policier du bureau du procureur que tu connais, Roy. Il m'a répondu par mail il y a une heure pour m'expliquer qu'avant le 11-Septembre l'immigration était sous l'égide de l'Agence de l'immigration et de la naturalisation, ce qui n'est plus le cas aujourd'hui, car elle a fusionné avec les douanes américaines et s'appelle désormais l'ICE. À moins qu'elle n'ait demandé un visa pour un long séjour, elle ne figurera dans aucun registre. Il a vérifié dans ceux de 1990 à 1999 : elle ne fait pas partie des voyageurs avec visa, mais selon lui, on ne pourra jamais savoir si elle s'est rendue aux États-unis ou pas.

— OK, merci. EJ, comment se présente l'arbre généalogique ? Tu as retrouvé des proches de Joanna Wilson ?

— Eh bien, *a priori*, elle n'en avait pas beaucoup. J'ai identifié un demi-frère gay – un sacré personnage. Il se fait appeler Mitzi Dufors, frise la soixantaine, porte des minishorts en cuir cloutés et a des piercings sur tout le corps. Il se produit dans un numéro de travesti dans un bar gay de Brighton. Il n'avait rien de très flatteur à dire sur feu sa demi-sœur.

— Ne jamais faire confiance à un vieux en minishort en cuir, lança Norman Potting.

— Norman ! jappa Grace en guise d'avertissement.

— Tu n'es pas non plus un gourou de la mode, Norman, répliqua Bella.

— OK, vous deux, ça suffit ! coupa Grace.

Potting haussa les épaules, comme un gosse de mauvais poil.

— Quoi d'autre du côté du demi-frère ?

— Il a déclaré que Joanna avait hérité d'une petite maison à Brentwood, au décès de sa mère, un an environ avant de partir en Amérique. Selon lui, elle serait partie avec l'argent de la vente pour financer sa carrière d'actrice.

— Il faudrait découvrir à combien s'élevait le pactole, et ce qu'il en est advenu. Beau travail, EJ.

Grace prit quelques notes, puis se tourna vers Branson.

— Glenn, Bella, vous avez réussi à mettre la main sur les Klinger ?

Branson sourit.

— Je crois qu'on a cueilli Stephen Klinger à une bonne heure, juste après le déjeuner, rond comme une queue de pelle et d'humeur bavarde. Il nous a appris que personne n'était fan de Joanna Wilson – une vraie vamp, à l'entendre. Elle manipulait Ronnie et personne n'a été bouleversé quand elle l'a plaqué – c'est du moins comme ça qu'a été interprété son départ aux États-Unis. Il confirme que Ronnie s'est remarié, avec Lorraine, après avoir soigneusement attendu la période légale pour obtenir un divorce par désertion. À la mort de Ronnie, elle a été inconsolable. D'autant plus qu'il l'avait laissée dans un sacré bordel financier.

Grace prit note.

— La voiture a été saisie, puis est venu le tour de la maison. Wilson était en fait un homme de paille. Il ne possédait rien, aucun bien. Sa veuve a fini par se faire expulser de leur villa clinquante de Hove et a dû louer un appartement. Un an plus tard, en novembre 2002, elle a laissé une lettre de suicide et a sauté du ferry Newhaven-Dieppe.

Il marqua une pause.

— Nous avons également rendu visite à Mme Klinger, qui a plus ou moins raconté la même histoire que son mari.

— Existe-t-il d'autres proches susceptibles de nous confirmer dans quel état d'esprit elle se trouvait ? demanda Grace.

— Ouais, elle a une sœur qui travaille comme hôtesse de l'air pour British Airways. Je viens de lui parler. Elle était au boulot, donc elle ne pouvait pas s'éterniser. Je la vois demain. Mais elle a d'ores et déjà confirmé les propos de

Klinger. Ah oui, elle a ajouté que dès que l'activité aérienne avait repris, elle avait accompagné Lorraine à New York et avait passé une semaine à arpenter la ville avec une grande photo de Ronnie. Comme des millions d'autres.

— Donc elle est convaincue que Ronnie est mort le 11-Septembre.

— Aucun doute là-dessus, répondit Glenn. Il avait un rendez-vous dans la tour Sud avec un certain Donald Hatcook. À son étage, tout le monde est mort sur l'instant ou presque. Il baissa les yeux vers ses notes. Tu m'as demandé de faire des recherches sur ce bon vieux Chad Skeggs...

— Ah oui, qu'as-tu découvert ?

— La PJ de Brighton aimerait bien l'interroger dans le cadre d'une affaire d'attentat à la pudeur à l'encontre d'une jeune femme, qui remonte à 1990. Selon la fille, ils seraient rentrés ensemble après une soirée en boîte, et il l'aurait amochée. On peut évoquer un scénario SM. Possible qu'elle ait été consentante au début et qu'il n'ait pas su s'arrêter. L'attaque a été très brutale, il est également accusé de viol. Mais à l'époque, personne n'a jugé nécessaire d'aller lui chercher des poux en Australie. Je pense qu'on n'est pas près de le revoir en Angleterre, à moins qu'il ne soit complètement idiot.

Grace se tourna vers le lieutenant Nicholl.

— Nick, qu'as-tu à nous communiquer ?

— Eh bien... je dispose de quelques informations intéressantes. Après une recherche sous le nom de Wilson à l'échelle nationale, qui ne m'a rien appris que nous ne savions déjà, je me suis dit qu'un homme d'affaires comme lui, propriétaire d'une jolie demeure dans les quartiers chic de Hove, avait sûrement souscrit une assurance vie. En approfondissant la question, j'ai découvert qu'il avait signé un contrat d'un peu plus d'un million et demi auprès de Norwich Union.

— Et j'imagine que sa veuve l'ignorait..., poursuivit Grace.

— Pas vraiment, répondit Nick Nicholl. Ils la lui ont versée en mars 2002.

— Alors qu'elle vivait dans un appartement de location, dans la misère ?

— Ce n'est pas tout, reprit le lieutenant. En juillet 2002, dix mois après la mort de son mari, Lorraine Wilson a touché deux millions et demi de dollars de la part du fonds de compensation du 11-Septembre.

— Et trois mois plus tard, elle sautait du ferry..., fit remarquer Lizzie Mantle.

— *Aurait* sauté, souligna Nick Nicholl. Pour la police du Sussex, c'est toujours une personne portée disparue. J'ai consulté le dossier : à l'époque, les enquêteurs n'étaient pas à cent pour cent convaincus qu'elle se soit suicidée, mais leurs recherches n'ont rien donné.

— Deux millions quatre cents dollars... Avec le taux de change de 2002, cela devait avoisiner un million sept, en livres, calcula Norman Potting.

— Elle serait donc morte sans le sou, avec plus de trois millions sur son compte en banque, résuma Bella.

— Tu pourrais acheter des tonnes de Maltesers, avec cette somme-là, lui lança Norman Potting.

— Sauf que l'argent n'était pas à la banque, précisa Nick Nicholl en sortant deux chemises cartonnées. J'ai réussi à me procurer ces relevés un peu plus vite que d'habitude, grâce à Steve.

Il leva la main pour remercier le lieutenant Mackie, la trentaine, en jean et chemise blanche légèrement entrouverte, assis au bout de la table. Mackie s'exprimait calmement, d'une voix qui imposait le respect. Il dégageait une impression d'ordre et d'efficacité que Grace appréciait.

— Mon frère travaille chez HSBC. Il a fait en sorte que ma requête soit prioritaire.

Nick Nicholl sortit une liasse de documents de l'une des chemises.

— Voici les relevés du compte commun de Ronnie et Lorraine Wilson jusqu'en 2000. Cette année-là, on constate un découvert de plus en plus important, ainsi que de petites rentrées d'argent occasionnelles. (Il rangea les documents et montra la deuxième chemise.) Ceci est beaucoup plus intéressant. Il s'agit d'un compte bancaire ouvert au nom de Lorraine Wilson uniquement en décembre 2001.

— Pour l'assurance vie, j'imagine..., intervint Lizzie Mantle.

Nick Nicholl acquiesça. Grace ne put s'empêcher d'être impressionné. D'habitude, le jeune homme manquait de confiance en lui, mais à l'instant même, il semblait maîtriser parfaitement son sujet.

— Oui. Elle y fut déposée en mars 2002.

— Aussi rapidement ? s'étonna Lizzie Mantle. Je pensais que quand le corps n'était pas retrouvé, il fallait attendre sept ans avant qu'une personne soit déclarée morte. (Sachant à quel point le sujet était sensible pour lui, elle évita de croiser le regard de Roy Grace.)

— Sur l'initiative du maire Giuliani, un accord international fut conclu pour que cette loi ne s'applique pas aux familles des victimes du 11-Septembre, de manière à ce qu'elles soient dédommagées dans les meilleurs délais, expliqua Steve Mackie.

Nick Nicholl étala un certain nombre de relevés bancaires devant lui, tel un jeu de cartes.

— C'est maintenant que cela devient intéressant. Au cours des trois mois suivants, la somme de un million et demi de livres fut retirée, petit à petit, en liquide.

— Qu'en a-t-elle fait ? s'étonna Grace.

Nick Nicholl leva les bras au ciel.

— Sa sœur est tombée des nues quand je lui en ai parlé. Elle n'y croyait pas. Selon ses dires, Lorraine dépendait financièrement d'elle et de ses amies.

— Et qu'est-il advenu de l'indemnité du 11-Septembre ? demanda Grace.

— Elle fut versée sur son compte en juillet 2002. (Nicholl montra le relevé correspondant.) Et là, même topo. Le compte fut vidé progressivement, par des retraits en liquide, entre juillet et... sa lettre de suicide.

Toute l'équipe trouvait ces manœuvres très étranges. Lizzie Mantle termina de prendre une note et leva la tête.

— Et on ne sait pas du tout ce qu'elle a fait de cet argent ? À la banque, personne ne s'est renseigné ? J'imagine qu'ils posent quelques questions aux clients qui retirent des sommes faramineuses en cash, non ?

— Dans ces cas-là, la banque vérifie que la personne n'agit pas sous la contrainte, les informa le lieutenant Mackie. Quand ils l'ont interrogée, elle leur a répondu qu'ils ne l'avaient pas soutenue quand son mari était décédé, et qu'elle aurait tort de laisser son argent chez eux.

— Une femme de tête, dirait-on, souligna Lizzie Mantle.

— Vous voyez ce que je vois ? intervint Norman Potting. Sa première femme hérite, raconte à ses amis qu'elle part s'installer aux États-unis et on la retrouve dans un collecteur d'eaux pluviales. Sa deuxième épouse hérite et elle finit dans la Manche.

Grace hocha la tête et décida que c'était le moment de partager ce qu'il savait – avec l'aimable autorisation de Cassian Pewe.

— Voici qui va nous éclairer. Le mois dernier, la police de Geelong, près de Melbourne, en Australie, a retrouvé le corps d'une femme dans le coffre d'une voiture, dans une rivière. Selon le rapport du légiste, elle était morte depuis deux ans maximum. La victime avait des faux seins, dont les implants ont été posés par l'hôpital Nuffield, tout près d'ici, à Woodingdean, en juin 1997, sur Lorraine Wilson.

Il fit une pause pour que tout le monde ait le temps de digérer l'info.

— Si je comprends bien... Elle aurait traversé la Manche jusqu'en Australie, puis aurait remonté une rivière. Avec un peu plus de trois millions en petites coupures dans son maillot de bain, plaisanta Glenn Branson.

— Ce n'est pas tout, reprit Grace. Elle était enceinte de quatre mois. L'ADN de la mère n'est pas répertorié par la police australienne, celui du père non plus, ils ont demandé à la police britannique de vérifier dans leur base de données. On attend les résultats. Si tout se passe bien, on saura demain si l'un ou l'autre des ADN a pu être identifié.

— Houston, on a un problème, intervint Norman Potting.

— Ou peut-être une piste, rectifia Grace. L'autopsie effectuée à Melbourne indique que Lorraine Wilson est vraisemblablement morte étranglée – son os hyoïde, celui en U, à la base du cou, était brisé.

— Et Joanna Wilson a sans doute subi le même sort, se souvint Nick Nicholl.

— Exact ! le félicita Grace. Tu es en grande forme aujourd'hui, Nick. Je suis content de constater que tes nuits blanches n'altèrent en rien ta perspicacité.

Nicholl sourit, fier de lui.

— Ronnie Wilson s'en est pas mal tiré, pour un mort, fit Norman Potting. Réussir à étrangler sa femme...

— On n'a pas assez de preuves pour l'affirmer, Norman, répondit Grace, tout en considérant lui-même cette hypothèse. (Il consulta son agenda.) Voici comment nous allons procéder. Si elle a dépensé plus de trois millions en liquide, et ce en quelques mois, quelqu'un a forcément été au courant. Glenn et Bella, ce sera votre priorité. Commencez auprès des Klinger. Essayez d'en apprendre un maximum sur le milieu dans lequel les Wilson évoluaient. Comment est-ce qu'ils dépensaient leur argent ? Étaient-ils accros au casino ? Avaient-ils une maison à l'étranger ? Un bateau ? Trois millions deux, c'est beaucoup – et cela représentait encore plus il y a cinq ans.

Ses deux collègues acquiescèrent.

— Steve, tu pourrais activer tes contacts à la banque et trouver ce qu'est devenu l'héritage de Joanna Wilson ? D'après moi, ça remonte à dix ans, et il n'y aura peut-être plus rien dans les archives bancaires. Fais au mieux.

Grace s'interrompit pour lire ses notes, puis reprit.

— Je vais à New York demain, pour enquêter *in situ*. Je tâcherai de prendre un avion le soir même, jeudi, afin d'être de retour vendredi matin. Norman et Nick, j'aimerais que vous alliez en Australie.

Potting sembla heureux comme un pape, mais Nicholl se renfrogna.

— Vos billets ont été réservés. Vous partez demain soir. Vous perdrez un jour à cause du décalage horaire et arriverez vendredi matin à Melbourne. Vous aurez une journée entière de travail devant vous. Vous pourrez rédiger un rapport pour notre réunion du vendredi matin. Nick, on dirait que quelque chose te tracasse. Tu ne peux pas te dégager de tes obligations paternelles ?

Le lieutenant hocha la tête.

— Tu veux bien y aller, alors ?

Il accepta, vigoureusement, cette fois.

— L'un de vous est-il déjà allé en Australie ?

— Non, mais j'ai un cousin à Perth, dit Nick Nicholl.

— C'est presque aussi loin de Melbourne que Brighton, l'informa Bella.

— Je n'aurai donc pas le temps de lui rendre visite ?

— Tu ne pars pas en vacances. Tu vas pour y bosser, le rabroua Grace.

Nick Nicholl acquiesça.

— Pour pister une morte, précisa Norman Potting.

Et sans doute un mort, songea Grace.

79

OCTOBRE 2007

Dès la fin de la réunion, Roy Grace fonça dans son bureau pour appeler Cleo et lui annoncer qu'il arriverait plus tard que prévu – un dossier à boucler et il fallait qu'il passe chez lui préparer son sac.

Il avait eu l'occasion d'aller à New York à plusieurs reprises. Deux fois avec Sandy – pour faire des courses de Noël, puis pour leur cinquième anniversaire de mariage – et les autres pour le boulot. À chaque voyage, il avait pris plaisir à visiter la ville. Il avait hâte d'y revoir ses deux amis policiers, Dennis Baker et Pat Lynch, qu'il avait rencontrés six ans plus tôt, alors qu'il était encore commandant, dans le cadre d'une enquête pour meurtre nécessitant un aller-retour à New York. C'était deux mois avant le 11-Septembre. Dennis et Pat étaient alors au NYPD, rattachés au poste de Brooklyn, et avaient été parmi les premiers sur les lieux. S'il y avait deux hommes, dans tout New York, susceptibles de l'aider à déterminer si Ronnie Wilson était mort ou pas lors de ces terribles attentats, c'était bien eux.

Cleo était d'excellente humeur, douce et légère – *viens quand tu peux*. Elle lui confirma qu'elle lui réservait une surprise très très très sexy. Sachant par expérience à quel point ses surprises très sexy valaient le coup, il se dit que cela compenserait la note de pressing due à la séance de dressage, avec option « vomissement », du petit Humphrey.

Il se concentra sur ses mails, répondit aux deux plus urgents et décida de s'occuper des autres dans l'avion.

Il allait s'attaquer aux documents administratifs quand on frappa à sa porte. Sans attendre la réponse, Cassian Pewe fit irruption, l'air vexé. Il se plaça devant le bureau de Grace, veste de costume jetée sur l'épaule, dernier bouton de chemise ouvert, cravate desserrée.

— Roy, excuse-moi de te déranger, mais je suis blessé.

Grace leva un doigt pour lui indiquer qu'il terminait ce qu'il lisait, puis leva la tête.

— Blessé ? Je ne vois pas pourquoi.

— Je viens d'apprendre que tu envoies le commandant Potting et le lieutenant Nicholl à Melbourne demain. Est-ce la vérité ?

— Oui, tout à fait.

Pewe frappa contre sa poitrine.

— Et moi ? Je suis à l'origine de cette piste. Je devrais faire partie du voyage, non ?

— Je suis désolé, mais qu'entends-tu par : « à l'origine » ? J'avais cru comprendre que tout ce que tu avais fait, c'était répondre à un coup de fil d'Interpol, je me trompe ?

— Roy, dit-il d'un ton suppliant, laissant croire que Grace était son meilleur ami depuis toujours, c'est grâce à mon initiative que l'enquête a avancé aussi rapidement.

Irrité par l'attitude de son collègue, mécontent d'être dérangé, Grace hocha la tête.

— OK, j'apprécie ton coup de main. Mais il faut que tu comprennes qu'ici, dans le Sussex, on travaille en équipe, Cassian. Tu es chargé des *cold cases*. Je m'occupe de l'opération Dingo. L'information que tu m'as donnée sera sans doute très utile et j'ai bien noté ta célérité.

Et maintenant, dégage, laisse-moi bosser, eut-il envie d'ajouter, mais il se retint.

— Merci pour le compliment. Je pense toutefois que je devrais rejoindre l'équipe qui se rend en Australie.

— Tu nous es plus utile ici, lui répondit Grace. C'est sans appel.

Pewe le fixa froidement, puis, dépité, aboya

— Tu le regretteras, Roy.

Avant de sortir, fou furieux, de son bureau.

80

OCTOBRE 2007

Mardi soir, 20 heures. Assis dans son van, garé au même carrefour stratégique en bas de l'appartement de la mère d'Abby, Ricky guettait, dans l'obscurité. De cet endroit, il pouvait surveiller à la fois l'entrée principale et la sortie de secours, à l'arrière du bâtiment, qu'emprunterait peut-être Abby pour ne pas se faire remarquer.

Le froid et l'humidité lui glaçaient les os. Il n'avait qu'une envie : récupérer son dû, se débarrasser d'Abby, se casser de ce satané pays glacial et pluvieux et retourner au soleil.

Il n'avait quasiment pas vu âme qui vive depuis trois heures. Eastbourne était une banlieue résidentielle pour retraités ; l'âge moyen devait osciller entre mort et presque mort. Ce soir, il avait l'impression que tout le monde était mort. Les réverbères éclairaient des trottoirs déserts. *Quel gâchis*, se dit-il. *Il faudrait les sensibiliser à l'empreinte écologique.*

Abby était à l'intérieur, au chaud avec sa mère. C'était peu probable qu'elle sorte ce soir, mais il n'osait pas quitter son poste d'observation pour aller prendre une bière, ou deux, ou trois, dans un pub, tant qu'il n'en était pas certain.

Deux heures plus tôt, il avait intercepté le signal de son nouveau portable – elle avait appelé sa mère pour régler le volume et la sonnerie, et lui transmettre directement son nouveau numéro. Grâce à cet appel, il avait pu enregistrer leurs deux numéros.

Tandis qu'elles testaient leurs appareils, il avait entendu la télévision en fond sonore. On eût dit une série – un homme et une femme se chamaillaient dans une voiture. La garce et sa mère s'étaient donc confortablement installées pour une soirée télé, dans un appartement bien chauffé. Et pendant ce temps, les téléphones achetés avec son argent se chargeaient tranquillement.

Son matériel d'écoute sonna, signalant un début d'activité. Abby appelait des maisons de retraite. Elle en cherchait une susceptible d'accueillir sa mère immédiatement, pour quatre semaines, le temps que la place qu'elle avait réservée se libère. Elle leur posait des questions sur les soins, les médecins, les heures de repas, le type de nourriture servie, les séances de kiné, demandait s'il y avait une piscine, un sauna, si une route passait pas loin ou si c'était bien au calme, s'il y avait des jardins accessibles aux chaises roulantes, si les salles de bains étaient individuelles... La liste ne s'arrêtait pas là. Abby était méthodique. Vicieuse et méthodique. Il en avait fait les frais.

Et avec quel argent allait-elle régler la note ?

Il l'écouta prendre des rendez-vous pour visiter trois résidences le lendemain matin. Sa mère resterait certainement chez elle ; le serrurier devait passer.

Quand il en aurait terminé avec elle, se dit-il, ce ne serait plus d'une maison de retraite dont elle aurait besoin, mais d'une chapelle ardente.

81

OCTOBRE 2007

À 8 h 20, le lendemain matin, le commandant Stephen Curry, flanqué du lieutenant Ian Brown, entra dans la petite salle de conférences du centre de détention, situé derrière la Sussex House. Il tenait à la main les notes relatives à la réunion du matin, dont une liste exhaustive des infractions graves ayant eu lieu ces dernières vingt-quatre heures dans la circonscription.

Morley les rejoignit, tout comme l'autre lieutenant du matin, une femme trapue, coiffée à la garçonne, vouant un amour immodéré à son métier : Mary Gregson.

Ils s'attaquèrent immédiatement à l'ordre du jour. Curry passa en revue les incidents. Il y avait eu un passage à tabac à caractère raciste : un jeune étudiant musulman avait été battu devant un restaurant de vente à emporter ouvert la nuit sur Park Road, à Coldean, alors qu'il se dirigeait vers le campus ; un accident mortel impliquant un motard et un piéton sur Lewes Road ; une violente agression sur Broadway, à Whitehawk, et une dans Preston Park, où un jeune homme avait été victime d'une attaque à caractère homophobe.

Il les examina minutieusement, détermina des zones à surveiller pour, selon ses propres termes, ne pas faire de couille, afin que le commissaire ne vienne pas les lui casser quand il lui ferait son rapport, à la réunion de 9 h 30.

Puis ils passèrent aux personnes portées disparues et aux stratégies adoptées. Mary l'informa, en détail, qu'un détenu en liberté provisoire repassait devant le tribunal dans la journée et rappela à Curry qu'il avait un rendez-vous avec l'avocat du ministère public à propos d'un suspect qu'ils avaient arrêté à la suite d'une recrudescence de vols à la tire ces derniers jours.

Et le commandant se rappela soudain une autre affaire.

— John, je t'ai demandé hier d'aller rendre visite à une jeune femme à Kemp Town. Je n'ai pas vu son nom sur le fil d'info. Elle s'appelait comment déjà... Katherine Jennings. Ça a donné quoi ?

Morley rougit.

— Mon Dieu, je suis désolé, chef, je ne m'en suis pas occupé. L'incident avec Gemma Buxton est tombé et... désolé, je l'ai fait passer d'abord. Je vais demander à quelqu'un d'aller la voir ce matin.

— Merci bien, lui dit Curry avant de jeter un œil à sa montre. Merde. Presque 9 h 05. (Il se leva brusquement.) À plus tard.

— Amuse-toi bien avec le dirlo, lui lança Mary avec un sourire ironique.

— Peut-être qu'il t'aura à la bonne aujourd'hui ! ajouta Morley.

— Avec quelqu'un dans mon équipe qui souffre d'Alzheimer ? Ça m'étonnerait.

82

OCTOBRE 2007

Ricky avait dormi, mais mal. Les nombreuses pintes de bières qu'il avait descendues dans un pub très fréquenté du bord de mer l'avaient aidé à s'assoupir, mais il s'était réveillé en sursaut à chaque fois qu'il avait vu des phares, entendu un véhicule, des pas ou une portière claquer. Il s'était installé sur le siège passager pour ne pas avoir l'air d'un conducteur éméché, au cas où un policier zélé serait passé par là. Il ne s'était éloigné du van que deux fois, pour aller se soulager dans une contre-allée.

À 6 heures du matin, il quitta son poste, prit son petit déjeuner dans le café du coin et revint dans l'heure.

Comment avait-il pu se mettre dans une telle situation ? se demandait-il en permanence. Comment avait-il pu se laisser duper par cette connasse ? Oh, elle l'avait jouée fine, avec son petit jeu de séduction. Elle était parfaite dans le rôle de la coquine en chaleur. Elle lui avait laissé faire tout ce qu'il voulait en feignant d'aimer ça. Peut-être avait-elle pris son pied... Mais dans le même temps, elle lui avait discrètement soutiré toutes sortes d'informations. Les femmes sont malignes, douées pour manipuler les hommes.

Il avait commis la grossière erreur de se confier, pour se vanter. Il s'était dit que cela l'impressionnerait. Au lieu de cela, une nuit où il était bourré et défoncé à la cocaïne, elle l'avait plumé et avait mis les voiles. Il fallait à tout prix qu'il récupère son bien. Ses finances étaient au plus bas, il était endetté jusqu'au cou et ses affaires marchaient mal. Pour Ricky, c'était la chance de sa vie. Le pactole lui était tombé tout cuit dans le bec et elle s'était fait la malle avec.

Un élément jouait cependant en sa faveur : le monde dans lequel elle évoluait était plus petit qu'elle ne le pensait. Tous ses interlocuteurs lui poseraient des tonnes de questions. Elle avait dû s'en rendre compte et c'était sans doute à cause de cela qu'elle était toujours dans le coin. Et il lui avait compliqué les choses en débarquant à Brighton.

*

À 9 h 30, un taxi de Eastbourne s'arrêta devant la porte d'entrée de l'immeuble. Le chauffeur descendit et sonna. Deux minutes plus tard, Abby fit son apparition. Seule.

Bon. Parfait.

Elle se rendait au premier des trois rendez-vous dans des maisons de retraite de la matinée, laissant sa mère toute seule, avec l'interdiction d'ouvrir à quiconque, sauf au serrurier.

Il regarda Abby monter dans le véhicule. Le taxi démarra. Il ne bougea pas. Il savait à quel point les femmes sont imprévisibles. Elle était capable de revenir dans cinq minutes si elle avait oublié quelque chose. Il avait tout son temps. Elle ne serait pas de retour avant une heure et demie minimum, plutôt trois, voire davantage. Il voulait être sûr que la voie était libre.

Et il n'en aurait pas pour très longtemps.

83

OCTOBRE 2007

Glenn Branson appuya sur la sonnette et recula d'un mètre pour se placer dans l'axe de la caméra de vidéosurveillance. Le portail en fer forgé oscilla plusieurs fois avant de s'ouvrir en silence. Le commandant remonta dans sa voiture et passa les deux énormes piliers en brique, avant de s'engager dans l'allée circulaire. Les pneus crissèrent sur le gravier. Il se gara derrière une Mercedes Sport gris métallisé et une berline Classe S de la même couleur, garées l'une à côté de l'autre.

— C'est pas mal, chez eux, tu trouves pas ? dit-il. Et la Mercedes de Monsieur est assortie à celle de Madame, si c'est pas beau...

Bella Moy acquiesça. Elle commençait tout juste à reprendre des couleurs. La façon dont Glenn conduisait la terrifiait. Elle l'aimait bien, et ne voulait pas le blesser, mais si elle avait pu faire le retour en bus, ou même à pied, en marchant sur des braises, elle l'aurait fait.

La magnifique demeure était en partie inspirée du style géorgien, et en partie d'un temple grec. La façade était composée d'un péristyle sur toute la longueur. *Ari adorerait*, songea Glenn.

Quand ils s'étaient mariés, l'argent était le cadet de ses soucis. Elle avait changé d'état d'esprit quand Sammy, aujourd'hui âgé de huit ans, avait été scolarisé. Elle avait dû discuter avec les autres mamans, voir leurs voitures flashy et visiter certaines de leurs villas tape-à-l'œil...

Pour être honnête, ces baraques le fascinaient lui aussi. Elles dégageaient une certaine aura. Il y en avait plein dans le quartier, dans d'autres aussi, mais ici, c'était plus rare de voir une maison de ce genre, trop clinquante, qui, volontairement ou non, laissait sous-entendre qu'elle avait été bâtie avec de l'argent sale.

— Ça te plairait de vivre ici, Bella ?

— Je pourrais m'y faire.

Elle sourit, puis sembla un peu triste. Il la regarda subrepticement. Elle était jolie, avec son visage animé sous sa tignasse brune. Elle ne portait pas d'alliance. Elle s'habillait de tenues peu flatteuses, comme si elle se fichait de se mettre en valeur. Aujourd'hui, elle portait un chemisier blanc sous un pull en V bleu marine, un pantalon en laine noir, de gros godillots et un duffel-coat vert. Il aurait adoré la relooker.

Elle ne parlait jamais de sa vie privée et Glenn se demandait souvent qui elle retrouvait en rentrant chez elle. Un homme, une femme, des colocataires ?

Un collègue avait dit un jour qu'elle s'occupait de sa maman âgée, mais Bella n'en parlait jamais.

— Je ne me souviens plus où tu vis, lui demanda-t-il en sortant de la voiture.

Une bourrasque souleva le bas de son manteau beige.

— Hangleton, répondit-elle.

— Ah oui.

Ça collait. Hangleton était une banlieue Est agréable, calme, coupée en deux par une autoroute et un terrain de golf. Beaucoup de maisonnettes et de bungalows avec jardin bien entretenus. Exactement le genre d'environnement dans lequel une femme pouvait vivre avec sa maman retraitée. Et il imagina le tableau : Bella chez elle, au chevet d'une dame malade et fragile, grignotant machinalement des Maltesers, à défaut de mener une autre vie. Pauvre petit animal en cage.

Il sonna. Une bonne philippine leur ouvrit et les accompagna dans une orangeraie avec une belle hauteur sous plafond donnant sur des pelouses étagées, une piscine à débordement et un court de tennis.

Elle leur proposa de prendre place dans des fauteuils disposés autour d'une table basse en marbre et leur demanda ce qu'ils voulaient boire. Puis Stephen et Sue Klinger entrèrent.

Stephen était un homme grand, mince, distant, approchant la cinquantaine. Il portait un costume rayé et des mocassins de marque. Ses cheveux gris ondulés étaient coiffés en arrière. Ses joues couperosées trahissaient son penchant pour l'alcool. Il serra la main de Branson, puis regarda l'heure à sa montre.

— Je suis désolé, mais je ne peux rester que dix minutes, dit-il d'une voix dure et désintéressée.

Rien à voir avec le gars qu'ils avaient interrogé la veille, dans son bureau, après un déjeuner bien arrosé.

— Aucun souci, monsieur, nous avons quelques questions rapides pour vous et d'autres pour Mme Klinger. Nous vous remercions de nous accorder de nouveau un peu de votre temps aujourd'hui.

Branson ne put s'empêcher de regarder à deux reprises Sue Klinger, qui était une vraie bombe. Elle lui sourit en coin, comme si elle l'avait démasqué. La petite quarantaine, très bien conservée, elle portait un survêtement de créateur marron en coton brossé et des baskets qui semblaient sortir de leur boîte.

Et elle avait des yeux de biche. Il croisa à deux occasions son regard voluptueux, véritable invitation à la suivre au lit, puis s'efforça de l'ignorer. Il ouvrit son carnet et décida de se concentrer sur ceux de Stephen Klinger, qui seraient certainement plus faciles à déchiffrer.

La bonne revint avec du café et des verres d'eau.

— Je récapitule, monsieur. Combien de temps avez-vous été amis, avec Ronnie Wilson ? demanda Branson.

L'espace d'une fraction de seconde, les yeux de Klinger se dirigèrent vers la gauche.

— On se connaît – connaissait – depuis l'adolescence. Ce qui fait vingt-sept... près de trente ans, calcula-t-il.

Afin de vérifier sa théorie, Glenn lui posa une deuxième question.

— Vous nous avez dit hier que sa relation avec sa première femme, Joanna, était tumultueuse, et qu'il s'entendait mieux avec Lorraine, c'est bien ça ?

Il regarda de nouveau vers la gauche avant de répondre. C'était un test neurolinguistique que Roy Grace lui avait appris et qui s'avérait parfois très pratique pour déterminer si la personne interrogée disait la vérité ou non. Le cerveau humain est divisé en deux hémisphères, le droit et le gauche. L'un d'eux sert à stocker les souvenirs, l'autre à être créatif. Quand on leur pose une question, les gens bougent systématiquement leurs yeux vers l'hémisphère auquel ils font appel. Chez certains, les souvenirs sont stockés dans l'hémisphère droit, chez d'autres dans le gauche. L'imagination se trouve toujours dans l'hémisphère opposé.

Il savait donc maintenant que Stephen Klinger regardait vers la gauche lorsqu'il faisait appel à sa mémoire, et donc, quand il disait la vérité. Quand ses yeux partiraient vers la droite, il serait vraisemblablement en train d'élaborer un mensonge. La technique n'était pas infaillible, mais c'était un bon indicateur.

Quand la bonne eut posé sa tasse et sa sous-tasse, ainsi qu'un pot de lait en porcelaine, Branson se pencha vers l'avant et en vint aux faits.

— Pensez-vous, monsieur, que Ronnie Wilson ait pu assassiner l'une de ses deux épouses ?

Klinger fut estomaqué, tout comme sa femme. Ses yeux restèrent au centre quand il répondit :

— Non, pas Ronnie. Il avait son caractère, mais...

Il haussa les épaules et secoua la tête.

— Il avait bon fond, ajouta Sue. Il aimait prendre soin de ses amis. Je ne pense pas... Non, je suis sûre que non.

— Nous disposons d'informations que j'aimerais partager avec vous de façon confidentielle – nous ferons un communiqué de presse dans les prochains jours.

Branson se tourna vers Bella pour lui proposer de prendre le relais, mais elle lui indiqua qu'elle ne voyait pas d'inconvénient à ce qu'il poursuive.

Il versa un peu de lait dans son café et reprit.

— Il semblerait que Joanna Wilson ne soit jamais allée aux États-unis. On a retrouvé son corps dans un collecteur d'eau pluviale dans le centre de Brighton, vendredi. Elle s'y trouvait depuis longtemps. Il semble qu'elle ait été étranglée.

Le couple sembla sincèrement abasourdi.

— Merde, alors ! lâcha Sue.

— C'est celle dont parlait l'*Argus* lundi ? demanda Stephen.

Bella acquiesça.

— Vous voulez dire que... Ronnie aurait quelque chose à voir avec cette histoire ?

— J'ai d'autres choses à vous révéler, si vous le voulez bien, intervint Branson. Nous avons appris hier que le corps de Lorraine Wilson venait également d'être retrouvé.

Sue Klinger pâlit.

— Dans la Manche ?

— Non, dans une rivière, près de Melbourne, en Australie.

Les deux Klinger restèrent silencieux, sidérés. Une sonnerie de téléphone retentit. Ni l'un ni l'autre ne se leva pour décrocher. Glenn but une gorgée de café.

— Melbourne ? finit par dire Sue Klinger. En Australie ?

— Comment a-t-elle pu aller de la Manche en Australie ? demanda Stephen.

La sonnerie cessa.

— Selon l'autopsie, elle n'est morte que depuis deux ans, monsieur. Ce qui tendrait à prouver qu'elle n'a pas sauté du ferry en 2002.

— Elle se serait suicidée dans une rivière australienne à la place ? s'enquit Stephen.

— Je ne pense pas, répliqua Glenn. On l'a retrouvée enfermée dans le coffre d'une voiture, la nuque brisée.

Il ne divulgua pas l'information supplémentaire dont il disposait.

Les Klinger absorbèrent ses propos en silence. Puis Stephen finit par reprendre la parole.

— Qui ? Pourquoi ? Vous êtes en train de nous dire qu'une seule et même personne a tué Joanna et Lorraine ?

— Pour le moment, nous ne pouvons l'affirmer, mais on pense qu'elles ont été assassinées d'une manière assez similaire.

— Qui ? Qui aurait pu tuer Joanna ? Puis Lorraine ? demanda Sue en jouant nerveusement avec son bracelet en or.

— L'un de vous savait-il que Joanna Wilson avait hérité de la maison de sa mère et qu'elle l'avait vendue peu avant sa mort ? leur demanda Glenn. Elle en a tiré environ cent soixante-quinze mille livres et nous essayons de déterminer ce qu'est devenu cet argent.

— Il aura sans doute servi à payer les dettes de Ronnie, lança Stephen. Je l'aimais bien, mais il n'était pas doué avec l'argent, si vous voyez ce que je veux dire. Il passait son temps à magouiller, mais il ne s'en sortait jamais bien. Il avait des ambitions, mais pas les moyens.

— C'est un peu dur, comme jugement, Steve, commenta Sue en se tournant vers son mari. Ronnie avait de bonnes idées. (Elle regarda les deux policiers et tapa de son index contre son crâne.) Il était inventif. Un jour, il a imaginé un truc pour extraire l'air des bouteilles de vin entamées. Il allait déposer son brevet quand le système... Comment ça s'appelle déjà ? Ah oui, le Vacuvin est sorti sur le marché et a fait un tabac.

— Ouais, mais le Vacuvin, c'est en plastique, précisa Stephen. Le truc de Ronnie était en cuivre, pauvre idiot. Tout le monde sait que ce métal réagit avec le vin.

— À l'époque, tu disais toi-même que c'était bien trouvé, tu te souviens ?

— Ouais, mais je n'aurais pas investi dans une affaire avec Ronnie. Je l'ai fait deux fois et, les deux fois, c'est tombé à l'eau. (Il haussa les épaules.) Il ne suffit pas d'avoir une bonne idée pour se lancer.

Il regarda sa montre et s'agita.

— Monsieur et madame Klinger, intervint Bella. Saviez-vous que Lorraine disposait d'une belle somme d'argent les mois précédant son prétendu suicide ?

Sue secoua vigoureusement la tête.

— Impossible. J'aurais été la première à le savoir. Ronnie l'avait laissée dans un pétrin incroyable, la pauvre. Elle avait dû retourner travailler à Gatwick. Aucune banque n'acceptait de lui faire de prêt à cause des dettes de Ronnie. Elle n'avait pas assez d'argent pour s'acheter une voiture. Un jour, j'ai même dû la dépanner de deux cents livres.

— Eh bien, cela va sans doute vous surprendre tous les deux, mais Ronnie Wilson avait contracté, auprès de Norwich Union, une assurance vie qui a permis à Lorraine de toucher un peu plus d'un million et demi de livres en mars 2002.

Le choc fut palpable. Glenn en remit une couche.

— Qui plus est, en juillet 2002, Mme Wilson a reçu une indemnité de près de deux millions et demi de dollars de la part du fonds de compensation du 11-Septembre. Soit un million soixante-quinze mille livres, selon le taux de change de l'époque.

Il y eut un long silence.

— Je n'y crois pas. Je n'arrive pas à y croire... (Sue secouait la tête.) Je me souviens qu'au moment de sa disparition, les policiers auxquels nous avons parlé n'étaient pas complètement sûrs qu'elle ait sauté du bateau. Ils ne nous avaient pas dit pourquoi. Peut-être se doutaient-ils de quelque chose. Mais avec Stephen, et tous ses anciens amis, on était sûrs qu'elle était morte et personne n'a eu de nouvelles d'elle par la suite.

— Si ce que vous dites est vrai, c'est...

Stephen Klinger s'interrompit au milieu de sa phrase.

— Elle a retiré tout l'argent en cash, en plusieurs fois, entre mars et novembre 2002, précisa Bella.

— En cash ? répéta Stephen Klinger.

— L'un de vous pourrait-il nous dire si les Wilson – plus vraisemblablement Ronnie – étaient victimes d'un chantage quelconque ? demanda Glenn.

— Lorraine et moi étions très proches, intervint Sue. Je pense qu'elle m'aurait avertie. Qu'elle se serait confiée à moi, enfin, vous voyez...

Tout comme elle s'était épanchée sur ses trois millions vingt-cinq mille ! se dit Glenn.

Stephen Klinger leva soudain le doigt.

— Je me souviens d'un truc. Ronnie lui avait peut-être appris comment faire. Il était dans le commerce des timbres.

— Des timbres ? demanda Glenn. Des timbres postaux ?

Il hocha la tête.

— De collection. Toutes les transactions se faisaient en liquide pour déjouer le fisc.

— Un peu plus de trois millions de livres, ça doit faire un paquet de timbres, fit remarquer Bella.

Stephen secoua la tête.

— Pas forcément. Je me souviens qu'un soir, Ronnie avait ouvert son portefeuille dans un pub et qu'il m'en avait montré un, en papier de soie, qu'il avait payé cinquante mille. Il disait qu'il avait un acheteur à soixante. Mais connaissant sa chance, il a certainement fini par le revendre quarante.

— Sauriez-vous où M. Wilson achetait ses timbres ?

— Pour les petits deals, il m'a parlé de vendeurs locaux. Il faisait affaire avec Hawkes, sur Queen's Road. Et avec une ou deux personnes à Londres, et à New York aussi. Ah oui ! Il parlait d'un gars, un poids lourd du business, qui bossait de chez lui. Je ne me rappelle pas son nom... Il habite à l'angle de Dyke Road. Demandez chez Hawkes, ils sauront vous répondre.

Glenn prit note.

— Il disait que c'était un tout petit milieu, celui des gros collectionneurs. Quand quelqu'un faisait une vente importante, tout le monde était au courant. Si Lorraine a dépensé cette somme en timbres, quelqu'un s'en souviendra.

— Et si elle les a revendus par la suite, quelqu'un s'en rappellera aussi, ajouta Bella.

84

OCTOBRE 2007

En tant que titulaire, c'était son tout premier jour de patrouille. Duncan Troutt était fier, un peu intimidé, et, pour être tout à fait honnête, il n'avait pas envie de merder.

Un mètre soixante-quinze, soixante-trois kilos, il n'était pas épais, mais savait se défendre. Fan d'arts martiaux depuis toujours, il avait raflé de nombreuses récompenses en kickboxing, taekwondo et kung-fu.

Sonia, sa petite amie, lui avait offert un poster encadré sur lequel on pouvait lire .

Quand je marche dans la vallée de l'ombre de la mort, je ne crains aucun mal, car je suis le plus vicieux des fils de pute de cette vallée.

À l'instant précis, soit 10 heures du matin, le plus vicieux des fils de pute de la vallée se trouvait à l'angle de Marine Parade et d'Arundel Road, à l'Est de Brighton et Hove. Ce n'était pas à proprement parler une vallée. Pas même une cuvette, en fait. Les rues étaient calmes. Dans une heure environ, les junkies commenceraient à faire surface. L'office de tourisme ne s'en vantait pas, mais la ville se plaçait en deuxième position des cités anglaises, en termes de consommation de drogues dures – et d'overdoses. Troutt savait que de nombreux junkies traînaient dans son secteur.

Son talkie-walkie émit des grésillements, signalant un appel entrant. Il répondit avec enthousiasme et reconnut la voix du lieutenant Morley.

— Tout va bien, Duncan ?

— Oui, chef. Pour le moment, chef.

Sa circonscription allait de Kemp Town, en bord de mer, jusqu'à Whitehawk, où vivaient certaines des familles de malfrats les plus dangereuses de la ville – et beaucoup de gens tout à fait respectables. Entre ces deux quartiers, dans un entrelacement de rues composées de maisons en mitoyenneté, on trouvait à la fois des marginaux dans les hôtels bon marché, des chambres à louer à la semaine, des lotissements prospères, l'une des plus grandes communautés gay du Royaume-Uni, des douzaines de restaurants, des pubs et des petites boutiques indépendantes, de nombreuses écoles et l'hôpital municipal.

— J'aimerais que tu rendes visite à une personne en difficulté. Une femme apparemment dans un état de grande anxiété.

Il lui résuma la situation. Troutt sortit son carnet flambant neuf et nota le nom de Katherine Jennings et son adresse.

— Ça vient du commandant, qui a reçu cet ordre de plus haut encore, si tu vois ce que je veux dire.

— Tout à fait, chef. Je suis tout près. Je me rends sur les lieux immédiatement.

D'un pas rapide, il longea la promenade balayée par le vent, puis tourna à gauche, s'éloignant du bord de mer.

À l'adresse indiquée se dressait un bâtiment cossu de huit étages. Le camion d'un entrepreneur en maçonnerie et une camionnette appartenant à une société d'ascenseurs étaient garés en double file. Il passa devant une Ford Focus grise qui avait été verbalisée, traversa la rue et se dirigea vers l'entrée, cédant le passage à deux hommes portant un grand panneau de Placoplatre. Il se pencha vers les sonnettes : pas de nom en face du numéro vingt-neuf. Il appuya sur le bouton. Pas de réponse.

Tout en bas de l'interphone se trouvait la sonnette du concierge, mais comme la porte était ouverte, calée par les ouvriers, il décida d'entrer. L'écriteau « hors service » scotché sur l'ascenseur le contraignit à prendre l'escalier. Il monta lentement, en veillant à ne pas glisser sur les bâches posées au sol, quelque peu contrarié de constater que ses chaussures, soigneusement cirées la veille, allaient être couvertes de poussière blanche. Des coups de marteau et le bruit d'une perceuse résonnaient dans les étages. Au cinquième, les matériaux de construction l'obligèrent à entamer une véritable course d'obstacles.

Il poursuivit son ascension et atteignit le huitième. La porte de l'appartement de Katherine Jennings se trouvait en face de lui. Les trois verrous et le judas éveillèrent sa curiosité. Deux, ce n'était pas rare – il le savait pour s'être souvent rendu chez des personnes victimes de cambriolage à plusieurs reprises, dans les quartiers chauds de Brighton. Mais trois, c'était excessif. S'approchant pour les observer, il remarqua qu'ils étaient tous haut de gamme.

Vous, mademoiselle, quelque chose vous tracasse, se dit-il en sonnant.

Pas de réponse. Il réitéra, patienta, puis décida d'aller tailler la bavette avec le gardien. Quand il arriva dans le petit hall d'entrée, deux hommes pénétraient dans le bâtiment. Le premier, la trentaine, avenant, portait un bleu de travail avec un blason Maintenance Stanwell brodé sur la poitrine et une ceinture à outils. L'autre, soixante ans, l'air bolchevique, portait une salopette sur un sweat-shirt sale. Il tenait à la main un téléphone portable préhistorique. Il avait un ongle noir. L'ouvrier considéra Troutt avec un sourire amusé.

— Ça alors, vous avez fait drôlement vite.

Le plus âgé leva son téléphone.

— Je vous appelle il y a quoi ? Moins qu'une minute !

Son accent guttural rythmait sa phrase comme une complainte.

— Vous m'avez appelé ?

— À propos l'ascenseur !

— Je suis désolé, répondit Troutt, mais vous êtes ?

— Le gardien.

— Je regrette, mais je suis là pour tout autre chose, dit Troutt. Cela dit, je serais ravi de donner un coup de main si vous voulez m'expliquer le problème.

— C'est très simple, dit le jeune technicien. Les mécanismes de l'ascenseur ont été sabotés. Vandalisés. L'alarme et le téléphone aussi. Les fils sont sectionnés.

Très intéressé par cette information, Troutt sortit son carnet.

— Pourriez-vous me donner quelques détails ?

— Je peux vous montrer, pardi. Vous vous y connaissez un peu en mécanique ?

Le policier haussa les épaules.

— Voyons cela...

— Suivez-moi dans la salle des machines.

— OK. Mais j'aimerais d'abord échanger quelques mots avec monsieur.

L'ouvrier hocha la tête.

— En attendant, je vais déplacer ma camionnette, ces satanés contractuels rôdent comme la Gestapo, lança-t-il en s'éloignant.

Troutt se tourna vers le gardien.

— La résidente de l'appartement 82... Katherine Jennings, c'est bien ça ?

— Elle nouvelle. Seulement là depuis quelques semaines. Location court terme.

— Je peux m'entretenir avec vous à son sujet ?

— Je parle pas souvent à elle, sauf dimanche, quand elle coincée dans l'ascenseur. Elle a beaucoup d'argent. Je peux dire à vous le loyer qu'elle paye.

— À votre avis, qui a vandalisé l'ascenseur ? Des voyous du coin ? Ou est-ce un acte dirigé contre elle ?

Le gardien haussa les épaules.

— Je pense peut-être il veut pas admettre problème technique. Possible qu'il protège lui ou sa compagnie.

Troutt acquiesça, sans vraiment rebondir sur le sujet. Il se ferait sa propre opinion après avoir visité la salle des machines.

— Donc vous ne savez pas ce qu'elle fait dans la vie ? (Le concierge secoua la tête.) Elle est mariée, des enfants ?
— Seule.
— Vous connaissez ses allées et venues ?
— Moi à l'autre bout du bloc. Je ne vois pas les résidents dans cette aile sauf quand ils ont un problème. Elle a des soucis avec la police ?
— Non, pas du tout, répondit-il avec un sourire rassurant. J'aurais dû me présenter. Duncan Troutt. Je suis l'un de vos agents de proximité.
Il sortit une carte de visite.
Le gardien la prit et la considéra d'un air suspicieux, comme s'il avait affaire à un démarcheur.
— J'espère vous venez ici le vendredi et le samedi, tard. Vendredi dernier, des petits bâtards ont mis le feu à une poubelle, grommela-t-il.
— Eh bien, c'est l'un des objectifs de notre nouvelle mission, rétorqua-t-il sans se dérider.
— Je le crois quand je le vois.

85

OCTOBRE 2007

— Alors, vieux, tu n'as pas encore décollé ?

En chaussettes à l'aéroport de Gatwick, terminal Sud, Grace attendait que ses chaussures réapparaissent à l'autre bout du tapis, après avoir été scannées. Le portable coincé contre l'oreille, il répondit :

— Pour le moment, il n'y a que mes chaussures qui sont parties. Ça me saoule. À chaque fois que je prends l'avion, je dois me déshabiller un peu plus, tout ça parce qu'un jour, il y a cinq ans, un illuminé a essayé de mettre le feu à ses lacets ! Et j'ai dû faire enregistrer mon sac parce qu'il était trop volumineux selon la nouvelle réglementation. Ce qui veut dire que je vais devoir l'attendre à l'arrivée. Quelle perte de temps !

— Tu as passé une mauvaise nuit, c'est ça ?

Grace sourit au souvenir de la très belle soirée avec Cleo.

— Ben non. C'était beaucoup mieux que la veille, quand je me suis bourré la gueule avec un pauvre type qui s'est plaint toute la soirée.

Le commandant ignora la pique.

— Et le chien ne t'a pas vomi dessus, cette fois ?

Grace, qui avait mis un costume afin d'être présentable dès son arrivée à New York, avait du mal à lacer ses chaussures, debout, tout en continuant sa conversation. Il se résigna et s'assit.

— Non, il s'est contenté de faire caca par terre.

— Tout va bien ? Je t'entends mal.

— Tout baigne, mais j'essaie de me rechausser. Tu as des choses importantes à me dire ou tu voulais juste discuter le bout de gras ?

— Tu t'y connais en timbres ? lui demanda Branson.

— Prioritaire ou économique ?

— OK, je vois le niveau.

— Je peux te parler des timbres coloniaux britanniques, si tu veux. Mon père les collectionnait. Il m'achetait des enveloppes premier jour quand j'étais gosse. Aucune valeur. Après sa mort, ma mère m'avait conseillé de montrer la collection à un spécialiste – il n'a pas voulu m'en donner un centime ! Si tu cherches un passe-temps, je te conseille les papillons. Ou pourquoi pas le modélisme.

— Ouais ouais, t'as fini ? grogna Grace. Écoute ça. Avec Bella, on revient de chez les Klinger. Le cash, les retraits qu'a faits Lorraine Wilson... Plus de trois millions, tu te souviens ? Je pense qu'elle les a investis en timbres.

— Ah bon ?

Grace arrêta de lacer ses chaussures et se concentra. Il se souvint de la conversation qu'il avait eue avec Terry Biglow mardi.

— Ouais. Stephen Klinger nous a dit que tous les passionnés de philatélie se connaissent, que c'est un tout petit monde.

— Il t'a donné une liste des négociants locaux ?

— Quelques noms, oui.

— Voilà mon avis. Dans les clans, ils ont tendance à se serrer les coudes, autant pour se protéger que pour protéger leurs collègues. Donc tu fonces dans le tas et tu leur casses les couilles, compris ?

— Compris.

— Tu leur dis qu'il s'agit d'une enquête pour meurtre et que s'ils font de la rétention d'information, on peut les poursuivre pour complicité. Tu enfonces le clou.

— OK, chef, bon voyage. Mes amitiés à la Grosse Pomme et profite bien.

— Je t'enverrai une carte postale.

— N'oublie pas de la timbrer.

86

OCTOBRE 2007

Bella appela par talkie-walkie l'une des personnes chargées des recherches pour l'opération Dingo, lui demanda une liste exhaustive des négociants en timbres-poste de Brighton et Hove, puis elle et Glenn se mirent en route pour rendre visite à un certain Hawkes, sur Queens Road.

Située juste en dessous de la gare, la boutique avait quelque chose d'intemporel, de suranné. Dans la vitrine, qui n'avait vraisemblablement jamais été modernisée, s'étaient amassées avec les années des boîtes numismatiques, des médailles, des enveloppes premier jour sous plastique et des vieilles cartes postales.

Le crachin s'intensifiant, ils se réfugièrent à l'intérieur et tombèrent sur deux femmes d'une trentaine d'années qui se ressemblaient comme des sœurs. Blondes, plutôt mignonnes, elles ne collaient pas du tout avec l'image d'un négociant en timbres-poste, du moins pas avec celle que s'était faite Branson, pour qui la philatélie était une passion typiquement masculine, pas glamour.

Plongées dans leur conversation, elles ne les saluèrent pas, comme si elles avaient l'habitude des badauds qui se contentent de regarder. Glenn et Bella jetèrent un œil autour d'eux en attendant qu'elles terminent. La boutique, remplie de tables sur tréteaux sur lesquelles se trouvaient des boîtes en carton pleines de cartes postales grivoises et de vieilles photos de Brighton au siècle dernier, était encore plus encombrée que la vitrine.

Les deux femmes interrompirent brusquement leur discussion et se tournèrent vers eux. Branson sortit sa carte de police.

— Je suis le commandant Branson de la PJ du Sussex, et voici ma collègue, la commandante Moy. Nous aimerions nous entretenir avec le ou la propriétaire. S'agit-il de l'une d'entre vous ?

— Oui, répondit la plus âgée d'un ton avenant, mais légèrement méfiant. Je suis Jacqueline Hawkes. C'est pourquoi ?

— Les noms de Ronnie et Lorraine Wilson vous disent-ils quelque chose ?

Elle eut un mouvement de surprise et échangea un regard avec sa collègue.

— Ronnie Wilson ? Maman faisait affaire avec lui il y a quelques années. Je me souviens bien de lui. C'était un régulier, toujours à marchander... Il est mort dans les attentats du 11-Septembre, si j'ai bonne mémoire.

— Exact, intervint Bella, qui ne voulait pas leur en dire davantage.

— Était-il un gros acheteur, un gros vendeur ? demanda Branson. Ou plutôt : s'intéressait-il aux timbres très précieux ?

Elle secoua la tête.

— Pas chez nous. On n'est pas spécialisées dans le très haut de gamme. On n'a pas ce genre de produit en stock. On s'adresse plutôt aux amateurs, en fait.

— À combien s'élèvent vos timbres les plus chers ?

— Quelques centaines de livres maximum. La plupart du temps, on rachète des petites choses, sauf quand quelqu'un vient avec un timbre rare, une bonne affaire.

— Lorraine Wilson s'est-elle présentée ici ? demanda-t-il.

Jacqueline réfléchit, puis hocha la tête.

— Oui. Je ne me rappelle plus quand, exactement. Peu après la mort de son mari, je crois. Elle voulait vendre quelques timbres lui ayant appartenu. Nous les lui avons rachetés pour quelques centaines de livres, de mémoire.

— Vous a-t-elle jamais parlé de sommes plus importantes ? N'a-t-elle jamais voulu faire des investissements conséquents ?

— Qu'entendez-vous par « conséquents » ?

— Des centaines de milliers.

Elle secoua la tête.

— Jamais.

— Et si quelqu'un souhaitait acheter pour plusieurs centaines de milliers de livres de timbres, que feriez-vous ?

— Je l'orienterais vers une salle de ventes aux enchères à Londres, ou vers un négociant spécialisé, en espérant que celui-ci soit assez reconnaissant pour me proposer une petite commission !

— Vers qui l'orienteriez-vous, dans la région ?

Elle haussa les épaules.

— À Brighton, il n'y a, à proprement parler, qu'un seul spécialiste. Hugo Hegarty. Il se fait vieux, mais je sais qu'il travaille toujours un peu.

— Auriez-vous son adresse ?

— Oui, je vais vous la chercher.

*

Dyke Road, qui devenait sans qu'on s'en aperçoive Dyke Road Avenue, formait une sorte de colonne vertébrale allant du centre-ville au quartier des Down, qui matérialisait ainsi la frontière entre Brighton et Hove.

Quelques rares sections étaient bordées de boutiques, bureaux et restaurants, mais la plus grande partie de la rue était résidentielle, composée de maisons individuelles de plus en plus chic au fur et à mesure qu'on s'éloignait du centre.

Au grand soulagement de Bella, la circulation était dense, ce qui obligeait Glenn à rouler au pas. Énonçant les numéros, elle dit :

— On y est presque, ce sera sur la gauche.

Une allée circulaire menait à la maison, ce qui semblait être la norme, dans le quartier, pour afficher son rang. Mais contrairement à la villa des Klinger, il n'y avait pas de grilles électriques, juste un portail en bois qui ne semblait pas avoir été fermé depuis des lustres. L'allée étant encombrée de véhicules, Branson dut se garer dans la rue, à cheval sur le trottoir. Il était conscient d'empiéter sur une piste cyclable, mais ne pouvait guère faire autrement.

Ils entrèrent dans la propriété, passèrent à côté d'une vieille BMW décapotable, d'une Saab encore plus ancienne, d'une Aston Martin DB7 gris sale et de deux Golf Volkswagen. Branson se demanda si, en plus des timbres, Hegarty n'était pas aussi passionné d'automobiles.

Ils se réfugièrent sous le porche et sonnèrent. Quand l'imposante porte en chêne s'ouvrit, Glenn marqua un temps d'arrêt. L'homme qui se trouvait devant lui était le sosie de l'un de ses acteurs fétiches : Richard Harris. Il était tellement troublé qu'il ne sut pas quoi dire, tandis qu'il fouillait ses poches à la recherche de sa carte de police.

L'homme avait ce genre de visage buriné, auquel Glenn trouvait qu'il était difficile de donner un âge. Il pouvait aussi bien avoir soixante-cinq que soixante-dix-huit ans. Il avait les cheveux plus blancs que gris, longs, légèrement ébouriffés. Il portait un pull de cricket sur un polo et un bas de survêtement.

— Commandant Branson et commandante Moy de la PJ du Sussex, fit Glenn. Nous aimerions nous entretenir avec M. Hegarty. Est-ce vous ?

— Tout dépend quel M. Hegarty vous cherchez, répondit-il avec un sourire évasif. L'un de mes fils ou moi-même ?

— M. Hugo Hegarty, précisa Bella.

— C'est moi, confirma-t-il en regardant sa montre. Mais j'ai une partie de tennis dans vingt minutes.

— Nous n'en aurons pas pour longtemps, monsieur, dit-elle. Nous aimerions vous parler de quelqu'un à qui nous pensons que vous avez eu affaire, il y a quelques années : Ronnie Wilson.

Il plissa les yeux et sembla soudain très soucieux.

— Ronnie ? Mon Dieu ! Vous savez qu'il est mort ? (Hugo Hegarty hésita avant de s'effacer et de leur dire, d'une voix légèrement plus affable :) Voulez-vous entrer ? Il fait un temps abominable.

Ils traversèrent un long hall lambrissé décoré de peintures à l'huile de qualité, puis le suivirent dans un bureau lui aussi lambrissé, où se trouvaient un canapé en cuir écarlate clouté et un fauteuil inclinable assorti. Les fenêtres en vitraux donnaient sur une piscine, une grande pelouse bordée d'arbrisseaux aux couleurs de l'automne et un parterre de fleurs en jachère ; derrière une palissade, on devinait le toit du voisin. À l'étage, on entendait la soufflerie d'un aspirateur.

La pièce était bien rangée. Les étagères croulaient sous les trophées – de golf, apparemment – et le bureau était couvert de photos encadrées. Sur l'une d'elles, on pouvait voir une belle femme aux cheveux argentés, sans doute Mme Hegarty, sur d'autres deux adolescents, deux adolescentes et un bébé. À côté du sous-main se trouvait une énorme loupe.

Hegarty leur indiqua le canapé et s'assit délicatement au bord du fauteuil.

— Pauvre Ronnie. C'est terrible, ce qui lui est arrivé. C'est bien sa chance de s'être trouvé là-bas ce jour-là, ajouta-t-il avec un petit rire nerveux. Que puis-je faire pour vous ?

Branson remarqua une rangée d'épais catalogues de l'éditeur philatélique Stanley Gibbons, ainsi qu'une douzaine de volumes similaires.

— Nous menons une enquête dans laquelle M. Wilson serait impliqué, répondit-il. Vous achetez et vous vendez des timbres rares, nous a-t-on dit. Vous confirmez ?

Hegarty hocha la tête, puis grimaça, comme pour nuancer son propos.

— Enfin, plus autant maintenant. Le marché est devenu très capricieux. Je me consacre davantage à l'immobilier et à la Bourse, dernièrement. Mais j'essaie de ne pas perdre la main.

Ses yeux se mirent à pétiller, ce qui plut à Branson. Richard Harris aussi savait illuminer son regard – c'était l'un des secrets de ce grand acteur.

— Diriez-vous que M. Wilson était l'un de vos gros clients ?

Hegarty haussa les épaules.

— Selon les années, oui. Mais ce n'était pas facile de traiter avec Ronnie.

— Dans quel sens ?

— Pour être franc, la provenance de certains de ses timbres était douteuse. Et j'ai toujours veillé à ne pas entacher ma réputation, si vous voyez ce que je veux dire.

Branson prit note.

— Vous aviez parfois l'impression que ses timbres étaient mal acquis ?

— Certains, je ne les lui aurais jamais rachetés. Je me demandais parfois où il trouvait ceux qu'il m'apportait et s'il avait vraiment payé le prix qu'il prétendait, soupira-t-il. Quoi qu'il en soit, il avait un goût sûr en philatélie et il m'est arrivé de lui vendre de beaux spécimens. Il payait toujours rubis sur l'ongle. Mais...(Il laissa sa phrase en suspens et secoua la tête.) Pour tout dire, ce n'était pas mon client préféré. J'aime bien prendre soin des gens avec lesquels je travaille. Comme je dis toujours, il suffit d'un seul coup foireux pour ruiner une relation.

Glenn sourit, mais ne fit aucun commentaire.

Bella tenta de faire progresser la conversation :

— Monsieur Hegarty, Mme Wilson vous a-t-elle contacté après la mort de son mari ?

Il hésita une seconde et les dévisagea à tour de rôle, comme si, tout d'un coup, on passait aux choses sérieuses.

— Oui, répondit-il sans détour.

— Pouvez-vous nous dire dans quel but ?

— Eh bien, je suppose que cela n'a plus d'importance, maintenant qu'elle est décédée, mais elle m'avait fait jurer de ne jamais en parler, voyez-vous...

Se souvenant des conseils de Grace, Branson intervint aussi diplomatiquement que possible :

— Il s'agit d'une enquête pour meurtre, monsieur Hegarty. Vous êtes tenu de nous dire tout ce que vous savez.

Hegarty eut l'air choqué.

— Un meurtre ? Je l'ignorais totalement. Mon Dieu. Qui... qui est la victime ?

— Je suis désolé, mais je ne peux pas vous répondre pour le moment.

— Non, bien sûr, souffla-t-il, blême. Bon, attendez que je me souvienne. Elle est venue en février ou mars 2002, peut-être avril, je peux vérifier dans mon registre. Elle m'a expliqué que son mari avait laissé derrière lui des dettes faramineuses, que les créanciers avaient récupéré le moindre centime et que sa maison avait été saisie. J'avais trouvé cela brutal de s'acharner ainsi sur une veuve.

Il les regarda en espérant un signe d'approbation de leur part, mais ces derniers restèrent de marbre.

Il reprit :

— Elle m'a expliqué qu'elle venait de toucher l'argent de l'assurance vie et qu'elle avait peur que les créanciers de son mari le lui confisquent. Elle était apparemment cosignataire de nombreux prêts, donc sa responsabilité était engagée. Elle voulait investir en timbres, pensant – à raison – qu'ils seraient plus faciles à cacher. Elle tenait cette information de son mari, je pense.

— Combien voulait-elle convertir ? demanda Bella.

— La première fois, un million et demi, à quelques livres près. Et puis elle est revenue avec le même montant, voire un peu plus, quelques mois plus tard, elle m'avait dit que l'argent provenait du fonds de compensation du 11-Septembre.

Branson fut satisfait, car les chiffres qu'avançaient Hegarty correspondaient à leurs propres estimations. Il disait probablement la vérité.

— Et elle vous a demandé de tout investir en timbres ? demanda-t-il.

— C'est plus facile à dire qu'à faire. Quand on dépense autant, on attire l'attention. Donc j'ai fait les achats en mon nom. J'ai réparti l'argent dans tout le microcosme philatélique, en prétendant acheter pour un collectionneur anonyme. Ça n'a rien d'inhabituel. Depuis quelques années, les Chinois sont prêts à tout pour des timbres rares – le problème, c'est que certains leur refilent n'importe quoi. Parfois même les négociants les plus respectés ! précisa-t-il en levant l'index.

— Pourriez-vous nous fournir la liste des timbres que vous avez achetés pour Mme Wilson ? demanda Bella.

— Oui, mais il me faudra un peu de temps. Je chercherai après mon match. Pourriez-vous me laisser jusqu'à l'heure du thé, cet après-midi ?

— Bien sûr, le rassura Branson.

— Et ce qui serait très utile, reprit Bella, c'est que vous nous communiquiez également la liste des personnes auxquelles elle aurait pu s'adresser pour les revendre, par la suite, afin de récupérer des liquidités.

— Je peux vous indiquer les négociants et les quelques collectionneurs qui opèrent à domicile, comme moi. Nous ne sommes plus beaucoup. Plusieurs de mes vieux amis ne sont malheureusement plus de ce monde.

— Connaîtriez-vous des marchands de timbres en Australie ? demanda-t-elle.

— En Australie ? (Il fronça les sourcils.) Australie... Attendez voir. Eh bien, il y a un gars que Ronnie connaissait de Brighton qui s'y est installé, au milieu des années 1990. Il s'appelle Skeggs, Chad Skeggs. Il est connu pour brasser de grosses sommes. Il fait son business par courrier, depuis Melbourne. Il m'envoie son catalogue de temps à autre.

— Lui avez-vous déjà acheté des timbres ? s'enquit Glenn.

Hegarty secoua la tête.

— Non, il n'est pas net. Il m'a arnaqué une fois. Je lui avais acheté des timbres australiens datant d'avant 1913, si je me souviens bien. Mais ils n'étaient pas du tout dans l'état qu'il avait décrit au téléphone. Lorsque je me suis plaint, il m'a dit que je n'avais qu'à le poursuivre en justice. (Il leva les bras d'un air désespéré.) Le jeu n'en valait pas la chandelle et il le savait pertinemment. Le total s'élevait à deux mille et quelques. J'aurais dépensé davantage en frais d'avocat. Je n'arrive pas à croire que ce type soit encore dans le circuit.

— Quelqu'un d'autre, en Australie ? demanda Bella.

— Vous savez quoi ? Je vous prépare une liste complète cet après-midi. Vous voulez bien repasser vers 16 heures ?

— Oui, merci monsieur, dit Branson.

Tous trois se levèrent et Hegarty se pencha vers eux, comme s'il avait un secret à leur révéler.

— J'imagine que vous ne pouvez rien faire pour moi, mais... J'ai été flashé par l'un de vos radars, sur Old Shoreham Road, il y a deux jours. Vous ne pourriez pas en toucher un mot à l'un de vos collègues ?

Branson le regarda, éberlué.

— Je regrette, mais c'est impossible, monsieur.

— Bon, eh bien tant pis, ce n'est pas grave. Qui ne tente rien n'a rien...

Il leur sourit tristement.

OCTOBRE 2007

Assise à l'arrière d'un taxi, Abby relut le texto qu'elle venait de recevoir. Il la mit de bonne humeur ; elle sourit.

N'oublie pas... Travaille comme si tu n'avais pas besoin d'argent, aime comme si tu n'avais jamais été blessée, danse comme si personne ne te regardait.

Le chauffeur aussi contribuait à sa bonne humeur. C'était un ancien boxeur. Il n'avait jamais été un véritable champion, mais il entraînait les gosses de temps en temps, leur donnait le goût du sport. Il avait un nez écrasé, un nez de boxeur, se dit-elle, comme si, un jour, il avait foncé dans un mur en béton, la tête la première, à cent trente kilomètres-heure. Après la troisième maison de retraite, il lui avait confié, sur le chemin du retour, que sa vieille mère aussi avait des problèmes de santé, mais qu'il ne pouvait pas lui payer ce genre de résidence.

Ne trouvant pas de citation à lui envoyer en réponse, elle se contenta d'un :

Bientôt ! J'ai hâte. Tu me manques !!!
Bisous

Ils arrivèrent devant l'immeuble de sa mère peu avant 13 heures. Abby vérifia si Ricky n'était pas dans les parages :

la voie semblait libre. Elle demanda au taxi de l'attendre, en laissant tourner le compteur. Les deux premiers endroits qu'elle avait visités étaient horribles, mais le troisième ne semblait pas mal. Et surtout, il avait l'air sûr. Pour ne rien gâcher, il y avait une place libre. Abby avait décidé d'y accompagner sa mère sur-le-champ.

Il fallait simplement qu'elle lui prenne quelques affaires. Elle savait sa mère très lente, elle l'aiderait donc et la pousserait vers la porte. Sa mère n'apprécierait sans doute pas, mais elle allait devoir faire avec. Au moins, elle serait en sécurité. Abby ne pouvait pas compter indéfiniment sur sa nouvelle garde du corps, la redoutable Doris, dont elle ne connaissait même pas le nom de famille.

Sa mère en sécurité, elle pourrait alors mettre en place le plan qu'elle préparait depuis plusieurs semaines. La première étape consistait à partir aussi loin que possible. La deuxième : à trouver un complice, une personne de confiance.

À combien d'inconnus pouvait-elle remettre ce qu'elle avait de plus précieux sans qu'il ou elle s'échappe avec, comme elle-même l'avait fait ?

Le chauffeur avait l'air honnête. Elle sentait qu'elle pourrait lui faire confiance si besoin. Mais serait-il capable, tout seul, de tenir Ricky à distance, ou aurait-il besoin de bras supplémentaires ? Allait-elle devoir mettre dans la boucle une personne qu'elle ne connaissait que depuis trente minutes et d'autres qu'elle n'avait jamais rencontrées ? C'était trop risqué, après tous les obstacles qu'elle avait surmontés...

Mais à cet instant précis, il ne lui restait guère d'autres options. Elle avait payé trois mois d'avance pour son appartement, n'y avait demeuré qu'un mois, mais, du coup, elle était à court de liquidités. Et ce matin, elle avait versé un acompte d'un mois à la maison de retraite Les Pelouses de Bexhill. Elle avait suffisamment sur sa carte de crédit pour voir venir pendant deux mois, en se terrant dans un hôtel miteux, par exemple. Et ensuite, il faudrait qu'elle pioche dans son patrimoine. Et pour cela, elle devrait d'abord échapper aux griffes de Ricky.

Dieu merci, elle avait eu une chance folle : elle n'avait pas encore déposé son trésor dans son tout nouveau coffre-fort.

Elle aurait dû se souvenir que Ricky était un génie en électronique. Un soir, il s'était vanté d'avoir la moitié des réceptionnistes des grands hôtels de Melbourne et Sydney à son service : ils lui remettaient les cartes magnétiques des chambres après le départ des clients, clés qui contenaient leurs informations bancaires et adresses. Il les décodait, puis revendait ces informations. Cette arnaque, ou plutôt ce « service de communication des données », selon ses propres termes, lui rapportait beaucoup plus que son boulot officiel.

Abby entra dans le bâtiment et se dirigea vers l'appartement de sa mère. Elle l'avait appelée deux fois pour vérifier que tout allait bien. La première, vers 10 h 30. Sa mère lui avait annoncé que le serrurier serait là à 11 heures. La seconde, il y avait de cela une heure, elle lui avait confirmé que l'ouvrier était là.

Abby fut stupéfaite de constater que sa clé fonctionnait toujours. Et son inquiétude grandit lorsqu'elle constata que rien ne signalait le passage d'un technicien. Elle appela sa mère d'une voix anxieuse et se précipita dans le salon.

À son grand désarroi, le tapis n'était plus là. Le tapis rouge de son enfance, celui qu'elle avait nettoyé après avoir renversé du riz au lait, la veille. Il avait disparu, laissant à nu le parquet et quelques bouts du sous-tapis élimés.

Pendant un court instant, elle eut l'impression que la terre ne tournait plus rond. Elle ne voyait pas le lien entre l'arrivée du serrurier et la disparition du tapis. Quelque chose clochait.

— Maman ! Maman ! cria-t-elle au cas où sa mère serait dans la cuisine, aux toilettes ou dans sa chambre.

Où était Doris ? N'avait-elle pas promis de rester à ses côtés toute la matinée ?

Elle vérifia chaque pièce en courant, paniquée. Puis elle sortit de l'appartement, monta l'escalier quatre à quatre, sonna chez Doris et tambourina contre la porte, impatiente.

Après ce qui lui sembla une éternité, elle entendit le grattement familier de la chaîne de sécurité et la porte s'ouvrit de quelques centimètres.

Derrière ses énormes lunettes noires, Doris la considéra d'un œil inquiet, puis lui fit un grand sourire et entrouvrit davantage la porte.

— Bonjour ma chère !

Son accueil chaleureux rassura aussitôt Abby. Pendant quelques secondes, elle crut que Doris allait lui dire que sa mère était avec elle.

— Bonjour, savez-vous ce qui se passe chez ma mère ?

— Avec le serrurier ?

Il était donc bien venu.

— Oui.

— Eh bien, il est en train de changer le verrou. C'est un jeune homme très charmant. Quelque chose ne va pas ?

— Vous avez vérifié sa carte professionnelle, comme je vous l'ai demandé ?

— Oui, ma chérie, il avait sa carte. J'avais pris ma loupe pour pouvoir la lire. C'était marqué Lockworks. C'était bien ça ?

Au même moment, le téléphone d'Abby sonna. Elle regarda l'écran : c'était le numéro de sa mère. Elle leva les yeux vers Doris.

— Tout va bien, merci.

Doris leva l'index.

— J'ai une casserole sur le feu, revenez si vous avez besoin de moi.

Abby décrocha tandis que Doris fermait la porte.

C'était la voix de sa mère, mais impersonnelle, essoufflée, tremblante, comme si elle lisait un message.

— Abby, dit-elle. Ricky veut te parler. Je te le passe. Je t'en prie, fais ce qu'il te demande.

Et elle raccrocha.

Abby composa frénétiquement son numéro et tomba aussitôt sur sa boîte vocale. Au même moment, elle reçut un appel. L'écran indiquait : *Identité refusée.*

C'était Ricky.

88

OCTOBRE 2007

— Où est ma mère ? cria Abby avant que Ricky ait pu dire quoi que ce soit. Où est-elle, bâtard ? OÙ EST-ELLE ?

Un vieux voisin ouvrit sa porte, puis la claqua bruyamment.

Folle de désespoir, rongée par la culpabilité d'avoir laissé sa mère seule avec sa vieille voisine, Abby se réfugia dans la cage d'escalier pour un minimum d'intimité.

— Je veux lui parler immédiatement.

— Ta mère va bien, Abby. Elle est emmaillotée comme un bébé – au cas où tu te demanderais à quoi pouvait bien servir le tapis.

Le téléphone rivé à l'oreille, elle dévala l'escalier et se précipita dans l'appartement, fermant la porte derrière elle. Elle alla dans le salon et fixa le plancher et les traces de revêtement antiglisse. Les larmes coulaient le long de son visage. Elle tremblait, commençait à se dédoubler – les premiers symptômes d'une crise d'angoisse se faisaient ressentir.

— J'appelle la police, Ricky. Le reste, je m'en fous. OK ?

— Je ne pense pas, répondit-il calmement. Tu es trop intelligente pour faire quelque chose d'aussi stupide. Que vas-tu leur dire ? J'ai commis un vol, le gars m'a retrouvée et a pris ma mère en otage ? Ils te demanderont de te justifier,

Abby. Dans le monde dans lequel nous vivons, avec toutes les mesures contre le blanchiment d'argent, on doit pouvoir expliquer d'où viennent les liquidités que l'on possède. Comment te justifieras-tu ? En disant que tu as été serveuse dans un bar à Sydney ?

— Je m'en fous, Ricky, OK ? hurla-t-elle.

Il y eut un bref silence, puis il reprit :

— Oh, je ne pense pas. Tu ne m'as pas roulé dans la farine sur un coup de tête. Dave et toi, vous prépariez ce plan depuis longtemps, pas vrai ? C'est lui qui t'a dicté toutes les positions ? Est-ce que tu t'es amusée ou est-ce que tu m'as juste baisé ?

— Ma mère n'a rien à voir avec tout ça. Rends-la-moi. Ramène-la chez elle et on pourra discuter.

— Non. Tu me rends ce que tu m'as volé et on pourra discuter.

La crise s'intensifiait. Elle était en hyperventilation. Sa tête était en feu. Elle avait l'impression de flotter à l'extérieur de son corps, l'impression que son corps allait la lâcher. Elle trébucha sur le côté, heurta l'extrémité du canapé, se jeta dessus et resta assise, prise de vertiges.

— Je vais raccrocher, haleta-t-elle. Raccrocher et appeler les flics.

Mais, tout en le disant, elle sentit qu'elle n'était plus aussi convaincue et qu'il s'en rendait compte.

— Ah ouais ? Et ensuite ?

— Je m'en fous. J'en ai plus rien à foutre ! Plus rien à foutre ! répéta-t-elle plusieurs fois, de plus en plus fort, comme un enfant qui fait un caprice.

— Tu ne devrais pas. Parce que ce qu'ils vont conclure, c'est qu'une vieille dame qui se savait condamnée par sa maladie s'est suicidée, que sa fille est une voleuse, qu'elle raconte une histoire à dormir debout sur le gars qu'elle a roulé, et que l'homme qui tire les ficelles n'est pas à proprement parler en mesure de la défendre. Trouve une autre solution pour te sortir de cette impasse, grosse maligne. Je vais te laisser te calmer, je vais préparer une tasse de thé pour ta maman et je te rappelle plus tard.

— Non, attends ! cria-t-elle.

Mais il avait raccroché.

Et elle se souvint tout à coup que le taxi l'attendait en bas et que son compteur tournait.

89

OCTOBRE 2007

Roy Grace envoya à Cleo un texto pour lui dire qu'il était bien arrivé, tandis qu'il attendait ses bagages. Selon ses calculs, il devait être 18 h 15 en Angleterre, et la réunion du soir consacrée à l'opération Dingo allait commencer dans quinze minutes.

Il appela la commandante Lizzie Mantle pour qu'elle lui fasse part des avancées, mais tomba directement sur sa boîte vocale, aussi bien sur son fixe que sur son portable. Il essaya de joindre Glenn Branson, qui décrocha à la deuxième sonnerie.

— Tu as récupéré tes chaussures ?

— Ouais, et c'est d'ailleurs pour te faire part de cette bonne nouvelle que je t'appelle. J'ai pensé que ça te ferait plaisir.

— Bon alors, tu es où ? Tu es arrivé ? Aéroport JFK ?

— Non, Newark. J'attends mon sac.

— Certains se la coulent douce à New York tandis que d'autres travaillent d'arrache-pied.

— Je t'aurais bien envoyé en Australie, mais je me suis dit qu'étant donné ta situation matrimoniale, ce n'était pas une bonne idée.

— En ce moment, plus je suis loin d'Ari, mieux elle se porte. Les détails à ton retour.

Pitié, épargne-moi ça, songea Grace. Autant il aurait fait n'importe quoi pour aider ce gars qu'il aimait profondément, autant il renâclait à lui donner, à lui comme à n'importe qui d'ailleurs, des conseils sur sa vie intime. À quel titre se permettrait-il d'influencer quelqu'un, lui dont le mariage s'était soldé par une disparition ? Mais il garda ces pensées pour lui.

— Bon, alors dis-moi, quoi de neuf ?

— Eh bien, on a bossé dur pendant que tu regardais tranquillement des films en sirotant du champagne, ces sept dernières heures.

— J'étais en classe éco, option crampes, listeria et infarctus. Et mon casque ne fonctionnait pas. Mais à part ça, tu as vu juste.

— Quand on est le chef, c'est pas facile tous les jours, c'est pas ce qu'on dit ?

— Ouais, ouais, arrête de blablater, ça va me coûter une fortune !

Branson lui résuma leurs discussions avec les négociants en philatélie Hawkes et Hegarty.

Grace écouta avec grand intérêt.

— Donc il s'agit bien de cela : elle a converti sa fortune en timbres-poste !

— Exact. Facile à transporter, pratique pour contourner les lois contre le blanchiment d'argent. Dans les aéroports, il y a des chiens dressés pour sentir les billets de banque, et trois millions deux en liquide, ça prend beaucoup de place. Tandis que l'équivalent en timbres, ça tient dans deux enveloppes A4.

— On sait ce qu'elle en a fait par la suite ?

— Pas encore. Ensuite, on est allés chez la sœur de Lorraine Wilson.

— Et qu'est-ce qu'elle raconte ?

— Plein de choses.

Une alarme retentit et le tapis se mit à tourner. Grace fut bousculé par deux hommes obèses et une vieille dame, qui lui poussait son chariot dans les mollets. Il s'écarta et trouva un endroit d'où il pouvait surveiller ses bagages. Il avait appris, lors d'une enquête à Gatwick, quelques années auparavant, que le vol de bagages sur tapis roulant était monnaie courante.

— Il y a beaucoup de bruit autour de toi, fit Branson.
— Je t'entends bien. Vas-y, dis-moi.
— Première chose : elle a accompagné sa sœur, Lorraine, à New York, une semaine après les attentats – dès la reprise des vols internationaux. Elles sont allées à l'hôtel dans lequel était descendu Ronnie, le W.
— Le W quoi ? s'étonna Grace.
— C'est son nom.
— Juste W ?
— Eh vieux, il faut sortir, le dimanche. Tu devrais m'embaucher comme coach de vie à plein temps. Le W est une chaîne d'hôtels ultra cool.
— OK, mais mon salaire ne prévoit pas les hôtels ultra cool.
— J'ai du mal à croire que tu n'en aies jamais entendu parler.
— Encore un mystère non résolu. À part ça, tu as autre chose à m'apprendre ?
— Ouais, pas mal de trucs. Je reprends. Ses affaires étaient toujours dans sa chambre et la direction n'était pas très contente, parce que la carte de crédit qu'il leur avait laissée n'avait pas un solde suffisant pour payer.
— Ils n'ont pas fait preuve d'indulgence, étant donné qu'il était mort ?
— J'imagine qu'à ce moment-là, ils ne le savaient pas encore. Il avait réservé deux nuits et leur avait laissé une empreinte de sa carte de crédit. Bref, son passeport et son billet retour pour le Royaume-Uni étaient encore dans le coffre-fort de sa chambre.

Grace fut soulagé de voir son sac apparaître.

— Attends une seconde. (Il se précipita, l'attrapa et reprit sa conversation :) OK, je t'écoute.
— Lorraine et sa sœur se sont donc rendues au Quai 92, où la police de New York avait installé une sorte de centre d'accueil pour les personnes en deuil. Les gens y apportaient des trucs comme des brosses à cheveux pour que soit prélevé l'ADN des personnes disparues, et ainsi permettre l'identification des corps ou des membres retrouvés. C'est là-bas

qu'étaient exposés les objets personnels trouvés dans les décombres. Lorraine et sa sœur s'y sont présentées, mais à l'époque, la police n'avait rien retrouvé ayant appartenu à son mari.

Grace tira son bagage loin de l'attroupement, histoire d'être au calme, et attendit la fin d'une annonce au haut-parleur pour demander :

— Et concernant l'argent qu'avait reçu Lorraine ?

— J'y viens. Mais je vais devoir foncer à la réunion dans une minute.

— Dis à la commandante Mantle de m'appeler à la fin.

— Je n'y manquerai pas. Mais écoute d'abord la suite. On a bien avancé ! Bon, Lorraine se débrouille pour récupérer mille cinq cents dollars au Quai 92. Ils étaient généreux avec ceux qui avaient perdu un proche et connaissaient des difficultés financières.

— Ça me semble honnête. Il l'avait laissée sans le sou, non ?

— Si. Et deux semaines plus tard, toujours selon sa sœur, Lorraine a reçu un coup de fil l'informant qu'un portefeuille légèrement brûlé contenant le permis de conduire de Ronnie Wilson et un téléphone portable identifié comme lui appartenant avaient été trouvés par les volontaires fouillant les décombres de Ground Zero. Ils lui ont envoyé des photos du téléphone, du portefeuille et de son contenu pour qu'elle puisse les identifier formellement.

— Ce qu'elle a fait ?

— Oui. Concernant l'argent qu'elle a touché – l'assurance vie, puis l'indemnité –, c'est là que le bât blesse. Sa sœur est tombée des nues quand on lui en a parlé. Et c'est un euphémisme, je devrais plutôt dire qu'elle était sur le cul.

— Elle simulait ?

— Je ne pense pas, et Bella non plus. Elle hésitait entre surprise et colère. À un moment, elle a explosé, disant qu'elle avait vidé son compte épargne pour aider Lorraine, et ce bien après que celle-ci a touché le premier gros lot, selon les relevés bancaires.

— Aucun code d'honneur entre sœurs, alors ?

— Ou plutôt, une relation à sens unique. Mais j'ai gardé le meilleur pour la fin. Tu vas adorer.

Il y eut une nouvelle annonce au haut-parleur. Grace cria à Branson d'attendre la fin.

— Cet après-midi, le labo nous a envoyé les résultats concernant l'ADN familial du fœtus que portait Lorraine Wilson. Je pense qu'on tient le père !

— C'est qui ? demanda Grace, tout excité.

— Eh bien, si on ne se trompe pas, il s'agit de Ronnie Wilson en personne.

Grace garda le silence, submergé par l'adrénaline, ravi que son intuition semble se confirmer.

— Le taux de correspondance s'élève à combien ?

— Le fœtus possède la moitié des gênes du père. Il est possible que d'autres hommes correspondent, mais vu la mère, ce n'est pas vraiment la peine de chercher plus loin.

— D'où vient l'ADN de Ronnie ?

— D'une brosse à cheveux que sa veuve avait confiée à la police de New York. Comme le veut l'usage, le fichier avait été transféré à la police britannique et incorporé à notre base de données.

— Ce qui veut dire que, soit notre ami M. Wilson a congelé son sperme et sa femme, qui n'était pas si morte que cela, a demandé à être fécondée. Soit...

— Je penche pour la deuxième proposition, l'interrompit Branson.

— C'est ma préférée aussi, répondit Grace.

— Et, avec ou sans chaussures, tu as du flair, vieux.

90

OCTOBRE 2007

Abby entendit un téléphone sonner, non loin d'elle, de façon insistante. Puis elle se rendit brusquement compte que c'était le sien. Elle se redressa, un peu perdue – elle ne savait pas où elle était. Le téléphone sonnait toujours.

Une brise soufflait sur son visage, ce qui ne l'empêchait pas de transpirer à grosses gouttes. Elle était plongée dans l'obscurité, entourée d'ombres fantomatiques, dans un halo orangé. Un ressort craqua quand elle bougea. Elle comprit qu'elle était assise sur le canapé, dans l'appartement de sa mère. Mon Dieu, combien de temps avait-elle dormi ?

Elle regarda autour d'elle pour vérifier que Ricky n'était pas revenu, ne se trouvait pas avec elle au moment présent. Elle repéra son téléphone allumé et le saisit. La peur qui lui tordait le ventre monta d'un cran quand elle vit les mots : *Identité refusée.* L'horloge indiquait 18 h 30. Elle porta l'appareil à son oreille.

— Oui ?

— Tu as bien réfléchi ? fit Ricky.

La panique s'empara d'Abby. Où se cachait-il ? Il fallait qu'elle quitte au plus vite cet endroit, qui faisait d'elle une proie facile. Savait-il où elle se trouvait ? L'épiait-il de l'extérieur ?

Elle reprit ses esprits avant de répondre, décidant de laisser les lumières éteintes pour ne pas signaler sa présence, au cas où il la surveillerait de la rue. Les réverbères étaient allumés et les rideaux de tulle laissaient passer suffisamment de lumière – elle n'avait pas besoin de voir davantage pour le moment.

— Comment va ma mère ? demanda-t-elle d'une voix tremblante.

— Elle va bien.

— Elle est très fragile. Si tu la laisses prendre froid, elle attrapera une pneumonie et...

Ricky l'interrompit :

— Elle est emmaillotée comme un bébé, je te l'ai déjà dit.

Abby n'aimait pas la façon dont il prononçait ces mots.

— Je veux lui parler.

— Bien sûr que tu veux lui parler. Et moi, je veux que tu me rendes ce que tu m'as volé. Donc c'est très simple. Tu me l'apportes ou tu me dis où tu le caches, et ta mère peut rentrer chez elle.

— Comment savoir si je peux te faire confiance ?

— Ça, c'est la meilleure ! Venant de toi... Je ne pense pas que tu connaisses le sens de ce mot, lança-t-il, sarcastique.

— Écoute, le passé, c'est le passé, dit-elle. J'accepte de te rendre ce qui me reste.

Sa voix monta dans les aigus.

— Comment ça, ce qui te reste ? Je veux tout. Tout. C'est comme ça et pas autrement.

— C'est impossible. Je ne peux te donner que ce qui me reste.

— C'est pour ça que ça n'était pas dans le coffre-fort ? Tu l'as dépensé ?

— Pas entièrement, bluffa-t-elle.

— Espèce de salope. Tu me laisserais tuer ta mère, pas vrai ? L'argent est plus important pour toi.

— Oui, répondit-elle. Tu n'as pas tort, Ricky.

Et elle lui raccrocha au nez.

91

OCTOBRE 2007

Abby traversa la pièce sombre, trébucha sur un pouf en cuir et trouva son chemin, à tâtons, jusqu'à la salle de bains. Elle s'accrocha au lavabo et vomit. Elle avait l'estomac retourné et les nerfs en pelote. Elle rinça la vasque, se lava la bouche et alluma la lumière, tout en respirant profondément. Par pitié, pas d'autre crise d'angoisse... Agrippée au lavabo, les yeux mouillés, elle redoutait que Ricky fasse irruption d'une minute à l'autre.

Il fallait qu'elle se sauve, qu'elle se souvienne des raisons pour lesquelles elle faisait tout ça. *La qualité de vie de sa mère.* C'était l'alpha et l'oméga. Sans cet argent, les dernières années de sa mère seraient d'une tristesse infinie. Il fallait qu'elle s'accroche à cette réalité.

Et qu'elle pense à ce qui l'attendait, elle : la possibilité de rejoindre Dave.

Il ne lui restait plus qu'une transaction à effectuer pour que sa mère ait un avenir qui vaille le coup d'être vécu. Plus qu'un avion à prendre pour qu'elle vive la vie qu'elle s'était promise.

Ricky était un vicieux. Un sadique. Une brute. Mais un assassin ? Elle en doutait.

Elle savait qu'elle devait lui résister, lui tenir tête. C'est le seul langage que les brutes comprennent. Et il n'était pas idiot. Il voulait tout récupérer. Blesser une vieille dame malade ne lui apporterait rien.

Seigneur, aidez-moi.

Abby retourna dans le salon et attendit qu'il la rappelle, prête à rejeter son appel dès la première sonnerie. Puis, effrayée à l'idée de commettre une énorme erreur, elle se glissa dans l'obscurité du couloir et monta au premier étage par l'escalier de secours.

★

Quelques minutes plus tard, elle composait un numéro depuis la ligne fixe de Doris. Une voix masculine, distinguée, lui répondit.

— Pourrais-je parler à M. Hugo Hegarty ? demanda-t-elle.

— C'est lui-même.

— Je m'excuse de vous déranger en soirée. Je possède une collection de timbres que j'aimerais vendre.

— Ah oui ? soupira-t-il, pensif. Que pouvez-vous m'en dire ?

Elle décrivit chaque timbre en détail. Elle les connaissait tellement bien qu'elle les avait tous en mémoire. Il l'interrompit deux fois pour lui poser des questions spécifiques.

Et quand elle eut terminé, un silence étrange s'installa entre eux.

92

OCTOBRE 2007

Assis dans sa camionnette, garée dans un camping excentré qu'il avait trouvé sur Internet, Ricky était plongé dans ses pensées. La pluie battante constituait une excellente couverture. Personne n'irait se balader dans un champ boueux la nuit, pour se mêler de ce qui ne le regardait pas.

L'endroit était parfait. À quelques kilomètres d'Eastbourne, le long des Downs, tout près d'Alfriston, un village de carte postale. Le camping se trouvait sur un champ boisé au bout d'un chemin de terre abandonné de 700 mètres, derrière des courts de tennis détrempés.

Ce n'était ni la saison ni le temps pour jouer au tennis ou même camper. En d'autres termes : pas de petits curieux. Le propriétaire n'avait pas l'air intrusif. Il l'avait conduit jusqu'à son emplacement, tandis que deux petits garçons se disputaient à l'arrière de sa voiture, avait pris les quinze livres correspondant à trois nuits d'avance et lui avait montré les toilettes et les douches. Il lui avait laissé un numéro de portable et lui avait dit qu'il passerait peut-être le lendemain s'il avait un nouveau résident.

Il n'y avait qu'un seul autre véhicule – un grand camping-car immatriculé en Hollande – et Ricky se trouvait loin de lui. Il avait acheté suffisamment de nourriture, d'eau, et de lait à la station-service pour tenir quelque temps. Il décapsula une cannette de bière et en descendit la moitié d'un trait – il avait besoin d'alcool pour calmer ses nerfs. Puis il alluma une cigarette et tira dessus trois fois de suite, frénétiquement. Il baissa la vitre un instant pour essayer de faire tomber la cendre à l'extérieur, mais le vent la lui renvoya en pleine figure. Il referma la fenêtre et sentit une odeur désagréable.

Il tira une nouvelle fois sur sa cigarette et but une gorgée de bière. Il était très perturbé par la conversation qu'il venait d'avoir avec Abby, par la façon qu'elle avait eue de lui raccrocher au nez. Par son incapacité à anticiper les réactions de cette garce.

Il craignait qu'elle n'ait dit la vérité. Ses mots tournoyaient dans sa tête.

Je ne peux te donner que ce qui me reste.

Combien avait-elle dépensé ? Elle devait bluffer. Elle ne pouvait pas avoir claqué plus de quelques milliers, dans sa cavale. Elle bluffait.

Il allait devoir la tester, la débusquer. Elle se croyait forte, mais il connaissait ses faiblesses.

Il termina sa cigarette et jeta le mégot par la fenêtre. Lorsqu'il remonta la vitre, il sentit de nouveau l'odeur, plus forte, insistante même. En fait, elle venait de l'intérieur du van, et c'était une odeur d'urine.

Oh non, putain, pas ça !

La vieille s'était fait dessus.

Il alluma la veilleuse, s'extirpa de son siège et se glissa à l'arrière. La bonne femme était ridicule, avec sa tête qui sortait du tapis roulé, telle une affreuse chrysalide en train de muer.

Il enleva le gros Scotch qu'il avait collé sur sa bouche le plus délicatement possible, pour ne pas lui faire trop mal – elle était suffisamment angoissée comme cela, il n'avait pas envie qu'elle lui claque entre les doigts.

— Tu t'es fait dessus ?

Deux petits yeux terrorisés le fixaient.

— Je suis malade, dit-elle faiblement. Je suis incontinente. Désolée.

Il fut soudain pris de panique.

— Ça veut dire que tu ne pourras pas te retenir non plus pour la grosse commission ?

Elle hésita, puis hocha la tête, navrée.

— Oh, génial. Il ne manquait plus que ça.

93

OCTOBRE 2007

La réunion de 18 h 30 consacrée à l'opération Dingo venait de se terminer, Glenn Branson retournait à son bureau quand son portable sonna. Il s'agissait d'un numéro de Brighton, mais pas répertorié dans son carnet d'adresses.

— Commandant Branson, dit-il en décrochant.

Il reconnut immédiatement la voix distinguée de son interlocuteur.

— Oh, commandant, je suis désolé de vous appeler un peu tard.

— Aucun souci, monsieur Hegarty. Que puis-je faire pour vous ? s'enquit Glenn sans s'arrêter.

— Je ne vous dérange pas ?

— Pas le moins du monde.

— Eh bien, il vient de se passer quelque chose d'insensé, dit Hugo Hegarty. Vous vous souvenez que je vous ai donné une liste, à vous et votre très charmante collègue, quand vous êtes repassés cet après-midi ? La description de tous les timbres achetés par Lorraine Wilson en 2002 ?

— Oui.

— Eh bien... C'est peut-être une étrange coïncidence, mais je suis dans le métier depuis trop longtemps pour croire à ce genre de hasard.

Arrivé devant l'entrée du CO1, Glenn poussa la porte.

— Dites-moi.

— Je viens de recevoir un coup de fil d'une femme à la voix jeune, qui m'a semblée nerveuse, me demandant si je serais en mesure de vendre la collection de timbres rares qu'elle possédait. Je lui ai demandé les détails et elle m'a décrit exactement – je pèse mes mots – ceux que j'avais achetés pour Lorraine Wilson. Il en manquait quelques-uns, sans doute vendus entre-temps.

Le téléphone collé à l'oreille, absorbant l'information, Branson s'installa à son poste.

— Vous êtes sûr que ce n'est pas une coïncidence, monsieur ?

— Ce sont, pour la plupart, des timbres issus de planches rares, en parfait état, susceptibles d'intéresser un très grand nombre de collectionneurs, ainsi que quelques timbres isolés. Je ne pense pas être capable de dire, cinq ans plus tard, si les oblitérations sont identiques, mais pour vous donner une idée, il y a deux Penny rouges de la planche 77, qui avoisinent actuellement cent soixante mille livres ; plusieurs Penny Black des planches 10 et 11, qui valent entre douze et treize mille livres chacun et sont très recherchés ; plusieurs Two Pence bleus et une flopée de timbres rares. S'il n'y en avait qu'un ou deux en commun, ç'aurait pu être une coïncidence, mais les mêmes, en qualité et en quantité...

— Cela paraît en effet bizarre, monsieur.

— Pour être honnête, si je n'avais pas fouillé dans mes archives aujourd'hui, je ne me serais pas souvenu que les deux collections étaient aussi proches.

— C'est peut-être un coup de chance. Je vous remercie de m'avoir appelé. Lui avez-vous demandé comment elle les avait obtenus ?

Hegarty baissa d'un ton, comme s'il avait peur qu'on l'entende.

— Elle affirme les avoir hérités d'une tante, en Australie, puis avoir rencontré quelqu'un, lors d'une soirée à Melbourne, qui lui aurait conseillé d'entrer en contact avec moi

— Vous plutôt qu'un collectionneur australien ?

— On lui a dit qu'elle en tirerait davantage au Royaume-Uni ou aux États-unis. Comme elle revenait en Angleterre pour s'occuper de sa vieille mère, elle a tenté sa chance avec moi. Elle vient demain matin, à 10 heures, pour me les montrer. Je lui poserai quelques questions, avec tact.

Branson consulta ses notes.

— Vous avez envie de les lui racheter ?

Au son de sa voix, il devina les étoiles dans les yeux de son interlocuteur.

— Eh bien, elle est pressée de vendre et c'est souvent le meilleur moment pour acheter. Peu de négociants ont autant de cash à disposition, en général, on fractionne en lots. Mais je veux être sûr qu'ils sont tous accompagnés de leur certificat. Je n'ai pas envie de me retrouver impliqué dans un trafic et de vous voir débarquer chez moi quelques heures plus tard. C'est pour cela que je vous ai appelé.

On y vient... Hugo Hegarty n'est pas en train de se comporter en citoyen modèle, il veut juste assurer ses arrières, pensa Glenn Branson. C'est dans la nature humaine, il ne lui en voulait pas.

— À combien évaluez-vous cette collection, monsieur ?

— En tant qu'acheteur ou vendeur ? demanda-t-il d'un ton malicieux.

— Les deux.

— Pour l'ensemble, au prix du marché, entre quatre et quatre millions cinq. Si j'étais le vendeur, je viserais cet objectif.

— De livres ?

— Oh oui !

Branson n'en croyait pas ses oreilles. La collection que Lorraine Wilson avait acquise pour trois virgule vingt-cinq millions s'était valorisée de plus de trente pour cent. Alors même qu'il manquait plusieurs timbres.

— Et en tant qu'acheteur ?

Hegarty se fit réticent :

— Le prix que je serai prêt à payer dépendra de leur provenance. Je vais avoir besoin d'informations complémentaires.

Branson réfléchissait à cent à l'heure.

— Elle vient chez vous à 10 heures demain. C'est sûr ?

— Oui.

— Comment s'appelle-t-elle ?

— Katherine Jennings.

— Vous a-t-elle laissé une adresse ou un numéro de téléphone ?

— Non.

Le commandant nota le nom, remercia Hegarty et raccrocha. Puis il se tourna vers son ordinateur, ouvrit le fil d'information et entra le nom de Katherine Jennings.

Quelques secondes plus tard, il constatait qu'un incident avait été rapporté, en relation avec ce nom.

94

OCTOBRE 2007

Roy Grace avait pris place à l'arrière de la Ford Crown Victoria grise banalisée. Tandis qu'ils approchaient du Lincoln Tunnel, il se demanda si un voyageur averti serait capable de reconnaître n'importe quelle ville du monde à l'oreille, au bruit de la circulation.

À Londres, ce qui dominait, c'était les pétarades du diesel, les rugissements des moteurs à essence et la plainte furtive des bus Volvo nouvelle génération. New York proposait une bande-son complètement différente : on remarquait surtout les gémissements réguliers des pneus rebondissant sur le bitume craquelé et bosselé, et les coups de Klaxon.

Un énorme camion klaxonnait d'ailleurs derrière eux.

L'enquêteur Dennis Baker, au volant, leva la main à hauteur de rétroviseur et fit un doigt au camionneur.

— Va te faire foutre, connard !

Grace sourit. Dennis n'avait pas changé.

— C'est vrai, quoi, qu'est-ce que tu veux que je fasse ? Que je passe au-dessus du trou de cul de devant ? Putain...

Habitué à la conduite de son coéquipier, l'enquêteur Pat Lynch, qui se trouvait à ses côtés, se retourna vers Roy comme si de rien n'était.

— On est contents de te revoir, vieux. Ça faisait longtemps. Beaucoup trop longtemps !

Roy partageait son opinion. Il avait été conquis tout de suite par ces gars, un peu plus de six ans auparavant. À l'époque, il avait été envoyé à New York pour interroger un banquier américain gay dont le partenaire avait été retrouvé étranglé dans un appartement à Kemp Town. Le banquier n'avait jamais été reconnu coupable, mais il était mort d'une overdose deux ans plus tard. Roy avait bossé avec Dennis et Pat pendant plusieurs mois sur cette affaire et ils étaient restés en contact.

Pat portait un jean, une veste en jean sur une chemise beige et un tee-shirt blanc en dessous. Avec son visage vérolé et sa coupe un peu longue de petit garçon, il avait l'allure des méchants dans les films, alors qu'il était étonnamment doux et attentionné. Il avait commencé sa carrière comme docker, boulot pour lequel sa carrure et sa force physique lui avaient rendu bien des services.

Dennis portait un gros anorak noir avec l'écusson Brigade criminelle des affaires classées et celui du NYPD, une chemise bleue et un jean. Le regard vif, il était plus petit que Pat, plus nerveux et fan d'arts martiaux. Il y avait plusieurs années de cela, il avait atteint le septième dan en karaté d'Okinawa isshin-ryu et ryu-te, et était devenu une sorte de légende, au sein de la police new-yorkaise, pour ses talents en combat de rue.

Tous deux étaient de garde au poste de Williamsburg East, à Brooklyn, quand, à 8 h 46, le 11 septembre, le premier avion avait percuté le World Trade Center. Se trouvant à un kilomètre de l'accident, *via* le Brooklyn Bridge, ils avaient foncé vers le lieu du drame avec leurs supérieurs, et y étaient arrivés au moment où le deuxième avion se crashait dans la tour Sud. Ils avaient passé les semaines suivantes à ratisser les décombres de Ground Zero, qu'ils avaient renommé « le ventre de la bête ». Dennis avait ensuite été transféré dans la tente de la brigade criminelle et Pat au centre d'accueil des personnes en deuil, Quai 92.

Les années suivantes, les deux hommes – qui étaient jusqu'alors en parfaite santé – étaient devenus asthmatiques et avaient déclaré des problèmes psychosomatiques liés au traumatisme. Ils avaient quitté le NYPD pour frayer dans les eaux plus calmes de l'unité spéciale enquêtes du bureau du procureur.

Pat avait expliqué à Grace en quoi consistait leur boulot actuel : le transport et l'interrogation de mafieux. Ils connaissaient la mafia américaine mieux que quiconque. Selon Pat, cette organisation criminelle n'était plus ce qu'elle était. Ses membres devenaient facilement des indics. Soit ils collaboraient avec la police, soit ils prenaient entre vingt ans et perpétuité. Tentant, non ?

En vingt-quatre heures, ils espéraient tomber sur quelqu'un ayant croisé Ronnie Wilson. Grace était convaincu que ces deux-là étaient les mieux placés pour lui permettre de retrouver la trace d'un homme qui aurait volontairement disparu juste après les attentats.

— Tu as pris un sacré coup de jeune, lui dit Pat, changeant de sujet sans crier gare. Tu dois être amoureux.

— Ta femme n'est jamais réapparue ? lui demanda Dennis.

— Non, répondit-il laconiquement, n'ayant guère envie de parler de Sandy.

— Il est jaloux, c'est tout, intervint Pat. Il dépense une fortune pour essayer de se débarrasser de la sienne !

Grace éclata d'un rire candide. Son téléphone signala l'arrivée d'un nouveau message. Il regarda l'écran.

Heureuse ke tu sois bien arrivé. Tu me manques. À Humphrey aussi. + personne sur ki vomir. Bisous

Il sourit. Son cœur se serra en pensant à Cleo. Puis il se souvint d'un truc.

— Si on a cinq minutes, pourrait-on passer à un magasin Toys "R" Us ? J'achèterai un cadeau de Noël à ma nièce. Ce qu'elle aime en ce moment, ce sont les Bratz.

— Le plus grand magasin se trouve sur Times Square. On peut faire un saut tout de suite, puis aller au W, un bon point de départ, lui dit Pat.

— Super.

Grace regarda par la vitre. La rue montait, un échafaudage était dressé, qui n'inspirait pas confiance, de la fumée sortait d'une bouche de métro...

C'était un bel après-midi d'automne, frais, avec un grand ciel bleu. Vêtus de manteaux ou de grosses vestes, les gens se pressaient vers le centre de Manhattan. Plus ils approchaient de Times Square, plus ils marchaient vite. La moitié des hommes étaient en costume sans cravate, l'air soucieux. La plupart étaient suspendus à leur téléphone et portaient un café Starbucks protégé par une collerette en carton dans l'autre main, comme s'il s'agissait d'un totem.

— Avec Pat, on t'a préparé un bon petit programme, déclara Dennis.

— Ouais. Même si on bosse maintenant pour le procureur, on est contents de te rendre service, en tant que collègues et amis.

— Je vous remercie du fond du cœur. J'ai parlé à mon contact au FBI, à Londres, répondit Grace. Il sait où je suis, et pourquoi. Si mes intuitions se confirment, on devra sans doute mettre le NYPD dans la boucle.

L'Explorer noir qui les précédait alluma ses feux de détresse et serra sur le côté, comme si le conducteur cherchait quelque chose. Dennis klaxonna furieusement.

— Va te faire foutre, connard !

— On t'a réservé une chambre au Marriott Financial Center – juste à côté de Ground Zero, dans le quartier de Battery Park. C'est un bon camp de base, car la plupart des endroits susceptibles de t'intéresser sont facilement accessibles de là-bas

— Et cela te donnera une idée de l'ambiance, dit Dennis. L'hôtel avait été très endommagé, mais ils l'ont remis à neuf. Tu auras vue sur le chantier.

— Tu savais que, six ans après, ils continuent à retrouver des membres humains ? demanda Pat. Ils en ont récupéré le mois dernier sur le toit de l'immeuble de la Deutsche Bank. Les gens ne se rendent pas compte. Ils ne peuvent pas imaginer la puissance avec laquelle les avions ont percuté les tours.

— Juste en face du cabinet médico-légal, ils ont stocké huit camions réfrigérés sous des grandes tentes, reprit Dennis. Ils sont là depuis... allez... six ans maintenant. Il y a vingt mille membres à l'intérieur. Tu y crois ? Vingt mille !

Il secoua la tête.

— Mon cousin est mort ce jour-là, dit Pat. Tu le savais, pas vrai ? Il travaillait pour Cantor Fitzgerald. Il désigna le bracelet en argent qu'il portait au poignet. Tu vois ? Ce sont ses initiales. TJH. On en a tous reçu un, on le porte en sa mémoire.

— À New York, tout le monde a perdu quelqu'un dans les attentats, dit Dennis en évitant une femme qui traversait en dehors des clous. Eh, ma petite dame, on essaie d'embrasser le pare-chocs d'une Crown Victoria ? Je peux te dire que ça ne fait pas que du bien.

— Bref, reprit Pat, on a préparé le terrain au maximum. On est allés à l'hôtel où Ronnie Wilson séjournait. C'est toujours le même directeur, ce qui est une bonne chose. Il est d'accord pour te rencontrer, mais n'aura rien à dire de plus que ce qu'il nous a déjà dit. Wilson avait laissé des affaires dans sa chambre – son passeport, ses billets, quelques sous-vêtements. Tout se trouve dans l'un des dépôts consacrés aux victimes du 11-Septembre.

Le téléphone de Grace se mit soudain à sonner. Il s'excusa et décrocha.

— Roy Grace, j'écoute.

— Eh, vieux, tu es où ? En haut de l'Empire State Building à manger une glace ?

— Très marrant. Je suis dans un embouteillage.

— OK, bon, on a avancé. On se bouge le cul pendant que toi, tu t'amuses. Est-ce que le nom de Katherine Jennings te dit quelque chose ?

Grace réfléchit. Il était un peu fatigué, moins vif, à cause des nombreuses heures d'avion. Puis il se souvint. C'était le nom de la femme, domiciliée à Kemp Town, que Kevin Spinella, de l'*Argus*, lui avait donné. Il avait confié l'affaire à Steve Curry.

— Pourquoi tu me demandes ça ?

— Elle essaie de vendre une collection de timbres d'environ quatre millions de livres. Elle s'est adressée à Hugo Hegarty et il les a reconnus. Il ne les a pas encore vus, il lui a simplement parlé au téléphone, mais il est convaincu que ce sont ceux qu'il a achetés pour Lorraine Wilson en 2002 – même s'il en manque quelques-uns.

— Lui a-t-il demandé d'où provenait cette collection ?

Branson lui répéta ce que Hegarty lui avait dit, puis ajouta :

— Il y a un incident lié à Katherine Jennings dans le logiciel.

— C'est moi qui l'ai entré, répondit Grace.

Il repensa à la conversation qu'il avait eue lundi avec Spinella. Le journaliste lui avait confié qu'elle lui avait semblé agitée. Est-ce que posséder pour quatre millions de timbres peut rendre inquiet ? Lui se sentirait relativement détendu, avec ce genre de pactole, si tant est qu'il soit en sécurité...

Alors qu'est-ce qui la rendait nerveuse ? Il y avait, de toute évidence, anguille sous roche.

— Je pense qu'on devrait la mettre sous surveillance, Glenn. Qui plus est, on sait où elle vit.

— Sauf qu'elle est peut-être en cavale, répondit Branson. Quoi qu'il en soit, elle a donné rendez-vous à Hegarty chez lui demain matin pour lui montrer ses timbres.

— Parfait, fit Grace. Va voir Lizzie. Dis-lui que je suggère qu'elle mette en place une équipe de surveillance pour la pister chez le collectionneur. (Il regarda l'heure.) Vous avez tout le temps.

Glenn Branson consulta lui aussi sa montre. Il ne s'agissait pas simplement de passer un coup de fil à Lizzie Mantle. Il allait devoir rédiger un rapport détaillé expliquant pourquoi ils avaient besoin de cette équipe, ce qu'elle allait apporter à l'opération Dingo. Et il devait préparer la réunion. Il rentrerait chez lui à pas d'heure et Ari lui passerait un savon.

Rien de neuf sous le soleil.

Roy Grace raccrocha et se pencha.

— Les gars, vous pourriez demander à quelqu'un de me fournir la liste des négociants en philatélie de Manhattan ?

— Tu t'es découvert un nouveau passe-temps ? plaisanta Dennis.
— Tu devrais savoir que tous les flics sont timbrés, répliqua Grace.
— Merde, alors ! s'écria Pat en se tournant vers lui. Tes blagues sont toujours aussi nulles.
Grace lui adressa un sourire sardonique.
— Pathétique, n'est-ce pas ?

95

OCTOBRE 2007

L'hôtesse de l'air effectuait les démonstrations de sécurité. Assis à côté de Nick Nicholl, tout au fond du Boeing 747, Norman Potting se pencha vers son collègue et lui souffla :

— C'est n'importe quoi, ces consignes.

Le jeune lieutenant, qui avait une peur bleue de l'avion, mais n'avait pas voulu l'avouer à son chef, buvait littéralement les paroles qui sortaient des haut-parleurs. Tournant la tête pour éviter l'haleine nauséabonde de Potting, il leva les yeux pour déterminer, d'où, exactement, sortirait son masque à oxygène en cas d'urgence.

— À propos de la position de sécurité... Tu sais ce qu'ils ne te disent pas ? poursuivit Potting sans se laisser décourager par l'absence de réaction de Nicholl.

Celui-ci secoua la tête. Il observait et mémorisait la façon de nouer les cordons du gilet de sauvetage.

— C'est sûr qu'elle peut te sauver la vie dans certaines situations, mais la vérité, c'est qu'elle permet surtout de préserver les mâchoires, ce qui facilite l'identification des victimes.

— Merci beaucoup, marmonna Nicholl, sans lâcher des yeux l'hôtesse qui montrait à présent où se trouvait le sifflet.

— Et le gilet de sauvetage, c'est une blague, ni plus ni moins, reprit Potting. Tu sais combien de passagers ont amerri sains et saufs dans toute l'histoire de l'aviation ?

Nick pensait à sa femme Julie et à son bébé, Liam. Peut-être ne les reverrait-il jamais.

— Combien ? réussit-il à dire, la gorge serrée.

Potting décrivit un cercle avec son index et son pouce.

— Zéro, *nada*, que dalle. Aucun.

Il y a un début à tout, se dit Nicholl en s'accrochant à cet espoir comme à une bouée de sauvetage.

Potting ouvrit un magazine pour adultes qu'il avait acheté à l'aéroport. Nicholl étudiait la notice plastifiée pour vérifier où se trouvaient les issues de secours. Il fut soulagé de constater qu'il y en avait deux rangs derrière lui. Et content d'être assis au fond de l'appareil. Il se souvenait avoir lu un article sur une catastrophe aérienne au cours de laquelle la queue s'était détachée et tous les passagers de cette section avaient survécu.

— Bah bah baaaaaah ! s'exclama Potting.

Nicholl baissa les yeux. Le magazine était ouvert sur une double page représentant une femme nue. Une blonde aux seins pneumatiques était allongée sur un lit à baldaquin, bras et jambes écartés, chevilles et poignets accrochés aux colonnes avec des liens de velours noir. Son épilation maillot brésilien mettait en évidence ses lèvres roses, tels les bourgeons d'une fleur placée entre ses cuisses.

Une hôtesse passa dans l'allée pour vérifier que tous les passagers avaient attaché leur ceinture. Elle s'arrêta au niveau de Nicholl et de Potting, mais eut la délicatesse de passer son chemin.

Nick rougit.

— Norman, je pense que tu devrais fermer ce magazine.

— J'espère qu'on en trouvera des comme elle à Melbourne ! lança-t-il. On pourrait faire un peu de sport, toi et moi. Profiter de Bondi Beach.

— Bondi Beach, c'est à Sydney, pas à Melbourne. Et j'ai l'impression que tu as choqué l'hôtesse.

Imperturbable, Potting suivit du bout du doigt les courbes de la *playmate*.

— Pas mal, vraiment pas mal !

L'hôtesse revenait dans leur direction. Elle leur jeta un regard glacial, et passa rapidement.

— Je pensais que tu étais heureux en mariage, Norman, lui dit Nicholl.

— Le jour où j'arrêterai de regarder les femmes, je veux qu'on m'abatte sur-le-champ.

Il sourit et, au soulagement de Nicholl, tourna la page. Mais celui-ci fut de courte durée.

La suivante était pire.

96

OCTOBRE 2007

Abby se trouvait dans le train en direction de Brighton. Elle avait la gorge et l'estomac noués. Elle tremblait, essayait d'arrêter de pleurer, luttait pour ne pas s'effondrer.

Où était sa mère ? Où ce bâtard l'avait-il emmenée ?

Elle regarda sa montre : 20 h 30. Cela faisait presque deux heures qu'elle avait raccroché au nez de Ricky. Elle composa une nouvelle fois le numéro de sa mère et tomba de nouveau sur la boîte vocale.

Elle ne connaissait pas vraiment ses traitements : antidépresseurs, médicaments contre les spasmes musculaires, contre la constipation, contre le reflux gastrique... Elle se doutait bien que Ricky s'en moquait éperdument. Mais sans eux, la santé de sa mère allait se détériorer rapidement, elle commencerait à avoir des sautes d'humeur, passant de l'euphorie à l'abattement en quelques secondes.

Abby s'en voulait de l'avoir laissée seule. Elle aurait tout aussi bien pu l'emmener avec elle, nom de Dieu.

Appelle-moi, Ricky, je t'en prie, appelle.

Elle regrettait la façon dont elle lui avait raccroché au nez. Elle réalisait qu'elle s'était comportée de façon impulsive. Ricky savait que ce serait elle qui paniquerait la première. Mais tôt ou tard, il allait devoir la rappeler, reprendre contact. Une vieille dame fragile, ce n'était pas ce qu'il était venu chercher.

Elle prit un taxi à la gare et s'arrêta à une supérette proche de son appartement, où elle acheta une petite lampe torche. Longeant les murs, elle tourna dans sa rue et découvrit, à la lueur des réverbères, la Ford Focus de location de Ricky. Elle avait un sabot. De grands autocollants apposés par la police sur le pare-brise et sur la vitre côté conducteur lui rappelaient l'interdiction de la bouger. Elle s'approcha prudemment du véhicule. Jetant des coups d'œil alentour pour s'assurer que personne ne l'observait, elle souleva un essuie-glace, saisit le procès-verbal, alluma sa lampe et lut l'heure à laquelle il avait été dressé : 10 h 03. La voiture était donc restée là toute la journée.

Ce qui voulait dire qu'il ne l'avait pas utilisée pour transporter sa mère. Évidemment ! Il avait le van... Mais il comptait certainement revenir. Peut-être était-il déjà là. Enfin, elle en doutait. Elle était persuadée qu'il avait une planque en ville, ne serait-ce qu'un garage.

Les fenêtres de son appartement n'étaient pas éclairées. Elle traversa la rue et appuya sur la sonnette de Hassan, en priant pour qu'il soit chez lui.

Coup de chance : elle entendit un craquement, puis sa voix.

— Bonsoir, c'est Katherine Jennings, appartement 82. Excusez-moi de vous déranger, mais j'ai oublié la clé de la porte d'entrée. Pourriez-vous m'ouvrir ?

— Pas de problème !

Quelques secondes plus tard, la porte émit un grésillement strident et s'ouvrit. En entrant, elle constata que sa boîte aux lettres débordait de prospectus publicitaires. Autant ne pas y toucher, se dit-elle, pour ne pas laisser de traces de son passage.

Un écriteau « hors service » avait été scotché sur les portes de l'ascenseur. Elle emprunta l'escalier mal éclairé, en s'arrêtant à chaque palier pour tendre l'oreille. Elle aurait aimé avoir sa bombe lacrymogène.

Au troisième, elle distingua une odeur de bois fraîchement coupé, provenant du chantier au-dessus. Elle monta un étage, mais comme ses nerfs commençaient à lâcher, elle envisagea de frapper chez Hassan pour lui demander de l'accompagner chez elle.

Elle arriva enfin au dernier et s'immobilisa, à l'affût. Deux autres appartements se trouvaient sur son palier, mais, depuis qu'elle était là, elle n'avait jamais vu personne y entrer ni en sortir.

Silence complet. Elle s'approcha de la lance à incendie fixée au mur et la déroula. Après cinq tours, elle trouva le double des clés qu'elle cachait à cet endroit. Elle enroula le tuyau, ouvrit l'issue de secours et se plaça devant sa porte.

Puis elle se raidit, effrayée. Et s'il était chez elle ?

Aucune chance. Il était avec sa mère, dans la tanière où il la tenait prisonnière. Pour ne prendre aucun risque, elle glissa chaque clé le plus doucement possible, ouvrit les verrous et poussa la porte sans faire de bruit.

Des ombres l'assaillirent. Elle laissa la porte entrouverte et s'abstint d'allumer la lumière. Puis elle claqua violemment la porte pour le réveiller en sursaut, au cas où il se serait endormi, et la rouvrit aussitôt. Elle recommença. Rien, silence radio.

De sa torche, elle éclaira le couloir. Le sachet d'outils que Ricky avait agité sous ses yeux pour l'effrayer – outils sans doute piqués aux ouvriers de l'appartement d'en dessous – gisait devant la salle d'eau.

Prenant soin de ne pas allumer au cas où il la surveillerait de dehors, elle inspecta l'appartement, pièce par pièce. Elle trouva sa bombe lacrymogène sur la table basse du salon et l'enfonça dans sa poche. Puis elle se précipita vers la porte d'entrée pour mettre la chaîne de sécurité.

Assoiffée, affamée, elle descendit un Coca et avala un yaourt à la pêche trouvé dans son frigo, puis retourna dans la salle de douche, ferma la porte et alluma la lumière. La pièce ne comportant pas de fenêtre, elle ne prenait aucun risque.

Elle passa devant le lavabo et l'immense paroi vitrée de la douche, puis ouvrit la porte de la minuscule buanderie dans laquelle se trouvaient la machine à laver et le sèche-linge. Tout en haut, sur l'étagère de gauche, elle trouva ses outils à elle. Elle prit le marteau et le burin et retourna dans la salle d'eau.

Elle admira une dernière fois son travail de maçonnerie, puis plaça la lame du burin contre le joint, entre deux carreaux, à mi-hauteur, et frappa de toutes ses forces, plusieurs fois.

Quelques minutes plus tard, elle avait décollé suffisamment de carreaux pour passer la main derrière la cloison et atteindre le mur. Elle fut soulagée quand ses doigts touchèrent enfin le film à bulles, étanche, dans lequel elle avait enroulé avec soin l'enveloppe matelassée format A4 qu'elle avait cachée là le jour de son arrivée.

Le propriétaire n'apprécierait sans doute pas l'état dans lequel il trouverait le mur. Si elle avait eu le temps, elle aurait usé du talent qu'elle tenait de son père, et l'aurait si bien réparé qu'il n'y aurait vu que du feu, mais à l'instant même, c'était le cadet de ses soucis.

Elle changea de sous-vêtements, fit sa valise pour la deuxième fois de la semaine, veillant à ne rien oublier, puis se connecta à Internet à la recherche d'hôtels pas chers à Brighton et Hove.

Son choix fait, elle appela un taxi.

OCTOBRE 2007

La vieille dame était plus un problème qu'autre chose, songea Ricky, terré dans la kitchenette de l'abri qui faisait office de sanitaires pour le club de tennis et le camping.

Un quart d'heure qu'elle était enfermée dans ces foutues chiottes... Il sortit sous la pluie battante et commença à se dire que la tuer était peut-être la meilleure option. Il considéra avec anxiété le camping-car hollandais. Les lumières étaient allumées, les rideaux tirés. Il priait pour que ses occupants n'aient pas besoin de pisser tant qu'elle se trouvait à l'intérieur. Même s'il ne craignait pas vraiment qu'elle dise ou fasse quoi que ce soit de stupide – elle était trop terrorisée pour cela.

Cinq minutes plus tard, il regarda sa montre : 21 h 30. Trois heures s'étaient écoulées depuis qu'Abby lui avait raccroché au nez. Trois heures pendant lesquelles elle avait dû réfléchir. Revenir à la raison ?

Il décida que c'était le bon moment.

Il ouvrit le clapet de son téléphone et envoya à Abby, par MMS, la photo qu'il avait prise un peu plus tôt de la tête de sa mère dépassant du tapis roulé, en ajoutant ces quelques mots :

Emmaillotée comme un bébé

98

OCTOBRE 2007

Toujours accompagné de Pat et Dennis, Roy avait pris place à une table en bois dans la partie restaurant de la Chelsea Brewing Company, qui appartenait au cousin de Pat. À sa droite, derrière le bar en bois, se succédaient des rangées de cuves en cuivre étincelantes, hautes comme des immeubles, et des kilomètres de tubes et tuyaux en acier inoxydable et aluminium. Les hectares de parquet et la propreté du lieu évoquaient davantage un musée qu'un véritable pub.

Ce bar était devenu une étape obligatoire, un rituel, à chaque fois que Roy venait à New York. Pat était fier de la réussite de son cousin et ravi de vanter, à un Anglais, la qualité des bières américaines.

Devant chacun d'eux se trouvaient des échantillons de six bières différentes. Les verres étaient placés sur un set de table comportant six cercles bleus et les noms des bières. Le cousin de Pat, un homme à lunettes baraqué, la quarantaine, plein d'énergie, qui s'appelait lui aussi Patrick, expliquait à Roy comment chaque bière était brassée.

Roy n'écoutait que d'une oreille. Il était fatigué – avec le décalage horaire, il se faisait tard pour lui. La journée n'avait pas été fructueuse ; toutes les questions étaient restées sans réponse. Heureusement qu'il avait réussi une mission :

acheter une Bratz, une poupée sacrément dévergondée, pour sa filleule. Selon lui, elle ressemblait à une Barbie péripatéticienne, mais bon, que savait-il des goûts des fillettes de neuf ans ?

Le directeur du W ne lui avait rien appris de nouveau si ce n'est que Ronnie avait regardé un film porno acheté sur une chaîne payante à 23 heures, cette nuit-là – information inutile s'il en est.

Aucun des sept marchands de timbres chez lesquels ils s'étaient rendus n'avait reconnu le nom, ni la photo de Ronnie Wilson. Quand le cousin de Pat se mit à expliquer l'art et la manière de brasser la bière préférée de Roy, la blonde Checker Cab, ce dernier regarda par la fenêtre. Il faisait nuit. Derrière les gréements des yachts, dans la baie, derrière l'Hudson, couleur d'encre, brillaient les lumières du New Jersey. Dieu que cette ville était grande ! Comme dans toutes les grandes villes, on croisait des milliers de visages chaque jour. Quelle était la probabilité de se souvenir d'un homme entrevu six ans plus tôt ?

Mais il se devait d'essayer, de frapper aux portes, à l'ancienne. Il était peu probable que Ronnie vive ici. Il se trouvait certainement en Australie. Leur dernière découverte l'orientait plutôt dans cette direction. Tandis que Patrick détaillait comment étaient obtenus les subtils arômes de caramel de la Sunset Red, Roy tenta de calculer le décalage horaire.

Il était 7 heures du matin pour lui. À Melbourne, il était dix heures de plus qu'en Grande-Bretagne, donc combien d'heures de plus qu'à New York, qui avait cinq heures... de plus ou de moins que l'Angleterre ? Zut, il était perdu.

Tout en réfléchissant, il hochait régulièrement la tête.

L'Australie avait seize heures d'avance sur New York, conclut-il. C'était le milieu de la matinée. Il espérait que la police de Melbourne avait vérifié, avant la visite de Norman et Nick, si Ronnie Wilson était ou non arrivé sur leur territoire depuis septembre 2001.

Il se souvint soudain de quelque chose. Il sortit son carnet et tourna quelques pages pour retrouver ce qu'il avait noté pendant son déjeuner avec Terry Biglow, et plus particulièrement la liste des amis et connaissances de Ronnie Wilson. Il lut : *Chad Skeggs, émigré en Australie.* D'après ce que Branson lui avait dit, il était probable que Ronnie Wilson s'y trouve en ce moment même. Par conséquent, il fallait qu'il demande à Potting et Nicholl de tout mettre en œuvre pour rencontrer Chad Skeggs.

Patrick ayant enfin terminé sa présentation, il alla chercher un pichet de Checker Cab pour Roy. Les trois policiers levèrent leur verre.

— Merci, les gars, pour votre temps et votre énergie, dit Grace. C'est ma tournée.

— Tu es chez mon cousin, répondit Pat, ça ne te coûtera pas un centime.

— À New York, c'est nous qui t'invitons, poursuivit Dennis. Mais mec, je te promets, quand on viendra en Angleterre, tu pourras prévoir une deuxième hypothèque !

Ils rirent de bon cœur.

Puis Pat lui dit soudain :

— Je t'ai parlé des « chiens réconfort », utilisés après les attentats ?

Grace secoua la tête.

— Ils ont demandé aux gens d'amener leurs chiens, dans le ventre de la bête... Juste pour apporter du soutien aux sauveteurs, qu'ils puissent les caresser.

Dennis hocha la tête, approbateur.

— C'est pour ça qu'ils les appelaient les « chiens réconfort ».

— Une sorte de thérapie, ajouta Pat. On voyait tellement de choses horribles. Ils se sont dit que si on pouvait caresser un chien, on se sentirait mieux, au contact de quelque chose de vivant, de joyeux.

— Et tu sais quoi ? Je pense que ça a marché, reprit Dennis. Que ces attentats ont permis aux New-Yorkais de donner le meilleur d'eux-mêmes.

— Et le pire, lui rappela Pat. Quai 92, on distribuait du cash aux gens qui en avait le plus besoin – entre mille cinq cents et deux mille cinq cents dollars. Il haussa les épaules. Il n'a pas fallu longtemps aux rapaces pour en entendre parler. Plusieurs sont venus et nous ont raconté des bobards, comme quoi ils avaient perdu des proches, alors que ce n'était pas le cas.

— Mais on les a tous retrouvés, conclut Dennis avec un sourire de satisfaction. On les a tous coincés. Il nous a fallu du temps, mais aucun n'est passé entre les mailles du filet.

— Mais les attentats ont aussi donné lieu à des élans de solidarité, précisa Pat. Les New-Yorkais ont fait preuve de cœur et de grandeur d'âme. Je pense que les gens sont un peu plus attentionnés maintenant.

— Et certains sont beaucoup plus riches, fit remarquer Dennis.

Pat acquiesça.

— Ça, c'est sûr !

Dennis gloussa.

— Ma femme, Rachel, a un oncle qui travaille dans la confection. Il est patron d'un atelier de broderie spécialisé dans les souvenirs. Je suis passé le voir deux semaines après le 11-Septembre. C'est un petit Juif, tu vois, il s'appelle Hymie. Quatre-vingt-deux ans et il fait encore des journées de quatorze heures. Le type le plus gentil du monde. Sa famille est venue à New York pour échapper à l'Holocauste. Il n'hésite pas une seconde à aider son prochain.

« Bref, je me rends compte que son atelier n'a jamais été aussi animé. Les petites mains s'activent de toutes parts, cousent à la machine, brodent, repassent, emballent – des tee-shirts, des sweat-shirts, des casquettes de base-ball, partout...

Il but une gorgée de bière et secoua la tête.

— Mon oncle avait dû embaucher. Il n'arrivait plus à répondre aux commandes. Que des trucs en souvenir des tours jumelles. Je lui ai demandé comment ça allait. Il s'est assis au milieu du chaos, a esquissé un petit sourire et m'a répondu :

— Les affaires n'ont jamais été aussi florissantes.

Dennis hocha la tête d'un air désabusé.

— La morale de l'histoire ? À quelque chose malheur est bon.

99

2 NOVEMBRE 2001

Lorraine était allongée dans son lit, incapable de fermer l'œil. Les somnifères prescrits par le médecin lui faisaient autant d'effet qu'un double expresso.

Elle avait mis la télévision dans sa chambre – le petit appareil portatif de merde qui se trouvait dans la chambre d'amis, la seule qui n'avait pas été saisie par les huissiers, car son crédit avait été remboursé.

Un vieux film passait à l'écran. Elle n'avait pas vu le titre, mais elle gardait le poste allumé en permanence, comme fond sonore, comme veilleuse, pour avoir de la compagnie.

Steve McQueen et Faye Dunaway jouaient aux échecs dans un appartement chic baigné de lumière tamisée. Il y avait quelque chose d'érotique, une tension palpable, entre eux, dont ils exploraient toutes les nuances.

Au début de leur relation, ils avaient l'habitude de jouer aux échecs, avec Ronnie. Fous l'un de l'autre, il leur arrivait de s'encanailler. Aux échecs ou au Scrabble, celui qui perdait devait retirer un vêtement. Elle finissait toujours nue et lui tout habillé.

Cela n'arriverait plus jamais. Elle renifla.

Elle avait du mal à réfléchir, à se concentrer sur quoi que ce soit. Elle n'arrêtait pas de penser à Ronnie. Il lui manquait. Les rares fois où elle dormait assez longtemps pour rêver, elle rêvait qu'il était vivant. Souriant, il lui disait qu'elle était bien bête de le croire mort.

L'enveloppe FedEx qu'elle avait reçue fin septembre, contenant les photos du portefeuille de Ronnie et de son portable, la hantait encore. Celle du maroquin brûlé était la pire. Ronnie avait-il péri carbonisé ?

Une vague de chagrin la terrassa. Elle éclata en sanglots, enfonça son visage dans son oreiller et pleura toutes les larmes de son corps.

— Ronnie, murmura-t-elle, Ronnie mon chéri, je t'aimais si fort...

Elle finit par se calmer et s'allongea pour regarder les images défiler sur l'écran. Et soudain, la porte de sa chambre s'ouvrit. Affolée, elle vit une silhouette de grande taille approcher. C'était un homme, dont le visage était presque entièrement caché par une cagoule. Il se dirigeait vers elle à grands pas.

Terrorisée, elle recula et tendit le bras vers sa table de nuit à la recherche d'un objet susceptible de lui servir d'arme. Son verre d'eau s'écrasa par terre. Elle essaya de crier, mais ne put laisser échapper qu'un faible râle avant qu'une main s'écrase contre sa bouche.

Et elle reconnut la voix de Ronnie. Déterminée.

— C'est moi ! chuchota-t-il. C'est moi, Lorraine, baby. Je vais bien !

Il retira sa main pour relever sa cagoule.

Elle se jeta sur sa lampe de chevet et le fixa, incrédule. Tout ce qu'elle voyait, c'était un fantôme qui s'était laissé pousser la barbe et s'était rasé la tête. Un fantôme dont la peau, les cheveux et l'eau de Cologne sentaient ceux de Ronnie. Un fantôme dont les mains, qui serraient son visage, ressemblaient à celles de Ronnie.

À la fois sidérée et émerveillée, elle ne le quittait pas des yeux ; la joie s'emparait de son corps.

— Ronnie ? C'est toi, n'est-ce pas ?

— Bien sûr que c'est moi !

Elle le dévisagea, bouche ouverte. Puis elle secoua la tête et se tut.

— Ils disaient tous… ils disaient tous que tu étais mort.
— Très bien, confirma-t-il. Je suis effectivement mort.

Il l'embrassa. Son haleine sentait la cigarette, l'alcool et un peu l'ail. Pour elle, à ce moment précis, c'était l'odeur la plus envoûtante du monde.

— Ils m'ont envoyé des photos de ton portefeuille et de ton téléphone.

Ses yeux s'illuminèrent comme ceux d'un enfant.

— Incroyable ! Génial ! Ils les ont retrouvés ! C'est dément !

Sa réaction lui parut étrange. Plaisantait-il ? Tout était si bizarre… Elle lui caressa le visage et des larmes se mirent à rouler sur ses joues.

— Je n'arrive pas à y croire, murmura-t-elle en passa sa main sur ses pommettes, son nez, ses oreilles, son front. C'est toi. C'est vraiment toi.

— Bien sûr que c'est moi, idiote !

— Comment… comment as-tu fait pour survivre ?

— J'ai pensé à toi et je me suis rendu compte que je n'avais pas envie de t'abandonner.

— Pourquoi… pourquoi tu ne m'as pas appelée ? Tu as été blessé ?

— C'est une longue histoire.

Elle l'attira dans ses bras et l'embrassa comme si elle découvrait sa bouche pour la première fois, explorant chacun de ses recoins. Puis elle éloigna son visage et lui sourit, à bout de souffle.

— C'est bien toi !

Il glissa ses mains sous sa chemise de nuit et se mit à caresser ses seins. Quand elle les avait fait refaire, il était devenu fou d'eux, et puis s'était lassé, comme de tout le reste, d'ailleurs. Mais ce soir, cette apparition, ce Ronnie, était un autre homme. L'homme des premiers temps. Était-il mort pour mieux renaître ?

Il entreprit de se déshabiller. Il défit les lacets de ses baskets et baissa son pantalon. Il avait une énorme érection. Il retira sa cagoule, son col roulé noir et ses chaussettes. Puis il arracha les draps et releva brutalement sa chemise de nuit jusqu'aux hanches.

Il se pencha au-dessus d'elle et la fit mouiller avec ses doigts. Trouvant son bouton magique du premier coup, comme à chaque fois, il humidifia ses doigts et la caressa, décuplant son plaisir. Il se pencha, dénoua les lacets de son corsage, libéra ses seins et les embrassa goulûment, l'un après l'autre, sans cesser de l'exciter.

Puis elle sentit que sa bite, dure comme du bois, plus dure que jamais, s'enfonçait en elle.

Elle hurla : RONNIE !

Il posa immédiatement un doigt sur ses lèvres.

— Chut, je ne suis pas là, ce n'est que mon fantôme.

Elle l'enlaça et l'attira au plus près de son visage. Sa barbe vint la chatouiller, elle adora cette sensation et se mit à pousser, pousser, pousser contre lui pour qu'il s'enfonce au plus profond d'elle.

— Ronnie ! haleta-t-elle à son oreille en respirant de plus en plus vite.

Elle jouit et le sentit exploser en elle.

Ils restèrent longuement sans bouger, pour reprendre leur souffle. La télévision était toujours allumée. Le ventilateur tournait toujours, avec le même raclement régulier.

— Je ne savais pas que les fantômes avaient du désir, chuchota-t-elle. Je pourrai te convoquer tous les soirs ?

— Il faut qu'on parle, répondit-il.

100

OCTOBRE 2007

Le lieutenant Duncan Troutt, qui entamait son deuxième jour, se sentait un peu plus sûr de lui. Et il espérait qu'il y aurait plus d'action aujourd'hui, vu qu'il avait passé sa première journée à renseigner des étudiants étrangers égarés et à se présenter aux commerçants de son secteur, notamment au manager d'un restaurant indien à emporter qui avait été passé à tabac récemment, et dont la vidéo de l'agression, filmée à l'aide d'un téléphone portable, avait été postée sur YouTube.

Peu après 9 heures, alors qu'il tournait à l'angle de Lower Arundel Terrace, il décida de rendre une nouvelle visite à Katherine Jennings, en espérant qu'elle serait chez elle. Un peu plus tôt ce matin, avant de partir sur le terrain, il avait lu sur le fil Intranet qu'un collègue du soir avait frappé à sa porte à 19 heures et à 23 heures, en vain. Et aucun numéro de téléphone n'avait été trouvé pour ce nom et cette adresse, pas même sur liste rouge.

Il arpentait le trottoir en observant chaque maison, chaque voiture, à la recherche de traces de cambriolage ou de vandalisme quand deux mouettes crièrent au-dessus de sa tête. Il leva les yeux et fixa quelque temps le ciel sombre, menaçant. Les rues étaient encore luisantes des trombes d'eau tombées la veille et il allait pleuvoir d'une minute à l'autre.

Juste avant d'arriver au numéro 29, il remarqua, garée en face, que la Ford Focus était immobilisée par un sabot. Il se souvenait l'avoir vue la veille, au même endroit, avec un PV sous l'essuie-glace. Il traversa, saisit le papillon, le secoua pour ôter les gouttes d'eau accumulées sur l'étui en plastique et lut l'heure de la contravention : 10 h 03. Ce qui voulait dire qu'elle était là depuis plus de vingt-quatre heures. Il pouvait y avoir des tonnes de raisons tout à fait anodines, la plus probable étant que la personne qui s'était garée ici ignorait que cette place était réservée aux résidents du quartier. Peut-être était-ce une voiture volée, puis abandonnée. De fait, elle se trouvait juste en face de l'appartement d'une femme qui semblait s'être volatilisée, ne serait-ce que momentanément.

Il demanda, par talkie-walkie, à ce que la plaque d'immatriculation soit entrée dans le système de traitement des infractions constatées pour vérification, traversa la rue et alla sonner chez Katherine Jennings. Il n'obtint pas plus de réponse qu'auparavant.

Il ferait une nouvelle tentative. Il se dirigea vers Marine Parade, tourna à gauche et reprit sa patrouille. Quelques minutes plus tard, son talkie-walkie grésilla. La Ford Focus appartenait à l'agence Avis. Il remercia son interlocuteur et réfléchit à cet élément nouveau. Les gens qui louaient des voitures enfreignaient souvent le code de la route. Peut-être que cette personne n'avait cure de la faire débloquer. Peut-être n'avait-elle simplement pas eu le temps.

Même si c'était peu probable, il n'était pas exclu qu'il y ait un lien avec Katherine Jennings. Tandis que les premières gouttes se mettaient à tomber, il appela son supérieur immédiat, le commandant Ian Brown, à la PJ d'East Brighton, et lui confia ses doutes quant au véhicule, lui demandant si quelqu'un pouvait contacter Avis et identifier la personne qui l'avait loué.

— Ce n'est sans doute pas important, chef, précisa-t-il pour ne pas donner l'impression d'être trop pointilleux.

— Tu as raison de demander ce genre de vérification, le rassura son commandant. On obtient de bons résultats grâce aux détails les plus anodins. Personne ne te reprochera d'être perfectionniste. En revanche, si tu négliges certaines choses...

Troutt le remercia et se remit en route. Trente minutes plus tard, son supérieur le rappelait sur son talkie-walkie.

— La voiture a été louée par un Australien dénommé Chad Skeggs, domicilié à Melbourne – permis de conduire australien.

Troutt se réfugia sous un porche pour protéger son carnet de la pluie et nota consciencieusement le nom, en l'épelant pour être sûr de ne pas faire d'erreur.

— Est-ce que ce nom te dit quelque chose ? lui demanda le commandant.

— Non, chef.

— À moi non plus.

Qu'à cela ne tienne. Ian Brown l'ajouta quand même au fil d'information.

Au cas où.

101

OCTOBRE 2007

Assise à l'arrière d'un taxi, sous une pluie battante, Abby fixait l'écran de son téléphone.

Elle avait glissé l'enveloppe matelassée entourée d'un film à bulles entre son tee-shirt et son pull et avait noué une ceinture pour être sûre que le paquet soit invisible et ne glisse pas. La bombe lacrymogène formait une bosse rassurante dans la poche de son jean.

Le chauffeur tourna à droite, s'éloignant du bord de mer de Hove au niveau de la statue de la reine Victoria et s'engagea dans une imposante avenue bordée d'appartements haut de gamme. Mais elle ne voyait pas le paysage défiler. À la vérité, elle ne voyait presque rien. Une seule image, imprimée dans son cerveau, brûlait ses rétines desséchées : la photo de sa mère, dont la tête émergeait d'un tapis roulé, reçue par MMS. Et les mots qui l'accompagnaient.

Emmaillotée comme un bébé

Ses émotions formaient un magma inextricable. Elle oscillait entre une colère noire à l'égard de Ricky et une peur bleue pour la vie de sa mère. Et elle était rongée par la culpabilité, c'était de sa faute tout ça.

Elle était tellement épuisée qu'elle avait du mal à réfléchir. Elle avait passé une nuit blanche. À l'affût. À écouter la circulation incessante du bord de mer, à deux pas de son hôtel. Des sirènes. Des camions. Des bus. L'alarme d'une voiture qui n'arrêtait pas de se déclencher. Les cris des mouettes à l'aube. Elle avait vu chaque heure, chaque demi-heure, chaque quart d'heure passer.

Priant pour que Ricky l'appelle. Ou tout au moins envoie un message différent. Mais elle n'avait rien reçu. Elle le connaissait, savait que ce genre de défi psychologique lui plaisait. Il aimait les jeux de patience. Elle se souvint que la deuxième fois qu'elle était allée chez lui, lors d'un rendez-vous « secret » – du moins le croyait-il –, elle avait été assez stupide, ou naïve, pour le laisser s'adonner au bondage. Il l'avait attachée, nue, dans une pièce froide, l'avait excitée jusqu'au bord de l'orgasme avec un vibromasseur, l'avait giflée puis laissée en plan pendant six heures, bâillonnée. Quand il était revenu, il l'avait violée.

Et puis il lui avait dit qu'elle n'avait eu que ce qu'elle voulait.

Or, cette fois-là, elle avait totalement échoué à obtenir ce qu'elle voulait – ou plus précisément ce que Dave voulait. Il lui avait fallu bien plus longtemps.

Ce qui la tourmentait, au moment même, c'était qu'elle ne connaissait pas ses limites et le suspectait de ne pas en avoir. Elle le pensait tout à fait capable de tuer sa mère pour récupérer le butin. De la tuer elle aussi.

Et d'aimer ça.

Elle tentait d'imaginer dans quelle détresse se trouvait sa mère quand elle remarqua soudain qu'ils étaient arrivés devant l'imposante demeure de Hugo Hegarty.

Elle paya la course et vérifia par le pare-brise arrière, puis avant, qu'ils n'avaient pas été suivis. Elle vit un camion de British Telecom garé tout près, qui semblait là pour un dépannage, et une petite voiture bleue stationnée, à cheval sur le trottoir, un peu plus loin. Mais aucun signe de Ricky, ni de sa Ford Focus.

Elle vérifia une dernière fois le numéro de la maison, ennuyée d'avoir oublié son petit parapluie. Elle sortit du taxi tête baissée, passa le portail ouvert, slaloma entre les nombreuses voitures garées dans l'allée et se réfugia sous le porche sombre. Puis elle sortit l'enveloppe, lissa ses vêtements et sonna.

Deux minutes plus tard, Hegarty lui proposait de prendre place dans un large canapé en cuir écarlate, dans son étude. Vêtu d'une chemise à carreaux trop grande pour lui, d'un pantalon en épais velours côtelé et de pantoufles en cuir, il était assis à son bureau et observait chaque timbre avec une énorme loupe en écaille de tortue.

À chaque fois, elle était émerveillée de voir ces timbres, qui dégageaient quelque chose de mystique – si petits, si vieux, si délicats et si chers. La plupart étaient noirs, bleus, ou rouille, à l'effigie de la reine Victoria. Il y en avait aussi d'autres couleurs, avec d'autres souverains.

L'épouse du négociant, une jolie femme bien habillée, élégamment coiffée, la soixantaine, lui apporta une tasse de thé et une assiette de sablés, puis se retira.

L'homme avait un comportement qu'Abby trouvait étrange. Dave lui avait conseillé de s'adresser à lui, car il les lui achèterait au meilleur prix, sans trop poser de questions, elle n'avait qu'à lui faire confiance. Mais elle était mal à l'aise, avait un mauvais pressentiment.

Il fallait qu'elle vende ces timbres le plus rapidement possible. Plus vite elle encaisserait l'argent, mieux elle pourrait négocier avec Ricky. Tant qu'elle possédait les timbres, il avait l'ascendant sur elle. Il pouvait toujours se rendre chez les flics. Auquel cas ils seraient tous perdants. Elle le savait suffisamment vicieux pour impliquer la police, plutôt que de se faire rouler dans la farine.

Une fois les timbres vendus, il n'aurait plus rien pour étayer sa version des faits. Elle en profiterait alors pour placer l'argent sur le compte d'une société écran au Panamá, paradis fiscal qui refusait de collaborer avec les autorités internationales.

L'argent n'est pas forcément sale...

Elle avait commis une erreur en retardant la vente. Elle aurait dû passer à l'action dès son arrivée en Angleterre, ou même à New York. Mais Dave avait préféré attendre qu'ils soient sûrs que Ricky ne la suivait pas. Cette stratégie avait échoué.

Le téléphone de M. Hegarty sonna.

— Allô ?

Il jeta un coup d'œil vers Abby et dit d'une voix empruntée :

— Pourriez-vous m'accorder une seconde ? Je dois prendre cet appel dans une autre pièce.

*

Assis à son bureau, le combiné collé à l'oreille, Glenn Branson attendait que Hugo Hegarty reprenne la ligne.

— Désolé, commandant, dit-il, après ce qui sembla à Glenn une éternité. La jeune femme est dans mon étude. J'imagine que c'est à son sujet ?

— Possible, oui. En parcourant notre fil Intranet ce matin, je suis tombé sur quelque chose qui me semble important. Enfin, peut-être n'y a-t-il aucun lien. Hier, vous nous avez parlé d'un certain Chad Skeggs.

— Oui, se hasarda Hegarty en attendant la suite avec impatience.

— Eh bien, on nous a signalé qu'un véhicule loué par cette personne, un Australien de Melbourne, est garé en face de l'appartement de Katherine Jennings.

— Oh, vraiment ? C'est intéressant. Très intéressant...

— Vous pensez qu'il peut y avoir un lien, monsieur ?

— Si vous êtes du genre à faire le lien entre un poisson pourri et une odeur nauséabonde, alors, oui, il y a des chances, commandant.

102

3 NOVEMBRE 2001

Lorraine se réveilla au petit matin et resta allongée, tandis que Ronnie ronflait à ses côtés. Sa joie et son soulagement commençaient à se muer en colère.

Une fois réveillé, il insista pour qu'elle garde les rideaux de la chambre et les stores de la cuisine fermés. À la table du petit déjeuner, elle passa à l'attaque. Pourquoi lui avait-il imposé tant de souffrances ? Il aurait pu lui passer un coup de fil pour tout lui expliquer ; cela lui aurait évité de vivre cet enfer pendant près de deux mois. Elle fondit en larmes.

— Je ne pouvais pas prendre ce risque, lui confia-t-il en serrant son visage entre ses mains. Comprends-moi, baby. Un appel de New York sur ta facture de téléphone et on t'aurait posé des tonnes de questions. Les experts des assurances sont des anciens flics, ils ne sont pas dupes. Et je voulais être certain que tu joues bien ton rôle de veuve éplorée.

— J'ai été parfaite, confirma-t-elle en s'essuyant les yeux et en allumant une cigarette. Je mérite un putain d'oscar.

— Tu le recevras quand on en aura fini avec tout ça.

Elle agrippa ses poignets musclés, poilus, et pressa ses mains contre ses joues.

— Je me sens en sécurité avec toi, Ronnie. Je t'en prie ne me laisse pas. Tu pourrais te cacher ici.

— Mais bien sûr ! fit-il, ironique.

— C'est possible !

Il secoua la tête.

— On ne peut rien faire pour m'éviter l'expulsion ? Redis-moi combien on va toucher.

Elle alluma sa cigarette et inspira profondément.

— J'ai contracté une assurance vie chez Norwich Union à hauteur d'un million et demi de livres. Tu trouveras le contrat dans un coffre-fort à la banque. Les clés sont dans mon bureau. Et j'ai entendu parler d'une indemnité spéciale pour les victimes du 11-Septembre. Les compagnies d'assurance la verseront même si les corps ne sont pas retrouvés et il ne sera pas nécessaire d'attendre les sept ans réglementaires.

— Un million et demi ! Je pourrais montrer le contrat au directeur de la banque, il me laisserait rester ici !

— Tu peux essayer, mais je sais ce que ce bâtard va te répondre. Les assureurs rechignent toujours à payer, et même lorsqu'ils acceptent, on ne sait pas quand ils le feront.

— Tu penses qu'ils vont renâcler ?

— Nan, à mon avis, tout va bien se passer. Ces attentats ont ému tout le monde. Et puis il y aura la somme versée par le fonds de compensation. J'ai entendu parler de deux millions et demi de dollars.

— Deux millions et demi ?

Il acquiesça, l'œil brillant.

Elle convertit rapidement.

— Soit un peu plus d'un million sept ? Et, au total, environ trois millions vingt-cinq mille livres ?

— Plus ou moins. Exonéré d'impôts. Tout ça pour une petite année douloureuse.

Elle garda le silence quelques instants. Puis c'est avec une note d'admiration dans la voix qu'elle lui avoua :

— Tu es incroyable.

— Je suis un survivant.

— C'est pour ça que je t'aime et que j'ai toujours cru en toi. Tu le sais, n'est-ce pas ?

Il l'embrassa.

— Oui.

— On est riches !

— On le sera bientôt. Petit à petit, l'oiseau fait son nid.
— La barbe, c'est bizarre sur toi.
— Ah bon ?
— Tu as l'air plus jeune.
— Et moins mort que ce bon vieux Ronnie ?
Elle sourit.
— C'est cette nuit que tu avais l'air moins mort.
— J'ai longtemps attendu ce moment.
— Et maintenant, tu voudrais qu'on patiente encore un an ? Ou plus ?
— Le fonds de compensation sera versé en priorité aux personnes en difficulté. Tu en fais partie.
— Ils aideront d'abord les Américains.
Il secoua la tête.
— Pas d'après ce que j'ai compris.
— Trois millions deux, répéta-t-elle, rêveuse.
Elle fit délicatement tomber la cendre de sa cigarette dans le cendrier.
— Tu pourras t'acheter plein de fringues.
— On les placera.
— J'ai des idées. Mais dans un premier temps, il faudra les faire sortir du pays – et toi aussi.
Il se leva d'un bond, se rendit dans le couloir et revint avec un petit sac à dos. Il en sortit une enveloppe kraft qu'il posa sur la table et poussa vers Lorraine.
— Je ne m'appelle plus Ronnie Wilson. Tu vas devoir t'y habituer. Je suis désormais David Nelson. Et dans un an, tu ne t'appelleras plus Lorraine Wilson.
Dans l'enveloppe, elle trouva deux passeports. L'un d'eux était australien.
Sur la photo, elle était à peine reconnaissable. Elle avait les cheveux bruns, coupés court, et une paire de lunettes. Et elle s'appelait Margaret Nelson.
— Permis de séjour de cinq ans en Australie.
— Margaret ? Pourquoi Margaret ?
— Maggie, si tu préfères !
Elle secoua la tête.
— Je dois absolument m'appeler Margaret ou Maggie ?

— Oui.
— Pour combien de temps ?
— Pour toujours.
— Super, siffla-t-elle. Je n'ai même pas le droit de choisir mon nom ?
— Tu ne l'as pas choisi quand tu es née non plus, andouille.

Elle prononça le nom à haute voix, sans conviction.
— Margaret Nelson... Nelson, c'est un bon nom, très classe.

Elle fit glisser le second passeport.
— Et ça, c'est quoi ?
— C'est pour quitter le territoire anglais.

Il comportait également une photo d'elle, mais avec des cheveux gris et vingt ans de plus. Au nom d'Anita Marsh.

Elle le considéra avec perplexité.
— J'ai réfléchi à la meilleure façon de simuler une disparition. Les gens se souviennent des jolies femmes. Les mecs en particulier. Mais ils ne remarquent pas les vieilles dames, elles sont quasiment invisibles. Quand le temps sera venu, tu achèteras deux billets pour une traversée de nuit Newhaven-Dieppe. Un à ton nom, l'autre pour Anita Marsh. Et une cabine pour Anita Marsh. OK ?
— Tu veux que je prenne des notes ?
— Non, il faudra que tu retiennes ce scénario par cœur. Je serai en contact avec toi. On répétera la scène plusieurs fois. Tu laisseras une lettre de suicide disant que tu ne supportes pas de vivre sans moi, que tu souffres d'avoir dû retourner travailler à Gatwick, que la vie ne vaut rien... Et le médecin confirmera que tu étais sous antidépresseurs, tout ça.
— Ouais, et il n'aura pas à mentir.
— Donc tu embarques en tant que Lorraine Wilson, rayonnante, et tu fais en sorte qu'un maximum de gens te remarquent. Tu poses ton sac contenant la tenue d'Anita Marsh dans la cabine réservée à son nom. Tu montes au bar, où tu donnes l'impression d'être triste, tu bois beaucoup, mais tu n'es pas d'humeur à causer. La traversée dure quatre heures et quart, tu auras tout le temps nécessaire. À

mi-parcours, tu quittes le bar en disant au barman que tu montes sur le pont. En fait, tu descends dans la cabine et tu te transformes en Anita Marsh, perruque et vêtements de vieille dame. Tu prends tes habits, ton passeport et ton portable et tu les jettes par-dessus bord.

Lorraine était complètement abasourdie.

— À Dieppe, tu prends un train pour Paris. Tu déchires le passeport d'Anita Marsh et tu achètes un billet d'avion pour Melbourne au nom de Margaret Nelson. Je t'attendrai à l'aéroport.

— Tu as pensé à tout, on dirait ?

Impossible de savoir si elle était contente ou irritée.

— Ben oui, je n'avais pas grand-chose d'autre à faire.

— Promets-moi une chose. Tout cet argent, tu ne l'investiras pas dans un projet hasardeux, hein ?

— Hors de question. J'ai retenu la leçon, baby. J'ai beaucoup réfléchi. Le problème, avec les dettes, c'est la spirale infernale. Maintenant, on peut prendre un nouveau départ. En Australie, et puis ailleurs, au soleil, pourquoi pas ? Ça me plairait bien ! On pourrait placer l'argent et vivre des intérêts.

Elle ne semblait pas entièrement convaincue.

Il montra du doigt l'enveloppe.

— Il y a quelque chose pour toi là-dedans.

Elle en sortit une fine pochette en cellophane. À l'intérieur se trouvaient quelques timbres.

— Pour t'aider à joindre les deux bouts, payer les factures et t'offrir quelques cadeaux. Il y a notamment un Penny Somerset House de 1911, d'une valeur de quinze cents livres, et un Penny de 1881 dont tu devrais pouvoir tirer cinq cents livres. Au total, il y en a pour cinq mille. Apporte-les chez ce gars que je connais. Il t'en donnera le meilleur prix. Et quand les grosses sommes tomberont, c'est chez lui que tu convertiras l'argent en timbres. Il est honnête. On fera de belles affaires.

— Et il est au courant ?

— Mon Dieu, non !

Il déchira un coin non imprimé du magazine *people* qui se trouvait sur la table de la cuisine et écrivit le nom de Hugo Hegarty, son adresse et son numéro de téléphone.

— Il sera certainement désolé quand tu lui annonceras que je suis mort. J'étais un bon client.

— On a reçu quelques lettres et cartes de condoléances ces dernières semaines.

— J'aimerais bien les lire, pour voir ce que les gens disent de moi.

— Des choses gentilles. (Elle eut un rire triste.) Sue me conseillait d'envisager un enterrement. On n'aurait pas eu besoin d'un grand cercueil pour un portefeuille et un téléphone, pas vrai ?

Ils gloussèrent. Elle essuya quelques larmes.

— Au moins, maintenant, on peut en rire, fit-elle. C'est une bonne chose, pas vrai ?

Il fit le tour de la table pour la serrer fort dans ses bras.

— Ouais. Ça, c'est une bonne chose.

— Pourquoi avoir choisi l'Australie ?

— Parce que c'est loin. Personne ne nous connaît là-bas. Et j'ai un vieux pote qui s'y est installé, il y a plusieurs années. Je lui fais confiance. Il convertira les timbres en cash sans poser de question.

— Comment s'appelle-t-il ?

— Chad Skeggs.

Elle le regarda avec stupeur, comme si elle venait de recevoir une balle en plein cœur.

— Ricky Skeggs ?

— Ouais. Tu es sortie avec lui avant moi, non ? Il autorisait ses nanas à l'appeler Ricky, comme si c'était un privilège. Chad avec ses copains, Chad au boulot, Ricky avec ses gonzesses. Il a toujours été un homme de principes.

— Son nom, c'est Richard. Chad et Ricky sont deux diminutifs du même nom, lui expliqua-t-elle.

— OK, on s'en fout.

— Non, Ronnie, on ne s'en fout pas. Et je ne suis pas « sortie » avec lui. On a passé une soirée ensemble et il a essayé de me violer, tu te souviens. Je t'avais raconté l'histoire dans les moindres détails.

— Violer une fille, c'était sa conception des préliminaires.

— Je ne plaisante pas. Je suis sûre de t'avoir fait le récit de cette nuit-là. C'était au début des années 1990, il avait une Porsche, il m'a invitée à prendre un verre...

— Je me souviens de cette Porsche. Une Targa 911. Noire. Je travaillais chez Brighton Connoisseur Cars, à l'époque. On l'avait récupérée complètement fracassée – elle avait embrassé un arbre –, alors on avait soudé l'arrière à l'avant d'une autre voiture. On la lui avait refilée pour trois fois rien. Un vrai tombeau ambulant, cette bagnole !

— Et tu l'avais vendue à ton ami ?

— Il savait qu'elle marchait mal et qu'il ne fallait pas rouler trop vite. Il l'utilisait juste pour frimer et lever des poupées, comme toi.

—Bref, après quelques verres dans un bar, je pensais qu'il allait m'inviter à dîner. Au lieu de cela, il m'a emmenée dans le quartier des Downs, en me disant qu'il laissait les filles qu'il baisait l'appeler Ricky, puis il a baissé sa braguette et a exigé une fellation. J'étais atterrée.

— Quel bâtard !

— Quand je lui ai demandé de me raccompagner chez moi, il a essayé de me sortir de force de la voiture, m'a traitée de salope ingrate et m'a menacée de me montrer ce que c'était, de se faire prendre. Je l'ai griffé au visage, j'ai appuyé sur le Klaxon et des phares se sont approchés de nous. Il a paniqué et m'a déposée chez moi.

— Et ensuite ?

— Il n'a rien dit. Je suis sortie de la voiture, et c'était terminé. Je l'ai recroisé en ville à plusieurs reprises, toujours avec une fille différente. Quelqu'un m'a appris qu'il était parti en Australie, ce qui n'était pas encore assez loin à mon goût.

Ronnie garda le silence, gêné. Lorraine écrasa sa cigarette, qui s'était consumée jusqu'au filtre, et en alluma une autre.

Puis Ronnie reprit la parole :

— C'est un mec bien. Il était sans doute bourré ce soir-là. Il a un ego démesuré. Il s'est adouci avec l'âge, tu verras. (Lorraine se tut pendant de longues secondes.) Tout va bien se passer, baby. Ça va marcher. Combien de personnes ont la chance de prendre un nouveau départ ?

— Oui, mais quel départ ! lâcha-t-elle, amère. Se mettre en position de dépendance vis-à-vis d'un gars qui a essayé de me violer...

— Tu as un meilleur plan ? aboya Ronnie. Tu as un meilleur plan, dis-moi ?

Lorraine le regarda. Il avait changé. Et pas que physiquement. Ce n'était ni la barbe ni le crâne rasé. Il semblait plus autoritaire, plus dur.

À moins que cette longue absence ne lui permette de le voir enfin, pour la première fois, comme il était vraiment.

— Non, dut-elle admettre à contrecœur.

Elle n'avait pas de meilleur plan.

103

OCTOBRE 2007

Assise dans le canapé en cuir de Hugo Hegarty, Abby patientait en soufflant sur sa tasse de thé et en y trempant ses lèvres. Elle prit un biscuit. Elle n'avait rien mangé ce matin et avait besoin de sucre. Après ce qui lui sembla une éternité, Hegarty revint dans la pièce.

— Excusez-moi, fit-il poliment avant de reprendre place derrière son bureau. (Il observa de nouveau les timbres.) Superbe qualité. Parfaitement conservés. C'est une magnifique collection.

Abby sourit.

— Merci.

— Et vous avez l'intention de tout vendre ?

— Oui.

— À combien ?

— Leur prix catalogue avoisine les quatre millions.

— Exact, mais je crains que personne ne vous les reprenne au prix catalogue. Les négociants veillent à conserver une marge. Plus la provenance est claire, plus la marge est faible, bien sûr.

— Souhaiteriez-vous les acheter à un prix préférentiel ?

— Pourriez-vous me donner davantage de détails sur la façon dont vous en avez fait l'acquisition ? Vous m'avez dit hier que votre tante vous les avait légués...

— Oui.

— À Sydney, en Australie.

Elle hocha la tête.

— Comment s'appelait-elle ?

— Anne Jennings.

— Et vous disposez du titre de propriété ?

— De quoi auriez-vous besoin ?

— Une copie de son testament. Peut-être pourriez-vous demander à son notaire de me la faxer ? Je ne sais pas quelle heure il est là-bas. (Il regarda sa montre.) C'est la nuit, j'imagine. Il pourrait me l'envoyer demain.

— Combien me donneriez-vous pour cette collection ?

— Si l'origine est nickel ? Je serais prêt à l'acheter pour deux millions cinq.

— Et sans le testament ? Rubis sur l'ongle, maintenant ?

Il secoua la tête et esquissa un sourire désabusé.

— Je suis désolé, mais ce n'est pas mon style.

— On m'a dit que vous seriez l'homme de la situation.

— C'est une erreur, ou alors, je ne suis plus cet homme-là. Mais je vais vous donner quelques conseils, mademoiselle. Ce lot est trop volumineux. Les gens vont vous poser des questions. Segmentez-le. Je ne suis pas le seul négociant britannique. Apportez une planche à l'un, une planche à l'autre, contactez des collectionneurs à l'étranger. Marchandez. Ne les lâchez pas tant que le prix ne vous convient pas. Vendez-les tranquillement, sur deux ans, ainsi vous ne serez pas inquiétée.

Il ramassa soigneusement les timbres, de façon presque révérencieuse, et les glissa dans leurs pochettes.

Dégoûtée, Abby murmura :

— Quels sont les marchands anglais que vous me recommanderiez ?

— Voyons voir...

Il égrena quelques noms en rangeant les pochettes dans l'enveloppe. Abby les nota. Puis il ajouta, comme si l'idée lui venait à l'esprit :

— Ah, j'oubliais, un autre nom me vient à l'esprit.

— Lequel ?

— J'ai entendu dire que Chad Skeggs était dans les parages, lâcha-t-il en la fixant d'un regard dur.

Son visage vira malgré elle au rouge pivoine. Elle lui demanda de lui appeler un taxi.

★

Hugo Hegarty accompagna Abby jusqu'à la porte. Un silence glacial s'était installé entre eux et elle ne trouva rien d'autre à lui dire qu'un pitoyable :

— Ce n'est pas ce que vous pensez.

— C'est bien le problème avec Chad Skeggs. Ce n'est jamais ce que l'on pense.

Quand elle fut partie, il fonça dans son bureau et appela le commandant Branson. Il n'avait pas grand-chose de nouveau, sinon le nom de la tante, Anne Jennings.

Mais il était prêt à tout, absolument tout, pour que Chad Skeggs se fasse coincer.

104

OCTOBRE 2007

Très perturbée par son rendez-vous avec Hugo Hegarty, Abby ouvrit la porte arrière du taxi en jetant un coup d'œil à Dyke Road Avenue.

Il pleuvait toujours, le van de British Telecom était toujours là, tout comme la petite voiture bleue, garée un peu plus loin. Elle grimpa dans le véhicule et claqua la portière.

— Le Grand Hôtel ? s'enquit la conductrice.

Abby acquiesça. C'était l'adresse qu'elle avait donnée quand elle l'avait appelée, depuis le bureau de Hegarty. Une fausse adresse, car elle ne voulait pas qu'il sache où elle logeait. Elle demanderait au taxi de la déposer ailleurs en temps voulu.

Elle se cala pour réfléchir. Pas de nouvelles de Ricky. Dave avait tort. Ce serait bien plus difficile que prévu de vendre les timbres. Et cela prendrait beaucoup plus longtemps.

Son téléphone se mit à sonner. C'était sa mère. La peur au ventre, elle décrocha, consciente que la conductrice allait entendre la conversation.

— Maman ! s'écria-t-elle.

Sa mère semblait déboussolée, très éprouvée. Elle haletait.

— Abby, je t'en prie, je dois prendre mes médicaments, je suis en train de... (Elle inspira longuement, puis laissa échapper un râle.) Les spasmes. J'ai... Je t'en prie. Tu n'aurais pas dû les lui prendre. Ce n'est pas bien.

Elle hoqueta une nouvelle fois.

Et raccrocha.

Abby la rappela immédiatement, mais tomba sur sa boîte vocale, comme la dernière fois.

Au désespoir, elle fixa l'écran, persuadée que Ricky allait l'appeler. Mais rien. Elle ferma les yeux. Jusqu'à quel point sa mère allait-elle résister ? Combien de temps pouvait-elle lui infliger ce supplice ?

Connard. Espèce de bâtard.

Ricky était futé. Trop futé. Il était en train de l'emporter. Il savait qu'elle ne vendrait pas les timbres si facilement, et donc qu'elle les avait sans doute encore tous en sa possession. Il était désormais inutile d'envisager lui refiler quelques livres en lui faisant croire que le magot avait déjà été transféré à Dave.

Elle ne savait plus quoi faire.

Elle regarda de nouveau son téléphone en priant pour qu'il sonne.

En réalité, il n'y avait qu'une chose à faire, et au plus vite : délivrer sa mère, même si cela impliquait de passer un deal avec Ricky. En d'autres termes, lui donner ce qu'il voulait, c'est-à-dire tout ou presque.

Elle eut une idée. Elle se pencha vers la conductrice qui, d'après sa carte professionnelle, s'appelait Sally Bidwell.

— Vous connaîtriez des négociants en philatélie ?

— Je connais Hawkes, sur Queen's Road, juste après la gare. Je pense qu'il y en a un autre à Shoreham. Et je suis sûre qu'il y en a un dans le quartier des Lanes, après Prince Albert Street.

— Conduisez-moi à celui de Queen's Road, trancha Abby. C'est le plus proche.

— Vous êtes collectionneuse ?

— Une simple amatrice, rectifia-t-elle en détachant sa ceinture pour accéder à l'enveloppe.

— Je pensais que c'était une passion plutôt masculine.

— Ça l'est, confirma poliment Abby.

Elle sortit le petit paquet, le posa sur ses genoux pour que la conductrice ne puisse pas le voir dans son rétroviseur et le secoua à la recherche de timbres de faible valeur. Elle sortit une planche de quatre timbres avec la croix de Malte d'une valeur de mille livres, puis quelques planches représentant le pont du port de Sydney, qui valaient autour de quatre cents livres chacune. Elle les mit de côté, rangea les autres dans l'enveloppe et la glissa sous son pull, avant de resserrer sa ceinture.

Quelques minutes plus tard, le taxi se garait devant chez Hawkes. Abby paya la course et sortit du véhicule en veillant à ce que les timbres soient bien au sec, dans leurs pochettes de cellophane, sous son manteau. Un bus passa, puis elle remarqua une petite voiture bleue avec deux hommes à l'avant, une Peugeot ou une Renault. Le passager tenait un portable à l'oreille. La voiture ressemblait étrangement à celle garée près de chez Hegarty. Ou alors, elle était devenue parano...

Il n'y avait pas de clients dans la boutique. Une femme aux longs cheveux blonds était assise à une table, plongée dans la lecture du quotidien local.

Abby fut séduite par le léger désordre du magasin. Ce n'était pas le genre d'endroit où on lui poserait des questions sur la provenance de la collection, sa tante et son testament.

— Je possède quelques timbres que j'aimerais vendre, annonça-t-elle.

— Les avez-vous sur vous ?

Abby les lui tendit. La femme les sortit de leur emballage et les observa rapidement.

— Jolis, dit-elle d'une voix enjouée. Je n'avais pas vu le pont de Sydney depuis longtemps. J'aimerais vérifier quelques points. M'autorisez-vous à les observer dans l'arrière-boutique ?

— Pas de souci.

La femme se retira par une porte ouverte et s'assit à un bureau, au-dessus d'une immense loupe. Abby la regarda poser les timbres sur la table et les examiner un par un, attentivement.

Abby jeta un coup d'œil à la une de l'*Argus*, qui titrait :

Deuxième femme assassinée : un lien avec une victime du 11-Septembre.

Elle regarda les photos en dessous. Et fut pétrifiée.
Sur la plus petite, on pouvait voir une jolie blonde au regard dur, la trentaine, fixant l'objectif ou le photographe d'un regard lubrique. La légende indiquait : Joanna Wilson. La plus grande montrait une autre femme, qui devait avoir près de quarante ans. Cheveux blonds ondulés, elle affichait un grand sourire avenant ; elle avait un air charmant, légèrement racoleur, comme si elle était riche, mais guère distinguée. Elle s'appelait Lorraine Wilson.
Mais c'est le portrait de l'homme, au centre, qu'Abby fixait, les yeux exorbités. Ce visage, ce nom – Ronald Wilson – ce visage... ce nom...
Elle lut le premier paragraphe de l'article.

Le corps de la femme de 42 ans retrouvé il y a cinq semaines dans le coffre d'une voiture immergée dans une rivière, non loin de Geelong, près de Melbourne, en Australie, a été identifié comme étant celui de Lorraine Wilson, veuve du businessman de Brighton Ronald Wilson, l'un des 67 citoyens britanniques morts dans les attentats du World Trade Center.

Elle le survola une deuxième fois.
La nuit était tombée sur son cœur.
Elle poursuivit :

Le squelette de Joanna Wilson, 29 ans, a été découvert dans un collecteur d'eaux pluviales par des ouvriers coulant les fondations du programme « Nouvelle Angleterre », dans le centre de Brighton, vendredi dernier. La commandante Elizabeth Mantle, en charge de l'enquête à la PJ du Sussex, a confirmé à l'*Argus* ce matin qu'il s'agissait de la première épouse de M. Wilson.
La police du Sussex est troublée par les preuves médico-légales indiquant que la dépouille de Lorraine Wilson se

trouvait dans la Barwon depuis environ deux ans, alors que, comme nous l'avions annoncé dans ces pages à l'époque, Mme Wilson était considérée comme morte en novembre 2002, après avoir sauté du ferry Newhaven-Dieppe lors d'une traversée de nuit. Le corps n'ayant jamais été retrouvé, le coroner n'avait cependant pas enregistré son décès.

La commandante Mantle a annoncé que cette affaire de « suicide » allait être immédiatement rouverte.

Abby considéra une nouvelle fois chaque photo. Mais c'était l'homme, au centre, qui retenait toute son attention. Et soudain, le sol sembla se dérober sous ses pieds. Elle fit deux pas de côté pour ne pas perdre l'équilibre et s'agrippa au bord de la table. Les murs tournaient.

Elle entendit une voix métallique lui demander :

— Tout va bien, mademoiselle ?

La collectionneuse aux cheveux blonds se profilait dans l'embrasure de la porte. Abby la vit passer devant ses yeux comme si elle se profilait sur un manège. Après un tour complet, elle réapparut.

— Voulez-vous vous asseoir ? demanda la voix.

Le manège ralentissait. Abby tremblait et transpirait.

— Tout va bien, souffla-t-elle en regardant une nouvelle fois le journal.

— Drôle d'histoire, fit la femme en hochant la tête.

Elle semblait inquiète pour Abby.

— C'était un collectionneur. Je le connaissais.

— Ah bon.

Abby ne pouvait détacher ses yeux du portrait.

La femme lui proposa deux mille trois cent cinquante livres pour le tout. Dans un état second, Abby accepta l'argent, en billets de cinquante, et les fourra dans ses poches.

105

OCTOBRE 2007

Abby était encore tout étourdie quand elle sortit de la boutique. Son téléphone sonna, mais il lui fallut du temps avant de réaliser.

— Oui, allô ? bredouilla-t-elle.

C'était Ricky. Elle l'entendait à peine à cause du bruit de la circulation.

— Attends, lui dit-elle en descendant la rue à grands pas jusqu'à ce qu'elle trouve un abri. Désolée, qu'est-ce que tu disais ?

— Je me fais du souci pour ta mère.

Elle se retint d'éclater en sanglots. Essaya de calmer sa respiration. Mit plusieurs secondes avant d'être en mesure de répondre.

— Je t'en prie, Ricky, dis-moi où elle est ou ramène-la-moi.

— Il faut qu'elle prenne ses médicaments.

— Je les lui donnerai. Indique-moi juste où les lui apporter.

— Ce n'est pas si simple.

Un bus s'arrêta à sa hauteur. Le bruit du moteur empêchant toute conversation, elle quitta le porche et remonta la rue pour se réfugier sous la devanture d'une boutique. Elle n'aimait pas la façon dont il avait dit : ce n'est pas si simple.

Elle paniqua totalement – peut-être que sa mère était morte.

Avait-elle été emportée par un spasme, depuis la dernière fois qu'elle lui avait parlé ?

Elle ne put retenir ses larmes. Entre l'article qu'elle venait de lire et cet appel, le choc était trop violent. Elle touchait le fond.

— Est-ce qu'elle va bien ? Je t'en prie, dis-moi qu'elle va bien.

— Non, elle ne va pas bien.

— Mais elle est vivante ?

— Pour le moment.

Il raccrocha.

— Non, hurla-t-elle, par pitié, non !

Elle s'appuya contre la porte du magasin, sans se soucier du regard des éventuels clients. La pluie et les larmes lui brûlaient les yeux, l'aveuglaient, mais elle remarqua néanmoins une petite voiture marron qui passait lentement devant elle.

Deux hommes, le passager au téléphone. L'un d'eux avait le crâne rasé, l'autre une coupe en brosse. Des militaires. Ou des flics.

Ils la dévisagèrent comme ceux de la petite voiture bleue, au moment où elle entrait chez Hawkes. Sa cavale l'avait rendue perspicace. Ces deux véhicules lui paraissaient suspects. À chaque fois, le passager était au bout du fil. À chaque fois, les gars s'étaient tournés vers elle en passant à son niveau.

Hugo Hegarty avait-il prévenu la police ? Était-elle surveillée ?

Dans les deux cas, ils se dirigeaient vers le sud et la circulation était dense. Était-elle aussi prise en filature par des officiers à pied ? Par une patrouille se dirigeant vers le nord ?

Elle jeta un coup d'œil circulaire et fonça vers le nord, tourna à gauche et se fraya un chemin dans une contre-allée encombrée de poubelles puantes.

En débouchant dans la rue suivante, elle aperçut un passage entre deux maisons. Elle regarda par-dessus son épaule, ne vit personne, et s'engouffra dans l'étroite ruelle. La pluie tombait moins fort. Son cerveau moulinait à cent à l'heure. Ayant vécu dans un appartement près de Seven Dial dans une vie antérieure, elle connaissait ce quartier comme sa poche.

Elle piqua un sprint en vérifiant à chaque pas que son enveloppe était toujours collée contre son ventre et l'argent bien enfoncé dans ses poches, tout en se retournant régulièrement. Elle parcourut une rue bordée d'arbres et de demeures en mitoyenneté. Peu de gens étaient dehors par ce temps. L'effort et l'éclaircie l'aidaient à réfléchir.

Elle s'élança vers le quartier des Dials, tourna à droite dans une rue résidentielle et se retrouva au-dessus de la gare. En retrait, invisible depuis la route, elle observa les voitures, puis traversa Buckingham Road pour aboutir juste derrière la gare. Elle descendit cette rue, traversa prudemment le boulevard New England Hill, puis reprit sa course en côte, slalomant entre les panneaux plantés par des agences immobilières.

Elle dut s'arrêter quelques instants à cause d'un point de côté, et marcha pour reprendre son souffle. Elle transpirait. Il ne pleuvait presque plus et la brise s'était levée. Elle apprécia le souffle frais sur son visage.

Elle y voyait plus clair, beaucoup plus clair que quelques heures auparavant, comme si ce qu'elle avait lu dans l'*Argus* avait réinitialisé son disque dur interne. Avançant à bonne allure, elle évitait les grosses artères et vérifiait sans cesse qu'il n'y avait pas de voiture bleue, marron, ou autre, avec deux passagers. Rien à signaler.

Ricky avait-il lu l'*Argus* ? Ce fait divers serait-il repris par d'autres journaux ? Il finirait par être au courant. Où qu'il soit, il devait avoir accès à la presse, la radio ou la télévision.

Elle entra dans un kiosque et feuilleta quelques quotidiens nationaux. Aucun n'en parlait.

Elle acheta l'*Argus*, se posta devant la boutique et fixa l'homme qui en faisait la une, envahie d'émotions contradictoires.

Elle relut l'article en entier. Elle comprenait mieux les silences de Dave, ses réponses évasives, ses efforts pour changer de sujet à chaque fois qu'elle évoquait son passé. Et les remarques de Ricky, qui avait tenté, à plusieurs reprises, de savoir jusqu'à quel point elle connaissait Dave.

Que savait-il, lui ?

Elle fit quelques pas et s'assit sur le seuil mouillé d'un immeuble, le visage entre les mains. Elle n'avait jamais eu aussi peur de sa vie. Peur pour sa mère, mais aussi pour l'avenir.

La vie est un jeu, aimait-il à lui répéter. Un jeu. Tout avait commencé comme ça.

Un sacré jeu.

Dans la vie, il y a des gagnants et des perdants, Abby. Les victimes, on s'en fout.

Ses yeux se remplirent de larmes. La voix suppliante de sa mère résonnait à ses oreilles, et dans son cœur. Elle composa son numéro, puis celui de Ricky, en vain.

Appelle. Je t'en prie, rappelle-moi. Je passerai un marché avec toi.

Elle finit par se lever et reprendre sa course, en descente, s'engageant dans une rue depuis laquelle on pouvait voir les rails de la ligne Londres-Brighton. Puis elle descendit un escalier en pierre et s'engouffra dans le petit tunnel qui débouchait sur le guichet de la gare Preston Park.

C'était une petite gare utilisée par les habitants du quartier qui travaillaient à Londres. Elle était bondée aux heures de pointe, mais déserte le reste de la journée. Si les flics étaient à ses trousses, s'ils l'avaient aperçue quand elle était dans le centre, près de la gare centrale, il était peu probable qu'ils soient dans les parages.

La vie est un jeu.

Elle examina les horaires, chercha un trajet qui la conduirait à Eastbourne sans passer par la gare de Brighton, puis jusqu'à l'aéroport de Gatwick. Elle était en train d'élaborer un nouveau plan.

Son téléphone bippa. Elle le sortit en priant pour que ce soit un message de Ricky, mais non.

Le silence est d'or ? Bisou

Elle réalisa qu'elle n'avait pas répondu à son dernier texto. Elle réfléchit, puis tapa :

Problemo. Kiss

Quelques minutes plus tard, alors qu'elle montait dans un train, elle en reçut un nouveau.

Tel un fleuve, l'amour se fraye un nouveau chemin quand il rencontre un obstacle

Elle s'assit. Trop bouleversée pour trouver une citation, elle se contenta d'un simple : *Bisou*
Puis elle laissa son regard errer par la vitre. Le train démarra et de grandes falaises calcaires vinrent l'encadrer. Elle n'avait jamais eu aussi peur de sa vie.

106

OCTOBRE 2007

L'hôtel Marriott Financial Center dégageait quelque chose de reposant, de zen, de très rafraîchissant, se dit Grace en traversant le lobby, bagage à la main, après avoir réglé sa chambre. Les lampes posées sur les tables noires ressemblaient à des verres à martini opaques, renversés. Des vases blancs, fuselés, accueillaient de longues tiges végétales élégantes, si parfaites qu'elles ressemblaient davantage à des sculptures qu'à des plantes.

Il avait du mal à croire que cet endroit, situé à deux pas de Ground Zero, avait été très endommagé par les attentats. Il semblait solide, indestructible, comme s'il avait toujours été là et le serait éternellement.

Il passa à côté d'un attroupement d'hommes d'affaires en costume sombre et cravate, qui discutaient sérieusement. Debout sur un tapis rouge posé sur du marbre beige, Pat Lynch l'attendait. Il était en civil, vêtu d'une veste militaire sans manches kaki sur un tee-shirt noir, d'un jean et de godillots sombres. Roy remarqua la bosse de son arme à feu.

Pat leva les bras.

— Tout est réglé ? Dennis est garé dehors. On est prêts.

Grace le suivit dans la porte à tambour. L'ambiance changea du tout au tout quand il se retrouva dehors, par cette humide matinée d'octobre. Plusieurs files de voitures avançaient au pas. Une bétonneuse grinçait. Un portier

– dont l'élégance était mise à mal par le couvre-chef en plastique qu'il portait sur la casquette assortie à son uniforme – tenait la porte d'un taxi jaune pour trois hommes d'affaires japonais.

Tandis qu'ils rejoignaient la voiture qui les attendait, Pat désigna une bande de ciel ponctuée de bâtiments d'un côté, et le paysage plus dense de Wall Street de l'autre. De la vapeur ou de la fumée sortait d'un immeuble vert, pas très élevé, en forme de cheminée. Juste devant eux, sur l'autre trottoir, se trouvait un pont provisoire construit pour le chantier.

— Tu vois cet espace, mec ?

Pat désignait le ciel.

Grace acquiesça.

— C'est là que se situaient les tours. (Il jeta un œil à sa montre.) Une demi-heure plus tôt, le 11 septembre 2001, tu aurais vu le World Trade Center, ces magnifiques édifices.

Ils arrivèrent au niveau de la voiture, mais Pat voulait lui montrer autre chose. Ils marchèrent jusqu'à l'angle de la rue et se retrouvèrent dans l'ombre d'un imposant gratte-ciel couvert de panneaux sombres, comme autant de stores vénitiens surdimensionnés.

— Je t'ai parlé de la Deutsche Bank, pas vrai ? Où ils ont retrouvé des membres, récemment ? Le voilà. On y a perdu deux pompiers cet été, en août. Le pire, c'est que tous les deux étaient intervenus le jour des attentats. Ils étaient entrés dans le World Trade Center et avaient survécu. Et puis six ans plus tard, ils ont trouvé la mort juste à côté...

— C'est triste, dit Roy. L'ironie du sort.

— L'ironie du sort, ouais. Parfois, on se demande si l'endroit n'est pas maudit, tu vois ce que je veux dire ?

Ils grimpèrent à bord de la Crown Victoria. Un camion UPS essayait de faire un créneau dans un espace réduit, devant eux. Assis au volant, Dennis salua Roy d'un chaleureux geste de la main.

— Hey ! Comment va ?

Puis il observa le camion UPS qui venait de mordre sur le trottoir pour la deuxième fois, frôlant une boîte aux lettres, et avançait désormais centimètre par centimètre.

— Allez, miss, c'est un van, que tu conduis, pas un éléphant, bordel !

Elle avait de nouveau passé la marche arrière.

— Fais gaffe à la boîte aux lettres ! Si tu l'abîmes, c'est de la dégradation de biens publics, putain !

— Bon, on reste concentrés sur les philatélistes ? lui demanda Pat, revenant à l'essentiel.

— Il en reste six sur ma liste.

— Si on n'arrive à rien aujourd'hui, on élargira la recherche pour toi, dit Pat. On pourra s'en occuper avec Dennis.

— C'est très gentil.

— Pas de problème.

Dennis fit un crochet par Ground Zero. Grace remarqua les barrières en acier, les murs en béton, les espaces de stockage et les bureaux des contremaîtres, les grues dressées comme des girafes, les armées de spots sur pylônes. Le chantier était très étendu, difficile à saisir d'un seul coup d'œil. Il se remémora l'expression que ses deux collègues n'arrêtaient pas d'utiliser : « le ventre de la bête ». Une bête étrangement calme, désormais. Le chantier ne faisait pas de bruit, comme c'est souvent le cas. Les ouvriers étaient bel et bien au travail, mais d'une façon quasi cérémonieuse.

— J'ai repensé à cette bonne femme retrouvée dans une rivière en Australie, déclara Pat en se tournant vers Roy.

— Tu as une idée de ce qui a pu se passer ?

— Ben ouais. Elle a chaud, OK ? Elle se baigne, elle ne voit pas la voiture immergée, coffre ouvert. Elle plonge dans le coffre et se casse le cou. Sous le choc, la voiture rebondit. Avec la pression de l'eau et le courant, le coffre se ferme. Clac !

— Élémentaire ! confirma Dennis en souriant.

— Exactement. Pas besoin d'avoir fait des études supérieures pour résoudre cette énigme, fit Pat.

— Si tu veux qu'on traite d'autres affaires, envoie-nous les dossiers, proposa Dennis.

Grace essaya d'ignorer leur petit jeu pour réfléchir aux dernières informations que lui avait communiquées Branson, avec qui il avait discuté juste avant de quitter l'hôtel.

Glenn lui avait appris que Hawkes avait acheté pour deux mille trois cent cinquante livres de timbres à Katherine Jennings, après que Hugo Hegarty eut décliné l'offre. Quand elle était sortie de la boutique, l'équipe de surveillance l'avait perdue.

Avait-elle fait exprès de lui fausser compagnie ? se demanda Grace. Peu probable. Ceux qui faisaient ce boulot étaient plutôt doués. Mais l'hypothèse n'était pas exclue. Puis une autre idée lui vint. La voiture de location de Chad Skeggs garée devant chez elle. Le fait qu'elle n'était pas retournée dans son appartement depuis. Était-ce Chad Skeggs qu'elle fuyait ?

Le collectionneur avait dit à Glenn que Katherine Jennings semblait sur les nerfs. Demain matin, quand il ferait jour à Melbourne, ils vérifieraient si une certaine Anne Jennings était décédée récemment et si elle était suffisamment riche pour posséder trois millions en timbres et ne pas s'en soucier.

Kevin Spinella avait, semblait-il, eu du flair à propos de cette femme...

Dennis freina brutalement. Roy regarda par la fenêtre en se demandant où ils pouvaient bien être. Un Asiatique passa, en tenue de chef cuistot, casquette de base-ball vissée à l'envers sur le crâne. La rue était étroite, avec des immeubles en brique des deux côtés et une enfilade d'auvents aux couleurs vives. Un peu plus loin, un store plus sombre annonçait, en lettres blanches sur fond noir :

Abe Miller Associés, numismatique et philatélie

Dennis s'arrêta devant un panneau interdiction de stationner et sortit un carton POLICE, écrit au stylo, qu'il plaça sur le tableau de bord. Et les trois hommes entrèrent dans la boutique.

L'endroit était luxueux, à la façon d'un vieux club de gentlemen. Les murs étaient recouverts de lambris sombres, brillants, il y avait deux fauteuils en cuir noir, un épais tapis et une forte odeur de cire. Seules les armoires en verre, qui contenaient une petite collection de très vieux timbres, et la vitrine du comptoir, dans laquelle on pouvait voir une rangée de pièces de monnaie sur feutrine violette, indiquaient qu'il s'agissait d'un commerce.

Au moment où la porte se refermait derrière eux, un homme d'une cinquantaine d'années, grand, obèse, poussa une porte dissimulée dans le décor et les accueillit avec un grand sourire. Assorti au mobilier, il portait un costume trois pièces bien coupé, à rayures, et une cravate elle aussi rayée. Il était presque chauve ; il ne lui restait plus qu'une couronne de cheveux, telle une tonsure monacale, sur l'arrière du crâne, légèrement ridicule. Impossible de dire où commençait son cou et où finissait son triple menton.

— Bonjour, messieurs, dit-il, affable, d'une voix plus aiguë que son physique l'aurait laissé supposer. Je suis Abe Miller. Que puis-je pour vous ?

Dennis et Pat sortirent leurs badges et présentèrent Grace. Abe Miller n'exprima aucune déception en constatant qu'ils n'étaient pas des clients potentiels et fit preuve d'une grande amabilité.

Grace, qui l'imaginait trop gros et trop maladroit pour manipuler des objets aussi délicats et précieux que des timbres et des pièces de monnaie, lui montra les trois photos de Ronnie Wilson qu'il avait sur lui. C'est avec espoir qu'il vit passer, sur le visage d'Abe Miller, une expression indiquant qu'il le reconnaissait. Le négociant les observa une deuxième et une troisième fois.

— On pense qu'il se trouvait à New York autour du 11 septembre 2001, précisa Grace.

— Je l'ai rencontré.

Il hocha la tête avec conviction.

— Voyons voir... (Il leva un index.) Je suis quasiment sûr de me souvenir de cet homme. Vous savez pourquoi ?

Il consulta chacun des enquêteurs. Grace secoua la tête.

— Non.

— Parce que c'est la première personne à être venue me voir après les attentats.

— Il s'appelle Ronald Wilson. Ou Ronnie, lui indiqua Grace.

— Le nom ne me dit rien. Je vais vérifier dans mes archives. Je reviens dans deux minutes.

Il disparut derrière la porte cachée et réapparut une minute plus tard avec une fiche de renseignements remplie à la main, à l'ancienne.

— La voilà.

Il baissa la carte et la parcourut.

— Mercredi 12 septembre 2001. (Il leva les yeux vers les trois hommes.) Je lui ai acheté quatre timbres. Quatre Edward, une livre, jamais utilisés, en parfait état, gomme intacte, sans charnière.

Il esquissa un sourire malicieux.

— Je les ai payés deux mille dollars pièce, une affaire ! (Il consulta sa fiche.) Je les ai revendus quelques semaines plus tard en dégageant une jolie marge. En fait, il n'aurait pas dû les vendre ce jour-là. On pensait tous que c'était la fin du monde. (Abe Miller regarda sa fiche et fronça les sourcils.) Vous avez dit Ronald Wilson ?

— Oui, répondit Grace.

— Ce n'est pas ainsi qu'il s'est présenté, monsieur. J'ai noté David Nelson. C'est le nom qu'il m'a donné. M. David Nelson.

— Vous a-t-il laissé une adresse ou un numéro de téléphone ? s'enquit Grace.

— Non, monsieur. Rien.

★

Dès qu'ils furent dans la rue, Grace appela Glenn Branson pour lui demander de transmettre à Norman Potting et Nick Nicholl une nouvelle mission de la plus haute importance : déterminer, auprès des services d'immigration, si un certain David Nelson avait obtenu un visa en 2001.

Ce rendez-vous lui avait mis du baume au cœur. La seule ombre au tableau – Glenn la lui avait fait remarquer, et il y avait pensé lui aussi – c'était que Ronnie Wilson avait peut-être changé d'identité, au moment où il avait émigré en Australie, peut-être était-il devenu un autre homme.

Une heure plus tard, alors que les trois hommes s'apprêtaient à entrer dans un cabinet médico-légal, Glenn Branson rappela Grace, tout excité.

— On a du nouveau !

— Dis-moi tout.

— On avait perdu la trace de Katherine Jennings, tu te souviens ? Elle avait échappé à l'équipe de surveillance. Eh bien, écoute ça. Elle s'est présentée au poste de police de John Street il y a une heure.

Il ressentit une décharge électrique.

— Quoi ? Pourquoi ?

— Elle dit que sa mère s'est fait kidnapper. Une pauvre petite vieille malade. Un gars menace de la tuer.

— Tu lui as parlé ?

— Un membre de la PJ s'est rendu sur place et a découvert que l'homme qu'elle accuse d'avoir enlevé sa mère n'est autre que Chad Skeggs !

— Merde alors !

— Je savais que cela te plairait.

— Et on en est où, maintenant ?

— J'ai envoyé Bella, ainsi que Linda Buckley, du bureau d'aide aux familles, pour qu'elles la transfèrent chez nous. Je l'interrogerai avec Bella.

— Appelle-moi dès que tu lui auras parlé.

— À quelle heure est ton vol ?

— Je décolle à 18 heures, 23 heures pour toi.

La voix de Branson changea du tout au tout.

— Mec, je vais peut-être devoir dormir chez toi ce soir. Ari refait son cirque. Je suis rentré après minuit hier soir.
— Dis-lui que tu es flic, pas baby-sitter, bordel !
— Dis-lui toi. Je te la passe ?
— La clé est toujours au même endroit.

107

OCTOBRE 2007

Son téléphone s'obstinait à ne pas sonner. Abby avait l'impression que l'électrocardiogramme de sa vie était plat. Presque trois heures s'étaient écoulées depuis sa dernière conversation avec Ricky.

Son wagon était vide. Elle regardait, sans vraiment le voir, le paysage qui défilait, serrant le sachet dans lequel elle avait mis tous les médicaments trouvés dans la salle de bains et la chambre de sa mère. Elle avait dit à Doris qu'elle plaçait sa mère dans une maison de retraite, pour qu'elle soit entourée, et lui avait promis de lui donner ses nouvelles coordonnées. Doris était triste de perdre sa voisine, mais heureuse de voir que celle-ci avait une fille adorable qui prenait bien soin d'elle.

Tu m'en diras tant, avait songé Abby.

Le ciel s'éclaircissait. Les nuages filaient comme s'ils étaient pressés. Le vent soufflait fort, mais l'après-midi prenait une jolie tournure automnale. C'était le genre de temps par lequel, dans une autre vie, une vie sans cavale, elle aurait adoré se balader en bord de mer, notamment au pied de la falaise de Black Rock, après la Marina, direction Rottingdean.

Sa mère aussi aimait cette promenade. Parfois, ils y allaient en famille le dimanche après-midi, quand son père était encore de ce monde. Ce qu'elle préférait, c'était quand, à marée haute, les vagues explosaient contre les brise-lames, parfois même contre les remparts, éclaboussant les passants.

Enfant, elle menait une vie épanouie. Était-ce avant qu'elle accompagne son père dans les belles villas qu'il rénovait ? Avant qu'elle comprenne qu'il y avait des gens qui vivaient différemment ? Était-ce à ce moment-là que sa vie avait basculé ? À quand est-ce que cela remontait, d'ailleurs ?

Le train roulait vers Brighton. Au loin, à gauche, elle distingua les courbes arrondies des Downs. Elle avait tant de souvenirs de ce quartier. Ses amis y habitaient encore. Des amis qu'elle n'avait pas vus depuis des années, qui ignoraient où elle vivait, qu'elle adorerait revoir. Plus que tout au monde, elle aurait aimé être avec des amis. Pouvoir se confier à quelqu'un d'extérieur. Quelqu'un qui saurait lui dire si elle était folle ou pas. Mais malheureusement, c'était trop tard.

L'amitié, c'est la seule chose avec laquelle on ne joue pas. Et parfois, il faut faire sans ses amis, même si c'est difficile.

Les larmes lui montèrent aux yeux. Elle était nauséeuse. Elle n'avait mangé qu'un biscuit chez Hugo Hegarty, et bu un Coca en attendant son train à la gare de Gatwick, un peu plus tôt. Elle avait l'estomac trop noué pour pouvoir ingurgiter autre chose.

Appelle, je t'en prie.

Le train traversa Hassocks, puis entra dans le tunnel de Clayton. Le cliquetis mécanique résonna contre les parois. Elle vit son reflet pâle, angoissé, dans la vitre.

Après le tunnel, le train sillonnant entre les collines verdoyantes de Mill Hill à droite et London Road à gauche, elle constata, dépitée, qu'elle avait un appel en absence.

Merde.

Identité refusée.

Et son téléphone sonna. C'était Ricky.

— Je me fais de plus en plus de souci pour ta mère, Abby. Je ne sais pas si elle va tenir très longtemps.

— Laisse-moi lui parler !

Il y eut un bref silence.

— Je ne pense pas qu'elle soit en mesure de parler.

Une vague de terreur l'emporta.

— Tu es où ? Je veux te rejoindre. N'importe où. Et je te donnerai tout ce que tu voudras.

— Je sais, Abby. On se verra demain.

— Demain ? hurla-t-elle. Hors de question. On se voit maintenant. Je dois la conduire à l'hôpital.

— On se voit quand ça m'arrange. Tu m'as assez contrarié comme ça. À toi de voir ce que ça fait.

— Il ne s'agit plus d'ennuyer qui que ce soit. Par pitié, Ricky. C'est une vieille dame malade. Elle n'a rien fait de mal. Elle ne t'a rien fait. Ne t'en prends pas à elle.

Le train ralentissait. Ils approchaient de Preston Park, son arrêt.

— Malheureusement, Abby, c'est elle que je détiens et pas toi.

— Échangeons !

— Très drôle.

— Je t'en supplie, Ricky, voyons-nous.

— OK, mais demain.

— Non, tout de suite ! S'il te plaît, là, maintenant. Maman ne survivra peut-être pas.

Elle devenait hystérique.

— Ce serait dommage, n'est-ce pas ? Mourir en sachant que sa fille est une voleuse...

— Nom de Dieu, tu es un vrai connard.

Ignorant cette remarque, Ricky poursuivit :

— Il va te falloir une voiture. J'ai posté la clé de la Ford de location à ton adresse. Elle sera dans ta boîte aux lettres demain matin.

— Elle est immobilisée par un sabot.

— Alors tu vas devoir en louer une autre.

— Où est-ce qu'on se retrouve ?

— Je t'appellerai dans la matinée. Loue une voiture ce soir. Et n'oublie pas les timbres, bien sûr...

— On ne peut pas procéder à l'échange cet après-midi ?

Il raccrocha. Le train s'arrêta en hoquetant.

Abby quitta son siège et se dirigea d'un pas incertain vers la sortie. Encombrée par son sac à main et le sachet, elle s'accrocha fermement à la poignée pour descendre sur le quai. Il était 16 h 15.

Je vais m'en sortir, se dit-elle. *D'une façon ou d'une autre. Il le faut.*

Mais mon Dieu, comment ?

Elle faillit vomir en sortant de la gare. Elle se dirigea vers la borne de taxis, mais il n'y en avait aucun. Elle regarda sa montre et en appela un. Puis elle composa le même numéro qu'un peu plus tôt et la même voix masculine décrocha.

— South-East Philatelic.

C'était le seul négociant ne figurant pas sur la liste de Hugo Hegarty.

— C'est de nouveau Sarah Smith. Je suis en route, j'attends un taxi. À quelle heure fermez-vous ?

— Pas avant 17 h 30.

Quinze minutes plus tard, le taxi arriva enfin.

108

OCTOBRE 2007

La salle d'audition des témoins de la Sussex House se composait de deux pièces. La première était grande comme le salon d'une toute petite maison. La seconde, dans laquelle on ne pouvait tenir qu'à deux, était utilisée uniquement comme poste d'observation.

La plus grande, dans laquelle se trouvaient en ce moment même Glenn Branson, Bella Moy et une Katherine Jennings au désespoir, contenait trois fauteuils ronds, recouverts de cuir rouge, et une table basse passe-partout. Branson et Abby avaient une tasse de café devant eux, tandis que Bella sirotait un verre d'eau.

Contrairement à la plupart des salles d'audition du poste de police historique du centre de Brighton, sur John Street, celle-ci était lumineuse, et disposait même d'une fenêtre sans vis-à-vis.

— Ça ne vous dérange pas si on filme ? demanda Branson en indiquant, d'un signe de la tête, les deux caméras rivées aux murs, pointées sur eux. C'est la procédure habituelle.

Il ne précisa pas que, parfois, une copie des bandes était remise à un psychologue pour analyse, le langage corporel de certains témoins étant riche en enseignements.

— Pas de problème, soupira-t-elle.

Il l'observa attentivement. Elle avait beau être épuisée et avoir les traits tirés, c'était une très jolie jeune femme. Elle devait avoir entre vingt-cinq et trente ans. Sa coupe était un peu trop stricte et ses cheveux bruns sans doute teints, vu que ses sourcils étaient beaucoup plus clairs. Elle était d'une beauté classique : pommettes hautes, grand front et un petit nez exquis, ciselé, légèrement retroussé. De ceux que des femmes moins gracieuses prennent pour modèle et payent des milliers de livres, en chirurgie esthétique. Il le savait, car Ari lui avait un jour montré un article sur les nez refaits et, depuis, il s'amusait à déterminer lesquels étaient retouchés, lesquels ne l'étaient pas. Mais ce qui frappait avant tout, chez cette jeune femme, c'était ses yeux.

Des yeux de chat, fascinants, vert émeraude. Brillants, malgré son abattement.

Et elle savait s'habiller. Jean de créateur, *low boots* – mal entretenues et sales, remarqua-t-il – un col roulé noir ceinturé sous un long manteau en peau retournée qui avait dû coûter cher. En d'autres mots, elle dégageait une classe incroyable. Avec quelques centimètres de plus, elle se serait retrouvée sur les podiums.

Branson allait commencer l'interrogatoire quand la jeune femme leva la main.

— Ce n'est pas mon vrai nom que je vous ai donné. Je préfère vous le dire tout de suite. Je m'appelle Abby Dawson.

— Et pourquoi utilisez-vous un pseudonyme ? demanda gentiment Bella.

— Écoutez, ma mère est en train de mourir, elle court un immense danger. Pourriez-vous simplement... (Elle se couvrit le visage.) Je veux dire : faut-il vraiment que je vous explique tout ? Ne pourrait-on pas le faire plus tard ?

— Je suis désolée, Abby, mais nous avons besoin de tous les éléments, répondit Bella. Pourquoi un pseudonyme ?

— Parce que...

Elle haussa les épaules.

— Je suis revenue en Angleterre pour tenter d'échapper à mon petit ami. Je pensais qu'il aurait plus de mal à me retrouver si je changeais de nom, dit-elle en esquissant un sourire désabusé. J'avais tort.

— OK, Abby, poursuivit Glenn, pourriez-vous nous raconter exactement ce qui s'est passé ? Dites-nous tout ce qu'il nous faut savoir sur vous, votre mère et l'homme que vous accusez d'enlèvement.

Abby sortit un mouchoir de son sac en velours marron et essuya ses yeux. Glenn aurait aimé connaître le contenu du sachet posé au sol.

— On m'a légué une collection de timbres. Je n'y connaissais rien, mais, coïncidence, je sortais avec Ricky Skeggs à Melbourne, qui est un négociant en philatélie et numismatique.

— Est-il parent avec Chad Skeggs ? s'enquit Branson.

— C'est la même personne.

— Chad et Ricky sont deux diminutifs de Richard, expliqua Bella à Glenn.

— Je l'ignorais.

— J'ai demandé à Ricky de jeter un œil à mon héritage et de me dire s'il valait quelque chose. Il a emporté tous les timbres et me les a rendus deux jours plus tard. Selon lui, certains avaient de la valeur, mais la plupart d'entre eux étaient des répliques de timbres rares et ne valaient pas un clou. Il m'a proposé de les vendre pour deux mille dollars australiens environ.

— OK, fit Glenn.

Il était mal à l'aise, car elle n'arrêtait pas de bouger les yeux. Il avait la sensation qu'elle lui racontait une histoire apprise par cœur.

— Vous l'avez cru ?

— Je n'avais pas de raison de ne pas le croire, répondit-elle, si ce n'est que j'ai du mal à faire confiance aux gens. C'est dans ma nature. J'avais photocopié les timbres avant de les lui confier. Quand je les ai comparés avec ceux qu'il m'avait rendus, il y avait de subtiles différences. Je le lui ai fait remarquer, mais il m'a répondu que je délirais.

— C'était malin de votre part de faire des copies, commenta Bella.

Abby regarda sa montre avec anxiété et but une gorgée de café.

— Bref, un jour ou deux plus tard, j'ai feuilleté l'une des revues spécialisées trouvées dans son appartement, et j'ai lu un article sur une vente aux enchères de timbres rares à Londres. Il était question d'un Penny rouge de la planche 77 qui avait été adjugé cent soixante mille livres, un record. Et j'ai constaté qu'il ressemblait à celui que je possédais. J'ai comparé la photo dans le journal et la copie de mes timbres et j'ai réalisé, soulagée, qu'ils n'étaient pas totalement identiques, donc que ce n'était pas le mien qui avait été vendu. Mais je me suis dit que Ricky était peut-être en train d'essayer de le vendre.

— Pourquoi avez-vous pensé cela ?

— Il avait un comportement bizarre à chaque fois que l'on parlait de mes timbres, je sentais qu'il mentait. Quoi qu'il en soit, deux jours plus tard, alors qu'il était défoncé à la cocaïne – il en sniffait tout le temps –, il s'est effondré au petit matin en laissant son ordinateur allumé et sa messagerie ouverte. J'ai trouvé plusieurs mails adressés à des collectionneurs du monde entier, proposant mes timbres. Il avait fait ça intelligemment. Il vendait la collection par fragments pour que ce soit plus discret.

— L'avez-vous obligé à avouer ? demanda Glenn.

Elle secoua la tête.

— Non, le jour de notre rencontre, il m'avait expliqué à quel point les timbres sont faciles à cacher et à transporter, et pratiques pour blanchir de l'argent. Selon lui, même si on se faisait arrêter à la frontière, les douaniers connaissaient rarement leur valeur. Il avait précisé que la meilleure planque, c'était dans un livre avec une couverture suffisamment rigide pour les protéger. J'ai donc fouillé sur ses étagères. Et je les ai trouvés.

Bella sourit.

Branson observait le visage d'Abby, ses yeux, et il sentait que quelque chose clochait. Elle leur cachait un truc, mais impossible de dire quoi. De toute évidence, elle était intelligente.

— Et ensuite ?

— Je me suis enfuie. J'ai pris les timbres, j'ai filé chez moi, j'ai fait mon sac et j'ai pris le premier avion pour Sydney. Je craignais qu'il ne me poursuive – c'est un sadique. Je suis revenue en Angleterre *via* Los Angeles et New York.

— Pourquoi ne vous êtes-vous pas présentée à la police de Melbourne pour raconter ce qu'il avait fait ? demanda Glenn.

— Parce qu'il me fait peur. Il est très intelligent. Il ment extrêmement bien. Je redoutais qu'il n'embobine la police et ne récupère mes timbres. Ou bien qu'il s'en prenne physiquement à moi. C'est déjà arrivé une fois.

Glenn et Bella échangèrent un regard. Ils se souvenaient que Chad Skeggs avait un casier judiciaire à Brighton.

— J'ai besoin de cet argent, fit Abby. Ma mère est très malade, elle souffre de sclérose en plaques. J'en ai besoin pour la placer en maison de retraite.

Glenn fut surpris par la tournure de cette dernière phrase. Elle s'était exprimée d'une façon étrange, comme si la fin pouvait justifier les moyens. Et il trouvait bizarre qu'elle utilise la formule « avoir besoin ». Si quelqu'un vous prend quelque chose, il ne s'agit pas de savoir si vous en avez besoin ou pas. La chose vous revient, tout simplement.

— Vous pensez que placer votre mère en maison de retraite vous coûtera des millions ? s'enquit Bella.

— Même si elle fait beaucoup plus, elle n'a que soixante-huit ans ; elle en a encore pour vingt ans, peut-être plus. Je ne sais pas combien ça me coûtera. (Elle but une gorgée de café.) Mais en quoi est-ce important ? Je veux dire... si on n'intervient pas rapidement, elle mourra.

Abby enfouit son visage entre ses mains et sanglota.

Les deux enquêteurs échangèrent un regard. Puis Glenn Branson lui demanda :

— Avez-vous déjà rencontré un certain David Nelson ?

— David Nelson ? (Elle fronça les sourcils, s'essuya les yeux et secoua la tête.) Le nom me dit quelque chose. Ricky l'a déjà mentionné.

Branson hocha la tête. Elle mentait.
— Et les timbres. Ils sont en Angleterre ?
— Oui.
— Où ?
— En sûreté dans un coffre.
Cette fois, elle disait la vérité.

109

OCTOBRE 2007

Nick Nicholl n'avait envie que d'une chose : une bonne nuit de sommeil. Le problème, c'est qu'il était 8 h 30, qu'il se trouvait dans une voiture de police banalisée – une Holden bleue – et qu'il faisait un temps magnifique. Ils venaient de quitter l'immense aéroport et se dirigeaient vers le centre-ville de Melbourne. L'autoroute très large, comptait de nombreuses voies. Si le conducteur, le commandant Troy Burg, ne conduisait pas à droite, Nicholl aurait pu se croire aux États-Unis.

Certains panneaux ressemblaient aux panneaux britanniques, d'autres, en revanche, avaient une signalétique couleur différente – bleu et orange. Les limitations de vitesse étaient indiquées en kilomètres. Il remarqua une petite boîte noire et un ordinateur à écran tactile fixés sur le tableau de bord, ornés de gros boutons brillants. On aurait dit la version adulte d'un jeu pour enfants.

Même s'il n'avait pas encore l'âge, Nick cherchait des idées de jouets éducatifs pour son fils Liam.

Son fils et sa femme Julie lui manquaient. La perspective de passer le week-end en Australie sans eux, avec ce satané Norman Potting, le terrorisait. Le commandant en chef George Fletcher, l'allure paternelle, était assis côté passager. Il semblait bien renseigné et, après quelques plaisanteries d'usage, alla à l'essentiel. Son collègue, plus taciturne, dix ans de moins, conduisait sans rien dire. Les deux policiers australiens portaient une chemise blanche repassée, une cravate bleue à motif et un pantalon habillé noir.

Potting portait une sorte de costume de soldat démobilisé. Il avait eu le temps d'allumer brièvement sa pipe, en sortant de l'aéroport, et il dégageait une odeur rance de linge sale, de tabac et de vapeurs d'alcool. Mais il semblait étonnamment en forme après un tel vol. Son jeune collègue, lui aussi en costume-cravate, enviait sa bonne constitution.

— OK, dit Fletcher, on n'a pas eu beaucoup de temps, mais on a un peu avancé sur tous les fronts. Ce qu'on peut déjà vous dire, c'est qu'un certain David Nelson est entré en Australie le 6 novembre 2001, en provenance du Cap, en Afrique du Sud. La date de naissance coïncide avec l'âge du gars que vous recherchez.

— A-t-on une adresse ? demanda Norman Potting.

— Il disposait d'un passeport australien et d'un visa de cinq ans, donc les douanes n'ont pas eu besoin de cette information. Nous sommes en train de vérifier dans notre fichier sécurité intérieure. On saura s'il a un permis de conduire ou un véhicule enregistré à son nom, s'il a utilisé d'éventuels pseudonymes et on déterminera l'adresse de son domicile.

— Il peut habiter n'importe où, non ?

— Oui, Norman, mais on sait que son vieil ami Chad Skeggs vit à Melbourne, donc il y a de fortes chances qu'il se soit installé ici – et qu'il y soit encore, lui rappela Nick Nicholl. Quand on se réfugie dans un pays que l'on ne connaît pas, c'est essentiel d'avoir quelqu'un sur qui compter.

Potting réfléchit.

— Pas faux, maugréa-t-il, visiblement mécontent d'être pris de court par un jeunot, surtout devant deux collègues expérimentés.

Troy Burg poursuivit :

— Et nous sommes en train de vérifier auprès de la sécurité sociale si David Nelson est immatriculé.

— Immatriculé ?

— Oui. C'est obligatoire pour pouvoir travailler.

— Légalement, vous voulez dire ?

Burg esquissa un sourire ironique.

— On dispose d'un autre élément qui pourrait vous intéresser, fit George Fletcher. Lorraine Wilson s'est suicidée la nuit du mardi 19 novembre 2002, n'est-ce pas ?

— Prétendument, répondit Potting.

— Quatre jours plus tard, une certaine Margaret Nelson arrivait à Sydney. Ce n'est peut-être pas lié… mais l'âge sur son passeport correspond.

— Et ce n'est pas un nom si courant, souligna Nicholl.

— En effet, confirma le commandant en chef. Ni rare ni courant, je dirais.

— On va parcourir ensemble le planning, vous nous direz s'il vous convient, intervint Troy Burg.

— Tant qu'il prévoit des bières et des miches, ça m'ira, lâcha Potting en ricanant.

— Tu veux dire du pain ou des seins ? fit Fletcher les yeux pétillants.

Nick Nicholl observait pour sa part le paysage, dont un horizon de gratte-ciel de différentes hauteurs.

— Demain, vous serez gâtés : George vous fera à manger. C'est un cuisinier hors pair. Il aurait dû être chef, au lieu de flic, lança Burg, en s'animant pour la première fois.

— Je ne sais pas cuire un œuf, avoua Potting. Jamais réussi.

— Je pense qu'il vous faudra quasiment une semaine pour faire tout ce que vous voulez faire, annonça George Fletcher.

Cette perspective n'était pas pour réjouir Nick Nicholl.

— On nous a transmis une liste. Vous nous direz s'il y a des points sur lesquels vous voulez faire l'impasse. On vous emmènera au bord de la Barwon, où le corps de Mme Wilson a été repêché. Vous aurez peut-être envie de voir la voiture – elle est accessible à la fourrière.

— À qui appartenait le véhicule ? s'enquit Nick Nicholl.

— Les plaques minéralogiques étaient des fausses et le numéro de série avait été limé. Je pense que cette piste ne nous mènera nulle part. Mais j'imagine que vous aurez envie de voir le cadavre, nous avons donc prévu un rendez-vous avec le médecin légiste.

— Ça me paraît bien, fit Potting, mais je veux commencer par Chad Skeggs.

— C'est chez lui que l'on va, l'informa Burg.

— Vous aimez le vin rouge ? demanda George Fletcher. Le shiraz australien ? Comme c'est vendredi, on s'est dit qu'on pourrait vous inviter à déjeuner dans un endroit qu'on affectionne.

Nick Nicholl aurait fait n'importe quoi pour un café serré, mais il n'avait pas du tout envie de boire de l'alcool.

— Excellente initiative ! répondit Potting.

— George s'y connaît en shiraz australien, précisa Troy Burg.

— On vous verra ce week-end ? s'enquit Potting.

— Dimanche, précisa George. Troy n'est pas libre demain.

— On ira à la rivière dimanche.

— On ne pourrait pas y aller demain ? demanda Nicholl, qui ne voulait pas perdre de temps.

— Il est pris quasiment tous les samedis. Dis-leur ce que tu fais le samedi.

Le commandant rougit, puis déclara :

— Je joue du banjo dans les mariages.

— Tu plaisantes ! fit Norman Potting.

— Il est très demandé, ajouta George Fletcher.

— C'est ma façon de déconnecter.

— Tu joues quoi ? Un duo de banjo, comme dans le film *Délivrance* ?

— Ah oui, je l'ai vu.

— Tu te souviens quand les péquenots attachent le mec à un arbre et le prennent par-derrière ? Avec le thème au banjo en fond sonore..., poursuivit Potting.

Burg acquiesça.

— C'est ça qu'ils devraient jouer aux mariages, au lieu de la *Marche nuptiale*. Quand un homme se marie, c'est ce qui lui arrive. Sa femme l'attache à un arbre et le prend par-derrière.

George Fletcher rit de bon cœur.

Potting était lancé.

— Vous connaissez la différence entre un ouragan et une femme ?

Fletcher secoua la tête.

— Je crois que je l'ai déjà entendue, murmura Burg.

— Il n'y en a pas. Quand elles arrivent, elles sont déchaînées et toutes mouillées, et quand elles repartent, c'est avec votre baraque et votre caisse.

Nick Nicholl regardait par la fenêtre, dépité. Il y avait eu droit dans l'avion. Deux fois.

Ils arrivaient dans un quartier composé d'immeubles peu élevés. Longeaient des boutiques de plain-pied. Un tramway blanc leur coupa la route. Un peu plus loin, ils passèrent au-dessus du Yarra et Nicholl aperçut un bâtiment géométrique, sur un immense terre-plein – sans doute un musée. Ils arrivaient dans un centre névralgique de la ville, très animé.

Troy Burg tourna à gauche dans une petite rue à l'ombre et se gara devant un marchand de liqueurs. En descendant de la voiture, Nick Nicholl remarqua que la devanture du magasin, en forme de bow-window Régence, ressemblait à une réplique d'antiquaire de Brighton. La vitrine était remplie de timbres et de pièces rares. En lettres d'or, dans une police très vieille Angleterre, on pouvait lire :

Chad Skeggs, philatélie et numismatique, négociant international et ventes aux enchères.

Un carillon sonna quand ils passèrent la porte. Un jeune homme bronzé, maigrichon, la petite vingtaine, cheveux blonds décolorés, coupe en brosse, grosse boucle d'oreille en or, était posté derrière le comptoir vitré, dans lequel se trouvaient d'autres objets de collection. Il portait un tee-shirt avec un surf brodé sur la poitrine et un jean délavé. Il les accueillit comme s'il s'agissait de vieux amis qui s'étaient perdus de vue.

George lui présenta sa carte.

— M. Skeggs est-il là ?

— Non, il est en voyage d'affaires.

Norman Potting lui montra une photo de Ronnie Wilson, tout en observant ses yeux. Il n'avait jamais très bien saisi la technique de Roy pour identifier les menteurs, mais il avait du flair.

— Avez-vous déjà vu cet homme ?

— Non.

Il se gratta le nez – un signe qui ne trompe pas.

— Regardez celles-ci.

Potting lui en montra deux autres.

Il fit une tête encore plus bizarre.

— Non.

Il se toucha de nouveau le nez.

— Je pense que vous l'avez déjà vu, insista Potting.

George Fletcher intervint :

— Quel est ton nom ?

— Skelter. Barry Skelter, répondit-il, avec une intonation en forme d'interrogation.

— OK, Barry, fit-il en montrant du doigt Potting et Nicholl. Ces messieurs sont des enquêteurs anglais. Ils aident la police de Victoria dans le cadre d'un meurtre. Tu comprends ?

— Un meurtre ? OK.

— Dans une enquête pour meurtre, la rétention d'informations est un délit, Barry. Si tu veux le terme juridique, ça s'appelle « pervertir le cours de la justice ». C'est passible d'au minimum cinq ans d'emprisonnement. Et si le juge n'est pas bien luné, tu pourrais encourir entre dix et quatorze ans. Je voulais que ce soit bien clair. C'est le cas ?

Skelter changea brusquement de couleur.

— Je peux revoir les photos ? (Potting obtempéra.) En fait, je ne peux pas le jurer, mais il ressemble à l'un des clients de M. Skeggs, maintenant que j'y repense.

— Si je te dis David Nelson, ça t'aide ? demanda Potting.

— David Nelson. Ouais. David Nelson ! Bien sûr. Enfin, il a un peu changé depuis. Voilà. C'est pour ça que je ne l'ai pas reconnu tout de suite. Vous me suivez ?

— On te suit à cent pour cent, fit Potting. Et maintenant, ouvrons le répertoire des clients, si tu le veux bien.

★

Une fois dehors, Norman Potting se tourna vers George Fletcher.

— Bien joué, George. Dix à quatorze ans, c'est bien vrai, ça ?

— J'en sais fichtre rien, j'ai bluffé. Mais ça a marché, non ?

Pour la première fois depuis qu'il avait posé le pied sur le sol australien, Nick Nicholl sourit.

110

OCTOBRE 2007

Le paysage changeait rapidement. Droit devant eux, l'océan étincelait. Avec ses grandes avenues, ses immeubles clairs et peu élevés, le quartier avait des allures de station balnéaire. Pour Nicholl, il ressemblait à certaines rues de la Costa del Sol – ce qui représentait plus ou moins la limite de ses horizons touristiques.

— Port Melbourne, déclara George Fletcher. C'est ici que le Yarra se jette dans la baie d'Hobson. Il y a de beaux appartements dans le coin. Ce sont des jeunes qui achètent. Des gens qui gagnent bien leur vie : banquiers, avocats, journalistes, etc. Ils profitent de la vue sur la baie tant qu'ils sont célibataires, et quand ils se marient, ils déménagent plus loin, dans plus grand.

— Comme toi, plaisanta Troy.

— Comme moi. Sauf que je n'ai jamais eu les moyens de vivre ici.

Ils se garèrent devant un autre magasin de vins et spiritueux, puis se dirigèrent vers une petite résidence. George appuya sur la sonnette du gardien.

La porte se déverrouilla et ils s'engagèrent dans un long couloir avec un élégant tapis. Il faisait un froid de canard à cause de la climatisation.

Un homme de trente-cinq ans environ, crâne rasé, tee-shirt violet, short baggy et Crocs, vint à leur rencontre.

— Que puis-je pour vous ?

George sortit sa carte de police.

— Nous aimerions nous entretenir avec l'un de vos résidents : M. Nelson. Appartement 59.

— Le 59 ? s'écria-t-il chaleureusement. J'y allais justement ! (Il secoua un trousseau de clés.) Des voisins se sont plaints d'une odeur nauséabonde. Ils pensent que ça vient de là. Je n'ai pas vu M. Nelson et il n'a pas relevé son courrier depuis plusieurs jours.

Potting fit la grimace. Quand les voisins se plaignent, c'est rarement une bonne nouvelle.

Ils prirent l'ascenseur et montèrent au cinquième étage. Le couloir sentait la moquette neuve. Mais à mesure qu'ils avançaient, une autre odeur s'imposait à eux.

Une odeur désagréable que Norman Potting connaissait bien, Nick Nicholl un peu moins : celle, écœurante, de viscères et de viande en décomposition.

Le gardien se tourna vers les quatre policiers, haussa les sourcils comme pour dire « pourvu que ce ne soit pas grave » et ouvrit la porte. La puanteur s'intensifia aussitôt. Nick Nicholl se couvrit le nez d'un mouchoir et recula derrière ses collègues.

Il faisait une chaleur insupportable. L'air conditionné n'était de toute évidence pas en marche. Nicholl regardait autour de lui avec appréhension. L'endroit était sympa : plancher poli, tapis blancs, ameublement moderne. Des tableaux érotiques non encadrés décoraient les murs. Certains révélaient l'intimité féminine, d'autres étaient plus abstraits.

L'odeur de chair en décomposition semblait provenir du couloir. De plus en plus paniqué par ce qu'il allait découvrir, Nick suivit ses collègues dans une chambre déserte. L'immense lit était défait. Sur la table se trouvaient un verre vide et un radio-réveil numérique éteint.

Ils traversèrent une deuxième chambre convertie en bureau. Il y avait un disque dur, un clavier et une souris, mais pas d'ordinateur. Plusieurs mégots remplissaient le cendrier, apparemment dans cet état depuis longtemps. La fenêtre donnait sur le mur mitoyen, gris. Un tas de factures traînait sur le bureau.

George Fletcher en saisit une, écrite en gros caractères rouges.

— L'électricité. Dernière relance, vieille de plusieurs semaines. Voilà pourquoi il fait si chaud. Ils la lui ont sans doute coupée.

— Et j'ai son propriétaire sur le dos, ajouta le gardien. M. Nelson ne paye plus son loyer.

— Depuis longtemps ? demanda Burg.

— Plusieurs mois.

Nick Nicholl cherchait des photos de famille, mais n'en vit aucune. Sur les étagères, il remarqua de nombreux catalogues philatéliques, mais aussi un dictionnaire de citations et un recueil de poèmes d'amour.

Ils entrèrent dans un grand espace salon-salle à manger donnant sur un balcon spacieux, sur lequel se trouvaient un barbecue et des chaises longues. Derrière les courts de tennis situés sur le toit de l'immeuble voisin, on voyait le port. Au loin, Nick distingua de vagues silhouettes de bâtiments industriels.

Il rejoignit ses trois collègues dans la petite cuisine bien aménagée et dut se pincer le nez. Des mouches volaient. Une tasse de thé ou de café moisissait sur l'égouttoir, des fruits pourrissaient dans une corbeille. Une tache sombre se trouvait devant le réfrigérateur congélateur argenté, très chic.

George Fletcher l'ouvrit et la puanteur les enveloppa. Devant les morceaux de viande verdâtres, qui reposaient sur les différents niveaux du freezer, il déclara :

— Messieurs, le déjeuner est annulé.

— Quelqu'un a dû prévenir M. Nelson de notre arrivée, dit Troy Burg.

Fletcher referma la porte.

— Il est bel et bien parti.

— Une fugue, vous pensez ? demanda Norman Potting.

— Je ne pense pas qu'il prévoie de revenir ici, si vous voyez ce que je veux dire, répliqua le commandant en chef.

111

OCTOBRE 2007

L'avion atterrit à Gatwick à 5 h 45, avec vingt-cinq minutes d'avance, « grâce à un vent arrière favorable », avait fièrement annoncé le pilote. Roy Grace était dans un sale état. Il buvait toujours trop sur les vols de nuit en espérant que l'alcool l'assommerait. Cette fois, il avait sombré, mais très peu de temps, et il s'était réveillé avec une gueule de bois, déshydraté. Et l'ignoble petit déjeuner qu'il venait d'avaler lui pesait sur l'estomac.

Si les bagages arrivaient vite, il aurait le temps de passer chez lui prendre une douche et se changer avant la première réunion. Manque de pot, le tapis roulant mit une éternité à démarrer et il perdit toute l'avance accumulée. Le temps qu'il récupère son sac et qu'il passe la douane, il était 6 h 40 quand il trouva la navette pour le parking. En l'attendant, dans le froid sec, il composa le numéro de Glenn Branson.

Son ami avait une voix bizarre.

— Roy, tu vas repasser par chez toi ?

— Non, je viens direct. Quoi de neuf ?

Son collègue lui fit un résumé de la situation en commençant par les avancées de Potting et Nicholl à Sydney. Ils avaient mis la main sur les passeports de David et Margaret Nelson, et tous deux s'étaient révélés faux. Lui n'habitait plus son appartement. Ils faisaient actuellement du porte à porte auprès de ses voisins pour glaner des informations sur son style de vie et son cercle d'amis.

Puis il passa au dossier Katherine Jennings. Elle attendait un coup de fil de Skeggs fixant l'heure et le lieu de leur rendez-vous – les timbres en échange de la mère. Branson lui précisa que deux équipes d'intervention étaient sur le pied de guerre, soit une vingtaine d'hommes, si nécessaire.

— Pas d'unité armée ? demanda Grace.

— Rien n'indique que Skeggs sera armé. Mais si on a des informations dans ce sens, on leur demandera d'intervenir.

— Et sinon, ça va, mec ? s'enquit-il. Tu as une petite voix. C'est à cause d'Ari ?

Branson hésita.

— En fait, c'est pour toi que je m'inquiète.

— Pour moi ?

— Ouais, enfin, pour ta maison.

Grace s'alarma.

— Qu'est-ce que tu veux dire par là ? Tu as dormi chez moi hier soir ?

— Oui, merci encore de m'avoir dépanné.

Grace se demanda s'il avait cassé quelque chose. Peut-être son juke-box vintage adoré, avec lequel Glenn jouait tout le temps.

— Ce n'est peut-être rien, Roy, mais quand je suis parti ce matin, j'ai vu – du moins, je jurerais avoir vu – Joan Major dans ta rue. Il faisait encore un peu nuit, je me trompe peut-être.

— Joan Major ?

— Elle conduit un petit monospace Fiat, comme on n'en voit pas beaucoup.

Glenn Branson était très fin observateur. S'il pensait l'avoir vue, c'est qu'il l'avait vue. Grace monta dans la navette sans interrompre sa conversation. C'était étrange que Glenn ait croisé l'anthropologue judiciaire dans sa rue, mais sans doute pas très important.

— Peut-être que ses gosses sont scolarisés dans le quartier ?

— J'en doute. Elle habite Burgess Hill. Peut-être qu'elle t'apportait un truc ?

— Guère probable.

— Peut-être qu'elle a découvert quelque chose et qu'elle voulait t'en parler ?

— À quelle heure es-tu parti de chez moi ?

— Vers 6 h 45.

— On ne dérange pas les gens chez eux à cette heure-là. Si c'est urgent, on passe un coup de fil.

— Ouais, c'est ce que je me disais.

Grace l'informa qu'il espérait être à l'heure pour la réunion, mais en arrivant à sa voiture, il décida que, si ça ne roulait pas trop mal, il passerait en coup de vent chez lui d'abord. Quelque chose le tracassait et il n'était pas certain de savoir quoi.

112

OCTOBRE 2007

À 8 heures, quand son téléphone sonna, Abby était levée, habillée et prête depuis deux bonnes heures. Elle n'avait pas vraiment dormi de la nuit, elle était juste restée allongée sur son lit dur et son oreiller minuscule, à écouter les voitures passer sur le bord de mer, les sirènes, les cris des ivrognes et les portières qui claquent.

Elle se faisait un sang d'encre pour sa mère. Allait-elle survivre une nuit supplémentaire sans ses médicaments ? Les spasmes et sa détresse n'allaient-ils pas provoquer une crise cardiaque ? Elle se sentait complètement impuissante et savait que Ricky, cette brute, comptait bien en tirer profit.

Il connaissait sa sournoiserie. Il en avait eu la preuve à Melbourne et ces derniers jours. Il allait falloir jouer serré. Il ne lui accorderait pas la moindre once de confiance.

Où fixerait-il le rendez-vous ? Dans un parking municipal ? Un parc ? Au port de Shoreham ? Elle essaya de se rappeler où, dans les films, les ravisseurs libèrent leurs otages. Il arrive qu'ils les jettent d'une voiture qui roule, ou les séquestrent dans une voiture qu'ils abandonnent.

Ses spéculations ne menaient nulle part. Elle était dans l'ignorance la plus totale et ne pouvait rien anticiper. Mais elle avait une condition absolument non négociable : elle voulait la preuve irréfutable que sa mère était bien vivante avant de faire quoi que ce soit.

Pouvait-elle faire confiance aux policiers ? Que se passerait-il si Ricky les repérait et paniquait ?

Le pire étant qu'elle ne savait pas s'il allait libérer sa mère. Si elle était vivante. Il avait démontré à quel point il pouvait être insensible et sadique en lui infligeant tous ces tourments.

Comme d'habitude, l'écran affichait : *Identité refusée*.

Elle décrocha.

113

OCTOBRE 2007

Il était 8 heures passées quand Grace arriva dans sa rue. Il fut stupéfait de découvrir la Fiat gris métallisé, mastoc, reconnaissable entre mille, de Joan Major, garée devant chez lui. Mais ce qui attira son attention, c'est le véhicule qui se trouvait dans son allée : l'une des camionnettes blanches de l'identité judiciaire.

Derrière le monospace de Joan Major, il y avait une Ford Mondeo marron, qui, d'après la plaque, était l'une des voitures banalisées de la PJ. Mais qu'est-ce qui se passait ?

Il se gara, sortit en trombe et courut chez lui. Tout était silencieux.

Il appela, mais personne ne répondit.

Il se rendit dans la cuisine pour vérifier que son poisson rouge, Marlon, avait bien été nourri grâce au système automatisé, puis regarda par la fenêtre qui donnait sur son jardin.

Il n'en croyait pas ses yeux.

Joan Major et deux techniciens de scènes de crime arpentaient sa pelouse. Au centre, l'anthropologue judiciaire tenait un appareil d'un mètre cinquante environ, en forme de pagaie, harnaché à l'épaule, avec un écran numérique. Le technicien à sa droite étudiait attentivement l'écran, pendant que l'autre écrivait quelque chose sur un grand bloc-notes.

Abasourdi, Grace déverrouilla sa porte et se rua vers eux.

— Hé ! Excuse-moi, Joan, qu'est-ce que tu fabriques chez moi ?

Joan Major rougit, très embarrassée.

— Oh, bonjour Roy. Hum. Je pensais que tu étais au courant.

— Pas du tout. Tu m'expliques ce que c'est que ce cirque ? C'est quoi, ce truc ? demanda-t-il en désignant son équipement.

— Un radar à pénétration de sol.

— Et ça sert à quoi ?

Son visage devint écarlate.

Comme dans un cauchemar, Grace aperçut du coin de l'œil l'un des rares policiers de la PJ qu'il n'aimait vraiment pas. En règle générale, les flics s'entendent plutôt bien, mais le jeune lieutenant qui passait la porte de son jardin lui tapait sur les nerfs. Il s'appelait Alfonso Zafferone.

Bel homme de type latin, distant, arrogant, entre vingt-cinq et trente ans, les cheveux brillants, coiffés décoiffés, il portait un élégant imper beige sur un costume brun clair. Il avait beau être un bon enquêteur, il avait un sérieux problème de discipline. La dernière fois qu'il avait travaillé avec lui, Grace avait rédigé un rapport sans appel le concernant.

Et à présent, il se promenait dans son jardin, en mâchonnant son chewing-gum, avec à la main un document que Grace ne connaissait que trop bien.

— Bonjour, commissaire. Content de vous revoir, fit-il avec un sourire obséquieux.

— Tu m'expliques ce qui se passe ?

Le jeune lieutenant lui tendit le papier signé.

— Mandat de perquisition.

— Pour mon jardin ?

— Et votre maison... chef.

Grace était hors de lui. Ce n'était pas possible. C'était complètement aberrant.

— C'est une blague ? Qui est derrière tout ça ?

Zafferone sourit, comme s'il faisait partie du complot. Il était en position de supériorité et jubilait.

— Le commissaire Pewe.

114

OCTOBRE 2007

Cassian Pewe était dans son bureau, en bras de chemise. Il lisait une circulaire quand sa porte s'ouvrit brutalement. Roy Grace avançait dans sa direction, le visage déformé par la colère. Il claqua la porte derrière lui et posa ses deux mains sur son bureau.

Pewe recula et leva les bras, comme pour se défendre.

— Roy, comment vas-tu ?

— Comment oses-tu ? Mais comment oses-tu ? hurla-t-il. Tu attends que j'aie le dos tourner et tu m'humilies devant mes voisins et tous mes collègues, bordel de merde ?

— Roy, calme-toi, laisse-moi t'expliquer.

— Me calmer ? Je ne me calmerai pas. Je vais te trancher la tête et en faire un porte-chapeaux.

— Serait-ce une menace ?

— Bien sûr que c'est une menace, espèce de minable. Réfugie-toi dans les jupons d'Alison Vosper, assieds-toi sur ses genoux, pleure comme un veau et demande-lui de te moucher, ou de te faire ce que vous faites, quand vous êtes ensemble.

— Je pensais que tu étais en voyage. Ç'aurait été moins embarrassant pour toi.

— J'aurai ta peau, Pewe. Tu vas le regretter.

— Je n'apprécie pas le ton que tu emploies.

— Et moi, je n'apprécie pas que des techniciens inspectent ma pelouse avec un mandat de perquisition. Dis-leur d'arrêter immédiatement.

— Je suis désolé, mais... (Maintenant qu'il avait compris que Roy n'allait pas lui mettre son poing sur la figure, Pewe reprenait confiance.) Suite à une entrevue avec les parents de feu ton épouse, j'estime que tous les aspects de sa disparition n'ont pas été examinés comme ils auraient dû l'être à l'époque.

Il conclut sa démonstration par un sourire.

Grace n'avait jamais ressenti autant de haine.

— Ah bon ? Et qu'est-ce qu'ils t'ont dit de nouveau, ses parents ?

— Son père avait des choses sur le cœur.

— T'a-t-il dit qu'il était dans la Royal Air Force pendant la guerre ?

— Tout à fait, confirma Pewe.

— T'a-t-il parlé des raids auxquels son père a participé ?

— En détail. Fascinant. Quel personnage. Il faisait partie des casseurs de barrages. Un homme extraordinaire.

— Le père de Sandy est en effet un homme extraordinaire, confirma Roy. Et un grand affabulateur. Son père n'a jamais été dans l'escadron 617 – celui des Dambusters. Il travaillait dans l'aviation, mais en tant que mécano, pas en tant qu'artilleur. Il n'a jamais volé.

Pewe sombra dans un silence gêné.

Grace sortit de son bureau comme un ouragan et se rendit directement dans le bureau du commissaire divisionnaire. Il attendit que Skerritt ait terminé son coup de fil pour entrer.

— Jack, il faut que je te parle.

Skerritt lui fit signe de s'asseoir.

— Comment c'était New York ?

— Bien. J'ai obtenu des informations intéressantes. Je ferai circuler mon rapport. Je viens tout juste de rentrer.

— Ton équipe avance bien. Je crois qu'une opération est prévue pour aujourd'hui.

— Effectivement.

— Tu laisseras la commandante Mantle la diriger, ou est-ce que tu reprends le contrôle ?

— À mon avis, on aura besoin de tout le monde. On verra en fonction de la topographie du lieu si l'on a besoin de renforts.

Skerritt acquiesça.

— Bon, de quoi voulais-tu me parler ?

— Du commissaire Pewe.

— C'est pas moi qui ai choisi de le transférer, lui répondit-il d'un air entendu.

— Je me doute.

Il savait que Skerritt le détestait presque autant que lui-même.

— Quel est le problème ?

Grace lui raconta.

À la fin de son récit, Jack Skerritt secoua la tête, incrédule.

— Je n'arrive pas à croire qu'il ait fait ça dans ton dos. Rouvrir une enquête, pourquoi pas, ce peut être concluant, parfois. Mais je n'aime pas la façon dont il procède. Pas du tout. Depuis combien de temps Sandy a-t-elle disparu ?

— Bientôt neuf ans et demi.

Skerritt réfléchit, puis consulta sa montre.

— Tu vas à ta réunion ?

— Oui.

— Voilà ce que je vais faire : je vais lui parler sur-le-champ. Reviens me voir juste après.

Grace le remercia et sortit de son bureau au moment où Skerritt décrochait son téléphone.

115

OCTOBRE 2007

Au volant du 4 × 4 diesel noir Honda qu'elle avait loué, sur ordre de Ricky, Abby roulait vers la Sussex House. Il était 9 h 15. Elle avait l'estomac à l'envers et tremblait.

Respirant à fond, elle essayait d'éviter une nouvelle crise d'angoisse. Elle sentait qu'elle était sur le point de basculer. Elle connaissait ce symptôme, l'impression de sortir de son corps.

Ironie du sort, la banque Southern Deposit Security se trouvait à moins d'un kilomètre de l'endroit vers lequel elle se dirigeait. Elle appela Glenn Branson d'une voix chevrotante pour l'informer qu'elle approchait de la grille d'entrée. Il lui confirma qu'il arrivait à sa rencontre.

Elle s'arrêta, comme on le lui avait indiqué, devant un imposant portail en acier vert et tira le frein à main. À côté d'elle, sur le siège passager, se trouvait le sachet contenant les médicaments de sa mère qu'elle avait récupérés la veille, ainsi qu'une enveloppe matelassée. Elle avait laissé sa valise dans sa chambre d'hôtel.

Glenn Branson lui fit un geste chaleureux de la main. Les portes s'ouvrirent et dès que l'espace fut suffisamment grand, elle entra dans l'enceinte de la PJ. Le commandant lui fit signe de se garer devant une rangée de poubelles et lui ouvrit la portière.

— Vous allez bien ? lui demanda-t-il.

Elle hocha la tête sans conviction.

Il passa un bras protecteur autour de son épaule.

— Tout va bien se passer. Vous êtes forte. Vous allez retrouver votre mère saine et sauve et garder vos timbres. Il pense qu'il a choisi un bon lieu, mais il se trompe. C'est idiot.

— Pourquoi ?

Il l'invita à entrer dans le bâtiment et à emprunter un escalier aux murs nus.

— Il a opté pour un endroit effrayant. Sa priorité, c'est de vous terroriser, et ce n'est pas très intelligent de sa part. Vous l'êtes déjà assez, pas la peine d'en remettre une couche. Il n'a pas fait le tour de la question. À sa place, je n'aurais pas fait ce choix-là.

— Que se passera-t-il s'il vous voit ? demanda-t-elle en essayant tant bien que mal de garder le rythme à ses côtés.

— Il ne nous verra pas tant que nous ne nous montrerons pas. Et nous interviendrons seulement si nous pensons que vous êtes en danger.

— Il la tuera. Il n'hésitera pas. Si la situation dégénère, il la tuera pour la forme.

— On en est conscient. Vous avez les timbres ?

Elle lui montra le paquet.

— Vous ne vouliez pas les laisser dans votre voiture, sur un parking de la police, pas vrai ? Sage décision, ajouta-t-il avec un sourire.

116

OCTOBRE 2007

Cassian Pewe était déjà assis à la table de conférences dans le bureau de Skerritt quand Grace y retourna, à la fin de sa réunion.

Les deux hommes n'échangèrent pas même un regard.

Le commissaire divisionnaire fit signe à Grace de prendre place.

— Roy. Cassian m'a dit qu'il avait compris que c'était une erreur d'avoir lancé une opération chez toi. Nous avons demandé à l'équipe de cesser ses recherches.

Grace jeta un coup d'œil en direction de Pewe. Celui-ci fixait la table comme un enfant que l'on vient de gronder. Il n'avait pas l'air de regretter quoi que ce soit.

— Il m'a expliqué qu'il l'avait fait pour t'aider.

— Pour m'aider ?

— Selon lui, de nombreuses rumeurs circulent dans ton dos, à propos de la disparition de Sandy. C'est bien ça, Cassian ?

Il acquiesça à contrecœur.

— Oui, euh... chef.

— Il affirme que s'il pouvait prouver à cent pour cent que tu n'as rien à voir avec sa disparition, elles cesseraient une fois pour toutes.

— Je n'ai jamais entendu la moindre rumeur, déclara Grace.

— Avec tout le respect que je te dois, de nombreuses personnes estiment que l'enquête a été bâclée et que tu l'as interrompue de façon prématurée. Elles se demandent pourquoi, précisa Pewe.

— Peux-tu citer un seul nom ?

— Ce ne serait pas convenable. Tout ce que je veux, c'est passer en revue les pièces à conviction en utilisant les dernières techniques dont nous disposons, pour te blanchir définitivement.

Grace dut se mordre la langue pour ne pas l'envoyer sur les roses. Il n'avait jamais entendu une telle mauvaise foi. Mais ce n'était pas le moment de se lancer dans un concours d'insultes.

Il devait prendre son poste pour l'opération Abby Dawson, qui avait lieu à 10 h 30.

— Jack, pourrait-on reparler de ça plus tard ? Je suis toujours furieux, mais il faut que je me sauve.

— Je trouve que ce serait bien que Cassian t'accompagne, qu'il soit dans ta voiture. Il pourrait se révéler utile. Tu es spécialisé dans les négociations de prises d'otages, n'est-ce pas, Cassian ? fit-il en se tournant vers Pewe.

— Oui.

Grace n'en croyait pas ses oreilles. Il plaignait les pauvres otages qui avaient eu Pewe comme négociateur.

— Je vois, réussit-il à dire.

— Ce serait bien qu'il constate comment on travaille, ici, dans le Sussex. On n'opère pas comme à Londres, c'est certain. Je crois que tu pourrais apprendre certaines choses, Cassian, en observant l'un de nos meilleurs éléments dans le cadre d'une action de grande envergure.

Il regardait Grace. Le message ne pouvait être plus clair.

Mais Roy n'était pas d'humeur à sourire.

117

OCTOBRE 2007

Elle n'était pas venue dans ce coin depuis une éternité, songea Abby tout en négociant les virages de la route escarpée, entre prés et champs moissonnés. Les couleurs du paysage étaient si intenses qu'elles semblaient irréelles. Ou peut-être ses nerfs étaient-ils si tendus que sa vision en était altérée. Le ciel était d'un bleu profond. De rares nuages filaient à l'horizon. Elle avait l'impression de porter des verres teintés.

Un vent violent chassait la voiture sur le côté. Elle s'agrippait au volant pour ne pas se laisser déporter. Elle avait la gorge nouée et l'estomac encore plus retourné qu'en début de journée.

Elle avait aussi une petite bosse sur la poitrine. Un microphone miniature scotché qui la grattait à chaque mouvement. Elle se demandait si le commandant Branson, ou l'un de ses collègues à l'autre bout, entendait ses longues respirations.

Le commandant avait, dans un premier temps, suggéré qu'elle porte une oreillette, pour qu'ils puissent lui transmettre des instructions, mais quand elle leur avait appris que Ricky avait intercepté ses conversations avec sa mère, il en avait conclu que c'était trop risqué. Mais ils entendraient tout ce qu'elle dirait. Il suffirait qu'elle appelle à l'aide pour qu'ils interviennent.

Elle ne se souvenait pas de la dernière fois où elle avait prié, mais elle se surprit à le faire, en silence. *Mon Dieu, faites que maman s'en sorte. Aidez-moi dans cette épreuve. Je vous en supplie.*

La voiture qui la précédait, une vieille Alfa Romeo bordeaux avec deux hommes à l'intérieur, dont l'un au téléphone, roulait lentement. Elle s'engagea dans une épingle à cheveux à gauche, passa devant un hôtel à droite, puis vit l'estuaire du fleuve Seven Sisters en contrebas. L'Alfa Romeo freina pour laisser passer une camionnette engagée sur un pont étroit, puis reprit de la vitesse. Ils attaquaient la côte à proprement parler.

Quelques minutes plus tard, elle vit un panneau. L'Alfa Romeo mit son clignotant à droite.

Le panneau indiquait : centre-ville D259 tout droit, Beachy Head à droite.

Elle tourna elle aussi. L'Alfa Romeo avançait toujours comme un escargot. Elle jeta un coup d'œil à l'horloge du tableau de bord, qui retardait d'une minute, et à sa montre, qui était à l'heure – elle l'avait réglée avant de partir. 10 h 25. Plus que cinq minutes.

Elle allait doubler, pour ne pas être en retard, quand son téléphone sonna. *Identité refusée.*

Elle décrocha avec le haut-parleur branché dans l'allume-cigare, câble que les policiers lui avaient donné pour qu'ils puissent suivre ses conversations.

— Allô ?

— Qu'est-ce que tu fous ? Tu es en retard.

— J'arrive dans deux minutes, Ricky. Il n'est pas encore 10 h 30, si ? ajouta-t-elle nerveusement.

— Je t'ai dit que je la balançais par-dessus bord à 10 h 30.

— Ricky, je t'en prie. J'arrive. Je serai là.

— T'as intérêt.

Et soudain, à son grand soulagement, l'Alfa mit son clignotant à gauche et se rangea sur le bas-côté. Elle accéléra et atteignit une vitesse critique.

★

Dans l'Alfa Romeo, Roy Grace regarda la Honda noire le doubler et s'élancer dans la montée. Son passager, Cassian Pewe, annonça dans son portable sécurisé :

— Cible numéro un vient de nous dépasser à trois kilomètres de la zone.

La voix du chef de l'équipe d'intervention répondit :

— Cible numéro deux vient de prendre contact avec elle. Dirigez-vous vers la position quatre.

— Direction position quatre, confirma Pewe.

Il consulta la carte posée sur ses genoux.

— OK, dit-il à Grace. Repars dès qu'elle est hors de vue.

Grace passa la première. Quand la Honda arriva au sommet de la colline et disparut, il accéléra.

Pewe vérifia qu'il n'était pas sur haut-parleur et se tourna vers son collègue.

— Tu sais, Roy, c'est vrai, ce que le chef a dit. Je voulais juste te protéger.

— De quoi ? siffla-t-il.

— Des rumeurs. Il n'y a rien de pire, dans notre métier.

— Foutaises !

— Si c'est ce que tu penses, tu m'en vois désolé. Je ne veux pas qu'on se brouille pour si peu.

— Vraiment ? Pour être franc, je ne sais pas ce que tu as derrière la tête. Pour une raison ou pour une autre, tu crois que j'ai assassiné ma femme, c'est ça ? Et tu penses sincèrement que je l'aurais enterrée dans mon jardin ? C'est pour ça que tu organisais des fouilles, hein ? Pour retrouver des ossements ?

— J'ai demandé à l'anthropologue d'intervenir pour prouver qu'il n'y avait rien. Pour mettre un point final aux suspicions.

— Je ne te crois pas.

118

OCTOBRE 2007

Abby grimpa jusqu'au promontoire. À sa droite s'étendaient des prés à perte de vue, quelques bosquets et un taillis plus dense composé d'arbustes, au bord de la falaise en craie blanche, à la verticale de la Manche. C'était l'un des à-pics les plus spectaculaires des îles Britanniques. À sa gauche, des kilomètres d'*openfield*. La route s'enfonçait dans la campagne. Le revêtement était d'un noir brillant et la ligne centrale d'un blanc éclatant, comme si on l'avait repeinte pour son passage.

D'après le commandant Branson, Ricky avait fait une erreur en choisissant ce point de rendez-vous, mais elle ne voyait pas en quoi. Selon elle, cet endroit était parfait : où qu'il se trouve, Ricky serait en mesure de repérer le moindre mouvement suspect.

Peut-être le policier voulait-il simplement la rassurer. Et elle en avait bien besoin.

À sept cents mètres à sa gauche, quasiment au sommet, elle vit un poteau indiquant un pub ou un hôtel. En approchant, elle identifia un toit en tuiles rouges et des murs en silex et put lire le panneau : Hôtel Beachy Head.

Ses instructions étaient : gare-toi sur le parking de l'hôtel et attends que je te contacte. À 10 h 30 précises.

L'endroit avait l'air désert. Il y avait un arrêt de bus en verre avec une affiche sur laquelle on pouvait lire, en majuscules : LES SAMARITAINS, TOUJOURS LÀ, JOUR ET NUIT, et deux numéros de téléphone en dessous. Derrière se trouvait un marchand de glaces ambulant jaune et orange, qui semblait ouvert ; un peu plus loin, à côté d'un camion British Telecom, deux hommes portant des casques et des gilets fluorescents travaillaient sur un pylône. Deux petites voitures étaient garées devant la porte de service. Sans doute des véhicules appartenant au personnel de l'hôtel.

Elle tourna à gauche, se gara au fond du parking et éteignit le contact. Son téléphone sonna.

— OK, dit Ricky. Bien joué. Le paysage vaut le détour, pas vrai ?

Le vent secouait sa voiture.

— Où es-tu ? dit-elle en cherchant dans toutes les directions. Où est ma mère ?

— Où sont les timbres ?

— Je les ai.

— Et moi, j'ai ta mère. Elle admire la vue.

— Je veux la voir.

— Je veux voir les timbres.

— Pas tant que je n'aurais pas la preuve que ma mère se porte bien.

— Je te la passe.

Il y eut une plage de silence. Elle entendit le vent souffler. Puis la voix de sa mère, faible, chevrotante, spectrale :

— Abby ?

— Maman !

— Abby, c'est toi ?

Sa mère se mit à pleurer.

— Je t'en supplie, Abby. Je t'en prie.

— Je viens te chercher, maman. Je t'aime.

— Laisse-moi prendre mes médicaments. Il faut que je les prenne. Je t'en supplie, Abby. Pourquoi est-ce que tu m'empêches de les prendre ?

C'en était plus qu'Abby pouvait le supporter. Ricky reprit le téléphone.

— Démarre. Je reste au bout du fil.

Elle mit le contact.

— Accélère, je veux entendre le moteur.

Elle obéit. Le bruit du diesel s'intensifia.

— Maintenant, sors du parking et tourne à droite. Dans cinquante mètres, tu verras un chemin sur la gauche, qui mène à la falaise. Prends-le.

Elle donna un coup de volant à gauche ; la voiture fit une embardée et tressauta sur la surface accidentée. Les roues patinèrent dans le mélange de gravier et de boue, puis tout rentra dans l'ordre quand elle se retrouva sur l'herbe. Elle comprit alors pourquoi Ricky avait insisté pour qu'elle loue un 4 × 4. Mais un diesel ? Elle ne voyait toujours pas. Ce n'était sans doute pas dans un souci d'économie. À sa droite, un panneau indiquait : précipice.

— Tu vois le bosquet en face de toi ?

À cent mètres, elle aperçut un épais taillis, en pente, tout au bord du promontoire. Les arbres et arbustes avaient poussé en biais, tordus par le vent incessant.

— Oui.

— Arrête-toi. (Elle obéit.) Mets le frein à main et laisse tourner le moteur. Regarde. On est là. Les roues arrière sont au bord de la falaise. Si tu tentes quoi que ce soit, je jette ta mère dans le van et j'enlève le frein à main, compris ?

Abby avait la gorge tellement serrée qu'elle eut du mal à émettre un son.

— Oui.

— J'ai rien entendu.

— J'ai dit : oui.

Elle entendit le vent mugir dans son téléphone. Puis un bruit sourd.

Soudain, le bosquet s'anima. Ricky apparut en premier, barbu, casquette de base-ball et grosse veste en peau retournée. Puis son cœur s'arrêta quand elle vit la frêle silhouette de sa mère, l'air égaré, dans la robe de chambre rose qu'elle portait quand elle l'avait vue pour la dernière fois.

Le vent souleva son peignoir et ses cheveux blancs s'envolèrent comme des rubans de fumée. Elle titubait. Ricky serrait fermement son bras pour la tenir droite.

Abby observait la scène derrière son pare-brise, les yeux emplis de larmes.

Elle aurait fait n'importe quoi, absolument n'importe quoi pour pouvoir serrer sa mère dans ses bras.

Et pour tuer Ricky.

Elle avait envie d'appuyer sur l'accélérateur et de foncer sur lui, de l'écrabouiller.

Ils se réfugièrent dans le petit bois. Ricky traînait sa mère sans ménagement. Elle fit un pas, trébucha et les arbustes se refermèrent sur leur passage.

Abby attrapa la poignée de sa portière pour sortir et courir les rejoindre. Mais elle se retint, de peur qu'il ne mette sa menace à exécution. Elle était plus que jamais convaincue qu'il prendrait plaisir à tuer sa mère.

Peut-être était-il cinglé au point de préférer l'assassiner plutôt que récupérer ses timbres.

Où se cachaient le commandant Branson et son équipe ? Ils ne devaient pas être bien loin. Branson le lui avait promis. Il n'y avait pas âme qui vive. Ils devaient être bien cachés. Ce qui voulait dire que Ricky ne les voyait sûrement pas non plus.

Mais ils écoutaient. Ils devaient avoir entendu sa menace. Ils n'allaient pas lui sauter dessus, n'est-ce pas ? Ils ne pouvaient pas risquer le voir pousser la camionnette dans le vide. Pas pour quelques timbres, hein ?

Il reprit le téléphone.

— Contente ?

— Est-ce que je peux la récupérer, maintenant, Ricky ? J'ai les timbres.

— Voilà ce que tu vas faire, Abby. Écoute-moi bien, je ne le répéterai pas, OK ?

— Oui.

— Tu laisses le moteur tourner et tu poses ton téléphone allumé sur ton siège, pour que je puisse l'entendre. Tu sors de la voiture et je veux voir la portière grande ouverte. Tu prends les timbres, tu fais vingt pas dans ma direction et tu m'attends. Je viendrai vers toi. Je prendrai les timbres et je monterai dans ta voiture. Tu iras jusqu'au van, tu y trouveras ta mère, elle se porte bien. Et fais bien attention à ce que je vais te dire. Tu me suis ?

— Oui.

— D'ici à ce que tu arrives au van, j'aurai eu le temps de jeter un coup d'œil aux timbres. Si je ne suis pas content, je fonce sur le van et je le pousse dans l'abîme. On est bien d'accord ?

— Oui, tu seras content.

— Bien. Il n'y aura donc pas de problème.

Abby regardait autour d'elle sans trop bouger la tête, au cas où il l'observerait avec des jumelles. Mais elle ne voyait rien d'autre qu'une prairie balayée par les vents, une petite structure en brique, arrondie, abritant quelques bancs – un observatoire – et quelques arbres isolés, mais pas assez larges pour pouvoir dissimuler quoi que ce soit. Où étaient les coéquipiers du commandant Branson ?

Deux minutes plus tard, Ricky reprit la parole :

— Maintenant, sors de la voiture et fais ce que je t'ai dit.

Elle poussa la portière, luttant contre le vent.

— La porte ne veut pas rester ouverte ! cria-t-elle, désespérée.

— Bloque-la avec quelque chose.

— Avec quoi ?

— Espèce d'idiote, il doit bien y avoir un truc dans la voiture. Un manuel, les papiers de la location. Je veux la voir ouverte. Vas-y, je regarde !

Elle sortit du vide-poches la pochette contenant les documents du loueur, poussa la portière et les agita, pour qu'il les voie. Puis elle sortit. Une bourrasque lui fit perdre l'équilibre. La porte lui échappa et claqua. Elle tira dessus de toutes ses forces, plia la pochette en deux pour l'épaissir, saisit l'enveloppe matelassée, puis la laissa reposer contre la cale.

Le vent lui arrachait les oreilles, les vêtements, les cheveux. Elle fit vingt pas incertains vers le bosquet en jetant des regards circulaires. Elle avait la bouche sèche et bouillonnait de rage. Elle ne voyait personne. Sauf Ricky, qui avançait vers elle.

Il tendit la main pour récupérer l'enveloppe avec un horrible sourire de satisfaction.

— Il était temps, putain, s'exclama-t-il en la lui arrachant des mains.

Dans le même temps, animée par toute la haine refoulée qu'elle ressentait pour lui, elle balança son pied droit dans son entrejambe. Tellement fort qu'elle-même eut mal.

119

OCTOBRE 2007

Ricky cracha ses poumons et se plia en deux, les yeux exorbités. Puis Abby le frappa si fort au visage qu'il tomba sur le flanc. Elle lui décocha un nouveau coup entre les jambes, mais il intercepta sa cheville et la tordit violemment. Elle chuta à son tour dans l'herbe humide.

— Espèce de...

Il fut interrompu par un bruit de moteur, qu'elle entendit elle aussi.

Interloqué, Ricky vit le petit camion du glacier s'engager dans le chemin, et venir dans leur direction. Juste derrière, six policiers en gilet pare-balles avaient quitté leur planque, derrière l'hôtel, et couraient dans leur direction.

Ricky se releva.

— Salope, on avait conclu un marché ! hurla-t-il.

— Comme celui que tu avais passé avec Dave ?

Sans lâcher les timbres, il se précipita en boitant vers la Honda. Abby courut aussi vite que possible vers le bosquet, sans se soucier de sa cheville foulée. Elle entendit un bruit de moteur derrière elle. Elle regarda par-dessus son épaule : c'était le marchand de glaces. Elle distingua deux hommes à l'intérieur. Puis, à travers les feuilles, les branches et les troncs d'arbres, elle entrevit le van blanc.

*

Aveuglé par la douleur et la colère, Ricky se jeta dans la Honda, passa la première et tira le frein à main avant même d'avoir claqué la portière. Il allait lui donner une bonne leçon, à cette connasse.

Il écrasa l'accélérateur, toujours en direction du van. À cet instant précis, il s'en foutait de passer lui aussi par-dessus bord. Tout ce qu'il voulait, c'était que la mère crève. Et que sa garce de fille s'en veuille toute sa vie.

Un flash l'éblouit.

Ricky freina si fort que les roues se bloquèrent. Il jura. Donna un coup de volant vers la droite pour éviter le marchand de glaces qui venait de se poster devant le bosquet. Impossible de pousser la camionnette dans le vide. La Honda décrivit un arc de cercle et, dans son tête-à-queue, arracha le pare-chocs arrière du glacier.

Puis il se rendit compte que les deux petites voitures – qu'il avait prises pour celles du personnel de l'hôtel – avaient allumé leurs gyrophares, posés sur le tableau de bord, et leurs sirènes, et s'approchaient dangereusement de lui.

Il continua à tourner sur lui-même, désorienté. L'une d'elle se mit en travers pour bloquer le chemin. Il la contourna, plongea dans le fossé et rejoignit la route goudronnée.

Désespéré, il se rendit alors compte que des lumières bleues venant de la droite fonçaient dans sa direction.

— Merde. Merde. Putain de merde.

Pris de panique, il donna un coup de volant à gauche et accéléra autant qu'il put.

★

La seule porte du vieux van rouillé à ne pas être bloquée par les branches et arbustes était celle du conducteur. Abby l'ouvrit avec une infinie prudence, tant le véhicule était près du gouffre.

Elle sentit une odeur rance, mélange d'excréments, de tabac et de fluides corporels. Elle appela :

— Maman ? Maman ?

Pas de réponse.

Angoissée, elle se hissa à la place du conducteur, jeta un œil à l'arrière et, l'espace d'un instant, crut que sa mère n'y était pas. Dans son effroi, elle ne vit qu'un matelas, du matériel électronique et une roue de secours. La camionnette oscillait sous les bourrasques, qui semblaient résonner dans l'habitacle. Puis, une voix timide lui répondit :

— Abby ? C'est toi ?

Ces quelques mots lui firent un bien fou.

— Maman ! cria-t-elle. Où es-tu ?

— Ici, souffla-t-elle comme si c'était une évidence.

Abby se tordit la tête et découvrit sa mère, roulée dans le tapis, à même le sol. Seule sa tête dépassait.

Elle enjamba le siège, s'agenouilla à l'arrière et posa un baiser sur sa joue humide.

— Ça va ? Tu vas bien, maman ? J'ai tes médicaments. Je vais t'accompagner à l'hôpital.

Elle tâta son front : il était brûlant.

— Tu ne risques plus rien maintenant. Il est parti. Tout va bien. Les policiers nous protègent. Je vais te conduire à l'hôpital.

Sa mère murmura :

— Ton père était là il y a une minute. Je crois qu'il vient juste de sortir.

Abby comprit qu'elle délirait. La fièvre, ou l'absence de médicaments, ou bien les deux. Elle sourit à travers ses larmes.

— Je t'aime tellement, maman, tellement.

— Je vais bien, répondit-elle. Emmaillotée comme un bébé.

*

Cassian Pewe baissa son téléphone et s'adressa à Grace.

— Cible deux est dans la voiture de cible un, seul. Il se dirige vers nous. Intercepte-le si tu peux, sans prendre de risque, du renfort arrive par en bas.

Grace mit le contact. Ni l'un ni l'autre n'avaient attaché leur ceinture, comme c'était l'usage dans ce genre de situation, afin de pouvoir sortir du véhicule plus rapidement. Ayant entendu ce qui venait de se passer, Grace estima néanmoins que ce serait une bonne idée de la boucler. Mais au moment où il l'attrapait, Pewe s'écria :

— Je le vois.

La Honda descendait à vive allure et n'était qu'à trois cents mètres d'eux. Grace entendait ses pneus crisser.

— Cible numéro deux en vue, annonça Pewe dans le talkie-walkie.

— Priorité : la sécurité de tous, rappela le chef de l'équipe d'intervention. Si nécessaire, Roy, tu peux utiliser ton véhicule dans le cadre de l'opération.

Grace mit soudain son Alfa en travers, bloquant les deux voies de la route étroite. Et Pewe se rendit compte que si le 4 × 4 noir ne freinait pas à temps, c'est lui qui subirait l'impact.

★

Ricky serrait le volant. Les roues gémirent lorsqu'il emprunta un virage en épingle à cheveux à gauche. S'il faisait une embardée, il se retrouverait dans un profond ravin. Il enchaîna avec un virage à droite.

Quand il en sortit, il constata qu'une Alfa Romeo rouge brique lui bloquait le passage. Un blond, les yeux exorbités, le fixait derrière la vitre.

Il écrasa la pédale de frein et réussit à s'arrêter à quelques centimètres. Il passa la marche arrière, entendit un bruit de sirène : deux Range Rover de la police, gyrophares allumés, grimpaient la côte à toute allure.

Il fit un demi-tour sur route, accéléra en revenant sur ses pas. Dans son rétroviseur, il constata que l'Alfa Romeo et les deux autres véhicules le suivaient de près. Mais ce qui l'intéressait se trouvait devant lui. Ou plus précisément, devant le bosquet. Même si le glacier était toujours là, il parviendrait à faire basculer le van en le tamponnant de biais.

Ensuite, il emprunterait une route abandonnée, qui n'était guère plus qu'une piste recouverte d'herbes à travers champ, mais encore praticable, il avait vérifié. Et il était certain que les flics n'y penseraient pas.

Il allait s'en sortir. La garce n'aurait jamais dû tenter de l'embrouiller.

★

Roy Grace rattrapa rapidement la lourde Honda et la colla. Pewe annonça qu'ils n'étaient plus très loin de l'hôtel Beachy Head.

Soudain, la Honda quitta la route et s'enfonça dans le pré, direction la falaise.

Grace l'imita et fit la grimace quand les suspensions de sa bonne vieille Alfa touchèrent le sol. Son pot d'échappement racla par terre, puis quelque chose se détacha, mais il était trop concentré pour s'en soucier.

Plusieurs véhicules se trouvaient désormais dans leur champ de vision. Un camion British Telecom bloquait la route ; des policiers étaient déployés tout autour, ainsi que deux motards. Pewe monta le son du talkie-walkie.

Une voix dit :

— Cible numéro deux va peut-être s'en prendre au van garé dans le bosquet derrière le marchand de glaces ambulant. Empêchez-le. Cible numéro un se trouve à l'intérieur avec sa mère.

Pewe tendit l'index.

— Roy, c'est là-bas qu'il se dirige.

Grace distingua le petit bois ovale et le glacier aux couleurs vives garé devant. Cible numéro deux accélérait.

Grace rétrograda et poussa son Alfa au maximum. Celle-ci bondit, puis s'écrasa dans un nid-de-poule. Les deux hommes, qui n'étaient pas attachés, se cognèrent la tête au plafond.

— Désolé, souffla Grace en rattrapant la Honda.

À quelques centimètres de sa portière se trouvait la barrière de sécurité qui les séparait du vide ; elle n'avait pas l'air particulièrement solide. Il entrevit leur cible, un homme barbu coiffé d'une casquette de base-ball. À sa droite, la rambarde disparut brutalement. Les quelques arbustes ne suffiraient pas à ralentir une chute libre.

Grace roulait dans de la broussaille et priait pour qu'elle ne dissimule pas une faille qui les ferait plonger.

Désormais à côté de la Honda, il relâcha l'accélérateur, cherchant un moyen de l'empêcher de le coincer au bord du précipice. Ils n'étaient plus très loin du bosquet.

Comme si elle lisait dans ses pensées, la cible numéro deux donna un coup de volant à droite, cognant la portière côté passager de l'Alfa. Pewe poussa un cri quand l'Alfa frôla l'à-pic.

Le bosquet n'était plus très loin.

La Honda les tamponna une deuxième fois. Étant plus lourde que l'Alfa, elle la poussait vers le vide. Les deux policiers rebondirent sur des pierres et des bosses, et se firent percuter une troisième fois.

— Roy ! couina Pewe, pétrifié, en s'agrippant à sa ceinture qu'il n'avait pas eu le temps d'attacher.

Ils étaient coincés. Grace écrasa l'accélérateur et l'Alfa bondit en avant. Le petit bois se trouvait à moins de deux cents mètres. Il doubla la Honda et, au lieu d'appuyer sur la pédale de frein, tira le frein à main pour prendre l'autre conducteur par surprise.

La conséquence fut aussi immédiate que dramatique et inattendue. L'arrière de l'Alfa chassa et le véhicule se mit à déraper. La Honda percuta son aile arrière et l'Alfa fit plusieurs tonneaux.

L'impact projeta le véhicule de Ricky vers la gauche, et celui-ci finit sa course folle dans l'arrière du camion de glaces.

Grace partit en vol plané. Le carambolage donna lieu à une cacophonie de tôles froissées. Il atterrit lourdement et eut le souffle coupé. Tous ses os s'entrechoquèrent et il roula plusieurs fois sur lui-même, sans pouvoir ralentir sa chute, comme s'il avait été éjecté d'un manège diabolique. Il termina sa course face contre terre, la bouche dans la boue et l'herbe humide.

L'espace d'un instant, il ne sut dire s'il était mort ou vivant. Ses oreilles se débouchèrent. Il y eut un bref silence, entre les bourrasques. Puis il entendit un hurlement, sans identifier sa provenance.

Il se releva et retomba aussitôt. Le paysage semblait s'être inversé. Il fit une nouvelle tentative, en titubant, et analysa la situation.

Le nez de la Honda était enfoncé dans l'arrière du glacier. Le conducteur semblait sonné. Il poussait sa portière, tandis que deux policiers en gilet pare-balles la tiraient. De la fumée émanait du camion. D'autres officiers accouraient.

Puis le même cri se répéta.

Où donc se trouvait sa voiture ?

Et soudain, il paniqua.

Non, mon Dieu, non !

Et toujours ce cri... qui provenait de l'abîme.

Grace chancela jusqu'au bord de la falaise, puis recula d'un pas. Depuis toujours, il était sujet au vertige. Regarder en bas était pour lui insupportable.

— Au secours !

Il se mit à quatre pattes et rampa, ignorant son appréhension. Arrivé au bord, il se retrouva nez à nez avec le châssis de sa voiture, qui était retenue par des arbustes, l'avant vers la falaise, l'arrière dans le vide, tel un plongeoir. Deux roues tournaient encore.

La paroi était composée d'une première partie de six mètres en pente raide, couverte de végétation, puis d'un à-pic de plusieurs centaines de mètres qui tombait dans les rochers et l'océan. Grace dut reculer. Et le cri s'éleva de nouveau :

— À l'aide ! Mon Dieu, aidez-moi ! Je vous en supplie !

Il savait que c'était Cassian Pewe, mais ne le voyait pas. Surmontant sa peur, il se rapprocha de nouveau et appela :

— Cassian ? Où es-tu ?

Il jeta un coup d'œil désespéré par-dessus son épaule, mais constata que tout le monde était occupé par le van et la Honda, qui menaçait de s'enflammer comme une torche.

Il regarda vers le bas.

— Je glisse ! Bon Dieu, je vais tomber.

La terreur dans la voix de son collègue lui donna du courage.

Il respira à fond, se pencha et attrapa une branche, apparemment solide, en priant pour qu'elle ne lâche pas. Et il bascula dans le vide. Ses chaussures en cuir glissèrent sur l'herbe humide et il se retrouva suspendu à un bras, qui se déboîta de son épaule. Il prit alors conscience que la seule chose qui l'empêchait de glisser le long de la pente, puis de faire le grand saut, c'était cette branche, qu'il tenait de la main droite.

Et elle commençait à céder. Il le sentait. La peur l'envahit.

— Aidez-moi, je vais tomber ! hurla Pewe.

Dans sa panique, Roy trouva une autre branche, et, tandis que le vent essayait de l'éloigner de la falaise, il dévissa de plusieurs centimètres.

Ne regarde pas vers le bas, se dit-il.

Il trouva une petite prise glissante au niveau des pieds. Et une autre branche. Il se situait désormais à la même hauteur que le châssis, en parti plié, de sa voiture. Les roues ne tournaient plus, mais elle oscillait comme une balançoire.

— Cassian, tu es où, bordel ? cria-t-il en essayant de ne pas regarder en deçà du véhicule.

Le vent emporta ses paroles.

— En dessous. Je te vois. Je t'en prie, dépêche-toi !

Et, tout à coup, la branche à laquelle Roy s'accrochait lâcha. Pendant quelques secondes, il se vit tomber à la renverse. Il en chercha frénétiquement une autre, qui s'arracha elle aussi. Il glissa à côté de la voiture, se rapprochant de l'à-pic. Il saisit une branche jeune, feuillue, qui lui brûla la paume de la main, mais se révéla suffisamment solide pour le retenir. Une nouvelle fois, son épaule se déboîta. Il repéra une autre prise pour sa main gauche et s'y accrocha comme si sa vie en dépendait. Toutes deux étaient robustes.

Pewe poussa un cri.

Roy vit une ombre imposante au-dessus de sa tête : c'était sa voiture, perchée, six mètres plus haut, comme une plate-forme. Et Pewe pendait à la portière, la tête en bas, les pieds pris dans les nœuds de sa ceinture de sécurité. C'était d'ailleurs la seule chose qui le retenait.

Grace regarda vers le bas et le regretta aussitôt. Il se trouvait au bout de la pente, au bord du précipice. Il ne put s'empêcher de voir les vagues s'écrasant contre les rochers, de ressentir la gravité lui arracher les bras et le vent le décoller de la falaise. Il suffisait qu'il glisse...

Il se mit à creuser une prise pour son pied droit. La branche dans sa main droite bougea d'un millimètre. Il continua à donner des coups de pied dans la surface crayeuse humide et réussit à dégager un espace suffisant pour y coincer son pied et soulager la tension dans ses bras.

Pewe hurla.

Il était bien décidé à lui venir en aide, mais il fallait d'abord qu'il se mette à l'abri du danger. Cela ne servirait à rien qu'il meurt lui aussi.

— Royyyyyyyyy !

Il creusa une prise pour son pied gauche et se sentit, non pas en sécurité, mais disons un peu plus stable.

— Royyyy, je tombe ! Mon Dieu, sortez-moi de là. Ne me laissez pas mourir.

Roy tourna la tête vers le haut sans faire de mouvement brusque, jusqu'à ce qu'il aperçoive le visage de Pewe, trois mètres plus haut.

— Reste calme, essaie de ne pas bouger !

Il entendit un craquement. Une branche venait de se briser. Il leva les yeux et vit la voiture bouger, puis glisser de plusieurs centimètres, et se balancer, en déséquilibre très instable, à présent. Merde. Sa vieille carcasse allait l'écraser.

Il sortit délicatement son talkie-walkie, tétanisé à l'idée de le faire tomber, et demanda de l'aide. On l'assura qu'un hélicoptère était en route.

Un hélicoptère ? Cela prendrait des heures.

— Par pitié, ne me laisse pas tomber, geignit Pewe.

Roy leva les yeux et s'efforça d'y voir clair dans les nœuds. Le pied de son collègue semblait bel et bien coincé. La portière était maintenue ouverte par le vent. Puis il étudia le mouvement de la voiture. Elle oscillait trop. Les branches craquaient. Le bruit était terrible. Combien de temps avant la chute ? Quand les feuillages céderaient, la voiture glisserait comme sur une piste de ski, avant de faire le grand saut.

Pewe ne faisait qu'empirer la situation en s'arquant pour essayer d'agripper quelque chose, alors qu'il était trop loin du bord.

— Cassian, arrête de gigoter ! cria-t-il d'une voix enrouée. Essaie de ne pas bouger. J'ai besoin de renforts pour te dégager. Je ne veux pas risquer de déloger la voiture.

— Roy, ne me laisse pas mourir ! gémit-il, tel un poisson au bout d'un hameçon.

Une bourrasque s'engouffra dans la veste de Grace, qui se gonfla comme une voile. Il résista, n'osant bouger le moindre muscle jusqu'à ce qu'elle se calme.

— Tu ne vas pas m'abandonner, hein, Roy ?
— Tu sais quoi ? C'est pour ma caisse que je me fais du souci, Cassian.

120

OCTOBRE 2007

Grace but une gorgée de café ; 8 h 30, lundi matin, il venait de déclarer ouverte la quinzième réunion consacrée à l'opération Dingo. Un pansement sur le front, pour protéger une plaie qui avait nécessité cinq points et des bandages « spécial ampoule » sur les paumes des mains, il avait mal partout.

— J'ai entendu dire que la prochaine fois, tu t'attaques à l'Everest, Roy, plaisanta l'un des lieutenants.

— En effet. Et le commissaire Pewe va faire carrière dans un cirque, avec un numéro de funambule, répliqua Roy, un petit sourire aux lèvres.

Mais au fond de lui, il était encore sacrément traumatisé. Et pour tout dire, il n'y avait pas de quoi se réjouir. OK, Chad Skeggs était sous les verrous, Abby Dawson et sa mère étaient saines et sauves, et par miracle, personne n'avait été grièvement blessé vendredi. Mais c'était quelque peu dérisoire, car ils enquêtaient sur l'assassinat de deux femmes et le suspect numéro un, Ronnie Wilson, n'était toujours pas localisé. Même s'il vivait encore en Australie, il utilisait peut-être une autre identité. Se procurer des faux papiers ne semblait pas lui poser problème...

Une seule nouvelle piste s'esquissait.

— On a de bons résultats de Melbourne, poursuivit-il. J'ai parlé à Norman tôt ce matin. Ils ont interrogé une femme qui prétend avoir été proche de Maggie Nelson, *alias* Lorraine Wilson.

— Sommes-nous certains que Ronnie et Lorraine Wilson sont devenus David et Margaret Nelson ? s'enquit Bella.

— La police de Melbourne a recueilli pas mal de preuves auprès des autorités locales, du fisc et des services d'immigration : tout concorde. Ils doivent d'ailleurs me faxer leur rapport ce soir.

Bella griffonna quelque chose, puis piocha un Maltesers.

Grace jeta un œil à l'ordre du jour et reprit :

— Cette femme s'appelle Maxine Porter. Son ex-mari est un truand. Il est accusé d'évasion fiscale et de blanchiment d'argent, et risque une longue peine de prison. Il l'a quittée pour une petite jeune il y a un an de ça, soit trois mois avant son arrestation. Elle est ravie de casser du sucre sur son dos. Selon elle, David Nelson a fait son apparition vers Noël 2001. C'est Chad Skeggs qui l'a présenté à cette joyeuse clique, qui regroupe tous les malfrats de Melbourne. Et Nelson aurait fait son trou en échangeant des timbres avec eux.

— Si c'est pas mignon ! s'exclama Glenn Branson. En Angleterre, nos gangsters s'entre-tuent à coups de couteau, à l'arme à feu, tandis qu'en Australie, ils échangent des timbres.

Tout le monde sourit.

— Je ne crois pas, corrigea Grace. Ces dix dernières années, il y a eu trente-sept règlements de comptes entre bandes rivales à Melbourne. Comme souvent, il ne faut pas se fier aux apparences.

Comme à Brighton et Hove, songea-t-il.

— Bref, Lorraine, ou plutôt Maggie Nelson, avait confié à sa nouvelle meilleure amie que son mari la trompait et qu'elle ne savait pas quoi faire. Elle n'était pas heureuse en Australie, mais son mari et elle avaient coupé les ponts avec le Royaume-Uni, au point qu'elle ne pouvait plus y retourner. Je pense que c'est important qu'elle ait employé le pluriel.

— À quand remontent ces propos, Roy ? demanda Emma-Jane Boutwood.

— Entre juin 2004 et avril 2005. Les deux femmes discutaient beaucoup. Avec des maris coureurs de jupons, elles avaient pas mal de choses à se raconter.

Grace avala une gorgée de café et se pencha sur ses notes.

— Et soudain, en juin 2005, Maggie Nelson disparaît de la circulation. Elle devait déjeuner avec Maxine Porter, mais ne s'est jamais présentée. Cette dernière a appelé David Nelson, qui lui aurait appris que sa femme l'aurait quitté, qu'elle aurait pris ses cliques et ses claques et serait rentrée en Angleterre.

— C'est un schéma récurrent, non ? souligna Lizzie Mantle. En Angleterre, il raconte à ses amis que sa première femme, Joanna, est partie aux États-unis, et, en Australie, il leur dit que sa deuxième épouse est retournée en Grande-Bretagne. Et tout le monde le croit !

— Pas Maxine, précisa Grace.

— Alors pourquoi ne s'est-elle pas confiée à la police si elle avait des doutes ?

— Parce que, dans leur milieu, on ne va pas chez les flics, déclara Lizzie.

— Tout à fait, fit Grace en souriant. Et la mafia est encore plus patriarcale là-bas qu'ici. Norman et Nick la revoient demain. Elle leur dressera la liste des amis et connaissances des Nelson.

— Génial, fit Bella en gobant un autre Maltesers. Mais s'il s'est enfui à l'étranger...

— Je sais, la coupa Grace. Mais on saura peut-être quelles étaient ses planques préférées quand il sortait du territoire, ou s'il se voyait bien finir sa vie sur une plage, au soleil.

— J'ai réfléchi à ce sujet. Ou plutôt, Bella et moi nous sommes creusé la tête, intervint Glenn Branson. On a interrogé Skeggs pendant plusieurs heures vendredi et samedi, et on a recueilli le témoignage d'Abby Dawson chez sa mère, à Eastbourne, hier matin. On lui a aussi rendu ses timbres, que l'on a récupérés dans le 4 × 4. J'en ai fait des photocopies. Elle a signé un document dans lequel elle s'engage à ne pas les vendre et à les mettre à notre disposition comme pièces à conviction si nécessaire.

— Bonne initiative, fit la commandante Mantle.

— Merci. Voilà ce qui nous tracasse. Bella et moi, on pense qu'Abby Dawson nous ment, ou du moins qu'elle ne nous dit pas tout. La façon dont elle déclare avoir hérité des timbres ne me convainc pas. Elle soutient toujours que c'est l'héritage d'une tante à Sydney, une certaine... Anne Jennings, annonça-t-il après avoir feuilleté son carnet. On attend confirmation. Mais ça ne colle pas avec ce que Skeggs nous a raconté.

— C'est pourtant un homme de principes connu pour dire la vérité, plaisanta Grace.

— Je lui confierais mon dernier billet de cinq, répliqua Glenn. C'est d'ailleurs tout ce qui doit rester à ceux qui ont fait affaire avec lui. C'est une belle ordure. Mais il y a un lien avec Ronnie, j'en suis sûr.

Il regarda ses collègues.

Grace l'encouragea à poursuivre.

— Hugo Hegarty est intimement persuadé que ce sont les timbres qu'il a achetés pour Lorraine Wilson.

— Mais pas assez pour témoigner à la barre, n'est-ce pas ? intervint Lizzie Mantle.

— Effectivement. Et ce sera peut-être un problème plus tard, confirma Branson. Certains timbres isolés sont oblitérés, et il ne jurerait pas que ce sont ceux acquis pour Lorraine Wilson en 2002, car il n'a pas archivé de copie. Ou peut-être préfère-t-il rester en dehors de tout ça.

— Pourquoi ? demanda Grace.

— Toutes les transactions ont été réalisées en liquide. J'imagine qu'il n'a pas envie d'attirer l'attention du fisc, déjà qu'il a la police sur le dos...

Grace acquiesça. C'était logique.

— Et Skeggs, prétend-il qu'ils lui appartiennent ?

— Il jure ses grands dieux qu'Abby Dawson les lui a volés et affirme que c'est pour cela qu'il a enlevé sa mère – il n'aurait pas trouvé mieux pour lui faire entendre raison.

— Il n'a pas essayé de lui demander gentiment de les lui rendre ?

Branson sourit.

— Quand je lui ai demandé s'il voulait la poursuivre pour vol, il s'est tu. Quelle surprise... Il s'est mis à bafouiller des arguments, marmonnant que ce serait compliqué, qu'il ne possédait pas les titres de propriété et il est devenu évasif quand on a insisté. À un moment donné, il a lâché que David Nelson l'avait incitée à faire ce coup. Mais il n'a rien voulu dire de plus. C'est pourquoi, pour l'instant, malgré nos réticences, nous avons rendu les timbres à Abby. Jusqu'à ce qu'on prouve qu'un vol a bien eu lieu, ici ou en Australie.

— Très intéressant qu'il ait impliqué son vieil ami, fit remarquer Grace.

— Tu veux mon avis ? Je pense qu'on est en présence d'un triangle amoureux.

— Tu peux nous en dire davantage ?

— Pas pour le moment. Mais c'est mon intuition.

Grace se mit à réfléchir à haute voix :

— Si c'est David Nelson, *alias* Ronnie Wilson, qui l'a mise dans le coup, c'est sacrément intéressant.

— On va passer Skeggs sur le gril une nouvelle fois, mais son avocat l'encourage à se taire.

— Et si on continuait à la surveiller, elle ? proposa le lieutenant Boutwood.

Grace secoua la tête.

— Trop cher. S'il n'est pas idiot, David Nelson a dû quitter l'Australie. Il ne prendra pas le risque de se montrer en Angleterre. Je parierais qu'Abby Dawson va le rejoindre quelque part. On va prévenir tous les ports et aéroports. Si elle achète un billet d'avion ou si elle se présente au contrôle des passeports, on la suivra.

— Bien vu, fit Glenn.

— Tout à fait d'accord, confirma Lizzie.

121

NOVEMBRE 2007

C'était l'une de ces trop rares journées d'automne où il faisait bon vivre en Angleterre. Abby admirait le ciel bleu par la fenêtre. Le soleil matinal, rasant, lui réchauffait le visage.

Deux étages plus bas, dans le parc taillé au cordeau, un jardinier aspirait les feuilles mortes. Un vieil homme, dans un imperméable élégant, faisait le tour de l'étang regorgeant de carpes japonaises, en vérifiant au préalable, à l'aide de son déambulateur, que le terrain n'était pas miné. Une dame âgée aux cheveux blancs, assise sur un banc, dans la partie haute des pelouses en terrasses, serrée dans un manteau matelassé, étudiait une page du *Daily Telegraph* avec la plus grande attention.

La maison de retraite Les Pelouses de Bexhill coûtait plus cher que prévu, mais il y avait une place disponible tout de suite et... l'argent n'était plus un souci maintenant.

Abby était heureuse d'y voir sa mère en pleine forme. Difficile de croire que deux semaines plus tôt, elle l'avait retrouvée dans un van, terrorisée, enroulée dans un tapis. Elle était devenue une autre personne, comme si elle avait retrouvé une nouvelle jeunesse, endurcie par les épreuves qu'elle avait traversées.

Abby se tourna vers elle, la gorge nouée, car le moment était venu de lui dire au revoir, et elle redoutait que ce ne soit des adieux.

Assise dans le canapé de sa chambre spacieuse, bien aménagée, Mary Dawson remplissait le formulaire d'un concours de magazine. Abby s'approcha d'elle et posa tendrement sa main sur son épaule pour regarder.

— Qu'est-ce que tu essaies de gagner ? lui demanda-t-elle d'une voix faible – c'était les dernières minutes, son taxi n'allait pas tarder.

— Deux semaines dans un palace sur l'île Maurice !

— Mais maman, tu n'as même pas de passeport ! la taquina Abby.

— Je sais, ma chérie, mais tu pourrais facilement m'en procurer un si besoin, n'est-ce pas ? répondit-elle d'un air entendu.

— Qu'est-ce que tu sous-entends par là ?

— Tu le sais parfaitement, lui répondit-elle en souriant, comme une enfant espiègle.

Abby rougit. Sa mère avait toujours été d'une perspicacité déroutante. Depuis sa plus tendre enfance, elle avait été incapable de lui cacher quoi que ce soit.

— Ne t'inquiète pas, je n'irai nulle part, ils proposent l'équivalent en argent, la rassura sa mère.

— Je serais ravie que tu aies un passeport, dit Abby en s'asseyant à ses côtés, enveloppant ses frêles épaules et l'embrassant sur la joue. J'aimerais beaucoup que tu viennes avec moi.

— Où ?

Abby haussa les épaules.

— Je vais bien finir par m'installer quelque part.

— Et tu voudrais que je débarque et que je sois à ta charge ?

Abby éclata d'un rire mélancolique.

— Tu ne seras jamais un poids pour moi.

— Ton père et moi, on n'a jamais été de grands voyageurs. Quand feu ta tante, Anne, s'est installée à Sydney, il y a longtemps, elle n'arrêtait pas de nous répéter à quel point la vie était belle, et nous encourageait à la rejoindre en Australie. Mais ton père a toujours considéré que ses racines étaient ici. Les miennes aussi. Quoi qu'il en soit, je suis fière de toi, Abby. Ma mère disait qu'une maman peut venir en aide à sept enfants, mais que sept enfants n'arrivent jamais à soutenir leur maman. Tu m'as prouvé le contraire. (Abby refoula ses larmes.) Je suis très fière de toi. Une mère ne peut guère demander plus à sa fille. Sauf peut-être...

Elle lui jeta un regard énigmatique.

— Quoi ? demanda Abby en connaissant la suite.

— Des petits-enfants ?

— Un jour, peut-être. Qui sait ? Mais il faudra que tu aies un passeport et que tu vives à mes côtés.

Sa mère baissa les yeux.

— Non, dit-elle en secouant vigoureusement la tête. (Elle posa son stylo et serra le visage de sa fille dans ses mains noueuses, parsemées de taches brunes, avec une force inattendue.) Souviens-toi d'une chose, ma chérie. Si un jour tu décides d'avoir des enfants, donne-leur d'abord des racines, des ailes ensuite.

122

NOVEMBRE 2007

Une heure et demie après avoir quitté sa mère, Abby déposa une valise, qui contenait quasiment tout ce qu'elle possédait à Brighton, à la consigne de l'aéroport de Gatwick, dans la zone des départs.

N'emportant que son sac à main, dans lequel se trouvait l'enveloppe matelassée que le commandant Branson lui avait rendue, elle-même dissimulée dans un sachet, elle se dirigea vers le comptoir d'EasyJet et prit place dans la queue. Il était midi.

*

Roy Grace lisait l'épais rapport faxé par Norman Potting et Nick Nicholl dans lequel ils relataient leurs dernières vingt-quatre heures en Australie. Il se sentait un peu coupable de demander à Nicholl de rester si longtemps loin de sa famille, mais la liste de contacts que l'amie de Lorraine Wilson leur avait donnée était trop intéressante pour être négligée.

Enfin pour le moment, malgré tous leurs efforts, ils ne savaient toujours pas où se terrait Ronnie Wilson.

Il regarda sa montre : 13 h 20. Eleanor était allée lui chercher à manger au supermarché Asda et avait déposé le sac de commissions sur son bureau. Un sandwich écrevisseroquette et une pomme : il avait choisi l'option *light*. Jour après jour, il cédait à la pression que lui mettait Cleo pour l'inciter à mieux se nourrir. Même s'il ne sentait pas la moindre différence.

Il allait entamer son déjeuner quand son téléphone sonna. C'était Bill Warner, le chef de la PJ de l'aéroport de Gatwick.

Comme ils se connaissaient depuis longtemps, Bill se dispensa des plaisanteries d'usage et alla droit au but :

— Roy, tu as lancé une alerte sur une certaine Abby Dawson, *alias* Katherine Jennings, c'est bien ça ?

— Oui.

— Nous sommes quasiment sûrs qu'elle a réservé un vol EasyJet pour Nice qui décolle à 15 h 45. On a visionné les images des caméras de sécurité : le physique correspond avec les photos que tu fais circuler.

Les clichés en question avaient été tirés de l'interrogatoire filmé. *Stricto sensu*, il avait enfreint la loi de la protection de l'information, car il les avait utilisées sans son aval, mais il s'en moquait.

— Génial ! Absolument génial !

— Comment procède-t-on ?

— Suivez-la. L'essentiel, c'est qu'elle ne se rende pas compte qu'elle est sous surveillance. Laissez-la monter dans l'avion, je vais demander à des policiers de prendre le même vol et réquisitionner des renforts à Nice. Tu peux voir si l'avion est complet ou si on peut faire embarquer deux policiers ? S'il n'y a plus de place, peux-tu faire en sorte que la compagnie aérienne mette deux passagers en *stand-by* ?

— J'en fais mon affaire. Je sais que l'appareil ne sera qu'à moitié plein. Je contacte la police française. On a envie de savoir qui l'attend à l'arrivée, c'est bien ça ?

— Tout à fait. Merci, Bill. Tiens-moi au courant.

Il leva le poing en signe de victoire, puis appela Glenn.

123

NOVEMBRE 2007

— Bon alors, quand est-ce que je te revois ?
— Bientôt.
— C'est quand, bientôt ?

Elle était allongée sur lui, ils étaient nus ; la chaleur et l'effort les faisaient suer à grosses gouttes. Son pénis reposait sur sa toison pubienne. Ses petits seins appuyaient contre sa poitrine et elle le fixait de ses yeux noisette, coquins, rieurs et tristes à la fois. Comme si elle avait tout vu, tout vécu.

Elle était dégourdie, intelligente, super bien foutue et... richissime.

Elle adorait cette humidité, cette moiteur qui le faisait transpirer en permanence. Elle insistait pour faire l'amour fenêtres ouvertes, et, dès le matin, il faisait quarante degrés dans sa chambre.

Elle cognait ses petits poings contre son torse.

— C'est quand, bientôt ?

Il caressa ses cheveux de jais qui collaient à son visage et embrassa ses lèvres boutons de rose. Elle était vraiment jolie et avait un corps de rêve. Pendant le mois passé à Pattaya Beach, à attendre qu'Abby lui signale qu'elle était en route pour le rejoindre, il avait appris à apprécier les petits corps musclés des Thaïlandaises.

Avec elle, il avait tiré le gros lot, et sans le faire exprès ! Elle incarnait tous ses fantasmes, plus un : elle disposait de vingt-cinq millions de dollars sur son compte en banque – plus ou moins, selon le taux d'échange du bath.

Il l'avait rencontrée chez un négociant en philatélie et ils avaient bavardé. Son mari possédait une chaîne de boîtes de nuit, dont elle avait hérité quand il était mort dans un accident de plongée – un touriste en jet-ski l'avait décapité. Elle essayait de revendre sa remarquable collection de timbres et Ronnie l'avait conseillée pour qu'elle cesse de se faire arnaquer. Au final, elle en avait tiré le triple de ce qu'on lui avait annoncé au départ.

Depuis, il la baisait une ou deux fois par jour.

Ce qui était problématique, mais pas tant que ça. Il avait déjà commencé à se lasser d'Abby. Depuis quand ? Il ne savait pas exactement. Peut-être était-ce la façon dont elle avait pris à cœur – à corps et à cris – ses travaux pratiques avec Ricky. Il avait conscience que, dès la troisième fois, elle s'était éclatée avec lui.

Il avait réalisé ce dont elle était capable. Cette femme n'avait pas de limites. Elle aurait fait n'importe quoi pour être riche et se servait de lui comme marchepied.

Heureusement qu'il avait une marche d'avance. Il avait foiré deux fois. L'eau ne lui avait pas porté chance. Mais qui aurait pu prévoir que le collecteur de Brighton serait déterré et que le niveau de la rivière à Melbourne baisserait autant à cause du foutu dérèglement climatique ?

Il y avait des centaines de bateaux à louer à Koh Samui. Pour pas cher. Et la mer de Chine était profonde. Jeté à quinze kilomètres de la côte, un corps ne pouvait pas échouer sur la plage.

Il avait d'ores et déjà réservé un yacht d'un luxe effarant. Abby le trouverait fabuleux. Et il coûtait trois fois rien. Enfin, presque. Et puis quoi : il faut spéculer pour accumuler !

Il embrassa Phara.

— Pas longtemps. Je te le promets, lui susurra-t-il.

124

NOVEMBRE 2007

Abby prit son billet EasyJet. Mais au lieu de suivre les panneaux « départ », elle se dirigea vers le hall principal et se rendit aux toilettes.

Elle ferma à clé derrière elle, sortit l'enveloppe matelassée, l'ouvrit et la secoua. Une pochette en cellophane contenant un assortiment de timbres tomba – certains individuels, d'autres sur planches.

La plupart étaient des répliques de ceux que Ricky avait si ardemment désirés, mais certains étaient authentiques et avaient l'air suffisamment vieux pour piquer la curiosité d'un néophyte.

Elle sortit également le reçu du négociant chez lequel elle s'était rendue deux semaines auparavant. Il s'élevait à cent quarante-deux livres. Elle avait sans doute dépensé plus que nécessaire, mais l'assortiment faisait impression sur les profanes, catégorie dont le commandant Branson faisait partie.

Elle déchira les timbres et le reçu en mille morceaux et jeta le tout dans les toilettes. Puis elle enleva son jean, ses bottes et sa veste en polaire. Elle n'aurait pas besoin de cet attirail là où elle allait.

Elle sortit du sachet une longue perruque blonde, proche de la coupe qu'elle avait avant et l'ajusta maladroitement à l'aide d'un miroir de poche. Puis elle enfila une robe d'été et une veste beige qui allait si bien avec, toutes deux achetées l'avant-veille, et une paire de jolies sandales blanches. Puis compléta sa tenue avec des lunettes de soleil Marc Jacobs aux verres légèrement fumés.

Elle tassa ses anciens habits dans le sachet, sortit de la cabine, vérifia sa coiffure dans le miroir, mit l'enveloppe à la poubelle et jeta un coup d'œil à l'heure : 13 h 35. Elle était dans les temps, un peu en avance même.

Soudain, son téléphone lui signala l'arrivée d'un message.

Hâte d'être demain. Plus que quelques heures. Bisous

Elle sourit. Plus que quelques heures. Oui oui...

Elle retourna à la consigne d'un pas léger, et récupéra la valise qu'elle avait déposée deux semaines plus tôt. Elle la tira dans un coin, l'ouvrit et en sortit une enveloppe matelassée enveloppée dans un film à bulles. Elle enfonça le sachet et referma son bagage à clé.

Elle retourna dans la zone d'embarquement, trouva le guichet British Airways et se dirigea vers celui réservé aux classes affaires. Une folie, mais elle avait décidé de célébrer son nouveau départ avec le panache qui caractériserait sa nouvelle vie.

Elle tendit son passeport et son billet à l'hôtesse derrière le comptoir.

— Sarah Smith. Je suis sur le vol 309, destination finale Rio de Janeiro.

— Merci, madame, lui répondit-elle en vérifiant les détails sur son ordinateur.

Elle lui posa les questions habituelles relatives à la sécurité et étiqueta son bagage. Celui-ci tituba sur le tapis roulant, tomba, et elle le perdit de vue.

— Le vol est-il à l'heure ?

L'hôtesse consulta son écran.

— Pour le moment, oui. Départ à 15 h 15. L'embarquement commence à 14 h 40, porte 54. Vous trouverez le salon des classes affaires, dans le secteur *duty free*, après la douane.

Abby la remercia, puis vérifia l'heure à sa montre. Elle avait un trac fou. Plus que deux choses à faire, mais elle voulait être plus proche du décollage pour passer à l'action.

Elle entra dans le salon VIP de British Airways, se servit un verre de vin blanc pour calmer ses nerfs et se serait damnée pour une cigarette. Mais, pour cela, elle allait devoir attendre. Elle mangea deux mini-sandwichs, s'assit devant un écran de télévision qui diffusait les infos et passa mentalement en revue sa liste. Elle était contente de n'avoir rien oublié. Mais pour en avoir le cœur net, elle vérifia que son identité ne s'afficherait pas lors du coup de fil qu'elle avait à donner.

Peu après 14 h 40, elle découvrit, sur les écrans, que l'embarquement venait juste de commencer, mais que les passagers n'avaient pas encore été appelés. Elle se dirigea vers un coin tranquille, près des toilettes, de façon à ce que personne ne l'entende, puis composa le numéro du centre opérationnel, que le commandant Branson lui avait confié au cas où elle n'arriverait pas à le joindre sur son portable.

Ne voulant pas laisser d'indice quant à l'endroit d'où elle téléphonait, elle pria pour qu'il n'y ait pas d'annonce au haut-parleur pendant la conversation.

— Centre opérationnel, lieutenant Boutwood j'écoute, dit une voix féminine.

Abby prit son meilleur accent australien.

— J'ai des informations concernant Ronnie Wilson. Il sera à l'aéroport de Koh Samui pour retrouver une personne arrivant par le vol 271, Bangkok Airways, à 11 heures, heure locale. Vous avez noté ?

— Bangkok Airways, vol 271, Koh Samui, 11 heures demain matin. Puis-je vous demander votre nom ?

Abby raccrocha. Elle avait les mains moites et tremblait tellement qu'elle eut du mal à taper un texto en réponse au dernier reçu. Elle corrigea ses nombreuses fautes de frappe, le relut et l'envoya.

Les véritables histoires d'amour n'ont pas de fin heureuse, car elles n'ont pas de fin. Lâcher prise est une façon de dire je t'aime. Bisous

Peu après le décollage, après un Bloody Mary et une mignonnette de vodka pure, elle s'installa au fond de son siège et ouvrit son enveloppe. Le siège à côté du sien était libre, elle n'avait donc pas à craindre de regards indiscrets. Elle jeta un coup d'œil par-dessus son épaule pour vérifier qu'aucune hôtesse n'arrivait et sortit très délicatement l'une des pochettes en cellophane.

Elle contenait un bloc de Penny Black. Elle observa le profil sévère de la reine Victoria. Les mots FRAIS DE PORT imprimés de façon irrégulière. Leur couleur passée. Ils n'étaient pas parfaits, mais ils étaient exquis. Comme Dave le lui avait expliqué, c'était parfois les imperfections qui les rendaient si précieux.

Cela s'appliquait à de nombreuses choses, songea-t-elle, agréablement enivrée. D'ailleurs, qui avait envie d'être parfait ?

Elle les admira de nouveau en réalisant que c'était la première fois qu'elle les regardait vraiment. Ils avaient quelque chose de spécial, de magique. Elle leur sourit et murmura :

— À plus tard, mes petites merveilles.

Et elle les rangea avec soin.

Dave, elle l'aimait sincèrement. Beaucoup, même. Mais à tout prendre, elle préférait quatre millions cash.

Et elle détestait cette mauvaise habitude qu'il avait d'assassiner les femmes qui lui rapportaient de l'argent.

125

NOVEMBRE 2007

— Sympas, tes vacances ? demanda Roy Grace.
— Très marrant. Je n'ai vu la plage que du hublot, répliqua Glenn Branson.
— On dit pourtant que c'est magnifique, Koh Samui.
— Il a plu des trombes et l'air était saturé d'humidité. Je me suis fait piquer par un truc, soit un moustique mutant, soit une araignée. Le bouton est super gonflé. Tu veux voir ?
— Non, mais merci quand même.

Le commandant dégageait une forte odeur, comme s'il avait dormi avec sa chemise et son costume. Assis en face de Grace, dans son bureau, il sourit.

— T'es con, Grace, tu sais ça ?
— J'arrive pas à croire que tu as encore bousillé ma collection de CD. Je t'ai autorisé à passer une nuit chez moi, pas à ouvrir tous les boîtiers, sortir les jaquettes et laisser le tout au milieu du salon.

Branson eut la décence d'avoir l'air embarrassé.

— J'essayais de les trier. Et puis... Zut. Désolé.

Il but une gorgée de café et étouffa un bâillement.

— Bon alors, comment va notre prisonnier ? Vous avez atterri à quelle heure ?

Branson consulta sa montre.

— Vers 6 h 45, répondit-il en bâillant à nouveau. À mon avis, en deux semaines, on a explosé le budget « longs-courriers » de la PJ.

Grace sourit.

— Wilson a-t-il parlé ?

Branson but son café.

— Tu sais, si tant est qu'on puisse s'exprimer ainsi, il m'a l'air d'être un bon gars.

— Mais bien sûr, c'est le mec le plus gentil que tu aies jamais rencontré, pas vrai ? Il a juste un léger problème : il préfère tuer ses femmes plutôt que de se trouver un boulot honnête, dit Grace en faisant semblant d'être choqué. Glenn, toi, tu es un mec bien. Si je n'avais pas eu tant de coups durs, je serais peut-être un mec bien. Mais Ronnie Wilson, non. Tout ce qu'il sait faire, c'est *jouer* le type sympa.

Branson hocha la tête.

— Ouais, je me suis mal exprimé.

— Rentre chez toi, fais une sieste, prends une douche et reviens plus tard.

— C'est ce que je vais faire. Mais il a pas mal parlé, en fait. Il était d'humeur à philosopher. À mon avis, il en avait marre des cavales. Il vit dans la clandestinité depuis six ans. Il a accepté sans mal de nous suivre, il a juste insisté pour envoyer un texto à une petite Thaïlandaise.

— Tu lui as récité ses droits avant qu'il vide son sac ?

— Ouais.

— Bien joué.

Cela signifiait que ce que Ronnie Wilson avait dit dans l'avion pourrait être utilisé comme témoignage à charge à son procès.

— Autre chose : il a une dent contre Skeggs. S'il plonge, il fera tout pour le faire tomber avec lui.

— Ah bon ?

— D'après ce que j'ai compris, Skeggs lui a donné un coup de main quand il est arrivé en Australie.

— C'est ce qu'on se disait.

— À un moment donné, Ronnie Wilson a fait l'acquisition de cette collection de timbres.

— Rapportée par sa femme ?

— Il est resté évasif.

— Pas étonnant.

— Bref, il les a confiés à Skeggs pour qu'il les revende et celui-ci a tenté de l'entuber. Il a exigé quatre-vingt-dix pour cent de leur valeur, en le menaçant de le balancer. Mais Skeggs avait un point faible : il avait flashé sur la nana de Ronnie – celle avec qui il s'était maqué lorsque sa femme s'était « volatilisée ».

— Dans le coffre d'une voiture.

— Exact.

— Et la fille, c'était Abby Dawson, pas vrai ?

— Quelle perspicacité ce matin, commissaire.

— J'ai l'avantage d'avoir dormi cette nuit. Donc Ronnie Wilson se sert d'elle comme appât ? Il la convainc de baiser son pote et de récupérer les timbres. J'approche ?

— Tu brûles.

— Tu penses qu'il aurait tué Abby une fois qu'elle les lui aurait rapportés ?

— Si on s'en réfère à ses habitudes ? Aucun doute. C'est un prédateur.

— Je croyais que tu m'avais dit que c'était un bon gars...

Branson s'avoua vaincu. Puis il changea soudain de sujet :

— Tu as acheté une nouvelle voiture ?

— Non. Assurance de mes deux. Ils veulent invalider mon contrat sous prétexte que c'était une course-poursuite. Les enfoirés. J'essaie de les convaincre. Le QG me soutient, vu que c'était pendant le service.

Revenant à leurs moutons, il demanda :

— Tu penses qu'Abby a gardé les timbres ?

— J'en suis certain.

— Hegarty est sûr à cent pour cent que la collection que tu as photocopiée ne vaut rien.

— Sans l'ombre d'un doute.

— J'ai réfléchi. C'est pour cela qu'elle a balancé un coup de pied dans les couilles de Skeggs.

— Je ne te suis pas, sourcilla Branson.

— Elle l'a attaqué en lui tendant les timbres pour gagner du temps. Elle savait que c'était des faux et qu'il s'en rendrait compte en deux secondes. Elle voulait qu'on passe à l'action. Elle l'a piégé tout du long.

— C'est une maligne, cette garce, fit Branson en intégrant progressivement sa stratégie.

— Tu l'as dit. Et personne n'a jamais déclaré ces timbres volés, n'est-ce pas ?

— Personne, confirma Branson, pensif. Mais les assurances ? Celles qui ont versé l'indemnité aux familles des victimes et l'assurance vie ? Ne pourraient-elles pas les réclamer, puisqu'ils ont été acquis avec cet argent ?

— Même problème : les titres de propriété. Si Hegarty refuse d'intervenir, comment pourront-elles prouver ce qu'elles avancent ?

Les deux policiers se turent quelques instants. Glenn trempa ses lèvres dans son café.

— J'ai entendu dire que Pewe demandait son transfert ?

Grace sourit.

— C'est vrai. Il retourne à Londres. Je leur souhaite bonne chance avec lui !

— Et cette femme, où se trouve-t-elle, à l'heure qu'il est ? s'interrogea Glenn.

— Tu veux mon avis ? Elle doit être sur une plage de sable chaud à siroter une margarita, le sourire aux lèvres.

Et c'était le cas.

126

NOVEMBRE 2007

Sa margarita était forte, comme elle l'aimait. Le barman avait admirablement dosé le Cointreau et avait salé le bord du verre à la perfection. Cela faisait une semaine qu'elle vivait dans cet hôtel, et il avait appris à la préparer à son goût.

Allongée sur le matelas épais et doux du transat posé sur le sable blanc, elle admirait cette vue sur la baie qui lui plaisait tant. Elle adorait la fin d'après-midi – le soleil tapant moins fort, elle pouvait refermer son parasol. Elle posa son livre, but une gorgée et regarda un bateau jaune s'éloigner de l'embarcadère en bois, tandis qu'un parapente orange et rouge montait dans le ciel immaculé.

Elle irait se baigner dans quelques minutes. Elle hésitait entre la mer et la piscine à débordement de l'hôtel, où l'eau était un peu plus rafraîchissante. Un choix cornélien !

Elle n'arrêtait pas de penser à sa mère, à Ronnie et à Ricky. Elle avait beau être furieuse contre Ricky et abasourdie par le passé criminel de Ronnie, ils lui faisaient pitié.

Mais pas tant que cela.

— Ce livre vous plaît ? lui demanda tout à coup la femme allongée sur le transat voisin.

Abby l'avait remarquée un peu plus tôt, alors qu'elle dormait. *La Vie aux aguets*, un livre qu'elle avait lu récemment, ainsi que *Le Guide du voyageur galactique* étaient posés sur une petite table.

— Beaucoup. Mais je suis surtout fan de Douglas Adams. Je crois que j'ai tout lu de lui.

— Moi aussi !

C'était l'auteur d'une des citations préférées d'Abby. Elle était retombée dessus dernièrement.

Je finis rarement là où je voulais aller, mais le plus souvent là où il fallait que je sois.

C'était plus ou moins ce qu'elle ressentait à ce moment précis.

— Ils font les meilleures margaritas du monde, dit-elle.

— Je devrais en prendre une. Je viens d'arriver, je n'ai pas encore tous mes repères.

— C'est le paradis.

— J'ai l'impression.

Abby sourit.

— Je m'appelle Sarah, dit-elle.

— Enchantée, je m'appelle Sandy.

REMERCIEMENTS

Les aventures de Roy Grace ont beau être des fictions, le contexte policier et judiciaire dans lequel mes personnages évoluent est bien réel. Pour ce roman, je tiens à remercier la police du Sussex et celle de Victoria, Australie, mais également le NYPD et le bureau du procureur à New York.

En particulier Martin Richards, directeur de la police du Sussex, pour son aimable soutien, ainsi que les commissaires divisionnaires Kevin Moore et Graham Bartlett, pour m'avoir ouvert tant de portes. Et un très grand merci à Dave Gaylor, commissaire à la retraite, à qui je voue une reconnaissance éternelle.

Pour ne citer que quelques-unes des personnes qui, à la PJ du Sussex, m'ont apporté leurs conseils pour ce livre (pardonnez-moi si je vous oublie) : merci au commissaire Peter Coll, à Brian Cook, chef de l'identité judiciaire, à Tony Case, chef du siège de la PJ, au commandant à l'échelon fonctionnel Ian Pollard, au commandant William Warner, au commandant Patrick Sweeney, au commandant Stephen Curry, au commandant Jason Tingley, des renseignements généraux du QG de la PJ, au commandant Andrew Kundert, au commandant Phil Taylor, chef de la brigade criminelle high-tech, à Ray Packham, de la brigade criminelle high-tech, au lieutenant Paul Grzegorzek, de l'équipe de renfort, aux lieutenants James Bowes et Dave Curtis, au commandant Phil Clarke, au commandant Mel Doyle, aux lieutenants Tony Omotoso, Ian Upperton et Andrew King, au commandant Malcolm (Choppy) Wauchope, au lieutenant Darren Balcombe, au commandant Sean McDonald, aux lieutenants Danny Swietlik et Steve Cheesman, à Ron King, de l'état-major, et à Sue Heard, relations presse.

Je remercie aussi Lucy Sibun, anthropologue judiciaire, Abigail Bradley, de la compagnie Cellmark Forensics, Dr Peter Dean, coroner, Dr Nigel Kirkham, légiste, Dr Andrew Davey, Dr Andrew Yelland, Dr Jonathan Pash, Steve Cowling et Christopher Gebbie. Et je remercie de tout mon cœur la fantastique équipe de la morgue de Brighton et Hove, Elsie Sweetman, Victor Sindon et Sean Didcott.

À New York, je dois beaucoup au commandant Dennis Bootle, du bureau de lutte contre la corruption du bureau du procureur, et au commandant Patrick Lanigan, de l'unité spéciale enquêtes.

En Australie, tous mes remerciements au commandant Lucio Rovis, de la brigade criminelle de Victoria, au commandant en chef George Vickers et au commandant Troy Brug, de la brigade criminelle de Carlton, au lieutenant en chef Damian Jackson, au lieutenant Ed Pollard, assistant du coroner de la police de Victoria, à Andrea Petrie, du journal *The Age* et à ma linguiste australienne, Janet Vickers !

Merci à Gordon Camping pour ses précieux cours d'initiation à la philatélie, à Rob Kempson, à Colin Witham, de la banque HSBC, à Peter Bailey, pour son savoir encyclopédique sur le Brighton d'hier et d'aujourd'hui, à Peter Wingate-Saul, Oli Rigg et Phil White, de la brigade des pompiers de l'East Sussex, à Robert Frankis, qui a, une fois de plus, comblé mes lacunes dans le domaine automobile, et à Chris Webb, qui a su garder en vie mon Mac, ce cher ordinateur que je maltraite !

Merci à Anna-Lisa Lindeblad, ma fabuleuse « éditrice non officielle » depuis le début des aventures de Roy Grace, et à Sue Ansell, qui, grâce à son œil de lynx, m'aura évité bien des erreurs embarrassantes.

Sur le plan professionnel, j'ai droit à une *dream team* : je suis représenté par l'extraordinaire Carole Blake, par l'incroyable Oli Munson, aux relations presse, et par Amelia

Rowland, chez Midas PR. Et je ne remercierai jamais assez tous ceux qui travaillent à Macmillan. Je me contenterai de dire que c'est une immense joie que d'être publié par cette maison et que j'ai décroché le jackpot en ayant Stef Bierwerth comme éditrice. Je remercie chaleureusement tous mes éditeurs étrangers : *Danke ! Merci ! Grazie ! болБшое спасиб ! Gracias ! Dank u ! Tack ! Obrigado !*

Et, comme toujours, Helen a fait preuve d'un soutien inébranlable, d'une sainte patiente et d'une profonde sagesse.

Pour conclure, je souhaiterais dire adieu à mes fidèles compagnons canins Sooty et Bertie, qui ont rejoint le Grand Cimetière des Chiens heureux, et bienvenue à Oscar, qui se prélasse désormais sous mon bureau avec Phoebe, et se régale des pages manuscrites qui ont le malheur de tomber par terre.

Peter James
Sussex, England
scary@pavilion.co.uk
www.peterjames.com

La traductrice souhaiterait remercier Barbara Silverstone, traductrice, et David Nichols, traducteur, pour leurs précieuses relectures.

Composé par Nord Compo Multimédia
7, rue de Fives, 59650 Villeneuve-d'Ascq

Cet ouvrage a été imprimé
en février 2010 par

FIRMIN-DIDOT

27650 Mesnil-sur-l'Estrée
N° d'impression : 98900
Dépôt légal : mars 2010

Imprimé en France

FLEUVE NOIR
12, avenue d'Italie
75627 Paris Cedex 13